A MENINA DE VIDRO

JODI PICOULT

A MENINA DE VIDRO

Tradução
Paulo Polzonoff Jr.

2ª edição
Rio de Janeiro-RJ / Campinas-SP, 2014

Editora: Raïssa Castro
Coordenadora Editorial: Ana Paula Gomes
Copidesque: Entrelinhas Editorial
Revisão: Maria Lúcia A. Maier
Projeto Gráfico: André S. Tavares da Silva
Imagens da Capa: Bernard Grilly/Getty Images | Liz Banfield/Getty Images

Título original: *Handle with care: a novel*

Copyright © Jodi Picoult, 2009
Publicado mediante acordo com Atria Books, uma divisão da Simon & Schuster, Inc.

Tradução © Verus Editora, 2011

ISBN: 978-85-7686-137-9

Direitos reservados em língua portuguesa, no Brasil, por Verus Editora. Nenhuma parte desta obra pode ser reproduzida ou transmitida por qualquer forma e/ou quaisquer meios (eletrônico ou mecânico, incluindo fotocópia e gravação) ou arquivada em qualquer sistema ou banco de dados sem permissão escrita da editora.

Verus Editora Ltda. Rua Benedicto Aristides Ribeiro, 41, Jd. Santa Genebra II, Campinas/SP
13084-753 | Fone/Fax: (19) 3249-0001 | www.veruseditora.com.br

CIP-BRASIL. CATALOGAÇÃO NA FONTE
SINDICATO NACIONAL DOS EDITORES DE LIVROS, RJ

P666m

Picoult, Jodi, 1966-
  A menina de vidro / Jodi Picoult ; tradução Paulo Polzonoff Jr. - 2.ed. - Campinas, SP : Verus, 2014.
  23 cm

  Tradução de: Handle with care : a novel
  ISBN 978-85-7686-137-9

  1. Ficção americana. I. Polzonoff Junior, Paulo, 1977-. II. Título.

11-6038
CDD: 813
CDU: 821.111(73)-3

Revisado conforme o novo acordo ortográfico

Para Marjorie Rose,
Que faz com que as flores se abram a olhos vistos,
Me informa das fofocas do outro lado do mundo,
E sabe que você nunca está totalmente vestida
se não levar uma bolsa consigo.
MELHORES AMIGAS PARA SEMPRE

E você conseguiu o que

tanto queria desta vida?

Consegui.

E o que você queria tanto?

Ser amado, sentir-me amado no mundo.

— Raymond Carver, "Late Fragment"

AGRADECIMENTOS

Pode ser um clichê dizer que não fiz este livro sozinha, mas é verdade. Antes de qualquer coisa, quero agradecer aos pais dos filhos com osteogênese imperfeita que me deixaram entrar na vida deles por algum tempo – e às próprias crianças, que me fizeram rir e me lembrar todos os dias de que a força é mais do que uma medida física de resistência: Laurie Blaisdell e Rachel, Taryn Macliver e Matthew, Tony e Stacey Moss e Hope, Amy Phelps e Jonathan. Obrigada à minha excelente equipe médica: Mark Brezinski, David Toub, John Femino, E. Rebecca Schirrer, Emily Baker, Michele Lauria, Karen George, Steve Sargent; e a meus especialistas jurídicos: Jen Sternick, Lise Iwon, Chris Keating, Jennifer Sargent. Agradeço a Debbie Bernstein por me contar que foi adotada (e por me deixar usar muito dessa história). Também estou em débito com Donna Branca, por relembrar de fatos dolorosos e por ter sido generosa e honesta quando a entrevistei. Obrigada a Jeff Fleury, Nick Giaccone e Frank Moran, por me ajudarem a criar a vida de Sean como um policial. Por outros conselhos em seus campos de atuação, obrigada a Michael Goldman (que também me deixou usar a incrível frase da sua camiseta), Steve Alspach, Stefanie Ryan, Kathy Hemenway, Jan Scheiner, Fonsaca Malyan, Kevin Lavigne, Ellen Wilber, Sindy Buzzell e Fred Clow. Seria uma terrível omissão não ressaltar o envolvimento da editora Atria Books, que tornou minhas obras livros de sucesso; sou grata a Carolyn Reidy, Judith Curr, David Brown, Kathleen Schmidt, Mellony Torres, Sarah Branham, Laura Stern, Gary Urda, Lisa Keim, Christine Duplessis, Michael Selleck, toda a incrível equipe de vendas e todos que trabalharam duro para fazer com que meus livros saíssem das estantes e caíssem nas mãos e no coração dos leitores. Um agradecimento especial para Camille McDuffie, minha arma secreta/excelente assessora. Obrigada a Emily Bestler, que sempre faz com que eu me sinta uma estrela (e se assegura de que todos também pareçam pensar o mesmo). Obrigada a Laura Gross, com quem comemorei vinte anos de relacionamento este ano – e que é a outra metade de uma parceria que considero tanto quanto meu casamento. E a

Jane Picoult, minha mãe, obrigada por acreditar antes de qualquer pessoa que eu poderia chegar tão longe e por rir e chorar nos momentos certos.

No que diz respeito à exatidão, devo dizer que, apesar de ter havido um congresso sobre osteogênese imperfeita em Omaha, alterei a data. Também mudei ligeiramente a maneira como o júri é escolhido em New Hampshire – não é por indivíduos, como escrevi, mas é muito mais interessante ler assim!

Tenho dois agradecimentos especiais a fazer. O primeiro é a Katie Desmond, a irmã que nunca tive e que criou as receitas que atribuí no livro a Charlotte O'Keefe. Se você tiver a sorte de ser convidado para jantar na casa dela, vá rápido. O segundo agradecimento especial é para Kara Sheridan, uma das mulheres mais inspiradoras que conheci: ela estuda autopercepção corporal e autoestima em adolescentes deficientes. Ela é atleta – uma nadadora que já quebrou vários recordes. Ela está prestes a se casar com um homem maravilhoso, adorável. E, ah, claro, ela também tem osteogênese imperfeita do tipo III. Obrigada, Kara, por mostrar ao mundo que as barreiras foram feitas para ser rompidas, que ninguém pode ser definido por sua deficiência e que nada jamais é impossível.

Por fim, tenho de agradecer mais uma vez a Kyle, Jake e Sammy, por serem maravilhosos motivos para eu voltar para casa; e a Tim, que é minha história com final feliz.

PRÓLOGO

Charlotte
14 de fevereiro de 2002

As coisas quebram o tempo todo. Copos e pratos e unhas. Carros e contratos e batatas fritas. Você pode quebrar um disco, um juramento, o protocolo. Você pode quebrar o gelo. O tempo é interrompido para o café, o almoço, e até na prisão as grades se quebram. Os dias se partem, as ondas se quebram, a voz falha. Correntes podem ser quebradas. Assim como o silêncio e o tédio.

Nos últimos dois meses da minha gravidez, fiz uma lista dessas coisas, na esperança de que isso facilitasse seu nascimento.

Promessas são quebradas.

Corações se partem.

Na véspera do seu nascimento, sentei-me na cama para acrescentar algo à lista. Procurei por um pedaço de papel e um lápis no criado-mudo, mas Sean pôs a mão quente sobre a minha perna. "Charlotte?", chamou ele. "Está tudo bem?"

Antes que eu pudesse responder, ele me puxou para perto de seu corpo e eu dormi sentindo-me segura, e esqueci de escrever o que eu havia sonhado.

Foi depois de várias semanas, quando você já estava aqui, que eu me lembrei do que me acordara aquela noite: falhas geológicas. São os lugares onde a terra se parte. É nesses pontos que se originam os terremotos, que nascem os vulcões. Em outras palavras: o mundo está se esfarelando sob nossos pés; o chão sólido onde pisamos é que é uma ilusão.

Você chegou durante uma tempestade que ninguém havia previsto. Um vento nordeste súbito, o meteorologista explicou depois, uma tempestade de neve que deveria atingir o norte do Canadá e não o litoral da Nova Inglaterra. Os jornalistas deixaram de lado as histórias de reencontros amorosos da época da escola e começaram a transmitir constantes boletins meteorológicos sobre a força da tempestade e sobre comunidades onde o gelo havia interrompido o fornecimento de eletricidade. Amelia estava sentada na mesa da cozinha fazendo corações de papel enquanto eu via as rajadas de neve baterem contra a porta de vidro de correr. A televisão mostrou imagens de carros derrapando na estrada.

Olhei preocupada para a tela, para as luzes azuis piscantes da viatura de polícia que havia parado atrás de um carro atravessado na pista, tentando ver se o policial no banco do motorista era Sean.

Uma pancada súbita na porta me assustou.

– Mamãe! – gritou Amelia, também apavorada.

Virei-me a tempo de ver outra rajada atingir a porta, trincando o vidro, uma rachadura não maior que minha unha. Enquanto observávamos, a rachadura se espalhou pelo vidro como uma teia de aranha do tamanho do meu punho.

– O papai vai consertar isso mais tarde – eu disse.

Foi nesse momento que minha bolsa estourou.

Amelia olhou para meus pés.

– Você fez xixi na calça.

Com dificuldade, caminhei até o telefone e liguei para Sean, mas ele não atendeu o celular, então liguei para a Central.

– Aqui é a esposa de Sean O'Keefe – eu disse. – Estou em trabalho de parto.

O atendente disse que poderia enviar uma ambulância, mas que provavelmente demoraria um pouco – todas elas estavam ocupadas com acidentes de trânsito.

– Tudo bem – eu disse, lembrando-me do longo trabalho de parto que eu havia tido com sua irmã. – Provavelmente vai demorar um pouco ainda.

De repente me curvei, sentindo uma contração tão forte que o telefone caiu da minha mão. Vi Amelia me observando com os olhos arregalados.

– Estou bem – menti, sorrindo até sentir o rosto doer. – O telefone escorregou.

Peguei-o novamente e dessa vez liguei para Piper, a pessoa em quem eu mais confiava para me ajudar.

– Você não pode estar em trabalho de parto – disse ela, mesmo diante do óbvio. Ela não só era minha melhor amiga como também minha obstetra. – A cesárea está marcada para segunda-feira.

– Acho que o bebê não foi avisado – respondi ofegante e rangi os dentes diante de outra contração.

Ela não disse o que nós duas estávamos pensando: que eu não podia ter um parto normal.

– Onde está o Sean?

– Não... sei... Ai, Piper!

– Respire fundo – disse ela automaticamente e começou a ofegar, *ha-ha-hee-hee*, do jeito que havia me ensinado. – Vou ligar para a Gianna e dizer que nós estamos a caminho.

Gianna era a dra. Del Sol, a obstetra que havia se envolvido no caso apenas oito semanas antes, a pedido de Piper.

– Nós?

– Você está planejando dirigir sozinha?

Quinze minutos mais tarde, eu havia conseguido me livrar das intermináveis perguntas da sua irmã e a sentei no sofá, onde ela ficou vendo *As pistas de Blue*. Sentei-me ao lado dela usando o casaco de inverno do seu pai, o único que cabia em mim.

No meu primeiro parto, eu tinha uma mala pronta perto da porta. Eu havia planejado tudo e tinha até gravado algumas músicas para serem tocadas na sala de parto. Eu sabia que doeria, mas a recompensa seria incrível: a criança que esperei meses para conhecer. No meu primeiro parto, eu estava muito empolgada.

Dessa vez, eu estava aterrorizada. Você estava mais segura dentro de mim do que jamais estaria depois que nascesse.

Então a porta se abriu de repente, e Piper ocupou todo o espaço com sua voz segura e sua jaqueta rosa-shocking. Seu marido, Rob, vinha logo atrás, carregando Emma, que por sua vez trazia consigo uma bola de neve.

– *As pistas de Blue?* – ele perguntou, sentando-se ao lado de Amelia. – Sabia que este é meu programa preferido? Depois de *Jerry Springer*, claro.

Amelia. Eu nem havia pensado em quem cuidaria dela enquanto estivesse no hospital para o parto.

– Qual o intervalo? – perguntou Piper.

Minhas contrações ocorriam a cada sete minutos. Enquanto outra delas se apoderava de mim como uma onda, eu me agarrava ao braço do sofá e contava até vinte. E me concentrava na rachadura na porta de vidro.

Redemoinhos de neve rodopiavam lá fora. Era belo e ao mesmo tempo assustador.

Piper se sentou ao meu lado e me deu a mão.

– Charlotte, vai dar tudo certo – prometeu e, como eu era uma tola, acreditei.

A sala de emergência estava cheia de pessoas que haviam se ferido em acidentes de carro durante a tempestade. Jovens seguravam toalhas ensanguentadas sobre a cabeça; crianças gemiam em macas. Passei à frente de todos eles graças a Piper e fui diretamente para a unidade neonatal, onde a dra. Del Sol já andava de lá para cá no corredor. Em dez minutos, recebi a anestesia peridural e fui levada numa cadeira de rodas até a sala de cirurgia para a cesárea.

Eu fazia jogos comigo mesma: se o número de lâmpadas fluorescentes no corredor for par, Sean chegará a tempo. Se houver mais homens que mulheres no elevador, tudo que os médicos me disseram se provará errado. Sem que eu precisasse pedir, Piper havia colocado o avental hospitalar, para que pudesse fazer o papel de Sean como minha companheira de parto.

– Ele chegará a tempo – disse ela, lançando-me um olhar.

A sala de cirurgia era asséptica, metálica. Uma enfermeira de olhos verdes – era tudo o que eu conseguia enxergar por sobre sua máscara e sob a toca – ergueu minha camisola e lambuzou minha barriga com antisséptico. Comecei a entrar em pânico quando eles penduraram a cortina de isolamento. E se eu não tivesse recebido anestesia o bastante na parte inferior do meu corpo e sentisse o bisturi me cortando? E se, apesar de todas as minhas esperanças, você nascesse e não sobrevivesse?

De repente a porta se abriu. Sean entrou correndo na sala, trazendo consigo um vento frio de inverno, o rosto coberto por uma máscara, o jaleco estéril vestido às pressas.

— Espere — pediu ele.

Sean veio até a cabeceira da maca e me tocou no rosto.

— Querida — disse. — Desculpe. Vim assim que soube...

Piper deu um tapinha no braço de Sean.

— Três é demais — disse ela, afastando-se de mim, mas não antes de apertar minha mão uma última vez.

E então Sean estava ao meu lado, o calor de suas mãos nos meus ombros, o ritmo da sua voz me distraindo enquanto a dra. Del Sol erguia o bisturi.

— Você quase me mata de susto — disse ele. — No que você e Piper estavam pensando pra dirigir sozinhas?

— Que não queríamos que o bebê nascesse no chão da cozinha.

Sean meneou a cabeça.

— Algo de horrível poderia ter acontecido.

Senti algo repuxando sob a cortina branca e prendi a respiração, virando a cabeça para o lado. Foi quando eu vi: a ampliação da ultrassonografia das vinte e sete semanas de gravidez com sete ossos quebrados, os membros fininhos dobrados para dentro. *Uma coisa horrível já aconteceu*, pensei.

E então você estava chorando, mesmo que eles a tenham erguido como se você fosse feita de açúcar. Você estava chorando, mas não o choro engasgado e simples de um recém-nascido. Você estava gritando como se estivesse se partindo ao meio.

— Calma — disse a dra. Del Sol para a enfermeira da obstetrícia. — Você precisa segurar o corpinho todo...

Ouviu-se um estalo, como uma bolha estourando, e, apesar de eu não achar que fosse possível, você gritou ainda mais alto.

— Ah, meu Deus — disse a enfermeira, com a voz alta e histérica. — Foi algo quebrando? Fui eu que fiz isso?

Eu tentava vê-la, mas só conseguia distinguir uma boca aberta e o furor avermelhado do seu rosto.

A equipe médica e as enfermeiras reunidas não conseguiam impedi-la de chorar. Acho que, até o momento em que a ouvi chorar, parte de mim acreditava que os ultrassons e exames e médicos estavam errados. Até esse momento, minha maior preocupação era não saber como amá-la.

Sean espiou sobre os ombros dos médicos e enfermeiras.

– Ela é perfeita – disse ele com as palavras contidas, virando-se para mim como um cachorrinho amedrontado e carente.

Bebês perfeitos não choram tão alto a ponto de você ser capaz de ouvir seu próprio coração se partindo ao meio. Bebês perfeitos parecem perfeitos por fora e *são* perfeitos por dentro.

– Não erga o bracinho dela – murmurou uma enfermeira.

A outra disse:

– Como vou enfaixá-la se não posso tocá-la?

E o tempo todo você chorava, num tom que eu jamais havia ouvido.

– Willow* – sussurrei, o nome que eu e seu pai havíamos escolhido. Eu tive de convencê-lo. "Não vou chamá-la disso", dissera ele. "Essas árvores choram." Mas eu queria lhe dar uma profecia para que você levasse consigo, o nome de uma árvore cujos galhos se dobram, mas não se quebram.

– Willow – sussurrei novamente, e de algum modo, em meio à confusão da equipe médica e o barulho das máquinas e o desespero da sua dor, você me ouviu.

– Willow – eu disse em voz alta, e você se virou para o som como se a palavra fossem meus braços ao seu redor.

– Willow – eu disse, e, simples assim, você parou de chorar.

Aos cinco meses de gravidez, recebi uma ligação do restaurante onde trabalhava. A mãe do confeiteiro havia quebrado a bacia e, justo naquela noite, eles receberiam o crítico gastronômico do *Boston Globe*. Apesar de soar extremamente presunçoso e talvez não ser uma boa hora para mim, será que eu não poderia substituí-lo e preparar minha torta mil-folhas de chocolate, aquela com sorvete de chocolate com pimenta, abacate e bananas caramelizadas?

Admito que eu estava sendo egoísta. Eu me sentia flácida e gorda e queria lembrar que certa vez já havia sido boa em outra coisa além de brincar de pescaria com sua irmãzinha e de separar as peças coloridas

---

* Nome de uma árvore comum, conhecida no Brasil como chorão ou salgueiro, cujos galhos pendem até o chão. (N. do T.)

das brancas no cesto de roupa suja. Deixei Amelia com uma babá adolescente e fui para o Capers.

A cozinha não havia mudado nada desde a época em que eu trabalhara lá, apesar de o novo chef ter alterado alguns detalhes. Eu imediatamente limpei meu local de trabalho e comecei a preparar minha torta. Nesse meio-tempo, deixei cair um pedaço de manteiga e me abaixei para pegá-lo antes que alguém escorregasse e caísse. Quando me abaixei, percebi claramente que não era capaz de dobrar a cintura como antes. Eu a senti roubar meu fôlego, assim como roubei o seu.

– Desculpe, bebê – disse em voz alta e me levantei.

Eu me pergunto: teria sido nesse momento que aqueles sete ossinhos se quebraram? Será que, ao evitar que outra pessoa se machucasse, eu acabei machucando *você*?

Dei à luz pouco depois das três da tarde, mas só a vi depois das oito da noite. A cada meia hora, Sean saía para saber notícias e me manter informada. "Eles estão tirando raios x." "Estão fazendo exames de sangue." "Eles acham que o calcanhar dela também pode estar quebrado." E então, às seis horas, ele me deu uma ótima notícia: "Tipo III", disse. "Ela tem sete fraturas que estão cicatrizando e quatro novas, mas está respirando bem." Deitei-me na cama do hospital sorrindo incontrolavelmente, certa de que eu era a única mãe na unidade neonatal capaz de ficar feliz com uma notícia como essa.

Havia dois meses sabíamos que você nasceria com OI – osteogênese imperfeita –, duas letras do alfabeto que a acompanhariam para sempre. Trata-se de um problema na produção de colágeno que torna os ossos tão frágeis a ponto de se quebrarem apenas com um tropeção, uma torção, um espirro. Há vários tipos de OI, mas apenas dois causam fraturas intrauterinas, como as que vimos no meu ultrassom. Mesmo assim, o radiologista não podia dizer com certeza se você tinha o tipo II, fatal no nascimento, ou o tipo III, que é um caso grave e causa deformações progressivas. Agora eu sabia que você talvez tivesse outras centenas de fraturas ao longo dos anos, mas isso já não importava: você teria uma vida inteira para superá-las.

Quando a tempestade diminuiu, Sean foi para casa pegar sua irmã, para que ela pudesse conhecê-la. Fiquei assistindo à previsão meteorológica que mostrava a tempestade indo para o sul, transformando-se numa chuva de gelo que paralisaria Washington, D.C., e os aeroportos durante três dias. Ouvi alguém bater à minha porta e me esforcei para levantar um pouco, mesmo que isso me causasse uma dor insuportável nos pontos da cirurgia.

– Oi – disse Piper, entrando no quarto e se sentando na beirada da cama. – Já sei de tudo.

– Eu sei – eu disse. – Temos tanta sorte.

Houve uma ligeira hesitação antes que ela sorrisse e concordasse.

– Ela está a caminho agora – disse Piper. E, de repente, uma enfermeira entrou trazendo um berço para dentro do quarto.

– Aqui está sua mamãe – entusiasmou-se.

Você estava dormindo profundamente no colchãozinho de espuma parecido com uma embalagem de ovo com o qual seu bercinho de plástico foi recoberto. Seus bracinhos e perninhas e seu calcanhar esquerdo estavam enfaixados.

Quando você ficasse mais velha, seria mais fácil lhe explicar que você tinha OI. Quem soubesse do que se tratava notaria sua doença pelos seus braços e pernas arqueados, pelo formato triangular do seu rosto e pelo fato de que você jamais cresceria muito além de um metro – mas, naquele momento, mesmo com as faixas, você era perfeita. Sua pele era rosada como um pêssego, e sua boca parecia uma pequena amora. Seus cabelos eram um ninho dourado e seus cílios, longos como a unha do meu dedo mindinho. Aproximei-me para tocá-la, mas logo afastei a mão.

Estive tão ocupada desejando que você sobrevivesse que não pensei muito nos desafios que você enfrentaria. Eu tinha uma linda menina, frágil como uma bolha de sabão. Como sua mãe, eu deveria protegê-la. Mas e se eu tentasse e lhe causasse ainda mais dor?

Piper e a enfermeira trocaram olhares.

– Você quer pegá-la no colo, não? – perguntou Piper, passando o braço por sob a camada de espuma enquanto a enfermeira erguia os cantos como se fossem apoios para seus bracinhos. Lentamente, elas colocaram o colchãozinho de espuma no vão entre meu cotovelo e meu corpo.

– Oi – sussurrei, puxando-a para mais perto. Minha mão, presa sob você, sentiu a superfície áspera da cama improvisada de espuma. Eu me perguntava quanto tempo levaria até que eu pudesse carregá-la e sentir sua pele contra a minha. Pensei em todas as vezes que Amelia havia chorado quando bebê; em como eu cuidara dela e dormira com ela no colo, sempre preocupada se eu não a sufocaria ao virar para o lado. Mas, com você, até mesmo levantá-la do berço poderia ser perigoso. Mesmo acariciar-lhe as costas.

Olhei para Piper.

– Talvez você devesse pegá-la...

Ela se sentou ao meu lado e passou o dedo sobre sua cabecinha em forma de lua crescente.

– Charlotte – disse Piper –, ela não vai se quebrar.

Nós duas sabíamos que era mentira, mas, antes que eu pudesse lhe dizer isso, Amelia entrou correndo no quarto, ainda com neve nas luvas e na touca de lã.

– Ela chegou, ela chegou – cantou sua irmã. No dia em que contei a ela sobre sua vinda, Amelia me perguntou se você nasceria a tempo do almoço. Quando eu lhe disse que ainda teria de esperar cinco meses, ela concluiu que era tempo demais. Assim, Amelia fingiu que você já havia chegado, carregando de um lado para o outro sua boneca preferida e a chamando de Maninha. Às vezes, quando Amelia se aborrecia ou se distraía, ela deixava a boneca cair de cabeça no chão e seu pai ria. "Ainda bem que ela só está praticando", dizia ele.

Sean surgiu na porta assim que Amelia subiu na cama, no colo de Piper, para dar sua opinião.

– Ela é pequena demais para patinar comigo – disse Amelia. – E por que ela está vestida como uma múmia?

– São laços – eu disse. – Laços de presente.

Foi a primeira vez que menti para protegê-la e, como se adivinhasse, você escolheu aquela hora para acordar. Você não chorou nem gemeu.

– O que aconteceu com os olhos dela? – perguntou Amelia, e todos vimos a marca de sua doença: sua esclerótica, em vez de branca, era azul.

Quando o dia se foi, as enfermeiras do turno da noite começaram a trabalhar. Nós duas dormíamos pesadamente quando a mulher entrou no quarto. Recobrei lentamente a consciência, focando no uniforme dela, no crachá e nos cabelos ruivos encaracolados.

– Espere – eu disse, enquanto ela tentava pegá-la envolta pelo cobertor. – Tome cuidado.

Ela sorriu com indulgência.

– Relaxa, mamãe. Eu já verifiquei fraldas milhares de vezes.

Mas isso foi antes de eu descobrir como falar por você... Ao desfazer o nó das faixas, ela as puxou com muita força, e você rolou para o lado e começou a berrar – não o choro de antes, de quando você estava com fome, e sim o grito estridente que eu ouvira quando você nasceu.

– Você a machucou!

– Ela só não gosta de ser acordada no meio da noite...

Eu não conseguia imaginar nada pior do que seus choros, mas então sua pele ficou tão azulada quanto seus olhos, e sua respiração se tornou ofegante. A enfermeira se aproximou com um estetoscópio.

– O que está havendo? O que há de errado com ela? – perguntei.

Ela fez uma cara feia enquanto ouvia seu peito e então, de repente, você ficou toda mole. A enfermeira apertou um botão atrás da minha cama.

– Código azul – eu a ouvi dizer, e o quartinho de repente ficou cheio de gente, apesar de estarmos no meio da noite. As palavras voavam como mísseis: "hipoxemia... sangue arterial... SO_2 a 46%... administrando FiO_2".

– Vou começar a massagem cardíaca – disse alguém.

– Ela tem 01.

– É melhor viver com algumas fraturas do que morrer sem elas.

– Precisamos de um aparelho portátil de raio x peitoral...

– Não havia sons de respiração do lado esquerdo quando isso começou...

– Não dá para esperar pelo raio x. Pode haver pneumotórax...

Entre as sombras dos corpos que se agitavam, vi o brilho de uma agulha sendo inserida entre suas costelas e depois um bisturi que lhe fazia um corte, o sangue, o grampo, o tamanho do tubo que era colocado em seu peito. Eu os vi costurando o tubo no lugar, um tubo que saía pela lateral do seu corpo.

Quando Sean chegou, de olhos arregalados e assustado, você já havia sido transferida para a UTI neonatal.

– Eles a cortaram – chorei, as únicas palavras que consegui dizer e, quando ele me puxou para me abraçar, finalmente deixei que todas as lágrimas escorressem, todas as lágrimas que eu estava com medo de chorar.

– Sr. e sra. O'Keefe? Sou o dr. Rhodes.

Um homem que parecia jovem demais entrou lentamente no quarto, e Sean apertou forte a minha mão.

– Está tudo bem com a Willow? – perguntou Sean.

– Podemos vê-la?

– Daqui a pouco – disse o médico, e o nó dentro de mim se desfez. – Um raio x do peito confirmou uma costela quebrada. Ela teve hipoxemia, o que resultou em pneumotórax, desvio do mediastino e em consequente parada cardiopulmonar.

– Na minha língua... – resmungou Sean. – Pelo amor de Deus.

– Ela ficou sem oxigênio por alguns minutos, sr. O'Keefe. O coração, a traqueia e os principais vasos passaram para o outro lado do corpo, como resultado do ar que preencheu a cavidade peitoral. O tubo vai permitir que eles voltem ao lugar certo.

– Sem oxigênio – disse Sean, as palavras presas na garganta. – Você está falando de danos cerebrais?

– É possível. Só saberemos mais para frente.

Sean se inclinou, as mãos cerradas com tanta força que os nós dos dedos saltavam.

– Mas o coração dela...

– Ela está estável agora... embora possa ocorrer outra parada cardiorrespiratória. Simplesmente não sabemos como o corpo dela vai reagir ao que fizemos para salvá-la naquela hora.

Comecei a chorar.

– Não quero que ela passe por aquilo novamente. Não posso deixá-los fazerem aquilo com ela, Sean.

O médico pareceu abatido.

– Talvez vocês queiram considerar uma ONR. É a ordem de não reanimar, um documento que garante que não haverá nenhum procedimento de ressuscitação e que ficará no registro médico dela. Ele basicamente diz que, se algo assim ocorrer novamente, vocês não querem que nenhuma outra medida extrema seja tomada para ressuscitar Willow.

Eu havia passado as últimas semanas da minha gestação me preparando para o pior, mas, pelo visto, não havia chegado nem perto.

– É somente algo a se considerar – disse o médico.

— Talvez — disse Sean — ela não tenha nascido para ficar conosco. Talvez seja a vontade de Deus.
— E quanto à minha vontade? — perguntei. — Eu a quero. Sempre a quis.
Ele levantou os olhos na minha direção, parecendo magoado.
— E você acha que eu não a quero?
Pela janela, eu podia ver o jardim do hospital coberto pela neve recém-caída. O frio lá fora cortava e cegava a todos nós; era impossível imaginar que, horas antes, houvera ali uma terrível tempestade. Um pai ousado, tentando manter o filho ocupado, levara uma bandeja da cafeteria para fora. O menino deslizava sobre a bandeja pelo jardim, lançando um rastro de neve atrás de si. Ele se endireitou e acenou em direção ao hospital, onde alguém devia estar olhando por uma janela igual à minha. Eu me perguntava se a mãe do garoto estava no hospital dando à luz outro bebê. Se ela estava no quarto ao lado, agora mesmo, observando o filho.
Minha filha, pensei distraidamente, *jamais será capaz de fazer aquilo.*

Piper segurou minha mão com força enquanto observávamos você na UTI neonatal. O tubo peitoral ainda saía de suas costelas quebradas; faixas mantinham seus braços e pernas apertados. Eu quase perdi o equilíbrio.
— Você está bem? — perguntou Piper.
— Não é comigo que você precisa se preocupar — respondi, olhando para ela. — Eles me perguntaram se eu queria assinar uma ONR.
Piper arregalou os olhos.
— Quem lhe perguntou isso?
— Dr. Rhodes...
— Ele é *residente* — disse ela, com o mesmo desprezo como se dissesse "Ele é nazista". — Ele não sabe nem onde fica a cantina, muito menos o protocolo para conversar com uma mãe que acaba de ver sua filha sofrer uma parada cardíaca. Pediatra algum jamais recomendaria uma ONR a um recém-nascido antes que um exame cerebral provasse qualquer dano irreversível...
— Eles a cortaram na minha frente — eu disse, com a voz trêmula. — Ouvi suas costelas se quebrando quando eles tentaram reanimar seu coração.

– Charlotte...

– Você assinaria? – Ela não respondeu e eu caminhei até o outro lado do berço, para que você ficasse escondida entre nós, como um segredo. – É assim que será o resto da minha vida?

Durante muito tempo, Piper ficou em silêncio. Ouvíamos a sinfonia de zunidos e bipes que nos cercavam. Eu a observei assustada, os dedinhos se contorcendo, os bracinhos se esticando.

– Não o resto da sua vida – disse Piper. – O resto da vida de Willow.

Naquele mesmo dia, mais tarde, com as palavras de Piper ecoando em meus ouvidos, assinei a ONR. Era um claro pedido de misericórdia, até que você o lesse nas entrelinhas: foi a primeira vez que menti e disse que não havia desejado que você nascesse.

I

Muitas coisas se partem, inclusive o coração.

As lições da vida se acumulam não como sabedoria, mas como cicatrizes e calos.

— WALLACE STEGNER, *The Spectator Bird*

TEMPERAR: AQUECER LENTA E GRADUALMENTE.

Na culinária, temperar pode ter a ver com fortalecer algo com o tempo. Você tempera os ovos acrescentando líquido morno aos poucos. A ideia é aumentar a temperatura sem deixá-los se solidificar. O resultado é um creme firme que pode ser usado como recheio de sobremesas ou incorporado a pratos mais complexos.

Eis algo interessante: a consistência do produto final não tem nada a ver com o tipo de líquido usado para aquecê-lo. Quanto mais ovos se usam, mais espesso e exuberante será o produto final.

Em outras palavras, é a substância que você usa no começo que determina o resultado.

CREME PATISSERIE

2 xícaras de leite integral
6 gemas a temperatura ambiente
140 g de açúcar
40 g de amido de milho
1 colher (chá) de baunilha

Ferva o leite numa panela antiaderente. Numa tigela de aço inoxidável, misture as gemas, o açúcar e o amido de milho. Tempere a mistura com o leite. Coloque o leite e a mistura de ovos no fogo, mexendo constantemente. Quando o creme começar a engrossar, mexa ainda mais, até que ele ferva, depois tire do fogo. Acrescente a baunilha e coloque tudo em outra tigela de aço inoxidável. Salpique com um pouco de açúcar e cubra o creme com filme plástico. Coloque-o na geladeira antes de servir. Este creme pode ser usado como recheio para tortas de frutas, massas folhadas, bombas, biscoitos etc.

Amelia
Fevereiro de 2007

Durante toda a minha vida, nunca tive férias. Nem mesmo saí de New Hampshire, a não ser que você conte quando fomos com a mamãe para Nebraska. Mas até *você* tem de admitir que ficar três dias num quarto do Hospital Shriners assistindo ao *Tom e Jerry* enquanto você era examinada nem se compara a ir à praia ou ao Grand Canyon. Assim, você pode imaginar como fiquei entusiasmada quando descobri que nossa família estava planejando uma viagem à Disney World. Viajaríamos nas férias escolares de fevereiro. Ficaríamos num hotel que tinha um monotrilho passando bem no meio.

A mamãe começou a fazer uma lista dos brinquedos em que brincaríamos. Ilha da Fantasia, Dumbo, O Voo do Peter Pan.

– Mas são brinquedos para bebês – reclamei.

– São brinquedos seguros – disse ela.

– Space Mountain – sugeri.

– Piratas do Caribe – retrucou ela.

– Maravilha – gritei. – São as primeiras férias da minha vida e eu nem vou me divertir.

Então, saí correndo para o nosso quarto e, mesmo longe deles, eu podia imaginar o que nossos pais estavam conversando.

– Lá vai a Amelia se fazendo de difícil novamente.

Engraçado, quando coisas desse tipo acontecem (ou seja, *sempre*), a mamãe nunca tenta abafá-las. Ela está sempre ocupada demais se assegurando de que tudo esteja bem com você, por isso a responsabilidade recai sobre o papai. Ah, olha só, eis outra coisa que me dá inveja: ele é o seu pai de verdade, mas é só meu padrasto. Não conheço meu pai biológico; ele e minha mãe se separaram antes que eu nascesse, e ela jura que sua ausência é o melhor presente que ele jamais poderia ter me dado. Mas Sean me adotou e age como se me amasse do mesmo modo que ama você – mesmo que eu sinta uma fagulha de dúvida na minha mente, lembrando constantemente que é impossível ser verdade.

– Meel – disse ele, entrando no meu quarto (ele é a única pessoa que eu deixo me chamar assim em um milhão de anos; o apelido me faz pensar em vermes que se infiltram no chão e o destroem, mas não quando o papai diz). – Eu sei que você está pronta para os brinquedos mais emocionantes. Mas estamos tentando garantir que a Willow também se divirta. Porque, quando ela está se divertindo, todos nós nos divertimos. Ele não precisava dizer isso, porque era o que eu ouvia o tempo todo.

– Queremos apenas ser uma família de férias – ele disse.

Eu hesitei.

– As Xícaras Malucas – me ouvi dizendo.

Papai disse que ficaria do meu lado e, mesmo que mamãe fosse totalmente contra – e se você fosse esmagada contra a armação de fibra de vidro da xícara? –, ele a convenceu de que podíamos girar com você protegida pelo nosso corpo para que não se machucasse. Então, ele deu uma risadinha na minha direção, tão orgulhoso de si mesmo por ter feito esse acordo, que não tive coragem de lhe dizer que eu, na verdade, não dava a mínima para as Xícaras Malucas.

Lembrei-me disso porque, alguns anos atrás, havia visto um comercial da Disney World na televisão. O anúncio mostrava a Sininho voando como um mosquito pelo Magic Kingdom e sobre a cabeça dos visitantes entusiasmados. Havia uma família com duas filhas, da mesma idade que eu e você, e elas estavam brincando nas xícaras do Chapeleiro Maluco. Eu não conseguia tirar os olhos daquelas pessoas – a filha mais velha tinha cabelos castanhos como os meus; e, olhando bem, o pai se parecia muito com o nosso. A família parecia tão feliz que eu senti o estômago doer ao assistir àquilo. Eu sabia que as pessoas no comercial provavelmente nem eram uma família de verdade – que a mãe e o pai provavelmente eram dois atores solteiros, que teriam conhecido as filhas postiças naquela mesma manhã ao chegar ao estúdio para filmar o anúncio –, mas eu *queria* que fossem. Queria acreditar que realmente riam e gargalhavam enquanto giravam descontroladamente.

Pegue dez pessoas desconhecidas, coloque-as numa sala e lhes pergunte de qual de nós duas elas sentem mais pena, e nós sabemos quem elas escolherão. É difícil ignorar suas ataduras; e o fato de você ser do tamanho de uma criança de dois anos, apesar de ter cinco; e o movimento engraçado do seu quadril quando você anda. Não estou querendo dizer que você passa por tudo isso facilmente. Só que eu sofro, porque, sempre que penso que minha vida é uma droga, olho para você e me odeio ainda mais por pensar que a minha vida é uma droga.

Eis um exemplo do que significa ser eu:

"Amelia, não pule na cama, você vai machucar a Willow."

"Amelia, quantas vezes já lhe disse para não deixar as meias no chão porque a Willow pode tropeçar nelas?"

"Amelia, desligue a TV" (apesar de eu estar assistindo há apenas meia hora e você há cinco horas, sem parar).

Eu sei que pareço egoísta, mas, novamente, saber que algo é verdade não a impede de senti-lo. Eu tenho apenas doze anos, mas, acredite, é o bastante para saber que nossa família não é como as outras e jamais será. Um exemplo clássico: que família enche toda uma mala com curativos e ataduras à prova d'água, caso precise? Que mãe passa dias pesquisando os hospitais de Orlando?

No dia da viagem, enquanto o papai carregava o carro, você e eu nos sentamos à mesa da cozinha e ficamos brincando de tesoura-pedra-papel.

– Vai – eu disse, e nós duas mostramos tesouras. Eu deveria ter imaginado; você sempre mostra tesoura.

– Vai – eu disse novamente, e desta vez mostrei pedra. – Pedra ganha de tesoura – eu disse, batendo com meu punho na sua mão.

– Cuidado – disse a mamãe, mesmo olhando para o outro lado.

– Ganhei.

– Você sempre ganha.

Eu ri de você.

– Porque você sempre mostra tesoura.

– Leonardo da Vinci inventou a tesoura – você disse. Você era, em geral, cheia de informações que ninguém tinha ou não dava a mínima, porque você lia o tempo todo, navegava na internet ou assistia a programas no canal de história que me davam sono. As pessoas ficavam loucas com isso, deparar-se com uma menina de cinco anos que sabia que o som das descargas é sempre em mi bemol ou que a palavra mais antiga em inglês é *town*, mas mamãe dizia que muitas crianças com OI eram leitores precoces com habilidades verbais avançadas. Eu entendia que seu cérebro era como um músculo, que era muito mais usado do que o restante do seu corpo, que estava sempre se machucando; não é de admirar que você parecesse uma pequena Einstein.

– Peguei tudo? – perguntou a mamãe, mas ela estava falando consigo mesma. Pela bilionésima vez ela repassou a lista. – A carta – disse, e depois se virou para mim. – Amelia, precisamos da carta do médico.

Era uma carta do dr. Rosenblad dizendo o óbvio: que você tinha OI, que era tratada por ele no Hospital Pediátrico – em caso de emergência, o que era até engraçado, porque suas fraturas eram uma emergência após a outra. A carta ficava no porta-luvas do carro, perto do documento e do manual do Toyota, junto com um mapa todo amassado de Massachusetts, o recibo de uma troca de óleo e um pedaço de chiclete que perdeu a embalagem e se encheu de pelos. Eu mesma fiz o inventário certa vez, quando mamãe estava pagando a gasolina.

– Se a carta está na van, por que você não a pega a caminho do aeroporto?

– Porque vou esquecer – respondeu a mamãe enquanto o papai entrava.

– Tudo pronto – disse ele. – Que tal, Willow? Vamos visitar o Mickey?

Você lhe sorriu enormemente, como se Mickey Mouse fosse de verdade e não apenas um adolescente qualquer com uma enorme cabeça de plástico em seu emprego temporário de verão.

– Mickey Mouse faz aniversário no dia dezoito de novembro – você anunciou, enquanto papai a ajudava a descer da cadeira. – Amelia ganhou de mim no tesoura-pedra-papel.

– Porque você sempre mostra tesoura – disse o papai.

Mamãe fez uma cara feia para a lista novamente.

– Sean, você pegou o Motrin?

– Dois frascos.

– E a câmera?

– Droga, eu a peguei e a deixei no armário lá de cima... – Ele se voltou para mim. – Querida, você pode pegá-la enquanto eu coloco Willow no carro?

Fiz que sim e corri para o andar superior. Quando desci com a câmera na mão, mamãe estava sozinha na cozinha, virando-se lentamente, como se não soubesse o que fazer sem Willow ao seu lado. Ela desligou as luzes e trancou a porta e eu fui para a van. Entreguei a câmera ao papai e me ajeitei ao lado do seu assento no carro, admitindo, por mais estúpido que fosse para uma menina de doze anos, que eu realmente estava entusiasmada com a viagem à Disney World. Eu estava pensando no sol e nas músicas e nos monotrilhos, e não na carta do dr. Rosenblad.

O que significa que tudo o que aconteceu foi minha culpa.

Nós nem chegamos a brincar nas malditas xícaras. Assim que nosso voo aterrissou e chegamos ao hotel, já era fim de tarde. Dirigimos até o parque temático e estávamos andando pela Main Street – com vista para o Castelo da Cinderela – quando tudo deu errado. Você disse que estava com fome então nós fomos a uma sorveteria de estilo antigo. Papai entrou na fila segurando sua mão enquanto mamãe trouxe guardanapos para a mesa onde eu já estava sentada.

– Olha – eu disse, apontando para o Pateta batendo na mão de uma criancinha chorona. No momento em que mamãe deixou um guardanapo cair no chão e o papai soltou sua mão para pegar a carteira, você correu para a janela para ver o que eu queria lhe mostrar e escorregou no pedacinho de papel.

Todos observamos a cena em câmera lenta, o modo como suas pernas simplesmente pararam, e então você caiu sentada. Você nos olhou e o branco de seus olhos brilhou com um tom azulado, como sempre acontece quando você se quebra.

Era quase como se todos na Disney World esperassem que isso acontecesse. Imediatamente, mamãe disse ao homem que servia sorvete que você quebrara a perna e dois homens da unidade médica do parque vieram com uma maca. Sob as ordens da mamãe, como ela sempre faz quando está perto de médicos, eles conseguiram colocá-la sobre a maca. Você não estava chorando, se bem que você raramente chorava quando quebrava algum osso. Uma vez eu quebrei o dedinho jogando peteca na escola e fiquei desesperada enquanto o dedo vermelho inchava como um balão, mas você não chorou nem mesmo quando teve uma fratura exposta no braço.

– Dói? – sussurrei, enquanto eles levantavam a maca para que ela, de repente, tivesse rodinhas.

Você estava mordendo o lábio e fez que sim.

Havia uma ambulância esperando por nós quando chegamos ao portão da Disney World. Dei uma última olhada para a Main Street, para o topo de metal da Space Mountain, para as crianças que entravam correndo em vez de sair do parque, e então entrei no carro que alguém arranjou para que o papai e eu pudéssemos seguir você e a mamãe ao hospital.

Era estranho ir a uma sala de emergência diferente da de sempre. Todo mundo no hospital da nossa cidade a conhecia e todos os médicos ouviam o que a mamãe lhes dizia. Aqui, porém, ninguém prestava atenção nela. Eles diziam que era possível que houvesse *duas* fraturas femorais e que isso significava hemorragia interna. Mamãe entrou com você na sala de exames para o raio x, enquanto papai e eu ficamos sentados nas cadeiras de plástico verde da sala de espera.

– Desculpe, Meel – disse ele, e eu apenas dei de ombros. – Talvez seja algo simples e possamos voltar ao parque amanhã.

Um homem usando um terno preto na Disney World disse ao papai que seríamos recompensados, o que quer que isso significasse, se quiséssemos voltar outro dia.

Era sábado à noite e as pessoas que entravam na emergência eram muito mais interessantes do que o programa na televisão. Havia dois meninos que pareciam velhos o bastante para estar na faculdade, ambos com a cabeça sangrando no mesmo lugar e rindo sempre que olhavam um para o outro. Havia um velho usando calças cheias de lantejoulas e segurando o lado direito da barriga, e uma menina que só falava espanhol e estava carregando dois bebês gêmeos.

De repente, mamãe surgiu das portas à direita com uma enfermeira correndo atrás dela e outra mulher usando saia vermelha e sapatos de salto alto.

– A carta – pediu ela. – Sean, o que você fez com a carta?

– Que carta? – perguntou papai, mas eu já sabia a que ela estava se referindo e, no mesmo instante, achei que fosse vomitar.

– Sra. O'Keefe – disse a mulher. – Por favor, vamos fazer isso num lugar com mais privacidade.

Ela tocou no braço da mamãe e – bem, a única maneira de descrever isso foi que a mamãe simplesmente se dobrou ao meio. Fomos levados a uma sala com um velho sofá vermelho e uma mesinha oval e flores falsas num vaso. Havia um quadro na parede com dois pandas e eu fiquei olhando para aquela imagem enquanto a mulher de saias – ela disse que seu nome era Donna Roman e que ela era do Departamento de Crianças e Famílias – conversava com meus pais.

– O dr. Rice entrou em contato conosco porque está um pouco preocupado com os ferimentos de Willow – disse ela. – O arqueamento do braço dela e os exames de raio x indicam que essa não foi sua primeira fratura.

– Willow tem osteogênese imperfeita – disse o papai.

– Eu já lhe disse isso – afirmou a mamãe. – Ela não me ouve.

– Sem o testemunho de um médico, temos de levar este caso adiante. É apenas o protocolo, para proteger a criança...

– Eu gostaria de proteger minha filha – disse mamãe, sua voz afiada como uma faca. – Gostaria que você simplesmente me deixasse voltar lá para que eu possa fazer isso.

– O dr. Rice é um especialista...

– Se ele fosse um especialista, saberia que estou dizendo a verdade – retrucou mamãe.

– Pelo que sei, o dr. Rice está tentando entrar em contato com o médico da sua filha – disse Donna Roman. – Mas, como é sábado à noite, ele está com dificuldade. Enquanto isso, gostaria que vocês assinassem alguns documentos para que possamos fazer um exame completo na Willow, um exame ósseo e neurológico completo, e até lá podemos continuar conversando.

– A última coisa que a Willow precisa é de mais exames... – disse mamãe.

– Olhe, sra. Roman – interrompeu papai. – Sou um policial. Você não está mesmo achando que estamos mentindo, está?

– Já conversei com sua esposa, sr. O'Keefe, e vou falar com o senhor também. Mas primeiro eu gostaria de falar com a irmã de Willow.

Minha boca se abriu e fechou, mas nenhuma palavra saiu dela. Mamãe estava me olhando como se tentasse se comunicar telepaticamente, e eu olhei para o chão até que vi aqueles sapatos vermelhos de salto alto pararem diante de mim.

– Você deve ser Amelia – disse ela, e eu fiz que sim. – Por que não damos uma volta?

Enquanto saíamos, um policial que se parecia com o papai quando ia para o trabalho surgiu na porta.

– Separe-os – disse Donna Roman, e ele fez que sim.

Então ela me levou à máquina de doces no final do corredor.

– O que você quer? Eu gosto de chocolate, mas talvez você prefira batatas fritas.

Agora que meus pais estavam longe, ela estava sendo muito mais gentil comigo – então imediatamente apontei para a barra de Snickers, pensando que o melhor era levar alguma vantagem nessa história toda.

– Acho que não era assim que você imaginava suas férias – disse ela, e eu fiz que não. – Isso já aconteceu com Willow antes?

– Sim. Ela quebra os ossos o tempo todo.

– Como?

Para alguém que deveria ser inteligente, aquela mulher com certeza não parecia nada disso. Como é que *alguém* quebra os ossos?

– Ela cai, eu acho. Ou é atingida por alguma coisa.

– Ela é atingida por alguma coisa? – repetiu Donna Roman. – Ou você está querendo dizer por *alguém*?

Houve uma vez, na pré-escola, em que uma criança tropeçou em você no parquinho. Você sempre foi muito boa em se desvencilhar, mas naquele dia você não foi rápida o bastante.

– Bem – eu disse –, às vezes isso acontece também.

– Quem estava com a Willow quando ela se machucou *desta* vez, Amelia?

Eu me lembrei da sorveteria e do papai segurando sua mão.

– Meu pai.

Ela fez uma cara feia. Colocando mais moedas em outra máquina, pegou uma garrafa de água. Abriu a tampa. Eu queria que ela me oferecesse água, mas estava com vergonha de pedir.

– Ele estava nervoso?

Pensei na expressão do meu pai enquanto corríamos para o hospital atrás da ambulância. Nos punhos dele, apoiados nas coxas enquanto esperávamos por alguma notícia sobre a mais recente fratura de Willow.

– Sim... Muito nervoso.

– Você acha que ele fez isso porque estava irritado com Willow?

– Fez o quê?

Donna Roman se ajoelhou para que pudesse me olhar nos olhos.

– Amelia – disse ela. – Você pode me contar o que realmente aconteceu. Eu lhe garanto que ele não vai machucar você.

De repente eu percebi o que ela estava achando que eu disse.

– Meu pai não estava nervoso com a Willow – eu disse. – Ele não bateu nela. Foi um acidente!

– Acidentes desse tipo não têm que acontecer.

– Não... Você não entende... É porque a Willow...

– *Nada* do que as crianças façam justifica maus-tratos – murmurou Donna Roman, mas eu pude ouvi-la alto e claro. Agora ela estava voltando para a sala onde estavam meus pais e, mesmo que eu estivesse gritando, tentando fazer com que ela me ouvisse, ela não me ouvia.

– Sr. e sra. O'Keefe – disse ela –, estamos colocando seus filhos sob custódia do Estado.

– Por que não vamos para a delegacia conversar? – o policial estava dizendo ao papai.

Mamãe me abraçou.

– Custódia do Estado? O que isso significa?

Com uma mão firme – e a ajuda do policial –, Donna Roman tentou afastá-la de mim.

– Estamos apenas mantendo suas filhas a salvo até que possamos esclarecer tudo isso. Willow passará a noite aqui.

Ela começou a me puxar para fora da sala, mas eu me segurei à porta.

– Amelia? – disse minha mãe, histérica. – O que você disse?

– Eu tentei dizer a verdade!

– *Para onde você está levando minha filha?*

– *Mãe!* – gritei e corri na direção dela.

– Venha, querida – disse Donna Roman, puxando-me pelas mãos até que eu tivesse de me soltar, até que eu fosse arrastada para fora do hospital, chutando e gritando. Fiz isso por uns cinco minutos, até que fiquei completamente catatônica. Até que entendi por que você não chorava, por mais que doesse: alguns tipos de dor são silenciosos.

Eu já havia ouvido a palavra *abrigo* antes, em livros e programas de televisão. Eu achava que eram casas para órfãos e crianças pobres, crianças cujos pais eram traficantes – não meninas como eu, que viviam em belas casas e ganhavam vários presentes de Natal e nunca dormiam com fome. O fato, porém, é que a sra. Ward, que cuidava daquele abrigo temporário, podia ser uma mãe como qualquer outra. Acho até que ela já tinha sido mãe, a julgar por todas as fotos espalhadas pelo lugar, como papel de parede. Ela nos encontrou na porta usando um roupão vermelho e pantufas de porquinho.

– Você deve ser Amelia – disse, e abriu um pouco mais a porta.

Eu estava esperando um bando de crianças, mas eu era a única hóspede da sra. Ward. Ela me levou à cozinha, que cheirava a detergente e macarrão instantâneo. Colocou um copo de leite e uma pilha de biscoitos recheados diante de mim.

– Você provavelmente está morrendo de fome – disse e, apesar de estar, fiz que não. Não queria receber nada dela; parecia que eu estava me entregando.

Meu quarto tinha um armário, uma caminha e um edredom com estampa de cerejas. Havia uma televisão e um controle remoto. Meus pais nunca me deixaram ter uma televisão no meu quarto; minha mãe dizia que isso era a Raiz de Todo o Mal. Contei isso à sra. Ward e ela riu.

– Talvez – disse ela. – Se bem que, às vezes, *Os Simpsons* são o melhor remédio que existe.

Ela abriu uma porta do armário e de lá tirou uma toalha limpa e uma camisola uns dois números maior que o meu. Eu me perguntava de onde aquilo havia vindo. E me perguntava por quanto tempo a última garota que a vestiu dormiu naquela mesma cama.

– Estou no fim do corredor, se você precisar – disse a sra. Ward. – Você precisa de mais alguma coisa?

Minha mãe.

Meu pai.

Você.

Nossa casa.

– Quanto tempo – consegui dizer, as primeiras palavras que dissera em voz alta naquela casa – tenho que ficar aqui?

A sra. Ward sorriu com tristeza.

– Não sei lhe dizer, Amelia.

– Os meus pais... eles estão em abrigos também?

Ela hesitou.

– Mais ou menos.

– Quero ver a Willow.

– Será a primeira coisa que faremos amanhã – ela disse. – Vamos direto ao hospital. Que tal?

Fiz que sim. Queria tanto acreditar nela. Agarrada a essa promessa como se fosse o alce de pelúcia que tenho em casa, consegui dormir a noite toda. Consegui me convencer de que tudo se ajeitaria.

Deitei-me e tentei me lembrar de tudo que você falava antes de dormir, quando eu sempre dizia para você se calar: sapos têm de fechar os olhos para coaxar. Um lápis é capaz de desenhar uma linha com cinquenta e seis quilômetros de comprimento. "Marrocos", de trás para frente, é "socorram".

Eu estava começando a entender por que você carregava aqueles fatos tolos de um lado para o outro, como se carregasse seu paninho preferido – se eu os repetisse, quase conseguia me sentir melhor. Eu só não sabia se era porque dessa forma eu conseguia ter conhecimento sobre algo quando o resto da minha vida parecia um enorme ponto de interrogação, ou porque eu me lembrava de você.

Eu ainda estava com fome, ou vazia, não sei ao certo. Depois que a sra. Ward foi para o quarto dela, saí da cama na ponta dos pés. Liguei a luz do corredor e desci até a cozinha. Lá, abri a geladeira e deixei que a luz e o ar frio cobrissem meus pés descalços. Olhei a carne do almoço, guardada em embalagens plásticas; as pilhas de maçãs e pêssegos numa tigela; as caixas de suco de laranja e leite alinhadas como soldados. Quando achei ter ouvido um rangido lá em cima, peguei o que pude: um pão de forma inteiro, uma vasilha cheia de espaguete, um punhado de biscoitos recheados. Voltei correndo para o quarto e espalhei o tesouro sobre os lençóis à minha frente.

Primeiro foram apenas os biscoitos. Mas então meu estômago roncou e eu comi todo o espaguete – com os dedos, porque eu não tinha garfo. Comi um pedaço do pão e outro e outro e outro, e quando percebi tudo o que havia era a embalagem vazia. *O que há de errado comigo?*, pensei, olhando meu reflexo no espelho. *Quem come um pão de forma inteiro?* Minha aparência já era desprezível o bastante – os cabelos castanhos sem graça que se encaracolavam com o clima úmido, os olhos distantes demais, aquela fenda entre os dentes da frente, gordura o bastante para sair por sobre a calça jeans –, mas meu interior era ainda pior. Eu o imaginava como um grande vazio, do tipo que aprendemos no último ano de ciências, que suga tudo para o seu centro. "Um vácuo de nada", como dissera meu professor.

Tudo que sempre foi bom em mim, tudo o que as pessoas imaginavam que eu fosse, tudo isso foi manchado pela parte de mim que queria, no fundo, ter uma família diferente. Meu verdadeiro eu era uma pessoa desprezível, que imaginava uma vida na qual você jamais tivesse nascido. Meu verdadeiro eu a observou ser levada pela ambulância e me fez desejar, por um milésimo de segundo, que eu ficasse para trás na Disney World. Meu verdadeiro eu era um saco sem fundo capaz de comer um pão de forma inteiro em dez minutos e ainda ter lugar no estômago para mais.

Eu me odiava.

Eu não sei lhe dizer o que me fez ir até o banheiro ao lado do quarto – com papel de parede de rosas e sabonetes arrumadinhos perto da pia – e colocar o dedo na garganta. Talvez eu pudesse sentir a toxina entrando na minha corrente sanguínea e quisesse tirá-la de lá. Talvez fosse um castigo autoimposto. Talvez eu quisesse controlar a única parte de mim que até então era incontrolável, para que o resto de mim seguisse o exemplo. "Ratos não vomitam", você me disse certa vez; aquilo veio à minha mente naquele momento. Com uma das mãos segurando os cabelos, vomitei na privada até ficar vermelha e suada e vazia, e aliviada por perceber que, sim, eu *podia* fazer a coisa certa, mesmo que me sentisse ainda pior do que antes. Com o estômago apertado e o amargor da bile na língua, eu me sentia horrível – mas desta vez havia uma razão física que eu podia apontar.

Fraca e com tontura, voltei com dificuldade para minha cama emprestada e peguei o controle remoto da televisão. Meus olhos ardiam de sono e minha garganta doía, mas eu não conseguia dormir. Em vez disso, passei de um canal para outro, por programas de decoração e desenhos animados e talk shows e concursos de culinária. Foi no canal Nick at Nite, aos vinte e dois minutos do *The Dick Van Dyke Show*, que o velho comercial da Disney World apareceu – como uma brincadeira, uma pegadinha, um aviso. Senti-o como um soco no estômago: lá estava a Sininho e as pessoas felizes; lá estava a família que poderia ser a gente rodando nas Xícaras Malucas.

E se meus pais jamais voltassem?

E se você não melhorasse?

E se eu tivesse de ficar ali para sempre?

Quando comecei a chorar, enfiei o canto do travesseiro na boca para que a sra. Ward não me ouvisse. Tirei o volume da televisão e fiquei olhando a família na Disney World rodando e rodando.

Sean

ENGRAÇADO COMO VOCÊ PODE TER CEM POR CENTO DE CERTEZA DA SUA OPINIÃO sobre uma situação até que ela aconteça com você. É como prender alguém – os civis acham incrível quando descobrem que, mesmo havendo um motivo provável, erros são cometidos. Nesse caso, você libera a pessoa e lhe diz que só estava cumprindo o seu dever. É melhor do que deixar um criminoso solto, eu sempre disse, e que se danem os defensores dos direitos civis que não reconheceriam um pervertido nem se ele lhes cuspisse na cara. Era nisso que eu acreditava, de corpo e alma, até ser levado para a delegacia de Lake Buena Vista, sob suspeita de violência contra menores. Uma olhada nos seus raios x, para as dezenas de fraturas cicatrizadas, para a curvatura do seu braço direito, que deveria ser reto – e os médicos se passam por especialistas em crimes e chamam o Serviço de Proteção ao Menor. O dr. Rosenblad tinha nos dado uma carta havia alguns anos que deveria servir como um Passe Livre da Cadeia, porque vários pais com filhos com OI são acusados de violência contra menores quando o histórico do caso não é conhecido – e Charlotte sempre carregava a carta na minivan, para o caso de precisar. Mas hoje, tendo de se lembrar das coisas para colocar na bagagem, a carta se perdeu, e o que conseguimos com isso foi uma visita à delegacia para um interrogatório.

– Isso é absurdo! – gritei. – Minha filha caiu *em público*. Havia pelo menos dez testemunhas. Por que vocês não as trazem aqui? Vocês não têm casos de verdade com os quais se ocupar por aqui?

Eu estava me alternando entre bancar o policial bom e o mau, mas, no fim das contas, nada funciona quando você está diante de outro policial de uma jurisdição que você desconhece. Era sábado, quase meia-

-noite – o que significava que somente na segunda-feira é que tudo isso seria esclarecido com o dr. Rosenblad. Eu não havia visto Charlotte desde que nos levaram para a delegacia para sermos interrogados – em casos como esse, separamos os pais para diminuir a probabilidade de uma história inventada. O problema era que a própria verdade parecia uma loucura. Uma criança escorrega num guardanapo e acaba com fraturas no fêmur? Você não precisa de dezenove anos de serviço, como eu tinha, para suspeitar daquilo.

Imaginei Charlotte se desmanchando – ficar afastada de você enquanto você estava machucada a partiria em pedaços, e não saber onde Amelia estava era ainda mais devastador. Eu continuava pensando em como Amelia odiava dormir com as luzes apagadas, como eu tinha de entrar sorrateiramente no quarto dela no meio da noite e desligar as luzes depois que ela dormisse. "Você está com medo?", eu lhe perguntei certa vez, e ela disse que não. "Só não quero perder nada do que está acontecendo." Morávamos em Bankton, New Hampshire – uma cidadezinha onde você realmente podia andar pela rua e ouvir as pessoas buzinando quando reconheciam seu carro; um lugar onde, se você esquecesse seu cartão de crédito, a moça do caixa da mercearia o deixaria levar a comida e voltar para pagar mais tarde. O que não quer dizer que não temos nossos problemas – policiais podem ver o que há por trás das cerquinhas brancas e das portas polidas, onde existe todo tipo de pesadelo: figurões importantes que batem na esposa, estudantes elogiados viciados em drogas, professores com pornografia infantil em seus computadores. Mas parte do meu objetivo, como policial, era deixar toda essa porcaria na delegacia e garantir que você e Amelia crescessem abençoadamente ingênuas. E o que acontece no lugar disso? Você vê a polícia da Flórida entrar na sala de emergência e levar seus pais embora. Amelia é levada para um abrigo qualquer. Que tipo de cicatriz essa tentativa de férias deixará em vocês duas?

O detetive me deixou sozinho depois de duas rodadas de interrogatório. Era o procedimento, eu sabia, de me deixar pensar – supondo que a informação que ele conseguisse entre nossas conversinhas seria o bastante para me assustar e me fazer confessar que eu quebrara suas pernas.

Eu me perguntava se Charlotte estava em algum lugar daquele mesmo prédio, ou até mesmo numa cela. Se eles quisessem nos manter ali a noite toda, teriam de nos prender – e eles tinham poder para isso. Outro ferimento fora causado na Flórida – este, junto com as fraturas antigas nos exames de raios x, era o motivo que lhes bastava, até que surgisse alguém para corroborar nossas explicações. Mas que se dane tudo – eu estava cansado de esperar. Você e sua irmã precisavam de mim.

Levantei-me e bati no espelho falso, sabendo que o detetive estava me observando do outro lado.

Ele voltou para a sala. Magro, ruivo, com marcas de espinhas no rosto – ele não devia ter nem trinta anos ainda. Eu pesava cento e dois quilos de puro músculo e tinha um metro e noventa de altura; nos últimos três anos, ganhara o concurso não oficial de levantamento de peso do nosso departamento durante o teste físico anual. Eu poderia tê-lo quebrado ao meio, se quisesse. O que me fez lembrar por que eu estava sendo interrogado.

– Sr. O'Keefe – disse o detetive. – Vamos lá novamente.
– Quero ver minha esposa.
– Isso não é possível agora.
– Você pode pelo menos me dizer se ela está bem?

Minha voz falhou um pouco na última palavra, e isso bastou para amolecer o detetive.

– Ela está bem – disse ele. – Ela está com outro detetive neste momento.

– Quero fazer um telefonema.
– O senhor não está preso – respondeu o detetive.

Eu ri.

– Ah, claro.

Ele apontou para o telefone no meio da mesa.

– Disque nove e espere a linha externa – disse, apoiando-se na cadeira e cruzando os braços, como se quisesse deixar claro que não me daria nenhum tipo de privacidade.

– Você sabe o número do hospital onde minha filha está?
– Você não pode ligar para ela.
– Por que não? Não estou preso – repeti.
– É tarde. Nenhum bom pai gostaria de acordar sua filha a uma hora destas. Se bem que o senhor não é um bom pai, não é, Sean?
– Nenhum bom pai deixaria sua filha sozinha no hospital sabendo que ela está assustada e ferida – contra-ataquei.

– Vamos esclarecer as coisas aqui, e então talvez eu possa deixá-lo falar com sua filha antes de ela ir dormir.
– Não vou dizer mais nada até conseguir falar com ela – afirmei. – Dê-me o número e eu lhe direi o que realmente aconteceu hoje.

Ele me encarou por um minuto – eu conhecia aquela técnica também. Quando você faz isso há tanto tempo quanto eu, é capaz de extrair a verdade só de ler os olhos de alguém. Eu me perguntava o que ele via nos meus olhos. Decepção, talvez. Ali estava eu, um policial, e não fui capaz de mantê-la a salvo.

O detetive pegou o telefone e discou. Ele pediu pelo seu quarto e falou baixinho com uma enfermeira que atendeu. Depois me passou o telefone.

– Você tem um minuto – disse.

Você estava grogue, mantida acordada pela enfermeira. Sua voz parecia pequena o bastante para que eu a carregasse no bolso de trás da minha calça.

– Willow – eu disse. – É o papai.

– Onde está você? Onde está a mamãe?

– Estamos voltando para você, querida. Vamos vê-la amanhã. – Eu não sabia se isso era verdade, mas não deixaria você pensar que a tínhamos abandonado. – De um a dez? – perguntei.

Era uma brincadeira que fazíamos sempre que acontecia uma fratura – eu lhe oferecia uma escala de dor e você me mostrava como era corajosa.

– Zero – você sussurrou, e eu senti aquilo como um soco.

Eis uma coisa que você precisa saber sobre mim: eu não choro. Eu não choro desde a morte do meu pai, quando eu tinha dez anos. Já cheguei perto, confesso. Como quando você nasceu e quase morreu logo depois. Ou quando, aos dois anos de idade, vi sua expressão quando teve de reaprender a andar depois de passar cinco meses imobilizada por causa de uma fratura na bacia. Ou hoje, quando vi Amelia sendo levada embora. Isso não quer dizer que eu não me magoe – é que, se alguém tem que bancar o forte, então este alguém deve ser eu.

Assim, reuni todas as minhas forças e limpei a garganta:

– Diga-me algo que eu não saiba, bebê.

Era outra brincadeira entre a gente: eu chegava em casa e você dizia algo que aprendera naquele dia – honestamente, nunca vi uma criança absorver tanta informação quanto você. Seu corpo podia traí-la a cada passo, mas seu cérebro nunca relaxava.

– Uma enfermeira me disse que o coração da girafa pesa onze quilos – você disse.

– Enorme – eu disse. Quanto pesava o meu coração? – Agora, Wills, quero que você descanse bastante, assim, quando eu voltar para vê-la pela manhã, você estará bem acordada.

– Promete?

Engoli em seco.

– Pode apostar, querida. Durma bem, tá? – e entreguei o telefone de volta para o detetive.

– Que emocionante – disse ele com desprezo, encerrando a ligação.

– Certo, estou ouvindo.

Apoiei os cotovelos na mesa que nos separava.

– Havíamos acabado de entrar no parque e havia uma barraca de sorvete perto da entrada. A Willow estava com fome, por isso decidimos parar ali. Minha esposa foi pegar guardanapos, Amelia se sentou à mesa e Willow e eu ficamos na fila. A irmã dela viu alguma coisa pela janela e Willow correu para olhar, caiu e quebrou os fêmures. Ela tem uma doença chamada osteogênese imperfeita, o que significa que seus ossos são extremamente frágeis. Uma em cada dez mil crianças nasce com essa doença. O que mais você quer saber?

– Este é exatamente o mesmo depoimento que você deu há uma hora. – O detetive largou a caneta. – Achei que você fosse me contar o que havia acontecido.

– Eu contei. Só não lhe contei o que você queria ouvir.

O detetive se levantou.

– Sean O'Keefe – disse ele. – O senhor está preso.

No domingo pela manhã, às sete horas, eu estava andando de um lado para o outro na sala de espera, como um homem livre, esperando pela soltura de Charlotte. O sargento que me tirou da cela ficou se remexendo atrás de mim, incomodado.

– Tenho certeza de que você entende – disse ele. – Levando em conta as circunstâncias, estávamos apenas fazendo nosso trabalho.

Meu maxilar se contraiu.

– Onde está minha filha mais velha?

– O Serviço de Proteção ao Menor a está trazendo.

Contaram-me – uma cortesia profissional – que Louie, a recepcionista da delegacia de Bankton que confirmara que eu era um policial daquele departamento, falou-lhes que você tinha uma doença que fazia com que seus ossos se quebrassem facilmente, mas que o SPM não a soltaria até que tivesse a confirmação de um médico. Assim, rezei quase a noite toda – apesar de eu ter de admitir que dou menos crédito pela nossa soltura a Jesus do que à sua mãe. Charlotte havia assistido a *Law & Order* o bastante para saber que, uma vez que seus direitos fossem lidos, ela podia dar um telefonema – e, para minha surpresa, ela não usou seu direito para ligar para você. Em vez disso, ligou para Piper Reece, sua melhor amiga.

Gosto da Piper, de verdade. E Deus sabe o quanto a amo por ter ligado para Mark Rosenblad às três horas da madrugada de um fim de semana e fazer com que ele telefonasse para o hospital onde você estava sendo tratada. Devo a Piper até mesmo meu casamento – foram ela e Rob quem me apresentaram a Charlotte. Mesmo assim, Piper às vezes é... um pouco *demais*. Ela é inteligente e cheia de opiniões e está certa o tempo todo. Na maioria das vezes, as brigas que tive com sua mãe começaram com alguma coisa que Piper pôs na cabeça dela. O ponto é que, onde Piper consegue ser impetuosa e autoconfiante, em Charlotte parece um pouco exagerado – como uma menina brincando de vestir as roupas da mãe. Sua mãe é uma pessoa mais quieta, mais misteriosa; o lado forte dela se insinua, em vez de se mostrar todo. Enquanto você nota Piper logo que ela entra em algum lugar, com os cabelos loiros curtos, as pernas longas e o sorriso largo, Charlotte é aquela sobre a qual você ficará pensando depois de ir embora. Se bem que essa franqueza que faz de Piper uma pessoa às vezes tão cansativa também foi o que me tirou da prisão em Lake Buena Vista. Acho que isso significa que, na grande conta cósmica, é algo que eu devo a ela.

A porta se abriu de repente e eu vi Charlotte – confusa, pálida, os cachos castanhos pendendo do rabo de cavalo. Ela estava furiosa com a policial que a acompanhava.

– Se a Amelia não estiver aqui até eu contar até dez, juro que vou...

Deus, como eu amo a sua mãe. Ela e eu somos muito parecidos no que é importante.

Então ela me viu e se emocionou.

– Sean! – gritou, correndo para o meu abraço.

Gostaria que você soubesse o que é encontrar a sua cara-metade, a pessoa que o torna mais forte. A Charlotte é isso para mim. Ela é pequenina, tem apenas um metro e sessenta, mas, sob suas curvas sinuosas – das quais ela está sempre reclamando, porque não usa o mesmo número de roupa que Piper –, existem músculos que a surpreenderiam, desenvolvidos nos anos em que abria massa como chef confeiteira e, mais tarde, carregando você e seus equipamentos.

– Está tudo bem com você, querida? – murmurei com o rosto afundado nos cabelos dela. Ela cheirava a maçãs e bronzeador. Charlotte nos obrigou a usar protetor solar antes mesmo de sairmos do aeroporto de Orlando. "Para garantir", dissera.

Ela não respondeu, apenas acenou com a cabeça contra meu peito.

Ouvimos um grito na porta e nós dois olhamos e vimos Amelia correndo na nossa direção.

– Eu esqueci – chorou ela. – Mamãe, eu me esqueci de pegar a carta do médico. Desculpe. Desculpe.

– Ninguém tem culpa de nada.

Eu me ajoelhei e enxuguei as lágrimas dela com os dedos.

– Vamos sair daqui.

O sargento se ofereceu para nos levar ao hospital no carro da polícia, mas eu lhe pedi para chamar um táxi. Queria deixá-los remoendo o erro que cometeram, em vez de permitir que tentassem nos recompensar. Assim que o táxi parou diante da delegacia, nós três saímos juntos pela porta. Deixei Charlotte e Amelia entrarem no táxi antes de mim.

– Para o hospital – disse ao motorista, fechando os olhos e descansando as costas no assento acolchoado.

– Graças a Deus – disse sua mãe. – Graças a Deus isso tudo acabou.

Eu nem abri os olhos.

– Não acabou – eu disse. – Alguém vai ter que pagar.

Charlotte

Basta dizer que a viagem de volta para casa não foi nada agradável. Você foi colocada numa tala ortopédica – certamente um dos maiores instrumentos de tortura jamais criados pelos médicos. Era uma espécie de concha de gesso que a cobria dos joelhos às costelas. Você ficava numa posição semirreclinada, porque era disso que seus ossos precisavam para cicatrizar. A tala mantinha suas pernas abertas, para que os fêmures cicatrizassem corretamente. Eis o que nos disseram:

1. Você usaria a tala durante quatro meses.
2. Depois o gesso seria partido ao meio e você passaria várias semanas sentada na tala como uma ostra na concha, tentando reconstruir os músculos do abdômen para que você pudesse se sentar corretamente de novo.
3. Um pequeno buraco no gesso, na altura da sua barriga, permitiria que seu estômago se expandisse quando você se alimentasse.
4. A abertura entre suas pernas foi feita para que você pudesse ir ao banheiro.

Eis o que não nos disseram:

1. Você não conseguiria se sentar reta nem se deitar completamente.
2. Você não poderia viajar de avião de volta para New Hampshire num assento comum.
3. Você não poderia nem mesmo se deitar no assento traseiro de um carro normal.
4. Você não conseguiria se sentar confortavelmente durante muito tempo em sua cadeira de rodas.

5. Suas roupas não caberiam sobre a tala ortopédica.

Por causa de tudo isso, não saímos da Flórida imediatamente. Alugamos um Suburban, com três assentos bem largos, e colocamos Amelia atrás. Você tinha o assento do meio todo para você, que nós acolchoamos com cobertores que compramos no Walmart. Lá também compramos camisas largas e cuecas – as cinturas elásticas podiam se ajustar à tala e, assim, podíamos prender o pouco do tecido que sobrava do lado com um grampo de cabelo. E, se você não olhasse de perto, elas quase pareciam shorts. Não eram bonitas, mas cobriam seu corpo, ao menos a parte que foi deixada exposta pelo posicionamento da tala.

Então começamos a longa viagem para casa.

Você dormiu; os analgésicos que lhe deram no hospital ainda faziam efeito. Amelia se distraía entre caça-palavras e perguntando se já estávamos chegando. Comemos em restaurantes drive-through, porque você não conseguia se sentar à mesa.

Depois de sete horas de viagem, Amelia se ajeitou no banco.

– Sabiam que a srta. Grey sempre nos obriga a escrever uma redação sobre as coisas legais que fizemos nas férias? Eu vou escrever sobre vocês tentando descobrir como levar a Willow ao banheiro para fazer xixi.

– Não ouse – eu disse.

– Bem, se eu não fizer isso, minha redação vai ser *bem* curta.

– Nós podíamos nos divertir pelo resto da viagem – eu sugeri em certo momento. – Vamos parar em Memphis e visitar Graceland... ou em Washington, D.C....

– Ou vamos simplesmente dirigir para casa e acabar logo com isso – disse Sean.

Lancei-lhe um olhar. No escuro, a luz esverdeada do painel se refletia como uma máscara ao redor dos seus olhos.

– Podíamos ir à Casa Branca – pediu Amelia, insistindo.

Imaginei a estufa úmida que Washington deveria ser; imaginei-nos carregando você de um lado para o outro no colo enquanto subíamos as escadas do Museu Aeroespacial. Pela janela, a estrada era uma fita escura que se desenrolava diante de nós; não conseguíamos ver o fim.

– Seu pai tem razão – eu disse.

Quando finalmente chegamos em casa, todos já sabiam o que havia acontecido. Havia um bilhete de Piper na bancada da cozinha, com uma lista de todas as pessoas que haviam trazido comida, que ela guardara na geladeira, e um sistema de organização: cinco estrelas (coma isto primeiro), três estrelas (melhor que comida congelada), uma estrela (perigo de botulismo). Com você aprendi, há muito tempo, que as pessoas preferem ser gentis dando-lhe conforto na forma de alimento, e não com envolvimento pessoal. Você entrega uma comida e seu trabalho está feito – não é preciso se envolver pessoalmente e sua consciência está limpa. A comida é a moeda do auxílio.

As pessoas perguntam o tempo todo como estou, mas a verdade é que elas não querem realmente saber. Elas olham para suas talas – camufladas ou rosa-shocking ou alaranjadas. Elas me observam esvaziando o carro e dentro dele colocando seu andador, com os pés protegidos por bolas de tênis, para que possamos passear pelas calçadas, enquanto seus filhos brincam nos parquinhos e de queimada e fazem todas as outras coisas que a machucariam toda. As pessoas sorriem para mim porque querem ser educadas ou politicamente corretas, mas o tempo todo o que estão pensando é: *Graças a Deus. Graças a Deus que é com ela, e não comigo.*

Seu pai diz que não estou sendo justa ao dizer essas coisas. Que algumas pessoas, quando se oferecem, querem mesmo estender a mão. Eu lhe digo que, se quisessem mesmo ajudar, não nos trariam vasilhas com macarrão com queijo – em vez disso, elas se ofereceriam para levar Amelia à colheita de maçãs ou para patinar no gelo, para que ela possa sair de casa um pouco, ou se ofereceriam para limpar as calhas da casa, que estão sempre entupindo depois de uma tempestade. E se realmente quisessem ser bondosas, ligariam para a seguradora e passariam quatro horas ao telefone discutindo contas no meu lugar.

O que Sean não percebe é que a maioria das pessoas que oferecem ajuda o faz para se sentir melhor. Para ser honesta, eu não as culpo. É uma superstição: se você ajuda uma família necessitada... se você joga sal sobre os ombros... se você não pisar nas rachaduras, talvez você fique imune ao sofrimento. Talvez você seja capaz de se convencer de que isso jamais vai lhe acontecer.

Não me entenda mal; não estou reclamando. As outras pessoas olham para mim e pensam: *Ah, coitada daquela mulher, ela tem uma filha de-*

ficiente. Mas tudo o que eu vejo quando a olho é a menina que decorou a letra toda de "Bohemian Rhapsody", do Queen, com apenas três anos; a menina que se esconde na cama sempre que há uma tempestade – não porque tem medo, e sim porque *eu* tenho medo; a menina cuja risada sempre ressoa dentro do meu corpo como um diapasão. Nunca desejei ter uma filha completamente saudável, porque esta filha, não seria você.

Na manhã seguinte, passei cinco horas ao telefone com a seguradora. Nossa apólice não cobria transporte em ambulância, mas o hospital na Flórida não permitia que qualquer paciente usando uma tala ortopédica deixasse o local se não fosse numa ambulância. Era um problema insolúvel, mas eu era a única capaz de ver isso, o que gerou uma conversa que beirava o teatro do absurdo.

– Deixe-me ver se entendi direito – eu disse para a quarta supervisora com quem conversei naquele dia. – Você está me dizendo que eu não precisava da ambulância e que por isso não vão reembolsar os custos?

– Correto, senhora.

No sofá, você estava apoiada sobre travesseiros, desenhando listras com canetas na sua tala.

– Pode me dizer que alternativa eu tinha? – perguntei.

– Aparentemente a senhora poderia ter mantido a paciente no hospital.

– Você entende que essa tala ficará com ela durante meses? Você está sugerindo que eu mantivesse minha filha hospitalizada por meses?

– Não, senhora. Só até que o transporte apropriado pudesse ser arranjado.

– Mas o único transporte que o hospital nos permitia usar era uma ambulância! – eu disse. Nesse momento, sua perna já parecia um pirulito. – Nossa apólice cobriria a estadia adicional?

– Não, senhora. A quantidade máxima de diárias para ferimentos desse tipo é...

– Sim, já falamos sobre isso – eu disse, com um suspiro.

– Ao que me parece – disse a supervisora, com sarcasmo –, diante da opção de pagar por noites extras no hospital ou pelo transporte na ambulância, você não tem muito do que reclamar.

Senti o rosto queimar.

– Bem, ao que me parece, *você* é uma completa idiota! – gritei e bati o telefone. Virei-me e vi você, fazendo voltas com a caneta na mão, perigosamente perto das almofadas do sofá. Você estava toda torta, a parte de baixo, imobilizada, apontava para frente, sua cabeça estava jogada para trás para que você pudesse olhar pela janela.

– Jarro de xingamentos – você murmurou. Você tinha um jarro coberto com papel de presente e, sempre que Sean dizia um palavrão, você cobrava vinte e cinco centavos. Num só mês, você coletou quarenta e dois dólares – e manteve o controle durante toda a viagem da Flórida para casa. Tirei uma moeda do bolso e coloquei-a no jarro que estava sobre uma mesa próxima, mas você não estava olhando, sua atenção ainda estava voltada para fora de casa, para um laguinho congelado no canto do quintal, onde Amelia patinava.

Sua irmã patinava no gelo desde que, bem, desde que tinha a sua idade. Ela e a filha de Piper, Emma, faziam aulas juntas duas vezes por semana, e não havia nada que você quisesse mais do que fazer o mesmo que a sua irmã. Mas a patinação era um esporte que você jamais poderia tentar. Uma vez você quebrou o braço fingindo patinar num pé só no piso da cozinha, usando apenas meias.

– Com o dinheiro dos meus palavrões e os do seu pai, daqui a pouco você terá dinheiro o bastante para comprar uma passagem de avião para bem longe daqui – brinquei, tentando distraí-la. – Para onde? Las Vegas?

Você se virou da janela e me olhou.

– Isso seria estúpido – você disse. – Só posso jogar vinte e um depois de completar vinte e um anos.

Sean a ensinara. E ensinara também buraco, pôquer e truco. Fiquei horrorizada, mas só até perceber que jogar rouba-monte durante horas provavelmente se caracteriza oficialmente como uma forma de tortura.

– Que tal o Caribe?

Como se você pudesse viajar tranquilamente, como se alguma vez fosse tirar férias sem se lembrar do que acontecera da última vez.

– Estava pensando em comprar alguns livros. Como os do dr. Seuss.

Você lia como se estivesse na sexta série, apesar de as crianças da sua idade ainda soletrarem o alfabeto. Era uma das poucas bênçãos da OI: como você tinha de ficar imóvel, mergulhava nos livros ou na internet. Na verdade, quando Amelia queria provocá-la, ela a chamava de Wikipédia.

– Dr. Seuss? – perguntei. – Mesmo?

– Não para mim. Pensei em enviá-los para o hospital da Flórida. A única coisa que eles tinham para ler era *O que tem dentro?*, e aquilo fica realmente chato depois da quinta ou sexta vez.

Aquilo me deixou sem palavras. Tudo o que eu queria era me esquecer daquele maldito hospital, amaldiçoar o pesadelo que ele gerara com a seguradora e o fato de você ter de ficar imobilizada por quatro malditos meses numa tala ortopédica – e ali estava você, superando a parte ruim. Só porque você tinha todo o direito de sentir pena de si mesma, não significava que você o fazia. Na verdade, às vezes eu tinha certeza de que as pessoas a olhavam em suas muletas ou na cadeira de rodas não por causa da sua deficiência, e sim porque você tinha qualidades com as quais elas apenas sonhavam.

O telefone tocou novamente – por um segundo imaginei que fosse o presidente da seguradora ligando para pedir desculpas. Mas era apenas Piper, para saber como estavam as coisas.

– Pode falar?

– Na verdade, não – respondi. – Por que você não me liga daqui a alguns meses?

– Ela está com muita dor? Você já ligou para o dr. Rosenblad? – perguntou Piper. – Onde está o Sean?

– Sim e não, e espero que ganhando o bastante para pagar as faturas do cartão de crédito pelas férias que não tivemos.

– Bem, olha só. Vou pegar a Amelia para patinar amanhã, quando levar a Emma. Uma coisa a menos para você se preocupar.

Preocupar-me com isso? Eu nem sequer *sabia* que Amelia tinha aula. Eu estava no fundo do poço, ou melhor, eu não tinha nem mesmo um poço para estar no fundo.

– Do que mais você precisa? – perguntou Piper. – Compras? Gasolina? Johnny Depp?

– Eu ia responder antidepressivo... mas agora talvez eu prefira a terceira opção.

– Faz sentido. Você é casada com um cara que se parece com o Brad Pitt, com um corpo melhor, e prefere o tipo artista de cabelos compridos.

– A grama do vizinho é sempre mais verde, eu acho. – Distraidamente, eu a vi pegar o velho computador ao seu lado e tentar equilibrá-lo no colo. Ele continuava pendendo por causa da inclinação da tala, por isso eu peguei uma almofada e a coloquei sobre seu colo, como uma mesinha. – Infelizmente, nesse momento o meu jardim está bem feio – eu a disse ela.

– Ops, tenho que ir. Parece que a minha paciente já está totalmente dilatada.

– Se eu ganhasse um dólar cada vez que ouço isso...
Piper riu.

– Charlotte – disse ela. – Tente derrubar as defesas.
Desliguei. Você digitava entusiasmadamente com apenas dois dedos.

– O que você está fazendo?

– Criando uma conta no Gmail para o peixinho dourado da Amelia – você respondeu.

– Eu realmente duvido de que ele precise disso...

– Foi por isso que ele pediu para *mim*, não para *você*...
Derrube as defesas.

– Willow – anunciei –, desligue já este computador. Você e eu vamos patinar.

– Você está brincando.

– Não.

– Mas você disse...

– Willow, você quer discutir ou patinar? – Você deu um sorriso como eu não via no seu rosto desde que saímos rumo à Flórida. Vesti uma blusa e botas e depois trouxe meu casaco de inverno tirado do armário para cobrir a parte de cima do seu corpo. Amarrei uns cobertores ao redor das suas pernas e a peguei no colo. Sem a tala, você era uma fada, levezinha. Com a tala, pesava vinte e quatro quilos.

A única coisa boa da tala ortopédica – ela praticamente havia sido feita para isso – era equilibrá-la no meu colo. Você se inclinava um pouco, mas eu ainda conseguia passar um dos braços ao seu redor, caminhar pelo corredor e descer os degraus da entrada.

Quando Amelia nos viu chegando a passos de tartaruga, navegando entre montes de neve e trechos de gelo sujo, ela parou de patinar.

– Eu vou patinar! – você gritou, e os olhos de Amelia procuraram os meus.

– Você a ouviu.

– *Você* vai levá-la para *patinar?* Não era você quem sempre quis que o papai cobrisse o laguinho de patinação? Você dizia que era cruel e um castigo para a Willow.

– Estou derrubando minhas defesas – eu disse.

– *Que* defesas?

Passei os cobertores por sob o seu traseiro e cuidadosamente a pus sobre o gelo.

– Amelia – eu disse –, agora vou precisar da sua ajuda. Quero que você cuide dela, não tire os olhos dela, enquanto vou pegar os patins.

Corri para dentro de casa, parando apenas na porta para ter certeza de que Amelia ainda estava olhando para você, como eu mandara. Os patins estavam escondidos num compartimento do armário embutido – nem sei dizer quando foi a última vez que eu os usara. Os cadarços estavam amarrados como se fossem dois amantes; eu os pendurei nos ombros e depois peguei a cadeira do escritório, com rodinhas. Lá fora, eu a virei, de modo que o assento se equilibrasse sobre a minha cabeça. Imaginei uma mulher africana com saias coloridas e sacos de frutas e arroz perfeitamente equilibrados sobre a cabeça, enquanto voltava para casa a fim de alimentar a família.

Quando cheguei ao laguinho, coloquei a cadeira no gelo. Ajustei a parte de trás e os braços para que eles acomodassem sua tala. Depois a ergui e a sentei confortavelmente.

Sentei-me para amarrar os patins.

– Espere aí, Wiki – disse Amelia, e você se segurou aos braços da cadeira. Ela se pôs atrás de você e começou a empurrá-la pelo gelo. Os cobertores em volta das suas pernas se inflaram e eu pedi à sua irmã para ter cuidado. Mas Amelia já estava cuidando de você. Ela estava inclinada sobre a cadeira de modo que um dos braços a mantivesse bem presa no assento, enquanto ela patinava cada vez mais rápido. Então ela rapidamente mudou de direção para que pudesse vê-la, puxando os braços da cadeira e patinando de costas.

Você jogou a cabeça para trás e fechou os olhos enquanto Amelia a girava. Os cachos escuros dos cabelos de Amelia pendiam sob a touca listrada da lã; sua risada flutuou pelo gelo como um enorme anúncio de alegria.

– Mamãe – você me chamou. – Olhe só para nós!

Eu me levantei, instável.

– Esperem por mim – eu disse, ganhando confiança a cada passo.

Sean

No meu primeiro dia de volta ao trabalho, entrei no vestiário e encontrei um cartaz de "procurado" pendurado perto do meu uniforme limpo. Escrita sobre uma foto minha, com caneta vermelha, estava a palavra preso.

— Muito engraçado — resmunguei, rasgando o cartaz.

— Sean O'Keefe! — disse um dos meus colegas, fingindo segurar um microfone na mão e o estendendo a outro policial. — Você acaba de ganhar o Super Bowl. O que você fará a seguir?

Dois punhos para o alto.

— Vou para a Disney World!

Os outros colegas caíram na gargalhada.

— Ei, sua agente de viagens ligou — disse um deles. — Ela está comprando passagens para Guantánamo para suas próximas férias.

Meu capitão se adiantou a todos e se pôs à minha frente.

— Sério, Sean, você sabe que estamos apenas tirando sarro. Como está a Willow?

— Ela está bem.

— Bem, se houver algo que possamos fazer... — disse o capitão, deixando o restante da frase suspensa no ar.

Fiz cara feia, fingindo que aquilo não me incomodava, que estava numa pegadinha e que não era motivo de riso.

— Vocês não têm nada de mais construtivo para fazer? Onde vocês acham que estão, na delegacia de Lake Buena Vista?

Ao ouvir isso, todos riram e saíram do vestiário, deixando-me sozinho para que eu me vestisse. Dei uma batida na armação de metal do meu armário e ele se abriu. Um pedaço de papel caiu — meu rosto novamente, com orelhas de Mickey Mouse coladas na cabeça. E embaixo: "Afinal, o mundo é pequeno".

Em vez de me vestir, fui andando pelos corredores do departamento até a recepção e peguei uma lista telefônica de uma pilha guardada numa estante. Procurei pelo anúncio até encontrar o nome que procurava, o nome que eu vira incontáveis vezes nos comerciais da madrugada: "Robert Ramirez, advogado: Porque você merece o melhor".

Mereço, pensei. *E também a minha família.*

Então disquei os números.

– Alô – eu disse. – Gostaria de marcar uma reunião.

Eu era o policial de plantão à noite. Depois que vocês, meninas, dormiam e Charlotte já havia tomado banho e estava indo se deitar, minha função era desligar as luzes, trancar as portas e dar uma última olhada na casa. Com você na tala ortopédica, sua cama improvisada era o sofá da sala de estar. Quase apaguei a luz da cozinha, mas me lembrei, e então me aproximei e a cobri até o queixo, beijando-lhe a testa.

No andar de cima, dei uma olhada em Amelia e depois fui até seu quarto. Charlotte estava de pé no banheiro, enrolada numa toalha, escovando os dentes. Seus cabelos ainda estavam molhados. Aproximei-me por trás dela e pus as mãos sobre seus ombros, remexendo no seu cabelo com um dos dedos.

– Adoro o modo como seu cabelo fica assim – eu disse, vendo-o se enrolar na mesma espiral que formava há um minuto. – Ele parece ter memória própria.

– Está mais para vontade própria – ela disse, secando os cabelos antes de se curvar para enxugar a boca. Quando se endireitou, eu a beijei.

– Menta – eu disse.

Ela riu.

– Aconteceu alguma coisa? Estamos filmando um comercial de creme dental?

No espelho, nossos olhares se encontraram. Sempre me perguntei se ela vê o que faço quando olho para ela. Ou, naquele caso, se ela notava o fato de meu cabelo estar mais ralo no alto da cabeça.

– O que você quer? – perguntou ela.

— Como você sabe que quero alguma coisa?
— Porque estou casada com você há sete anos?

Eu a segui até o quarto e a observei enquanto Charlotte deixava cair a toalha e vestia uma camiseta grande demais para dormir. Sei que você não gostaria de ouvir isso – que criança gostaria? –, mas essa era outra coisa que eu amava em sua mãe. Mesmo depois de sete anos, ela ainda se envergonhava um pouquinho quando se trocava na minha frente, como se eu já não conhecesse cada pedacinho dela de cor.

— Preciso que você e a Willow venham comigo a um lugar amanhã – eu disse. – O escritório de um advogado.

Charlotte se afundou no colchão.

— Para quê?

Tive dificuldade para explicar com palavras meus sentimentos.

— O modo como fomos tratados. A prisão. Não podemos deixar que eles saiam impunes disso.

Ela me encarou.

— Achei que era você quem só queria voltar para casa e continuar com nossa vida.

— É, e você sabe o que isso significou para mim hoje? Todo o departamento acha que sou uma espécie de piada. Sempre serei o policial que foi preso. Tudo o que tenho no meu trabalho é minha reputação. E eles arruinaram isso. – Sentei-me ao lado de Charlotte, hesitando. Eu defendia a verdade todos os dias, mas nem sempre gostava de expressá-la, principalmente quando se tratava de algo que me deixava vulnerável. – Eles separaram minha família. Eu fui preso numa cela, onde fiquei pensando em você e na Amelia e na Willow, e tudo o que eu queria era machucar alguém. Tudo o que eu queria era me transformar na pessoa que eles já achavam que eu fosse.

Charlotte olhou bem dentro dos meus olhos.

— Quem são *eles*?

Entrelacei meus dedos aos dela.

— Bem – eu disse –, isso é o que eu espero que o advogado nos diga.

As paredes da sala de espera do escritório de Robert Ramirez eram decoradas com cópias dos cheques dos acordos que ele conseguira para antigos clientes. Fiquei andando de um lado para o outro com as mãos para trás, inclinando-me para ler alguns dos cheques. "US$ 350 mil", "US$ 1,2 milhão", "US$ 890 mil". Amelia estava mexendo na máquina de café – era só colocar uma única xícara e apertar um botão para ter o café do sabor que você quisesse.

– Mamãe – chamou ela –, posso tomar um pouco?

– Não – respondeu Charlotte. Ela estava sentada ao seu lado no sofá, tentando impedir que sua tala escorregasse pelo couro.

– Mas eles têm chá e chocolate quente.

– Não é não, Amelia!

A secretária se levantou de trás da bancada.

– O sr. Ramirez está pronto para recebê-los agora.

Eu a peguei no colo e todos nós seguimos a secretária pelo corredor até uma sala de reuniões cercada por paredes de vidro. A secretária manteve a porta aberta, mas, mesmo assim, tive de virá-la de lado para que suas pernas passassem pela abertura. Eu tinha os olhos grudados em Ramirez; queria ver a reação dele ao vê-la.

– Sr. O'Keefe – disse ele, estendendo-me a mão.

Eu o cumprimentei.

– Esta é minha esposa, Charlotte, e minhas meninas, Amelia e Willow.

– Moças – disse Ramirez, e depois se voltou para sua secretária. – Briony, por que você não traz alguns lápis de cor e livros para colorir?

Atrás de mim, ouvi Amelia bufar – eu sabia que ela estava pensando que aquele cara não tinha a menor ideia de que livros para colorir eram para criancinhas, não para meninas que já estavam começando a usar sutiã.

– O centésimo bilionésimo lápis de cor fabricado pela Crayola foi chamado de azul pervinca – você disse.

Ramirez franziu a testa.

– Bom saber – respondeu ele, e depois apontou para a mulher ao seu lado. – Gostaria de lhes apresentar minha sócia, Marin Gates.

Ela parecia adequada para a função. Com os cabelos pretos presos com um grampo e um terno azul-marinho, até poderia ser bonita, mas havia algo de errado. A boca, concluí. Ela parecia alguém que tinha acabado de cuspir alguma coisa horrível.

– Convidei Marin para fazer parte desta reunião – disse Ramirez. – Por favor, sentem-se.

Antes de nos sentarmos, porém, a secretária voltou com os livros para colorir. Ela os entregou para Charlotte, brochuras em preto e branco que traziam escrito ROBERT RAMIREZ, ADVOGADO no alto, em letras imensas.

– Ah, veja – disse sua mãe, lançando um olhar malicioso em minha direção. – Quem diria que eles inventaram livros de colorir para advogados?

Ramirez riu constrangido.

– A internet é um lugar maravilhoso.

As cadeiras da sala de reuniões eram estreitas demais para acomodá-la na sua tala ortopédica. Depois de três tentativas frustradas de sentá-la, finalmente a coloquei de volta no meu colo e encarei o advogado.

– Como posso ajudá-lo, sr. O'Keefe? – perguntou ele.

– Na verdade é *sargento* O'Keefe – corrigi. – Trabalho no departamento de polícia de Bankton, New Hampshire, há dezenove anos. Minha família e eu acabamos de voltar da Disney World e é isso que nos trouxe aqui hoje. Nunca fui tão maltratado em toda a minha vida. Quero dizer, o que há de mais comum do que uma viagem à Disney, não é mesmo? Mas não, em vez do normal, minha esposa e eu acabamos presos, minhas filhas foram afastadas de mim e colocadas sob custódia do Estado, a caçula ficou sozinha num hospital, morrendo de medo... – Parei para recuperar o fôlego. – A privacidade é um direito fundamental, e a privacidade da minha família foi violada de maneira inacreditável.

Marin Gates limpou a garganta antes de falar.

– Posso ver que o senhor ainda está muito irritado, sargento O'Keefe. Vamos tentar ajudá-lo... mas precisamos voltar e avançar um pouco mais devagar. Por que vocês foram à Disney World?

E foi assim que lhe contei. Contei sobre sua doença e o sorvete e como você caiu. Contei sobre os homens de terno preto que nos levaram para fora do parque e chamaram uma ambulância, como se quanto mais rápido se livrassem de nós melhor. Contei-lhe sobre a mulher que tirara Amelia de nós, sobre os interrogatórios que duraram horas na delegacia, sobre como ninguém acreditava em mim. Contei sobre as piadas que fizeram a meu respeito na delegacia.

– Quero nomes – eu disse. – Quero processá-los, e quero fazer isso rapidamente. Quero processar alguém da Disney World, alguém do hospital e alguém do Serviço de Proteção ao Menor. Quero que as pessoas percam o emprego, e quero dinheiro para compensar o inferno pelo que passamos.

Assim que terminei, meu rosto parecia estar em fogo. Não conseguia olhar para sua mãe, e não queria ver a cara dela depois de tudo o que eu disse.

Ramirez acenou positivamente com a cabeça.

– O tipo de caso que o senhor está sugerindo é bastante caro, sargento O'Keefe. Qualquer advogado que assumi-lo faria uma análise de custo-benefício antes, e posso lhe dizer que, mesmo que você esteja buscando um julgamento que lhe recompense financeiramente, você não vai conseguir.

– Mas aqueles cheques todos na sala de espera...

– Aqueles cheques eram de casos em que os réus tinham uma reclamação válida. Pelo que o senhor nos descreveu, as pessoas que trabalhavam na Disney World, no hospital e no SPM estavam apenas fazendo seu trabalho. Os médicos têm responsabilidade legal de reportar qualquer suspeita de violência contra crianças. Sem a carta do médico particular de vocês, a polícia tinha todo o direito de prendê-los no estado da Flórida. O SPM tem obrigação de proteger as crianças, principalmente quando a criança em questão é jovem demais para fazer um relato detalhado de seus próprios problemas de saúde. Como um homem da lei, tenho certeza de que, se você se afastar e analisar os fatos sem as emoções aqui envolvidas, você verá que, assim que a informação médica foi recebida de New Hampshire, suas filhas foram imediatamente devolvidas; você e sua esposa foram soltos... Claro que você se sentiu péssimo. Mas vergonha não é motivo para uma ação.

– E quanto a danos morais? – perguntei. – Você tem alguma ideia do que foi aquilo para mim? Para minhas filhas?

– Tenho certeza de que não foi nada comparado ao dano emocional de viver dia após dia com uma criança com o tipo de problema de saúde que ela tem – disse Ramirez e, ao meu lado, Charlotte o encarou. O advogado sorriu solidariamente para ela. – Quero dizer, deve ser um desafio e tanto. – Ele se inclinou, franzindo um pouco a testa. – Não sei muito sobre... como se chama? Osteo...

– Osteogênese imperfeita – respondeu Charlotte calmamente.

– Quantas fraturas Willow já teve?

– Cinquenta e duas – você respondeu. – E você sabia que o único osso que nunca foi quebrado por um praticante de esqui é o osso do ouvido interno?
– Não sabia – disse Ramirez, pego de surpresa. – Ela é uma menina e tanto, não?
Dei de ombros. Você era Willow, pura e simplesmente. Não havia ninguém no mundo como você. Eu soube no primeiro momento em que a peguei no colo, toda enrolada em espuma para que você não se machucasse em meus braços: sua alma era mais forte que seu corpo e, apesar do que os médicos me repetiram mais de uma vez, sempre acreditei que esse era o motivo das suas fraturas. Que esqueleto ordinário aguentaria um coração do tamanho do mundo?
Marin Gates pigarreou.
– Como Willow foi concebida?
– Eca – disse Amelia. Até então, eu havia esquecido que ela estava conosco. – Isso é nojento. – Eu balancei a cabeça para ela, reprimindo-a.
– Tivemos dificuldade – respondeu Charlotte. – Estávamos prestes a tentar fertilização in vitro quando descobri que estava grávida.
– Nojento – disse Amelia.
– *Amelia!* – Passei você, Willow, para sua mãe e puxei sua irmã pela mão. – Você pode esperar lá fora – eu disse, baixinho.
A secretária olhou para nós assim que entramos na sala de espera novamente, mas não disse nada.
– Sobre o que vocês vão falar a seguir? – perguntou Amelia desafiadoramente. – Sobre suas experiências com as hemorroidas?
– Já chega! – eu disse, esforçando-me para não perder a paciência diante da secretária. – Já estamos de saída.
Enquanto eu voltava para a sala de reuniões, ouvi os sapatos de salto alto da secretária indo em direção a Amelia.
– Quer uma xícara de chocolate quente? – ofereceu ela.
Quando entrei na sala de reuniões novamente, Charlotte ainda estava falando.
– ... mas eu tinha trinta e oito anos – disse ela. – Você sabe o que eles escrevem no seu prontuário quando você tem trinta e oito anos? "Gestação geriátrica." Eu estava com medo de ter uma criança com síndrome de Down. Eu nunca tinha ouvido falar de OI.

– Você fez amniocentese?

– Esse exame não lhe diz imediatamente se o feto tem OI. Você procura por sinais da doença se tiver algum caso na família. Mas no caso da Willow foi uma mutação espontânea. Não é hereditário.

– Então, antes de Willow nascer, você não sabia que ela tinha OI? – Ramirez perguntou.

– Soubemos depois que o segundo ultrassom de Charlotte mostrou alguns ossinhos quebrados – respondi. – Olha, já terminamos aqui? Se você não quer o caso, tenho certeza de que encontrarei...

– Você se lembra daquela coisa estranha no primeiro ultrassom? – perguntou Charlotte, virando-se para mim.

– Que coisa estranha? – perguntou Ramirez.

– O técnico achou que a imagem do cérebro estava nítida demais.

– Não existe imagem nítida demais – eu disse.

Ramirez e sua sócia trocaram olhares.

– E o que seu obstetra disse?

– Nada – disse Charlotte, dando de ombros. – Ninguém nunca mencionou OI até que fizemos outro ultrassom, com vinte e sete semanas, e vimos todas as fraturas.

Ramirez se virou para Marin Gates.

– Veja se isso já foi diagnosticado no útero com mais antecedência – ordenou, e então se virou para Charlotte. – Você estaria disposta a liberar seus registros médicos para nós? Temos que fazer algumas pesquisas sobre se temos ou não motivo para uma ação...

– Achei que não tínhamos um processo – eu disse.

– Talvez vocês tenham, sargento O'Keefe. – Robert Ramirez olhou para você como se estivesse memorizando seus traços. – Mas não o processo que você pensava.

Marin

Há doze anos eu era veterana na faculdade, avançando devagar, até o dia em que me sentei na cozinha e tive uma conversa com minha mãe (mais sobre isso mais tarde).
— Não sei o que quero fazer da vida — eu disse.
Isso era muito irônico para mim, porque eu nem mesmo sabia o que eu *era*. Quando tinha cinco anos, soube que fui adotada — esse é o termo politicamente correto para quando não se tem a menor ideia da própria origem.
— O que você quer fazer? — perguntou minha mãe, bebendo um gole do seu café. Ela o bebia preto; eu bebia o meu com leite e açúcar. Era uma entre milhares de discrepâncias entre nós que sempre deram origem a questões não ditas: Será que minha mãe biológica também bebe café com leite e açúcar? Será que ela tinha meus olhos azuis, o mesmo formato do meu rosto e era canhota como eu?
— Gosto de ler — eu disse, e então revirei os olhos. — Mas isso é estúpido.
— E você gosta de discutir.
Sorri amarelo para ela.
— Ler. Discutir. Querida — disse minha mãe, sorrindo —, você nasceu para ser advogada.
Nove anos se passaram: fui chamada ao consultório médico por causa de uma anormalidade no meu exame ginecológico. Enquanto esperava pelo ginecologista na sala de exames, a vida que eu não tive surgiu diante dos meus olhos: os filhos que eu adiara porque estava ocupada demais na faculdade de direito e construindo minha carreira; os homens que não namorei porque não queria sair, e sim fazer

os trabalhos da faculdade; a casa no interior que jamais comprei porque trabalhava tanto que nunca teria tempo para aproveitar aquele belo deque de madeira e aquela vista das montanhas.

– Vamos falar sobre seu histórico familiar – disse meu médico, e eu lhe dei minha resposta padrão:

– Sou adotada. Não sei nada sobre o histórico médico da minha família.

Apesar de não haver nada de errado comigo – os resultados anormais eram um erro do laboratório –, acho que foi nesse dia que decidi procurar meus pais biológicos.

Sei o que você está pensando: eu não era feliz com meus pais adotivos? Bem, a resposta é sim – e é por isso que eu jamais pensei em procurar meus pais adotivos até os trinta e um anos. Sempre fui feliz e grata por ter crescido com minha família; não precisava nem queria outra. E a última coisa que eu queria fazer era magoá-los contando que estava em meio a uma busca desse tipo.

Mas, mesmo ciente de que meus pais adotivos me queriam desesperadamente, em algum lugar da minha mente eu sabia que meus pais biológicos não sentiriam o mesmo. Minha mãe havia me contado que eles eram jovens demais e não estavam preparados para uma família – racionalmente, eu entendia tudo isso, mas, emocionalmente, eu me sentia rejeitada. Acho que queria saber por quê. Assim, depois de uma conversa com meus pais adotivos – durante a qual minha mãe chorou o tempo todo, prometendo me ajudar –, investi hesitantemente na busca sobre a qual havia refletido pelos últimos seis meses.

Ser adotada é como ler um livro sem o primeiro capítulo. Você talvez goste da trama e dos personagens, mas provavelmente gostaria de ler aquela primeira frase também. Mas, quando você leva o livro de volta à loja para dizer que falta o primeiro capítulo, eles lhe dizem que não podem substituí-lo por um exemplar completo. E se você ler o primeiro capítulo, descobrir que odiou o livro e publicar uma resenha maldosa na Amazon? E se você magoar os sentimentos do escritor? É melhor continuar com seu exemplar incompleto e aproveitar o restante da história.

Os registros de adoção não são abertos ao público – nem mesmo para alguém como eu, que sabe como agir dentro das regras da justiça. O que significa que cada etapa é hercúlea e que houve mais fracassos do que sucessos. Nos primeiros três meses da minha pesquisa, paguei mais de seiscentos dólares a um detetive particular para me dizer que não descobrira absolutamente nada. *Isso*, pensei, *eu poderia ter feito sozinha*.

O problema era que meu trabalho continuava interferindo.

Assim que concluímos a reunião com os O'Keefe no escritório, virei-me para meu chefe.

– Só para constar, esse tipo de processo é completamente insuportável para mim – eu disse.

– Você ainda dirá isso – cogitou Bob – se acabarmos tendo nas mãos a maior indenização por nascimento indevido de New Hampshire?

– Você não sabe se...

Ele deu de ombros.

– Depende do que os prontuários médicos dela disserem.

Um processo por nascimento indevido implica que, se a mãe soubesse, durante a gravidez, que sua filha sofreria sérios problemas de saúde, ela teria optado pelo aborto. Isso coloca a responsabilidade pela deficiência subsequente da criança no obstetra. Do ponto de vista de quem está movendo a ação, é um processo por erro médico. Para a defesa, é uma questão moral: quem tem o direito de decidir que tipo de vida é limitada demais para ser vivida?

Muitos estados já baniram esse tipo de processo. Mas não New Hampshire. Já houve vários acordos para pais cujos filhos nasceram com espinha bífida ou fibrose cística, e até o caso de um menino com graves problemas mentais e confinado a uma cadeira de rodas por conta de uma anormalidade genética – apesar de a doença nunca ter sido *diagnosticada* antes, muito menos observada no útero. Em New Hampshire, os pais são responsáveis por cuidar de filhos deficientes por toda a vida – não somente até os dezoito anos –, o que é uma razão e tanto para buscar uma compensação financeira. Não há dúvida de que a história de Willow O'Keefe era triste, com sua grande tala ortopédica, mas ela sorria e respondeu às perguntas quando seu pai saiu da sala de reunião e Bob ficou conversando com ela. Para ser sincera, ela era fofa, inteligente e articulada – e, portanto, um caso muito mais difícil para convencer o júri.

– Se a médica de Charlotte O'Keefe não seguiu os procedimentos corretos – disse Bob –, então ela *deve* ser considerada responsável, para que isso não aconteça novamente.

Revirei os olhos.

– Você não pode jogar com a consciência quando quer ganhar alguns milhões, Bob. E é uma estratégia arriscada: se um obstetra decide que uma criança com ossos frágeis não deve nascer, o que acontece a seguir? Um teste pré-natal que indique um QI baixo e você tira o feto só porque ele não será capaz de entrar em Harvard?

Ele me deu um tapinha nas costas.

– Sabe, é bom ver alguém tão entusiasmada. Pessoalmente, toda vez que as pessoas começam a falar sobre curar coisas *demais* com a ciência, sempre fico feliz pela bioética não ter sido um tema durante a época da epidemia de pólio, tuberculose e febre amarela.

Estávamos nos encaminhando para nossas salas, mas ele de repente parou e se virou para mim.

– Você é neonazista?

– O quê?

– Achei que não. Mas, se nos pedissem para defender um cliente que fosse um neonazista num caso criminal, você seria capaz de realizar seu trabalho? Mesmo que achasse as crenças dele abomináveis?

– Claro, e essa é uma pergunta para um aluno do primeiro ano do curso de direito – respondi imediatamente. – Mas isso é totalmente diferente.

Bob balançou a cabeça.

– Aí é que está, Marin – disse ele. – Na verdade, não é.

Esperei até que ele fechasse a porta do escritório dele e deixei escapar um urro de frustração. Na minha sala, livrei-me dos sapatos e me joguei na cadeira. Briony me trouxera a correspondência caprichosamente presa com um elástico. Dei uma olhada nos envelopes, separando-os em pilhas de acordo com os casos, até que me deparei com um que tinha um remetente incomum.

Há um mês, depois de demitir o detetive particular, enviei uma carta para a Corte do condado de Hillsborough para ter acesso ao meu decreto de adoção. Ao custo de dez dólares, você consegue a cópia do documento original. Munida desse documento e ciente de que havia nascido no Hospital São José, em Nashua, planejei coletar alguns dados e descobrir o primeiro nome da minha mãe biológica. Minha esperança era encontrar um estagiário que talvez não soubesse o que estava fazendo e tivesse se esquecido de apagar meu nome de nascimento no documento. Em vez disso, deparei-me com uma funcionária chamada Maisie Donovan, que trabalhava na Corte distrital desde a extinção dos dinossauros – e que me enviara o envelope que agora eu tinha em minhas mãos trêmulas.

CORTE DISTRITAL DE HILLSBOROUGH, NEW HAMPSHIRE
EM RESPOSTA A: ADOÇÃO
SENTENÇA FINAL

E HOJE, 28 de julho de 1973, depois de ponderar sobre a petição e de ouvir as partes, e depois de a Corte ter feito uma investigação para verificar as afirmações contidas na petição e outros fatos que dessem à Corte conhecimento pleno quanto ao desejo da proposta de adoção, a Corte, satisfeita com os resultados, descobriu que as afirmações contidas na petição são verdadeiras e que o bem-estar da pessoa a ser adotada será garantido por esta adoção; e determina que a MENINA, a pessoa disponível para adoção, deve ter todos os direitos como filha e herdeira de Arthur William Gates e Yvonne Sugarman Gates, e deve se submeter aos deveres de filha; assim, ela assumirá o nome de MARIN ELIZABETH GATES.

Li o documento duas, três vezes. Fiquei olhando para a assinatura do juiz... Alfred alguma coisa. Por dez dólares, descobri as reveladoras informações de que:

1. Sou mulher.
2. Meu nome é Marin Elizabeth Gates.

Bem, o que mais eu esperava? Um cartão da minha mãe biológica e um convite para a celebração anual da família? Com um suspiro, abri meu arquivo e coloquei a sentença numa pasta que havia marcado como "PESSOAL". Depois peguei outra pasta e escrevi "O'KEEFE" no marcador.

– Nascimento indevido – murmurei em voz alta, só para sentir o sabor das palavras na boca; elas eram (obviamente) amargas como café puro. Tentei voltar a atenção para um processo que continha a mensagem velada de que certas crianças nunca deveriam ter nascido e agradeci em silêncio a minha mãe biológica por não ter sentido isso.

Piper

TECNICAMENTE, EU ERA SUA MADRINHA. APARENTEMENTE, ISSO ME TORNAVA RESPONsável por sua educação religiosa, o que é uma tremenda piada, já que nunca pus os pés numa igreja (culpe o medo de o teto se incendiar de repente), enquanto sua mãe raramente faltava a uma missa no fim de semana. Preferia pensar no meu papel como uma versão de conto de fadas. Que, certo dia, com ou sem a ajuda de camundongos vestindo macacões minúsculos, eu a fiz se sentir como uma princesa.

Para tanto, eu raramente aparecia na sua casa de mãos vazias. Charlotte dizia que eu a estava mimando, mas eu não a estava envolvendo em diamantes nem lhe dando as chaves de um carrão. Eu lhe dava jogos de mágica, doces, filmes infantis dos quais Emma já não gostava. Mesmo quando eu a visitava depois de um plantão no hospital, eu improvisava: uma luva de borracha transformada num balão. Uma rede de cabelos da sala de cirurgia.

– No dia em que você lhe der um espéculo – Charlotte costumava dizer –, não será mais bem-vinda.

– Olá – gritei ao entrar pela porta da frente. Para ser honesta, nunca me lembro de ter batido. – Cinco minutos – eu disse, enquanto Emma subiu correndo as escadas para encontrar Amelia. – Nem tire o casaco. – Segui pelo corredor até a sala de estar de Charlotte, onde você estava sentada com sua tala ortopédica, lendo.

– Piper! – você disse, e seus olhos se iluminaram.

Às vezes, quando eu a olhava, não via as comprometedoras torções de seus ossos ou sua pequena estatura, que fazia parte da doença. Ao contrário, eu me lembrava da sua mãe chorando quando me dizia que não conseguira engravidar novamente; eu me lembrava dela tirando o estetoscópio dos meus ouvidos durante uma visita ao consultório para que pudesse ouvir seu coraçãozinho batendo também.

Sentei-me ao seu lado no sofá e tirei seu presente do dia do bolso do casaco. Era uma bola de praia – e, acredite, não foi fácil encontrar uma dessas em fevereiro.

– Não podemos ir à praia – você disse. – Eu caí.

– Ah, mas essa não é apenas uma bola de praia – corrigi, e a inflei até que estivesse firme e redonda como a barriga de uma mulher no nono mês de gestação. Depois a coloquei entre suas pernas; ela se ajustou firmemente contra o gesso e eu comecei a bater no alto da bola com a mão aberta.

– Isso é um bongô – eu disse.

Você riu e começou a bater na superfície plástica também. O som atraiu Charlotte até a sala.

– Você está com uma cara horrível – eu disse. – Quando foi a última vez que dormiu?

– Nossa, Piper, também é muito bom ver você...

– A Amelia está pronta?

– Para quê?

– Patinação?

Ela bateu na própria testa.

– Eu esqueci totalmente. Amelia! – gritou, e depois disse para mim: – Acabamos de voltar do escritório de um advogado.

– E? O Sean ainda está louco para processar o mundo todo?

Em vez de responder, ela passou a mão sobre a bola de praia. Charlotte não gostava quando eu censurava Sean. Sua mãe era minha melhor amiga no mundo, mas seu pai podia me deixar louca. Quando ele colocava uma ideia na cabeça, era o fim – nada podia convencê-lo do contrário. O mundo era fundamentalmente preto e branco para Sean, e eu acho que sempre fui aquele tipo de pessoa que preferia enxergar um monte de cores.

– Adivinhe só, Piper – você interrompeu. – Eu esquiei também.

Lancei um olhar para Charlotte, que acenou afirmativamente. Ela geralmente morria de medo do laguinho no quintal dos fundos e da constante tentação que ele representava. Eu mal podia esperar para ouvir os detalhes da história.

– Acho que, se você esqueceu de falar sobre a patinação, esqueceu da venda de bolos também.

Charlotte deu uma piscadela.

– O que você preparou?

— Brownies — eu disse. — Na forma de patins. Com cobertura imitando os laços e as lâminas. Entende? Patins de gelo com cobertura.
— Você fez brownies? — perguntou Charlotte, e eu a segui até a cozinha.
— Do zero. As outras mães já haviam me marcado porque eu esqueci do espetáculo de primavera por conta de uma conferência médica. Estou tentando recompensar.
— E você preparou os brownies quando? Enquanto estava suturando uma episiotomia? Depois de um plantão de trinta e seis horas? — Charlotte abriu o armário e remexeu nas prateleiras, finalmente pegou um pacote de cookies e os espalhou sobre um prato de servir. — Honestamente, Piper, por que você sempre tem que ser tão perfeita?
Com um garfo, ela estava atacando as bordas dos cookies.
— Espere aí. Quem a deixou com tanta raiva assim?
— Bem, o que você esperava? Você entra aqui e me diz que estou horrível e depois faz com que eu me sinta totalmente incompetente...
— Você é uma chef confeiteira, Charlotte. Você poderia assar qualquer coisa... O que você está fazendo?
— Fazendo esses cookies parecerem caseiros — respondeu Charlotte. — Porque não sou uma chef confeiteira, não mais. Há muito tempo.
Quando conheci Charlotte, ela já era a melhor chef confeiteira de New Hampshire. Na verdade eu havia lido sobre ela numa revista que elogiava sua habilidade de usar ingredientes incomuns e inventar os doces mais notáveis. Ela nunca vinha de mãos vazias à minha casa — trazia bolinhos com cobertura de açúcar colorido, tortas com frutas que se abriam como fogos de artifício, pudins que funcionavam como bálsamos. Seus suflês eram leves como nuvens de verão; seus bombons de chocolate eram capazes de libertar sua mente de quaisquer obstáculos que tivessem atrapalhado seu dia. Ela me disse que, quando cozinhava, era capaz de se sentir de volta à sua essência, como se todo o resto não existisse, e ela se lembrava de quem deveria ser. Eu tinha inveja. Eu tinha uma vocação — e eu era uma médica muito boa —, mas Charlotte tinha um dom. O sonho dela era abrir uma confeitaria e escrever um livro de culinária de sucesso. Na verdade, nunca imaginei que ela fosse encontrar algo que amasse mais do que cozinhar, até que você nasceu.

Afastei o prato.
— Charlotte. Você está bem?

– Vamos ver. Fui presa no último fim de semana; minha filha está com o corpo todo engessado; não tenho nem tempo de tomar banho... Ah, claro, estou ótima. – Ela se virou para a porta e para a escada que levava ao andar superior. – Amelia! Vamos!

– A Emma está ficando seletivamente surda também – eu disse. – Juro que ela me ignora de propósito. Ontem, eu lhe pedi oito vezes para limpar a bancada da cozinha...

– Quer saber? – perguntou Charlotte, exausta. – Eu realmente não me importo com os problemas que você está tendo com a sua filha.

Fiquei boquiaberta – eu sempre fora a confidente de Charlotte, e não seu saco de pancadas –, mas ela logo balançou a cabeça e pediu desculpas.

– Desculpe. Não sei o que há de errado comigo. Eu não devia estar descontando isso em você.

– Tudo bem – eu disse.

Na mesma hora, as meninas desceram correndo as escadas e passaram por nós num misto de risadinhas e sussurros. Pus a mão no braço de Charlotte.

– Só para você saber – eu disse com firmeza –, você é a mãe mais dedicada que jé conheci. Você desistiu de toda a sua vida para cuidar da Willow.

Charlotte abaixou a cabeça e acenou antes de levantar os olhos para mim.

– Você se lembra do primeiro ultrassom?

Pensei por um instante e então ri.

– Nós a vimos chupando o dedo. Nem tive de mostrar isso para você e o Sean. Era claro como àgua.

– Certo – repetiu sua mãe. – Claro como àgua.

Charlotte
Março de 2007

E SE FOSSE MESMO CULPA DE ALGUÉM?

A ideia era apenas uma sementinha, carregada no vazio do meu peito quando deixamos o escritório de advocacia. Mesmo quando estava deitada acordada ao lado de Sean, eu a ouvia como uma batida de tambores no meu sangue: *e se, e se, e se*. Durante os últimos cinco anos eu a amei, cuidei de você, segurei-a no colo quando você quebrava algum osso. Eu conseguira aquilo que tanto desejara: um belo bebê. Então como era possível admitir para qualquer pessoa – ainda mais para mim mesma – que você não era apenas a coisa mais maravilhosa que jamais me aconteceu... mas também a coisa mais exaustiva e desesperadora?

Quando ouvia as pessoas reclamando que seus filhos eram mal-educados ou mimados, ou até mesmo que estavam tendo problemas com a polícia, eu tinha inveja. Porque, quando essas crianças fizessem dezoito anos, elas viveriam por conta própria, cometeriam erros e se responsabilizariam por eles. Mas você não era o tipo de criança que eu podia deixar sair para o mundo. Afinal, e se você caísse?

E o que aconteceria a você quando eu não estivesse mais por perto para segurá-la?

Depois de algumas semanas, comecei a perceber que o escritório de Robert Ramirez tinha tanto nojo quanto eu de uma mulher capaz de ter esses pensamentos secretos. Assim, dediquei-me a fazê-la feliz. Joguei caça-palavras até que já soubéssemos todas as respostas; assisti aos programas no Animal Planet até decorar os roteiros. Agora seu pai já voltara à rotina do trabalho; Amelia voltara para a escola.

Essa manhã, eu e você estávamos espremidas no banheiro do andar térreo. Olhei para você, meus braços sob os seus, equilibrando-a sobre a privada para que você pudesse fazer xixi.

– Os sacos – você disse. – Eles estão atrapalhando!

Com uma das mãos, ajustei os sacos de lixo que haviam sido enrolados em suas pernas enquanto respirava fundo para suportar todo o seu peso. Foram necessárias várias tentativas fracassadas para descobrir como uma pessoa usava o banheiro usando uma tala ortopédica – outro detalhe que os médicos não ensinam. Em fóruns de discussão online, aprendi com outros pais a prender sacos de lixo sob a abertura na tala, uma espécie de proteção para que a borda do gesso permanecesse sempre seca e limpa. Desnecessário dizer que uma visita ao banheiro para você demorava trinta minutos e que, depois de alguns acidentes, você ganhou muita prática prevendo quando tinha de fazer suas necessidades em vez de esperar até o último minuto.

– Quarenta mil pessoas se ferem em banheiros todos os anos – você disse.

Rangi os dentes.

– Pelo amor de Deus, Willow, se concentre antes que você seja mais uma.

– Tudo bem. Terminei.

Equilibrando-me novamente, eu lhe entreguei o rolo de papel higiênico e deixei que você se limpasse.

– Bom trabalho – eu disse, abaixando-me para apertar a descarga. Depois me levantei atrapalhadamente e saí pela porta estreita do banheiro. Mas meu tênis ficou preso na borda do tapete e eu senti que estava caindo. Virei-me de modo que eu caísse antes, para que meu corpo absorvesse o impacto do seu.

Não sei qual de nós duas começou a rir primeiro e, quando a campainha e o telefone começaram a tocar ao mesmo tempo, começamos a rir ainda mais. Talvez eu mudasse minha mensagem. "Desculpe, não posso atender agora. Estou segurando minha filha, na sua tala de vinte e cinco quilos, sobre a privada."

Ergui-me apoiada sobre os cotovelos e a levantei comigo. A campainha tocou novamente, com impaciência.

– Já vai – gritei.

– Mamãe – você gritou –, minhas calças!

Você ainda estava seminua depois da nossa aventura no banheiro, e vesti-la com seu pijama de flanela seria trabalho para mais dez minutos. Em vez de vesti-la, peguei um dos sacos de lixo ainda presos no seu gesso e o enrolei à sua volta, como uma saia de plástico preto.

À porta estava a sra. Dumbroski, uma das vizinhas. Ela tinha dois netos da sua idade que, quando a visitaram no ano passado, roubaram-lhe os óculos enquanto ela dormia e puseram fogo numa pilha de folhas secas que teria causado um incêndio na garagem, não fosse pelo carteiro, que os viu acendendo a fogueira.

– Oi, querida – disse a sra. Dumbroski. – Espero que não seja uma hora ruim.

– Ah, não – respondi. – Estávamos apenas... – Olhei para você, vestindo o saco de lixo, e nós duas começamos a rir novamente.

– Eu estava precisando da minha travessa – disse a vizinha.

– Sua travessa?

– A que usei para assar a lasanha. Espero que você tenha tido a oportunidade de experimentá-la.

Deve ter sido uma das refeições que nos aguardavam no nosso retorno para casa depois do inferno da Disney World. Para ser honesta, comemos apenas um pouco; o restante estava no congelador ainda agora. Uma pessoa só é capaz de comer certa quantidade de macarrão com queijo, lasanha e outras massas.

Para mim, se você preparava uma refeição para alguém doente, era muito inconveniente perguntar se ele já a havia consumido ou não para ter sua travessa de volta.

– Que tal se eu tentar encontrar sua travessa, sra. Dumbroski, e depois pedir para Sean deixá-la na sua casa mais tarde?

Ela fez uma careta e disse:

– Bem, então acho que vou ter que esperar um pouco para fazer meu cozido de atum.

Por um instante, cogitei jogar você nos bracinhos de galinha da sra. Dumbroski e vê-la se curvar com seu peso enquanto eu ia até a cozinha, procurava pela porcaria da lasanha e a jogava no chão, aos pés dela... Mas em vez disso apenas sorri.

– Obrigada pela compreensão. Tenho de pôr a Willow para dormir um pouco agora – eu disse, fechando a porta.

– Mas eu não vou dormir – você retrucou.

– Eu sei. Só disse aquilo para obrigá-la a ir embora, para não ter que matá-la. – Acomodei você na sala de estar e ajeitei vários travesseiros nas suas costas e sob seus joelhos, para que você se sentasse confortavelmente. Depois, peguei a calça do seu pijama e me inclinei para apertar o botão que piscava na secretária eletrônica. – Perna esquerda primeiro – eu disse, passando a larga cintura por sobre sua tala.

"Você tem uma mensagem."

Pus sua perna direita no pijama e o subi pelo gesso até o quadril.

"Sr. e sra. O'Keefe... Aqui é Marin Gates, do escritório do dr. Robert Ramirez. Gostaríamos de discutir algumas coisas com vocês."

– Mamãe – você reclamou quando minhas mãos alcançaram sua cintura.

Juntei o tecido que sobrava e com ele fiz um nó.

– Sim – eu disse, com o coração acelerado. – Quase pronto.

Desta vez, Amelia estava na escola, mas ainda tivemos de levar Willow ao escritório. Agora eles estavam mais preparados: ao lado da máquina de café, havia caixinhas de suco; perto das elegantes revistas de arquitetura, havia uma pilha de livros infantis. Quando a secretária nos chamou para nos encontrarmos com os advogados, não fomos levados à sala de reuniões. Em vez disso, ela abriu a porta de uma sala pintada com cem tons de branco: desde o piso de madeira até a cobertura das paredes, passando pelo par de poltronas de couro branco. Você virou a cabeça, pensando naquilo tudo. Era para parecer o paraíso? Em caso afirmativo, Robert Ramirez seria o quê?

– Achei que o sofá seria mais confortável para a Willow – disse ele gentilmente. – E também que ela gostaria de assistir a um filme em vez de ouvir adultos conversando sobre coisas chatas.

Ele segurava um DVD de *Ratatouille* – seu filme preferido, apesar de ele não saber disso. Depois que o assistimos pela primeira vez, cozinhamos uma refeição e tanto para o jantar.

Marin Gates trouxe um aparelho de DVD e um elegante par de fones de ouvido. Ela ligou tudo, ajeitou-a na poltrona, ligou o DVD e colocou o canudo na caixinha de suco.

– Sargento O'Keefe, sra. O'Keefe – disse Ramirez –, achamos que seria melhor conversar sobre isso sem a Willow na sala, mas também percebemos que talvez fosse fisicamente impossível, por conta da condição dela. Foi a Marin quem teve a ideia do DVD. Ela também tem feito um ótimo trabalho nas últimas duas semanas. Analisamos seus prontuários médicos e os entregamos a outra pessoa para que os analisasse também. Vocês já ouviram falar de Marcus Cavendish?

Sean e eu nos entreolhamos e fizemos que não.

– O dr. Cavendish é escocês. Ele é um dos principais especialistas em osteogênese imperfeita no mundo. E, de acordo com ele, parece que vocês têm uma boa ação de erro médico contra a obstetra de vocês. A senhora lembra que o primeiro ultrassom foi claro demais, não é, sra. O'Keefe?... Isso é prova suficiente de que sua obstetra ignorou algo. Ela deveria ter sido capaz de reconhecer o problema do bebê naquele momento, muito antes de os ossos quebrados serem visíveis no ultrassom posterior. E ela deveria ter lhes informado disso num estágio da gravidez... que talvez lhe permitisse alterar o resultado.

Minha mente girava, e Sean parecia profundamente confuso.

– Espere um pouco – disse ele. – Que tipo de processo é esse?

Ramirez olhou para você, Willow.

– É chamado de "nascimento indevido" – respondeu ele.

– O que isso significa, afinal?

O advogado olhou para Marin Gates, que pigarreou antes de falar.

– Um processo por nascimento indevido permite que os pais processem o obstetra por perdas e danos decorrentes do nascimento e dos cuidados de uma criança severamente deficiente – disse ela. – Isso quer dizer que, se sua obstetra tivesse lhe contado antes que seu bebê seria deficiente, você teria a oportunidade de escolher continuar ou não com a gestação.

Lembrei-me de atacar Piper há algumas semanas: "Você sempre tem que ser tão perfeita?"

E se a única vez em que ela *não* fora perfeita foi no seu caso?

Eu estava tão pregada em minha poltrona quanto você; não conseguia me mexer, não conseguia respirar. Sean falou por mim:

– Você está querendo dizer que minha filha jamais deveria ter nascido? – acusou ele. – Que ela foi um *erro*? Não posso estar ouvindo essa merda toda.

Lancei-lhe um olhar: você havia tirado os fones de ouvido e estava prestando atenção em cada palavra.

Assim que seu pai se levantou, Robert Ramirez fez a mesma coisa.

– Sargento O'Keefe, sei que isso soa horrível, mas o termo "nascimento indevido" é apenas um termo jurídico. Não quer dizer que sua filha nunca deveria ter nascido. Ela é absolutamente linda. Apenas achamos que, quando um médico não cuida adequadamente do paciente, ele deve sofrer as consequências. – Ele deu um passo à frente. – É um caso de erro médico. Pense em todo tempo e dinheiro que o senhor gastou cuidando da Willow. E que *ainda* vai gastar com ela no futuro. Por que o senhor deveria pagar pelo erro de outra pessoa?

Sean se aproximou do advogado e, por um instante, pensei que talvez ele fosse bater em Ramirez. Mas em vez disso ele pousou um dedo no peito do advogado.

– Eu *amo* minha filha – disse Sean, com a voz rouca. – Eu a *amo*.

Ele a pegou no colo, puxando o fone de ouvido com tanta força que o aparelho de DVD virou bruscamente, derrubando a caixa de suco no sofá de couro.

– Ah – gritei, procurando por um lenço na bolsa para limpar a mancha. Aquele lindo couro branco estaria arruinado.

– Tudo bem, sra. O'Keefe – murmurou Marin, ajoelhando-se ao meu lado. – Não se preocupe com isso.

– Papai, o filme não acabou ainda – você disse.

– Acabou, sim – disse Sean, tirando os fones do seu ouvido e os jogando no chão. – Charlotte – disse ele –, vamos embora daqui.

Ele já estava andando nervosamente pelo corredor, quase explodindo, enquanto eu limpava o suco. Percebi que ambos os advogados me encaravam e me virei.

– Charlotte! – a voz de Sean soou da sala de espera.

– Humm... obrigada. Peço mil desculpas por tê-los incomodado. – Levantei-me, cruzando os braços como se estivesse com frio, ou tivesse de me conter. – Eu apenas... há uma coisa... – Olhei para os advogados e respirei fundo. – O que acontece se ganharmos?

II

Arremesse-me ao mar.

Envolva-me em sal e água.

O arado de nenhum camponês jamais tocará meus ossos.

Nenhum Hamlet segurará minha caveira e fará um discurso

Sobre como as piadas perderam a graça e como minha boca

    se esvaziou.

Carniceiros compridos e de olhos verdes comerão meus olhos,

Peixes roxos brincarão de esconde-esconde,

E me transformarei na canção do trovão, no estrondo do mar,

Lá no fundo do sal e da água.

Arremesse-me... ao mar.

                              — CARL SANDBURG, "Bones"

INCORPORAR: UM PROCESSO CUIDADOSO EM QUE UMA MASSA É ACRESCENTADA A OUTRA, USANDO-SE UMA GRANDE COLHER DE METAL OU UMA ESPÁTULA.

Em geral, incorporar refere-se a uma mistura imperfeita, algo que fica à mostra. Na cozinha, você mistura dois ingredientes, mas o espaço entre eles não desaparece completamente – a incorporação feita do modo certo é leve, aerada, as partes permanecem reconhecíveis.

É uma combinação perfeita, pois uma mistura aceita a outra. Pense numa mão ruim no pôquer, numa discussão, em qualquer situação na qual uma parte simplesmente desiste.

SUFLÊ DE CHOCOLATE E AMORA

400 g de amoras batidas e peneiradas
8 ovos, claras e gemas separadas
110 g de açúcar
85 g de farinha
230 g de chocolate meio-amargo de boa qualidade, em pedacinhos
50 g de licor Chambord
2 colheres (sopa) de manteiga derretida
Açúcar de confeiteiro para polvilhar

Aqueça um pouco o purê de amora numa panela de fundo grosso. Misture as gemas com 85 gramas do açúcar numa tigela grande; acrescente a farinha e o purê de amora, depois devolva tudo à panela.

Cozinhe em fogo médio, mexendo constantemente, até que vire um creme espesso. Não deixe que a mistura ferva. Tire do fogo e acrescente o chocolate, mexendo até que ele esteja completamente derretido. Acrescente o licor. Cubra o creme com um filme plástico para evitar que se crie uma crosta.

Enquanto isso, unte seis forminhas e as polvilhe com açúcar. Pré-aqueça o forno a 200° C.

Bata as claras em neve e salpique com o que restou do açúcar. E é aqui que você perceberá a união de duas misturas bem diferentes, ao acrescentar as claras em neve ao chocolate. Nenhum deles vai abdicar da sua natureza: a cor escura do chocolate se tornará parte da clara em neve, e vice-versa.

Derrame a mistura nas formas, chegando a cerca de meio centímetro da borda. Asse imediatamente. Aguarde até que os suflês cresçam bem, estejam dourados no alto e com as bordas secas – aproximadamente vinte minutos. Mas não se surpreenda se, ao removê-los do forno, eles afundarem sob o peso da própria promessa.

Charlotte
Abril de 2007

É IMPOSSÍVEL VIVER SEM IMPACTO. ESSA FOI UMA DAS PRIMEIRAS COISAS que os médicos nos disseram quando começaram a explicar o beco sem saída que é a osteogênese imperfeita: seja ativa, mas não se quebre, porque, se você se quebrar, não poderá se manter ativa. Os pais que mantêm seus filhos sedentários ou que os obrigam a andar de joelhos, para diminuir a possibilidade de caírem e sofrerem uma fratura, também correm o risco de que os músculos e as articulações de seus filhos jamais se desenvolvam o bastante para proteger os ossos.

Sean era a favor de correr riscos quando o assunto era você. Se bem que não era ele quem estava em casa na maioria das vezes em que você quebrou algum osso. Mas ele passou anos me convencendo de que algumas talas eram um preço pequeno a pagar por uma vida de verdade; talvez agora eu fosse capaz de convencê-lo de que duas palavras tolas, como *nascimento indevido*, não significavam nada quando comparadas ao futuro que elas poderiam lhe garantir. Apesar da saída repentina de Sean do escritório do advogado, continuei com a esperança de que eles me ligassem novamente. Dormi pensando no que Robert Ramirez havia dito. Acordei com um sabor estranho na boca, parte doce, parte azedo; demorei dias para perceber que era apenas esperança.

Você estava sentada numa cama de hospital com um cobertor sobre a tala ortopédica, e lia um livro de suspense enquanto aguardávamos sua aplicação de pamidronato. A princípio, as aplicações eram a cada dois meses; agora fazíamos aplicações semestrais em Boston. O pamidronato não era a cura da OI, mas apenas um tratamento – um tratamento que permitia que doentes do tipo II, como você, caminhassem, em vez de ficar presos a uma cadeira de rodas. Antes disso, mesmo um passo mais forte era capaz de provocar microfraturas nos seus pés.

– Você não vai acreditar olhando para as fraturas nos fêmures dela, mas os exames estão muito melhores – disse o dr. Rosenblad. – Atualmente o desvio-padrão é de apenas três anos.

Quando você nasceu e fez uma densitometria para avaliar sua densidade óssea, o desvio-padrão foi de seis anos. Os ossos fabricam constantemente novos ossos e absorvem ossos velhos; o pamidronato diminuía a velocidade com a qual seu corpo absorvia os ossos e permitia que você se mexesse o bastante para fortalecer seus ossos. Certa vez, o dr. Rosenblad me explicou isso usando uma esponja de cozinha: o osso era poroso e o pamidronato preenchia um pouco dos poros.

Você teve mais de cinquenta fraturas em cinco anos com o tratamento; eu não conseguia imaginar como seria sua vida sem o remédio.

– Tenho uma informação interessante para você hoje, Willow – disse o dr. Rosenblad. – Numa emergência, se você precisar de algo para substituir o plasma sanguíneo, pode usar água de coco.

Seus olhos se arregalaram.

– Você já *fez* isso?

– Estava pensando em experimentar hoje... – Ele riu para você. – Brincadeira. Tem alguma pergunta para mim antes de começarmos?

Você me deu a mão.

– Duas chances, certo?

– Esse é o acordo – eu disse. Se uma enfermeira não conseguisse injetar a agulha na veia em duas tentativas, eu lhe pediria para chamar outra pessoa.

Engraçado: quando eu saía com Sean e outro policial e a esposa dele, eu sempre era a mais tímida. Nunca fui a pessoa mais animada da festa; nunca iniciei uma conversa na fila do supermercado. Mas, quando estou em um hospital, luto até a morte por você. Eu seria a sua voz, até que você aprendesse a falar por si mesma. Nem sempre fui assim – quem não quer acreditar que o médico sabe mais do que nós? Mas há médicos que passam toda a carreira sem jamais se deparar com um caso de oi. Se as pessoas me diziam que sabiam o que estavam fazendo, isso não significava que eu confiasse nelas.

Exceto no caso de Piper. Eu acreditara nela quando me disse que não tínhamos como saber com antecedência que você nasceria assim.

– Acho que já podemos começar – disse o dr. Rosenblad.

Os tratamentos duravam quatro horas cada, durante três dias seguidos. Por duas horas, vários enfermeiros e residentes entravam para checar seus sinais vitais (sinceramente, será que eles achavam que seu peso e altura mudavam a cada meia hora?), depois o dr. Rosenblad era chamado e sua urina era coletada. Depois disso, vinha o exame de sangue – seis tubos de ensaio –, e você segurava minha mão com tanta força que suas unhas deixavam buraquinhos em forma de meia-lua na minha pele. Por fim, a enfermeira chegava para administrar o remédio intravenoso – a parte à qual você mais resistia. Assim que eu ouvia os passos da enfermeira no corredor, tentava distraí-la mencionando fatos do seu livro.

Línguas de flamingo eram comidas na Roma Antiga como uma iguaria. No Kentucky, é ilegal carregar sorvete no bolso de trás das calças.

– Ei, querida – dizia a enfermeira. Seus cabelos eram pintados de loiro e ela usava um estetoscópio com um macaquinho preso na lateral. Trazia consigo uma bandejinha de plástico com uma agulha intravenosa, lenços umedecidos com álcool e dois pedaços de fita branca.

– Agulhas enchem o saco – você disse.

– Willow! Comporte-se!

– Mas *encher o saco* não é um palavrão. Aspiradores de pó *enchem o saco* de sujeira.

– Principalmente se é você quem está fazendo a faxina – murmurou a enfermeira, limpando seu braço. – Agora, Willow, vou contar até três antes de inserir a agulha. Pronta? Um... dois!

– Três – você gritou. – Ei, você mentiu!

– Às vezes é mais fácil quando não se está esperando – disse a enfermeira, erguendo a agulha novamente. – Não deu certo. Vamos tentar nova...

– Não – interrompi. – Há alguma outra enfermeira no andar que possa fazer isso?

– Eu administro medicamentos intravenosos há treze anos...

– Não na minha filha.

Ela fez uma careta.

– Vou chamar minha supervisora.

E saiu fechando a porta atrás de si.

– Mas aquela foi só a primeira picada – você disse.

Sentei-me ao seu lado na maca.
– Ela mentiu. Não quero correr risco algum.
Seus dedos remexeram nas páginas do livro, como se você estivesse lendo em braile. De repente me lembrei de uma curiosidade: *O ano mais seguro da vida, estatisticamente, é aos dez anos.*
Você estava a meio caminho de lá.

A parte boa de você passar a noite no hospital era que eu não precisava me preocupar se você se enrolasse ali, por causa de uma tira no tubo ou uma presilha na manga da jaqueta. Assim que concluíram a primeira infusão, tiraram a agulha e você dormiu um sono profundo. Saí sorrateiramente do quarto e fui aos telefones públicos que ficavam perto do elevador, para ligar para casa.
– Como ela está? – perguntou Sean assim que atendeu.
– Entediada. Inquieta. O de sempre. E Amelia?
– Ela tirou dez em matemática e ficou furiosa quando eu lhe disse que ela tinha de lavar a louça depois do jantar.
Eu ri.
– O de sempre – repeti.
– Adivinha o que comemos no jantar? – perguntou Sean. – Frango recheado, batatas assadas e ervilhas.
– Ah, claro – eu disse. – Você não sabe nem cozinhar um ovo.
– Eu não disse que cozinhei. A seção de comida pronta do mercado estava especialmente bem abastecida essa noite.
– Bem, Willow e eu tivemos um banquete de sagu, canja de galinha e gelatina de morango.
– Quero ligar para ela antes de sair para trabalhar amanhã. A que horas ela vai acordar?
– Às seis, por causa da troca de turno das enfermeiras – eu disse.
– Vou programar o alarme – respondeu Sean.
– Aliás, o dr. Rosenblad me perguntou novamente sobre a cirurgia.
Isso era – sem trocadilho – um osso atravessado entre mim e Sean. Seu cirurgião ortopedista queria pôr um pino nos seus fêmures antes de tirarmos a tala ortopédica, para que, mesmo no caso de fraturas futuras, os ossos não saíssem do lugar. Os pinos também evitariam o arquea-

mento, já que os ossos de pacientes com OI crescem em espiral. Como o dr. Rosenblad disse, era o melhor modo de lidar com a OI, já que não se pode curá-la. Mas, enquanto eu aceitava qualquer coisa que talvez lhe evitasse alguma dor no futuro, Sean se atinha ao presente – e já que a cirurgia a imobilizaria mais uma vez, eu podia praticamente ouvi-lo batendo o pé, nervoso.

– Não foi você quem imprimiu um artigo sobre como os pinos atrasam o crescimento de crianças com OI...?

– Você está confundindo com bastões dorsais – eu disse. – Quando eles forem colocados para evitar a escoliose, a Willow deixará de crescer. Mas isso é diferente. O dr. Rosenblad disse que os pinos são tão sofisticados hoje em dia que crescerão com ela. Eles são expansíveis.

– E se ela não tiver mais nenhuma fratura femoral? Daí ela terá feito a cirurgia para nada.

A chance de que você nunca mais fraturasse a perna era a mesma de que o sol não nascesse amanhã. Essa era outra diferença entre mim e Sean – eu era sempre a pessimista.

– Você realmente vai querer lidar com outra tala ortopédica? Se ela cair quando tiver sete, dez, doze anos, quem vai conseguir levantá-la?

Sean soltou um suspiro.

– Ela é uma criança, Charlotte. Ela não deveria ser capaz de correr um pouco antes de você impedi-la de fazer isso novamente?

– *Eu* não estou impedindo nada – eu disse, irritada. – O fato é que ela vai cair. O fato é que ela vai quebrar algum osso. Não faça de mim a vilã dessa história, Sean, porque estou apenas tentando ajudá-la a longo prazo.

Houve certa hesitação.

– Eu sei como isso é difícil – disse ele. – Eu sei o quanto você faz por ela...

Isso era o mais perto que Sean era capaz de chegar da desastrosa visita ao advogado.

– Eu não estava reclamando...

– Eu não disse que você estava. Estou só dizendo... sabíamos que não seria fácil, não é mesmo?

Sim, sabíamos. Mas acho que eu não tinha pensado que seria tão difícil.

— Tenho que ir — eu disse, e, quando Sean disse que me amava, fingi não ouvir.

Desliguei e imediatamente liguei para Piper.

— O que há de errado com os homens? — perguntei.

Ao fundo, podia ouvir a água escorrendo e as louças batendo umas nas outras na pia.

— Essa é uma pergunta retórica? — ela perguntou.

— Sean não quer que a Willow faça a cirurgia.

— Espere um pouco. Você não está em Boston para a aplicação de pamidronato?

— Sim, e Rosenblad tocou nesse assunto hoje quando me encontrei com ele — eu disse. — Ele está nos pressionando já faz um ano, e Sean continua protelando e a Willow se quebrando.

— Mesmo significando que ela vai melhorar a longo prazo?

— Mesmo assim.

— Bem — disse Piper —, nesse caso eu tenho uma palavra para você: Lisístrata.

Caí na gargalhada.

— Eu tenho dormido com a Willow no sofá da sala há um mês. Se eu dissesse ao Sean que pararia de fazer sexo com ele, seria uma ameaça vazia.

— Eis a sua solução, então — disse Piper. — Acenda velas, compre ostras, lingerie, a coisa toda... e, quando ele estiver num estado de estupor hedonista, repita a pergunta. — Ouvi uma voz ao fundo. — O Rob diz que vai funcionar perfeitamente.

— Agradeça a ele pelo voto de confiança.

— Ah, antes que eu me esqueça, diga a Willow que o polegar de uma pessoa tem o mesmo comprimento que o nariz.

— Verdade? — Levei a mão ao rosto para verificar. — Ela vai adorar saber disso.

— Ah, droga, tenho uma chamada. Por que os bebês não podem nascer às nove da *manhã*?

— Essa é uma pergunta retórica? — eu disse.

— E voltamos ao ponto de partida. Falo com você amanhã, Char.

Depois de desligar, olhei para o telefone por um bom tempo. "Ela vai melhorar a longo prazo", foi o que Piper disse.

Será que ela acreditava naquilo incondicionalmente? Não apenas no que dizia respeito à cirurgia ortopédica, mas também sobre qualquer atitude que uma boa mãe poderia tomar?

Eu não sabia se teria a coragem necessária para um processo por nascimento indevido. Dizer, abstratamente, que havia certas crianças que não deveriam nascer já era muito difícil, mas isso ia além. O processo significava que uma criança – *a minha* – não deveria ter nascido. Que tipo de mãe seria capaz de encarar um juiz e um júri e afirmar que desejava que sua filha nunca tivesse existido?

Ou uma mãe que não amava a própria filha... ou uma que a amava demais. O tipo de mãe que diria qualquer coisa se isso significasse uma vida melhor.

Mas, mesmo se eu chegasse a uma solução para esse impasse, a outra encruzilhada aqui era a pessoa do outro lado do processo, que não era uma estranha – era minha melhor amiga.

Lembrei-me da espuma que certa vez usamos para forrar o assento do carro, de como, às vezes, quando eu a tirava dali, ainda era capaz de ver a impressão que você causara, como uma lembrança ou um fantasma. E então, como mágica, desaparecia. A marca indelével que deixei em Piper e a marca indelével que ela deixou em *mim* – bem, talvez elas não fossem tão permanentes assim. Durante anos eu acreditara em Piper quando ela dissera que os exames não nos diriam com antecedência que você tinha OI, mas ela estava falando sobre exames de sangue. Ela nunca mencionou o fato de que *outros* exames pré-natais – como ultrassons – talvez tivessem detectado sua doença. Será que ela estava se justificando para mim ou para ela própria?

Isso não a afetará, uma voz em minha mente murmurou. *É para isso que existe seguro contra erro médico.* Mas afetará a *nós*. A fim de garantir que você pudesse confiar totalmente em mim, eu perderia uma amiga na qual eu confiara desde o seu nascimento.

Ano passado, quando Emma e Amelia estavam na sexta série, o professor de educação física surgiu por detrás de Emma e massageou seus ombros enquanto ela esperava do lado de fora de um jogo de softball. Algo inofensivo, provavelmente, mas Emma voltou para casa dizendo que aquilo a deixara assustada.

– O que eu faço? – Piper me perguntara. – Dou a ele o benefício da dúvida ou me torno uma mãe superprotetora?

Antes mesmo que eu pudesse opinar, Piper já havia se decidido.

— É a minha filha — disse ela. — Se eu não for lá e abrir a boca, talvez me arrependa disso para o resto da vida.

Eu amava Piper Reece. Mas eu sempre amaria mais você.

Com o coração batendo forte, peguei um cartão de visitas do bolso de trás da minha calça e disquei o número antes que perdesse a coragem.

— Marin Gates — disse uma voz do outro lado da linha.

— Oi — hesitei, surpresa. Esperava por uma secretária eletrônica a essa hora da noite. — Não esperava que você estivesse aí...

— Quem é?

— Charlotte O'Keefe. Estive no seu escritório há algumas semanas com meu marido sobre...

— Sim, eu me lembro — disse Marin.

Enrolei o cabo do telefone no braço, imaginando as palavras que eu enviaria através dele, para o mundo, tornando-as reais.

— Sra. O'Keefe?

— Estou interessada em... entrar com a ação.

Fez-se um breve silêncio.

— Por que não agendamos uma reunião aqui no escritório? Posso pedir para minha secretária ligar para você amanhã.

— Não — eu disse, balançando a cabeça. — Quero dizer, tudo bem, mas não pode ser amanhã. Estou no hospital com a Willow.

— Sinto muito.

— Não, ela está bem. Ou melhor, *não* está bem, mas isso é o normal. Voltaremos para casa na quinta-feira.

— Marcarei na minha agenda.

— Bom — eu disse, respirando ofegante. — Bom.

— Dê lembranças à sua família — respondeu Marin.

— Tenho só mais uma pergunta — eu disse, mas ela já havia desligado. Apertei o aparelho contra a boca e senti o sabor amargo do metal. — Você faria isso? — sussurrei alto demais. — Você faria isso se estivesse no meu lugar?

"Se você quiser fazer uma ligação", disse a voz mecânica de um operador da empresa de telefonia, "por favor desligue e tente novamente."

O que Sean diria?

Nada, percebi, porque eu não contaria a ele o que fiz.

Voltei pelo corredor para o seu quarto. Na cama, você roncava baixinho. O filme a que você estava assistindo quando pegou no sono lançava raios vermelhos, verdes e dourados sobre sua cama, numa referência antecipada ao outono. Deitei-me na cama estreita feita de uma das poltronas para os visitantes, graças a uma enfermeira solidária; ela havia deixado um cobertor surrado e um travesseiro que estalava como uma pedra de gelo.

O mural na parede oposta mostrava um mapa antigo, com um navio pirata com as velas todas abertas. Não fazia muito tempo, os marinheiros acreditavam que os mares eram perigosos, que as bússolas podiam apontar lugares onde havia dragões. Fiquei imaginando os exploradores que entraram nos navios rumo ao fim do mundo. Como eles devem ter ficado aterrorizados correndo o risco de cair no abismo, e como deve ter sido descobrir lugares que eles só haviam visto em sonhos.

Piper

CONHECI CHARLOTTE HÁ OITO ANOS, NUM DOS RINQUES DE PATINAÇÃO MAIS FRIOS DE New Hampshire, quando vestíamos nossas filhas de quatro anos como estrelas cadentes para uma apresentação de quarenta e cinco segundos no espetáculo de inverno do clube. Eu estava esperando que Emma terminasse de amarrar os patins, enquanto outras mães faziam com facilidade coques nos cabelos das filhas e amarravam os laços de suas roupas brilhantes ao redor da cintura e dos calcanhares. Elas conversavam sobre a venda de papel de presente de Natal que o clube estava promovendo para arrecadar dinheiro para caridade e reclamavam do marido, que não havia carregado a bateria da câmera o suficiente. Na contramão de toda essa competência, Charlotte estava sentada sozinha, de lado, tentando convencer uma birrenta Amelia a prender seus longos cabelos.

– Amelia – disse ela –, sua professora não vai deixá-la entrar no gelo desse jeito. Todas têm que ficar iguais.

Ela me parecia familiar, mas eu não me lembrava de tê-la conhecido. Joguei alguns grampos de cabelo para Charlotte e sorri.

– Se você precisar – eu disse –, também tenho Super Bonder e verniz náutico. Este não é nosso primeiro ano no Clube de Patinação Nazista.

Charlotte caiu na gargalhada e pegou os grampos.

– Elas têm apenas quatro anos!

– Aparentemente, se você não começar jovem, elas não terão nada para falar na terapia – brinquei. – Meu nome é Piper, aliás. Mãe orgulhosamente desafiadora de uma patinadora.

Ela me estendeu a mão.

– Charlotte.

– Mamãe – disse Emma –, essa é a Amelia. Eu falei sobre ela na semana passada. Ela acabou de se mudar para cá.

– Viemos por causa do trabalho – disse Charlotte.
– Seu ou do seu marido?
– Não sou casada – disse ela. – Sou a nova chef confeiteira do Capers.
– É de lá que a reconheci. Li sobre você naquele artigo da revista.
Charlotte corou.
– Não acredite em tudo o que escrevem...
– Você devia se orgulhar! Eu não consigo nem fazer um bolo de caixinha sem estragar tudo. Por sorte, cozinhar não é uma exigência da minha profissão.
– O que você faz?
– Sou obstetra.
– Bem, acho que isso ganha do que eu faço, desisto – disse Charlotte. – Quando entrego meus produtos, as pessoas ganham peso. Quando você entrega os seus, elas perdem.
Emma apontou para um furo em sua roupa.
– Minha roupa vai cair porque você não sabe costurar – acusou ela.
– Não vai cair – eu disse com um suspiro, depois voltei a atenção para Charlotte. – Eu estava ocupada demais fazendo suturas para costurar a roupa, por isso colei as partes.
– Da próxima vez – Charlotte disse a Emma –, eu costuro sua roupa e a da Amelia.
Gostei daquilo – da ideia de que ela já nos via como amigas. Estávamos destinadas a ser parceiras de crime, mães subversivas que não se importavam com o que os outros pensavam. Naquela mesma hora, a professora apareceu na porta do vestiário.
– Amelia? Emma? – chamou ela. – Estamos todas esperando por vocês!
– Meninas, é melhor vocês se apressarem. Vocês ouviram o que a Eva Braun disse.
Emma franziu a testa.
– Mamãe, o nome dela é *srta. Helen*.
Charlotte riu.
– Quebrem a perna! – disse ela quando as meninas correram para o rinque. – Ou será que isso só funciona para um palco que não seja feito de gelo?
Não sei se é possível olhar para seu passado e encontrar, entrelaçado a símbolos ocultos num mapa do tesouro, o caminho que apontará para seu

destino, mas tenho pensado várias vezes naquele momento, na frase de boa sorte de Charlotte. Será que me lembro disso por causa da sua doença? Ou você nasceu por causa do modo como eu me lembro da frase?

Rob estava entrelaçado a mim, beijava-me e movia sua perna entre as minhas.
– Não podemos – sussurrei. – A Emma ainda está acordada.
– Ela não vai vir aqui.
– Você não tem certeza disso.
Rob escondeu o rosto em meu pescoço.
– Ela sabe que nós transamos. Se não transássemos, ela não estaria aqui.
– *Você* gosta de imaginar seus pais fazendo sexo?
Com uma careta, Rob saiu de cima de mim.
– Bom, *isso* com certeza acabou com o clima.
Eu ri.
– Dê dez minutos para que ela volte a dormir e eu o farei pegar fogo novamente.
Rob apoiou a cabeça nos braços e ficou olhando para o teto.
– Quantas vezes por semana você acha que a Charlotte e o Sean transam?
– Não sei!
Rob me lançou um olhar desconfiado.
– Claro que sabe. As mulheres conversam sobre esse tipo de coisa.
– Tudo bem. Antes de mais nada, não conversamos. E, em segundo lugar, mesmo se conversássemos, eu não ficaria pensando em quantas vezes minha melhor amiga faz sexo com o marido.
– Ah, tá – disse Rob. – Então você nunca olhou para o Sean e imaginou como seria dormir com ele?
Levantei-me apoiada no cotovelo.
– *Você* já?
Ele riu.
– O Sean não faz meu tipo...
– Muito engraçado. – Eu o encarei firmemente. – A Charlotte? *Mesmo*?
– Bem... você sabe... é só curiosidade. Até o Gordon Ramsay deve pensar em Big Mac de vez em quando.
– Então quer dizer que eu sou uma refeição complexa, e a Charlotte é *fast-food*?

– Foi uma péssima comparação – admitiu Rob.

Sean O'Keefe era alto, forte, fisicamente imponente – bem diferente do corpo magro de corredor de Rob, suas mãos cuidadosas de cirurgião, seu vício em livros. Um dos motivos pelos quais me apaixonei por Rob é que ele parece mais interessado na minha mente do que nas minhas pernas. Se eu, algum dia, imaginasse como seria dormir com alguém como Sean, o impulso provavelmente seria contido de imediato: depois de todos esses anos e todas as conversas com Charlotte, eu o conhecia bem demais para considerá-lo um homem atraente.

Mas a intensidade de Sean também transbordava pela maneira como ele cuidava das filhas – ele era louco por elas; e era tão contido e protetor em relação a Charlotte. Rob era cerebral, não visceral. Como seria ter tanta paixão selvagem dedicada totalmente a você? Tentei imaginar Sean na cama. Será que ele usava pijamas como Rob? Ou dormia nu?

– Ahn? – disse Rob. – Não sabia que você podia ficar toda vermelha até sua...

Subi o lençol até o queixo.

– Para responder a sua pergunta – eu disse –, não tenho nem certeza se é uma vez por semana. Entre Willow e o trabalho de Sean, eles provavelmente nem ficam no mesmo quarto à noite na maior parte do tempo.

Era estranho, percebi, mas Charlotte e eu nunca havíamos conversado sobre sexo. Não porque eu fosse sua amiga, mas porque eu era sua médica – e parte das minhas perguntas como médica envolvia algum problema durante a relação sexual que minha paciente pudesse ter. Será que eu lhe perguntei isso? Ou pulei essa parte porque parecia íntimo demais diante de uma amiga em vez de uma estranha? Antes, o sexo era um meio com uma finalidade: um bebê. Mas e agora? Será que Charlotte era feliz? Será que ela e Sean também se deitavam na cama e se comparavam a mim e Rob?

– Bem, olha só. Você e eu estamos no mesmo quarto esta noite – Rob se aproximou de mim. – Que tal aproveitarmos ao máximo o potencial disso?

– A Emma...

– Está perdida no mundo dos sonhos já. – Rob tirou a parte de cima do meu pijama e ficou olhando para mim. – Para falar a verdade, eu também estou...

Abracei-o e o beijei demoradamente.

– Ainda pensando em Charlotte?

– Que Charlotte? – murmurou Rob, voltando a me beijar.

Uma vez por mês, Charlotte e eu íamos ao cinema e depois a um bar decadente chamado Maxie's Pad – um lugar cujo nome me irritava muito por causa da conotação ginecológica,* apesar de ter quase certeza de que o próprio Maxie não se dava conta disso. Maxie era um velho e rabugento pescador do Maine que, quando pedimos uma vez um Chardonnay, disse que não tinha na bomba. Mesmo quando os filmes exibidos eram muito ruins ou comédias adolescentes, eu arrastava Charlotte ao cinema uma noite ao mês. Caso contrário, ela ficava longos períodos sem sair de casa.

A melhor coisa do Maxie's era seu neto, Moose, um jogador de futebol americano que abandonou a faculdade em meio a um escândalo de fraude. Ele começara a trabalhar no bar do avô fazia três anos, quando voltou para casa para avaliar quais eram suas opções, e nunca foi embora. Ele tinha dois metros de altura, era loiro, forte e inteligente como uma porta.

– Aqui está, senhora – disse Moose, servindo uma cerveja pale ale para Charlotte, que mal o agradeceu com um olhar.

Havia algo de errado com Charlotte essa noite. Ela tentou adiar nosso programa, mas eu não deixei, e nas últimas horas ela esteve distante e distraída. Atribuí isso às preocupações com você, Willow – entre seu tratamento com pamidronato, as fraturas nos fêmures e a cirurgia ortopédica, ela tinha muito o que pensar, e eu estava determinada a fazê-la relaxar.

– Ele piscou para você – eu disse, assim que Moose se virou para atender outro cliente.

– Ah, deixa disso – disse Charlotte. – Estou velha demais para que flertem comigo.

– Quarenta e quatro é o novo vinte e dois.

– Ah, claro, quero ver você dizer isso quando tiver minha idade.

– Charlotte, sou apenas dois anos mais nova que você! – eu ri, bebendo minha cerveja. – Deus, somos patéticas. Ele provavelmente está pensando: *Coitadas daquelas mulheres de meia-idade; pelo menos posso fazê-las felizes fingindo que as acho remotamente atraentes.*

Charlotte ergueu sua caneca.

– Um brinde a *não* sermos casadas com um cara tão novo que não pode sequer alugar um carro na Hertz.

Fui eu quem apresentei sua mãe ao seu pai. Acho que faz parte da natureza humana o fato de nós, casais, sermos incapazes de descansar antes

---

* Um dos significados de *pad* é absorvente feminino. (N. do T.)

de encontrar parceiros para nossos amigos solteiros. Charlotte nunca havia se casado – o pai de Amelia era um viciado em drogas que tentara se reabilitar durante a gravidez de Charlotte, fracassara miseravelmente e se mudara para a Índia com uma stripper de dezessete anos. Assim, quando fui parada por excesso de velocidade por um policial bem bonito e que não estava usando aliança, convidei-o para jantar para que ele pudesse conhecer Charlotte.

– Não vou a encontros às cegas – sua mãe me disse.

– Então pesquise sobre ele no Google.

Dez minutos mais tarde ela me ligou, toda nervosa, porque Sean O'Keefe era também o nome de um pedófilo recém-libertado em condicional. Dez meses mais tarde, ela se casou com o *outro* Sean O'Keefe.

Fiquei olhando Moose empilhar os copos atrás do bar, a luz ressaltava-lhe os músculos.

– E como estão as coisas com Sean? – perguntei. – Você já conseguiu convencê-lo?

Charlotte ficou paralisada e quase derramou toda a cerveja.

– Convencê-lo a fazer o quê?

– A cirurgia ortopédica da Willow. Alô?

– Ah, claro – disse Charlotte. – Esqueci que havia lhe contado sobre isso.

– Charlotte, nós conversamos todos os dias. – Eu a olhei com mais cuidado. – Tem certeza de que você está bem?

– Só preciso de uma boa noite de sono – respondeu ela, mas ainda estava olhando para a cerveja, passando um dos dedos pela borda da caneca até ouvir o som do cristal. – Sabe, eu estava lendo uma coisa no hospital, numa revista qualquer. Havia um artigo sobre uma família que processou o hospital depois que o filho deles nasceu com fibrose cística.

Balancei a cabeça.

– Essa mentalidade de responsabilizar os outros me deixa louca. Culpe alguém e se sinta melhor.

– Talvez alguém realmente *tenha* cometido um erro.

– É uma loteria. Sabe o que um obstetra diria se um casal tivesse um recém-nascido com fibrose cística? "Ah, eles tiveram um bebê com problema." Não é uma crítica; é apenas uma verdade.

– Um bebê com problema – repetiu Charlotte. – É isso que você acha que me aconteceu?

Às vezes eu falo sem pensar – como agora, depois de lembrar, tarde demais, que o interesse de Charlotte no assunto era mais do que teórico. Senti meu rosto pegar fogo.

– Eu não estava falando da Willow. Ela é...

– Perfeita? – desafiou-me Charlotte.

Mas você *era*. Você fazia a imitação mais engraçada de Paris Hilton que eu jamais vira; você sabia recitar o alfabeto de trás para frente; seus traços eram delicados, elegantes, como os de uma personagem de conto de fadas. Seus ossos frágeis eram a parte menos importante de você.

De repente Charlotte se encolheu.

– Desculpe. Eu não devia ter dito aquilo.

– Não, sério, minha boca não devia poder falar sem se conectar antes com meu cérebro.

– Só estou cansada – disse Charlotte. – Acho melhor encerrar a noite.

– Mas, quando comecei a me levantar, ela fez que não. – Fique, termine a sua cerveja.

– Vou acompanhá-la até seu carro...

– Já sou bem grandinha, Piper. Mesmo. Apenas esqueça tudo que eu disse.

Assenti com a cabeça. E, estúpida que sou, esqueci mesmo.

Amelia

Eu estava na biblioteca, um dos poucos lugares onde eu podia fingir que minha vida não era totalmente governada por sua doença, quando, em uma revista, me deparo com a fotografia de uma mulher que se parecia muito com você. Era estranho, como uma daquelas fotos do FBI nas quais a criança que foi sequestrada há dez anos é envelhecida, para que seja possível reconhecê-la hoje. Lá estava seu cabelo sedoso e desarrumado, seu queixo pontudo, suas pernas arqueadas. Conheci outras crianças com OI antes e sabia que todas tinham características parecidas, mas aquilo era ridículo.

Mais estranho ainda era que a moça da foto estava segurando um bebê ao lado de um gigante. Ele a estava abraçando e rindo para a fotografia com um sorriso verdadeiramente horrível. "Alma Dukins", lia-se na legenda, "tem apenas um metro; seu marido, Grady, um e noventa e cinco."

– O que você está fazendo? – perguntou Emma.

Ela era minha melhor amiga; nós éramos melhores amigas desde, tipo, sempre. Depois de todo o pesadelo da Disney, quando as crianças da escola descobriram que eu passei uma noite num abrigo, ela (a) não me tratou como se eu fosse uma leprosa e (b) ameaçou bater em qualquer pessoa que fizesse isso. Ela se aproximou por trás de mim e apoiou o queixo no meu ombro.

– Ei, essa mulher parece a sua irmã.

Fiz que sim.

– Ela tem OI também. Talvez a Wills tenha sido trocada na maternidade.

Emma se jogou na cadeira vazia ao meu lado.

– Esse é o marido dela? Meu pai podia consertar os dentes dele. – Ela olhou para a revista. – Meu Deus, como é que eles conseguem fazer *aquilo*?

– Que nojo – eu disse, embora estivesse pensando a mesma coisa.

Emma fez uma bola com o chiclete.

– Acho que todo mundo fica da mesma altura quando está deitado fazendo sacanagem – disse ela. – Eu achava que a Willow não pudesse ter filhos.

Acho que eu também pensava isso. Acho que ninguém nunca discutiu isso com você, porque você tinha apenas cinco anos e, acredite, eu não queria pensar em algo tão repulsivo quanto isso, mas, se você podia quebrar um osso tossindo, como conseguiria dar à luz ou colocar você-sabe-o-quê *dentro* de você?

Eu sabia que, se quisesse ter filhos, eu poderia tê-los um dia. Se *você* quisesse ter filhos, porém, não seria fácil, mesmo que fosse possível. Não era justo. Se bem que *o que* era justo quando se tratava de você?

Você não podia patinar. Não podia andar de bicicleta. Não podia esquiar. E mesmo quando você *brincava* de alguma coisa – como esconde-esconde –, a mamãe geralmente insistia que os outros contassem mais para você poder se esconder. Eu fingia para que você não sentisse que tinha um tratamento especial, mas no fundo eu sabia que era a coisa certa a fazer – você não podia correr rápido como eu, com seus aparelhos ortopédicos ou muletas ou cadeira de rodas, e você demorava mais para se esconder.

– *Amelia, espere um pouco!* – você sempre dizia quando estávamos caminhando para algum lugar, e eu esperava, porque sabia que havia milhões de maneiras de deixá-la para trás.

Eu cresceria, enquanto você ficaria do tamanho de uma criancinha.

Eu iria para a faculdade, sairia de casa e não teria de me preocupar com coisas como alcançar a válvula de gás ou os botões de um caixa eletrônico.

Talvez eu encontrasse um cara que não me considerasse uma perdedora e me casasse e tivesse filhos, e seria capaz de carregá-los sem me preocupar em ter microfraturas na coluna.

Li o texto do artigo da revista.

Alma Dukins, 34, deu à luz, no dia 5 de março de 2008, a uma menina saudável. Dukins, que tem osteogênese imperfeita do tipo III, tem apenas um metro de altura e pesava apenas 18 quilos antes da gravidez. Ela ganhou 8,5 quilos, e sua filha, Lulu, nasceu de cesariana na 32ª semana de gestação, quando o corpo pequeno de Alma já não conseguia suportar o útero em expansão. O bebê nasceu com dois quilos e 41 centímetros.

Você estava na época de brincar de boneca. A mamãe dizia que eu também costumava brincar de boneca, apesar de me lembrar apenas de desmembrá-las e cortar seus cabelos. Às vezes a mamãe a observava envolver o bracinho do seu bebê de mentirinha em gesso. Era como se uma pesada nuvem se apossasse do rosto dela – mamãe provavelmente estava pensando que você jamais teria um bebê de verdade, uma sensação misturada ao alívio por você jamais ter que saber o que significava ver seu próprio filho fraturar milhões de ossos, como ela tinha de ver.

Porém, apesar do que minha mãe pensava, aqui estava uma prova de que alguém com OI podia ter uma família. Essa tal de Alma tinha o tipo III, como você. Ela não podia andar, como você – estava presa a uma cadeira de rodas. E ainda assim ela conseguiu encontrar um marido, mesmo com aquele sorriso torto e tudo, e ter um bebê.

– Você tem que mostrar isso para a Willow – disse Emma. – Pegue. Quem é que vai notar?

Assim dei uma olhada para ver se a bibliotecária ainda estava no computador, encomendando roupas na Gap.com (nós gostávamos de espioná-la) e então fingi um ataque de tosse. Abaixei-me e enfiei a revista dentro da jaqueta. Sorri debilmente enquanto a bibliotecária olhou na minha direção para se certificar de que eu não estava cuspindo um pulmão no piso ou coisa parecida.

Emma queria que eu pegasse a revista para lhe mostrar, ou até mesmo à mamãe, que um dia você poderia crescer e se casar e ter um filho. Mas eu a roubara por um motivo completamente diferente. Sabe, nesse ano você estava começando no jardim de infância. E um dia você chegaria à sétima série, como eu. E você talvez se sentasse nessa mesma biblioteca e se deparasse com esse artigo estúpido e lesse o que li: o espaço entre Alma e o marido dela, aquele bebê, grande demais para os bracinhos dela.

Para mim, eles não pareciam uma família feliz. Era um circo de aberrações, só faltava a tenda. E por que mais a história estaria numa revista? Famílias normais não viram notícia.

Na aula de inglês, pedi para ir ao banheiro. Lá, arranquei a página da revista e rasguei a fotografia o máximo que consegui. Joguei tudo na privada e dei descarga, a melhor coisa que eu podia fazer para protegê-la.

Marin

AS PESSOAS PENSAM NA LEI COMO UM SALÃO SAGRADO DA JUSTIÇA, MAS a verdade é que meu trabalho se parece mais com uma péssima comédia. Certa vez, representei uma mulher que estava carregando um peru congelado comprado no mercado perto da sua casa na véspera do Dia de Ação de Graças. O peru caiu da sacola e quebrou o pé dela. A mulher processou o mercado, mas também incluímos no processo a empresa que fabricava as sacolas plásticas, e ela saiu da corte – sem muletas, aliás – centenas de milhares de dólares mais rica.

Depois houve o caso de uma mulher que voltava para casa às duas da madrugada numa estrada escura, a cento e trinta quilômetros por hora, e bateu no reboque de um trailer que cruzara sua frente para fazer um retorno. Ela morreu na hora, e o marido queria processar a empresa fabricante do reboque porque ele não tinha luzes na lateral, de modo que sua esposa pudesse tê-lo visto. Iniciamos uma ação por homicídio culposo contra o motorista, citando "perda do cônjuge" – pedindo milhões para compensar o fato de que o marido havia perdido a amada companhia da esposa. Durante o caso, infelizmente, o advogado de defesa revelou que a mulher voltava para casa depois de um encontro com o amante.

Alguns você ganha, outros você perde.

Olhando para Charlotte O'Keefe, sentada no meu escritório com o celular na mão, eu tinha uma ideia bem clara de que tipo de caso era aquele.

– Onde está a Willow? – perguntei.

– Fisioterapia – respondeu Charlotte. – Ela ficará lá até as onze.

– E as fraturas? Melhoraram?

– Tomara – respondeu Charlotte.
– Você está esperando alguma ligação?

Ela olhou para baixo, como se surpreendida ao se descobrir segurando o telefone.

– Ah, não. Quero dizer, espero que não. Só tenho de estar disponível se a Willow se machucar.

Sorrimos educadamente uma para a outra.

– Será que deveríamos... aguardar um pouco mais pelo seu marido?

– Bem – disse ela, envergonhada –, ele não vai vir.

Para ser honesta, quando Charlotte me ligou para marcar uma reunião e conversar sobre trabalharmos juntas, fiquei surpresa. Sean O'Keefe havia deixado seus sentimentos bem claros quando saiu do escritório de Bob. A ligação dela indicava que ele havia se acalmado o bastante para se decidir pelo litígio, mas agora, olhando para Charlotte, eu estava começando a entender melhor.

– Mas ele *quer* estrar com o processo, certo?

Ela se ajeitou na cadeira.

– Não entendo por que não posso fazer isso sozinha.

– Além da resposta óbvia de que seu marido vai descobrir mais cedo ou mais tarde, há uma razão legal. Você e seu marido são ambos responsáveis por cuidar da Willow e criá-la. Digamos que você contrate um advogado sozinha e faça um acordo com o médico e depois é atropelada e morre. Seu marido pode voltar a processar o médico sozinho, porque ele não fazia parte do acordo e não excluiu o médico de responsabilidades legais futuras. Por isso, qualquer réu insistirá que um acordo ou julgamento inclua tanto o pai quanto a mãe. O que significa que, mesmo se o sargento O'Keefe não quiser fazer parte deste processo, ele será convocado, isto é, será incluído no processo, de modo que o assunto não seja motivo de um novo litígio no futuro.

Charlotte franziu a testa.

– Entendo.

– Isso será um problema?

– Não – disse ela. – Não será. Mas... não temos dinheiro para contratar um advogado. Mal estamos conseguindo pagar as contas, com todas as necessidades da Willow. Eis por que... eis por que estou aqui hoje para falar sobre o processo.

Todo escritório que ganha por êxito – incluindo o de Bob Ramirez – começa um caso com uma análise de custo-benefício. Foi o que nos levou a demorar tanto para entrar em contato com os O'Keefe entre as duas primeiras reuniões: eu revi a causa com especialistas, fiz pesquisas sobre outros casos semelhantes e quais haviam sido os resultados. Depois que soube que o acordo esperado cobriria ao menos os custos do tempo que gastaríamos e os honorários dos especialistas, liguei para os possíveis clientes e lhes disse que tínhamos um caso em potencial.

– Vocês não têm que se preocupar com honorários – eu disse, com delicadeza. – Isso fará parte do acordo. Mas, sendo realista, você precisa saber que a maioria dos acordos por erro médico rende menos do que um julgamento popular renderia, porque as seguradoras não querem exposição pública. Dos casos que vão a júri, setenta e cinco por cento dão ganho de causa ao réu. Seu caso em específico, que depende da leitura errônea de um ultrassom, talvez não convença o júri. Ultrassons não são uma prova das mais convincentes num julgamento. E haverá uma considerável invasão da sua privacidade por parte da imprensa. Sempre há, quando alguém propõe esse tipo de ação.

Ela me encarou.

– As pessoas vão pensar que estou nisso por causa do dinheiro.

– Bem, e não está? – perguntei diretamente.

Os olhos de Charlotte se encheram de lágrimas.

– Estou nisso pela Willow. Fui eu quem a trouxe a este mundo, por isso é minha responsabilidade garantir que ela sofra o menos possível. Isso não faz de mim um monstro. – Ela apertou os dedos nos cantos dos olhos. – Ou faz?

Cerrei os dentes e lhe passei uma caixa de lenços de papel. Bem, essa não era a pergunta de um milhão de dólares?

Era provável que, quando o processo chegasse ao tribunal, você tivesse idade o bastante para compreender totalmente as ramificações do que sua mãe estava fazendo – assim como eu entendi, certo dia, quando soube da minha adoção. Eu sabia o que era sentir como se sua própria mãe biológica não a quisesse. Na verdade, passei toda a infância inventando justificativas para ela. Primeira fantasia: ela estava desesperadamente apaixonada por um garoto quando engravidou e a família dela era incapaz de suportar a vergonha, por isso a enviaram para a Suíça e disseram a todos que ela estava num internato quando, na verdade, estava grávida de mim. Segunda fantasia: ela fora convocada pelo Exército da Paz para salvar o mundo quando descobriu que estava grávida – e percebeu que tinha de colocar as necessidades dos outros acima de seu próprio desejo de ter um bebê. Terceira fantasia: ela era uma atriz, a queridinha da América, que perderia seu público interiorano, com valores baseados na família, se as pessoas descobrissem que era mãe solteira. Quarta fantasia: ela e meu pai eram pobres, camponeses que trabalhavam duro diariamente e queriam que sua filha tivesse uma vida melhor do que eles eram capazes de lhe dar.

Descobri que há um momento fundamental em que uma mulher se dá conta do que significa ser mãe. Para minha mãe biológica, talvez esse momento tenha acontecido quando ela me entregou a uma enfermeira e disse adeus. Para minha mãe adotiva, talvez tenha sido quando ela me sentou à mesa da cozinha e me disse que eu havia sido adotada. Para sua mãe, era tomar a decisão de entrar com uma ação, apesar das consequências públicas e privadas. Parecia-me que ser uma boa mãe significava sempre correr o risco de perder seu filho.

– Eu queria tanto outro filho – Charlotte disse, baixinho. – Queria viver isso com Sean. Queria que nós a levássemos ao parque e a colocássemos no balanço. Queria assar biscoitos com ela e assistir às apresentações dela na escola. Queria ensiná-la a montar a cavalo e a esquiar na água. Queria que ela cuidasse de mim quando eu ficasse velha – disse, levantando os olhos para mim. – Não o contrário.

Senti os pelos do pescoço se arrepiarem. Não queria acreditar que uma pessoa que trouxera um filho ao mundo desistiria com tamanha rapidez quando as coisas ficassem mais difíceis.

– Acho que a maioria dos pais sabe que haverá coisas boas e ruins – eu disse, com sinceridade.

– Eu não era ingênua. Já tinha uma filha. Sabia que teria de cuidar da Willow quando ela se machucasse. Sabia que teria de levantar no meio da noite quando ela tivesse pesadelos. Mas não sabia que ela ficaria machucada durante semanas e anos. Não sabia que eu ficaria acordada com ela todas as noites. Não sabia que ela jamais melhoraria.

Olhei para baixo, fingindo organizar alguns papéis. E se minha mãe biológica tivesse me entregado para adoção porque eu não correspondia às expectativas dela?

– E quanto à Willow? – perguntei, fazendo o papel de advogada do diabo. – Ela é uma menina inteligente. Como você acha que ela vai lidar com o fato de ouvir sua mãe dizendo que ela não deveria ter nascido?

Charlotte estremeceu.

– Ela sabe que isso não é verdade – disse. – Eu jamais poderia imaginar minha vida sem a presença dela.

Uma bandeira vermelha surgiu na minha mente.

– Espere um pouco. Não diga isso. Você não pode nem mesmo *passar essa ideia*. Se entrar com este processo, sra. O'Keefe, terá de afirmar sob juramento que, se você soubesse com antecedência da doença da sua filha, se você tivesse que fazer uma escolha, teria interrompido a gestação. – Esperei até que ela me encarasse. – Isso será um problema?

Ela desviou o olhar, atendo-se a alguma coisa do lado de fora da janela.

– É possível sentir a falta de alguém que você nunca conheceu?

A recepcionista bateu à porta e a abriu.

– Desculpe por interromper, Marin – disse Briony –, mas seu cliente das onze horas está aqui.

– Onze? – disse Charlotte, levantando-se rapidamente. – Estou atrasada. A Willow vai entrar em pânico. – Ela pegou a bolsa, pendurou-a no ombro e saiu correndo da sala.

– Ligo mais tarde – eu disse.

Foi somente naquela tarde, depois que comecei a pensar no que Charlotte O'Keefe havia me dito, que percebi que ela respondera a minha pergunta sobre o aborto com outra pergunta.

Sean

ÀS DEZ HORAS DA NOITE DE SÁBADO, TIVE CERTEZA DE QUE IRIA PARA O INFERNO. As noites de sábado são aquelas que o fazem lembrar que cada monótona cidadezinha da Nova Inglaterra tinha dupla personalidade, que os caras saudáveis e sorridentes que você via na revista *Yankee* talvez desmaiassem de tanto beber no bar perto de casa. Nas noites de sábado, adolescentes solitários tentavam se enforcar presos à armação do armário no quarto, e meninas eram estupradas pelos caras da faculdade.

Nas noites de sábado, você também encontrava alguém dirigindo tão mal que era só uma questão de tempo antes que o bêbado batesse em outro carro. Essa noite eu estava parado atrás do estacionamento de um banco quando um Camry branco passou correndo praticamente pelo meio da estrada. Acendi as luzes e segui o motorista, esperando que o carro parasse no acostamento.

Saí do carro e me aproximei da janela do condutor.

– Boa noite – eu disse. – Você sabe por que... – Mas antes que eu pudesse lhe perguntar se ele sabia por que eu o havia parado, a janela do carro abaixou e eu me vi frente a frente com o nosso padre.

– Ah, Sean, é você – disse o padre Grady. Ele tinha uma mecha de cabelo branco que Amelia chamava de "mancha de Einstein" e estava usando o colarinho clerical. Seus olhos estavam marejados e brilhantes.

Hesitei.

– Padre, vou ter de ver sua carteira de motorista e seus documentos...

– Sem problemas – ele disse, remexendo no porta-luvas. – Você está apenas fazendo seu trabalho. – Ele se atrapalhou e deixou a carteira de motorista cair três vezes antes de conseguir me entregá-la. Dei uma olhada dentro do carro e não vi nenhum sinal de garrafas ou latas.

– Padre, o senhor estava dirigindo como um louco pela estrada.
– Estava?
Eu podia sentir o álcool no seu hálito.
– O senhor bebeu alguma coisa esta noite, padre?
– Não posso dizer que sim...
Os padres não podem mentir, não é?
– O senhor pode sair do carro, por favor?
– Claro, Sean. – Ele saiu pela porta tropeçando e se apoiou no capô do Camry, as mãos nos bolsos. – Não tenho visto sua família na missa ultimamente...
– Padre, o senhor usa lentes de contato?
– Não...

Era o início do exame do movimento horizontal dos olhos, um movimento involuntário da pupila que podia sugerir embriaguez.

– Por favor, acompanhe esta luz – eu disse, pegando uma lanterna do bolso e segurando-a a alguns centímetros do rosto dele, um pouco acima dos olhos. – Siga a luz com os olhos, mas mantenha a cabeça imóvel – acrescentei. – Combinado?

O padre Grady fez que sim. Analisei o tamanho das pupilas e, enquanto ele acompanhava o sinal de luz, notei a falta de agilidade e nenhum movimento ocular ao mover a lanterna em direção à sua orelha esquerda.

– Obrigado, padre. Agora, o senhor pode ficar em um pé só, assim? – pedi, demonstrando, e ele ergueu o pé esquerdo. Ele cambaleou, mas permaneceu em pé. – Agora o pé esquerdo – eu disse. E, dessa vez, ele caiu para frente.

– Certo, padre, uma última coisa. O senhor pode caminhar em linha reta? – Eu lhe mostrei como e depois o vi tropeçar nos próprios pés.

Bankton era uma cidade tão pequena que não fazíamos as patrulhas com parceiros. Eu provavelmente poderia liberar o padre Grady; ninguém ficaria sabendo, e ele até poderia me abençoar por isso. Mas deixá-lo ir embora impune também significava que eu estaria mentindo para mim mesmo – e com certeza isso era um pecado grave. Quem poderia estar dirigindo pela estrada que levava o padre à sua casa? Um adolescente voltando de um encontro com a namorada? Um pai voltando de uma viagem de negócios? Uma mãe com um filho doente, levando-o ao hospital? Não era o padre Grady que eu estava tentando resgatar; eram as pessoas que ele podia ferir naquela condição.

— Odeio fazer isso, padre, mas vou ter que prendê-lo por dirigir embriagado. — Recitei os direitos dele e o levei com cuidado para o banco traseiro do carro-patrulha.

— E quanto ao meu carro?

— Será guinchado. O senhor poderá pegá-lo amanhã — eu disse.

— Mas amanhã é *domingo*!

Estávamos a apenas oitocentos metros da delegacia, o que era uma bênção, porque eu não suportava a ideia de conversar amenidades com meu padre depois de prendê-lo. Na delegacia, passei por todo o procedimento de consentimento implícito e disse ao padre Grady que queria que ele fizesse o teste do bafômetro.

— O senhor tem o direito de fazer um exame semelhante com outra pessoa de sua preferência — eu disse. — Poderá pedir um exame adicional, se quiser, mas, se se recusar a fazer um exame ordenado pelo oficial de polícia, poderá perder sua carteira de motorista por seis meses, de forma não cumulativa com qualquer perda anterior da carteira, se considerado culpado da acusação de dirigir embriagado.

— Não, Seanie, eu confio em você — disse o padre Grady.

Não fiquei surpreso quando o exame indicou 0,15.

Como meu turno estava terminando, eu me ofereci para levá-lo de volta para casa. A estrada serpenteava diante de mim enquanto eu passava pela igreja e subia uma ladeira até uma casinha branca que servia como casa paroquial. Estacionei na entrada da garagem e o ajudei a caminhar quase em linha reta até a porta.

— Eu estava num velório essa noite — disse ele, colocando a chave na porta.

— Padre — eu disse, com um suspiro —, o senhor não precisa me explicar.

— Era um menino, somente vinte e seis anos. Um acidente de moto na última terça-feira, você provavelmente ficou sabendo. Eu sabia que voltaria dirigindo para casa. Mas lá estava a mãe, chorando desesperadamente, e os irmãos, completamente arrasados... E eu queria deixá-los com um tributo, em vez de sair com toda aquela sensação de perda.

Eu não queria ouvi-lo. Não precisava ouvir os problemas de ninguém mais. Mas me peguei acenando com a cabeça para o padre o tempo todo.

— Então foram alguns brindes e algumas doses de uísque — disse o padre Grady. — Não perca o sono por causa disso, Sean. Sei muito bem que fazer a coisa certa para alguém às vezes significa fazer algo de errado para você mesmo.

A porta se abriu diante de nós. Nunca havia estado em uma casa paroquial antes – era confortável e pequena, com salmos emoldurados pendurados nas paredes, uma tigela de cristal cheia de M&Ms sobre a mesa da cozinha e uma bandeira dos Patriots atrás do sofá.

– Vou dormir – murmurou o padre Grady, deitando-se no sofá.

Eu tirei seus sapatos e o cobri com um cobertor que encontrei no armário.

– Boa noite, padre.

Seus olhos se abriram um pouco.

– Vejo você na missa amanhã?

– Pode apostar – eu disse, mas o padre Grady já estava roncando.

Quando eu disse a Charlotte que queria ir à igreja na manhã seguinte, ela me perguntou se eu estava me sentindo bem. Geralmente ela tinha de me arrastar para a missa, mas uma parte de mim queria saber se o padre Grady faria um sermão sobre nosso encontro na noite anterior. *Os pecados dos padres, é assim que ele poderia chamar o sermão*, pensei, e ri baixinho. Ao meu lado, no banco da igreja, Charlotte me beliscou.

– Sssh – ela fez.

Um dos motivos que me faziam não querer ir à igreja eram os olhares. *Compaixão* e *pena* eram coisas muito parecidas para o meu gosto. Eu ouviria uma velhinha de cabelos azulados me dizer que estava rezando por mim, e eu sorriria e agradeceria, mas por dentro eu estaria explodindo. Quem pediu para ela rezar por mim? Será que ela não percebe que eu já rezo o bastante?

Charlotte dizia que uma oferta de ajuda não era uma crítica à fraqueza de outra pessoa e que um policial deveria saber disso. Mas que droga, se você quisesse saber o que eu pensava mesmo quando perguntava a um forasteiro perdido se ele precisava de ajuda, ou quando entregava meu cartão a uma esposa espancada e lhe dizia para me ligar se precisasse de ajuda, o que eu pensava era isto: erga-se sozinho e encontre uma maneira de sair dessa enrascada em que você se meteu. Havia uma grande diferença, para mim, entre o pesadelo em que você entrou sem querer e o pesadelo que você mesmo inventou.

O padre Grady fez um sinal quando o organista deu início a uma versão especialmente animada de um hino religioso, e eu me esqueci do meu mau humor. Em vez de deixar ao pobre coitado um copo de água na noite passada, eu deveria ter misturado um remédio contra a ressaca.

Atrás de nós, um bebê começou a choramingar. Por mais maldoso que fosse, me senti bem ao ver todo mundo prestando atenção em outra família que não a nossa. Ouvi os sussurros furiosos dos pais discutindo sobre qual deles deveria levar o bebê para fora da igreja.

Amelia estava sentada ao meu lado. Ela me cutucou, pedindo-me uma caneta. Procurei no meu bolso e lhe entreguei uma esferográfica. Na palma da mão, ela desenhou sete tracinhos e uma forca. Sorri e escrevi a letra "A" na coxa dela.

Ela escreveu: _A_A_A_

"M", escrevi com o dedo.

Amelia fez que não.

"T"?

_ATA_A_

Tentei "L", "P" e "R", sem sorte. "S"?

Amelia sorriu e escreveu no espaço: SATA_AS

Ri alto e Charlotte nos lançou um olhar de advertência. Amelia pegou a caneta e concluiu a brincadeira com um "N", depois me estendeu a mão para que eu visse. Naquele mesmo instante, você perguntou, alto e claro:

— O que é Satanás?

E sua mãe ficou toda vermelha, pegou-a no colo e a levou para fora da igreja.

Pouco depois, Amelia e eu a seguimos. Charlotte estava sentada com você na escadaria da igreja, segurando o bebê que chorara durante toda a missa.

— O que vocês estavam fazendo lá dentro? — perguntou ela.

— Achei que estaríamos mais seguros quando o raio nos atingisse. — Sorri para o bebê, que estava colocando grama na boca. — Nós arranjamos mais um nesse meio-tempo?

— A mãe dele foi ao banheiro — disse Charlotte. — Amelia, cuide da sua irmã e do bebê.

— Vou ganhar alguma coisa por isso?

— Não acredito que você tem coragem de me perguntar isso depois do que você acabou de fazer durante a missa. — Charlotte se levantou.
— Vamos dar uma volta.
Desci um degrau para ficar ao lado dela. Charlotte sempre exalava um perfume de biscoitos doces... Mais tarde descobri que era baunilha, que ela esfregava nos punhos e atrás das orelhas, perfume de uma chef confeiteira. Era por causa dessas coisas que eu a amava. Eis uma novidade para as moças: para cada uma de vocês que acha que nós, homens, queremos uma mulher como Angelina Jolie, toda magra e cheia de ângulos, a verdade é que preferimos abraçar alguém como Charlotte — uma mulher que era macia quando eu passava o braço ao redor dela; uma mulher que talvez passasse o dia todo com um pouco de farinha na camisa, sem notar ou se importar, nem mesmo quando saía do trabalho direto para a reunião da APM; uma mulher que não é como aquela viagem exótica de férias, e sim como a nossa casa, para onde mal podemos esperar para voltar.
— Sabe de uma coisa? — perguntei alegremente, passando o braço ao redor dela. — A vida é ótima. É um dia lindo, estou aqui com a minha família, não estou sentado naquela igreja escura como uma caverna...
— E tenho certeza de que o padre Grady gostou de ouvir o escândalo da Willow também.
— Acredite, o padre Grady tem problemas maiores com os quais se preocupar — eu disse.
Havíamos cruzado o estacionamento e íamos para um gramado cheio de trevos.
— Sean, tenho uma confissão para lhe fazer — disse Charlotte.
— Então talvez você prefira fazer isso lá na igreja.
— Voltei ao escritório do advogado.
Parei de andar.
— Você fez *o quê*?
— Eu me encontrei com Marin Gates e conversamos sobre abrir o processo por nascimento indevido.
— Jesus, Charlotte...
— Sean! — Ela lançou um olhar em direção à igreja.
— Como você pôde fazer uma coisa dessas? Agir pelas minhas costas, como se minha opinião não importasse?
Ela cruzou os braços.

— E quanto à *minha* opinião? Será que ela importa para *você*?

— Claro que sim... Mas, para a opinião de um advogado sanguessuga qualquer, eu não dou a mínima. Você não está vendo o que eles estão fazendo? Eles querem dinheiro, pura e simplesmente. Eles não se importam com você ou comigo ou com a Willow; eles não se importam com quem vai se ferrar durante o processo. Somos apenas meios para um fim.

— Aproximei-me dela. — Então a Willow tem alguns problemas... quem não tem? Há crianças com TDAH, e crianças que saem de casa à noite para fumar e beber, e crianças que apanham na escola por gostarem de matemática... Você não vê os pais dessas crianças tentando culpar outra pessoa para conseguir dinheiro.

— Então por que você estava perfeitamente disposto a processar a Disney World e metade dos serviços públicos da Flórida por dinheiro? Qual a diferença?

Empinei o nariz.

— Eles nos trataram como idiotas.

— E se os médicos fizeram o mesmo? — argumentou Charlotte. — E se a Piper cometeu um erro?

— Então ela cometeu um erro — eu disse, dando de ombros. — Isso teria mudado o resultado? Se você soubesse das fraturas, de todas as visitas à emergência, de tudo o que teríamos de fazer pela Willow, você a teria desejado menos?

Charlotte abriu a boca e a fechou imediatamente.

Aquilo me deixou apavorado.

— E daí se ela acabar tendo de usar um monte de talas? — perguntei, tentando segurar a mão de Charlotte. — Ela também sabe o nome de todos os ossos do corpo e odeia amarelo, e me disse na noite passada que quer ser apicultora quando crescer. Ela é a nossa menininha, Charlotte. Não precisamos de ajuda. Lidamos com isso há cinco anos, e vamos continuar lidando sozinhos com isso.

Charlotte se afastou de mim.

— Como assim *nós*, Sean? Você sai para trabalhar. Você sai com seus amigos para a noite de pôquer. Até parece que você está com a Willow o tempo todo. Você não tem a menor ideia do que isso significa.

— Então vamos contratar uma enfermeira. Uma ajuda...

— E vamos pagá-la como? — atacou Charlotte. — Pense nisso, como vamos conseguir comprar um carro novo e maior para carregar a cadeira de rodas, o andador e as muletas da Willow, uma vez que o nosso já está passando dos trezentos e vinte mil quilômetros? Como pagaremos as cirurgias e tudo o que o seguro não cobre? Como vamos garantir que a casa dela tenha uma rampa para deficientes e uma pia de cozinha baixa o suficiente para usar numa cadeira de rodas?

– Você está dizendo que eu não consigo sustentar minha própria filha? – perguntei, aumentando o tom de voz.

De repente, toda a irritação de Charlotte desapareceu.

– Ah, Sean. Você é o melhor pai do mundo. Mas... você não é mãe.

Ouvimos um grito e, instintivamente, Charlotte e eu saímos correndo pelo estacionamento, esperando encontrar Willow toda torta no chão, com uma fratura exposta. Em vez disso, o que encontramos foi Amelia com uma mancha na camiseta, segurando o bebê chorão longe dela.

– Ele vomitou em mim – reclamou ela.

A mãe do bebê saiu correndo da igreja.

– Sinto muito – ela disse para nós e para Amelia, enquanto Willow ficou sentada no chão, rindo do azar da irmã. – Ele deve estar ficando doente...

Charlotte se aproximou e tirou o bebê dos braços de Amelia.

– Talvez seja uma virose – disse ela. – Não se preocupe. Essas coisas acontecem.

Ela se afastou enquanto a mulher entregava um maço de lenços umedecidos para que Amelia se limpasse.

– Essa conversa acabou – murmurei para Charlotte. – Ponto final.

Ela embalava o bebê nos braços.

– Claro, Sean – disse ela, cedendo com muita facilidade. – Você é quem sabe.

Às seis horas da tarde, Charlotte tinha pegado o que quer que o bebê tivesse e ficou doente. Vomitando loucamente, ela se trancou no banheiro. Eu deveria trabalhar no turno da noite, mas estava mais do que claro que não iria.

– Amelia precisa de ajuda com a lição de ciências – murmurou Charlotte, limpando o rosto com uma toalha úmida. – E as meninas precisam jantar...

– Eu cuido disso – eu disse. – Do que mais você precisa?

– Morrer? – resmungou Charlotte, empurrando-me para fora do banheiro para vomitar mais uma vez.

Saí do banheiro e fechei a porta atrás de mim. No andar de baixo, você comia uma banana no sofá da sala de estar.

– Você vai ficar sem apetite – eu disse.

– Não estou comendo, papai. Estou consertando.

– Consertando... – repeti. Diante de você havia uma faca na mesa, algo que você não deveria usar. Eu tinha de me lembrar de repreender Amelia por deixá-la com uma faca. Havia um corte bem no meio da banana.

Você abriu um kit de costura que havíamos trazido do hotel na Flórida, tirou dele uma agulha e começou a suturar o corte na pele da banana.

– Willow – eu disse –, o que você está fazendo?

Você piscou para mim.

– Cirurgia.

Eu a observei dar alguns pontos para garantir que não se furasse com a agulha e então a deixei. Longe de mim colocar obstáculos à ciência.

Na cozinha, Amelia estava esparramada diante da mesa com canetinhas, cola e uma cartolina.

– Pode me dizer por que a Willow está lá na sala com uma faca? – perguntei.

– Porque ela me pediu.

– E se ela tivesse lhe pedido uma serra elétrica, você a teria pegado na garagem?

– Bem, isso seria um pouco exagerado para cortar uma banana, não acha? – Voltando a olhar para seu trabalho escolar, Amelia suspirou. – Isso é uma porcaria. Tenho de fazer uma maquete do aparelho digestivo e todo mundo vai rir de mim, porque eles sabem onde o sistema digestivo *termina*.

– Isso é engraçado – eu disse.

– NO-JEN-TO, papai.

Comecei a tirar potes e panelas do armário e peguei também uma frigideira.

– Que tal panquecas para o jantar? – Não que elas tivessem alguma escolha; era a única coisa que eu sabia fazer, além de sanduíches de pasta de amendoim com geleia.

– Mamãe fez panquecas no café da manhã – reclamou Amelia.
– Você sabia que pontos solúveis são feitos de tripas de animais? – você anunciou.
– Não, e acho que não queria saber...
Amelia passou a cola de bastão sobre a cartolina.
– A mamãe já está bem?
– Não, querida.
– Mas ela prometeu me ajudar a desenhar o esôfago.
– Posso ajudá-la – eu disse.
– Você não sabe desenhar, papai. Quando jogamos Imagem & Ação você sempre desenha uma casa, mesmo quando isso não tem nada a ver com a resposta.
– Bem, um esôfago não pode ser tão difícil assim. É um tubo, certo?
– Procurei por uma caixa de mistura pronta para panqueca.
Ouvi um barulho; a faca rolou para baixo do sofá. Você estava se remexendo desconfortavelmente.
– Calma aí, Wills, posso pegá-la para você – eu disse.
– Não preciso mais – você respondeu, sem parar de se contorcer.
Amelia suspirou.
– Willow, pare de bancar o bebezinho antes que você faça xixi nas calças.
Desviei o olhar da sua irmã para você.
– Você quer ir ao banheiro?
– Ela está fazendo aquela cara que faz quando está tentando segurar...
– Amelia, chega. – Fui até a sala de estar e me agachei ao seu lado.
– Querida, você não precisa ter vergonha.
Você fez uma careta.
– Quero que a mamãe me leve.
– A mamãe não está aqui – disse Amelia.
Levantei-a do sofá para levá-la pelas escadas até o banheiro. Quase bati suas pernas engessadas no batente da porta quando você disse:
– Você se esqueceu dos sacos de lixo.
Charlotte havia me contado como ela os ajeitava na sua tala antes de levá-la ao banheiro. Durante o tempo que você usou a tala, eu nunca havia passado por uma situação dessas – e você estava muito envergonhada por eu ter de tirar suas calças. Saí correndo pela porta até a secadora, onde Charlotte mantinha uma pilha de sacos de lixo de cozinha.

— Certo — eu disse. — Sou novo nisso, por isso você vai ter de me dizer como fazer.

— Você tem de jurar que não vai olhar — você disse.

— Eu prometo.

Você desfez o nó que prendia os enormes calções que vestia sobre a tala e eu a ergui para que eles escorregassem por seu quadril. Ao tirá-los, você gritou:

— Olhe para cima!

— Certo. — Conscientemente a olhei nos olhos, tentando tirar os calções sem ver o que estava fazendo. Depois peguei o saco de lixo, que tinha de ser enfiado na borda da tala. — Quer fazer essa parte? — perguntei, envergonhado.

Segurei-a pelos braços enquanto você se esforçava para ajustar a tala e os sacos de lixo.

— Pronto — você disse, e eu a coloquei sobre a privada.

— Não, mais para trás — você disse, e eu a ajustei e esperei.

E esperei.

— Willow, vamos, faça xixi — eu disse.

— Não consigo. Você está ouvindo.

— Não estou ouvindo...

— Sim, está.

— Sua mãe ouve...

— Com ela é diferente — você disse, começando a chorar.

Quando as comportas se abriram, elas se abriram completamente. Olhei para a privada só para ouvi-la gritar ainda mais alto.

— Você disse que não olharia!

Olhei para o teto, levantando-a com o braço esquerdo e pegando um pedaço de papel higiênico com a mão direita.

— Papai! — gritou Amelia. — Acho que alguma coisa está queimando...

— Ah, merda — resmunguei, lembrando-me rapidamente do jarro de xingamentos. Coloquei um pedaço de papel higiênico em suas mãos e a apressei: — Vamos logo, Willow — e depois apertei a descarga.

— Eu te-tenho que la-lavar as mãos — você disse, soluçando.

— Mais tarde — respondi, levando-a de volta ao sofá e jogando seus calções sobre seu colo antes de correr para a cozinha.

Amelia estava diante do fogão, onde as panquecas viravam carvão.

– Desliguei o fogo – disse ela, tossindo em meio à fumaça.
– Obrigado.
Ela fez que sim com a cabeça e passou por trás de mim até a bancada para... Aquilo era o que eu estava pensando? Sem hesitar, Amelia se sentou e pegou a pistola de cola quente, afixando umas trinta das minhas fichas de pôquer em volta da cartolina.
– Amelia! – gritei. – São minhas fichas de pôquer!
– Você tem várias delas. Eu só precisava de algumas...
– Eu deixei você usá-las?
– Você não disse que eu *não podia* – ela retrucou.
– Papai – você me chamou da sala de estar, – minhas mãos!
– Certo – eu disse, baixinho. – Tudo bem. – Contei até dez e depois levei a frigideira até o lixo para jogar fora as panquecas queimadas. O metal esbarrou no meu punho e eu deixei a frigideira cair no chão. – Filha da puta! – gritei, abrindo a torneira de água fria e colocando o braço sob a água.
– Quero lavar *minhas* mãos – você pediu.
Amelia cruzou os braços.
– Você deve vinte e cinco centavos à Willow – disse ela.

Às nove, vocês duas estavam dormindo, eu já havia lavado as panelas e a lava-louça zumbia na cozinha. Andei pela casa, desligando as luzes, e depois entrei silenciosamente no quarto escuro. Charlotte estava deitada com a cabeça apoiada sobre um dos braços.
– Você não precisa andar na ponta dos pés – disse ela. – Estou acordada.
Deitei-me ao lado dela.
– Está se sentindo melhor?
– Estou um pouco fraca. Como estão as meninas?
– Bem. Mas infelizmente tenho de lhe dizer que a paciente da Willow não sobreviveu.
– Ahn?
– Nada – virei-me de costas. – Comemos sanduíche de pasta de amendoim e geleia no jantar.
Ela deu um tapinha no meu braço.

— Sabe o que mais amo em você?

— O quê?

— Você faz com que eu pareça *tão* boa...

Apoiei a cabeça sobre os braços e fiquei olhando para o teto.

— Você não cozinha mais.

— É, mas também não deixo as panquecas queimarem — disse Charlotte, rindo um pouco. — Amelia o dedurou quando veio me dar boa-noite.

— Estou falando sério. Lembra quando você fazia crème brûlée e petit fours e bombas de chocolate?

— Acho que outras coisas se tornaram mais importantes — respondeu Charlotte.

— Você costumava dizer que teria sua própria confeitaria algum dia. Você queria chamá-la de Syllable...

— Syllabub — ela corrigiu.

Eu podia não me lembrar do nome certo, mas sabia o que ele significava, porque lhe perguntara: syllabub era a sobremesa inglesa mais antiga que já existiu. Ela era feita no tempo em que as leiteiras tiravam o leite quente direto das vacas num balde com sidra ou xerez. Era como gemada, você havia me dito, e prometeu que me faria um pouco para que eu experimentasse. Na noite em que fez a sobremesa, você mergulhou o dedo no creme doce e o passou sobre meu peito, limpando-o com um beijo.

— Isso é o que acontece com os sonhos — disse Charlotte. — A vida entra no caminho.

Sentei-me, remexendo numa costura solta da colcha.

— Eu queria uma casa com um quintal e um monte de filhos. Férias de vez em quando. Um bom trabalho. Queria ser técnico de softball e levar minhas filhas para esquiar, e não conhecer todos os médicos da emergência do Hospital Regional de Portsmouth. — Virei-me para ela. — Talvez eu não esteja com ela o tempo todo, mas, quando ela se machuca, Charlotte, eu sofro. Juro que sofro. Eu faria qualquer coisa por ela.

Charlotte me encarou.

— Faria *mesmo*?

Eu podia sentir o peso do assunto sobre o colchão: o processo, o elefante na sala.

— Isso não me parece... certo. Parece que estamos dizendo que não amamos nossa filha, porque ela é... do jeito que é.

– É *porque* a queremos, *porque* a amamos, que eu pensei nisso – disse Charlotte. – Não sou burra, Sean. Sei o que as pessoas vão falar e sei que elas vão dizer que estou atrás de dinheiro. Sei que vão pensar que sou a pior mãe do mundo, a mais egoísta, escolha o termo que quiser. Mas não me importo com o que digam sobre mim. Eu me importo com a Willow. Quero ter certeza de que ela será capaz de ir à faculdade, viver de maneira independente e fazer tudo o que sempre sonhou. Mesmo que eu seja julgada por todo mundo como uma pessoa horrível. Realmente importa o que os outros dizem quando *eu* sei por que estou fazendo isso? – Ela me encarou. – Vou perder minha melhor amiga por causa disso – falou. – Não quero perder você também.

No passado, quando ela era chef confeiteira, sempre fiquei impressionado de ver a pequena Charlotte carregando sacos de farinha de vinte e cinco quilos de um lado para o outro. Havia uma força nela que ia muito além do meu próprio tamanho e minha força. Eu via o mundo em preto e branco, por isso eu era policial. Mas e se esse processo de nome incômodo *fosse* a única maneira de conseguir algo? Será que algo que parecia tão errado poderia se revelar completamente certo?

Passei a mão sobre a colcha para cobrir as mãos dela.

– Você não vai me perder – eu disse.

Charlotte
Fim de maio de 2007

Suas primeiras sete fraturas ocorreram antes que você viesse a este mundo. As quatro seguintes aconteceram nos primeiros minutos após seu nascimento, quando a enfermeira a ergueu. Outras nove fraturas ocorreram quando você estava sendo ressuscitada no hospital. A décima, quando você estava deitada no meu colo e eu de repente ouvi um estalo. A décima primeira foi quando você se virou e seu braço bateu na proteção do berço. A décima segunda e a décima terceira foram fraturas nos fêmures. A décima quarta, na tíbia. A décima quinta, o colapso de uma vértebra. A décima sexta foi ao descer um degrau; a décima sétima foi quando uma criança bateu sem querer em você no parquinho; a décima oitava foi quando você escorregou numa capinha de DVD jogada no carpete. Ainda não sabemos o que causou a décima nona. A vigésima foi quando Amelia estava pulando numa cama onde você estava sentada; a vigésima primeira foi por causa de uma bola de futebol que bateu na sua perna com muita força; a vigésima segunda foi quando descobri talas à prova d'água e comprei o bastante para servir de estoque para todo um hospital, agora guardadas na garagem. A vigésima terceira aconteceu enquanto você dormia; a vigésima quarta e a vigésima quinta foram quedas na neve que quebraram seus dois braços ao mesmo tempo. A vigésima sexta e a vigésima sétima foram fraturas horríveis, a fíbula e a tíbia furaram sua pele numa festa de Dia das Bruxas na creche, quando, por ironia, você estava usando uma fantasia de múmia cujos curativos usei para imobilizar as fraturas. A vigésima oitava aconteceu depois de um espirro; a vigésima nona e a trigésima foram costelas que você quebrou na borda da mesa da cozinha. A trigésima primeira foi uma fratura de bacia que exigiu uma placa metálica e seis pinos. Depois disso, parei de contar, até as fraturas na Disney World, que não contamos, mas batizamos de Mickey, Donald e Pateta.

Quatro meses depois de você colocar a tala ortopédica, ela foi aberta ao meio e mantida assim com grampos vagabundos que se quebraram em pouco tempo, por isso eu os substituí por enormes pedaços de velcro. Aos poucos, removemos a parte de cima, para que você pudesse se sentar como uma ostra numa concha semiaberta e para que pudesse fortalecer os músculos da barriga e da perna, que haviam se atrofiado. De acordo com o dr. Rosenblad, você passaria algumas semanas com a parte de baixo da concha; depois poderia apenas dormir nela. Oito semanas mais tarde, você ficaria de pé usando um andador; depois de mais quatro semanas, poderia ir ao banheiro sozinha.

A melhor parte, porém, era que você poderia voltar à pré-escola. Era uma escola particular, que funcionava durante apenas duas horas pela manhã no porão de uma igreja. Você era um ano mais velha do que as outras crianças da turma, mas havia perdido tanta coisa por causa das fraturas que decidimos que você repetiria o ano letivo – você sabia ler como uma criança da sexta série, mas precisava da companhia de outras crianças da sua idade para se socializar. Você não tinha muitos amigos – as crianças tinham medo da sua cadeira de rodas ou do andador ou, estranhamente, sentiam ciúmes dos gessos que você usava. Agora, dirigindo para a igreja, olhei pelo espelho retrovisor.

– Então, o que você vai fazer primeiro?

– A mesa de arroz. – A srta. Katie, que você colocava só abaixo de Jesus na escala de adoração, havia montado uma enorme caixa de areia cheia de grãos de arroz coloridos, que as crianças colocavam em recipientes de tamanhos diferentes. Você adorava o barulho daquilo; você me disse que parecia chuva. – E o paraquedas.

Nesse jogo, uma criança corria sob um pedaço colorido de pano que as outras crianças seguravam.

– Você terá de esperar um pouco para brincar disso, Wills – eu disse, e estacionei o carro. – Um dia de cada vez.

Tirei a cadeira de rodas do porta-malas da van e a sentei nela, então a empurrei pela rampa que a escola havia construído no verão passado, depois que você se matriculou. Lá dentro, as outras crianças penduravam os casacos nos seus armários; as mães enrolavam pinturas feitas à mão que estavam penduradas numa arara.

– Você voltou! – disse uma mulher, sorrindo. Depois ela olhou para mim. – A Kelsey teve uma festa de aniversário na semana passada. Ela guardou uma lembrancinha para a Willow. Nós a teríamos convidado, mas, bem, era na Cabana dos Ginastas, e eu achei que talvez ela se sentisse excluída.

Mais do que por não ter sido convidada?, pensei. Em vez de discutir, porém, sorri.

– Muita gentileza da sua parte.

Um menininho tocou as bordas da sua tala.

– Uau – impressionou-se. – Como você consegue fazer xixi com essa coisa?

– Não faço – você disse, sem rir. – Não faço xixi há quatro meses, Derek, por isso é melhor você tomar cuidado, porque posso explodir como um vulcão a qualquer instante.

– Willow – murmurei –, não precisa responder assim.

– Foi ele quem começou...

A srta. Katie se aproximou ao nos ouvir chegando. Ela disfarçou ao olhar para a sua tala agora dividida, mas logo se recuperou.

– Willow! – disse ela, abaixando-se para ficar da sua altura. – É tão bom vê-la novamente! – Ela chamou sua ajudante, a srta. Sylvia. – Sylvia, você pode ficar com a Willow enquanto converso com a mãe dela?

Eu a segui pelo corredor, passando pelos banheiros com vasos sanitários impossivelmente estreitos, chegando à área que servia de sala de concerto e ginásio.

– Charlotte – disse Kate –, devo ter entendido errado. Quando você me ligou para dizer que a Willow estava vindo, achei que ela estivesse sem aquela tala!

– Bem, ela estará. Mas vai ser devagar. – Sorri para ela. – Ela está muito animada para voltar.

– Acho que você está apressando as coisas...

– Está tudo bem, mesmo. Ela precisa de um pouco de atividade. Mesmo que ela quebre algum osso novamente, uma fratura depois de algumas semanas de muita brincadeira é melhor para o corpo dela do que ficar sentada sem fazer nada em casa. E você não precisa se preocupar se as outras crianças vão machucá-la além do normal. Nós brincamos de luta com ela. Fazemos cócegas nela.

– Sim, mas vocês fazem tudo isso em *casa* – argumentou a professora. – No ambiente escolar... Bem, é mais arriscado.

Recuei, e a compreendi muito bem: "Ela é um problema sob nossa responsabilidade". Apesar do Estatuto Norte-Americano das Pessoas Portadoras de Deficiência, era comum nos fóruns online sobre oi histórias de escolas particulares que sugeriam gentilmente que uma criança em recuperação de uma fratura ficasse em casa, supostamente para seu próprio bem, mas provavelmente pelo risco de que as escolas aumentassem seus custos com a seguradora. Era uma situação sem saída: legalmente, você tinha motivos claros para processá-los por discriminação. Mas, se o fizesse, eu apostaria que, mesmo se ganhasse o caso, seu filho seria tratado de forma diferente quando voltasse à escola.

– Mais arriscado para *quem*? – perguntei, sentindo o rosto pegar fogo. – Paguei a mensalidade para minha filha estudar aqui. Kate, você sabe muito bem que não pode me dizer que ela não é bem-vinda.

– Ficarei feliz em devolver as mensalidades pelos meses que ela perdeu. E jamais lhe diria que a Willow não é bem-vinda. Nós a amamos e sentimos falta dela. Só precisamos ter certeza de que ela estará segura. – Ela fez que não com a cabeça. – Veja as coisas do nosso ponto de vista. Ano que vem, quando a Willow estiver no jardim de infância, ela terá ajuda constante. Não temos esse tipo de recurso aqui.

– Então *eu* serei a ajudante dela. Ficarei aqui com ela. Só a deixe... – minha voz se quebrou como um galho frágil – só a deixe se sentir normal.

Kate me encarou.

– E você acha que ser a única criança com a mãe na sala de aula a fará se sentir normal?

Sem palavras – *espumando de ódio* –, andei a passos largos pelo corredor até onde você e a srta. Sylvia nos esperavam; você estava mostrando a ela sua tala com as tiras de velcro.

– Temos de ir – eu disse, contendo as lágrimas.

– Mas quero brincar na mesa de arroz...

– Quer saber? – disse Kate. – A Sylvia vai pegar um saquinho para você levar para casa! Obrigada por vir dizer olá a todos os seus amiguinhos, Willow.

Confusa, você se virou para mim.

– Mamãe, por que não posso ficar?

– Conversaremos sobre isso mais tarde.
A srta. Sylvia voltou com um saquinho cheio de grãos de arroz roxos.
– Aqui está, amorzinho.
– Respondam-me uma coisa – eu disse, encarando cada professora de uma vez –, que graça tem a vida se ela não pode vivê-la?
Empurrei-a para fora da escola, ainda com tanta raiva que demorei um pouco para perceber que você estava num silêncio mortal. Quando chegamos ao carro, você estava chorando.
– Está tudo bem, mamãe – você disse, com uma resignação em sua voz que nenhuma criança de cinco anos deveria ter. – Eu não queria ficar mesmo.
Era mentira; eu sabia como você estava ansiosa por rever seus amigos.
– Sabe quando tem uma rocha no meio da água, e a água simplesmente passa pelos lados como se ela não estivesse ali? – você disse. – Foi assim que as outras crianças agiram quando você estava conversando com a srta. Katie.
Como aquelas professoras – e aquelas crianças – não conseguiam perceber que você se magoava com facilidade? Eu a beijei na testa.
– Você e eu – prometi – vamos nos divertir tanto esta tarde que você não vai nem se lembrar do que aconteceu. – Abaixei-me para tirá-la da cadeira de rodas, mas uma das tiras de velcro da tala ficou presa. – Droga – xinguei, e, quando a apoiei numa das pernas para soltar o velcro, você deixou cair seu saquinho de arroz colorido.
– Meu arroz! – você disse, e instintivamente se virou no meu colo para pegá-lo. Foi quando ouvi um estalo, como um galho se quebrando, como a primeira mordida numa maçã de outono.
– Willow? – perguntei, mas já sabia: o branco dos seus olhos brilhava, azul como um relâmpago, e você estava se afastando de mim e entrando no estado de sonolência que sempre a acometia quando se tratava de uma fratura especialmente ruim.
Quando a sentei no banco do carro, seus olhos já estavam quase fechados.
– Querida, me fale onde dói – implorei, mas você não respondeu.
Começando pelo punho, cuidadosamente apalpei seu braço, tentando encontrar a fratura. Eu havia acabado de encontrar um calombo sob seu ombro quando você choramingou. Mas você já havia quebrado ossos

no braço antes, e essa fratura não havia perfurado a pele nem formado um ângulo de noventa graus nem qualquer outra marca registrada que eu associava ao tipo de fratura grave que a fazia ficar num estado de torpor. Será que o osso havia perfurado algum órgão?

Eu poderia ter voltado à escola e pedido que eles ligassem para a emergência, mas não havia nada que uma equipe de paramédicos pudesse fazer por você que eu não pudesse fazer sozinha. Assim, remexi na traseira do carro e encontrei uma velha revista *People*. Usando-a como tala, passei uma bandagem ao redor do seu braço. Sussurrei uma oração para que você não precisasse ficar engessada – os gessos diminuíam a densidade óssea, e cada lugar engessado era um novo ponto de fratura para o futuro. Você se saía bem com uma bota ortopédica ou tala móvel na maioria dos casos – exceto em fraturas na bacia, vértebras ou fêmures. Essas fraturas a deixavam imóvel e silenciosa, como agora. Essas fraturas eram as que me faziam levá-la diretamente para a emergência, porque eu tinha muito medo de lidar com elas sozinha.

No hospital, estacionei numa vaga para deficientes e a levei até a triagem.

– Minha filha tem osteogênese imperfeita – disse à enfermeira. – Ela quebrou o braço.

A mulher fez uma careta.

– Que tal se você fizer o diagnóstico *depois* de se formar na faculdade de medicina?

– Trudy, algum problema? – Um médico que parecia jovem demais até para fazer a barba apareceu de repente à nossa frente, encarando você. – Eu a ouvi dizer oi?

– Sim – respondi. – Acho que é o úmero.

– Eu cuido desse caso – disse o médico. – Sou o dr. Dewitt. Você quer colocá-la numa cadeira de rodas?

– Estamos bem assim – eu disse, e a levantei no colo. Enquanto ele nos levava até a sala de radiologia, eu lhe relatei seu histórico médico. O dr. Dewitt me interrompeu apenas uma vez, para convencer o técnico a arrumar uma sala rapidamente.

– Certo – disse o médico, inclinando-se sobre você na mesa de raio x, com as mãos no seu braço. – Eu só vou mover isso um pouquinho...

– Não! – eu disse, aproximando-me. – Você pode mover a máquina, não pode?

— Bem — disse o dr. Dewitt, confuso —, geralmente não é o que fazemos.
— Você *pode*?

Ele me encarou novamente e depois ajustou o equipamento, colocando o pesado colete de chumbo sobre seu peito. Fui para os fundos da sala para que a imagem pudesse ser feita.

— Bom trabalho, Willow. Agora só mais um da parte de baixo — disse o médico.

— Não — eu disse.

O dr. Dewitt levantou os olhos, irritado.

— Com todo respeito, sra. O'Keefe, preciso fazer o meu trabalho.

Mas eu estava fazendo o meu também. Quando você quebrava algum osso, eu tentava limitar a quantidade de raios x. Às vezes eu tinha de obrigá-los a parar, se os exames não fossem alterar o resultado do tratamento.

— Já sabemos que ela está com uma fratura — argumentei. — Você acha que está deslocado?

Os olhos do médico se arregalaram ao perceber que eu conversava com ele no seu próprio idioma.

— Não.

— Então você não precisa fazer um raio x da tíbia e da fíbula, não é?

— Bem... — admitiu o dr. Dewitt. — Depende.

— Você tem ideia de quantos exames de raios x minha filha terá de fazer durante a vida? — perguntei.

Ele cruzou os braços.

— Tudo bem. Realmente não precisamos examinar a parte de baixo.

Enquanto esperávamos pelo resultado do exame, passei a mão pelas suas costas. Lentamente, você voltava de onde quer que fosse quando sofria uma fratura. Você estava mais inquieta, choramingando. Tremendo, o que só lhe causava mais dor.

Pus a cabeça para fora da sala para perguntar ao técnico se ele tinha um cobertor para aquecê-la e encontrei o dr. Dewitt chegando com seus exames.

— A Willow está com frio — eu disse, e ele tirou o jaleco branco e o pôs sobre seus ombros assim que entrou na sala.

— A boa notícia é que a outra fratura da Willow está cicatrizando bem.

Que outra fratura?

Não percebi que havia dito isso em voz alta até que o médico apontasse para um ponto em seu braço. Era difícil ver – a deficiência de colágeno deixava seus ossos leitosos –, mas com certeza havia um sulco que sugeria uma fratura em processo de cicatrização.

Senti uma pontada de culpa. Quando você se machucou e como eu não percebi?

– Parece uma fratura de duas semanas – sugeriu o dr. Dewitt, e imediatamente eu me lembrei: certa noite, quando a levei ao banheiro no meio da noite, eu quase a deixei cair. Apesar de você insistir que estava bem, você apenas mentiu para que eu não me sentisse mal.

– Tenho a honra de lhe informar, Willow, que você fraturou um dos ossos mais difíceis de se fraturar em todo o corpo humano: a omoplata. – Ele apontou para a segunda imagem no quadro de luz, para uma rachadura bem visível no meio da omoplata. – O osso se move tanto que raramente se quebra com algum impacto.

– E o que fazemos? – perguntei.

– Bem, ela já está usando uma tala ortopédica... Fora a mumificação, a melhor coisa a fazer provavelmente é colocar uma tipoia. Vai doer por alguns dias, mas a alternativa me parece um castigo cruel e incomum. – Ele prendeu seu braço contra seu peito, como a asinha quebrada de um passarinho. – Está muito apertado?

Você levantou os olhos para ele.

– Quebrei a clavícula uma vez. Dói mais. Você sabia que clavícula significa "pequena chave", não só porque ela se parece com uma, mas também porque ela se conecta a todos os outros ossos do peito?

O dr. Dewitt ficou boquiaberto.

– Você é alguma espécie de prodígio, como Doogie Howser?

– Ela lê muito – eu disse, sorrindo.

– Escápula, esterno e xifoide – você acrescentou. – Sei soletrá-los também.

– Porra! – disse o médico, e então corou. – Quero dizer, *poxa*. – Ele me olhou por sobre sua cabeça. – Ela é a minha primeira paciente com OI. Deve ser uma loucura.

– Sim – eu disse. – Uma loucura.

– Bem, Willow, se você quiser trabalhar aqui como residente da ortopedia, haverá um jaleco branco com seu nome. – Ele fez um sinal para mim. – E se *você* precisar de alguém com quem conversar... – Ele tirou um cartão de visitas do bolso da frente.

Guardei-o no bolso, envergonhada. Isso não era provavelmente um gesto de afeto, e sim de cuidado com a Willow – o médico tinha provas da minha incompetência, duas fraturas lá em preto e branco. Fingi estar ocupada procurando algo na bolsa, mas na verdade eu só estava esperando que ele fosse embora. Eu o ouvi lhe oferecer um pirulito e se despedir.

Como eu podia afirmar que sabia o que era o melhor para você, o que você merecia, quando a qualquer momento eu talvez fosse surpreendida – e descobrisse que não a protegera tão bem quanto deveria? Eu estava pensando em entrar com o processo por sua causa ou para compensar todas as coisas que eu fizera de errado até aquele momento?

Como desejar um bebê. Todos os meses, quando eu descobria que Sean e eu ainda não havíamos conseguido engravidar, eu costumava me despir e tomar um banho com a água caindo sobre o rosto, rezando; rezando para engravidar de qualquer jeito.

Eu a peguei no colo – do meu lado esquerdo, já que era seu ombro direito que estava quebrado – e saí da sala de exames. O cartão do médico queimava no meu bolso. Eu estava tão perturbada que quase atropelei uma menininha que estava entrando no hospital quando saíamos.

– Ah, querida, desculpe – eu disse, afastando-me.

Ela tinha mais ou menos a sua idade e segurava a mão da mãe. Estava vestindo um tutu cor-de-rosa e botas com carinhas de sapinhos. Não tinha nem um fio de cabelo na cabeça.

Você fez aquilo que mais odiava que fizessem com você: ficou olhando.

A menininha também a encarou.

Você aprendeu muito cedo que desconhecidos encaram quando veem uma menina numa cadeira de rodas. Eu lhe ensinara a sorrir para eles, a dizer "olá", para que eles percebessem que você era uma pessoa, e não uma espécie de aberração da natureza. Amelia era sua protetora mais feroz – quando via uma criança olhando fixamente para você, ela ia até lá e dizia que aquilo era o que lhe aconteceria se ela não limpasse o quarto ou comesse legumes e verduras. Uma ou duas vezes, ela fez uma criança chorar, e eu quase não a repreendi, porque ela havia feito você sorrir e se sentar mais ereta na cadeira de rodas, em vez de tentar se tornar invisível.

Mas dessa vez era diferente; era uma disputa entre iguais.
Cutuquei-a na cintura.
– Willow – eu disse, em tom de repreensão.
A mãe da menina me encarou. Milhares de palavras se passaram entre nós, apesar de nenhuma das duas falar. Ela me cumprimentou com um aceno de cabeça e eu a cumprimentei também.
Você e eu saímos do hospital num dia típico do fim da primavera, cheirando a canela e asfalto. Você fechou os olhos, tentando erguer o braço para protegê-los, e eu lembrei que seu braço estava preso ao corpo.
– Aquela menina, mamãe – você disse. – Por que ela era daquele jeito?
– Porque ela está doente, e aquilo é o que acontece quando ela toma os remédios.
Você ficou pensando nisso por um instante.
– Tenho tanta sorte... meus remédios não fazem meu cabelo cair.
Eu cuidava para não chorar perto de você, mas dessa vez não consegui evitar. Ali estava você, com três das suas quatro extremidades fraturadas. Ali estava você, recuperando-se de uma fratura que eu nem sabia que acontecera. Ali estava você, ponto final.
– Sim, temos sorte – eu disse.
Você passou a mão no meu rosto.
– Está tudo bem, mamãe.
E, assim como eu fizera com você na emergência, você me deu um tapinha nas costas, no mesmo lugar que estava quebrado no seu corpo.

Sean

— Pare, droga! — gritei, atravessando o parque vazio e segurando a lata de spray. O garoto ainda tinha alguma vantagem sobre mim, sem contar que era trinta anos mais novo, mas eu não o deixaria escapar. Nem que isso me matasse, o que, pela dor que eu estava sentindo, parecia que aconteceria mesmo.

Eram dias de primavera anormalmente quentes, que faziam com que me lembrasse como era ser um garoto, ouvindo o ruído das sandálias das meninas que passavam diante de mim na piscina pública. Admito que, durante meu intervalo para o almoço, eu às vezes vestia calções e dava um mergulho rápido. Não poderíamos nadar durante um bom tempo – em solidariedade a você, já que você não podia entrar na piscina até que tirasse a tala ortopédica. Não havia nada que você gostasse mais de fazer do que nadar – algo que você nunca chegou realmente a aprender, por causa das várias fraturas. Mesmo depois que Charlotte descobriu as talas de fibra de vidro – à prova d'água e muito caras –, você sempre, de algum modo, conseguia perder a aula de natação por um motivo ou outro. Quando Amelia, em um dia ruim da pré-adolescência, se vangloriava de estar indo a uma festa à beira da piscina ou à praia, você passava o dia todo amuada ou, num dia especial, entrava na internet e pedia um orçamento para sua própria piscina – algo para o qual não tínhamos nem espaço nem dinheiro. Às vezes eu achava que você era obcecada pela água – congelada no inverno ou cheia de cloro no verão; tudo o que você queria era exatamente o que não podia ter.

Mais ou menos como todo mundo, eu acho.

Agora meu cabelo ainda estava molhado. Eu cheirava a cloro – e pensava num modo de disfarçar isso de você quando voltasse para casa. As janelas do carro estavam abertas enquanto eu patrulhava o parque municipal, onde um jogo da Liga Infantil havia recém-terminado. Foi quando notei um garoto pichando o banco de reservas em plena luz do dia.

Não sei o que me deixou mais frustrado – o vandalismo que ele cometia contra uma propriedade pública ou o fato de fazê-lo bem debaixo do meu nariz, sem nem ao menos tentar se esconder. Estacionei longe dali e me aproximei silenciosamente do menino.

– Ei! – gritei. – Posso saber o que você está fazendo?

Ele se virou, surpreso. Era um garoto alto e magro, com cabelos loiros e um bigodinho de pré-adolescente crescendo sobre o lábio. Ele me encarou desafiadoramente, depois largou a lata de tinta e começou a correr.

Saí correndo também. O menino fugiu em direção aos limites do parque e passou por baixo de um túnel, onde seu tênis escorregou numa poça de lama. Ele tropeçou, o que me deu tempo o bastante para me jogar sobre ele e empurrá-lo contra a parede de concreto, prendendo-o pelo pescoço com o braço.

– Eu te fiz uma pergunta – resmunguei. – O que você estava fazendo, porra?

Ele arranhava meu braço, engasgando, e de repente eu me vi através dos olhos dele.

Eu não era um desses policiais que gostam de usar seu posto para amedrontar as pessoas. Mas então o que havia me deixado tão irritado? Ao me afastar do menino, descobri: não foi porque ele estava pichando o banco de reservas ou porque não demonstrou qualquer remorso quando apareci. Foi porque ele correu. Porque ele *podia* correr.

Eu estava com raiva dele porque você, na mesma situação, não poderia ter fugido.

O menino estava abaixado, tossindo.

– Cacete! – disse ele, ofegante.

– Desculpe – eu disse. – Desculpe mesmo.

Ele me olhou como se fosse um animalzinho encurralado.

– Acabe logo com isso. Me prenda.

Eu me virei.

– Vá embora. Antes que eu mude de ideia.

Fez-se um segundo de silêncio e depois, novamente, ouvi o barulho do garoto correndo.

Encostei-me contra a parede do túnel e fechei os olhos. Nesses dias, parecia que um vulcão estava prestes a entrar em erupção dentro de mim, um vulcão que entra em erupção a intervalos regulares. Às vezes, isso significava que um menino como esse estava na linha de fogo. Às vezes, era minha própria filha – eu me pegava brigando com Amelia por algo insignificante, como deixar a tigela de cereal sobre a televisão, algo que eu mesmo possivelmente já fiz. E às vezes reclamava da Charlotte – por fazer bolo de carne quando eu queria frango a passarinho, por não manter as crianças quietas quando eu estava dormindo depois de um plantão noturno, por não saber onde eu deixara as chaves e, principalmente, por me fazer pensar que existia alguém com quem eu deveria estar furioso.

Processos não eram novidade para mim. Eu já havia processado a Ford depois de ter ganhado uma hérnia de disco ao dirigir um carro-patrulha da marca. E tudo bem, talvez a culpa fosse deles, talvez não, mas eles fizeram um acordo e eu usei o dinheiro para comprar uma van e, assim, levar sua cadeira de rodas e outros equipamentos por aí. E tenho quase certeza de que a Ford Motor Company nem sequer hesitou ao assinar o cheque de vinte mil dólares por danos. Mas dessa vez era diferente; não era um processo que culpava alguém por algo que lhe acontecera – era um processo que envolvia o fato de você ter nascido. Apesar de ter ciência do que poderíamos fazer por você com um bom acordo, eu não suportava a ideia de que teria de mentir para conseguirmos o que desejávamos.

Para Charlotte, não parecia um problema. Por isso comecei a pensar sobre o que mais ela estaria mentindo, agora mesmo, sem que eu percebesse. Ela estava feliz? Ela queria poder recomeçar, sem mim e sem você? Ela me amava?

Que tipo de pai eu seria se me recusasse a entrar com uma ação que poderia lhe render dinheiro suficiente para viver com conforto pelo resto da vida, em vez de ter de arranjar um trocado aqui, outro ali, e conseguir alguns bicos nos jogos colegiais de basquete e em formaturas, apenas para ter o dinheiro de um colchão adequado, uma cadeira de rodas elétrica, um carro adaptado? E novamente: que tipo de pai eu seria se a única maneira de conseguir essas coisas fosse fingir que eu não a queria?

Encostei a cabeça contra o concreto, os olhos fechados. Se você não tivesse nascido com OI e se ferisse num acidente de carro que a deixasse fisicamente deficiente, eu iria a um advogado e o faria analisar todos os relatórios de acidentes que envolviam aquela marca e modelo de automóvel para descobrir se havia algo de errado com ele, algo que talvez fosse determinante para o acidente – assim, as pessoas responsáveis por seus ferimentos pagariam por isso. Será que um processo por nascimento indevido era muito diferente disso?

Era. Era porque, até mesmo quando eu sussurrava essas palavras para mim diante do espelho ao me barbear, elas me deixavam enjoado.

Meu celular começou a tocar, lembrando que eu estivera longe do carro-patrulha por muito mais tempo do que pretendia.

– Alô?
– Papai, sou eu – disse Amelia. – A mamãe não veio me buscar.

Consultei o relógio.

– A aula terminou faz duas horas.
– Eu sei. Ela não está em casa e não está atendendo o celular.
– Já estou indo – eu disse.

Dez minutos mais tarde, uma triste Amelia entrou no carro.

– Que maravilha. Eu *adoro* ir para casa dentro de um carro de polícia. Imagine o que vão falar de mim.
– Para a sua sorte, Rainha do Exagero, a cidade toda sabe que seu pai é policial.
– Você falou com a mamãe?

Tentei, mas, como Amelia dissera, ela não atendia o telefone. O motivo ficou muito claro quando estacionei na garagem e a vi tirando você cuidadosamente do banco traseiro – não apenas presa à sua tala, mas com um novo curativo que prendia seu braço ao corpo.

Charlotte se virou ao nos ouvir chegar e estremeceu.

– Amelia – disse ela. – Ah, meu Deus. Desculpe. Eu esqueci completamente...
– Claro, e qual é a novidade disso? – resmungou Amelia, entrando a passos pesados na casa.

Peguei você dos braços da sua mãe.

– O que aconteceu, Wills?
– Quebrei a omoplata – você disse. – É algo bem difícil de acontecer.
– A omoplata, você acredita? – disse Charlotte. – Bem no meio.
– Você não atendia o telefone.

– A bateria acabou.
– Você podia ter ligado do hospital.
Charlotte me encarou.
– Você está mesmo com raiva de mim, Sean? Eu estava só *um pouco* ocupada...
– Você não acha que mereço saber quando a minha filha se machuca?
– Pode abaixar o tom de voz?
– Por quê? – perguntei. – Por que você não quer que todos nos ouçam? Eles vão ouvir tudo mesmo, depois que você entrar com...
– Eu me recuso a discutir isso na frente da Willow...
– Pois eu acho melhor você superar isso logo, querida, porque ela vai ouvir cada palavra horrível a respeito desse assunto.
Charlotte ficou vermelha e a tirou dos meus braços, levando-a para dentro de casa. Ela a sentou no sofá, entregou-lhe o controle remoto da televisão e foi para a cozinha, esperando que eu a seguisse.
– Qual é o seu problema?!
– *Meu* problema? Foi você quem deixou a Amelia sentada por duas horas esperando depois da escola...
– Foi um acidente...
– Por falar em acidentes... – eu disse.
– Não é uma fratura séria.
– Sabe de uma coisa, Charlotte? Parece muito séria para mim.
– O que você teria feito se eu tivesse telefonado? Sairia do trabalho mais cedo de novo? Seria um dia a menos para receber, desse jeito estaríamos duplamente ferrados.
Senti meus ombros ficarem tensos. Aqui estava a mensagem oculta no maldito processo, a tinta invisível que se revelaria nas entrelinhas de cada documento jurídico: "Sean O'Keefe não ganha o bastante para cuidar de sua filha com necessidades especiais... e é por isso que ele entrou com este processo".
– Quer saber o que eu acho? – perguntei, tentando controlar o tom de voz. – Que se fosse o contrário, se eu estivesse com a Willow quando ela se machucasse e não lhe telefonasse, você ficaria furiosa. E quer saber o que mais? O motivo de você não ter me ligado não tem nada a ver com meu trabalho ou com a bateria do seu celular. É que você já se decidiu. Você fará o que bem entender, quando bem entender, não importa o que eu disser.

Saí correndo de casa até o carro, que ainda estava com o motor ligado na entrada da garagem, porque Deus me livre se eu deixasse meu turno mais cedo.

Dei um soco no volante, apertando a buzina sem querer. O barulho atraiu Charlotte até a janela. O rosto dela era pequeno e branco, um rosto oval cujos detalhes se perdiam àquela distância.

Pedi Charlotte em casamento com petit fours. Fui a uma confeitaria e pedi que, em cada um deles, escrevessem com glacê as letras de: CASA COMIGO. Depois os misturei e os servi numa bandeja. É um jogo, eu disse a ela. Você tem de colocar as letras na ordem certa.

CASCO AMIGO, ela escreveu.

Charlotte ainda estava na janela, observando-me com os braços cruzados. Eu mal a reconheci como a moça para a qual pedi que tentasse arrumar as letras novamente. Já não podia reconhecer nela o olhar que ela fez quando, na segunda tentativa, conseguiu ordená-las.

Amelia

Quando mamãe me chamou para jantar naquela noite, fui com toda energia e entusiasmo de um prisioneiro do corredor da morte indo para a sala de execução. Quero dizer, não era preciso ser nenhum astrofísico para saber que ninguém naquela casa estava feliz e que isso tinha alguma coisa a ver com o escritório do advogado que havíamos visitado. Meus pais não tinham se esforçado muito para disfarçar quando gritaram um com o outro. Nas três horas desde que o papai saíra e retornara, desde que a mamãe chorara sobre a tigela enquanto preparava o bolo de carne, você ficou choramingando. Por isso fiz o que sempre fazia quando você estava com dor: enfiava os fones do meu iPod no ouvido e aumentava o volume ao máximo.

Não fiz isso para abafar o barulho que você estava fazendo – como você deve estar pensando. Eu sabia que era isso o que meus pais pensavam: que eu era completamente insensível. Não estava com vontade de explicar a eles, mas a verdade era que eu *precisava* daquela música. Precisava me distrair porque, quando você chorava, não havia nada que eu pudesse fazer para impedi-la, e isso só fazia com que eu me odiasse ainda mais.

Todo mundo – até você, com a metade de baixo do corpo na tala ortopédica, com o braço preso contra o peito – já estava sentado à mesa quando cheguei. A mamãe havia cortado seu bolo de carne em quadradinhos, como se fossem selos postais. Isso me fez lembrar de quando você era pequena, sentada no seu cadeirão. Eu costumava brincar com você – rolando uma bola ou a empurrando, e todas as vezes ouvia a mesma coisa: "Tome cuidado".

Certa vez, você estava sentada na cama e eu pulava nela, e você caiu. Num minuto éramos astronautas explorando o planeta Zurgon, e no outro sua tíbia esquerda havia dobrado num ângulo de noventa graus e você fazia aquela sua coisa esquisita, catatônica, que fazia quando tinha uma fratura séria. A mamãe e o papai se apressaram em me dizer que a culpa não era minha, mas a quem eles achavam que estavam enganando? Eu é que estava pulando, mesmo que tenha sido ideia sua. Se eu não estivesse lá, você não teria se machucado.

Sentei na minha cadeira. Não tínhamos lugares marcados, como em algumas famílias, mas sentávamos nos mesmos lugares em todas as refeições. Eu ainda estava usando meus fones de ouvido, com a música tocando no volume máximo – música emo, canções que me faziam sentir que havia pessoas com a vida ainda pior do que a minha.

– Amelia – disse meu pai –, não na mesa.

Às vezes acho que existe um monstro vivendo dentro de mim, na caverna onde deveria estar meu coração, e de vez em quando ele se espalha por toda a minha pele, assim eu não consigo evitar algo inconveniente. O hálito do monstro está cheio de mentiras e ele fede a desprezo. E nesse exato momento ele decidiu mostrar sua cabeça horrenda. Pisquei para meu pai, aumentei ainda mais o volume e disse –, quase gritando:

– Passe as batatas.

Eu parecia a garota mais mimada do mundo, e talvez eu quisesse ser: como Pinóquio, se eu agisse como se fosse uma adolescente egoísta, acabaria por me tornar uma, e todos me notariam e cuidariam de mim, em vez de lhe dar comida na boca e olhá-la o tempo todo para se certificar de que você não estava caindo da cadeira. Na verdade, eu aceitaria simplesmente que alguém me notasse como *membro* da família.

– Wills – disse minha mãe –, você precisa comer um pouco.

– Isso tem gosto de sola de pé – você respondeu.

– Amelia, não vou pedir novamente – disse o papai.

– Só mais cinco pedacinhos...

– Amelia!

Eles não se olhavam; pelo que eu sabia, não haviam se falado desde à tarde. Fiquei me perguntando se eles percebiam que poderiam estar longe um do outro agora mesmo e ainda participando da conversa à mesa, sem que fizesse a menor diferença.

Você rejeitou o garfo que a mamãe agitava diante do seu rosto.

– Pare de me tratar como um bebê – você disse. – Só porque quebrei o ombro, não significa que você precisa me tratar como se eu tivesse dois anos!

Para ilustrar isso, você pegou seu copo com o braço livre, mas o derrubou. O leite se espalhou sobre um pedaço da toalha e grande parte foi parar dentro do prato do papai.

– Que merda! – gritou ele, aproximando-se de mim e tirando os fones à força das minhas orelhas. – Você faz parte da família e vai agir desse modo à mesa.

Eu o encarei.

– Você primeiro – eu disse.

Seu rosto ficou vermelho de raiva.

– Amelia, vá para o seu quarto.

– *Ótimo!* – Afastei a cadeira com um rangido e corri para o andar de cima. Com lágrimas nos olhos e o nariz escorrendo, tranquei-me no banheiro. A menina no espelho era alguém que eu não conhecia: a boca torta, os olhos negros e vazios.

Nesses dias, parecia que tudo me irritava. Eu me irritava quando acordava pela manhã e você estava me encarando como se eu fosse uma espécie de animal numa jaula do zoológico; eu me irritava quando ia para a escola e meu armário ficava perto da sala de aula de francês, quando madame Riordan assumiu para si a missão de tornar minha vida insuportável; eu me irritava quando via um bando de animadoras de torcida, com suas pernas e vidas perfeitas, preocupadas com coisas como quem as convidaria para o próximo baile ou se o esmalte vermelho parecia vulgar demais, em vez de se perguntarem se a mãe delas lembraria de pegá-las depois da aula ou se estaria ocupada numa sala de emergência. Os únicos momentos em que eu não estava irritada, estava faminta – como agora. Ou ao menos eu achava que era fome. Ambas as sensações eram como ser consumida de dentro para fora; eu já não sabia qual era a diferença.

A última vez que meus pais tinham brigado – que foi, tipo, ontem –, você e eu estávamos no nosso quarto e podíamos ouvi-los alto e claro. As palavras escapavam por sob a porta, por mais que ela estivesse fechada: *nascimento indevido... depoimento... testemunhas.* Em determinado momento, ouvi uma menção à televisão: "Você não acha que os repórteres vão adorar isso? É isso mesmo o que você quer?", perguntou o papai, e por um instante comecei a imaginar como seria virar notícia, até que lembrei que ser marcada para sempre por minha família problemática não era algo com que eu quisesse desperdiçar meus quinze minutos de fama.

– Eles estão com raiva de mim – você disse.
– Não, estão com raiva um do outro.
Então nós duas ouvimos o papai dizer:
– Você acha mesmo que a Willow não entenderia isso tudo?
Você olhou para mim.
– Entender o quê?
Hesitei e, em vez de responder, peguei o livro que estava sobre seu colo e disse que o leria em voz alta.

Em geral, você não gostava disso – ler era quase a única coisa que você fazia excepcionalmente bem e, na maioria das vezes, você gostava de se exibir, mas naquele momento provavelmente sentiu o mesmo que eu: como se houvesse uma palha de aço dentro do seu estômago e, cada vez que você se movia, ela arranhava suas entranhas. Eu tinha amigas com pais divorciados. Será que foi assim que tudo começou para elas?

Abri uma página ao acaso e comecei a ler em voz alta para você sobre mortes curiosas e nojentas. Houve um guarda de um carro-forte que morreu depois que cinquenta mil dólares em moedas de vinte e cinco centavos caíram de um caminhão e o esmagaram. Uma rajada de vento jogou o carro de um homem dentro de um rio em Nápoles, na Itália, então ele quebrou a janela e saiu do carro e nadou até a margem, quando uma árvore caiu e o esmagou. Em 1911, um homem desceu as cataratas do Niágara num barril e quebrou quase todos os ossos; depois, ao escorregar numa casca de banana na Nova Zelândia, morreu na queda.

Era desse último que você mais gostava e eu a fiz sorrir novamente, mas, por dentro, ainda estava me sentindo horrível: como era possível que alguém saísse ganhando quando o mundo todo vivia lhe dando rasteiras?

Foi quando a mamãe entrou no nosso quarto e se sentou na beirada da sua cama.

– Você e o papai se odeiam? – você perguntou a ela.
– Não, Wills – ela respondeu, sorrindo, mas de um jeito que parecia que sua pele estava repuxada demais nas extremidades do rosto. – Tudo está absolutamente bem.

Levantei-me com as mãos na cintura.
– Quando vocês vão contar para ela? – perguntei, enfática.
O olhar que minha mãe me lançou poderia ter me dividido ao meio, juro.

– Amelia – disse ela, num tom que não permitia discussão. – Não há nada a dizer.

Agora, sentada na beirada da banheira, eu percebia como minha mãe era mentirosa. E me perguntava se eu estava destinada a isso, se era possível herdar essa tendência do mesmo modo que ela me transmitira a capacidade de virar os cotovelos para dentro, de fazer um nó num cabinho de cereja usando apenas a língua.

Apoiei-me na privada, enfiei o dedo na garganta e vomitei; assim, dessa vez, quando eu dissesse a mim mesma que estava vazia e magoada, finalmente estaria falando a verdade.

SELAR A MASSA: ASSAR UMA MASSA DE TORTA SEM O RECHEIO.

Às vezes, quando você está lidando com uma massa delicada, ela se quebra apesar de suas melhores intenções. Por isso, algumas massas de torta têm de ser assadas antes de se acrescentar o recheio. O melhor método é forrar a forma com a massa aberta e colocá-la na geladeira por pelo menos meia hora. Quando estiver pronta para assá-la, fure a massa em vários lugares com um garfo, forre-a com papel-manteiga ou alumínio e a encha com arroz ou feijões secos. Asse normalmente e depois, com cuidado, remova os grãos e a forração – a massa manterá a forma graças a eles. Gosto de ver como uma substância pesada pode, no fim, ser erguida; gosto de sentir os feijões, como problemas que escorrem pelos dedos. Gosto principalmente de uma verdade na confeitaria: são as coisas que suportamos que nos dão forma.

MASSA PODRE DOCE

1 ⅓ xícara de farinha
1 pitada de sal
1 colher (sopa) de açúcar
½ xícara + 2 colheres (sopa) de manteiga sem sal e fria, cortada em pedacinhos
1 gema grande
1 colher (sopa) de água gelada

No processador de alimentos, misture a farinha, o sal, o açúcar e a manteiga até formarem uma farofa. Numa tigela, bata a gema e a água gelada. Com o processador ligado, acrescente a mistura de gema à mistura de farinha até formar uma bola de massa. Remova-a, envolva-a em papel-filme, achate-a e leve-a à geladeira por 1 hora.

Abra cuidadosamente a massa numa superfície coberta com farinha e coloque-a numa forma de fundo removível. Leve à geladeira antes de assar.

Pré-aqueça o forno a 200° C. Tire a forma da geladeira, fure-a toda com um garfo, forre-a com papel-alumínio e espalhe feijões secos por cima. Asse por 17 minutos, remova o papel-alumínio e os feijões e continue assando por mais 6 minutos. Deixe esfriar completamente antes de colocar o recheio.

TORTA DE DAMASCO

Massa podre doce, selada
2 a 3 damascos
2 gemas de ovo
1 xícara de creme de leite
¾ xícara de açúcar
1½ colher (sopa) de farinha
¼ xícara de avelãs fatiadas

Descasque os damascos, fatie-os e espalhe-os no fundo da forma com a massa podre já assada.

Misture as gemas, o creme de leite, o açúcar e a farinha. Derrame a mistura sobre os damascos e polvilhe com as avelãs fatiadas. Asse em forno pré-aquecido a 180° C por 35 minutos.

Quando você experimentar esta torta, ainda sentirá o sabor de certo peso remanescente. É a sombra sob o sabor açucarado, a pergunta na ponta da língua.

Marin
Junho de 2007

O FACEBOOK DEVERIA SER UMA REDE SOCIAL, MAS A VERDADE É QUE A maior parte das pessoas que eu conheço que o usam – entre elas eu mesma – passa tanto tempo online vasculhando perfis alheios, ou escrevendo no mural das outras pessoas, ou as cutucando, que nunca abandonamos o computador para realmente interagir socialmente. Talvez seja má ideia entrar no Facebook de alguém no meio do expediente, mas certa vez entrei na sala de Bob Ramirez e o encontrei mexendo na sua página no MySpace, então percebi que não havia muito o que ele pudesse dizer sobre mim sem ser hipócrita.

Hoje em dia uso o Facebook para participar de grupos – Busca de Mães Biológicas e Filhos Adotados, Registros para Busca de Adoção. Alguns membros realmente encontram as pessoas que estão procurando. Mesmo que isso ainda não tenha acontecido comigo, entrar na internet e ler mensagens que me mostram que eu não sou a única pessoa frustrada com todo o processo tem algo de consolador.

Entrei e dei uma olhada nas minhas mensagens. Eu havia sido cutucada por uma menina da época de escola que havia me pedido para aceitá-la como amiga havia uma semana, mas que não me via fazia quinze anos. Fui desafiada a responder a um questionário sobre cinema enviado por meu primo de Santa Barbara. Fui escolhida pelos meus amigos como a pessoa com quem eles mais gostariam de ficar algemados.

Dei uma olhada para a informação logo acima desta, meu perfil.

NOME: Marin Gates
REDES: Portsmouth, NH / UNH Alumni / Associação dos Advogados de NH

SEXO: Feminino
INTERESSADA EM: Homens
RELACIONAMENTO: Solteira

Solteira?
Recarreguei a página. Durante os últimos quatro meses, naquela linha do meu perfil constava: "Num relacionamento sério com Joe McIntyre". Entrei na página principal e vasculhei as notícias. Lá estava: uma foto do rosto dele e uma atualização do status: "Joe McIntyre e Marin Gates romperam o relacionamento".
Fiquei de queixo caído; senti como se tivesse levado um soco.
Peguei meu casaco e saí correndo para a recepção.
– Espere! – disse Briony. – Onde você está indo? Você tem uma teleconferência em...
– Remarque-a – respondi, ríspida. – Meu namorado acabou de terminar comigo pelo Facebook.
Joe McIntyre não era O Homem da Minha Vida. Eu o conheci num jogo dos Bruins com alguns clientes; ele havia passado por mim no corredor e derramou cerveja na minha camisa. Um começo nada promissor, mas ele tinha olhos azul-escuros e um sorriso que contribuía para o aquecimento global e, antes que eu percebesse, além de ter lhe prometido que ele poderia pagar a lavanderia, lhe dei meu telefone. No nosso primeiro encontro, descobrimos que trabalhávamos a menos de um quarteirão um do outro – ele era advogado ambientalista –, e que ambos éramos formados pela Universidade de New Hampshire. No nosso segundo encontro, voltamos para a minha casa e só saímos da cama depois de dois dias.
Joe era seis anos mais novo que eu, e isso queria dizer que, aos vinte e oito anos, ele ainda estava na disputa, enquanto eu, aos trinta e quatro, já tinha trocado o relógio de pulso pelo relógio biológico. Eu esperava que esse namorico fosse divertido: alguém com quem ir ao cinema numa noite de sábado ou de quem receber flores no Dia dos Namorados. Não esperava que fosse algo duradouro, e sabia perfeitamente bem que algum dia, dali a alguns meses, teria de lhe dizer que estávamos em busca de coisas diferentes na vida.
Mas eu tinha certeza de que jamais lhe daria a notícia pelo Facebook.

Dobrei a esquina e entrei a passos rápidos na recepção do escritório onde ele trabalhava. Era muito menos grandioso do que o de Bob, se bem que ganhávamos por êxito, não estávamos tentando salvar o mundo. A recepcionista sorriu.

– Em que posso ajudá-la?

– Joe está me esperando – eu disse, e segui pelo corredor.

Quando abri a porta da sala dele, eu o vi falando para um gravador digital.

– Portanto, acreditamos que o melhor para a Cochran & Filhos é... Marin? O que você está fazendo aqui?

– Você terminou comigo pelo *Facebook*?

– Eu estava pensando em lhe enviar uma mensagem, mas achei que seria pior – disse Joe, apressando-se em fechar a porta quando viu um colega de trabalho se aproximando. – Qual é, Marin. Você sabe que não sou bom com essas coisas de sentimento. – Depois ele sorriu amarelo. – Bem, pelo menos não no sentido *metafórico*...

– Você é um monstro insensível – eu disse.

– O que eu fiz foi muito mais civilizado, eu diria. Qual era a opção? Uma grande briga na qual você me mandaria me foder e morrer?

– Sim! – respondi, e então respirei fundo. – Você está com outra pessoa?

– Tem uma outra *coisa* – disse Joe tranquilamente. – Pelo amor de Deus, Marin. Você me ignorou nas últimas três vezes que tentei sair com você. O que você esperava que eu fizesse? Ficasse sentado esperando que você tivesse tempo para mim?

– Não é justo – eu disse. – Eu estava lendo registros de casamento...

– Exatamente – argumentou Joe. – Você não quer sair comigo. Você quer sair com sua mãe biológica. Sabe, no começo achei que fosse até interessante... você se entusiasmava tanto quando falava sobre encontrar sua mãe. O problema é que você não se entusiasma por *nada* além disso, Marin. – Ele colocou as mãos nos bolsos. – Você está tão ocupada vivendo no passado que não tem nada para me oferecer agora.

Eu podia sentir meu pescoço pegar fogo dentro da camisa.

– Você se lembra daqueles dois dias – e noites – incríveis na minha casa? – perguntei, aproximando-me dele até que estivesse bem perto da sua boca. Vi quando suas pupilas se dilataram.

– Claro – murmurou ele.
– Eu fingi. Todas as vezes – eu disse, e saí do escritório de Joe de cabeça erguida.

Nasci no dia 3 de janeiro de 1973. Sempre soube disso, claro. A certidão de adoção que consegui no condado de Hillsborough era do final de julho, por causa do período de seis meses necessário para concluir o processo de adoção e do tempo que leva para marcar uma audiência. Na comunidade envolvida com adoções, há muita discussão sobre o período de seis meses. Alguns acham que o prazo deveria ser maior, para dar à mãe biológica a oportunidade de mudar de ideia; outros, que deveria ser menor, para dar aos pais adotivos a segurança de que o recém-nascido não lhes será tirado. Quando se analisa a situação como um todo, claro que tudo se resume ao fato de você ter um bebê para doar ou para receber.

Cheguei com alguns dias de atraso. Meu pai costumava dizer que esperava que eu chegasse para que ele pudesse me incluir na dedução do imposto de renda, mas arruinei os planos dele nascendo no ano seguinte. No arquivo que veio do hospital comigo, guardado no meu caderno de recordações, estava um cartão da maternidade todo amassado com meu nome. Eu ainda conseguia ver alguma coisa no último nome: um "y" ou "g" ou "j" ou "q" em letra cursiva. Era o que eu sabia da minha vida passada, e sabia que meus pais biológicos viviam no condado de Hillsborough, e que minha mãe tinha apenas dezessete anos. Nos anos 70, ainda havia uma boa chance de que uma mãe de dezessete anos se casasse com o pai da criança, e foi isso o que me levou ao arquivo.

Usando uma calculadora num website para gestantes, descobri que provavelmente fui concebida por volta do dia dez de abril, para nascer na noite de Ano Novo. (Dez de abril. Um baile da escola secundária, imaginava. Um passeio de carro até a praia. As ondas na areia, o sol surgindo como gema de ovo sobre o oceano na aurora, ele e ela, dormindo nos braços um do outro.) De qualquer modo, se ela se descobriu grávida um mês mais tarde, isso significava que haviam se casado no verão de 1972.

Em 1972, Nixon visitou a China. Onze atletas israelenses foram assassinados nos Jogos Olímpicos de Munique. Um selo postal custava oito centavos. O Oakland A's ganhou o campeonato nacional de beisebol, e *M*A*S*H* estreou na CBS.

No dia 22 de janeiro de 1973, dezenove dias depois de nascer e de viver com a família Gates, a Suprema Corte dos Estados Unidos julgou o caso Roe vs. Wade.*

Será que minha mãe soube disso e amaldiçoou o fato de eu ter nascido antes?

Há algumas semanas, comecei a analisar os registros de casamento do condado de Hillsborough a partir do verão de 1972. Se minha mãe tinha dezessete anos, então uma autorização dos pais dela deveria estar anexada ao processo também. Isso com certeza limitaria a quantidade de registros que eu teria de examinar.

Eu havia ignorado os convites de Joe por dois fins de semana consecutivos enquanto examinava mais de três mil requerimentos de certidões de casamento, e descobri coisas incrivelmente estranhas sobre minha terra natal (como o fato de que uma menina entre treze e dezessete anos e um menino entre catorze e dezessete anos podiam se casar com autorização dos pais), mas mesmo assim não encontrei nenhum requerimento que talvez pertencesse a meus pais biológicos.

A verdade é que, mesmo antes de Joe me dar o fora, eu já havia me resignado a desistir da minha busca.

Depois de sair do escritório de Joe, trabalhei duro até o fim do dia. Naquela noite, voltei para casa, abri uma garrafa de vinho e um pote de sorvete e encarei a verdade: eu tinha de decidir se queria mesmo descobrir a identidade da minha mãe biológica. Supostamente, ela havia passado por difíceis dilemas morais para decidir se me doaria ou não; com certeza eu lhe devia a mesma reflexão ao decidir se queria ou não encontrá-la. Como justificativa, curiosidade não bastava; não era nem mesmo uma questão médica que me fazia pensar sobre minhas origens. Certa vez eu tive um nome, e depois disso? Saber de onde eu viera não significava necessariamente que eu tinha coragem o bastante para ouvir por que fora entregue para adoção. Se realmen-

---

* Decisão que descriminalizou o aborto nos Estados Unidos. (N. do T.)

te fizesse isso, abriria uma porta para um relacionamento que talvez mudasse nossa vida.

Peguei o telefone e liguei para minha mãe.

– O que você está fazendo? – perguntei.

– Tentando descobrir como gravar *The Colbert Report* – respondeu ela. – E o que *você* está fazendo?

Olhei para o sorvete amolecido e para a garrafa quase vazia de vinho.

– Dando início a uma dieta de líquidos – respondi. – E você tem que apertar o botão vermelho para que o menu da direita apareça na tela.

– Ah, isso mesmo. Que bom. Seu pai fica de mau humor quando assisto ao programa e ele dorme.

– Posso lhe perguntar uma coisa?

– Claro.

– Você me acha uma pessoa entusiasmada?

Ela riu.

– As coisas devem estar mesmo ruins para você *me* perguntar isso.

– Não digo na vida amorosa. Quero dizer, você sabe, na vida em geral. Eu tinha passatempos quando era criança? Eu colecionava papel de carta ou implorava para entrar na equipe de natação?

– Querida, você morria de medo de água até os doze anos.

– Tudo bem, talvez esse não tenha sido o melhor exemplo. – Apertei a parte de cima do nariz. – Eu insistia nas coisas, mesmo que fossem difíceis? Ou simplesmente desistia?

– Por quê? Aconteceu alguma coisa no trabalho?

– Não, não no trabalho – hesitei. – Se você estivesse no meu lugar, você procuraria por seus pais biológicos?

Houve uma bolha de silêncio.

– Uau. Essa é uma pergunta difícil. Eu achava que já havíamos discutido isso. Eu disse que apoiaria você...

– Sei o que você disse. Mas isso não a magoa? – perguntei diretamente.

– Não vou mentir, Marin. Quando você começou a fazer essas perguntas, elas me magoaram. Acho que parte de mim sentia que, se você me amasse o suficiente, não precisaria encontrar outras respostas. Mas daí você ficou com medo na consulta com o ginecologista e eu percebi que isso não tinha nada a ver comigo. Tinha a ver com *você*.

– Não quero magoá-la.

– Não se preocupe comigo – disse ela. – Já sou velha e escaldada. Isso me fez sorrir.

– Você não é velha, e é sensível. – Respirei fundo. – Só que continuo pensando, sabe, que isso é algo muito importante. Você desenterra uma caixa e talvez encontre um tesouro, mas talvez encontre algo apodrecido.

– Talvez você esteja é com medo de se magoar.

Coube à minha mãe ir ao cerne da questão. E se, por exemplo, eu me descobrisse parente de Jeffrey Dahmer* ou Jesse Helms**? Não seria melhor ficar sem saber dessas coisas?

– Ela se livrou de mim há mais de trinta anos. E se eu aparecer na vida dela e ela não quiser me ver?

Ouvi um suspiro do outro lado da linha. Era o som que eu mais associava à infância. Eu o ouvira ao correr para os braços da minha mãe depois que outra criança havia me derrubado do balanço no parquinho. Eu o ouvira durante um abraço, antes que meu acompanhante para o baile de formatura e eu saíssemos para a festa; eu o ouvira quando minha mãe se encostou à porta do quarto da minha faculdade, tentando não chorar ao me deixar sozinha pela primeira vez. Aquele som marcou todo o meu desenvolvimento.

– Marin – minha mãe simplesmente disse –, quem *não ia* querer você?

Honestamente, não sou o tipo de pessoa que acredita em espíritos, carma e reencarnação. Mesmo assim, no dia seguinte me surpreendi ligando para o trabalho e dizendo que estava doente para poder viajar até Falmouth, Massachusetts, para me consultar com uma vidente sobre minha mãe biológica. Bebi mais um gole de café e imaginei como seria a consulta; se eu sairia de lá com a informação que me colocaria na direção certa na minha pesquisa, como acontecera com a mulher que havia me recomendado as profecias de Meshinda Dows.

---

* Serial killer americano que atuou nos anos 80. (N. do T.)

** Político ultraconservador americano. (N. do T.)

Na noite anterior, eu me inscrevera em dez grupos de apoio à adoção. Criei um nome (Separ8tedatbirth@yahoo.com) e fiz listas num caderno novo com informações obtidas nos websites.

1. PROCURE AS CERTIDÕES ESTADUAIS.
2. REGISTRE-SE NO IFPR – o Índice de Fontes de Pesquisa e Reuniões, o maior banco de dados existente.
3. INSCREVA-SE NO REGISTRO DE BUSCAS MUNDIAIS.
4. CONVERSE COM SEUS PAIS ADOTIVOS... E PRIMOS, TIOS, IRMÃOS MAIS VELHOS...
5. DESCUBRA COMO SE DEU O PROCESSO. Em outras palavras, quem arranjou sua adoção? Uma igreja, um advogado, um médico, uma agência? Talvez eles sejam uma fonte de informações.
6. ENTRE COM UMA RENÚNCIA DE CONFIDENCIALIDADE. Assim, se sua mãe biológica a procurar, ela saberá que você quer ser contatada.
7. PUBLIQUE SUAS INFORMAÇÕES REGULARMENTE. Há pessoas que realmente reencaminham todas as informações, na esperança de que elas cheguem ao lugar certo!
8. PUBLIQUE ANÚNCIOS NOS PRINCIPAIS JORNAIS DE SUA CIDADE DE NASCIMENTO.
9. ACIMA DE TUDO, IGNORE QUALQUER EMPRESA DE BUSCA QUE VEJA EM COMERCIAIS DE TV OU TALK SHOWS! SÃO TODAS ENGANOSAS!

Às duas da manhã, eu ainda estava online numa sala de bate-papo sobre adoção, reagindo a histórias horrorosas contadas por pessoas que queriam evitar que eu cometesse alguns erros. Uma delas era RiggleBoy, que entrara em contato com um telefone de busca 0800, dando-lhes todas as informações de seu cartão de crédito, e fora lesado em seis mil e quinhentos dólares em um mês. Joy4Eva descobriu que fora retirada da família biológica depois de várias denúncias de negligência e abuso. AllieCapone688 me passou o nome de três livros que ela lera quando havia começado sua pesquisa – e que custavam menos do que eu havia gasto com os detetives particulares. Apenas uma mulher teve uma história com final feliz: ela fora a uma vidente chamada Meshinda Dows, que lhe dera informações tão precisas que ela encontrara sua mãe biológica em uma semana.

"Tente", sugeriu-me FantaC. "O que você tem a perder?"

Bem, em primeiro lugar, meu amor-próprio. Mas, ao mesmo tempo, me surpreendi procurando pelo nome de Meshinda Dows no Google. Ela tinha um desses websites que demoram para abrir, pois uma música de fundo o deixava muito pesado – nesse caso, uma mistura etérea de sinos e sons de baleias jubartes. "Meshinda Dows", lia-se na página principal, "Vidente Certificada".

Quem certificava videntes? O Departamento Norte-Americano de Óleo de Serpentes e Charlatões?

"Servindo a comunidade de Cape Cod há 35 anos."

O que significava que ela estava a uma viagem de carro da minha casa em Bankton.

"Deixe que eu seja sua ponte para o passado."

Antes que me arrependesse, cliquei no link e lhe enviei um e-mail explicando minha busca por minha mãe biológica. Em trinta segundos recebi uma resposta:

Marin, acho que posso ajudá-la bastante. Você está livre amanhã à tarde?

Não perguntei por que ela estava conectada às três da madrugada. Não me permiti imaginar por que uma vidente bem-sucedida teria um horário vago tão próximo. Ao contrário, concordei com a consulta de sessenta dólares e anotei o endereço que ela me deu.

Naquela manhã, cinco horas após deixar minha casa, estacionei diante da casa de Meshinda Dows. Ela vivia numa casinha pintada de roxo com detalhes em vermelho. Tinha sessenta e poucos anos, mas os cabelos eram tingidos de preto e compridos até a cintura.

– Você deve ser Marin – disse ela.

Uau, ela era mesmo boa.

Meshinda me guiou até uma sala que era separada da entrada por uma cortina feita com tiras de seda. Dentro havia duas poltronas, uma de frente para a outra, com um pufe branco no meio. Sobre o pufe havia uma pena, um leque e um jogo de cartas. As estantes da sala estavam cheias de bichinhos de pelúcia, cada qual guardado dentro de um saquinho plástico com uma etiqueta protetora em forma de coração. Eles pareciam estar sufocando.

Meshinda se sentou e eu fiz o mesmo.

– Prefiro o pagamento adiantado – disse ela.

– Ah. – Remexi na minha bolsa e peguei três notas de vinte dólares, que a vidente dobrou e guardou no bolso.

– Por que não começamos com você me dizendo o que a trouxe aqui?

Eu a encarei.

– Você já não deveria saber a resposta para essa pergunta?

– Os dons de uma vidente nem sempre funcionam assim, querida – disse ela. – Você está um pouco nervosa, não é?

– Acho que sim.

– Não deveria. Você é protegida. Você tem espíritos ao seu redor – disse ela, fechando os olhos e recuando. – Seu... avô? Ele quer que você saiba que está respirando melhor agora.

Fiquei boquiaberta. Meu avô morrera quando eu tinha treze anos, por conta de complicações causadas por um câncer de pulmão. Fiquei horrorizada ao visitá-lo no hospital e vê-lo definhando.

– Ele sabia uma coisa importante sobre sua mãe biológica – disse Meshinda.

Bem, isso era muito conveniente, uma vez que o vovô não poderia confirmar ou negar isso agora.

– Ela é magra e tem cabelos escuros – continuou a vidente. – Ela era muito jovem quando tudo aconteceu. Estou percebendo um sotaque...

– Sulista? – perguntei.

– Não, não é sulista... Não sei direito de onde é. – Meshinda olhou diretamente para mim. – Também estou conseguindo alguns nomes. Nomes estranhos. Allagash... e Whitcomb... Não, Whittier.

– Allagash Whittier é um escritório de advocacia em Nashua – eu disse.

– Acho que eles têm informações. Deve ter sido um advogado de lá que cuidou da adoção. Eu entraria em contato com eles. E Maisie. Alguém chamado Maisie tem informações também.

Maisie era o nome da funcionária da corte do condado de Hillsborough que me enviara a sentença de adoção.

– Tenho certeza disso – eu disse. – Ela tem o arquivo inteiro.

– Estou falando de outra Maisie. Uma tia ou prima... Ela adotou um bebê da África.

– Não tenho nenhuma tia ou prima chamada Maisie – afirmei.

– Tem sim – insistiu Meshinda –, mas vocês nunca se conheceram. – O rosto dela se contorceu todo, como se ela tivesse chupado um gomo de limão. – O nome do seu pai biológico é Owen. Ele tem alguma coisa a ver com o mundo jurídico.

Aproximei-me, intrigada. Teria sido por isso que me senti atraída pela carreira de advogada?

– Ele e sua mãe biológica têm outros três filhos.

Verdade ou não, senti uma pontada no peito. Como aquelas três crianças ficaram juntas enquanto eu fui entregue para adoção? Uma antiga ladainha que ouvi várias vezes – que meus pais biológicos me amavam, mas não podiam cuidar de mim – nunca me pareceu verdadeira. Se me amavam tanto, por que fui desprezada?

Meshinda levou a mão à cabeça.

– É isso. Não consigo ver mais nada. – Deu um tapinha no meu joelho. – Aquele advogado – aconselhou. – É por ele que você deve começar.

No caminho de volta para casa, parei num McDonald's para comer algo e me sentei do lado de fora, perto do parquinho que estava cheio de crianças e babás. Disquei 411 e fui conectada ao escritório Allagash Whittier. Ao lhes dizer que eu era sócia de Robert Ramirez, passei com facilidade pelos paralegais até conseguir conversar com uma advogada da empresa.

– Marin – a mulher disse –, em que posso ajudá-la?

No banquinho onde me sentei, encolhi-me um pouco, a fim de tornar a conversa mais privada.

– É um pedido meio estranho – eu disse. – Estou tentando descobrir algo sobre alguém que pode ter sido cliente do seu escritório nos anos 70. Uma jovem, por volta de dezesseis, dezessete anos...

– Não deve ser difícil descobrir isso. Não temos muitos clientes desse tipo. Qual o sobrenome dela?

Hesitei.

– A verdade é que não tenho o sobrenome dela.

A linha ficou muda.

– Foi um caso de adoção?

– Bem. Sim. O meu.

A voz da mulher mudou de tom.

– Sugiro que você entre em contato com o tribunal – disse ela, desligando.

Apertei o celular na mão e fiquei observando um menininho deslizar pela curva de um escorregador roxo. Era um menino asiático, mas não sua mãe. Seria ele adotado? Algum dia, será que ele estaria sentado aqui como eu, diante de um beco sem saída?

Liguei 411 novamente e logo entrei em contato com Maisie Donovan, a administradora do setor de pesquisas sobre adoção do condado de Hillsborough.

– Você provavelmente não se lembra de mim – eu disse. – Há alguns meses você me enviou minha sentença de adoção...

– Nome?

– Bem, é justamente isso o que estou procurando...

– Eu quis dizer *seu* nome – disse Maisie.

– Marin Gates. – Engoli em seco. – Isso é loucura – eu disse. – Fui a uma vidente hoje. Quero dizer, não uma daquelas lunáticas que recebem espíritos ou coisas do gênero... Eu não tenho problema algum com isso nem nada, sabe, se você gosta de fazer isso de vez em quando... De qualquer modo, fui à casa dessa mulher e ela me disse que alguém chamada Maisie tinha informações sobre minha mãe biológica. – Fingi rir. – Ela não pôde me dar mais detalhes, mas nessa parte ela acertou, não é mesmo?

– Sra. Gates – disse Maisie de maneira direta –, em que posso ajudá-la?

Abaixei a cabeça.

– Não sei a quem recorrer – admiti. – Não sei o que fazer agora.

– Por cinquenta dólares, posso enviar informações não confidenciais pelo correio.

– O que é isso?

– Tudo o que consta no seu arquivo e que não cite nomes, endereços, telefones, datas de nascimento...

– Tudo o que não me importa – eu disse. – Você acha que vou descobrir alguma coisa no meio disso?

– Sua adoção não foi feita por meio de uma agência. Foi particular – explicou Maisie. – Por isso imagino que não haja muita coisa. Você provavelmente vai descobrir que é branca.

Lembrei-me da sentença de adoção que ela me enviara.

– Tenho tanta certeza disso quanto tenho de que sou mulher.

– Bem, por cinquenta dólares, fico feliz em confirmar.

– Sim – ouvi-me dizer. – Eu gostaria disso.

Depois de anotar o endereço para onde eu precisava enviar o cheque, desliguei e fiquei olhando as crianças brincando como moléculas numa solução aquecida. Era difícil para mim imaginar ter um filho, mas era impossível imaginar abandoná-lo.

– Mamãe! – gritou uma menininha do alto de uma escada. – Você está olhando?

Na noite passada, no quadro de anúncios, eu vira pela primeira vez as marcas *mãe-a* e *mãe-b*. Não eram escalas de valor, como eu havia pensado a princípio – apenas abreviaturas para mãe adotiva e mãe biológica. Como fiquei sabendo mais tarde, há muita controvérsia quanto a essa terminologia. Algumas mães biológicas acham que o termo faz com que pareçam parideiras, e não mães, e querem ser chamadas de *mães primárias* ou *mães naturais*. Mas, de acordo com esse raciocínio, *minha* mãe seria uma *mãe secundária* ou *mãe artificial*. Seria o ato de parir que fazia de uma mulher uma mãe? Você perdia esse rótulo quando abria mão de seu filho? Se as pessoas eram avaliadas por seus feitos, de um lado eu tinha uma mulher que optara por me entregar para adoção; de outro, eu tinha uma mulher que se sentara comigo à noite quando fiquei doente, que chorara comigo por causa de namoradinhos, que me aplaudira com entusiasmo em minha formatura. Que gestos marcavam mais uma mãe?

Ambos, percebi. Ser pai e mãe não era apenas trazer uma criança ao mundo – era testemunhar essa vida.

De repente, me peguei pensando em Charlotte O'Keefe.

Piper

A PACIENTE ESTAVA MAIS OU MENOS NA TRIGÉSIMA QUINTA SEMANA DE GESTAÇÃO E acabara de se mudar para Bankton com o marido. Nunca tinha feito nenhuma consulta de rotina comigo, mas fora incluída em minha agenda no intervalo do meu almoço porque estava com febre e outros sintomas que me pareceram sinais de uma infecção. De acordo com a enfermeira que fizera a triagem inicial, a mulher não tinha problemas de saúde.

Abri a porta com um sorriso, esperando acalmar o que eu tinha certeza que seria uma aspirante a mãe em pânico.

– Sou a dra. Reece – eu disse, cumprimentando-a e me sentando. – Parece que você não está se sentindo muito bem.

– Achei que fosse uma gripe, mas os sintomas não passam...

– De qualquer modo, é sempre bom dar uma olhada nessas coisas quando se está grávida. E a gestação, está normal até agora?

– Normal.

– E há quanto tempo você está tendo esses sintomas?

– Há mais ou menos uma semana.

– Bem, por favor, coloque o roupão e depois vamos ver o que está acontecendo. – Saí da sala e reli o prontuário da paciente enquanto esperava alguns instantes para que ela se trocasse.

Eu adorava meu trabalho. Quando se é uma obstetra, na maior parte das vezes você está presente num dos momentos mais felizes na vida de uma mulher. Claro que há incidentes que não são tão felizes – já tive de contar a várias mulheres que seu filho nascera morto; fiz cirurgias nas quais uma placenta acreta levou a um quadro de coagulação intravascular disseminada e a paciente jamais recuperou a consciência. Mas tentava não me lembrar desses casos; em vez disso, gostava de me ater aos momentos em que o bebê, escorregadio como um peixinho em minhas mãos, respirava pela primeira vez neste mundo.

Bati à porta.

– Tudo certo?

Ela estava sentada na maca, a barriga protuberante como uma oferenda.

– Ótimo – eu disse, colocando o estetoscópio nos ouvidos. – Vamos começar auscultando seu peito. – Baforei sobre o disco de metal – como obstetra, eu era sensível a metais frios sobre a pele – e o coloquei cuidadosamente nas costas da paciente. Os pulmões dela pareciam perfeitamente limpos – Parece que está tudo bem. Agora vamos examinar o coração.

Abaixei a lateral do roupão e encontrei uma enorme cicatriz – uma cicatriz vertical que ia de cima a baixo em seu peito.

– O que é isso?

– Ah, isso é do meu transplante de coração.

Franzi a testa.

– Achei que você havia dito à enfermeira que não tinha nenhum problema de saúde.

– Não tenho – disse a paciente, sorrindo. – Meu coração novo está funcionando muito bem.

Charlotte só começou a se consultar comigo quando começou a tentar engravidar. Antes disso, éramos apenas mães que riam pelas costas dos professores de patinação de nossas filhas; guardávamos lugar uma para a outra nas reuniões noturnas da escola; às vezes, nos reuníamos em casal para jantarmos num bom restaurante. Mas, certo dia, quando as meninas estavam brincando no quarto de Emma, Charlotte me contou que ela e Sean estavam tentando ter outro filho havia um ano, mas nada acontecera ainda.

– Já fiz de tudo – confidenciou-me. – Calendários de ovulação, dietas especiais, ficar de ponta-cabeça.

– Você já se consultou com um médico? – perguntei.

– Bem – disse ela –, estava pensando em me consultar com você.

Eu não aceitava pacientes que já conhecia. Não importa o que digam, é difícil ser um médico objetivo se quem está na mesa de cirurgia é uma pessoa que você ama. Você poderia argumentar que os riscos para uma obstetra eram sempre altos – e não há dúvidas de que me entrego cem por cento todas as vezes que entro na sala de parto –, mas os riscos eram um pouquinho maiores se a paciente tivesse uma conexão pessoal com você. Se você fracassasse, não estava apenas fracassando com sua paciente. Estava fracassando com sua amiga.

– Não acho que seja uma boa ideia, Charlotte – eu disse. – É um limite difícil de ultrapassar.

– Você está falando daquela coisa de "você-enfiou-a-mão-na-minha--cérvix-agora-como-vai-me-encarar-novamente-quando-formos-fazer-compras-juntas"?

Dei um sorriso.

– Nada disso. Quem viu um útero já viu todos – eu disse. – Só que um médico deve ser capaz de manter certa distância, e não se envolver pessoalmente.

– Mas é justamente por isso que você é perfeita para mim – Charlotte argumentou. – Qualquer outro médico nos ajudaria a conceber, mas na realidade não se importaria tanto. Quero alguém que se importe para além da responsabilidade profissional. Quero alguém que também deseje que eu tenha um bebê.

Falando assim, como eu poderia contradizê-la? Eu ligava para Charlotte todas as manhãs para rir das cartas ao editor no jornal local. Ela era a primeira pessoa que eu procurava quando estava furiosa com Rob e precisava relaxar. Eu sabia qual marca de xampu ela usava, de que lado ficava o tanque de combustível do carro dela, como ela preparava seu café. Charlotte era simplesmente minha melhor amiga.

– Tudo bem – eu disse.

Um sorriso surgiu-lhe no rosto.

– Começamos agora mesmo?

Soltei uma gargalhada.

– Não, Charlotte, não vou fazer um exame pélvico no chão da minha sala enquanto as meninas estão brincando lá em cima.

Em vez disso, pedi que ela fosse ao meu consultório no dia seguinte. Como ficou claro, não havia razão médica para que ela e Sean tivessem problemas para engravidar. Conversamos sobre como a qualidade dos óvulos diminui depois que a mulher passa dos trinta anos, o que significava que talvez demorasse um pouco mais para acontecer – mas ainda assim podia acontecer. Pedi que começasse a tomar ácido fólico e que mantivesse um registro da temperatura corporal basal. Disse a Sean (naquela que deve ter sido sua conversa preferida comigo até então) que eles deveriam fazer sexo com mais frequência. Durante seis meses, mantive um registro do calendário menstrual de Charlotte na minha própria agenda; eu ligava para ela no vigésimo oitavo dia e lhe perguntava se tinha ficado menstruada – e, durante seis meses, a resposta foi afirmativa.

– Talvez devêssemos conversar sobre remédios para fertilidade – sugeri. E, no mês seguinte, pouco antes da consulta dela com um especialista, Charlotte engravidou à moda antiga.

Tirando a demora, a gestação em si não teve nada de incomum. Os testes sanguíneos e as culturas de urina de Charlotte sempre se revelaram normais; sua pressão sanguínea nunca aumentou. Ela tinha náuseas sempre na mesma hora e me ligava depois de vomitar à meia-noite para me perguntar por que diabos eles chamavam isso de enjoo *matinal*.

Na décima primeira semana de gestação, ouvimos os batimentos do coraçãozinho do bebê pela primeira vez. Na décima quinta semana, pedi um exame de sangue para verificar a possibilidade de problemas neurológicos ou síndrome de Down. Dois dias mais tarde, quando os resultados chegaram, fui até a casa de Charlotte durante meu almoço.

– O que houve? – perguntou ela ao me ver à porta.

– O resultado dos seus exames. Temos que conversar.

Expliquei que os exames não eram totalmente seguros e que eles foram criados para apresentar uma taxa positiva de cinco por cento, o que significava que cinco por cento de todas as mulheres que faziam o teste ouviam do médico que tinham um risco um pouco maior do que a média de ter um bebê com síndrome de Down.

– Com base na sua idade, seu risco de ter um bebê com síndrome de Down é de um em duzentos e setenta – eu lhe expliquei. – Mas o exame de sangue dizia que, na verdade, no seu caso o risco era maior do que a média: uma chance em cento e cinquenta.

Charlotte cruzou os braços.

– Você tem algumas opções – eu disse. – Você tem um ultrassom agendado para daqui a três semanas. Podemos dar uma olhada durante o ultrassom e ver se há algum risco mesmo. Se ele revelar alguma coisa, podemos fazer um ultrassom nível 2. Se não, podemos reduzir a possibilidade novamente para uma em duzentas e cinquenta, o que é próximo da média, e

concluir que o teste de sangue apresentou uma leitura falsa. Mas lembre-se de que um ultrassom não é à prova de falhas. Se você quiser respostas precisas, terá de fazer uma amniocentese.
– Achei que isso pudesse causar um aborto – disse Charlotte.
– Pode. Mas o risco é de um em duzentos e setenta casos. Nessas circunstâncias, é um risco menor do que o de ter um bebê com síndrome de Down.
Charlotte passou a mão pelo rosto.
– Então, essa amniocentese – disse ela –, se ela revelar que o bebê tem... – sua voz falhou. – E aí?
Eu sabia que Charlotte era católica. Também sabia que, como médica, eu tinha a responsabilidade de dar a qualquer pessoa todas as informações que sabia sempre que possível. O que as pessoas decidiam fazer com essas informações, com base em suas crenças pessoais, cabia somente a elas.
– Nesse caso você pode optar ou não por um aborto – eu disse, calmamente.
Ela me encarou.
– Piper, eu dei duro para ter este bebê. Não vou desistir fácil assim.
– Você devia conversar sobre isso com o Sean...
– Vamos fazer o ultrassom – decidiu Charlotte. – Depois pensamos no que faremos.
Por causa de tudo isso, eu me lembro muito bem da primeira vez que vimos você na tela. Charlotte estava deitada na maca; Sean segurava a mão dela. Janine, a técnica que operava o aparelho de ultrassom, estava tomando as medidas antes que eu pudesse analisar os resultados. Estávamos procurando por sinais de hidroencefalia, defeitos nos coxins endocárdicos ou problemas na formação do abdômen, translucência nucal aumentada, osso nasal curto ou ausente, hidronefrose, intestino ecogênico, úmeros ou fêmures curtos – todos sinais usados em diagnósticos de ultrassom para síndrome de Down. Assegurei-me de que a máquina usada fosse a mais recente, novíssima, com a tecnologia mais avançada da época.
Janine entrou no meu consultório assim que terminamos o exame.
– Não estou vendo nenhum dos sinais comuns de síndrome de Down – disse ela. – A única anormalidade são os fêmures: eles estão no sexto percentil.
Obtemos leituras como esta o tempo todo – uma fração de milímetro para um feto pode parecer muito menor que o comum e, no sonograma seguinte, estar perfeitamente normal.

– Pode ser genético. A Charlotte é pequena.

Janine fez que sim.

– É, vou só anotar isso como algo para se observar. – Ela ficou um instante em silêncio. – Mas há algo de estranho.

Levantei rapidamente a cabeça do registro no qual estava escrevendo.

– O quê?

– Dê uma olhada nas imagens do cérebro quando você puder.

Senti um aperto no peito.

– Do cérebro?

– Ele parece anatomicamente normal. Mas é inacreditavelmente... claro. – Ela balançou a cabeça. – Nunca vi nada igual.

Então a máquina de ultrassom era excepcionalmente boa – eis por que Janine estava empolgada, mas eu não tinha tempo para me entusiasmar por conta de um equipamento.

– Vou lhes dar as boas notícias – eu disse, saindo para a sala de exames.

Charlotte sabia; ela soube assim que viu minha expressão.

– Ah, graças a Deus – disse, e Sean se aproximou para beijá-la. Então ela segurou minha mão. – Tem certeza?

– Não. Ultrassons não são uma ciência exata. Mas eu diria que as chances de ter um bebê normal e saudável aumentaram drasticamente. – Dei uma olhada na tela, a imagem congelada de você chupando o dedo. – Seu bebê – eu disse – parece perfeito.

No meu consultório, não defendemos o uso recreativo do ultrassom – em termos leigos, não o usamos para além das necessidades médicas. Mas, na vigésima sétima semana de gestação, Charlotte veio me buscar para irmos ao cinema e eu ainda estava trabalhando num parto no hospital. Uma hora mais tarde, encontrei-a no meu consultório, com os pés sobre a minha mesa, enquanto lia o exemplar recente de um jornal médico.

– Isso é fascinante – disse ela. – "Gerenciamento contemporâneo de neoplasia trofoblástica gestacional". Lembre-me de pegar um desses para ler da próxima vez que estiver com insônia.

– Desculpe – eu disse. – Não achei que demoraria tanto. Ela alcançou uma dilatação de sete centímetros e parou.

– Sem problemas. Não quero mesmo assistir a nenhum filme. O bebê dançou sobre a minha bexiga a tarde toda.

– Uma futura bailarina?

– Ou um jogador de futebol, se você acreditar no que o Sean diz. – Ela me encarou, tentando adivinhar, pela minha expressão, o sexo do bebê.

Sean e Charlotte haviam decidido não saber o sexo do bebê antes do parto. Quando os pais nos dizem isso, registramos no arquivo deles. Fiz um esforço fenomenal para não espiar durante o ultrassom e entregar inadvertidamente o segredo.

Eram sete horas. A recepcionista havia ido embora; todas as pacientes haviam ido embora. Charlotte pôde ficar me esperando porque todo mundo sabia que éramos amigas.

– A gente não precisaria contar a ele que sabemos – eu disse.

– Sabemos o quê?

– O sexo do bebê. Só porque perdemos o filme, não significa que não podemos assistir a outro...

Charlotte arregalou os olhos.

– Um ultrassom?

– Por que não? – perguntei, dando de ombros.

– É seguro?

– Totalmente. – Sorri para ela. – Vamos lá, Charlotte. O que você tem a perder?

Cinco minutos mais tarde, entramos na sala de ultrassom de Janine. Charlotte subira a camiseta até a altura do sutiã e as calças haviam sido abaixadas um pouco. Passei o gel na sua barriga e ela estremeceu.

– Desculpe – eu disse. – Isso é gelado.

Então peguei o transdutor e o passei sobre a pele dela.

Sua imagem surgiu na tela como uma sereia subindo à tona no mar: negra, por um momento, e depois lentamente se solidificando numa imagem reconhecível. Havia uma cabeça, uma espinha, sua mãozinha.

Passei o transdutor por um ponto entre suas pernas. Em vez dos ossos cruzados de um feto encolhido dentro do útero, as solas dos seus pés se tocavam e suas pernas formavam praticamente um círculo. A primeira fratura que vi foi a do fêmur. Ele estava angulado, muito torto, em vez de estar reto. Na tíbia, eu conseguia ver uma linha negra, outra fratura.

– E então? – perguntou Charlotte toda feliz, virando o pescoço para a tela. – Quando vou ficar sabendo se é menino ou menina?

Engoli em seco, movendo o transdutor para cima a fim de ver o peito e as costelas. Havia cinco fraturas cicatrizando ali.

A sala começou a girar ao meu redor. Ainda segurando o transdutor, inclinei-me, apoiando a cabeça entre os joelhos.

– Piper? – perguntou Charlotte, apoiando-se nos cotovelos.

Eu havia aprendido sobre osteogênese imperfeita na faculdade de medicina, mas jamais vira um caso. Lembrei-me de imagens de fetos com fraturas intrauterinas, como as suas. Fetos que morreram durante o parto ou pouco depois.

– Piper? – repetiu Charlotte. – Você está bem?

Levantando a cabeça, respirei fundo.

– Sim – eu disse, com a voz trêmula. – Mas, Charlotte... sua filha não.

Sean

A PRIMEIRA VEZ QUE OUVI AS PALAVRAS *OSTEOGÊNESE IMPERFEITA* FOI LOGO DEpois que Piper levou Charlotte, histérica, para casa, depois daquele ultrassom improvisado no consultório. Com Charlotte chorando em meus braços, eu tentava entender as palavras que Piper me atirava como mísseis: deficiência de colágeno, ossos angulados e espessos, costelas fraturadas. Piper já havia até chamado uma colega, o dra. Del Sol, médica especializada em obstetrícia de alto risco no hospital. Tínhamos outro ultrassom marcado para as sete e meia da manhã.

Eu havia acabado de voltar do trabalho – um dia infernal, porque chovera a tarde e a noite toda. Meus cabelos ainda estavam úmidos do banho, minha camisa grudava na pele molhada das costas. Amelia estava no andar de cima vendo TV em nosso quarto e eu tomava sorvete diretamente do pote, quando Piper e Charlotte chegaram em casa.

– Droga – eu disse. – Você me pegou em flagrante.

Foi só então que percebi que Charlotte estava chorando.

Nunca deixou de me impressionar o fato de que um dia normal podia se transformar num dia catastrófico num piscar de olhos. Imagine uma mulher no volante de um carro que se vira para dar um brinquedo a seu filho que está no banco de trás e se envolve num grave acidente no instante seguinte. Ou o estudante que bebe ruidosamente uma cerveja na varanda enquanto nos aproximamos para prendê-lo por atacar sexualmente outro estudante. A esposa que abre a porta para encontrar o policial anunciando a morte do marido. No meu trabalho, geralmente estou presente no momento de transição, quando o mundo como você sempre o conheceu se torna um desastre pelo qual você jamais esperava – mas nunca fui eu a receber as más notícias antes.

Minha garganta parecia fechada com chumaços de algodão.
– A situação é muito ruim?
Piper desviou o olhar.
– Não sei.
– Essa tal de osteopato...
– Osteogênese imperfeita.
– Como se cura isso?
Charlotte se afastara de mim, o rosto inchado de tanto chorar, os olhos vermelhos.
– Não tem cura – disse ela.

Naquela noite, depois que Piper foi embora e Charlotte finalmente caiu no sono, entrei na internet e procurei por informações no Google. Havia quatro tipos de OI, além de mais três recentemente identificados, mas apenas dois apresentavam fraturas no útero. Na do tipo II, as crianças morriam antes do parto ou pouco depois. Na do tipo III, as crianças sobreviviam, mas podiam ter fraturas nas costelas que causavam problemas respiratórios graves. As anormalidades ósseas só se agravavam com o tempo. As crianças afetadas talvez jamais chegassem a andar.
Outras palavras começaram a surgir na tela:

Ossos retorcidos. Vértebras frágeis. Pino intramedular.
Baixa estatura – algumas pessoas alcançam apenas noventa centímetros de altura.
Escoliose. Perda de audição.
Parada respiratória é a causa mais comum de morte, seguida por traumas.
Como a OI é uma doença genética, não há cura.

E:

Quando diagnosticada no útero, a maioria das gestações é interrompida.

Abaixo disso, havia uma fotografia de uma criança morta com OI do tipo II. Eu não conseguia desviar o olhar das pernas retorcidas, do torso inclinado. Era assim que nosso bebê seria? Em caso afirmativo, não seria melhor que nascesse morto?

Ao pensar isso, fechei os olhos e rezei para que Deus não estivesse ouvindo. Eu a teria amado se você tivesse nascido com sete cabeças e um rabo. Eu a teria amado se você nunca respirasse ou abrisse os olhos para me ver. Eu *já* a amava, e isso não mudaria porque havia algo de errado com a formação de seus ossos.

Limpei rapidamente o histórico de busca, para que Charlotte não visse acidentalmente a fotografia quando entrasse na internet, e fui devagar para o andar de cima. Despi-me no escuro e me deitei na cama ao lado da sua mãe. Quando a abracei, ela se ajeitou para chegar mais perto de mim. Deixei que minha mão deslizasse até a barriga dela e nesse momento você chutou, como se dissesse para eu não me preocupar, não acreditar nas palavras que lera.

No dia seguinte, depois de outro ultrassom e um exame de raio x, a dra. Gianna Del Sol nos encontrou em seu consultório para discutir os resultados.

– O ultrassom mostrou o crânio desmineralizado – explicou ela. – Os ossos longos são três vezes menores que a média e são angulados e espessos, o que nos mostra fraturas que já cicatrizaram e outras novas. Os exames de raio x nos deram uma ideia melhor das fraturas nas costelas. Tudo isso indica que seu bebê tem osteogênese imperfeita.

Senti Charlotte tirar a mão de baixo da minha.

– Com base no fato de que estamos vendo fraturas múltiplas, parece que estamos diante de um tipo II ou III.

– Um é pior do que o outro? – perguntou Charlotte. Abaixei a cabeça, porque já sabia a resposta.

– As crianças com o tipo II geralmente não sobrevivem ao parto. As do tipo III têm deficiências significativas e às vezes morrem precocemente.

Charlotte começou a chorar novamente; a dra. Del Sol lhe entregou uma caixa de lenços de papel.

– É muito difícil dizer se uma criança tem o tipo II ou III. O tipo II pode, às vezes, ser diagnosticado por ultrassom na décima sexta semana e as do tipo III na décima oitava. Mas cada caso é único, e seu primeiro ultrassom não revelou fratura alguma. Por causa disso, não podemos lhe dar um prognóstico preciso, a não ser o fato de que o melhor cenário será grave, e o pior, fatal.

Olhei para ela.

– Então, mesmo que você ache que a doença é do tipo II e que o bebê não tem chance de sobreviver, talvez a gente tenha alguma sorte?

– É possível – disse a dra. Del Sol. – Li um caso sobre pais que receberam um prognóstico fatal e mesmo assim optaram por dar continuidade à gestação e tiveram uma criança com OI do tipo III. Mas essas crianças têm deficiências muito graves. Elas terão centenas de fraturas durante a vida. Talvez não consigam andar. Pode haver problemas respiratórios e nas articulações, dores nos ossos, fraqueza muscular e deformidades cranianas e na coluna. – Ela hesitou. – Há lugares que podem ajudá-la, se a interrupção for algo que você esteja considerando.

Charlotte estava na vigésima sétima semana de gestação. Que clínica faria um aborto a essa altura?

– Não estamos interessados em interromper a gestação – eu disse, e olhei para Charlotte em busca de uma confirmação, mas ela estava encarando a médica.

– Já houve algum caso de OI do tipo II ou III nascido aqui? – ela perguntou.

A dra. Del Sol fez que sim.

– Há nove anos. Eu não estava aqui na época.

– Quantas fraturas *aquele* bebê teve ao nascer?

– Dez.

Então Charlotte sorriu pela primeira vez desde a noite passada.

– O meu bebê só tem sete – disse. – Então já é melhor, não?

A dra. Del Sol hesitou.

– Aquele bebê não sobreviveu – disse.

Certa manhã, quando o carro de Charlotte estava na oficina, eu levei você para a fisioterapia. Uma moça muito gentil com uma falha entre os dentes, chamada Molly ou Mary (sempre esqueço), a fez balançar sobre uma enorme bola vermelha, o que você gostou. Depois você fez abdominais, o que você odiou. Todas as vezes que você se dobrava para o lado do seu ombro fraturado, apertava os lábios e lágrimas caíam do canto de seus olhos. Acho que nem você sabia que estava chorando – mas, depois de observá-la por cerca de dez minutos, não aguentei mais. Disse a Molly/Mary que tínhamos outro compromisso, uma mentira deslavada, e a sentei na sua cadeira de rodas.

Você odiava usar a cadeira de rodas e eu não podia culpá-la por isso. Uma boa cadeira de rodas pediátrica se adapta bem ao paciente, e assim você se sentiria confortável, segura e ao mesmo tempo teria mais mobilidade. Mas elas custavam mais de dois mil e oitocentos dólares, e o seguro só pagaria por uma a cada cinco anos. A cadeira de rodas que você usava nessa época fora feita sob medida quando você tinha dois anos, e você havia crescido consideravelmente desde então. Eu mal podia imaginar como você se espremeria nela até os sete anos.

Na parte de trás da cadeira, eu pintara um coração rosa e a palavra FRÁGIL. Empurrei-a até o carro e a coloquei no seu assento, depois dobrei a cadeira de rodas e a guardei no porta-malas da van. Quando me sentei no banco do motorista e olhei pelo espelho retrovisor para ver se estava tudo bem, você estava segurando seu braço dolorido.

– Papai – você disse –, não quero mais voltar lá.

– Eu sei, querida.

De repente eu soube o que fazer. Passei reto pela nossa saída na autoestrada, segui até o hotel Comfort Inn, em Dover, e paguei sessenta e nove dólares por um quarto que não tinha planos de usar. Presa à sua cadeira de rodas, eu a empurrei até a piscina coberta.

Ela estava vazia naquela manhã de terça-feira. O lugar cheirava a cloro e havia seis espreguiçadeiras espalhadas, em variados estados de decomposição. Uma claraboia era responsável pelo baile de luzes na superfície da água. Havia uma pilha de toalhas verdes e brancas sobre um banco, com um cartaz que dizia: "Nade por sua conta e risco".

– Wills – eu disse –, eu e você vamos nadar.

Você me encarou.

– A mamãe disse que não posso, até que meu ombro...

– A mamãe não está aqui para ver, está?

Um sorriso se espalhou pelo seu rosto.

– E quanto às nossas roupas para nadar?

– Bem, isso faz parte do plano. Se formos para casa para pegar nossas roupas, a mamãe vai saber que tem algo de errado, não é? – Tirei a camiseta e o tênis e fiquei em pé diante de você usando apenas minhas bermudas velhas. – Já estou pronto.

Você riu e tentou tirar sua camiseta, mas não conseguia levantar o braço o suficiente. Ajudei-a e depois abaixei com dificuldade suas calças, até que você estivesse sentada na cadeira de rodas só de calcinha. Ela trazia a inscrição "quinta-feira" na parte da frente, mas era terça. Na parte de trás, uma carinha sorridente amarela.

Depois de quatro meses na tala ortopédica, suas pernas estavam finas e brancas, fracas demais para suportá-la. Mas eu a segurei pelos braços enquanto você caminhou rumo à água e depois eu a sentei nos degraus. De uma caixa na parede oposta, peguei um colete salva-vidas para crianças e o vesti em você. Carreguei-a nos braços até o meio da piscina.

– Os peixes podem nadar a cento e dez quilômetros por hora – você disse, segurando-se em meus ombros.

– Impressionante.

– O nome mais comum dado a peixinhos dourados é Tubarão. – Você passou o braço em volta do meu pescoço, apertando forte. – A lata de Diet Coke flutua numa piscina. Já a de Coca-Cola normal afunda...

– Willow – eu disse –, sei que você está nervosa. Mas se não fechar a boca, vai engolir um bocado de água.

E a soltei.

Como era de esperar, você entrou em pânico. Seus braços e pernas começaram a se mover para todos os lados, e a força combinada fez com que você virasse de costas e ficasse olhando para o teto.

– Papai! Papai! Estou me afogando!

– Não está não. – Eu a ergui. – Tudo se resume aos músculos da barriga. Os músculos que você não quis exercitar hoje na fisioterapia. Pense em se mover lentamente e ficar reta. – Com mais cuidado desta vez, eu a soltei.

Você sacolejou, com a boca afundando na água. Imediatamente a resgatei, mas você se endireitou.

– Eu consigo – você disse, talvez para mim, talvez para si mesma. Você moveu um braço e depois o outro pela água, compensando a dor no ombro que ainda estava cicatrizando. Você pedalou com as pernas, e, aos poucos, aproximou-se de mim.

– Papai! – você gritou, embora eu estivesse a apenas sessenta centímetros. – Papai! Olhe só para mim!
Eu a vi nadar para frente, centímetro a centímetro.
– Olhe só para você – eu disse, enquanto você remava sob o peso da sua própria convicção. – Olhe só para você.

– Sean – disse Charlotte naquela noite, depois de eu ter achado que ela já estava dormindo ao meu lado –, Marin Gates me ligou hoje.
Eu estava de lado, olhando para a parede, e sabia por que a advogada havia ligado para Charlotte: porque eu não havia respondido às seis mensagens que ela deixara no meu celular, perguntando-me se eu já havia assinado os documentos para entrar com o processo por nascimento indevido – ou se eles haviam se extraviado no correio.
Eu sabia exatamente onde estavam aqueles documentos: dentro do porta-luvas do carro, onde os guardei depois que Charlotte me entregou fazia um mês.
– Vou dar um jeito nisso – eu disse.
Ela passou a mão sobre meu ombro.
– Sean...
Virei-me na cama.
– Você se lembra de Ed Gatwick? – perguntei.
– Ed?
– É. O cara com quem me formei na academia de polícia? Ele estava trabalhando em Nashua. Na semana passada ele respondeu a um chamado de alguém que estava denunciando atividades suspeitas numa residência ao lado da dele. Ele disse ao parceiro que estava com mau pressentimento sobre isso, mas mesmo assim entrou na casa, onde um laboratório de fabricação de meta-anfetamina na cozinha explodiu bem na cara dele.
– Que horrível...
– O que estou querendo dizer – interrompi – é que você sempre deve dar ouvidos aos seus instintos.
– É o que estou fazendo – disse Charlotte. – Foi o que fiz. Você ouviu o que Marin disse. A maior parte desses casos acaba com um acordo. É dinheiro. Dinheiro que podemos usar para o bem da Willow.
– É, e a Piper se torna o bode expiatório.

Charlotte ficou em silêncio.
— Ela tem seguro contra erro médico.
— Acho que ele não a protege de ser traída pela melhor amiga.

Ela se enrolou no lençol e se sentou na cama.
— Ela faria isso se a filha fosse *dela*.

Eu a encarei.
— Acho que não. Acho que a *maioria* das pessoas não faria isso.
— Bem, não me importo com o que os outros pensam. A opinião da Willow é a única que conta – disse Charlotte.

Percebi, então, que foi por isso que eu não havia assinado aqueles malditos documentos. Como Charlotte, eu só estava pensando em você. Eu estava imaginando o momento em que você se daria conta de que eu não era um guerreiro com uma armadura reluzente. Eu sabia que isso aconteceria um dia – é isso que chamam de amadurecer. Mas eu não queria apressar as coisas. Queria ser seu defensor enquanto conseguisse manter sua confiança em mim.

— Se a opinião da Willow é a única que conta – eu disse –, como você vai explicar a ela o que está fazendo? Quero dizer, se você quer mentir no tribunal, dizer que a teria abortado, problema seu. Mas, para a Willow, vai parecer verdade.

Lágrimas jorravam dos olhos de Charlotte.
— Ela é inteligente. Ela vai entender que não importa o que tudo isso parece ser. Ela vai saber que, no fundo, eu a amo.

Era um beco sem saída. Minha recusa em assinar aqueles papéis não significava que Charlotte não tentaria seguir em frente sem mim. Se eu me recusasse a assiná-los, o abismo entre nós a magoaria também. Mas e se a previsão de Charlotte se provasse verdadeira – se o dinheiro que conseguíssemos com o acordo justificasse qualquer coisa de errado que tenhamos feito para consegui-lo? E se esse processo lhe proporcionasse qualquer aparelho de que precisasse, qualquer terapia que nosso seguro não cobrisse?

Se eu queria mesmo o que era melhor para você, como eu poderia assinar aqueles papéis?

E como poderia *não* assiná-los?

De repente, eu queria fazer com que Charlotte visse como isso estava me arruinando por dentro. Queria que ela sentisse a mesma náusea que eu sentia ao abrir o porta-luvas e ver aquele envelope. Era como a caixa de Pandora – ela a abrira e o que havia dentro era a solução para um problema que nunca imaginamos que podia ser solucionado. Fechar a tampa agora não mudaria nada; não podíamos desaprender o que já sabíamos que era possível.

Acho que, se estivesse sendo honesto, eu queria puni-la por me colocar nessa situação em que não havia certo ou errado, branco ou preto, e sim milhares de tons de cinza.

Charlotte ficou surpresa quando a abracei e a beijei. Ela se afastou a princípio, olhando para mim, e depois se recostou no meu corpo, confiando em mim para guiá-la por uma estrada estonteante para onde eu já a havia levado mil vezes antes.

– Eu amo você – eu disse. – Você acredita nisso?

Charlotte fez que sim e, logo depois, afundei os dedos em seus cabelos, forçando sua cabeça para trás e a imprensando contra o colchão.

– Sean, você está me apertando – sussurrou ela, e eu lhe cobri a boca com uma das mãos e abri bruscamente os botões do seu pijama com a outra. Abri caminho para dentro dela, mesmo que ela lutasse contra mim, mesmo que eu a visse recuar com surpresa e até dor, mesmo quando seus olhos se encheram de lágrimas. – Não importam as aparências – sussurrei, suas próprias palavras a atingindo como uma chicotada. – No fundo você sabe que eu te amo.

Comecei isso para que Charlotte se sentisse mal, mas, de algum modo, eu me senti mal no final. Assim, saí de cima dela, levantando as cuecas. Charlotte se virou para o outro lado, encolhendo-se.

– Seu filho da puta – disse ela, chorando. – Seu filho da puta.

Ela tinha razão; eu *era* um filho da puta. Tinha de ser, senão não teria sido capaz de fazer o que fiz depois: fui até o carro e peguei aqueles papéis no porta-luvas. Sentei na escuridão da cozinha a noite toda, olhando para os documentos, como se as palavras fossem se reorganizar em algo mais aceitável. Bebi um gole de uísque para cada linha em que Marin Gates havia colocado uma seta amarela, apontando para o lugar onde eu deveria assinar.

Dormi na mesa da cozinha e acordei antes do nascer do sol. Quando entrei sorrateiramente no quarto, Charlotte ainda dormia. Ela estava de lado, encolhida feito uma cobra, o lençol e o cobertor embolados na ponta da cama. Eu a cobri cuidadosamente, do mesmo jeito que às vezes eu fazia quando você se descobria sem querer.

Deixei os documentos, devidamente assinados, no travesseiro ao lado do dela. Com um bilhete preso com clipe em cima. "Desculpe", eu havia escrito. "Perdoe-me."

Então fui trabalhar, perguntando-me o tempo todo se o destinatário daquela mensagem era Charlotte, você ou eu mesmo.

Amelia
Fim de agosto de 2007

VAMOS DIZER DESDE JÁ QUE MORÁVAMOS NO MEIO DO MATO, E, AINDA QUE MEUS PAIS achassem que seria um enorme benefício para mim mais tarde (Por quê? Porque conheço o cheiro de verdura fresca? Porque não tínhamos de trancar a porta da frente?), eu queria ter direito a voto quando se tratava de escolher um lugar para morar. Você tem alguma ideia do que significa não poder ter internet banda larga quando até os esquimós têm? Ou ter de comprar roupas no Walmart porque o shopping mais próximo fica a uma hora e meia de distância? Ano passado, na matéria de estudos sociais, quando estudávamos castigos cruéis e incomuns, escrevi uma redação sobre viver num lugar em que as oportunidades de comércio variam entre zero e nada. E, apesar de todo mundo na minha sala concordar comigo, tirei nota sete, porque minha professora fazia o tipo hippie de tamancos de madeira, que só comia granola e achava que Bankton, New Hampshire, era o melhor lugar do mundo.

Hoje, porém, todos os planetas devem estar alinhados, porque minha mãe concordou em fazermos uma pequena viagem até a Target com você, Piper e Emma.

A ideia foi de Piper – pouco antes de começar o ano escolar, às vezes ela resolvia fazer uma extravagância de compras entre mãe e filha. Minha mãe geralmente tinha de ser convencida a acompanhá-las, porque parecia nunca ter dinheiro o bastante. Inevitavelmente, Piper acabava comprando coisas para mim, e minha mãe se sentia culpada e jurava que jamais faria compras com Piper novamente. "Qual o problema?", diria Piper. "Gosto de deixar as meninas felizes." Qual era mesmo o problema? Se Piper queria encher meu guarda-roupa, eu não ia lhe negar essa pequena alegria.

Esta manhã, quando Piper ligou, porém, achei que minha mãe aproveitaria a oportunidade. Você mais uma vez conseguiu perder um par de sapatos sem nem mesmo usá-los. Geralmente era apenas um ou outro pé – o esquerdo ficava gasto enquanto o direito ficava preso num gesso durante meses –, mas, com a tala ortopédica que você usou durante a primavera, seus dois pés cresceram igualmente e as solas dos seus sapatos estavam praticamente intactas. Agora – seis meses mais tarde, quando você estava oficialmente reaprendendo a andar –, minha mãe levou uma semana inteira para entender por que você reclamava toda vez que ela a fazia usar o andador para ir ao banheiro sozinha, e isso não tinha nada a ver com a dor nas suas pernas, e sim com seus pés encolhidos dentro de tênis apertados demais.

Para minha surpresa, minha mãe não quis ir. Ela estava muito estranha mesmo; praticamente deu um pulo quando me aproximei por trás enquanto ela bebia uma xícara de café e lia alguns documentos jurídicos que pareciam totalmente entediantes e cheios de palavras como *status quo* e *cujos*. E quando Piper ligou e eu lhe passei o telefone, ela o derrubou duas vezes.

– Não posso – ouvi-a dizer a Piper. – Tenho algumas coisas muito importantes para fazer.

– Por favor, mamãe – pedi, dançando ao redor dela. – Prometo que não vou aceitar nem um chiclete de Piper. Não como da última vez.

Algo que eu disse deve tê-la tocado, porque ela olhou para aqueles documentos e depois para mim.

– Última vez – repetiu distraidamente e, quando dei por mim, já estávamos a caminho de Concord para fazer compras.

Minha mãe ainda estava um pouco alheia a tudo, mas não percebi. A van de Piper tinha um sistema de DVD, e você, eu e Emma tínhamos fones de ouvido sem fio, assim podíamos assistir a *De repente 30* – o melhor filme de todos os tempos. A última vez que havia assistido a esse filme foi na nossa casa, e Piper fez toda a coreografia de "Thriller" junto com Jennifer Garner, e Emma disse que queria morrer de vergonha. Mas, secretamente, eu achava muito legal que Piper fosse capaz de lembra os passos da dança.

Duas horas mais tarde, Emma e eu estávamos passeando pela seção de roupas de adolescentes. A maioria dos estilos de roupas parecia ter sido criada pela Companhia das Roupas Repugnantes de Vagabundas, com decotes em V que iam até o umbigo e calças de cintura tão baixa que podiam ser confundidas com meiões. Apesar disso, era emocionante comprar em outra seção que não fosse a de roupas infantis. Pelo corredor, Piper empurrava sua cadeira de rodas, passeando por corredores que *não* eram feitos para pessoas com deficiência. Enquanto isso, minha mãe – cujo humor havia piorado, como se fosse possível – continuava se ajoelhando para experimentar tênis em seus pés.

– Você sabia que essas proteções de plástico na ponta dos cadarços são chamadas de agulhetas? – você perguntou.

– Na verdade eu sabia – disse ela, irritada. – Porque você me contou da última vez que fiz isso.

Observei enquanto Emma ficava na ponta dos pés para pegar uma blusa que deixaria, como minha mãe dizia, o corpo todo à mostra.

– Emma! – eu disse. – Você só pode estar brincando!

– Isso se usa com uma regata por baixo – disse ela, e eu fingi que sabia disso o tempo todo. A verdade é que Emma provavelmente poderia vestir aquela blusa e parecer ter dezesseis anos, porque ela já tinha um metro e setenta, era alta e magra como a mãe. Eu não usava regata. Era deprimente demais saber que minha barriga era bem maior do que meus seios.

Enfiei a mão no bolso da minha blusa. Lá dentro havia um saco plástico. Eu o carregava por todos os lados havia uma semana. Duas vezes eu vomitara em lugares que não eram banheiros – uma vez atrás do ginásio da escola e outra vez na cozinha de Emma, enquanto ela estava no andar de cima procurando um CD. Eu vomitava quando chegava ao ponto em que isso era tudo em que conseguia pensar – *Será que vão me descobrir? Será que isso vai aliviar a dor na minha barriga?* –, e a única maneira de me livrar desses pensamentos era desistir e vomitar mesmo, mas, depois, eu me odiava por não ter me segurado.

– Isso ficaria bem em você – disse Emma, segurando uma calça de moletom grande o bastante para vestir um elefante.

– Não gosto de amarelo – eu disse, e fui para o outro lado do corredor.

Piper e minha mãe estavam no meio de uma conversa. Bem, não era exatamente isso. Piper estava no meio de uma conversa e minha mãe estava fisicamente presente no mesmo espaço. Ela estava fora de órbita, assentindo com a cabeça de vez em quando, mas sem prestar atenção. Mamãe achava que podia enganar as pessoas, mas ela não era muito boa atriz.

Você, por exemplo. Quantas brigas ela e o papai tiveram sobre contratar um advogado enquanto estávamos sentadas no quarto ao lado? Depois, quando você perguntava o que eles estavam discutindo, ela insistia em dizer que não estavam discutindo nada. Será que mamãe realmente achava que você estava tão envolvida assistindo a *Drake & Josh* a ponto de não prestar atenção em cada palavra que eles diziam?

Eu *queria* que ela ouvisse. Queria que mamãe pudesse ouvir as coisas que você me perguntava à noite, na cama, antes de dormirmos: "Amelia, vamos viver para sempre? Amelia, você me ajuda a escovar os dentes para que eu não tenha que pedir à mamãe? Amelia, seus pais podem lhe enviar de volta para o lugar de onde você veio?"

Era de surpreender que eu ficasse me encarando no espelho, vendo meu rosto nojento e meu corpo mais nojento ainda? Minha mãe ia ao advogado para mover uma ação sobre uma criança que nascera imperfeita.

– Onde está Emma? – perguntou Piper.

– Na seção de adolescentes, dando uma olhada nos tops.

– Decentes, ou do tipo justo que parece um anúncio de filme pornô? – perguntou Piper. – Algumas das roupas que eles fazem para crianças da idade de vocês deviam ser ilegais.

Eu ri.

– A Emma pode contratar um advogado. Conhecemos um bom.

– Amelia! – gritou minha mãe. – Olhe só o que você me fez fazer! – Mas ela disse isso *antes* de conseguir derrubar um mostruário cheio de blusas.

– Ah, que droga – disse Piper, apressando-se para arrumar as roupas. Sobre a cabeça da amiga, minha mãe acenou como se dissesse para eu ficar calada.

Ela estava furiosa comigo e eu nem sabia por quê. Entrei no meio da selva de roupas de meninas, as mãos abertas para rasparem pelas trepadeiras de calças e mangas de camisas. Abaixei a cabeça quando passei por Emma novamente. O que fiz de errado?

E o que *não faço* de errado?

Parecia que ela estava furiosa comigo porque eu mencionara o advogado diante de Piper. Mas Piper era sua melhor amiga. Toda essa coisa jurídica estava espalhada pela casa como um elefante sobre a mesa de jantar que todos nós fingíamos não estar metendo a tromba enorme e nojenta na tigela de purê de batatas. Mamãe não poderia ter se esquecido de falar sobre isso com Piper, não é mesmo?

A não ser... que ela intencionalmente não tivesse falado.

Seria por isso que mamãe não queria sair para fazer compras com Piper? Porque ultimamente não visitávamos a casa de Piper quando estávamos por perto, como fazíamos antes? Quando minha mãe falava sobre danos e sobre ganhar dinheiro o bastante para cuidar de você da melhor maneira possível, eu não havia parado para pensar direito na pessoa que estava do outro lado da ação.

Se fosse o médico que a acompanhou durante a gravidez... bem, esse médico, ou melhor, médica, era Piper.

De repente eu não era a única pessoa na vida da minha mãe que se revelara uma decepção. Mas, em vez de me sentir aliviada, eu me senti enojada.

Levantei-me, andando a esmo pelos corredores, até me encontrar diante da seção de lingeries. Já estava chorando e, para minha sorte, a única funcionária da Target no andar, além das caixas, estava bem à minha frente.

– Querida – chamou ela. – Você está bem? Está perdida?

Como se eu tivesse cinco aninhos e tivesse me perdido da minha mãe. O que, na verdade, não era tão errado assim.

– Estou bem – eu disse, abaixando a cabeça. – Obrigada.

Passei por ela correndo e segui em direção aos sutiãs, e um deles ficou preso na minha manga. Era rosa e de seda, com bolinhas marrons. Parecia o tipo de coisa que Emma usaria.

Em vez de devolvê-lo à gôndola, coloquei-o no bolso, perto do saquinho plástico. Agarrei-o com os dedos e dei uma olhada para ver se a funcionária estava me observando. O cetim parecia frio entre meus dedos. Eu podia jurar que ele estava pulsando, como se tivesse um coração secreto.

– Tem certeza que você está bem? – perguntou novamente a mulher.

– Sim – eu disse, mentindo descaradamente e lembrando que, apesar de odiá-la naquele momento, eu ainda era filha da minha mãe.

Piper
Setembro de 2007

Eu sempre disse que a melhor parte do meu trabalho era que o trabalho de fato era todo da mãe, e eu basicamente monitorava o que estava acontecendo, garantindo que tudo continuasse tranquilo.
– Certo, Lila – eu disse, tirando a mão do meio das pernas dela. – Temos dez centímetros. Quase lá. Você tem que empurrar agora.
Ela fez que não.
– *Você* faz isso – ela resmungou.
Lila estava em trabalho de parto havia dezenove horas, eu entendia completamente por que ela queria transferir a tarefa.
– Você está tão linda! – tentou o marido dela, segurando-a pelos ombros.
– Você é um babaca! – xingou Lila. Mas, assim que uma contração a atingiu inteira, ela fez força e empurrou. Eu podia sentir a cabeça do feto deslizando e se aproximando, e mantive as mãos ali para evitar que o bebê saísse rápido demais, rompendo o períneo.
– Mais uma vez – eu disse. Dessa vez, a cabeça saiu como uma onda e, à medida que a boca e o nariz rompiam a pele de Lila, eu os limpava. O restante da cabeça saiu e passei o cordão umbilical sobre ela, apoiando o bebê ao mesmo tempo em que o virava para controlar a passagem dos ombros. Cinco segundos mais tarde, o bebê se equilibrava em minhas mãos.
– É um menino – eu disse, e ele anunciou, com um choro saudável, sua própria presença.
O cordão umbilical foi preso e o marido de Lila o cortou.
– Ah, querida – disse ele, beijando-a na boca.
– Ah, querido – repetiu Lila, enquanto seu filho recém-nascido era colocado em seus braços pela enfermeira da obstetrícia.
Sorri e reassumi minha posição aos pés da mesa de parto. Agora vinha a parte chata do feliz acontecimento: esperar que a placenta descesse como

uma visita atrasada; verificar se havia lacerações na vagina, na cérvix e na vulva e repará-las se necessário; fazer um exame retal com o dedo. Para ser honesta, os pais geralmente estão tão envolvidos com o recém-chegado que algumas mulheres nem sequer notavam o que estava acontecendo abaixo da cintura.

Dez minutos mais tarde, dei os parabéns ao casal, tirei as luvas, lavei as mãos e saí para começar a preencher uma montanha de documentos. Eu mal havia dado dois passos para fora quando um homem usando calça jeans e camisa polo se aproximou. Ele parecia perdido, como um pai hesitante no corredor da obstetrícia à procura da esposa.

– Posso ajudá-lo? – ofereci.
– A senhora é a dra. Reece? Dra. Piper Reece?
– Em pessoa.

Ele pôs a mão no bolso de trás da calça, tirou de lá o que parecia um folheto azul e me entregou.

– Obrigado – disse ele, dando meia-volta.

Abri o documento e li as palavras "AÇÃO POR NASCIMENTO INDEVIDO".

Nascimento de uma criança sem saúde.
O direito dos pais se baseia na negligente omissão da acusada de mencionar a eles o direito de não conceberem a criança ou evitarem seu nascimento.
Negligência médica.
Acusada falhou no exercício da profissão.
Os autores da ação sofreram perdas e danos.

Eu nunca fora processada antes, mas, como todo obstetra, tinha um seguro para casos de erro médico. De certo modo, eu sabia que a falta de processos era pura sorte – que isso aconteceria cedo ou tarde. Só não esperava senti-lo como uma afronta tão pessoal.

Houve certas tragédias durante minha carreira – bebês natimortos e mães com complicações durante o parto que causaram hemorragias e até mesmo morte cerebral. Eu levava esses incidentes comigo, todos os dias; não precisava de um processo para que me lembrasse deles; e me perguntava o que eu poderia ter feito de diferente.

Que desastre dera início a isso? Meus olhos procuraram no alto da página novamente, lendo o nome dos autores, o que, de algum modo, eu ignorara a princípio.

De repente, perdi a visão. O espaço entre meus olhos e o papel se encheu de vermelho, como o sangue que latejava tão alto em meus ouvidos que não ouvi a enfermeira perguntar se estava tudo bem. Saí pelo corredor até a recepção à procura da primeira porta que pudesse encontrar – e entrei num deposito cheio de gazes e lençóis.

Minha melhor amiga estava me processando por erro médico.

Por nascimento indevido.

Por não ter lhe dito antes sobre sua doença, de modo que ela tivesse a oportunidade de abortar a criança que me implorara para ajudar a conceber.

Sentei no chão e segurei a cabeça com as mãos. Há uma semana, fomos à Target com as meninas. Eu a levei para almoçar num bistrô italiano. Charlotte experimentara uma calça preta e rimos da cintura baixa e de que deveria haver tiras de apoio para mulheres que passaram dos quarenta. Compramos pijamas iguais para Emma e Amelia.

Passamos sete horas juntas, e em nenhuma ocasião ela mencionou que estava me processando.

Peguei meu celular do estojo na cintura e liguei para Charlotte – número de discagem rápida três, logo depois de Casa e Consultório do Rob.

– Alô? – atendeu Charlotte.

Demorei um pouco para conseguir falar.

– O que é isso?

– Piper?

– Como você *pôde*? Tudo esteve bem durante cinco anos e de repente, do nada, você me processa?

– Não acho que deveríamos conversar sobre isso por telefone...

– Pelo amor de Deus, Charlotte. Eu mereço isso? O que foi que eu te fiz?

Fez-se um silêncio.

– É o que você *não* fez – Charlotte disse e desligou.

Os prontuários médicos de Charlotte estavam no meu consultório, a dez minutos de carro da maternidade. Quando entrei, minha recepcionista se espantou:

– Achei que você estivesse no meio de um parto – disse ela.

– Acabou.

Passei por ela, entrei no arquivo e peguei o prontuário de Charlotte. Depois voltei para o carro.

Sentei-me no banco do motorista com o prontuário no colo. *Não pense nisso como Charlotte*, disse a mim mesma. *É só uma paciente como outra qualquer.* Mas, quando tentei me recompor para abrir a pasta com as abas brilhantes na ponta, não consegui.

Fui até o consultório de Rob. Ele era o único ortodontista em Bankton, New Hampshire, e praticamente detinha o monopólio do mercado adolescente dali, mas ainda estava longe de tornar a experiência algo de que algum jovem gostasse. No canto do consultório havia uma televisão, que passava uma comédia banal de adolescentes. Havia uma máquina de fliperama e um computador no qual os pacientes podiam jogar videogame. Aproximei-me da recepcionista dele, Keiko.

– Oi, Piper – disse ela. – Uau, acho que não te vejo faz uns bons seis meses...

– Preciso ver Rob – interrompi. – Agora. – Segurei o prontuário com mais força. – Pode lhe dizer que vou encontrá-lo na sala dele?

Ao contrário do meu consultório, que era pintado com todas as cores do mar e planejado para deixar uma mulher à vontade, apesar dos modelos em gesso do desenvolvimento fetal que pontuavam as prateleiras como pequenos budas, o consultório de Rob era luxuoso, almofadado, masculino. Ele tinha uma mesa enorme, estantes de mogno e gravuras de Ansel Adams na parede. Sentei-me na poltrona de couro e a girei uma vez. Sentia-me pequena ali. Inconsequente.

Fiz a única coisa que queria fazer já há duas horas: chorei.

– Piper? – disse Rob ao entrar e me ver soluçando. – O que aconteceu? – Ele se aproximou rapidamente de mim, cheirando a pasta de dente e café ao me envolver em seu abraço. – Você está bem?

– Estou sendo processada – consegui dizer. – Pela Charlotte.

Ele recuou.

– O quê?

– Erro médico. Por causa da Willow.

– Não entendo – disse Rob. – Você nem sequer participou do parto.

– É sobre o que aconteceu antes. – Olhei para baixo, para o prontuário sobre a mesa. – O diagnóstico.

– Mas você a diagnosticou. Você a encaminhou a um hospital quando descobriu.

– Aparentemente, Charlotte acha que eu deveria ter sido capaz de lhe dizer antes... porque ela poderia ter feito um aborto.

Rob fez que não com a cabeça.

– Mas isso é ridículo. Eles são católicos praticantes. Você se lembra daquela vez que você e Sean começaram a discutir sobre o caso Roe vs. Wade e ele foi embora do restaurante?

– Isso não importa. Tenho outras pacientes católicas. Você tem que aconselhar o aborto de qualquer modo, se for uma opção. Você não toma a decisão *pelo* casal com base em suas próprias percepções sobre eles.

Rob hesitou.

– Talvez isso tenha a ver com dinheiro.

– Você arruinaria a reputação médica do seu melhor amigo só para conseguir um acordo?

Rob olhou para o prontuário.

– Se a conheço, você documentou cada detalhe da gestação de Charlotte aí, não é?

– Não lembro.

– Bem, o que diz o arquivo?

– Eu... não consigo abrir. Abra você, Rob.

– Querida, se você não se lembra, provavelmente é porque não há nada do que se lembrar. Isso é loucura. Simplesmente olhe o prontuário e entregue-o para a seguradora. É para isso que você tem seguro, não?

Fiz que sim.

– Quer que eu fique aqui com você?

Fiz que não.

– Estou bem – disse, mesmo sem acreditar. Quando ele fechou a porta, respirei fundo e abri a pasta. Comecei desde o princípio, com o histórico médico de Charlotte.

Não confundir, eu disse a mim mesma, *com nosso histórico pessoal*.

ALTURA: 1,57 m
PESO: 65 kg
Paciente está tentando conceber, sem sucesso, há um ano.

Virei a página: exames de laboratório confirmando a gravidez; exames de sangue para HIV, sífilis, hepatite B e anemia; exame de urina para infecção bacteriana e análise de açúcares e proteínas. Tudo normal, até chegarmos ao teste triplo e ao risco elevado de síndrome de Down.

O ultrassom da décima oitava semana fazia parte do pré-natal, mas eu também estava procurando confirmar a síndrome de Down. Será que estava tão concentrada nisso que nem mesmo pensei em procurar por outras anomalias? Ou será que não havia nenhuma?

Analisei com cuidado o registro do ultrassom, examinei a fundo as imagens em busca de qualquer sinal de fratura que eu pudesse ter ignorado. Analisei a coluna, o coração, as costelas e os ossos mais compridos. Um feto com OI já deveria ter fraturas nesse ponto da gestação, mas o defeito do colágeno nos ossos seria mais difícil de detectar. Você não podia acusar um médico por não lhe dar o alerta vermelho para algo que parecia, ao que tudo indicava, completamente normal.

A última imagem do ultrassom era a do crânio fetal.

Segurei a folha com as mãos bem abertas, imobilizando uma imagem do cérebro que era precisa.

Extremamente clara.

Não por causa da qualidade do novo equipamento, como eu presumira na época, mas porque a calvária estava desmineralizada, um crânio que não havia se ossificado corretamente.

Como médicos, aprendemos a procurar pelo que é anormal – e não pelo que é perfeito demais.

Eu sabia, naquela época, muito antes de conhecer você e sua doença, que a calvária desmineralizada era uma das marcas de OI? Eu *deveria* saber? Será que apertei cuidadosamente a barriga de Charlotte para ver se o crânio fetal cedia à pressão? Não me lembrava. Não me lembrava de nada, exceto de lhe dizer que o bebê não parecia ter síndrome de Down.

Não conseguia me lembrar se tomara medidas que podiam ser usadas, agora, para provar que nada disso era minha culpa.

Peguei a bolsa e, de dentro dela, tirei a carteira. Lá no fundo, entre papéis de chiclete e canetas de indústrias farmacêuticas, havia uma pilha de cartões de visita presos com um elástico. Procurei entre eles até encontrar o que queria. Usando o telefone de Rob, liguei para o escritório de advocacia.

– Booker, Hood & Coates – disse a recepcionista.

– Sou uma de suas clientes em casos de erro médico – disse. – E acho que preciso da ajuda de vocês.

Naquela noite, não consegui dormir. Fui ao banheiro e fiquei me olhando no espelho, tentando ver se já parecia diferente do que eu era quando aquele dia começara. Era possível ver a dúvida no rosto de alguém? Será que ela ficava marcada nas linhas finas ao redor dos olhos, no formato da boca?

Rob e eu decidimos não contar a Emma o que havia acontecido, a não ser que houvesse algo de concreto a dizer. Foi então que me ocorreu que Amelia talvez mencionasse algo agora que o ano escolar recomeçaria – se bem que Amelia também não sabia o que seus pais estavam fazendo.

Sentei-me no vaso e fiquei olhando para a lua. Cheia, alaranjada, ela parecia se equilibrar no peitoril da janela. A luz se espalhava pelo banheiro e pelo piso azulejado, fundindo-se na banheira. Não demoraria muito para amanhecer e depois eu teria de trabalhar e cuidar de pacientes que estavam grávidas ou tentando engravidar, enquanto eu não tinha mais certeza das minhas próprias opiniões.

Nas poucas vezes em que estive tão perturbada a ponto de não conseguir dormir – como quando meu pai morreu e quando meu contador roubou milhares de dólares do meu consultório –, liguei para Charlotte. Geralmente era eu quem recebia uma ligação de emergência no meio da noite, mas ela não reclamava. Charlotte agia como se estivesse esperando minha ligação e, apesar de saber que ela tinha milhares de coisas a fazer no dia seguinte com Willow ou Amelia, ela ficava acordada comigo por horas, conversando sobre tudo e nada, até que minha mente se acalmasse e eu me sentisse relaxada.

Eu estava magoada e queria ligar para minha melhor amiga. Só que, dessa vez, era ela que havia me magoado.

Uma aranha subia pela parede. Ela quase me tirou o fôlego. Tudo o que eu sabia sobre física e gravidade me dizia que ela deveria cair no chão. Quanto mais perto chegava do teto, mais eu prestava atenção. Ela enfiou as patas na dobra do papel de parede, onde uma das folhas começara a se despregar.

Eu havia pedido a Rob para consertar aquilo milhares de vezes; ele me ignorara. Mas agora eu estava olhando para aquilo – realmente olhando – e percebi que não gostava nada daquele papel de parede. Precisávamos era de um recomeço. Uma boa e nova camada de tinta.

Sentei-me na beirada da banheira, estiquei a mão direita e, com um puxão hábil, rasguei um pedaço enorme do papel de parede.

A maior parte, contudo, ainda estava colada.
O que eu entendia sobre remover papel de parede?
O que eu sabia sobre *qualquer coisa*?
Precisava de uma máquina de vapor. Mas, às três da manhã, não encontraria nenhuma. Então abri as torneiras de água quente da banheira e da pia até que o vapor inundasse o banheiro. Tentei enfiar as unhas por baixo da beirada do papel, para tirar a folha inteira.
Senti uma lufada repentina de ar frio.
– O que é que você está fazendo? – perguntou Rob, exausto, na porta.
– Tirando o papel de parede.
– No meio da noite, Piper? – perguntou ele, suspirando.
– Não conseguia dormir.
Ele fechou as torneiras.
– Você tem que tentar.
Rob me levou pela mão até a cama, então deitei e ele me cobriu. Virei-me, encolhida, para o lado, e ele passou o braço pela minha cintura.
– Eu podia reformar o banheiro – suspirei quando sua respiração ofegante me disse que ele voltara a dormir.
Charlotte e eu havíamos passado todo um dia, no verão passado, lendo as revistas de reforma de cozinhas e banheiros nas estantes da Barnes & Noble.
– Talvez você devesse fazer algo bem simples – sugeriu Charlotte. E depois, ao virar a página: – Que tal provençal? Instale uma banheira de hidromassagem – sugeriu ela. – Uma privada daquelas modernosas. Um aquecedor de toalhas.
Eu ri.
– Uma segunda hipoteca?
Quando me reunisse com Guy Booker no escritório de advocacia, ele faria um inventário da casa? Ou então de nossos investimentos e economias de aposentadoria, e do dinheiro da faculdade de Emma, e de todos os outros bens que poderiam ser usados num acordo?
Amanhã, decidi, eu compraria uma daquelas máquinas de vapor. E quaisquer outras ferramentas de que precisasse para tirar o papel de parede. Eu arrumaria aquilo sozinha.

– Acho que cometi um erro – eu disse ao me sentar diante de Guy Booker na mesa de reuniões imponente e reluzente.

Meu advogado parecia Cary Grant – cabelos brancos com mechas escuras nas têmporas, terno sob medida e até mesmo uma covinha no queixo.

– Por que você não me deixa opinar sobre isso? – perguntou ele.

Booker me disse que tínhamos vinte dias para dar uma resposta sobre o caso – uma petição formal à corte.

– Você me diz que a osteogênese imperfeita pode ser diagnosticada na vigésima semana de gestação? – perguntou.

– Sim. A do tipo letal pelo menos, por ultrassom.

– Mas a filha da paciente sobreviveu.

– Sim – eu disse. *Graças a Deus.*

Gostei que ele se referisse a Charlotte como "a paciente". Isso tornava as coisas mais profissionais. Já era alguma coisa.

– Então ela teve o tipo grave, o tipo III?

Sim.

Ele folheou o prontuário novamente.

– O fêmur estava ligeiramente anormal?

– Sim. Isso está documentado.

– Mas isso não é uma marca clara de OI.

– Pode significar várias coisas. Síndrome de Down, displasia óssea... um genitor baixinho ou o fato de termos feito uma medição ruim. Vários fetos com pequenas anomalias como Willow na décima oitava semana nascem perfeitamente saudáveis. Só no próximo ultrassom, quando esse número diminui, é que sabemos se estamos lidando com uma anomalia de verdade.

– Nesse caso, acredito que seu conselho teria sido aguardar, apesar de tudo?

Eu o encarei. Colocando dessa forma, não parecia que eu tinha cometido um erro.

– Mas o crânio – eu disse –, a responsável técnica apontou para...

– Ela lhe disse que achava que talvez fosse uma anomalia?

– Não, mas...

– Ela disse que era uma imagem muito clara do cérebro. – Ele olhou para mim. – Sim, a técnica de ultrassom chamou atenção para algo incomum, mas não necessariamente sintomático. Talvez fosse algum defeito da máquina, ou a posição do transdutor, ou somente uma imagem fora do comum.

– Mas não era – eu disse, sentindo um nó na garganta. – Era OI, e eu não percebi.

– Você está falando de um procedimento que não é um teste conclusivo para o caso de OI. Em outras palavras, se a paciente tivesse procurado outro médico além de você, a mesma coisa poderia ter acontecido. Isso não é erro médico, Piper. Isso é ressentimento dos pais – disse Guy, franzindo a testa. – Você conhece algum médico que teria diagnosticado OI com base no ultrassom da décima oitava semana de uma calvária desmineralizada, um fêmur ligeiramente mais curto e sem fraturas óbvias?

Abaixei a cabeça. Quase podia ver meu próprio reflexo.

– Não – admiti. – Mas eles teriam mandado Charlotte realizar outros exames: um ultrassom mais avançado e uma BVC.

– Mas você já havia sugerido outros exames para a paciente – Guy Booker argumentou. – Quando o teste triplo revelou uma grande possibilidade de síndrome de Down.

Eu o encarei.

– Você a aconselhou a realizar uma amniocentese, não? E qual foi a resposta dela?

Pela primeira vez desde que peguei aquele arquivo azul, senti o nó no meu peito se desfazer.

– Ela teria Willow de qualquer maneira.

– Bem, dra. Reece – disse o médico –, isso com certeza não me parece um caso de nascimento indevido.

Charlotte

Comecei a mentir o tempo todo.
    Primeiro foram pequenas mentiras, como quando a recepcionista do dentista me chamou três vezes e eu não a ouvi e então ela perguntou: "A senhora está bem?"; ou quando o operador de telemarketing me ligou e eu disse que estava ocupada demais para responder a qualquer pesquisa, quando na verdade estava sentada à mesa da cozinha olhando para o nada. Então comecei a mentir para valer. Preparava um assado para o jantar, esquecia-o completamente no forno e dizia a Sean, enquanto ele cortava a carne queimada, que o mercado estava vendendo produtos ruins. Sorria para os vizinhos e lhes dizia, quando me perguntavam, que estávamos bem. E quando sua professora do jardim de infância me ligou e me pediu que fosse à escola porque você havia sofrido um *incidente*, agi como se não tivesse ideia do que poderia ser.
    Quando cheguei à escola, você estava sentada numa sala de aula vazia, numa cadeirinha ao lado da mesa da srta. Watkins. A transição para a escola pública fora pior do que eu esperava. Sim, você tinha ajuda em tempo integral do estado de New Hampshire, mas eu tinha de discutir sobre cada detalhe referente a você – da sua capacidade de ir ao banheiro sozinha à de interagir na aula de educação física quando a brincadeira não era puxada demais e você não corresse o risco de sofrer uma fratura. A boa notícia era que isso me distraía do processo. A má notícia é que não me era permitido ficar e garantir sua segurança. Você estava numa sala de aula com novas crianças que não a conheciam – e que não sabiam nada sobre oi. Quando lhe perguntei, depois do seu primeiro dia de aula, o que você havia feito na escola, você me disse que brincara com Martha com barras de contar, que estavam na mesma equipe de

rouba-bandeira. Fiquei entusiasmada ao ouvir sobre essa nova amiga e lhe perguntei se você queria convidá-la para nos visitar em casa.

– Acho que ela não pode, mamãe – você me disse. – Ela tem de cozinhar para a família.

Pelo que entendi, a única amiga que você fez na sua turma foi sua ajudante.

Seus olhos brilharam em minha direção quando cumprimentei a professora, mas você não disse nada.

– Oi, Willow – eu disse, sentando-me ao seu lado. – Ouvi dizer que você teve um probleminha hoje.

– Você quer contar à sua mãe o que aconteceu ou prefere que eu conte? – perguntou a srta. Watkins.

Você cruzou os braços e fez que não com a cabeça.

– Willow foi convidada a participar de uma brincadeira de imaginação com duas crianças esta manhã.

Meus olhos brilharam.

– Mas... isso é ótimo! Willow adora brincar de imaginar! – Virei-me para você. – Vocês eram animais? Ou médicos? Exploradores espaciais?

– Elas estavam brincando de casinha – explicou a srta. Watkins. – Cassidy era a mãe, Daniel o pai...

– E eles queriam que eu fosse o bebê – você disse, num arroubo. – *Não* sou um bebê.

– A Willow é muito sensível quanto ao seu tamanho – expliquei. – Gostamos de dizer que ela é apenas espacialmente eficiente.

– Mamãe, eles continuaram falando que, porque eu era a menor, tinha de ser o bebê, mas eu não queria ser o bebê. Queria ser o pai.

Percebi que isso era novidade para a srta. Watkins também.

– O pai? – perguntei. – Por que você não queria ser a mãe?

– Porque as mães entram no banheiro e choram e abrem a torneira da pia para que ninguém possa ouvi-las.

A srta. Watkins me olhou.

– Sra. O'Keefe – disse ela –, por que você e eu não conversamos um pouco lá fora?

Durante cinco minutos seguimos em silêncio.

— *Não* é certo que você derrube a Cassidy quando ela se aproxima para pedir um pouco do seu lanche. — Mas eu tinha que lhe dar algum crédito por sua inteligência: afinal, não havia muito o que você pudesse fazer para machucar alguém sem que se machucasse também, e essa foi uma tática bem esperta e diabólica. — Willow, depois de uma semana de escola, você não vai querer que a srta. Watkins pense que você é bagunceira.

Não lhe contei que, quando saímos para o corredor e a srta. Watkins me perguntou se estava acontecendo alguma coisa em casa que pudesse levá-la a agir agressivamente na escola, eu havia mentido descaradamente.

"Não", respondi, depois de fingir refletir por um instante. "Não sei de onde ela tirou aquilo. Se bem que a Willow sempre teve uma imaginação muito fértil."

— Então... — sugeri, ainda esperando que você assumisse que tinha ultrapassado os limites — você tem algo para me dizer?

Olhei pelo espelho retrovisor à espera da sua resposta. Você fez que sim, os olhos cheios de lágrimas.

— Por favor, não me abandone, mamãe.

Se eu não estivesse parada no sinal, provavelmente teria batido no carro da frente. Seus ombrinhos estreitos tremiam e seu nariz escorria.

— Vou melhorar — você disse —, vou ser perfeita.

— Ah, Willow, minha querida. Você já *é* perfeita. — Eu me senti presa pelo cinto de segurança durante os dez segundos que o sinal levou para abrir. Assim que a luz verde acendeu, entrei na primeira ruazinha que vi. Desliguei o carro e fui até o banco de trás para tirá-la de sua cadeira. Ela fora adaptada como uma cadeirinha de criança: o encosto era normal, mas ela era toda forrada de espuma, caso contrário até mesmo uma freada poderia provocar-lhe uma fratura. Com cuidado a soltei e a peguei no colo.

Eu não havia conversado com você sobre o processo. Eu dizia a mim mesma que estava tentando mantê-la longe disso o máximo possível — também por isso não contara à srta. Watkins. Mas, quanto eu mais adiava a conversa, maior se tornava a probabilidade de você descobrir alguma coisa por meio de um colequinha de turma, e eu não podia permitir isso.

Será que eu estava mesmo tentando protegê-la? Ou estava tentando *me* proteger? Seria esse o momento que eu indicaria, daqui a alguns meses, como o início da nossa separação: "Sim, estávamos sentadas na Alameda Appleton, sob um bordo, quando minha filha começou a me odiar"?

– Willow – eu disse, e minha garganta de repente ficou tão seca que eu não conseguia engolir a saliva. – Se alguém é mau, esse alguém sou eu. Você se lembra de quando visitamos aquele advogado depois que você quebrou as pernas na Disney World?

– O homem ou a mulher?

– A mulher. Ela vai nos ajudar.

Você piscou.

– Ajudar como?

Hesitei. Como explicar o sistema jurídico a uma menina de cinco anos?

– Você sabe que existem regras para tudo, não? – perguntei. – Em casa, na escola. O que acontece se alguém quebra essas regras?

– Fica de castigo.

– Bem, há regras para adultos também – eu disse. – Tipo, você não pode machucar uma pessoa. E não pode pegar algo que não é seu. E se você quebrar a regra, você é punida. Os advogados podem ajudar se alguém quebra uma regra e te machuca. Eles garantem que a pessoa que fez alguma coisa errada assuma a responsabilidade.

– Como quando a Amelia roubou meu esmalte e você obrigou ela a comprar outro com o dinheiro que ela ganhou como babá?

– Exatamente assim – eu disse.

Seus olhos se encheram de lágrimas novamente.

– Eu fiz uma coisa errada na escola e a advogada vai me mandar sair de casa? – você perguntou.

– Ninguém vai sair de casa – eu disse com firmeza. – Muito menos você. Você não fez nada de errado. Outra pessoa fez.

– O papai? – você perguntou. – É por isso que ele não quer que você contrate a advogada?

Eu a encarei.

– Você ouviu a gente conversando sobre isso?

– Eu ouvi você *gritando* sobre isso.

– Não foi o papai. E não foi a Amelia. – Respirei fundo. – Foi a Piper.

– A *Piper* roubou alguma coisa da nossa casa?

– Aqui é que as coisas se complicam – eu disse. – Ela não roubou uma *coisa*, como uma televisão ou uma pulseira. Ela só não me disse uma coisa que deveria ter dito. Uma coisa muito importante.

Você abaixou a cabeça.

– Era alguma coisa sobre mim, não era?

– Sim – respondi. – Mas não é nada que jamais mudaria o que sinto por você. Só existe uma Willow O'Keefe neste planeta e eu tive a sorte de tê-la. – Beijei-a no alto da cabeça porque não tinha coragem de olhá-la nos olhos. – Mas é uma coisa engraçada – eu disse, minha voz se desviando de um nó de lágrimas. – Para que essa advogada nos ajude, tenho que jogar um jogo. Tenho que dizer coisas que não são o que parecem. Coisas que podem magoá-la se você ouvir e não souber que eu estava apenas fingindo.

Observei sua expressão com cuidado para saber se você estava me compreendendo.

– Como quando alguém leva um tiro na TV, mas não na vida real? – você perguntou.

– Isso mesmo – eu disse. *São balas de festim, então por que eu ainda sinto que estou sangrando?* – Você vai ouvir e talvez ler coisas e pensar: *Minha mãe jamais diria isso.* E você vai estar certa. Porque no tribunal, conversando com a advogada, vou fingir ser outra pessoa, apesar de parecer ser eu mesma e de minha voz soar a mesma. Eu talvez engane todo mundo, mas não quero enganar você.

Você me olhou, curiosa.

– Podemos praticar?

– O quê?

– Para que eu possa saber. Se você está fingindo ou não.

Respirei fundo.

– Certo – eu disse. – Você estava absolutamente certa em derrubar a Cassidy hoje.

Você me encarou fixamente.

– Você está mentindo. Queria que não estivesse, mas você está mentindo.

– Boa menina. A srta. Watkins precisa depilar a sobrancelha.

Um sorriso surgiu em seu rosto.

– Essa é difícil, mas você ainda está mentindo, porque, mesmo que ela pareça ter uma lagarta sobre os olhos, só a Amelia diria isso em voz alta, não você.

Eu ri.

– Só você, Willow.

– Verdade!

– Mas eu não disse nada ainda.

– Você não precisa dizer *eu te amo* para dizer *eu te amo* – você disse, dando de ombros. – Tudo o que você precisa fazer é dizer meu nome e eu sei.

– Como?

Quando olhei para você, fiquei paralisada ao perceber o quanto de mim eu reconhecia na forma dos seus olhos, na luz do seu sorriso.

– Diga Cassidy – você mandou.

– Cassidy.

– Diga... Ursula.

– Ursula – repeti.

– Agora... – e você apontou para si mesma.

– Willow.

– Percebeu? – você perguntou. – Quando você ama alguém, você diz o nome da pessoa de outro jeito. Como se o nome estivesse seguro dentro da sua boca.

– Willow – repeti, sentindo o conforto das consoantes e o balanço das vogais. Será que você tinha razão? Será que isso podia revelar tudo o mais que eu tinha a dizer? – *Willow, Willow, Willow* – cantei, uma canção de ninar, um paraquedas, como se fosse possível protegê-la desde já de quaisquer golpes que lhe fossem dirigidos.

Marin
Outubro de 2007

Você não tem ideia de quanto tempo e quantas árvores são envolvidos num processo. Certa vez, durante uma ação contra um padre acusado de assédio sexual, enfrentei o depoimento de um psiquiatra que durou nada menos do que três dias. A primeira pergunta foi: "O que é psicologia?" A segunda: "O que é sociologia?" A terceira: "Quem foi Freud?"

O especialista estava recebendo trezentos e cinquenta dólares por hora e queria ter certeza de gastar o maior tempo possível. Acho que perdemos três taquígrafos com inflamação de punho antes que finalmente conseguíssemos todas as respostas que queríamos.

Fazia oito meses desde que havia me encontrado pela primeira vez com Charlotte O'Keefe e seu marido, e ainda estávamos aprendendo. Basicamente, nessa fase, os clientes continuavam com a vida cotidiana e, às vezes, recebiam uma ligação minha pedindo algum documento ou informação. Sean foi promovido a tenente. Willow começou a frequentar o jardim de infância em tempo integral. E, durante as sete horas que Willow passava na escola, Charlotte esperava que o telefone tocasse com a notícia de que sua filha havia sofrido outra fratura.

Parte da preparação para os depoimentos envolve questionários chamados de interrogatórios e que ajudam os advogados, como eu, a reconhecer os pontos fortes e fracos do caso, e se ele renderá ou não um acordo. O nome mais adequado é "fase de descoberta": significa que você tem que descobrir se o caso está perdido ou não e onde estão os buracos negros, antes que você seja sugado por um deles.

O interrogatório de Piper Reece chegou à minha caixa de entrada nesta manhã. Ouvi dizer que ela havia tirado licença do consultório e que seu mentor voltara da aposentadoria para ajudá-la.

Todo o caso se baseava na suposição de que ela não havia contado a Charlotte a condição de saúde do bebê com a antecedência devida – ou seja, uma informação que poderia tê-la feito interromper a gestação. E uma partezinha de mim se perguntava se isso havia sido um descuido da parte da obstetra ou um escorregão do inconsciente dela. Será que havia obstetras que, em vez de recomendar abortos, sugeriam adoção? Será que um obstetra assim cuidou da minha mãe biológica?

Finalmente recebi o histórico não confidencial de Maisie, do Departamento de Registros do Condado de Hillsborough. "Cara srta. Gates", começava a carta.

As informações seguintes foram compiladas a partir dos registros do tribunal referentes à sua adoção. As informações nos registros indicam que o obstetra da mãe biológica entrou em contato com seu advogado em busca de conselho sobre uma paciente que considerava a possibilidade de entregar a filha para adoção. O advogado sabia do interesse dos Gates de adotar. O advogado se reuniu com os pais biológicos depois que você nasceu e se encarregou de tudo o que era necessário para a adoção.

Você nasceu num hospital de Nashua às 5h34 da madrugada, no dia 3 de janeiro de 1973, e recebeu alta do hospital no dia 5 de janeiro de 1973, sob os cuidados de Arthur e Yvonne Gates. A adoção se tornou irreversível no dia 28 de julho de 1973, na Corte do Condado de Hillsborough.

A informação registrada no certificado de nascimento original indica que a mãe biológica tinha dezessete anos quando você nasceu. Ela morava no condado de Hillsborough naquela época. Era caucasiana e sua ocupação era estudante. O pai biológico não foi identificado na certidão de nascimento. Na época da adoção, ela vivia em Epping, New Hampshire. A petição de adoção identifica sua religião como católica apostólica romana. A mãe e a avó biológicas assinaram a autorização de adoção.

Por favor, sinta-se à vontade para entrar em contato comigo se precisar de qualquer ajuda adicional.

Atenciosamente,
Maisie Donovan

Percebi que o documento fornecia informações que não eram específicas – mas havia muitas outras coisas que eu queria saber. Será que meu pai e mãe biológicos romperam o namoro durante minha gestação? Será que minha mãe estava com medo naquele hospital, sozinha? Será que ela chegou a me pegar no colo alguma vez ou apenas deixou que a enfermeira me levasse embora?

Eu me perguntava se meus pais adotivos, que me educaram como protestante, sabiam que eu havia nascido católica.

Eu me perguntava se Piper Reece havia cogitado a ideia de que, se Charlotte O'Keefe não quisesse criar uma criança como Willow, outra pessoa talvez ficasse mais do que feliz em ter essa oportunidade.

Pensando com mais clareza, peguei o interrogatório e o folheei para ler a versão da história dela. Minhas perguntas começaram genericamente e depois se tornavam mais específicas, do ponto de vista médico, no final do documento. A primeira, na verdade, fora uma pergunta absolutamente banal: "Quando você conheceu Charlotte O'Keefe?"

Procurei pela resposta e franzi a testa, certa de que havia lido algo de errado.

Pegando o telefone, liguei para Charlotte.

– Alô – disse ela, ofegante.

– Aqui é Marin Gates – eu disse. – Precisamos conversar sobre os interrogatórios.

– Ah! Que bom que você ligou. Deve ter havido algum erro, porque recebemos um com o nome da Amelia.

– Não há erro algum – expliquei. – Ela está citada como uma de nossas testemunhas.

– Amelia? Não, isso é impossível. Não há nenhuma chance de ela depor no tribunal – disse Charlotte.

– Ela pode descrever a vida dela em família e como a doença da irmã a afetou. Ela pode contar sobre a viagem à Disney World e como foi traumático ser retirada da mãe e colocada num abrigo...

– Não quero que ela relembre essas coisas...

– Ela estará um ano mais velha quando o julgamento começar – eu disse. – E talvez ela não *precise* ser chamada a testemunhar. Ela está citada apenas por precaução, como protocolo.

– Talvez eu nem precise lhe contar, então – murmurou Charlotte, o que me fez lembrar por que liguei para ela.

– Preciso conversar com você sobre o interrogatório de Piper Reece – eu disse. – Perguntei a ela quando vocês se conheceram, e ela respondeu que vocês são melhores amigas há oito anos.

Houve um silêncio do outro lado da linha.

– Melhores amigas?

– Bem – disse Charlotte –, é isso mesmo.

– Sou sua advogada há oito meses – eu disse. – Nós nos encontramos umas dez vezes pessoalmente e conversamos três vezes mais ao telefone. E você nunca achou que talvez fosse um *pouquinho* relevante me contar esse detalhe?

– Não tem nada a ver com o caso, tem?

– Você mentiu para mim, Charlotte! – eu disse. – Claro que isso tem a ver com o caso!

– Você não me perguntou se eu era amiga de Piper – ela argumentou. – Não menti.

– Foi uma omissão.

Peguei o interrogatório de Piper e o li em voz alta:

– "Em todos os anos em que fomos amigas, nunca percebi que Charlotte se sentisse assim sobre os exames pré-natais. Na verdade, fizemos compras juntas com nossas filhas uma semana antes de receber a notícia de que estava sendo processada. Você pode imaginar como foi surpreendente." Você foi *fazer compras* com essa mulher uma semana antes de processá-la? Você tem alguma ideia de como você vai parecer fria e calculista para o júri?

– O que mais ela disse? Ela está bem?

– Ela não está trabalhando. Não está trabalhando já faz dois meses – respondi.

– Ah – fez Charlotte, baixinho.

– Olhe, sou advogada. Sei muito bem que meu trabalho exige que eu destrua a vida das pessoas. Mas você, aparentemente, tem uma ligação pessoal com essa mulher, além da ligação profissional. Isso não fará de você uma pessoa simpática.

– Nem dizer à corte que eu não queria a Willow – disse Charlotte.

Bem, contra aquilo eu não podia argumentar.

– Você talvez consiga o que quer com esse processo, mas vai custar muito caro.

– Você está querendo dizer que todo mundo vai achar que sou uma aproveitadora – disse Charlotte. – Por ferrar com a minha melhor amiga e por usar a doença da minha filha para conseguir dinheiro. Não sou burra, Marin. Sei o que eles vão dizer.

– E isso será um problema?

Charlotte hesitou.

– Não – respondeu ela, com firmeza. – Não será.

Charlotte já havia confessado ter problemas para convencer seu marido a entrar com a ação. Agora eu havia descoberto que ela tinha uma história oculta com a acusada. O que você não dizia a alguém era tão prejudicial quanto o que você dizia; eu só tive de olhar para meu estúpido histórico não confidencial para sentir isso.

– Charlotte – eu disse –, chega de segredos.

O objetivo de um depoimento é descobrir o que acontece a uma pessoa quando ela é jogada nas trincheiras do tribunal. Conduzido pelo advogado da outra parte, um de seus objetivos é tentar pôr em dúvida a credibilidade de uma testemunha em potencial com base nas afirmações dos interrogatórios. Quanto mais honesta – e imperturbável – for a pessoa, melhor o caso começa a parecer.

Hoje, Sean O'Keefe estava depondo, e isso me deixou apavorada. Ele era alto, forte e bonito – e um mistério. De todas as reuniões que eu tivera em pessoa com Charlotte para prepará-los, ele fora a apenas uma.

– Tenente O'Keefe – eu havia perguntado –, o senhor está comprometido com este processo?

Ele lançou um olhar para Charlotte e toda uma discussão entre eles ficou clara no silêncio.

– Estou aqui, não estou? – ele respondeu.

Eu acreditava que Sean O'Keefe preferia ser afogado e esquartejado a ter de testemunhar no tribunal, o que não deveria ser problema meu – mas era. Porque ele era o pai de Willow e, se ele estragasse tudo ao testemunhar, meu caso estaria arruinado. Para que esse processo fosse bem-sucedido, os advogados especialistas em erro médico precisavam acreditar que, quando se tratava de um nascimento indevido, os O'Keefe estavam unidos.

Charlotte, Sean e eu entramos juntos no elevador. Agendei propositadamente o depoimento para quando você estivesse na escola, assim o cuidado com você não seria um problema.

– O que quer que você faça – eu disse, treinando-o de última hora –, não relaxe. Eles o levarão ao inferno. Eles vão distorcer suas palavras.

Ele riu.

– Siga em frente. Vamos nos divertir.

– Você não pode bancar o Dirty Harry com esses caras – eu disse, entrando em pânico. – Eles já passaram por isso antes e usarão sua própria coragem contra você. Lembre-se apenas de manter a calma e de contar até dez antes de responder a alguma coisa. E...

As portas do elevador se abriram antes que eu pudesse concluir a frase. Entramos no escritório luxuoso, onde uma paralegal usando um terno azul já nos aguardava.

– Marin Gates?

– Sim – eu disse.

– O sr. Booker está aguardando.

Ela nos guiou pelo corredor até uma sala de conferência com janelas que iam do piso ao teto, com vista para o domo dourado do Tribunal do Estado. Num canto estava a taquígrafa. Guy Booker estava conversando concentradamente, a cabeça de cabelos prateados abaixada. Quando nos aproximamos, ele se levantou, revelando sua cliente.

Piper Reece era mais bonita do que eu esperava. Loira, esbelta e com olheiras sob os olhos. Ela não estava sorrindo. Piper encarou Charlotte como se tivesse sido atingida por um golpe de espada.

Charlotte, por sua vez, estava fazendo o possível para *não* olhá-la.

– Como você foi capaz? – acusou Piper. – Como você pôde fazer isso?

Sean apertou os olhos.

– É melhor parar por aqui, Piper...

Eu me coloquei entre eles.

– Vamos acabar logo com isso, certo?

– Você não tem nada a dizer? – continuou Piper, enquanto Charlotte se ajeitava à mesa. – Você não tem nem mesmo a decência de me olhar nos olhos e falar diretamente para mim?

– Piper – disse Guy Booker, colocando a mão sobre o braço dela.

– Se sua cliente pretende abusar verbalmente da minha – anunciei –, vamos embora agora mesmo.

– Ela quer ser agressiva? – resmungou Sean. – Vou lhe mostrar o que é agressividade...

Agarrei-o pelo braço e o puxei para que se sentasse.

– Cale a boca – disse, baixinho.

Aquela foi, talvez, a primeira e única vez na minha vida em que tive algo em comum com Guy Booker – nenhum de nós gostaria de estar presente àquele depoimento.

– Tenho plena certeza de que minha cliente pode *se conter* – disse ele, olhando para Piper e enfatizando as últimas palavras. E se virou para a taquígrafa: – Claudia, preparada para começarmos?

Olhei para Sean e sussurrei:

– Calma.

Ele fez que sim e estalou o pescoço como um lutador prestes a entrar no ringue.

Aquele estalo audível me fez pensar em você, quebrando um osso.

Guy Booker abriu uma pasta de couro. Era elegante, provavelmente italiana. Em parte, Booker, Hood & Coates ganhavam muitos casos porque intimidavam – eles *pareciam* vencedores, desde o escritório luxuoso até os ternos Armani e as canetas Waterman. Provavelmente até mesmos os blocos de anotações eram feitos à mão, com a marca-d'água do logo do escritório. Alguém se surpreendia com o fato de que metade de seus oponentes desistia ao primeiro olhar?

– Tenente O'Keefe – disse ele. Sua voz era macia, sem ruído entre as palavras. "Sou seu amigo, seu camarada", era o que sugeria seu tom de voz. – Você acredita em justiça, não?

– É por isso que sou policial – respondeu Sean com orgulho.

– Você acha que processos podem estabelecer a justiça?

– Com certeza – respondeu Sean. – É assim que este país funciona.

– O senhor se considera uma pessoa litigiosa?

– Não.

– Acho, então, que você teve uma boa razão para processar a Ford Motor Company em 2003.

Surpresa, virei-me para Sean.

– Você processou a Ford?

Ele franziu a testa.

– O que isso tem a ver com a minha filha?

– Você recebeu uma indenização, não é? Vinte mil dólares? – Ele folheou a pasta de couro. – Pode explicar o porquê da reclamação?

– Desloquei um disco nas costas por me sentar no banco do carro o dia todo. Aquelas coisas são feitas para bonecos de teste, não para seres humanos trabalhando.

Fechei os olhos. *Seria muito bom*, pensei, *se um dos meus clientes fosse honesto comigo.*

– Sobre Willow – disse Guy –, quantas horas por dia você diria que passa com ela?

– Talvez doze – respondeu ele.

– Dessas doze horas, quantas ela passa dormindo?

– Não sei. Oito, se for uma boa noite.

– Se a noite não for boa, quantas vezes você diria que tem de ficar acordado com ela?

– Depende – respondeu Sean. – Uma ou duas.

– Então, o tempo que você passa com ela, sem contar quando tenta fazê-la voltar a dormir, é provavelmente quatro ou cinco horas por dia?

– Mais ou menos.

– Durante essas horas, o que você e a Willow fazem?

– Jogamos Nintendo. Ela sempre me derrota no Super Mario. E jogamos baralho... – Ele ficou um pouco vermelho. – Ela é sortuda.

– Qual o programa de televisão preferido dela? – perguntou Guy.

– *Lizzie McGuire*, esta semana.

– Cor preferida?

– Magenta.

– Que tipo de música ela gosta de ouvir?

– Hannah Montana e Jonas Brothers – respondeu Sean.

Eu me lembrava de me sentar no sofá com minha mãe, assistindo ao *The Cosby Show*. Fazíamos um balde de pipoca de micro-ondas e o comíamos todo. Nunca foi a mesma coisa depois que Keshia Knight Pulliam ficou velho demais e foi substituído por Raven-Symone. Se tivesse sido criada pela minha mãe biológica, será que minha infância teria outra cor? Será que assistiríamos a novelas, óperas, documentários, *Dinastia*?

– Ouvi dizer que a Willow está frequentando o jardim de infância.

– Sim, ela começou há dois meses – disse Sean.

– Ela está se divertindo na escola?

– É difícil para ela, às vezes. Mas eu diria que ela gosta.

– Ninguém está negando que a Willow é uma criança com deficiências – disse Guy. – Mas essas deficiências não a impedem de ter uma experiência educacional positiva, não é?

– Não.

– E não a impedem de se divertir com a família, não é?

– Claro que não.

– Na verdade, você diria, como pai de Willow, que fez um bom trabalho, garantindo que ela tivesse uma vida boa e enriquecedora?

Ah, não, pensei.

Sean se ajeitou na poltrona, orgulhoso de si mesmo.

– Pode apostar que sim.

– Então por que – perguntou Guy, partindo para o ataque – você está dizendo que ela nunca deveria ter nascido?

As palavras atravessaram Sean como balas de um revólver. Ele se levantou e bateu com as mãos na mesa.

– Não coloque palavras na minha boca. Eu nunca disse isso.

– Na verdade, disse sim – Guy retirou uma cópia da petição inicial da sua pasta e a deslizou por sobre a mesa na direção de Sean. – Bem aqui.

– Não! – Sean ficou furioso.

– Sua assinatura neste documento representa a verdade, tenente.

– Ei, fique sabendo de uma coisa: eu amo a minha filha.

– Você a ama – repetiu Guy. – Tanto que acha que ela estaria melhor morta.

Sean pegou a petição e a amassou.

– Não vou fazer isso – disse ele. – Não quero isso. Nunca quis.

– Sean... – Charlotte se levantou e o segurou pelo braço. Ele se voltou para ela.

— Como você pode dizer que isso não vai magoar a Willow? — ele perguntou, as palavras presas na garganta.

— Ela sabe que são apenas palavras, Sean, palavras que não significam nada. Ela sabe que a amamos. Ela sabe que é por isso que estamos aqui.

— Quer saber de uma coisa, Charlotte? Isso são apenas palavras também.

E, assim, ele foi embora da sala de reuniões.

Charlotte ficou olhando para ele e depois se virou para mim.

— E-eu tenho que ir — disse.

Eu me levantei, sem saber ao certo se deveria segui-la ou ficar e tentar amenizar o dano com Guy Booker. Piper Reece estava vermelha, olhando para baixo. Os sapatos de salto baixo de Charlotte pareciam tiros à medida que ela corria pelo corredor.

— Marin — disse Guy, recostando-se na poltrona —, duvido que você ache que tem um caso viável aqui.

Senti uma gota de suor escorrer pelas costas.

— Eis o que sei — eu disse, com muito mais convicção do que realmente tinha. — Você acabou de ver, em primeira mão, como a doença afetou essa família. A mim parece que o júri verá isso também.

Juntei minhas anotações e minha pasta e saí pelo corredor de cabeça erguida, como se realmente acreditasse no que eu havia dito. E só então, quando já estava sozinha no elevador e as portas se fecharam atrás de mim, é que fechei os olhos e admiti que Guy Booker tinha razão.

Meu celular começou a tocar.

— Merda — resmunguei, enxugando os olhos e remexendo na pasta para atendê-lo. Não que eu quisesse: ou era Charlotte, pedindo desculpas pelo que havia sido a maior humilhação da minha carreira até aquele momento, ou Robert Ramirez, me demitindo porque as más notícias chegam rápido. Mas nenhum número surgiu na tela; era uma ligação privada. Limpei a garganta.

— Alô?

— É Marin Gates?

— Ela mesma.

As portas do elevador se abriram. Do outro lado da recepção, podia ver Charlotte implorando a Sean, que balançava com a cabeça.

Por um instante, eu quase esqueci que ainda estava ao telefone.

– Aqui é Maisie Donovan – disse uma voz fina. – Sou a funcionária do...

– Sei quem você é – eu disse, rapidamente.

– Srta. Gates – disse ela –, tenho o endereço atual da sua mãe biológica.

Amelia

Eu ESTAVA ESPERANDO A BOMBA ESTOURAR. A MELHOR PARTE DESSE PROCESSO IDIOTA é que ele começou exatamente no início do ano escolar. Nessa época do ano, quem estava ficando com quem era mais interessante do que qualquer batalha jurídica, por isso as notícias não se espalharam pelos corredores como eletricidade por um condutor. Já estávamos tendo aula havia dois meses, estudávamos vocabulário e enfrentávamos reuniões sobre assuntos chatos com pessoas chatas e estudávamos para o exame estadual. E todos os dias, quando o último sinal soava, eu agradecia porque, de algum modo, havia sido novamente poupada.

Desnecessário dizer que Emma e eu não somos mais amigas. No primeiro dia de aula, eu a encurralara quando estávamos a caminho do ginásio.

– Não sei o que meus pais estão fazendo – eu disse. – Sempre disse que eles são estranhos e isso só prova o que eu dizia.

Normalmente isso teria feito Emma rir, mas ela fez um sinal negativo com a cabeça.

– É, isso é mesmo muito engraçado, Amelia – disse ela. – Lembre-me de fazer piadas da próxima vez que alguém em quem *você* confia traí-la.

Depois disso, fiquei com vergonha de lhe dizer qualquer coisa. Mesmo que eu dissesse que estava do lado dela e que achava que era ridículo meus pais processarem a mãe dela, por que Emma acreditaria em mim? Se eu estivesse no lugar dela, acharia que eu estava espionando e que tudo o que eu dissesse poderia ser usado contra mim. Emma não contou às pessoas o que acontecera entre nós – afinal, isso a envergonharia também –, assim acho que ela simplesmente disse que brigamos. E eis o que aprendi ao manter distância de Emma: que as pessoas que sempre achei que eram minhas amigas na verdade eram amigas dela, e apenas suportavam minha presença. Não posso dizer que me surpreendi, mas não quer dizer que não tenha ficado magoada quando passei com a bandeja do almoço pela mesa onde todas elas estavam sentadas, sem que ninguém abrisse espaço para mim. Ou quando peguei meu sanduíche de pasta de amendoim e geleia, esmagado, como sempre, pelo livro de matemática dentro do armário, e com geleia escorrendo feito sangue na roupa da vítima de um crime, e não tinha Emma ao meu lado para dizer: "Tome, coma metade do meu sanduíche de atum".

Depois de algumas semanas, quase me acostumei a ser invisível. Na verdade, quase dominei a arte. Eu me sentava na sala de aula num silêncio tal e tão imóvel que às vezes moscas pousavam na minha mão; eu me encolhia tanto no banco do ônibus que, certo dia, o motorista voltou para a escola sem se incomodar em parar no meu ponto. Mas, certa manhã, entrei na sala de aula e imediatamente percebi que havia algo de diferente. A mãe de Janet Effingham trabalhava como recepcionista num escritório de advocacia e contou a todos sobre a briga que meus pais tiveram na sala de reuniões durante um depoimento. Toda a escola ficou sabendo que minha mãe estava processando a mãe de Emma.

Achei que isso teria colocado Emma e a mim de volta no mesmo patético bote salva-vidas de autocomiseração, mas esqueci que a melhor defesa é um bom ataque. Estava na aula de matemática, que era a mais difícil para mim, porque me sentava logo atrás de Emma e geralmente ficávamos trocando bilhetinhos ("O sr. Funke não parece mais gostoso agora que está se divorciando?", "A Veronica Thomas colocou silicone no fim de semana ou o quê?"), quando ela decidiu se expor – e, com isso, conseguir a solidariedade da escola toda.

O sr. Funke estava nos mostrando uma transparência na tela.

– Então, se estamos falando de vinte por cento dos rendimentos do Milionário Marvin e ele ganhou seis milhões de dólares este ano, qual o valor da pensão que ele tem de pagar para a Aproveitadora Wanda?

Foi quando Emma respondeu:

– Pergunte para a Amelia. Ela sabe tudo sobre ser uma aproveitadora.

De algum modo, o sr. Funke pareceu ignorar o comentário – mas todo mundo começou a rir abafado e eu podia sentir meu rosto pegando fogo.

– Talvez ajudasse se a vaca da sua mãe aprendesse a fazer seu trabalho idiota direito – contra-ataquei.

– Amelia – chamou o sr. Funke imediatamente –, já para a sala da sra. Greenhaus.

Levantei-me e peguei minha mochila – mas o bolso da frente, onde mantinha os lápis e o dinheiro do meu almoço, ainda estava aberto, e uma chuva de moedas se espalhou por todo o chão diante da minha carteira. Quase me ajoelhei para recolhê-las, mas percebi que todo mundo acharia a situação ainda mais engraçada – a filha de uma dinheirista recolhendo dinheiro do chão? –, e em vez disso simplesmente deixei as moedas para trás e saí correndo.

Não tinha a menor intenção de ir à sala da diretora. Em vez disso, virei à direita quando deveria ter virado à esquerda e segui rumo ao ginásio. Durante o dia, o pessoal da educação física deixava as portas abertas para ventilar. Fiquei com um pouco de medo de que algum professor me visse saindo da escola, mas então lembrei que ninguém me notava. Eu não era importante o bastante.

Lá fora, pendurei a mochila nos ombros e comecei a correr. Atravessei o campo de futebol e as árvores que cercavam as casas mais próximas da escola. Corri até chegar à rua principal que cortava a cidade, e então, finalmente, me permiti diminuir o passo.

A farmácia era o último prédio que se via ao sair da cidade, e não acho que havia pensado nisso. Fiquei passeando pelos corredores. Pus uma barra de chocolate no bolso. E depois vi algo ainda melhor.

O único problema de ser invisível na escola era que, quando voltei para casa, ainda podia me ver. Podia correr o quanto quisesse que jamais conseguiria escapar disso.

Meus pais não pareciam querer as filhas que tinham. Então, talvez eu pudesse lhes dar uma que fosse completamente diferente.

Charlotte

– Eu estava num website esta manhã – argumentei –, e uma menina com OI do tipo III quebrou o punho ao tentar pegar um galão de leite, Sean. Como você pode dizer que a Willow não vai precisar de algum tipo de cuidado especial ou de ajuda constante? E de onde vamos tirar o dinheiro para isso?
– Ela pode comprar embalagens menores de leite – disse Sean. – Sempre dissemos que não permitiríamos que ela se definisse por sua deficiência, mas aqui estamos nós, fazendo exatamente isso.
– Os fins justificam os meios.
Sean entrou na garagem.
– É. Diga isso ao Hitler. – Ele desligou o carro. No banco de trás, podia-se ouvir o som ameno do seu ronco; o que quer que você tenha feito na escola hoje a derrubou completamente. – Eu não conheço você – disse ele. – Não conheço a pessoa que está fazendo isso.
Eu tentara acalmá-lo depois do depoimento no escritório do advogado de Piper – o depoimento que nunca aconteceu –, mas Sean não estava nada calmo.
– Você disse que faria qualquer coisa pela Willow, mas, se não consegue fazer isso, então você está mentindo para si mesmo – eu disse.
– *Eu* estou mentindo? – perguntou Sean. – *Eu*? *Você* é que está mentindo. Ou pelo menos diz que está, e que a Willow vai entender que todas as coisas horríveis que você dirá diante do juiz, bem, você não quis dizer nada daquilo. Ou pelo menos peço a Deus que você esteja mentindo, ou você mentiu para *mim* todos esses anos sobre querer ter o bebê.
Ambos saímos do carro; bati a porta com mais força do que queria.

– É tão conveniente bancar o todo-poderoso quando se vive no passado, não é? E que tal daqui a dez anos? Você está querendo me dizer que, quando a Willow tiver uma cadeira de rodas de primeira e se matricular num acampamento de verão para pessoas pequenas, quando ela tiver uma piscina no quintal para que possa fortalecer os ossos e os músculos e um carro adaptado para que possa dirigir como as outras meninas da idade dela, quando não importar mais se a seguradora se negar a pagar por outro conjunto de pinos, porque poderemos pagar por eles sem que você tenha de trabalhar dobrado... Você está querendo me dizer que ela vai se lembrar do que foi dito num tribunal quando ela era apenas um bebê?

Sean me encarou.

– Sim. Na verdade, é isso mesmo que estou querendo lhe dizer.

Recuei.

– Eu a amo demais para perder esta oportunidade.

– Então você e eu – disse Sean – temos maneiras bem diferentes de demonstrar amor.

Ele foi até o banco traseiro e retirou seu assento. Seu rosto estava todo vermelho; aos poucos você despertou de seus sonhos.

– Estou fora, Charlotte – disse Sean, ao carregá-la para dentro de casa. – Faça o que você tem que fazer, mas não me arraste com você.

Pensei, não pela primeira vez, que, em quaisquer outras circunstâncias, uma briga como essa me faria ir diretamente para a casa de Piper. Eu teria ligado para ela e contado meu lado da história e não o de Sean. Eu me sentiria melhor, só por saber que ela me ouviria.

E teria feito o que aprendi com você: deixaria que o tempo curasse a fratura que de algum modo se estabelecera entre seu pai e mim, uma fratura que doía não importava para que lado virássemos.

– O que é isso? – perguntou Sean, e eu levantei a cabeça para encontrar Amelia na porta da frente de casa.

Ela estava comendo uma maçã e seus cabelos haviam sido pintados de azul. Ela riu para mim.

– Que tal? – disse ela.

Você a encarou.

– Por que a Amelia está com algodão-doce na cabeça?

Respirei fundo.

– Não posso lidar com isso agora – eu disse. – Simplesmente não posso. – E subi as escadas como se cada degrau fosse feito de vidro.

Nas últimas oito semanas da minha gestação, havia três segundos, todas as manhãs, que eram perfeitos. Eu flutuava até a superfície da consciência e durante esses abençoados instantes eu me esquecia. Sentia você rolando lentamente, seus chutes fracos, e pensava que tudo daria certo.

Mas a realidade sempre me atingia de repente: aquele chute talvez tivesse provocado uma fratura em sua perna novamente. Aquela volta que você deu dentro de mim podia tê-la machucado. Eu ficava deitada completamente imóvel no travesseiro e me perguntava se você morreria no parto ou logo depois. Ou se teríamos a sorte de tirar um coringa: você sobreviveria, mas teria uma deficiência terrível. Eu pensava que não deixava de ser uma ironia que, se seus ossos se partiam, também se partia o meu coração.

Uma vez tive um pesadelo. Eu havia dado à luz e ninguém falava comigo, ninguém me dizia o que estava acontecendo. Ao contrário, o obstetra, o anestesista e as enfermeiras, todos estavam de costas para mim.

"Onde está o meu bebê?", perguntei, e até mesmo Sean balançou a cabeça e recuou.

Lutei para me sentar até que pudesse ver entre minhas pernas: o que deveria ser um bebê era apenas uma pilha de cacos de cristal; entre os cacos eu podia ver seus dedinhos, um pedaço do cérebro, uma orelha, um pedaço do intestino.

Acordei gritando; demorei horas para voltar a dormir. Na manhã seguinte, quando Sean me acordou, eu disse que não conseguia me levantar da cama. E estava falando sério: eu tinha certeza de que o simples ato de viver, para mim, seria uma ameaça à sua sobrevivência. A cada passo que eu desse você poderia se ferir; se eu tomasse cuidado, então, talvez conseguisse evitar que você se quebrasse.

Sean ligou para Piper, que apareceu em nossa casa e conversou comigo sobre a logística da gestação como se a explicasse a uma criança: o líquido amniótico, a proteção que havia entre meu corpo e o seu. Eu sabia disso tudo, claro, mas também sabia de outras coisas que saíram errado: que os ossos ficavam mais fortes, e não mais fracos; que um feto sem síndrome de Down deveria ser saudável. Ela disse a Sean que eu talvez só precisasse descansar e que ela voltaria para me ver mais tarde. Mas Sean ainda estava preocupado e, depois de ligar para o trabalho dizendo que estava doente, ligou para nosso padre.

O padre Grady, aparentemente, fazia visitas domiciliares. Ele se sentou numa poltrona que Sean havia trazido para nosso quarto.

– Ouvi dizer que você está um pouco preocupada.

– Isso é um eufemismo – eu disse.

– Deus não dá às pessoas fardos que elas não podem suportar – argumentou o padre Grady.

Isso era muito bom e tal, mas o que meu bebê fizera para irritá-Lo tanto? Por que ela tinha de sofrer antes mesmo de nascer?

Sempre acreditei que Deus guarda os bebês realmente especiais para os pais nos quais Ele confia – disse o padre Grady.

– Minha filha talvez morra – argumentei.

– Sua filha talvez não fique neste mundo – corrigiu ele. – Em vez disso, ela estará com Jesus.

Senti que ia chorar.

– Bem, Ele que fique com o filho de outra pessoa.

– Charlotte! – disse Sean.

O padre Grady me encarou com olhos arregalados e consoladores.

– O Sean achou que talvez fosse bom se eu abençoasse o bebê. Você se importa? – Ele ergueu a mão, pairando-a sobre minha barriga.

Fiz que sim; não estava em posição de recusar uma bênção. Mas enquanto ele rezava sobre o volume da minha barriga, eu silenciosamente fazia minha própria oração: "Deixe-me ficar com ela e você pode ficar com tudo o que quiser".

Ele deixou um cartão bento no criado-mudo e prometeu rezar por nós. Sean o acompanhou até o andar de baixo e eu fiquei olhando para o cartão. Jesus estava na cruz. Ele havia sofrido muita dor, pensei. Ele sabia o que era sentir um prego furando-lhe a pele, rompendo-lhe o osso.

Vinte minutos mais tarde, de banho tomado e vestida, encontrei Sean sentado à mesa da cozinha, segurando a cabeça com as mãos. Ele parecia tão abatido, tão impotente. Estava tão preocupada com o bebê que não havia me dado conta do que ele estava passando. Imagine ganhar a vida protegendo as pessoas e não ser capaz de ajudar sua própria filha que ainda nem nascera.

– Você levantou – disse ele, constatando o óbvio.

– Acho que vou sair para dar uma volta.

– Vai ser bom tomar um ar fresco. Eu a acompanho. – Ele se levantou rápido demais, batendo na mesa.

– É que... – eu disse, tentando sorrir. – Preciso ficar um pouco sozinha.

– Ah, tudo bem. Sem problemas – disse ele, parecendo um pouco magoado. Eu não conseguia entender a lógica da situação: estávamos envolvidos no maior problema de nossa vida juntos; como era possível que nos sentíssemos tão afastados?

Sean presumiu que eu precisasse esvaziar a mente, pensar, refletir. Mas a visita do padre Grady fez com que eu me lembrasse de uma mulher que deixara de ir à igreja havia um ano. Ela vivia a uns quinhentos metros de casa e, de tempos em tempos, eu a via colocando o lixo na rua. O nome dela era Annie, e tudo o que eu sabia era que um dia esteve grávida e no outro não mais; e, depois disso, ela nunca mais foi à missa. Corria por aí o rumor de que ela havia feito um aborto.

Fui criada como católica. Frequentei uma escola de freiras. Havia meninas que engravidavam, mas elas desapareciam da lista de chamada ou passavam um semestre no exterior, voltando mais quietas e ariscas. Apesar disso, sempre votei nos Democratas, desde os dezoito anos. Talvez não fosse minha escolha pessoal, mas eu achava que as mulheres deveriam poder escolher.

Hoje em dia, porém, eu me perguntava se não era minha escolha porque eu era católica ou simplesmente porque nunca fora obrigada a fazer isso na prática, apenas na teoria.

A casa de Annie era amarela, com um gramado de conto de fadas e jardins cheios de margaridas no verão. Fui até a porta e bati, imaginando o que diria se ela própria atendesse. "Oi, sou a Charlotte. Por que você fez isso?"

Fiquei aliviada porque ninguém atendeu a porta; sentia cada vez mais que aquela havia sido uma ideia estúpida. Já ia embora quando, de repente, ouvi uma voz atrás de mim.

– Ah, oi. *Achei* que tinha ouvido alguém bater na porta.

Annie estava usando calça jeans, uma camiseta regata vermelha e luvas de jardinagem. Seus cabelos estavam presos e ela sorria.

– Você mora nessa rua, não é?
Olhei para ela.
– Há algo de errado com meu bebê – murmurei.
Ela cruzou os braços, e o sorriso desapareceu do seu rosto.
– Sinto muito – disse ela, sem emoção.
– Os médicos me disseram que, se ele sobreviver, será muito doente. Muito, muito doente. Eu não deveria ficar pensando nisso, mas não entendo por que é um pecado se você ama alguém e quer evitar que essa pessoa sofra. – Enxuguei as lágrimas na manga da camisa. – Não posso contar ao meu marido. Não posso nem mesmo lhe dizer que penso nisso.
Ela riscava o chão com o pé.
– Meu bebê estaria com dois anos, seis meses e quatro dias – disse ela. – Havia algo de errado com ele, alguma coisa genética. Se ele sobrevivesse, teria um retardo mental profundo. Como uma criança de seis meses, para sempre. – Annie respirou fundo. – Foi minha mãe quem me convenceu. Ela disse: "Annie, você mal é capaz de cuidar de si mesma. Como você vai cuidar de uma criança assim? Você é jovem. Terá outro filho". Por isso eu desisti e meu médico fez um aborto induzido com vinte e duas semanas. – Annie desviou o olhar, com os olhos cheios de lágrimas. – Eis uma coisa que ninguém lhe diz – disse ela. – Quando você dá à luz, você ganha um certificado de óbito, não uma certidão de nascimento. E, depois, você tem leite, e não há nada que o impeça de escorrer. – Annie olhou para mim. – Você não tem como vencer. Ou você tem o bebê e expõe sua dor ou não o tem e mantém a dor para si eternamente. Sei que não fiz nada de errado, mas também não sinto que fiz a coisa certa.

Há milhares de mulheres como nós, percebi. Mães que têm bebês deficientes e que passam o resto da vida se perguntando se deveriam tê-los abortado. E as mães que abortam olham nossos filhos e veem neles o rosto do filho que elas nunca chegaram a conhecer.

– Eles me deram uma opção – disse Annie. – E ainda hoje eu queria que não tivessem dado.

Amelia

Naquela noite, deixei você pentear meu cabelo e colocar grampos nele todo. Geralmente, você fazia nós enormes e me irritava, mas você adorava fazer aquilo – seus braços eram curtos demais para conseguir fazer um rabo de cavalo no seu cabelo, por isso, enquanto as outras meninas da sua idade brincavam enfeitando os cabelos com laços e tranças, você ficava à mercê da mamãe, cuja experiência com tranças se resumia a um challah.* Não pense que eu de repente fiquei boazinha ou coisa parecida – simplesmente me sentia mal por você. Desde que haviam chegado em casa, a mamãe e o papai estavam gritando como se você não estivesse presente. Quero dizer, por Deus, seu vocabulário era melhor do que o meu na maior parte do tempo – eles não podiam pensar que tudo aquilo passava despercebido para você.

– Amelia – você disse, terminando uma trança que ficou pendurada bem em cima do meu nariz. – Gosto do seu cabelo dessa cor.

Eu me olhei cuidadosamente no espelho. Não parecia uma punk descolada, apesar do meu esforço. Parecia mais o Grover, da Vila Sésamo.

– Amelia, a mamãe e o papai vão se separar?

Eu a encarei pelo espelho.

– Não sei, Wills.

Já estava adivinhando qual seria sua próxima pergunta.

– Amelia? – você chamou. – A culpa é minha?

– Não – respondi com firmeza. – De verdade. – Tirei os grampos e prendedores do meu cabelo e comecei a desfazer os nós. – Certo. Chega. Não sou um manequim. Vá para sua cama.

---

* Pão judaico em forma de trança. (N. do T.)

Todo mundo havia se esquecido de levá-la para a cama nessa noite – não que eu esperasse outra coisa, com o nível patético de paternidade que estava testemunhando ultimamente. Você subiu na cama pela extremidade aberta – ela ainda tinha barras nas laterais do colchão, o que você odiava, porque dizia que elas eram feitas para bebês, mesmo que a mantivessem segura. Abaixei-me e a ajeitei na cama. Estranho, até mesmo a beijei na testa.

– Boa noite – eu disse, pulando para debaixo das cobertas e apagando a luz.

Às vezes, no escuro, a casa parecia um coração batendo. Podia ouvi-la pulsando, *tum tum tum*, em meus ouvidos. Ouvia a pulsação ainda mais alta agora. Talvez meu novo cabelo fosse uma espécie de supercondutor.

– Sabe quando a mamãe fala que eu posso ser o que eu quiser quando crescer? – você sussurrou. – É mentira.

Levantei-me, apoiada num braço.

– Por quê?

– Eu não poderia ser um menino – você respondeu.

Eu ri.

– Pergunte à mamãe sobre isso qualquer hora.

– E não poderia ser a Miss América.

– Por quê?

– Você não pode usar aparelhos ortopédicos num concurso de beleza – você disse.

Fiquei pensando naqueles concursos, meninas bonitas demais para serem reais, altas, magras e plasticamente perfeitas. E depois pensei em você, baixinha, gordinha e torta, como uma raiz de árvore crescendo errado, com uma faixa sobre o peito.

MISS INCOMPREENDIDA.

MISS DEFORMADA.

MISS ERRADA.

Isso me deu dor de estômago.

– Durma – eu disse, com mais rispidez do que pretendia, e contei até mil e trinta e seis, até ouvi-la roncar.

Desci andando na ponta dos pés até a cozinha e abri a geladeira. Não havia comida alguma em casa. Provavelmente teria de comer miojo no café da manhã. Para ser sincera, estava chegando a um ponto em que, se meus pais não fossem ao mercado, eles poderiam ser acusados de negligência infantil.

Já haviam passado por isso.

Procurei na gaveta de frutas e desenterrei um limão fossilizado e um pedaço de gengibre.

Bati a porta da geladeira e ouvi um gemido.

Assustada – havia pessoas que entravam nas casas e estupravam meninas de cabelos azuis? –, fui até a porta da cozinha e olhei para a sala de estar. Enquanto meus olhos se ajustavam à escuridão, eu vi: a colcha sobre o sofá e o travesseiro que meu pai havia colocado sobre a cabeça ao se virar.

Senti a mesma dor de estômago que sentira quando você estava falando sobre concursos de beleza. Voltando para a cozinha sem fazer barulho, passei os dedos sobre a bancada até que eles encontraram o cabo de uma faca. Eu a levei para o andar de cima comigo, para dentro do banheiro.

O primeiro corte doeu. Fiquei olhando o sangue subir como a maré e escorrer pelo cotovelo. Merda, o que foi que eu fiz? Abri a torneira de água fria e mantive o braço sob a água até que o sangramento parasse

Depois fiz outro corte paralelo.

Não eram cortes nos pulsos, não ache que estava tentando me matar. Só queria sentir a dor e entender exatamente o que estava doendo. Fazia sentido: você se corta, sente a dor e ponto final. Eu podia sentir tudo se intensificando em mim como máquina a vapor, e eu estava apenas abrindo a válvula. Isso me fez pensar em minha mãe, em quando ela fazia massas de torta. Ela fazia buraquinhos em toda a massa. "Para que ela possa respirar", dizia.

Eu estava apenas *respirando*.

Fechei os olhos, ansiando por cada corte, sentindo a onda de alívio quando a pele se abria. Meu Deus, era tão bom... aquela intensidade e o doce relaxamento. Eu teria de esconder as marcas, porque preferia morrer a deixar que alguém soubesse que fizera uma coisa dessas. Mas também estava orgulhosa de mim mesma, um pouquinho. Meninas louquinhas faziam essas coisas – aquelas que escreviam poesias sobre seus órgãos sendo preenchidos com piche e que usavam tanto delineador preto que pareciam desenhos egípcios –, mas não meninas de boas famílias. Isso significava que eu não era uma boa menina ou que não vinha de uma boa família.

Você é quem decide.

Abri a tampa da caixa atrás da privada e guardei a faca lá dentro. Talvez eu precisasse dela novamente.

Fiquei olhando para os cortes, que agora latejavam, assim como o restante da casa, *tum tum tum*. Pareciam os trilhos de uma ferrovia. Como uma torre de escadas, dessas que se vê no teatro. Imaginei um desfile de pessoas feias como eu, todas rainhas de concursos de beleza que não podiam andar sem aparelhos ortopédicos. Fechei os olhos e imaginei até onde aqueles degraus me levariam.

III

Nesta terra abundante sem dúvida

Há pouco espaço para coisas estragadas:

Despreze-as, quebre-as, jogue-as fora!

E se antes dos tempos difíceis

Já fomos amados, usados – o suficiente,

Acho que nos afastamos, meu coração e eu.

– Elizabeth Barrett Browning, "My Heart and I"

Caramelo: um dos estágios da calda na preparação de doces, que ocorre entre 120 e 130° C.

Nogado, marshmallow, bala, goma – todos são preparados com caramelo, quando a concentração de açúcar é muito alta e o melado forma uma calda espessa quando derramado de uma colher. (Cuidado: o açúcar continua queimando muito depois de entrar em contato com a pele; é fácil esquecer que algo tão doce pode deixar uma cicatriz.) Para testar a consistência, derrame uma gota dentro de uma tigela com água fria. Se ela formar uma bala que não se achata e cuja forma ainda pode ser alterada com um pouco de força, estará no ponto.

O que, claro, nos leva a uma definição mais ampla do açúcar endurecido: impiedoso, agressivo, competitivo; do tipo que é feito para moldar o pensamento de alguém para que ele concorde com você.

TENTAÇÃO

2½ xícaras de açúcar
½ xícara de glucose de milho
½ xícara de água
1 pitada de sal
3 claras de ovos grandes
1 colher (chá) de baunilha
½ xícara de pecãs fatiadas
½ xícara de cerejas, amoras ou uvas desidratadas

Sempre achei interessante que um doce chamado tentação exigisse tanta brutalidade para ser feito.

Numa panela, misture o açúcar, a glucose de milho, a água e o sal. Usando um termômetro de doces, aqueça até o ponto de caramelo, mexendo até que o açúcar se dissolva. Enquanto isso, bata as claras em neve bem firme. Quando o melado atingir 126° C, junte aos poucos à clara em neve, batendo tudo na velocidade máxima da batedeira. Continue a bater até que o doce ganhe forma – por aproximadamente 5 minutos.

Acrescente a baunilha, as nozes e as frutas desidratadas. Espalhe colheradas de chá do doce sobre papel-manteiga, concluindo cada pedaço com uma torcida na colher, e deixe esfriar a temperatura ambiente.

Caramelo, bater, bater de novo. Talvez esse doce devesse se chamar submissão.

Charlotte
Janeiro de 2008

TUDO COMEÇOU COMO UMA MANCHA NA FORMA DE UMA ARRAIA NO canto do teto da sala de jantar – uma infiltração, uma indicação de que havia algo de errado com os canos do banheiro do andar de cima. Mas a infiltração se espalhou e já não se parecia com uma arraia, e sim com uma enorme onda, e metade do teto parecia empapada de chá. O encanador remexeu nas pias e sob o painel frontal da banheira por cerca de uma hora antes de reaparecer na cozinha, onde eu preparava o molho do espaguete.
– Ácido – anunciou ele.
– Não... apenas molho marinara.
– Nos canos – disse o encanador. – Não sei o que vocês têm jogado pela descarga, mas está corroendo os canos.
– A única coisa que estamos jogando pela descarga é o que todo mundo joga. As meninas não estão fazendo experiências químicas no chuveiro.
Ele deu de ombros.
– Posso substituir os canos, mas, a não ser que vocês resolvam o problema, ele vai se repetir.
Ele estava me custando trezentos e cinquenta dólares só pela visita, pelos meus cálculos – e não podíamos nos dar ao luxo disso, muito menos de uma segunda visita.
– Tudo bem.
Custaria mais trinta dólares para pintar o teto, mas isso nós mesmos faríamos. E aqui estávamos comendo macarrão pela terceira vez na semana, porque era mais barato que carne, porque você precisava de sapatos novos, porque estávamos definitivamente falidos.

Eram quase seis horas da tarde – hora em que Sean geralmente chegava em casa. Haviam se passado quase três meses desde o depoimento desastroso, e pelas nossas conversas você não saberia o que acontecera. Conversamos sobre o que o chefe de polícia falara ao jornal local em relação a um ato de vandalismo na escola, sobre se Sean deveria fazer os exames para detetive. Conversamos sobre Amelia, que ontem mesmo começara uma greve de silêncio e insistia em se comunicar por mímicas. Conversamos sobre como você conseguira dar a volta no quarteirão todo hoje, sem que eu tivesse de voltar correndo para pegar sua cadeira de rodas porque suas pernas não estavam aguentando.

Não conversamos sobre o processo.

Fui criada numa família em que, se você não discutisse uma crise, ela não existia. Minha mãe teve câncer de mama durante meses antes que eu descobrisse, e naquela hora era tarde demais. Meu pai perdera três empregos durante minha infância, mas isso não era assunto para conversas de família – certo dia ele apenas vestira o terno novamente e fora para o novo escritório, como se não tivesse havido qualquer interrupção na sua rotina. O único lugar onde podíamos revelar nossos medos e preocupações era no confessionário; o único consolo de que precisávamos vinha de Deus.

Eu havia jurado que, quando tivesse minha própria família, todas as cartas seriam postas na mesa. Não teríamos assuntos proibidos nem segredos nem óculos cor-de-rosa que nos impedissem de ver todos os nós e as complicações de uma família comum. Mas havia me esquecido de um elemento fundamental: pessoas que não falam sobre seus problemas acabam fingindo que não os têm. Pessoas que discutem o que há de errado, por outro lado, brigam e sofrem e se sentem péssimas.

– Meninas – gritei. – Jantar!

Ouvi o barulho distante dos seus pés descendo a escada. Você hesitava – um pé no degrau e depois o outro – enquanto Amelia quase pulava diretamente na cozinha.

– Ah, meu Deus – reclamou ela. – Espaguete *de novo*?

Para ser honesta, eu não havia simplesmente aberto uma caixa de massa. Eu fizera a massa, abrira e a cortara em tiras.

– Não, dessa vez é fettuccine – eu disse, sem me abalar. – Pode pôr a mesa.

Amelia enfiou a cabeça na geladeira.

– Novidade, não temos suco.

– Vamos beber água esta semana. É melhor para todos nós.

– E convenientemente mais barato. Vou te dizer uma coisa: pegue vinte dólares da minha poupança da faculdade e gaste em coxas de frango.

– Ahn? Que barulho foi esse? – perguntei, olhando em volta com a testa franzida. – Ah, certo. O barulho da minha *não* risada.

Com isso, Amelia sorriu.

– Amanhã é melhor termos alguma proteína.

– Lembre-me de comprar um pouco de tofu.

– Que nojo! – Ela pôs uma pilha de louça sobre a mesa. – Lembre-me de me matar antes do jantar, então.

Você entrou na cozinha e subiu na sua cadeira. Não a chamávamos de cadeirão – você estava com quase seis anos e argumentava que já era uma menininha –, mas você não conseguia alcançar a mesa sem algum tipo de apoio; você era simplesmente pequena demais.

– Para cozinhar quatrocentos milhões de quilos de massa, você precisaria de água o bastante para encher setenta e cinco mil piscinas olímpicas – você disse.

Amelia se sentou na cadeira ao seu lado.

– Para comer quatrocentos milhões de quilos de massa, você só tem que nascer na família O'Keefe.

– Se vocês continuarem reclamando, vou preparar algo especial para amanhã à noite... Algo como lula. Ou miúdos de carneiro. Ou miolos de vitela. Isso é proteína, Amelia...

– Há muito tempo havia um homem chamado Sawney Beane, na Escócia, que comia *pessoas* – você disse. – Tipo, milhares de pessoas.

– Bem, por sorte não estamos tão desesperados assim.

– Mas se estivéssemos – você disse, com os olhos reluzentes – eu seria carne *desossada*.

– Certo, chega. – Coloquei uma porção de massa fumegante no seu prato. – Bom apetite.

Olhei no relógio: seis e dez.

– E o papai? – perguntou Amelia, lendo meus pensamentos.

– Vamos esperá-lo. Tenho certeza de que ele chegará aqui num minuto.

Cinco minutos mais tarde, porém, Sean não havia chegado ainda. Você estava batendo com os dedos na mesa e Amelia remexia no macarrão que esfriava em seu prato.

– A única coisa mais nojenta do que macarrão é macarrão frio – resmungou ela.

– Coma – eu disse, e você e sua irmã atacaram o jantar como abutres.

Fiquei olhando para minha refeição, já sem fome. Depois de mais alguns minutos, vocês, meninas, levaram os pratos para a pia. O encanador desceu para dizer que havia terminado o serviço e me deixou com uma conta na bancada da cozinha. O telefone tocou duas vezes e uma de vocês atendeu.

Às sete e meia, liguei para o celular de Sean e a ligação caiu imediatamente na caixa-postal.

Às oito, joguei no lixo o que restava de comida no meu prato.

Às oito e meia, levei você para a cama.

Às oito e quarenta e cinco, liguei para a delegacia.

– Aqui é Charlotte O'Keefe – eu disse. – Você sabe me dizer se o Sean assumiu outro turno hoje à noite?

– Ele saiu por volta das cinco e quarenta e cinco – disse a atendente.

– Ah, certo, claro – respondi distraidamente, como se já soubesse disso, porque não queria que ela pensasse que eu era o tipo de esposa que não tinha a menor ideia de onde seu marido poderia estar.

Às onze e seis, eu estava sentada no escuro no sofá da sala de estar, imaginando se ela ainda podia ser chamada de sala de estar se a família não ficava mais lá, quando a porta da frente se abriu. Sean entrou em casa andando na ponta dos pés e eu acendi o abajur ao meu lado.

– Uau – eu disse –, o trânsito deve estar horrível.

Ele congelou.

– Você está acordada.

– Esperamos você para o jantar. Seu prato ainda está na mesa, se é que você está a fim de comer fettuccine fossilizado.

– Fui ao O'Boys depois do meu turno com o pessoal. Eu ia ligar...

Concluí a frase por ele:

– Mas você não queria conversar comigo.

Ele se aproximou, e então pude sentir o cheiro que exalava de seus poros. Álcool e um pouco de fumaça. Você poderia tapar meus olhos e mesmo assim eu seria capaz de localizar Sean no meio da multidão com meus outros sentidos. Mas identificar alguém não é o mesmo que conhecer alguém – o homem por quem você se apaixonara havia alguns anos podia parecer o mesmo e falar do mesmo modo e exalar o mesmo cheiro, e mesmo assim ser completamente diferente.

Acho que Sean podia falar o mesmo sobre mim.

Ele se sentou na poltrona à minha frente.

– O que você quer que eu diga, Charlotte? Quer que eu minta e diga que estava louco para voltar para casa?

– Não. – Engoli em seco. – Quero... Só quero que as coisas voltem a ser como eram.

– Então pare – disse ele tranquilamente. – Simplesmente pare com aquilo que começou.

Escolhas são engraçadas: pergunte a uma tribo primitiva que sempre se alimentou de larvas e raízes se eles são infelizes e eles darão de ombros. Mas lhes dê filé mignon com molho de trufas e depois lhes mande de volta para a dieta de antes, e eles sempre se lembrarão daquela comida deliciosa. Se você não sabe que há uma alternativa, não pode desprezá-la. Marin Gates me deu uma oportunidade de ouro que eu nunca, nem em meus sonhos mais ousados, teria considerado – e, agora, como eu poderia não tentar? A cada fratura, a cada dólar a mais na nossa dívida, eu ficaria pensando em como nós deveríamos ter seguido adiante com o processo.

Sean balançou a cabeça.

– Foi o que eu pensei.

– Estou pensando no futuro da Willow...

– Bem, e eu estou pensando no aqui e agora. Ela não dá a menor importância para dinheiro. Ela se importa se seus pais a amam. Mas essa não é a mensagem que ela vai ouvir quando você se levantar naquele maldito tribunal.

– Então me diga, Sean, qual a solução? Devemos simplesmente ficar aqui, sentados, esperando que a Willow pare de sofrer fraturas? Ou que você... – interrompi a discussão de repente.

– Que eu o quê? Consiga um trabalho melhor? Ganhe na merda da loteria? Por que você não diz de uma vez, Charlotte? Você acha que não consigo sustentar todas vocês.

– Eu nunca disse isso...
– Você nunca precisou dizer. Está muito claro – disse ele. – Sabe, você costumava dizer que se sentia como se eu tivesse resgatado você e Amelia. Mas acho que, com o tempo, acabei decepcionando vocês.
– Isso não tem nada a ver com você. Tem a ver com a nossa família.
– Que você está destruindo. Meu Deus, Charlotte, o que você acha que as pessoas veem quando a olham agora?
– Uma mãe – respondi.
– Uma *mártir* – corrigiu Sean. – Ninguém jamais será tão boa quanto você no que diz respeito a cuidar da Willow. Você não confia em ninguém. Você não percebe como isso é uma merda?
Senti um aperto na garganta.
– Bem, me desculpe por não ser perfeita.
– Não – disse Sean. – É justamente isso o que você espera de nós todos. – Com um suspiro, ele foi até a lareira, onde um travesseiro e uma colcha estavam cuidadosamente empilhados. – Se você não se importa, você está sentada na minha cama.

Consegui segurar as lágrimas até subir as escadas. Deitei-me no lado que Sean ocupava na cama, tentando encontrar o lugar certo onde ele costumava dormir. Afundei o rosto no travesseiro, que ainda tinha o cheiro do xampu dele. Apesar de eu ter mudado a roupa de cama desde que ele se mudara para o sofá, eu não havia lavado sua fronha, de propósito – e agora me perguntava por quê. Assim eu podia fingir que ele ainda estava ali? Assim eu ainda teria algo dele se ele jamais voltasse?

No dia do nosso casamento, Sean me disse que se jogaria na frente de uma bala para me salvar. Sabia que ele queria que eu dissesse a mesma coisa, mas eu não podia. Amelia precisava de mim para cuidar dela. Por outro lado, se aquela bala estivesse indo na direção de Amelia, eu não pensaria duas vezes antes de me jogar na frente dela.

Isso fazia de mim uma excelente mãe ou uma péssima esposa?

Mas isso não era uma bala que fora disparada contra nós. Era um trem em movimento, e o custo de salvar minha filha era me jogar sobre os trilhos. Havia apenas um problema: minha melhor amiga estava amarrada a mim.

Uma coisa era sacrificar sua própria vida por outra pessoa. Outra coisa, bem diferente, era incluir na mistura uma terceira pessoa – uma terceira pessoa que a conhecia e confiava em você.

Tudo parecera muito simples: um processo que reconhecia como as coisas eram difíceis para nós e que tornaria nossa vida muito melhor. Mas com minha pressa ao ver um raio de esperança, ignorei as nuvens tempestuosas: o fato de que acusar Piper e convencer Sean a fazer o mesmo arruinaria nossas relações. E agora era tarde demais. Mesmo que eu ligasse para Marin e lhe dissesse para parar com tudo, isso não faria com que Piper me perdoasse. Nem impediria Sean de me criticar.

Você pode dizer a si mesma que está disposta a perder tudo o que tem a fim de conseguir algo que deseja. Mas é uma armadilha: tudo o que você está disposta a perder é o que a torna reconhecível. Se você as perder, perde a si mesma.

Por um instante, imaginei-me descendo as escadas na ponta dos pés e me ajoelhando diante de Sean, pedindo desculpas. Eu me imaginei pedindo a ele para recomeçarmos. Então levantei a cabeça e percebi que a porta estava entreaberta e que seu rostinho triangular ocupava o espaço.

– Mamãe – você disse, aproximando-se com seu passo esquisito e subindo na cama –, você teve um pesadelo?

Seu corpo se ajeitou ao meu, de costas.

– Sim, Wills. Tive.

– Você precisa que eu fique aqui com você?

Eu a abracei e a envolvi como um parênteses.

– Para sempre – respondi.

O Natal havia sido quente demais este ano, verde e não branco, uma confirmação da mãe natureza de que a vida não estava sendo como era para ser. Depois de duas semanas de temperaturas acima de zero, o inverno voltou para se vingar. Naquela noite, nevou. Acordamos com a garganta seca e o calor zumbindo dos aquecedores. Lá fora, o ar cheirava a lenha das chaminés.

Sean já havia saído quando desci, às sete. Ele deixara para trás uma pilha cuidadosamente arrumada da sua roupa de cama na lavanderia e uma xícara vazia de café na pia. Você desceu as escadas esfregando os olhos.

– Meus pés estão frios – você disse.

– Então use os chinelos. Onde está Amelia?

– Dormindo.

Era sábado; não havia motivo para acordá-la mais cedo. Eu a observei coçando a bacia, provavelmente sem nem perceber que o fazia. Você precisava de exercícios para fortalecer os músculos ao redor da pélvis, mas eles ainda doíam por causa de suas fraturas nos fêmures.

– Vou lhe dizer uma coisa. Se você for pegar o jornal, podemos fazer waffles de café da manhã.

Observei enquanto sua mente fazia alguns cálculos – a caixa do correio ficava a quatrocentos metros; estava congelando lá fora.

– Com sorvete?

– Morango – negociei.

– Tudo bem.

Você foi até a entrada para pegar seu casaco e usá-lo sobre o pijama, e eu a ajudei a prender o aparelho ortopédico antes de enfiar seus pés nas botinas que os acomodavam.

– Cuidado com a entrada da garagem. – Você fechou o casaco. – Willow? Você me ouviu?

– Sim, tomar cuidado – você repetiu, abrindo a porta da frente e saindo.

Fiquei na porta observando por alguns instantes, até que você se virou para trás no meio do caminho, pôs as mãos na cintura e disse:

– Não vou cair! Pare de olhar!

Por isso recuei e fechei a porta – mas, pela janela, fiquei espiando você mais um pouco. Na cozinha, comecei a pegar os ingredientes da geladeira e liguei a máquina de waffle. Usei uma tigela plástica da qual você gostava muito, porque era leve o bastante para que você a erguesse e derramasse a massa.

Fui até a porta novamente, para esperá-la. Mas, quando saí, você não estava em lugar algum. Eu tinha uma vista clara da entrada da garagem até a caixa do correio, e você não estava ali. Histérica, vesti um par de botas e corri pela entrada da garagem. No meio do caminho, vi pegadas na neve que ainda recobriam a grama congelada, pegadas que iam até o laguinho de patinação.

– Willow! – gritei. – Willow!

Maldito Sean, por não encher de terra aquele laguinho como eu lhe pedira.

De repente, lá estava você, no limite dos juncos que circundavam o gelo fino.

Você tinha um dos pés equilibrado na superfície.

– Willow – eu disse, baixinho, para não assustá-la. Mas, quando você se virou, sua bota escorregou e você caiu para frente, com as mãos estendidas para amenizar a queda.

Eu previra isso, por isso já estava me aproximando quando você se virou para mim. Pisei no gelo, que ainda era novo e fino demais para suportar qualquer peso, e senti a lâmina fina se quebrar sob meu pé. Minha bota se encharcou de água gelada, mas consegui segurá-la com os braços e impedir que você caísse.

Eu estava ensopada até a cintura e seu corpo pendia dos meus braços como um saco de farinha, sem fôlego. Dei um passo para trás, tirando os pés da sujeira e do mato que recobriam o fundo do laguinho, e caí sentada para amenizar sua queda.

– Você está bem? – perguntei, ofegante. – Quebrou alguma coisa?

Você fez uma rápida avaliação interna e balançou negativamente a cabeça.

– No que você estava *pensando*? Você sabe muito bem...

– A *Amelia* pode andar no gelo – você disse, baixinho.

– Primeiro, você não é a Amelia. E segundo, esse gelo não está firme o bastante.

Você se virou.

– Como eu.

Virei-a com cuidado, de modo que você ficasse sentada no meu colo, com as pernas ao lado do meu corpo. Uma aranha, era assim que as crianças chamavam quando se sentavam desse modo nos balanços, embora você nunca tenha podido brincar disso. Fácil demais, uma perna podia ficar presa na corrente ou se torcer ao tocar a perna de um amigo.

– Não é como você – eu disse com firmeza. – Willow, você é a pessoa mais forte que conheço.

– Mas você gostaria que eu não tivesse de usar a cadeira de rodas. Ou ir ao hospital o tempo todo.

Sean havia insistido que você sabia muito bem o que estava acontecendo ao seu redor; eu, ingenuamente, presumira que, depois da conversa que tivemos fazia alguns meses, se você ainda tinha dúvidas das minhas palavras, elas seriam esclarecidas pelas minhas ações. Mas eu me preocupara com as coisas que você me ouvira dizer – não com as mensagens que talvez estivessem nas entrelinhas.

– Lembra quando eu falei que teria de dizer coisas que não queria? É isso, Willow. – Hesitei. – Imagine que você esteja na escola e que sua amiga lhe pergunte se você gosta do tênis dela. Você acha que eles são muito feios, mas você não diria a ela que os odiou, não é? Porque isso a deixaria triste.

– Isso é mentir.

– Eu sei. E quase sempre é errado, a não ser que você esteja tentando não magoar alguém.

Você me encarou.

– Mas você está *me* magoando.

Aquilo foi como uma facada no estômago.

– Não quero magoar você.

– Então – você disse, pensativa –, é tipo quando a Amelia brinca de Dia do Contrário?

Amelia inventara isso quando tinha quase a sua idade. Desafiadora desde aquela época, ela se recusara a fazer a lição de casa e depois se pôs a rir quando gritamos com ela, dizendo que era Dia do Contrário e ela já tinha terminado tudo. Ou quando ela a aterrorizava, chamando-a de Bunda de Vidro, e você vinha chorando e Amelia insistia que, no Dia do Contrário, isso significava que você era uma princesa. Nunca fui capaz de saber se Amelia havia inventado o Dia do Contrário porque tinha a imaginação fértil ou porque era subversiva.

Mas talvez fosse uma maneira de desatar o nó que era o nascimento indevido, de transformar uma mentira, como Rumpelstiltskin, em ouro.

– Exatamente – eu disse. – É como o Dia do Contrário.

Você me lançou um sorriso tão doce que eu quase pude sentir a neve derretendo à nossa volta.

– Então está certo – você disse. – Queria que *você* nunca tivesse nascido também.

No início do namoro com Sean, eu deixava presentinhos na caixa de correio dele. Biscoitos cortados na forma das letras do seu nome, um pedaço de babka, pães doces com nozes, rocambole de amêndoas. Eu realmente o conquistei pelo estômago. Imaginava-o pegando suas contas e catálogos e encontrando um pacotinho de balas, um pão de mel, um pedaço de bolo de chocolate.

– Você ainda vai me amar se eu engordar dez quilos? – Sean me perguntava, e eu ria dele.

– O que faz você pensar que eu te amo? – eu perguntava.

Eu o amava, claro. Mas sempre foi mais fácil para mim demonstrar amor do que falar. A palavra me lembrava pralinas: pequenas, preciosas, quase insuportavelmente doces. Eu me entusiasmava na presença dele; eu me sentia como o sol na constelação do seu abraço. Mas tentar traduzir o que eu sentia por ele em palavras de algum modo diminuía meu sentimento, como prender uma borboleta numa caixa de vidro ou filmar a passagem de um cometa. Todas as noites ele me abraçava e sussurrava em meu ouvido aquela frase, bolhas que estouravam ao entrar em contato com a pele: *Eu te amo*. E então ele ficava esperando. Ele esperava e, mesmo sabendo que ele não queria me pressionar antes que eu estivesse pronta para fazer minha confissão, eu podia sentir naquele silêncio sua decepção.

Certo dia, quando saí do trabalho ainda com farinha nas mãos para que conseguisse correr e pegar Amelia na escola, encontrei um cartãozinho sob o limpador de para-brisa: EU AMO VOCÊ, lia-se.

Coloquei-o no porta-luvas e, naquela tarde, fiz trufas e as deixei na caixa de correio de Sean.

No dia seguinte, quando saí para trabalhar, havia um enorme cartaz preso ao vidro do meu carro: EU AMO VOCÊ.

Liguei para Sean:

– Vou ganhar – eu disse.

– Acho que nós dois vamos – respondeu ele.

Assei uma panna cotta de lavanda e a deixei sobre sua conta do cartão de crédito.

Ele contra-atacou com um painel. Era possível ler a mensagem da vitrine do restaurante, o que fez de mim tema de chacota do maître e do chef.

– Qual é o seu problema? – perguntou Piper. – Simplesmente diga a ele o que você sente. – Mas Piper não entendia e eu não sabia como explicar. Quando você demonstrava a alguém o que sentia, era honesto e sincero. Quando você dizia a alguém como se sentia, era possível que não houvesse nada por trás das palavras, além do puro hábito e da expectativa. Eram palavras que todo mundo usava, simples sílabas que não podiam conter algo tão raro quanto o que eu sentia por Sean. Eu queria que ele sentisse o que eu sentia quando estava na sua presença: aquela incrível combinação de consolo, entrega e deslumbramento; saber que bastava prová-lo para me ver viciada nele. Assim, fiz tiramisu e o coloquei entre um pacote da Amazon e uma propaganda de uma empresa de pintura.

Dessa vez, Sean me ligou:
– Abrir a caixa de correio de outra pessoa é crime, sabia? – ele disse.
– Então me prenda – respondi.

Naquele dia, deixei o trabalho – seguida pelo resto da equipe, que viera testemunhar nosso flerte como se fosse um esporte – e encontrei meu carro completamente embrulhado em papel pardo. Pintado em letras enormes, lia-se: ESTOU DE DIETA.

Claro que assei bolinhos de papoula para ele, mas os bolinhos ainda estavam na caixa do correio no dia seguinte, quando fui lhe deixar biscoitos de gengibre. E no dia seguinte, com esses dois presentes intactos, nem consegui colocar a torta de morango. Levei-a, então, até a casa dele e toquei a campainha. Seus cabelos loiros estavam na sombra; sua camiseta branca, presa ao peito.

– Por que você não está comendo o que eu fiz para você? – perguntei.
Ele me deu um sorriso malicioso.
– Por que você não me diz também?
– Você não *percebe*?
Sean cruzou os braços.
– Percebe o quê?
– Que eu te amo?
Ele abriu a porta, agarrou-me e me beijou com força.
– Já era hora – disse, dando uma risadinha. – Estou morrendo de fome.

Você e eu não fizemos apenas waffles naquela manhã. Fizemos pão de canela e biscoitos de aveia e blondies. Eu a deixei lamber a colher, a espátula e a tigela. Por volta das onze, Amelia apareceu na cozinha de banho tomado.

— Está vindo um exército para o almoço? — perguntou ela. Então, pegou um bolinho de milho, abriu-o e o cheirou. — Posso ajudar?

Fizemos um bolo de amora e uma torta de ameixa, folhados de maçã e biscoitos em forma de cata-vento e bolinhos de amêndoa. Cozinhamos até que não restasse quase mais nada na despensa, até que eu tivesse me esquecido do que você me dissera no laguinho, até ficarmos sem açúcar mascavo, até percebermos que seu pai estivera fora o dia todo, até que não pudéssemos comer mais nada.

— E agora? — perguntou Amelia, depois que toda a bancada estava recoberta com alguma coisa que preparamos.

Fazia tanto tempo que, depois que comecei, simplesmente não consegui parar. E acho que parte de mim ainda pensava que estava cozinhando para um restaurante, e não para uma família — muito menos para uma família sem um de seus membros.

— Podemos dar para os vizinhos — você sugeriu.

— De jeito nenhum — disse Amelia. — Vamos vendê-los.

— Não temos uma confeitaria — argumentei.

— Por que não? Podia ser como uma barraquinha de feira na entrada da garagem. Willow e eu podemos fazer um enorme cartaz com os dizeres "Doces da Charlotte", e você pode embrulhar tudo em filme plástico...

— Podíamos usar uma caixa de sapato — você disse — e fazer um buraco na parte de cima para colocar o dinheiro, e cobrar dez dólares por doce.

— Dez dólares? — perguntou Amelia. — Que tal um dólar, cabeção?

— Mamãe! Ela me chamou de cabeção...

Eu estava imaginando paredes brancas, uma vitrine de vidro, mesas de ferro com tampo de mármore. Imaginava fileiras de bolinhos de pistache e um forno industrial, merengues que derretiam na boca, o barulho da caixa registradora.

— Syllabub — interrompi, e vocês duas se viraram para mim. — Esse é o nome que deve estar no cartaz.

Naquela noite, quando Sean voltou para casa, eu já estava dormindo, e ele saiu antes que eu acordasse também. Só sabia que ele havia passado a noite em casa por causa da xícara suja na pia.

Meu estômago se contorceu; eu preferia que fosse fome, não arrependimento. Na cozinha, fiz uma torrada e tirei um filtro branquinho de papel para colocá-lo na máquina.

Quando Sean e eu nos casamos, ele preparava café para mim todas as manhãs. Ele não bebia café, mas se levantava para o trabalho e programava a cafeteira para que houvesse café fresquinho esperando por mim quando eu saísse do banho. Eu descia as escadas para encontrar uma xícara me esperando já com duas colheres de açúcar. Às vezes, encontrava sob ela um bilhete: NOS VEMOS MAIS TARDE ou JÁ SINTO SUA FALTA.

Nesta manhã a cozinha estava fria, e a cafeteira, silenciosa e vazia.

Medi a água e os grãos de café, e apertei o botão para que o líquido escorresse para dentro do jarro. Peguei uma xícara do armário e depois, pensando melhor, peguei a que Sean usara de dentro da pia. Lavei-a e a usei para beber meu próprio café. O sabor era forte demais, amargo. Eu me perguntava se os lábios de Sean haviam tocado a xícara no mesmo lugar que os meus.

Sempre desconfiei de mulheres que descrevem o fim do casamento como algo que aconteceu do dia para a noite. *Como você não percebeu?*, eu pensava. *Como você pôde ignorar todos os sinais?* Bem, vou lhe dizer como: você está tão ocupada apagando um incêndio à sua frente que se esquece completamente do inferno incandescente às suas costas. Eu não me lembrava da última vez que Sean e eu rimos juntos de alguma coisa. Não podia me lembrar da última vez que o beijara sem motivo. Estava tão concentrada em protegê-la que fiquei completamente vulnerável.

Às vezes você e Amelia brincavam de jogos de tabuleiro e, quando você rolava os dados, eles ficavam presos numa fenda do sofá ou caíam no chão. "De novo", você dizia, e era muito fácil lhe dar uma segunda chance. Era exatamente o que eu queria agora: um "de novo". Só que, se fosse honesta comigo mesma, eu não saberia por onde começar.

Despejei o café na pia e fiquei olhando o líquido escorrer pelo ralo.

Eu não precisava de cafeína. E não precisava de ninguém para fazer café para mim pela manhã. Deixando a cozinha, peguei um casaco (de Sean, que tinha o cheiro dele) e saí para pegar o jornal.

A caixa verde que guardava o jornal local estava vazia; Sean devia tê-lo pegado a caminho do lugar para onde quer que tenha ido. Frustrada, dei meia-volta e notei o carrinho de mão cheio de doces que colocamos na entrada da garagem.

O carrinho estava vazio, exceto pela caixa de sapatos que Amelia havia feito como se fosse uma caixa registradora e o cartaz que você pintara com purpurina, com a palavra SYLLABUB.

Peguei a caixa de sapato e corri para dentro de casa, para o seu quarto.

– Meninas – gritei –, vejam!

Vocês duas se reviraram, ainda zonzas de sono.

– Meu Deus! – reclamou Amelia, dando uma olhada no relógio.

Sentei-me na sua cama e abri a caixa de sapatos.

– Onde você conseguiu tanto dinheiro? – você perguntou, e isso bastou para que Amelia se sentasse na cama.

– Que dinheiro? – perguntou ela.

– Dos doces que fizemos – respondi.

– Me dê isso aqui. – Amelia pegou a caixa de sapatos e começou a organizar o dinheiro em pilhas. Havia cédulas e moedas de todos os valores. – Deve ter uns cem dólares aqui!

Você desceu da sua cama e subiu na de Amelia.

– Estamos ricas – você disse, pegando um punhado de dólares e jogando para o alto.

– O que vamos fazer com isso? – perguntou Amelia.

– Acho que devíamos comprar um macaco – você disse.

– Macacos custam mais que cem dólares – argumentou Amelia. – Acho que devíamos comprar uma televisão para o nosso quarto.

E eu pensei que devíamos pagar nossa dívida no cartão de crédito, mas duvidei de que vocês, meninas, concordassem.

– Já temos uma televisão lá embaixo – você disse.

– Bem, não precisamos de um macaco idiota!

– Meninas – interrompi –, só há uma maneira de conseguirmos o que todas nós queremos. Prepararmos mais doces para ganharmos mais dinheiro. – Olhei para cada uma de vocês. – E então? O que estão esperando?

Você e Amelia correram para o banheiro e depois ouvi a água escorrendo e o esfregar metódico das escovas de dentes. Arrumei os lençóis da sua cama e os cobertores. Fiz a mesma coisa na cama de Amelia. Mas, dessa vez, quando prendi a colcha sob o colchão, meus dedos resvalaram em dezenas de papéis de doces, uma embalagem plástica de pão e farelos de biscoito. *Adolescentes*, pensei, jogando tudo na lata de lixo.

No banheiro, pude ouvir vocês duas discutindo sobre quem havia deixado a pasta de dentes aberta. Peguei a caixa de sapatos e joguei outro punhado de dinheiro para o ar, ouvindo o tilintar das moedas de prata, a música da possibilidade.

Sean

Eu provavelmente não deveria ter pegado o jornal. Foi o que pensei comigo mesmo ao me sentar à mesa de uma lanchonete duas cidades depois de Bankton, remexendo no meu copo de suco de laranja e esperando que o cozinheiro fritasse os ovos que pedi. Afinal, era a primeira coisa que Charlotte fazia todas as manhãs: bebia uma xícara de café enquanto dava uma olhada nas manchetes. Às vezes ela até lia as cartas ao editor em voz alta, principalmente aquelas que pareciam ter sido escritas por malucos quase partindo para a violência física. Quando saí de casa, às seis da manhã, parando antes para pegar o jornal, percebi que isso era algo que a irritaria. E, certo, talvez isso tenha bastado para me incentivar. Mas agora que o abri e dei uma olhada na primeira página, tive certeza de que deveria tê-lo deixado onde o encontrei, na caixa de correio.

Porque bem ali, acima da dobra, estava uma história sobre mim e minha família.

POLICIAL LOCAL ENTRA COM AÇÃO POR NASCIMENTO INDEVIDO

Willow O'Keefe é – de certo modo – uma menina normal de cinco anos. Ela frequenta o jardim de infância em tempo integral na escola fundamental de Bankton, onde estuda leitura, matemática e música. Ela brinca com seus amiguinhos durante o intervalo. Compra seu almoço na cantina da escola. Mas, num aspecto, Willow é diferente das outras crianças da sua idade. Às vezes ela usa uma cadeira de rodas, às vezes um andador e, às vezes, um aparelho ortopédico. Isso porque, ao longo da sua curta vida, ela já sofreu mais de 62 fraturas, por conta de uma doença chamada osteogênese imperfeita, com a qual Willow convive desde que nasceu e que – argumentam seus pais – deveria ter sido diagnosticada pela obstetra com antecedência o suficiente para que eles pudessem interromper a gestação. Apesar de os O'Keefe amarem sua filha, suas contas médicas superam a cobertura normal de um seguro-saúde, e agora seus pais – o tenente Sean O'Keefe, do Departamento de Polícia de Bankton, e Charlotte O'Keefe – estão entre um número cada vez maior de pacientes que processam seus obstetras por não lhes darem informações sobre anormalidades fetais que, dizem, teriam feito com que interrompessem a gestação.

Mais da metade dos estados dos Estados Unidos reconhece ações por nascimento indevido, e muitos desses casos chegam a um acordo fora dos tribunais por um valor menor do que um júri talvez concedesse, pois as seguradoras que cobrem erros médicos não querem que uma criança como Willow seja mostrada ao júri. Mas processos como esse geralmente abrem uma caixa de Pandora no que se refere a complicações éticas: o que tais ações sugerem sobre o valor que a sociedade dá aos deficientes? Quem pode criticar os pais que veem seus filhos sofrendo diariamente? Quem – se é que alguém – tem o direito de escolher que deficiências devem ser determinantes para um aborto? E qual é o efeito de um processo como esse sobre uma criança como Willow, que tem idade o bastante para entender o depoimento de seus pais?

Lou St. Pierre, presidente da seção de New Hampshire da Associação Norte-Americana de Deficientes Físicos, diz que entende por que pais como os O'Keefe optam pelo processo. "Isso pode ajudar com o incrível peso financeiro que uma criança gravemente deficiente traz para a família", afirma St. Pierre, que nasceu com espinha bífida e está preso a uma cadeira de rodas. "Mas o problema é a mensagem que está sendo passada às crianças: que deficientes não podem ter uma vida completa; que, se você não for perfeito, não deveria estar aqui."

Recentemente, em 2006, um acordo de US$ 3,2 milhões num caso de nascimento indevido de 2004 foi revertido pela Suprema Corte de New Hampshire.

Havia até mesmo uma fotografia de nós quatro – que fora tirada da circular do departamento de polícia que promovia a interação entre o cidadão e os policiais e que fora distribuída havia dois anos. Amelia ainda não usava aparelho nos dentes.

Seu braço estava engessado.

Joguei o jornal para o outro lado da mesa e ele caiu no assento oposto. Malditos jornalistas. O que eles faziam? Esperavam no tribunal para ver o que surgia nas súmulas? Qualquer pessoa que lesse esse artigo – e quem não leria? Era o jornal local – pensaria que eu estava envolvido nisso por dinheiro.

Não estava e, só para provar, peguei a carteira e deixei vinte dólares sobre a mesa para uma refeição de dois dólares que nem mesmo me fora servida.

Quinze minutos mais tarde, depois de uma parada rápida na delegacia para pegar o endereço de Marin Gates, apareci na casa dela. Não era como eu esperava. Havia estátuas de gnomos no jardim e a caixa de correio tinha a forma de um porquinho com a boca aberta. A casa era pintada de roxo. Parecia o tipo de lugar onde João e Maria viveriam, não uma advogada racional e lógica.

Quando toquei a campainha, Marin atendeu a porta. Ela usava uma camiseta com estampa do álbum *Revolver* dos Beatles e calça de moletom com a sigla UNH na perna.

– O que você está fazendo aqui?

– Preciso conversar com você.

– Você devia ter ligado. – Ela olhou em volta, tentando encontrar Charlotte.

– Estou sozinho – eu disse.

Marin cruzou os braços.

– Não estou na lista telefônica. Como você me encontrou aqui?

Dei de ombros.

– Sou policial.

– Isso é invasão de privacidade...

– Bom. Você pode me processar quando terminar de processar Piper Reece. – Eu lhe estendi o jornal matinal. – Você já leu esta porcaria?

– Sim. Não há muita coisa que eu possa fazer quanto à imprensa, exceto dizer "Nada a comentar".

– Estou fora – eu disse.

– O quê?

– Estou fora. Quero sair desse processo. – Apenas ter dito essas palavras me fez sentir como se eu tivesse passado todo o peso do mundo para outro idiota. – Assinarei tudo o que você quiser; só quero tornar minha desistência oficial.

Marin hesitou.

– Entre para que possamos conversar – disse ela.

Se fiquei surpreso com a imagem externa da casa dela, fiquei ainda mais impressionado pelo interior. Havia toda uma parede coberta por estantes com estatuetas de Hummel e as demais estavam enfeitadas com bordados. Lencinhos apareciam como algas na parte de cima do sofá.

– Bela casa – menti.

Ela apenas me encarou, impassível.

– Eu a aluguei mobiliada – explicou Marin. – A dona vive em Fort Lauderdale.

Na sala de jantar havia uma pilha de arquivos e um bloco de anotações. Por todo lado havia papéis amassados; o que quer que ela estivesse escrevendo não estava sendo fácil.

– Olhe, tenente O'Keefe, eu o conheço e sei que não tivemos um bom começo, sei que o depoimento foi... desafiador para você. Mas teremos outra chance e as coisas serão diferentes depois que formos ao tribunal. Realmente me sinto confiante de que os danos que o júri estará disposto a compensar...

– Não quero sua porcaria de dinheiro – eu disse. – Ela pode ficar com tudo.

– Acho que entendo qual é o problema – disse Marin. – Mas o processo não tem a ver com você e sua esposa. Tem a ver com a Willow. Se você realmente quer lhe dar o tipo de vida que ela merece, você precisa vencer um processo como este. Se desistir agora, só dará à defesa mais um trunfo.

Tarde demais, ela percebeu que talvez fosse isso que eu quisesse.

– Minha filha – disse ele, com a voz embargada – tem um nível de leitura de sexta série. Ela vai ver o artigo de jornal, e dezenas de crianças como ela, eu acho. Ela vai ouvir a mãe dizer ao mundo todo que ela não era desejada. Diga-me, srta. Gates, o que é melhor: eu me sentar naquele tribunal para arruinar definitivamente sua chance de ganhar o caso ou me afastar para que haja algum lugar para a Willow se voltar a fim de saber que alguém a ama, não importa como ela seja?

– Você tem certeza de que está fazendo o melhor para a sua filha?
– *Você* tem? – perguntei. – Não saio daqui antes que você me dê os documentos que preciso assinar.
– Você não pode esperar que eu escreva algo numa manhã de domingo fora do escritório...
– Vinte minutos e estarei de volta.
Abri a porta para sair quando fui impedido pela voz de Marin.
– Sua esposa – perguntou ela. – O que ela pensa de você fazer isso?
Virei-me bem devagar.
– Ela *não pensa* em mim – eu disse.

Não vi Charlotte naquela noite, nem na manhã seguinte. Achei que Marin não demoraria muito para contar à minha esposa que eu desistira do processo. Mas mesmo um cara com convicções firmes entende alguma coisa sobre autopreservação; não havia nenhuma chance de eu ir para casa e conversar com sua mãe até que tivesse alguns goles de coragem na barriga – e, por ser policial, depois de passar tempo o bastante para que o álcool fosse processado pelo meu corpo antes que eu pudesse dirigir.
Talvez então eu tivesse a sorte de encontrá-la dormindo.
– Tommy – eu disse, chamando o atendente do bar e empurrando minha caneca de cerveja na sua direção. Eu fora ao O'Boys com alguns patrulheiros rodoviários depois do nosso turno, mas todos eles já haviam voltado para casa, para a esposa e para os filhos, a fim de jantar em família. Era tarde demais para um happy hour e cedo demais para a festança da madrugada; além de Tommy e eu, a única pessoa no bar era um velho que começara a beber às três e parara quando sua filha viera buscá-lo depois que o atendente se recusara a servi-lo.
O sino sobre a porta tocou e uma mulher entrou. Ela tirou o casaco justo com estampa de leopardo apenas para revelar um vestido rosa ainda mais justo. Eram trajes como esse que sempre arruinavam casos de estupro para a promotoria.
– Está muito frio lá fora – disse ela, sentando-se no banquinho ao meu lado. Fiquei olhando fixamente para minha caneca vazia de cerveja. *Tente usar um pouco de roupa*, pensei.

Tommy me serviu cerveja e se voltou para a mulher.
– O que deseja?
– Um martíni – disse ela, e depois voltou-se para mim e sorriu. – Você já tomou um desses?
Bebi um gole de cerveja.
– Não gosto de azeitonas.
– Gosto de chupar os caroços – admitiu ela. A moça soltou os cabelos – loiros e encaracolados – de modo que eles parecessem um rio em meio às costas.
– Cerveja tem gosto de areia de gato, se quer saber minha opinião.
Eu ri.
– Quando foi a última vez que você experimentou areia de gato?
Ela franziu a testa.
– Você nunca olhou para uma coisa e simplesmente *soube* como era o sabor dela?
Ela disse *uma coisa*, não disse? Não *alguém*?
Nunca traí Charlotte. Nunca nem mesmo pensei em traí-la. Só Deus sabe quantas vezes me deparei com uma jovem durante minha carreira, e com a oportunidade, se quisesse me aproveitar. Para ser honesto, Charlotte era tudo o que eu sempre quis – mesmo depois de oito anos. Mas a mulher com quem me casei – aquela que me prometeu comprar sorvete de baunilha durante nossos votos, mesmo que fosse uma alternativa pior ao sorvete de chocolate – não era a mesma que eu via hoje em nossa casa. Aquela mulher era teimosa e distante, tão focada no que podia conseguir que não era sequer capaz de ver o que já tinha.
– Meu nome é Sean – eu disse, encarando a mulher.
– Taffy Lloyd – apresentou-se ela, tomando um gole do martíni. – Como o doce. Taffy,* não Lloyd.
– Entendi.
Ela estreitou os olhos.
– Eu conheço você?
– Tenho certeza que me lembraria se a conhecesse...
– Não, tenho certeza. Nunca me esqueço de um rosto... – Ela se interrompeu, estalando os dedos. – Você estava no jornal – disse. – Você tem uma menininha bem doente, não é? Como ela está?

---

* Espécie de bala de caramelo. (N. do T.)

Ergui a cabeça, me perguntando se ela podia ouvir meu coração batendo o mais alto possível. Ela me reconhecia do artigo? Como ela, quantos outros?

– Ela está bem – respondi laconicamente, terminando de beber minha cerveja num demorado gole. – Na verdade, tenho de voltar para casa para vê-la.

Que se danasse o carro; eu iria andando.

Comecei a me levantar, mas fui impedido pela voz dela.

– Ouvi dizer que você não está mais no processo.

Aos poucos, virei-me.

– Isso não saiu no jornal.

De repente, ela não parecia mais uma mulher à toa. Seus olhos eram de um azul penetrante e estavam fixos em mim.

– Por que você quis sair?

Ela era repórter? Aquilo era uma armadilha? Senti minhas defesas se armando tarde demais.

– Só estou tentando fazer o que é melhor para a Willow – murmurei, vestindo o casaco e xingando a manga que havia ficado presa.

Taffy Lloyd pôs um cartão de visitas no balcão, diante de mim.

– O melhor para Willow – disse ela – é que esse processo não vá adiante.

Acenando com a cabeça, ela vestiu seu casaco com estampa de leopardo e saiu pela porta, deixando para trás a maior parte do martíni.

Peguei o cartão e passei o dedo sobre as letras em relevo:

Taffy Lloyd, Investigadora Jurídica
Booker, Hood & Coates

Dirigi. Fiz as rotas que fazia no carro da polícia, dando longas voltas que se aproximavam cada vez mais do centro de Bankton. Vi estrelas cadentes e dirigi para onde achava que elas haviam caído. Dirigi até que mal conseguisse manter os olhos abertos, até depois da meia-noite.

Entrei em casa silenciosamente e, no escuro, fui até a lavanderia para pegar os lençóis e a fronha para o sofá. De repente, estava exausto, tão cansado que mal conseguia ficar em pé. Joguei-me no sofá e cobri o rosto com as mãos.

O que eu não conseguia entender era como isso havia chegado tão longe e tão rápido. Num minuto eu estava saindo do escritório dos advogados e, no outro, Charlotte havia marcado outra reunião. Não podia impedi-la de fazer isso – mas, para ser honesto, nunca achei que ela fosse mesmo insistir nesse processo. Charlotte não fazia o tipo de pessoa que corre riscos. Mas foi justamente aí que as coisas se complicaram: na mente dela, o processo não tinha nada a ver com ela. Tinha a ver com você.

– Papai?

Levantei os olhos para encontrá-la diante de mim, seus pés nus brancos como os de um fantasma.

– O que você está fazendo acordada? – perguntei. – Já é de madrugada.

– Fiquei com sede.

Fui até a cozinha e você me seguiu com seu passo torto. Você se apoiava na perna esquerda – e, embora outro pai pudesse simplesmente se perguntar se sua filha ainda estava sonolenta, eu pensava em microfraturas e deslocamentos da bacia. Servi-lhe um copo de água e me apoiei contra a bancada da cozinha enquanto você a bebia.

– Certo – eu disse, pegando-a no colo, porque não suportava vê-la subindo as escadas. – Já passou da hora de dormir.

Você se agarrou ao meu pescoço.

– Papai, por que você não dorme mais na sua cama?

Parei no meio da escada.

– Gosto do sofá. É mais confortável.

Entrei no seu quarto com todo o cuidado para não acordar Amelia, que roncava baixinho na cama ao lado. Ajeitei-a sob as cobertas.

– Aposto que, se eu não fosse assim – disse você –, se meus ossos não fossem todos errados... você ainda estaria dormindo aqui em cima.

No escuro, pude ver o brilho dos seus olhos, a curva arredondada de seu rosto. Não respondi. Não tinha como responder.

– Durma – eu disse. – É muito tarde para conversarmos sobre isso.

De repente, simples assim, como se alguém tivesse emendado um trecho do futuro num filme, pude ver como você seria quando crescesse. Aquela teimosia, a aceitação tranquila de alguém resignada a lutar uma batalha sem fim – bem, a pessoa com quem você mais se parecia naquele momento era com sua mãe.

Em vez de descer, entrei em nosso quarto. Charlotte estava dormindo do lado direito, virada para a parte vazia da cama. Sentei-me com cuidado na beirada, tentando não movê-la ao me deitar sobre as cobertas. Virei de lado, de frente para Charlotte.

Estar ali, na minha própria cama, com minha própria esposa, era simples e incômodo ao mesmo tempo – como terminar um quebra-cabeça e colocar a última peça no lugar, apesar de as extremidades não se encaixarem como deveriam. Olhei para as mãos de Charlotte, fechadas sob as cobertas, como se estivesse preparada para dar um soco mesmo dormindo. Quando toquei-lhe o punho, seus dedos se abriram como uma rosa. Quando a olhei, encontrei-a me encarando.

– Estou sonhando? – ela perguntou.
– Sim – eu disse, e ela segurou minha mão.

Fiquei observando Charlotte enquanto ela voltava a dormir, tentando identificar o momento exato em que ela estava consciente e quando estava dormindo, mas tudo aconteceu tão rápido que não consegui notar. Com cuidado, tirei minha mão da dela. Esperei, por um instante, que ela acordasse, que lembrasse que eu estava ali. Esperava que isso compensasse o que eu estava prestes a fazer.

Havia um cara no departamento cuja esposa tivera câncer de mama alguns anos atrás. Em solidariedade, vários de nós raspamos a cabeça quando ela começou a quimioterapia; fizemos tudo o que era possível para ajudar George a passar por aquele inferno. Depois sua esposa se recuperou e todos celebramos e, uma semana mais tarde, ela lhe disse que queria se separar. Na época, pensei que era a coisa mais abominável que uma mulher podia fazer: largar o homem que permanecera ao lado dela durante uma grave doença. Mas agora eu via que o que parecia lixo por um ângulo poderia ser considerado arte por outro. Talvez seja necessário uma crise para se conhecer; talvez seja preciso receber um golpe duro da vida antes de compreender o que você quer dela.

Eu não gostava de estar ali – era como ter uma má lembrança. Pegando um guardanapo de um suporte no meio da enorme mesa polida, limpei a testa. O que eu realmente queria fazer era admitir que tudo era um equívoco e fugir. Saltar pela janela, talvez.

Mas, antes que eu pudesse agir com alguma sanidade, a porta se abriu. Entrou um homem com cabelos prematuramente grisalhos – será que eu havia percebido isso da última vez? – seguido por uma loira usando óculos modernos e um terno abotoado quase até o pescoço. Fiquei de queixo caído; Taffy Lloyd parecia outra pessoa. Cumprimentei-a silenciosamente e depois Guy Booker – o advogado que me fizera de idiota naquele mesmo escritório havia alguns meses.

– Vim lhe perguntar o que posso fazer – eu disse.

Booker olhou para sua investigadora.

– Não tenho certeza se entendo o que você quer dizer, tenente O'Keefe...

– Quero dizer que estou do lado de vocês agora.

Marin

O QUE VOCÊ DIZ PARA UMA MÃE QUE NUNCA CONHECEU?
    Desde que Maisie havia entrado em contato comigo dizendo que tinha o endereço atual da minha mãe biológica, rascunhei centenas de cartas. Era assim que as coisas funcionavam: apesar de Maisie aparentemente ter localizado minha mãe biológica, não me era permitido entrar em contato com ela diretamente. Em vez disso, eu deveria escrever uma carta para minha mãe e enviá-la para *Maisie*, que serviria como intermediária. Ela entraria em contato com minha mãe, diria que tinha um assunto muito importante para tratar e deixaria um telefone de contato. Supostamente, quando minha mãe biológica ouvisse isso, ela saberia qual era o assunto e tomaria uma decisão. Depois que Maisie tivesse certeza de que a mulher era mesmo minha mãe biológica, ela leria em voz alta a carta que eu escrevera ou a enviaria.
    Maisie me enviou uma lista de instruções que deveriam me ajudar a escrever a carta:

> Esta é sua apresentação para a mãe biológica que você estava procurando. Essa pessoa é praticamente uma estranha para você, por isso a carta servirá como uma primeira impressão. A fim de não assustar sua mãe biológica, recomenda-se que ela não tenha mais do que duas páginas. Desde que sua letra cursiva seja legível, o ideal é que ela receba uma carta manuscrita, já que dará uma noção da sua personalidade ao destinatário.
>
> Você deve decidir se quer que esse primeiro contato seja anônimo. Se quiser usar seu nome, por favor entenda que isso possibilita

que a outra pessoa a localize. Você pode querer esperar até conhecê-la melhor antes de lhe dar seu endereço ou telefone.

A carta deve conter informações gerais a seu respeito: idade, educação, ocupação, talentos ou passatempos, estado civil e se você tem ou não filhos. Aconselha-se incluir fotografias suas e da sua família. Você talvez queira explicar por que está procurando sua mãe biológica agora.

Se sua origem incluir alguma dificuldade, o melhor é não citá-la dessa vez. Informações negativas sobre a adoção – como ter sido dada a uma família que a maltratava – não são apropriadas. É melhor conversar sobre isso mais tarde, depois que uma relação tiver se estabelecido. Muitos pais biológicos dizem que se sentem culpados por decidirem dar o filho ou filha para adoção e temem que a decisão, feita em seu benefício, talvez não tenha sido a melhor, como haviam previsto. Se informações negativas forem compartilhadas desde o início, talvez todos os aspectos positivos de criar uma relação de afinidade entre vocês no futuro sejam ofuscados.

Se você se sentir grata por sua mãe ter tomado a decisão que tomou, você pode, brevemente, citar isso. Se você quiser informações sobre o histórico médico da família, pode mencionar isso. Talvez seja melhor pensar bem quanto a perguntar sobre o pai biológico. Pode ser um assunto difícil, a princípio.

Para assegurar à mãe biológica que você quer uma relação mutuamente benéfica, você pode incluir a afirmação de que gostaria de lhe telefonar ou encontrá-la, mas respeitará a necessidade que ela talvez tenha de pensar se está à vontade quanto a isso.

Li tantas vezes as orientações de Maisie que era praticamente capaz de recitá-las de cor. Para mim, parecia que a informação que realmente importava estava ausente. Quanto dizer para deixar claro como você é, mas sem decepcionar a outra pessoa? Se eu lhe dissesse que era democrata, por exemplo, e ela fosse republicana, será que ela jogaria minha carta no lixo? Eu deveria mencionar que participei de um protesto para arrecadar fundos para as pesquisas contra a aids e que defendi o casamento de pessoas do mesmo sexo? Sem levar em conta a decisão que tive de tomar quando escrevi mesmo a carta.

Queria lhe enviar um cartão – parecia que eu estava me esforçando, e não apenas escrevendo uma correspondência num bloco de papel. Mas meus cartões tinham imagens muito distintas, como as de Picasso, Mary Engelbreit e Mapplethorpe. O de Picasso parecia comum demais; o de Engelbreit, feliz demais; mas o de Mapplethorpe... Bem, e se ela o odiasse por princípio? *Deixe disso, Marin*, disse a mim mesma. *Não há nenhum corpo nu no cartão; é uma simples flor.*

Agora tudo o que eu tinha de fazer era pensar no conteúdo.

Briony abriu de repente a porta da minha sala e eu rapidamente escondi as anotações numa pasta. Talvez não fosse totalmente correto usar meu horário de trabalho para saciar minha obsessão pessoal, mas, quanto mais eu me envolvia com o caso O'Keefe, mais difícil era tirar minha mãe biológica da cabeça. Por mais tolice que parecesse, entrar em contato com ela era como se eu estivesse salvando minha própria alma. Já que eu *tinha* de representar uma mulher que desejava ter se livrado da filha, o mínimo que poderia fazer era encontrar minha própria mãe e agradecê-la por pensar de outro modo.

A secretária jogou um envelope sobre minha mesa.

– Entrega do diabo – disse ela, e foi quando vi o remetente: Booker, Hood & Coates.

Abri o envelope e li a lista retificada de depoentes.

– Você só pode estar brincando – murmurei, levantando-me para pegar o casaco. Era hora de fazer uma visita a Charlotte O'Keefe.

Uma menina de cabelos azuis atendeu a porta e eu a encarei por uns cinco segundos antes de reconhecer a filha mais velha de Charlotte, Amelia.

– O que quer que você esteja vendendo – disse ela –, não estamos interessados.

– Amelia, não é? – Esbocei um sorriso. – Sou Marin Gates. A advogada da sua mãe.

Ela me olhou de cima a baixo.

– Que seja. Ela não está. Ela me deixou cuidando da Willow.

De dentro da casa:

– *Não* sou um bebê!

Amelia voltou o olhar para mim.

– O que quis dizer é que ela me deixou cuidando da *inválida*.

De repente seu rosto apareceu na porta.

– Oi – você disse, sorrindo. Você havia perdido um dente da frente.

Pensei: *O júri vai amá-la.*

E depois me odiei por ter pensado isso.

– Quer deixar um recado? – perguntou Amelia.

Bem, eu não poderia lhe dizer que seu pai havia se tornado uma testemunha de defesa.

– Esperava falar com sua mãe pessoalmente.

Amelia deu de ombros.

– Não podemos deixar estranhos entrarem em casa.

– Ela não é uma estranha – você disse, esticando a mão e me puxando para dentro.

Eu não tinha muita experiência com crianças e, pelo andar da carruagem, jamais teria, mas havia alguma coisa naquele toque da sua mão na minha, macia como um pé de coelho e talvez com a mesma sorte. Deixei que você me levasse até o sofá da sala de estar e olhei em volta para o tapete oriental falso, a tela empoeirada da televisão, as caixas amassadas de jogos empilhados na lareira. Pelo que parecia, o Banco Imobiliário estava a toda; havia um tabuleiro sobre a mesinha de centro diante do sofá.

– Você pode jogar no meu lugar – disse Amelia, de braços cruzados. – Sou mais comunista que capitalista mesmo.

Ela subiu as escadas correndo, deixando-me olhando para o tabuleiro.

– Sabe em qual rua é mais comum cair? – você perguntou.

– Humm. – Sentei-me. – Não deveriam ser todas iguais?

– Não se você pensar em casas como a Cadeia e outras do tipo. É a Illinois.

Olhei para baixo. Você havia construído três hotéis na Avenida Illinois.

E a Amelia tinha me deixado com sessenta dólares.

– Como você sabe? – perguntei.

– Eu li. Gosto de saber de coisas que ninguém mais sabe.

Aposto que havia coisas sobre as quais você sabia mais do que nós sabíamos ou jamais saberíamos. Era um pouco desconcertante se sentar com uma menina de quase seis anos cujo vocabulário provavelmente rivalizava com o meu.

– Então me diga algo que não sei – pedi.

– O dr. Seuss inventou a palavra *nerd*.

Dei uma gargalhada.

– Mesmo?

Você fez que sim.

– Em *If I Ran the Zoo*. Que não é tão bom quanto *Green Eggs and Ham*. Que é um livro para bebês – você disse. – Prefiro Harper Lee.

– Harper Lee? – perguntei.

– Sim. Você nunca leu *O sol é para todos*?

– Claro que sim. Só não acredito que *você* tenha lido. – Essa era a primeira conversa que tinha com uma menininha que estava no olho do furacão de um processo e percebi algo notável: gostei de você. Gostei muito. Você era sincera, engraçada e inteligente, e talvez seus ossos se quebrassem de vez em quando. Gostei de você por ignorar sua deficiência, considerando-a a parte menos importante de você – quase tanto quanto eu não gostava da sua mãe por dar tanta ênfase a isso.

– Então, agora é a vez da Amelia. O que significa que você tem que jogar os dados – você disse.

Olhei para o tabuleiro.

– Sabe de uma coisa? Odeio Banco Imobiliário.

Realmente odiava. Tinha lembranças da minha infância, de um primo que roubava quando era o banqueiro e de jogos que duravam quatro noites seguidas.

– Quer jogar outra coisa?

Voltando àquela casa e à pilha de brinquedos, vi uma casinha de bonecas. Era uma miniatura da sua casa, com as persianas escuras e a porta vermelha; havia até mesmo flores no jardim e enormes passadeiras

– Uau – eu disse, tocando-a com reverência. – É incrível.

– Meu pai fez para mim.

Ergui a casinha da plataforma e a coloquei sobre o tabuleiro de Banco Imobiliário.

– Eu tinha uma casinha de bonecas também.

Era meu brinquedo preferido. Lembro-me das cadeiras de veludo vermelho na sala de estar em miniatura e de um velho piano que tocava ao girar uma manivela. Uma banheira com pés que imitavam garras e o papel de parede colorido. Parecia completamente vitoriana, nada como as casas modernas onde cresci; eu costumava fingir, ao organizar as camas, os sofás e os móveis da cozinha, que era uma casa num universo alternativo, a casa onde eu teria vivido se não tivesse sido entregue para adoção.

– Olhe isso – você disse, mostrando-me uma privadinha de porcelana com tampa e tudo. Eu me perguntava se os homens da casinha se esqueciam de abaixá-la também.

Na geladeira, havia filés de madeira, garrafinhas de leite e uma embalagem de ovos enfileirados como pérolas. Ergui a alça de um cesto e encontrei duas agulhas de tricô e uma bola de lã.

– É aqui que as irmãs vivem – você disse, e colocou colchões nas camas no quarto do andar de cima. – E aqui é onde a mamãe dorme. – Na porta ao lado, numa enorme cama, você colocou dois travesseiros e uma colcha de retalhos do tamanho da palma da minha mão. Depois você pegou outro cobertor e travesseiro e fez uma cama sobre o sofá rosa de cetim na sala. – E isso – você disse – é para o papai.

Ah, meu Deus, pensei. *Como eles a destruíram.*

De repente a porta se abriu e Charlotte entrou em casa, um vento de inverno preso às dobras do casaco. Ela carregava compras em sacolas ecológicas presas aos ombros.

– Ah, então aquele é o *seu* carro – disse ela, colocando a comida no chão. – Amelia! – gritou ela para o andar de cima. – Cheguei!

– Tá – a voz de Amelia desapareceu, sem nenhum entusiasmo.

Talvez não fosse apenas você que eles estavam destruindo.

Charlotte se abaixou e a beijou na testa.

– Como você está, moranguinho? Brincando de casinha? Não a vejo brincar com isso há muito tempo...

– Temos que conversar – eu disse, levantando-me.

– Tudo bem.

Charlotte se abaixou para pegar algumas sacolas de mercado; fiz o mesmo e a segui até a cozinha. Ela começou a desembalar as compras: suco de laranja, leite, brócolis. Macarrão com queijo, detergente para a máquina de lavar louça, saquinhos plásticos.

Generosidade. Alegria. Vida: marcas que eram uma receita para toda a existência.

– Guy Booker acrescentou uma testemunha de defesa – eu disse – Seu marido.

Charlotte estava segurando um vidro de picles que se espatifou no chão.

– O que você disse?

– Sean vai depor contra você – respondi sem me alterar.

– Ele não pode fazer isso, pode?

– Bem, como ele pediu para sair do processo...

– Ele fez *o quê*?

O cheiro do vinagre se intensificou; a salmoura formava poças no piso.

– Charlotte – eu disse, surpresa –, ele me disse que já tinha conversado com você.

– Ele não fala comigo há semanas. Como ele *pôde*? Como ele pôde fazer isso conosco?

Você, então, entrou na cozinha.

– Alguma coisa quebrou?

Charlotte se abaixou e começou a recolher os cacos de vidro.

– Saia da cozinha, Willow.

Peguei um rolo de papel-toalha enquanto Charlotte deu um grito agudo; ela cortara o dedo num caco.

Estava sangrando. Seus olhos se arregalaram e eu a levei para a sala de estar novamente.

– Vá pegar um band-aid para sua mãe – pedi.

Quando você voltou à cozinha, Charlotte segurava a mão ensanguentada contra a camisa.

– Marin – disse ela, olhando para mim –, o que devo fazer?

Era provavelmente uma experiência nova para você, ir ao hospital sem que estivesse ferida. Mas logo ficou claro que o corte da sua mãe fora profundo demais e que apenas aquele band-aid não daria conta. Eu a levei à emergência, com você e Amelia sentadas no banco de trás do carro, seus pés apoiados numa caixa cheia de arquivos. Esperei enquanto um médico suturava a ponta do dedo anelar de Charlotte, enquanto você se sentou ao lado dela e segurou-lhe a mão com força. Eu me ofereci para parar na farmácia para comprar Tylenol e codeína, mas Charlotte disse que ainda havia analgésicos o bastante em casa, sobras da sua última fratura.

– Estou bem – ela me disse. – Mesmo.

Quase acreditei nela também, mas depois lembrei como ela apertara sua mão ao receber os pontos e o que ela ainda planejava dizer ao júri daqui a algumas semanas sobre você.

Voltei ao escritório, embora o dia já tivesse terminado. Peguei as orientações de Maisie para escrever uma carta à mãe biológica da gaveta de cima e as li pela última vez.

As famílias nunca são o que você queria que fossem. Todos queríamos o que não pudemos ter: o filho perfeito, o marido amoroso, a mãe que nos desse liberdade. Vivíamos em nossa casinha de bonecas de adultos ignorando completamente que, a qualquer momento, podia surgir uma mão e mudar tudo a que estávamos acostumados.

"Olá", escrevi.

Provavelmente já escrevi esta carta milhares de vezes na minha mente, sempre a retrabalhando para garantir que fosse perfeita. Levei trinta e um anos para começar minha busca, embora sempre tenha me perguntado de onde vim. Acho que tinha de descobrir primeiro por que queria saber – e finalmente descobri a resposta. Devo a meus pais biológicos um enorme agradecimento. E, quase tão importante quanto, sinto como se você tivesse o direito de saber que estou viva, bem e feliz.

Trabalho como advogada em Nashua. Fiz faculdade na UHN e depois me especializei em direito pela Universidade do Maine. Faço trabalho voluntário mensalmente para dar orientação jurídica a quem não pode pagar. Não sou casada, mas espero um dia me casar. Gosto de andar de caiaque, de ler e de comer qualquer coisa que tenha chocolate.

Durante muitos anos, hesitei em procurar por você, porque não queria me intrometer ou arruinar a vida de ninguém. Mas então tive um problema de saúde e percebi que não sabia o suficiente de onde viera. Para isso, gostaria de conhecê-la e dizer obrigada pessoalmente – por ter me dado a oportunidade de me tornar a mulher que sou agora –, mas também respeito a sua vontade se você não estiver preparada para me encontrar nesse momento ou nunca.

Escrevi e reescrevi isso, li e reli. Não é a carta perfeita, mas tampouco eu sou perfeita. Mas finalmente tive coragem e gostaria de pensar que, talvez, tenha herdado isso de você.

Atenciosamente,
Marin Gates

Sean

Os caras que refaziam o pavimento desse trecho da Rodovia 4 haviam passado os últimos quarenta minutos debatendo sobre quem era mais gostosa, Jessica Alba ou Pamela Anderson.

– A Jessica é totalmente natural – disse um deles, que estava usando luvas sem os dedos e não tinha a maior parte dos dentes. – Sem implantes.

– Como se você soubesse – disse o chefe da equipe.

Mais abaixo, perto dos carros, outro trabalhador segurava um sinal que dizia diminua a velocidade, que deveria servir como um alerta para os carros e talvez fosse igualmente um conselho pessoal.

– Pamela Anderson tem 90, 60, 90 – disse ele. – Sabe quem mais tem essas medidas? Só a Barbie.

Encostei-me no capô do carro, protegendo-me do frio e tentando fingir que era surdo como uma porta. Cuidar de construções era do que menos gostava no meu trabalho como policial, mas era um mal necessário. Sem minhas luzes azuis, as chances de algum idiota atropelar um dos trabalhadores aumentavam drasticamente. Outro cara se aproximou, sua respiração marcava o ar em nuvens esbranquiçadas.

– Eu não expulsaria nenhuma delas da minha cama – disse ele. – Aliás, seria melhor ter as duas ao mesmo tempo.

Eis uma coisa engraçada: se alguém perguntasse a qualquer um desses caras, eles diriam que eu era um cara durão. Que meu distintivo e minha arma bastavam para me colocar um patamar acima na escala de respeito deles. Eles fariam o que eu lhes mandasse e esperavam que os motoristas fizessem o que eu lhes mandasse também. O que eles não sabiam era que eu era o pior tipo de covarde. No trabalho, talvez, podia dar ordens, imobilizar criminosos ou me envolver numa briga; em casa, eu saía furtivamente, antes que qualquer pessoa acordasse; eu abandonara o processo de Charlotte sem nem mesmo ter a coragem de lhe dizer que faria isso.

Passara tempo suficiente acordado à noite numa tentativa de me convencer de que isso era um sinal de coragem – que eu estava tentando encontrar um meio-termo, de modo que você soubesse que era amada e querida –, mas a verdade era que eu tinha um pouco de culpa nisso tudo também. Tornei-me um herói novamente, em vez do cara que era incapaz de cuidar da própria família.

– Quer dar seu voto, Sean? – perguntou o chefe.

– Não quero estragar a brincadeira de vocês – eu disse, diplomaticamente.

– Ah, certo. Você é casado. Não pode dar uma olhadinha nem mesmo no Google...

Ignorando-os, dei alguns passos à frente enquanto um carro se aproximava correndo pelo cruzamento, em vez de diminuir a velocidade. Tudo o que eu tinha de fazer era apontar para o motorista e ele tiraria o pé do acelerador. Era simples assim; o medo de que eu o multasse bastaria para fazê-lo pensar duas vezes no que estava fazendo. Mas o motorista não estava diminuindo a velocidade e, quando o carro parou repentinamente no meio do cruzamento, percebi duas coisas ao mesmo tempo: (1) o motorista era mulher, não homem; e (2) o carro era o da minha esposa.

Charlotte saiu da van e bateu a porta atrás de si.

– Seu filho da puta – disse ela, aproximando-se até que estivesse perto o suficiente para começar a me bater.

Segurei-lhe os braços, sabendo muito bem que ela não só impedira o fluxo do tráfego como também parara o trabalho de reparo da estrada. Podia sentir os olhos dos caras em mim.

– Desculpe – murmurei. – Tive de fazer isso.

– Você achou que poderia guardar segredo até o julgamento? – perguntou Charlotte. – Talvez então todos pudessem ver minha cara quando eu descobrisse que meu próprio marido era um mentiroso.

– *Quem* é mentiroso? – perguntei, incrédulo. – Desculpe se não estou disposto a me vender por dinheiro.

O rosto de Charlotte ficou repentinamente vermelho.

– Desculpe se *eu* não estou disposta a deixar que minha filha sofra porque estamos falidos.

Num instante, percebi algumas coisas: que o farol direito da van de Charlotte estava queimado. Que ela tinha um curativo ao redor de um dos dedos da mão esquerda. E que começara a nevar novamente.

– Onde estão as meninas? – perguntei, tentando enxergar alguma coisa pelos vidros escuros do carro.

– Você não tem o direito de perguntar – disse ela. – Você abdicou desse direito quando foi ao escritório daquele advogado.

– Onde estão as meninas, Charlotte? – exigi.

– Em casa. – Ela recuou, com os olhos cheios de lágrimas. – Num lugar onde nunca mais quero vê-lo novamente.

Dando meia-volta, ela foi até o carro. Antes que pudesse entrar, porém, eu a impedi.

– Como você não percebe? – sussurrei. – Antes de você começar com tudo isso, não havia nada de errado com a nossa família. Nada. Tínhamos uma casa decente...

– Com uma infiltração no telhado...

– Tenho um trabalho seguro...

– Que não lhe paga nada...

– E nossas filhas viviam uma vida ótima – concluí.

– O que você sabia sobre isso? – perguntou Charlotte. – Você não estava com a Willow quando passávamos pelo parquinho da escola e ela ficava olhando as crianças fazerem coisas que ela jamais faria, coisas simples, como saltar dos balanços ou jogar bola. Ela jogou fora o DVD do *Mágico de Oz*, sabia? Estava no lixo da cozinha, porque algum menino horrível da escola a chamou de gnomo.

Eu simplesmente quis espancar o merdinha – não me importava que ele tivesse apenas seis anos.

– Ela não me contou.

– Porque ela não queria que você brigasse por ela – disse Charlotte.

– Então por que *você* está brigando por ela? – perguntei.

Charlotte hesitou e eu percebi que havia atingindo seu ponto fraco.

– Você pode se enganar, Sean, mas não pode me enganar. Vá em frente e faça de mim a bruxa má, a vilã. Finja que você é um nobre, se isso lhe serve. Parece bom, e você pode se convencer de que sabe qual a cor preferida dela e o nome do bichinho de pelúcia preferido dela e qual o sabor de geleia de que ela gosta no sanduíche de pasta de amendoim. Mas não é isso que faz dela o que ela é. Você sabe sobre o que ela fala a caminho de casa, voltando da escola? Ou do que ela sente mais orgulho? Sabe quais são as preocupações dela? Você sabe por que ela chorou na noite passada e por que, há uma semana, ela se escondeu debaixo da cama por uma hora? Encare as coisas, Sean. Você acha que está bancando o herói, mas não sabe nada sobre a vida da Willow.

Recuei.

— Sei que ela merece viver.

Ela me tirou do caminho e entrou no carro, batendo a porta e cantando os pneus. Ouvi as buzinas furiosas dos carros que haviam ficado parados atrás da van de Charlotte, e me voltei para encontrar o chefe dos operários, que ainda me encarava.

— Vou lhe dizer uma coisa — ele disse. — Você pode ficar com a Jessica *e* a Pam.

Naquela noite, dirigi até Massachusetts. Não tinha nenhum destino em mente, mas entrei em rodovias secundárias a esmo e passeei por vizinhanças que estavam completamente escuras à noite. Desliguei os faróis e andei pelas ruas como se fosse um tubarão no fundo do oceano. Há muita coisa que você pode dizer sobre uma família apenas pelo lugar onde ela vive: brinquedos de plástico indicam a idade das crianças; luzinhas de Natal indicam a religião; os carros na garagem indicam uma mãe de filhos pequenos, um motorista adolescente ou um fã de corridas. Mas, mesmo nas casas sem indicações claras, eu não tinha dificuldade para imaginar as pessoas que lá viviam. Podia fechar os olhos e imaginar o pai à mesa de jantar, fazendo suas filhas rirem. Uma mãe que tirava a mesa, mas não sem antes tocar o ombro do marido ao passar por ele. Via uma estante cheia de livros de histórias infantis, um peso de papel rusticamente pintado para parecer uma joaninha sobre as correspondências do dia, uma pilha de roupas recém-lavadas. Podia ouvir o jogo dos Patriots nas tardes de domingo e o iTunes de Amelia tocando pelo alto-falante na forma de uma rosquinha, e seus pés descalços se arrastando pelo corredor.

Devo ter passado por umas cinquenta casas assim. Às vezes, encontrava uma luz acesa – quase sempre no andar de cima, e com o contorno da cabeça de um adolescente contra o brilho azulado da tela do computador. Ou um casal que dormira com a televisão ligada. A luz do banheiro, para afastar os monstros. Não importava que eu estivesse numa vizinhança predominantemente branca ou negra, se a comunidade era rica ou pobre – casas eram como células protetoras; elas evitavam que nossos problemas transparecessem para os outros.

O último bairro que visitei naquela noite atraiu meu carro magneticamente, o polo norte do meu coração. Estacionei na entrada da nossa garagem, os faróis ainda apagados, para que ninguém notasse minha presença.

A verdade era que Charlotte tinha razão. Quanto mais turnos eu trabalhava para pagar por seus acidentes, menos tempo passava com você. Uma vez, segurei-a nos braços enquanto você dormia e fiquei observando os sonhos que se passavam pelo seu rosto; agora, eu a amava em teoria, mas não na prática. Estava ocupado demais protegendo e servindo o restante da população de Bankton para me concentrar em protegê-la e servi-la. Assim, você ficou nas mãos de Charlotte. Era a nossa rotina, e eu fui arrancado dela por esse processo, apenas para descobrir que você estava, de modo impossível e inegável, crescendo.

Jurei que isso mudaria. Levar adiante a decisão que tomara quando entrei no escritório Booker, Hood & Coates significava que eu passaria mais tempo com você. Eu conseguiria ser admirado por você novamente.

Naquele momento, o vento soprou pela janela aberta do carro, amassando as embalagens dos doces e me lembrando por que eu tinha voltado para casa naquela noite. Empilhados em um carrinho de mão estavam os biscoitos, bolos e docinhos que você, Amelia e Charlotte haviam feito nos últimos dias.

Peguei todos – uns trinta pacotes, cada qual com um laço verde e um coração de cartolina – e os levei para meu carro. Você fez aquelas etiquetas sozinha; eu podia ver. *Doces de Syllabub*, lia-se. Imaginava as mãos da sua mãe abrindo a massa, o olhar no seu rosto enquanto você cuidadosamente quebrava um ovo, Amelia frustrada por causa do avental. Eu vinha aqui algumas vezes por semana. Comia os primeiros três ou quatro; o restante eu deixava na porta do abrigo para sem-tetos mais próximo.

Abri a carteira e de lá tirei todo o meu dinheiro, tudo que havia ganhado com os turnos extras que assumira para evitar voltar para casa. Coloquei as cédulas, uma a uma, dentro da caixa de sapatos, pagamento em espécie para Charlotte. Antes que pudesse me conter, arranquei um coração de papel de uma embalagem de biscoitos. Com um lápis, escrevi uma mensagem de comprador nele: "Eu os adoro".

Amanhã, você leria o bilhetinho. Vocês três ficariam surpresas e presumiriam que o autor anônimo estava falando dos doces, e não de quem os fizera.

Amelia

CERTO FIM DE SEMANA, VOLTANDO DE BOSTON, MINHA MÃE SE REINVENTOU COMO A nova Martha Stewart. Para tanto, tivemos de nos desviar totalmente do caminho até Norwich, Vermont, para a King Arthur Flour, a fim de que pudéssemos comprar várias panelas industriais e farinhas especiais. Você já estava irritada por passar a manhã no Hospital Pediátrico experimentando novos aparelhos ortopédicos. Eles eram quentes e rígidos e deixavam marcas e arranhões onde o plástico encostava em sua pele. Os especialistas haviam tentado arrumá-los com uma solda, mas parecia que nunca daria certo. Você queria voltar para casa e tirá-los, mas, em vez disso, minha mãe nos convenceu a irmos a um restaurante – uma recompensa que nenhuma de nós era capaz de recusar.

Talvez isso não parecesse algo tão importante, mas era para nós. Não saíamos muito para comer. Minha mãe sempre dizia que era capaz de cozinhar melhor do que a maioria dos chefs por aí, o que era verdade, mas isso só fazia com que parecêssemos menos fracassadas do que éramos: não podíamos pagar. Era também por isso que não contei aos meus pais que minha calça jeans estava curta demais e que eu nunca comprava lanche na escola, apesar de as batatas fritas na cantina parecerem incrivelmente deliciosas. Era por isso que a Viagem à Disney World do Inferno foi tão decepcionante. Eu estava com muita vergonha de ouvir meus pais dizendo que não tínhamos dinheiro para comprar o que precisávamos ou queríamos; se eu não pedisse nada, não teria de ouvi-los dizer não.

Havia uma parte de mim que estava com raiva por minha mãe usar o dinheiro dos doces para comprar todas aquelas panelas e latas enquanto poderia me comprar uma blusa de cashmere que causaria inveja nas outras meninas da escola, e assim elas não me veriam como se estivesse abaixo do nível delas. Mas não, era essencial que tivéssemos extrato de baunilha mexicana e cerejas desidratadas de Michigan. Tínhamos de comprar formas de silicone para os bolinhos e pães e uma assadeira sem borda para os biscoitos. Você ignorava totalmente que cada centavo que gastávamos em açúcar especial e farinha era um centavo a menos gasto conosco, se bem que isso era algo que eu já esperava: você ainda acreditava em Papai Noel.

Assim, tenho de admitir que fiquei um pouco surpresa quando você me deixou escolher o restaurante onde comeríamos.

– A Amelia nunca pode escolher – você disse, e, apesar de me odiar por isso, senti que estava prestes a chorar.

Para compensar, e como todo mundo esperava que eu fosse uma babaca e eu não queria decepcionar ninguém, eu disse:

– McDonald's.

– Eca – você disse. – Eles fazem quatrocentos Quarterões com Queijo com um só boi.

– Volte a falar comigo quando você virar vegetariana, sua hipócrita – respondi.

– Amelia, pare. Não vamos ao McDonald's.

Assim, em vez de escolher um belo restaurante italiano que todos provavelmente teríamos apreciado, fiz com que ela parasse numa lanchonete completamente desprezível.

Parecia aquele tipo de lugar com baratas na cozinha.

– Bem – disse minha mãe, olhando em volta –, foi uma escolha interessante.

– É nostálgico – eu disse, olhando para ela. – O que há de errado?

– Nada, desde que você não lembre que existe algo como botulismo.

Depois de ver o aviso que dizia "SINTA-SE À VONTADE", fomos até uma mesa vazia.

– Quero me sentar no canto – você disse.

Eu e minha mãe olhamos ao mesmo tempo para os banquinhos giratórios, bem altos.

– Não – dissemos ao mesmo tempo.

Peguei um cadeirão e o arrastei até a mesa para que você pudesse alcançá-la. Uma garçonete irritada nos deu os cardápios e alguns lápis de cor para você.

– Volto em um minuto para anotar os pedidos.

Minha mãe ajeitou suas pernas na cadeira, o que era necessário, já que, com o aparelho, elas não se moviam com facilidade. Você imediatamente virou seu jogo americano e começou a desenhar no lado em branco.

– Então – disse minha mãe –, o que vamos cozinhar quando voltarmos para casa?

– Rosquinhas – você sugeriu. Você estava louca pela forma que havíamos comprado e que parecia ter uns dezesseis olhos alienígenas.

– Amelia, e quanto a você?

Escondi o rosto nos braços.

– Brownies.

A garçonete reapareceu com um bloquinho na mão.

– Mas você é mesmo uma gracinha. Dá até vontade de morder – disse ela, dando uma risadinha para você. – E é uma grande artista também!

Percebi seu olhar e revirei os olhos. Você enfiou dois lápis no nariz e mostrou a língua.

– Vou querer café – disse mamãe. – E um sanduíche de peru.

– Há mais de cem substâncias químicas numa xícara de café – você disse, e a garçonete quase caiu para trás.

Como não saíamos muito, eu havia me esquecido de como os estranhos reagiam à sua presença. Você tinha a altura de uma criança de três anos, mas falava e lia como uma criança muito mais velha do que sua idade real – quase seis. Era esquisito, mas só até que as pessoas a conhecessem melhor.

– Ela é tão tagarela! – disse a garçonete, recuperando-se.

– Quero queijo quente, por favor – você respondeu. – E uma Coca-Cola.

– É, isso parece bom. Também quero – eu disse, quando, na verdade, o que eu queria era tudo o que constava no cardápio. A garçonete estava olhando para você enquanto você desenhava algo que era normal para uma criança de seis anos, mas quase um Renoir para o bebê que ela achava que você era. Parecia que ela iria lhe dizer alguma coisa, por isso me virei para a mamãe: – Tem certeza de que quer o sanduíche de peru? Isso é praticamente um aviso de intoxicação alimentar...

– Amelia!

Ela ficou com raiva, mas consegui fazer com que a garçonete parasse de olhar para você e saísse.

— Ela é uma idiota – eu disse, assim que a garçonete se afastou.
— Ela não sabe que... – Minha mãe se calou de repente.
— O quê? – você perguntou. – Que há algo de errado comigo?
— Eu jamais diria isso.
— Claro – resmunguei. – A não ser que um júri estivesse presente.
— Vou te contar, Amelia, se seu comportamento não...

Fui salva pela garçonete, que reapareceu trazendo nossas bebidas em copos que provavelmente já foram de plástico transparente, mas que agora pareciam foscos. Sua Coca-Cola estava num copinho de criança.

Minha mãe automaticamente o pegou e começou a retirar a tampa. Você bebeu um gole, depois pegou o lápis e começou a escrever no alto do desenho: Eu, Amelia, Mamãe, Papai.

— Ah, meu *Deus* – disse a garçonete. – Tenho um filho de três anos e, vou lhe dizer, ele mal consegue ir ao banheiro sozinho. Mas a sua filha já escreve? E usa copo normal? Querida, não sei o que você está fazendo, mas quero que me ensine um pouco.

— Não tenho três anos – você disse.

— Ah – fez a garçonete, surpresa. – Três e meio? Os meses contam quando se é um bebê...

— *Não* sou bebê!

— Willow. – Mamãe pôs a mão sobre seu braço, mas você o retirou bruscamente, batendo-o no copo e derramando Coca-Cola por todos os lados.

— *Não sou!*

Mamãe pegou um punhado de guardanapos e começou a limpar a mesa.

— Desculpe – disse ela para a garçonete.

— Agora *isso* – disse a garçonete – parece coisa de uma criança de três anos.

Soou um sino e ela voltou para a cozinha.

— Willow, você sabe muito bem – disse minha mãe. – Você não pode ficar com raiva só porque alguém não sabe que você tem OI.

— Por que não? – perguntei. – *Você* está.

Minha mãe ficou de queixo caído. Recuperando-se, ela pegou a bolsa, o casaco e se levantou.

— Vamos embora – disse, tirando-a bruscamente da cadeira.

No último segundo ela se lembrou das bebidas e deixou uma nota de dez dólares na mesa. Depois a carregou até o carro e eu a segui.

Por fim, fomos ao McDonald's no caminho para casa, mas, em vez de me sentir satisfeita, isso só me fez querer desaparecer sob os pneus, a rua, sob tudo.

Eu usava aparelho também, mas não do tipo que impedia que minhas pernas se arqueassem. O meu era comum, daqueles que mudavam todo o formato da minha cabeça durante o meu desenvolvimento, do expansor de palato aos ferros presos com elásticos. Isso era o que eu tinha em comum com você: assim que pus aparelho nos dentes, comecei a contar os dias até que ele fosse retirado. Para quem nunca teve esse desprazer, eis como é usar aparelho nos dentes: sabe aqueles dentes de vampiro falsos que você põe na boca no Dia das Bruxas? Bem, imagine que você tenha de usá-los por três anos, babando e cortando a gengiva nas irregularidades do plástico – assim são os aparelhos.

Foi por isso que, numa segunda-feira no fim de janeiro, acordei com um sorriso enorme no rosto. Não me importei quando Emma e suas seguidoras escreveram PUTA no quadro que ficava atrás de mim na aula de matemática, com uma flecha apontando na direção da minha cabeça. Não me importei por você ter comido todo o chocolate, e que eu tivesse de comer minibiscoitos de aveia como lanche depois da escola. Tudo o que me importava é que, às quatro e meia daquela tarde, eu tiraria o aparelho dos dentes depois de trinta e quatro meses, duas semanas e seis dias.

Minha mãe planejara tudo com uma incrível tranquilidade – aparentemente ela não percebia a importância daquilo. Verifiquei; estava marcado no calendário do mesmo modo como estivera marcado pelos últimos cinco meses. Quando eram quatro horas e ela colocou um cheesecake no forno, comecei a entrar em pânico. Quero dizer, como ela me levaria ao dentista no centro da cidade sem se preocupar se sua faca sairia da massa limpa uma hora mais tarde, quando fosse testar o ponto da torta?

Meu pai, ele tinha de ser a solução. Ele não andava muito por perto, mas não era nada radical. Policiais trabalhavam quando tinham de trabalhar, e não quando queriam – pelo menos era o que ele costumava me dizer. A diferença era que, quando ele *estava* em casa, era possível cortar o ar que o separava da minha mãe com a mesma faca que ela estava usando para testar o ponto do cheesecake.

Talvez tudo fizesse parte de um plano calculado para me assustar. Meu pai apareceria a tempo de me levar para o ortodontista; minha mãe terminaria de assar o cheesecake (que era a minha sobremesa preferida mesmo) e tudo isso faria parte de um jantar especial com comidas como espiga de milho, maçã caramelizada e chicletes – todos alimentos proibidos que estavam escritos num bloco preso com um ímã à porta da nossa geladeira, com um enorme X sobre eles, e, pela primeira vez, todos me dariam atenção.

Sentei-me à mesa da cozinha, arrastando o tênis no chão.

– Amelia – reclamou minha mãe.

Criiiinch.

– Amelia. Pelo amor de Deus. Você está me deixando com dor de cabeça.

Eram quatro e quatro.

– Você não está esquecendo de alguma coisa?

Ela limpou as mãos no pano de prato.

– Não que eu saiba...

– Bem, quando o papai vai chegar?

Ela me encarou.

– Querida – disse, a palavra que era doce, e que por isso mesmo eu sabia que o que vinha a seguir era algo horrível –, não sei onde seu pai está. Ele e eu... nós não...

– Minha consulta – eu disse de repente, antes que ela pudesse falar mais alguma coisa. – Quem vai me levar ao dentista?

Por um instante, ela ficou muda.

– Você só pode estar brincando.

– Depois de três anos? Acho que não. – Levantei-me, apontando para o calendário na parede. – Vou tirar meu aparelho hoje.

– Você *não* vai ao consultório de Rob Reece – disse minha mãe.

Certo, esse era o detalhe que eu havia ignorado: o único ortodontista de Bankton – com o qual eu me consultara esse tempo todo – era casado com a mulher que minha mãe estava processando. Admito que, por conta de todo o drama, eu havia faltado a algumas consultas em setembro, mas não tinha intenção alguma de faltar a esta.

– Só porque você está numa batalha para arruinar a vida da Piper, eu tenho que usar aparelho nos dentes até os quarenta anos?

Minha mãe ergueu a mão.

– Não até os quarenta. Só até eu encontrar outro dentista. Por Deus, Amelia, eu havia esquecido. Obviamente tenho passado por muita coisa ultimamente.

– É, você e todos os outros seres humanos deste planeta, mãe – gritei. – Quer saber? Nem *tudo* neste mundo gira em torno de você e do que você quer e do que faz com que todo mundo sinta pena por sua terrível vida com coisas horríveis...

Ela me deu um tapa na cara.

Minha mãe nunca, jamais havia me batido. Nem quando corri para o meio da rua aos dois anos, nem quando derramei acetona sobre a mesa de jantar e destruí o acabamento. Meu rosto doeu, mas não tanto quanto meu peito. Meu coração se transformou num amontoado de elástico, e todos se debatiam uns contra os outros.

Queria machucá-la tanto quanto ela me machucara, por isso disse todas as palavras que queimavam como ácido na minha garganta.

– Aposto que você queria que *eu* também nunca tivesse nascido – eu disse e saí correndo.

Quando cheguei ao consultório de Rob (nunca o chamei de dr. Reece), estava toda suada e com o rosto vermelho. Acho que nunca tinha corrido oito quilômetros na vida, mas foi exatamente isso o que fiz. A culpa foi um combustível bem melhor do que você imagina. Eu era praticamente o coelhinho das pilhas Energizer, e isso tinha mais a ver com fugir da minha mãe do que com chegar ao dentista. Ofegante, fui até a recepção, onde havia um belo computador para me registrar. Mas havia acabado de colocar os dedos sobre o teclado quando percebi a recepcionista me olhando. E o assistente do dentista. E, na verdade, todo mundo no consultório.

– Amelia – disse a recepcionista –, o que você está fazendo aqui?

– Tenho uma consulta.

– Todos nós imaginamos...

– Imaginaram o quê? – interrompi. – Que só porque minha mãe é uma babaca eu também sou?

De repente Rob apareceu na recepção e tirou as luvas de borracha das mãos. Ele costumava enchê-las como bexigas para que Emma e eu desenhássemos carinhas nelas. Os dedos pareciam a crista de um galo e eram macios como a pele de um bebê.

– Amelia – disse ele, sem se exaltar. Rob não estava sorrindo, nem um pouco. – Acho que você está aqui por causa do seu aparelho.

Parecia que eu estivera perdida numa floresta nos últimos meses, um lugar onde até mesmo as árvores tentam agarrá-la e ninguém fala inglês – e Rob disse a primeira frase racional e normal que ouvi em muito tempo. Ele sabia o que eu queria. Se era tão fácil para ele, por que ninguém mais parecia compreender?

Eu o segui até a sala de exames, passando pela recepcionista e pelo assistente, cujos olhos se arregalaram tanto que eu achei que iriam estourar. *Ha*, pensei, caminhando ao lado dele orgulhosa. *Tomem essa*.

Esperava que Rob dissesse algo como: "Olha, vamos acabar logo com isso e levar tudo pelo lado profissional". Mas, em vez disso, ele prendeu o babador sobre meus ombros e disse:

– Como vão as coisas para você, Amelia?

Meu Deus, por que Rob não podia ser meu pai? Por que eu não podia viver na casa dos Reece e fazer com que Emma vivesse na minha, para que eu pudesse odiá-la, e não o contrário?

– Comparadas a quê? Ao Apocalipse?

Ele estava usando uma máscara, mas percebi que, por trás dela, ele riu um pouquinho. Sempre gostei de Rob. Ele era moderninho e baixinho, bem diferente do meu pai. Quando Emma dormia lá em casa, ela me dizia que meu pai era bonito como um astro de cinema, e eu lhe dizia que era nojento até mesmo que ela *pensasse* nele desse jeito; e ela dizia que, se o pai dela estivesse num filme, seria em *A vingança dos nerds*. E talvez fosse verdade, mas ele tampouco se importava de nos levar a filmes estrelados por Amanda Bynes ou Hilary Duff, e nos deixava brincar com cera odontológica, com a qual fazíamos ursinhos e cavalinhos quando estávamos entediadas.

– Havia me esquecido de como você é engraçada – disse Rob. – Certo, abra bem a boca... Você talvez sinta uma pressão. – Ele pegou uma pinça e começou a quebrar as ligações entre os ferrinhos e os meus dentes. Era esquisito, como se eu fosse um robô. – Dói?

Fiz que não.

– Emma não fala muito sobre você ultimamente.

Eu não podia responder porque as mãos dele estavam dentro da minha boca aberta. Mas eis o que eu teria dito: "Isso porque ela se tornou uma superbabaca e me odeia".

— É uma situação muito desconfortável — disse Rob. — Tenho de admitir que nunca achei que sua mãe deixaria você voltar aqui para que eu cuidasse dos seus dentes.

Ela não deixou.

— Sabe, a ortodontia é na verdade apenas física — disse Rob. — Se você tivesse o aparelho e os elásticos apenas colocados nos dentes tortos, não faria a menor diferença. Mas, quando você aplica um pouco de força, as coisas mudam. — Ele me olhou e eu percebi que ele não estava mais falando sobre os meus dentes. — Para toda ação, existe uma reação igual e oposta.

Rob estava tirando os compostos e a cola dos meus dentes. Ergui a mão e a pus no pulso dele, para que ele tirasse a escova elétrica. Minha saliva tinha gosto de metal.

— Ela arruinou minha vida também — eu disse e, por causa da saliva, ficou parecendo que eu estava me afogando.

Rob desviou o olhar.

— Você terá de usar um retentor, senão pode haver algum desvio. Vamos tirar algumas radiografias, para que eu possa lhe fazer um... — Então ele franziu a testa, levando um instrumento para a parte de trás dos meus dentes da frente. — O esmalte está um pouco gasto aqui.

Bem, é claro que estava; eu estava me forçando a vomitar três vezes ao dia, não que você soubesse disso. Eu estava gorda como sempre porque, quando não estava vomitando, estava entupindo minha barriga nojenta de comida. Prendi a respiração, imaginando se esse seria o momento em que alguém perceberia o que eu estava fazendo. Eu me perguntava se, na verdade, era por isso que eu estava esperando esse tempo todo.

— Tem bebido muito refrigerante?

A justificativa fez com que me sentisse indefesa e concordei rapidamente.

— Não beba — disse Rob. — Eles usam Coca-Cola para limpar manchas de sangue nas estradas, sabia? Você realmente quer uma coisa dessas no seu corpo?

Parecia algo que você, Willow, teria me dito, algo tirado de um de seus livros de curiosidades. E isso fez com que meus olhos se enchessem de lágrimas.

— Desculpe — disse Rob, erguendo as mãos. — Não quis machucá-la.

Nem eu, pensei.

Ele terminou limpando meus dentes com uma pasta que parecia areia e me deixou enxaguar a boca.

– É uma bela mordedura – disse ele, estendendo-me um espelho. – Sorria, Amelia.

Passei a língua sobre os dentes, algo que não pude fazer durante quase três anos. Os dentes pareciam enormes, escorregadios, como se pertencessem à boca de outra pessoa. Eu os expus – não como um sorriso, e sim como um lobo mostrando os dentes. A menina no espelho tinha fileiras bem-feitas de dentes, como o colar de pérolas na caixinha de joias da minha mãe que eu roubara e escondera numa das minhas caixas de sapato. Nunca o usei, mas gostava de senti-lo, macio e uniforme, como um exército de bolinhas brancas marchando ao redor do pescoço. A menina no espelho era quase bonita.

O que significava que não podia ser eu.

– Eis aqui algo que damos a todas as crianças que completaram o tratamento – disse Rob, entregando-me uma sacolinha plástica com o nome dele impresso.

– Obrigada – murmurei e saí da cadeira, tirando o babador.

– Amelia... espere. Seu retentor... – disse Rob, mas eu já havia fugido para a recepção e estava saindo pela porta. Em vez de descer as escadas e sair do prédio, subi para onde eles jamais pensariam em me procurar (não que fossem mesmo me procurar. Eu nem era tão importante assim, era?) e me tranquei no banheiro. Abri a sacolinha de brindes. Havia balas de fruta, jujuba e pipoca, todas guloseimas que eu não provava há tanto tempo que nem me lembrava do sabor. Havia uma camiseta na qual se lia "Desvios acontecem, por isso use o retentor".

A privada tinha um assento preto. Com uma das mãos segurei os cabelos e, com a outra, enfiei o dedo na garganta. Eis o que Rob *não* havia notado: a ferida naquele dedo, causada por raspá-lo no dente da frente sempre que eu fazia isso.

Depois, meus dentes pareceram macios, sujos e comuns novamente. Enxaguei a boca com água da torneira e me olhei no espelho. Meu rosto estava vermelho e meus olhos brilhavam.

Eu não me parecia nada com alguém cuja vida estava sendo destruída. Não parecia uma menina que tinha de vomitar para sentir como se estivesse fazendo algo certo. Não parecia a filha que era odiada pela mãe e ignorada pelo pai.

Para ser honesta, eu não tinha mais a menor ideia de quem eu era.

Piper

Em quatro meses, renasci. Antes, eu usava uma fita métrica para determinar a distância entre a parte mais alta do útero e o osso púbico; hoje, sei medir a abertura da janela usando a mesma fita métrica. Antes, usava um estetoscópio Doppler para ouvir os sons do feto; agora uso um detector de metal para localizar falhas por detrás da parede de gesso. Antes eu fazia hemogramas e agora instalo telas nas portas. Eu vinha me aplicando no aprendizado de reformas tanto quanto me aplicara no de medicina e, como resultado disso, já poderia receber uma licença como empreiteira.

Primeiro reformei o banheiro e depois a sala de jantar. Tirei o carpete dos quartos do andar de cima e instalei piso de madeira. Estava planejando pintar a cozinha esta semana. Depois que concluía um cômodo, colocava-o no fim da minha lista novamente, para reformá-lo mais tarde, talvez.

Claro que havia método nessa minha loucura. Parte disso era me sentir como uma especialista em alguma coisa – alguma coisa que eu nunca antes soubera fazer sem causar uma enorme bagunça. E em parte tinha a ver com pensar que, se eu mudasse um pouquinho o lugar que me cercava, talvez encontrasse um lugar onde me sentisse à vontade novamente.

Escolhi como refúgio a loja de materiais de construção Aubuchon. Ninguém que eu conhecia fazia compras lá. Enquanto eu às vezes encontrava ex-pacientes no mercado ou na farmácia, lá eu abençoadamente passeava pelos corredores num estado de completo anonimato. Eu ia três ou quatro vezes por semana até lá e ficava admirando os niveladores a laser, as brocas, as placas de madeira enfileiradas como soldados, os tubos ocos de PVC e seus primos delicados, os canos de cobre. Eu me sentava no chão com amostras de tinta, sussurrando o nome das cores: Vinho Mulberry, Riviera Azure, Lava Fria. Elas soavam como fotografias de viagens de lugares que eu sempre quisera visitar.

O Azul Newburyport era do catálogo de cores históricas da Benjamin Moore. Era um azul escuro e acinzentado, como o oceano quando chove. Na verdade, já estive em Newburyport. Certo verão, Charlotte e eu alugamos uma casa na ilha Plum para a família. Você ainda era pequena o bastante para ser levada, com todos os apetrechos, pelo capim alto no caminho até a praia. Teoricamente, pareciam as férias perfeitas: a areia era fofa para amenizar suas quedas; Emma e Amelia podiam se fingir de sereias, com cabelos feitos de algas trazidas pelas ondas; e era perto para que Sean e Rob viessem nos visitar em seus dias de folga. Havia apenas um problema que não prevíamos: a água estava tão gelada que mesmo nos tornozelos doía o corpo inteiro. Vocês, crianças, passavam o dia brincando em piscininhas criadas pela maré, que eram rasas o bastante para serem aquecidas pelo sol, mas Charlotte e eu éramos grandes demais para elas.

Foi por isso que, certo domingo, quando nossos maridos levaram vocês para tomar café da manhã no Mad Martha, Charlotte e eu decidimos pegar algumas ondas, mesmo que isso nos levasse a um caso grave de hipotermia. Tremendo, vestimos nossos trajes de banho ("Eles têm que ser justos", eu disse a Charlotte quando ela reclamou do tamanho do seu quadril) e levamos as pranchas para a água. Mergulhei o pé na primeira onda e perdi o fôlego.

– De jeito nenhum – eu disse, dando um pulo para trás.

Charlotte tirou sarro de mim.

– Está com medo?

– Engraçadinha – respondi, mas, para minha surpresa, ela já havia começado a nadar por sobre as ondas, por mais frias e distantes que estivessem.

– Muito ruim aí? – gritei.

– Como uma anestesia epidural, não sinto nada da cintura para baixo – gritou ela, e de repente o mar se elevou, erguendo um longo músculo que tirou Charlotte da prancha e a carregou gritando até a areia da praia, aos meus pés.

Ela se levantou e tirou o cabelo do rosto.

– Medrosa – me acusou, e, para provar que ela estava errada, prendi a respiração e entrei na água.

Meu Deus, como estava frio. Nadei sobre a prancha, ficando lado a lado com Charlotte.

– Vamos morrer – eu disse. – Vamos morrer aqui e alguém vai encontrar nossos corpos na praia, como Emma encontrou aquele sapato ontem...

– Aqui vamos nós – gritou Charlotte, e eu olhei para trás e vi uma enorme parede de água se aproximando. – Reme – gritou Charlotte, e eu obedeci.

Mas perdi a onda. Em vez de ser levada por ela, a onda se quebrou bem em cima de mim, fazendo com que eu perdesse o fôlego e me revirasse debaixo d'água. Minha prancha, presa ao pulso, bateu duas vezes na minha cabeça e depois senti areia entrando nos cabelos e no rosto, os dedos tocaram conchas quebradas, enquanto o fundo do mar ficava mais raso. De repente, uma mão me segurou pela parte de trás do maiô e me empurrou para frente.

– Levante-se – disse Charlotte, usando todo seu peso para me levar para a praia e evitar que eu fosse carregada pela maré.

Eu havia engolido um litro de água salgada; meus olhos queimavam e havia sangue no meu rosto e nas minhas mãos.

– Jesus! – eu disse, tossindo e limpando o nariz.

Charlotte bateu nas minhas costas.

– Respire fundo.

– Mais difícil... do que parece.

Aos poucos senti os dedos e os pés novamente, o que era ainda pior, porque eu fora surrada pela onda.

– Obrigada... por ter salvado minha vida.

– Até parece – disse Charlotte. – Eu só não queria pagar pelo aluguel todo da casa.

Ri alto. Charlotte me ajudou a me levantar e começamos a caminhar com dificuldade pela praia, arrastando as pranchas atrás de nós como cachorrinhos na coleira.

– O que vamos contar a eles? – perguntei.

– Que Kelly Slater nos inscreveu no campeonato mundial.

– É, isso vai explicar por que meu rosto está sangrando.

– Ele ficou deslumbrado pela beleza da minha bunda neste maiô e, quando ele passou a mão em mim, você teve de dar uma surra nele – sugeriu Charlotte.

Os juncos sussurravam segredos. À esquerda estava o trecho de areia onde Amelia e Emma brincavam ontem, escrevendo seus nomes na areia com galhos. Elas queriam ver se o texto ainda estaria lá hoje ou se a maré o teria apagado.

"Amelia e Emma", lia-se.

"MAPS." Melhores Amigas para Sempre.

Dei o braço para Charlotte e, juntas, começamos a longa subida até a casa.

O que me deixava impressionada agora, sentada no chão da loja de materiais para construção, com um catálogo de cores na mão, era que eu nunca voltei a Newburyport desde então. Charlotte e eu havíamos conversado sobre o assunto, mas ela não queria se comprometer em alugar uma casa sem saber se você estaria usando gesso na ocasião. Talvez Emma, Rob e eu fôssemos até lá no verão seguinte.

Mas *eu* não iria. Eu sabia que não. Na verdade, não queria ir sem a Charlotte.

Peguei uma lata de tinta da prateleira e fui até a estação de mistura no fim do corredor.

– Azul Newburyport, por favor – eu disse, apesar de não ter uma parede específica para pintar ainda. Eu iria guardá-la no porão, caso precisasse.

Já estava escuro quando saí da loja de materiais de construção e, quando voltei para casa, Rob estava limpando os pratos e colocando-os na lava-louças. Ele nem me olhou quando entrei na cozinha; isso era sinal de que ele estava furioso.

– Diga logo – eu disse.

Ele fechou a torneira e bateu a porta da lava-louças.

– Onde você esteve?!

– Eu... perdi a hora. Estava na loja de materiais de construção.

– De novo? O que mais você pode precisar de lá?

Sentei-me numa cadeira.

– Não sei, Rob. Eu apenas tenho me sentido bem lá ultimamente.

– Você sabe o que me faria me sentir bem? – perguntou ele. – Uma esposa.

– Uau, Rob, nunca achei que você fosse bancar o machão para cima de mim...

– Você não esqueceu de alguma coisa hoje?

Eu o encarei.

– Não que eu saiba.

– A Emma ficou te esperando para ir ao rinque de patinação.

Fechei os olhos. Patins. A nova estação havia começado; eu deveria tê-la inscrito nas aulas particulares, e assim Emma poderia competir na primavera – seu último treinador finalmente havia sentido que ela estava preparada. Mas as inscrições eram por ordem de chegada; isso poderia ter arruinado as chances dela nessa estação.

– Vou dar um jeito...

– Você não precisa dar um jeito, porque ela ligou, histérica, e eu saí do consultório para chegar lá a tempo. – Ele se sentou diante de mim, balançando a cabeça. – O que você faz o dia todo, Piper?

Quis lhe mostrar o novo piso na entrada, a luminária que eu instalara sobre essa mesma mesa. Mas, em vez disso, olhei para minhas mãos.

– Não sei – sussurrei. – Realmente não sei.

– Você precisa ter sua vida de volta. Senão, ela já ganhou.

– Você não entende...

– Não? Não sou um doutor também? Não tenho um seguro contra erro odontológico?

– Não foi o que eu quis dizer, e você...

– Vi a Amelia hoje.

Encarei-o.

– Amelia?

– Ela foi até meu consultório para tirar o aparelho.

– A Charlotte jamais deixaria...

– Não há nada que impeça uma adolescente que quer tirar o aparelho dos dentes – disse Rob. – Tenho quase certeza que a Charlotte não tinha a menor ideia de que ela estava lá.

Senti o rosto ficar vermelho.

– Você não acha que as pessoas vão se perguntar por que você está tratando da filha da mulher que está nos processando?

– Você – corrigiu ele. – Processando *você*.

Recuei.

– Não acredito no que você acabou de dizer.

– E eu não acredito que você acha que eu expulsaria a Amelia do meu consultório.

– Bem, sabe de uma coisa, Rob? Você *deveria* ter feito isso. Você é meu *marido*.

Rob se levantou.

— E ela é uma paciente. E esse é meu trabalho. Uma coisa com a qual, ao contrário de você, eu me importo.

Ele saiu apressadamente da cozinha e eu apoiei a cabeça nas mãos. Senti-me como um avião pairando no céu, dando voltas com o aeroporto à vista, mas sem lugar para pousar. Naquele momento, senti tanta raiva de Charlotte que era como se houvesse uma pedra no meu estômago, sólida e fria. Rob tinha razão – tudo o que eu era, tudo o que eu *fora* tinha sido colocado em espera por causa do que Charlotte havia me feito.

E naquele instante percebi que Charlotte e eu ainda tínhamos algo em comum: ela se sentia exatamente do mesmo modo pelo que eu lhe fizera.

Na manhã seguinte, eu estava determinada a mudar. Liguei o despertador e, em vez de dormir até depois de o ônibus escolar passar, preparei rabanada e bacon para o café da manhã de Emma. Disse a um desconfiado Rob que tivesse um bom dia. Em vez de reformar a casa, eu a limpei. Fui ao mercado fazer compras – apesar de ter ido a uma cidadezinha a cinquenta quilômetros, onde não encontraria ninguém conhecido. Encontrei-me com Emma na escola com sua mochila de patinação.

— *Você* vai me levar ao rinque? – ela perguntou quando me viu.

— Algum problema?

— Acho que não – disse Emma e, depois de hesitar por um instante, começou a reclamar de como era injusto que seu professor lhe desse uma prova de álgebra quando ele sabia que ela faltaria naquele dia e não poderia responder a perguntas de última hora.

Ignorei isso, pensei. *Ignorei Emma*. Estiquei o braço e acariciei de leve seus cabelos.

— O que é isso?

— Eu te amo muito. Só isso.

Emma franziu a testa.

— Certo, você está me acariciando. Você não vai me dizer que tem câncer ou coisa parecida, vai?

— Não, eu só sei que não tenho andado muito... presente... ultimamente. E peço desculpas.

Estávamos paradas no sinal vermelho e ela me encarou.

— A Charlotte é uma vaca – disse ela, e eu nem disse que ela não falasse desse modo. – Todo mundo sabe que a coisa toda da Willow não é sua culpa.

– Todo mundo?
– Bem – disse ela. – Eu sei.
Isso me basta, pensei.
Alguns minutos mais tarde, chegamos ao rinque de patinação. Meninos com o rosto avermelhado saíam pelas portas de vidro, com enormes mochilas de hóquei nas costas. Sempre me pareceu muito engraçada a diferença entre as alegres patinadoras e os selvagens jogadores de hóquei.

Assim que entrei, percebi que havia me esquecido de uma coisa. Não, não havia me esquecido, apenas havia bloqueado totalmente da minha mente: Amelia também estaria ali.

Ela parecia tão diferente da última vez que eu a vira – usava roupas pretas, luvas sem as pontas dos dedos, jeans gastos e botinas, e aqueles cabelos azuis. E estava discutindo ferozmente com Charlotte.

– Não me importo com quem esteja ouvindo – disse ela. – Eu te disse que não quero mais patinar.

Emma me segurou pelo braço.

– Vamos – disse ela, baixinho.

Mas era tarde demais. Vivíamos numa cidade pequena e aquela era uma história de grandes proporções; todos estavam esperando para ver o que aconteceria. E você, sentada no banco ao lado da mochila de Amelia, também notou minha presença.

Você estava com gesso no braço direito. Como o quebrara dessa vez? Há quatro meses, eu saberia de todos os detalhes.

Bem, ao contrário de Charlotte, eu não tinha intenção alguma de lavar a roupa suja em público. Respirei fundo e puxei Emma para perto, levando-a para o vestiário.

– Tudo bem – eu disse, tirando os cabelos que me caíam sobre os olhos. – Quanto tempo vai durar essa aula? Uma hora?

– Mãe.

– Eu posso sair e buscar a roupa na lavanderia, em vez de ficar por perto e...

– Mãe! – Emma segurou minha mão como se ainda fosse uma criancinha. – Não foi a gente que começou isso.

Fiz que sim, sem confiar em mim mesma para dizer qualquer outra coisa. Eis o que eu esperava da minha melhor amiga: honestidade. Se ela havia passado os últimos seis anos de vida acreditando que eu fizera algo de muito errado em sua gestação, por que nunca me falou? Por que nunca me disse: "Ei, como você não...?" Talvez eu fosse ingênua de pensar que no silêncio estava implícita a complacência, em vez de dúvida atroz. Talvez eu fosse tola de acreditar que amigas devem tudo uma à outra. Mas eu acreditava. Como, para começar, uma explicação.

Emma terminou de amarrar o cadarço dos patins e correu para o gelo. Esperei um momento, então abri a porta do vestiário e fiquei em pé diante da barreira de vidro. No outro extremo no rinque estavam amontoados os iniciantes – várias crianças usando calças de neve e capacetes de ciclista, as pernas formando triângulos cada vez mais abertos. Quando uma caía, todas caíam, feito dominós. Não havia muito tempo que Emma integrava esse grupo, mas agora ela estava em outro nível, executando uma pirueta com sua professora por perto, corrigindo-a.

Não consegui ver Amelia – ou você, ou Charlotte – em nenhum lugar.

Minha pulsação quase havia voltado ao normal quando cheguei ao carro. Sentei-me no banco do motorista e liguei o motor. Foi quando ouvi um baque na janela e quase morri de susto.

Charlotte estava ali, um cachecol cobrindo o nariz e a boca, os olhos enchendo-se de lágrimas por causa do vento. Hesitei, mas depois abri parcialmente a janela.

Ela parecia tão infeliz quanto eu.

– Eu... eu só queria lhe dizer uma coisa – disse ela, hesitante. – Isso nunca teve nada a ver com nós duas.

O esforço para não falar doía; eu estava rangendo os dentes.

– Essa é a oportunidade de dar à Willow tudo de que ela precisar. – Sua respiração formava uma névoa ao redor do rosto no vento frio. – Não culpo você por me odiar. Mas você não pode me julgar, Piper. Porque se a Willow fosse sua filha... Eu sei que você teria feito a mesma coisa.

Deixei que as palavras pairassem entre nós, presas à beira da janela que nos separava.

– Você não me conhece tão bem quanto pensa, Charlotte – respondi com frieza, e saí do estacionamento sem olhar para trás.

Dez minutos mais tarde, entrei bruscamente no consultório de Rob durante uma consulta.

– Piper – disse ele calmamente, olhando para os pais e a filha pré-adolescente que encaravam meus cabelos desarrumados, meu nariz escorrendo e as lágrimas ainda caindo pelo meu rosto –, estou meio ocupado...

– Ah – disse a mãe rapidamente. – Talvez devêssemos deixá-los conversar.

– Sra. Spifield...

– Sério – disse ela, levantando-se e levando consigo o restante da família. – Podemos lhe dar um minuto.

E saíram apressados do consultório, esperando que eu fosse desabar a qualquer momento, e eu diria que não estavam enganados.

– Está satisfeita? – Rob explodiu. – Você provavelmente me fez perder um novo paciente.

– Que tal "Piper, o que aconteceu? Me diga o que posso fazer para ajudá-la?"

– Bem, me desculpe se já usei meu estoque todo de solidariedade. Meu Deus, estou tentando administrar um consultório aqui.

– Acabei de encontrar a Charlotte no rinque de patinação.

Rob ficou me olhando.

– E...?

– Está brincando?

– Vocês vivem na mesma cidade. Uma cidade pequena. É um milagre que não tenham se encontrado antes. O que ela fez? Veio atrás de você com uma espada? Mandou você sair do parquinho? Cresça, Piper.

Senti-me como um touro deve se sentir quando solto da baia para a arena. Liberdade, alívio... e então lá vem o toureiro para espetá-lo.

– Vou embora – eu disse suavemente. – Vou buscar a Emma e, antes de voltar para casa hoje à noite, espero que você reflita sobre a maneira como me tratou.

– Como *eu* te tratei? – perguntou Rob. – Só tenho te apoiado. Não disse uma só palavra, apesar de você ter abandonado o seu consultório e se transformado numa versão feminina de Ty Pennington. Recebemos uma conta da madeireira de dois mil dólares? Tudo bem. Você se esqueceu do recital da Emma porque estava conversando sobre encanamentos na loja de ferragens? Perdoado. Quero dizer, quão irônico é você ter se tornado a rainha do faça-você-mesmo? Porque você não quer nossa ajuda. Você prefere se afogar em autopiedade.

– Não é autopiedade. – Minhas bochechas queimavam. Será que os Spifield estavam nos ouvindo brigar da sala de espera? E os assistentes?

– Sei o que você quer de mim, Piper. Mas não sei se posso continuar fazendo isso. – Rob foi até a janela e ficou olhando para o estacionamento. – Tenho pensado muito no Steven – disse ele depois de algum tempo.

Quando Rob tinha doze anos, seu irmão mais velho cometeu suicídio. Foi Rob quem o encontrou, enforcado no armário. Eu sabia de tudo isso; sabia desde antes de nos casarmos. Demorei algum tempo para convencer Rob a ter filhos, porque ele se preocupava, achando que a doença mental do irmão estivesse nos genes. O que eu não sabia era que, nesses poucos meses, eu o tinha arrastado de volta à infância.

– Na época, ninguém conhecia o transtorno bipolar nem sabia como tratá-lo. Por isso, durante dezessete anos meus pais viveram um inferno. Minha infância toda foi definida pelos sentimentos de Steven, se ele estava num dia bom ou ruim. E – disse ele – foi assim que me tornei tão bom em cuidar de uma pessoa completamente egoísta.

Senti um estilhaço de culpa ferir meu coração. Charlotte havia me magoado. Eu, por outro lado, magoara Rob. Talvez seja isso o que fazemos com quem amamos: damos tiros no escuro e percebemos, tarde demais, que ferimos as pessoas que estamos tentando proteger.

– Desde que você foi intimada, tenho pensado nisso. E se meus pais soubessem antes? – perguntou Rob. – E se lhes dissessem, antes mesmo de Steven nascer, que ele se mataria antes de completar dezoito anos?

Fiquei imóvel.

– Será que eles teriam aceitado levar aqueles dezessete anos para conhecê-lo? Para viver aqueles bons momentos entre as crises? Ou será que teriam se poupado, e me poupado, daquela montanha-russa emocional?

Imaginei Rob, entrando no quarto do irmão para chamá-lo para jantar e o encontrando pendurado no armário. Conhecia há muito tempo minha sogra e nunca vira um sorriso verdadeiro em seu rosto. Seria por isso?

– Não é uma comparação justa – eu disse, com firmeza.

– Por que não?

– O transtorno bipolar não pode ser diagnosticado no útero. Você está falando de outra coisa.

Rob levantou a cabeça e me olhou nos olhos.

– Tem certeza? – perguntou.

Marin
Fevereiro de 2008

– APENAS SEJAM VOCÊS MESMOS – INSTRUÍ. – NÃO QUEREMOS QUE AJAM de outra maneira por causa da câmera. Finjam que não estamos aqui.

Sorri nervosamente e olhei para os vinte e dois rostinhos arredondados que me encaravam: a turma do jardim de infância da srta. Watkins.

– Alguém tem alguma pergunta?

Um menininho levantou a mão.

– Você conhece o Simon Cowell?

– Não – respondi, sorrindo. – Mais alguém?

– A Willow é uma estrela de cinema?

Olhei para Charlotte, que estava bem atrás de mim, junto com o cinegrafista que contratei para filmar *Um dia na vida de Willow*, para ser exibido ao júri.

– Não – respondi. – Ela continua sendo apenas sua amiga.

– Eu! Eu! – Uma menina notavelmente bonita e com certeza futura líder de torcida agitava o braço animadamente, até que apontei para ela. – Se eu fingir que sou amiga da Willow hoje, vou aparecer no *Entertainment Tonight*?

A professora se adiantou.

– Não, Sapphire. E você não deve fingir que é amiga de ninguém aqui. Somos todos amigos, certo?

– Sim, srta. Watkins – respondeu a turma ao mesmo tempo.

Sapphire? O nome daquela menina era mesmo Sapphire? Olhei para as etiquetas sobre as carteiras de madeira quando entrei na sala – nomes como Flint, Frisco e Cassidy. Ninguém mais batizava seus filhos de Tommy ou Elizabeth?

Eu me perguntava, não pela primeira vez, se minha mãe biológica havia escolhido algum nome para mim. Se ela me chamara de Sarah ou Abigail, um segredo entre nós que foi remexido, como terra fofa, quando meus pais adotivos surgiram e me deram uma nova vida.

Você estava usando sua cadeira de rodas hoje, o que significava que as crianças tinham de sair do caminho para acomodá-la se você se aproximasse com sua ajudante para usar a mesa de artes ou os brinquedos educativos.

– Isso é tão estranho – disse Charlotte, baixinho. – Nunca vejo a Willow durante a aula. Sinto como se tivesse sido admitida num lugar sagrado.

Eu contratara a equipe de filmagem para registrar todo o seu dia. Embora você falasse o suficiente para testemunhar no julgamento, colocá-la na tribuna seria desumano. Eu não suportaria vê-la no tribunal enquanto sua mãe declarasse, em alto e bom som, sobre querer interromper sua gestação.

Chegamos à sua casa às seis da manhã, a tempo de filmar Charlotte entrando no seu quarto para acordá-la e a Amelia.

– Ah, meu Deus, que droga – resmungou Amelia quando abriu os olhos e viu o cinegrafista. – O mundo inteiro vai ver meus cabelos desgrenhados.

Ela se levantou correndo para o banheiro, mas, com você, foi preciso um pouco mais de tempo. Cada passo era cuidadoso – da cama para o andador, do andador ao banheiro, do banheiro de volta ao quarto para se vestir. Como as manhãs eram mais dolorosas para você – a maldição de dormir sobre uma fratura que está sarando –, Charlotte lhe dera analgésicos trinta minutos antes de chegarmos, depois deixou que os remédios começassem a fazer efeito no seu braço enquanto você repousava um pouco antes que ela a ajudasse a sair da cama. Charlotte pegou um casaco com zíper na frente para que você não tivesse de erguer o braço para vesti-lo – seu gesso mais recente havia sido retirado há apenas uma semana e seu antebraço ainda estava rígido.

– Além do braço, dói mais alguma coisa hoje? – perguntou Charlotte.

Você pareceu pensar um pouco.

– A bacia – você respondeu.
– Como ontem ou pior?
– Igual.
– Quer andar? – perguntou Charlotte, mas você fez que não.
– O andador faz meus braços doerem – você disse.
– Então vamos usar a cadeira de rodas.
– Não! Não quero usar a cadeira...
– Willow, você não tem escolha. Não posso carregá-la no colo o dia todo.
– Mas eu odeio a cadeira...
– Então você só precisa se esforçar para deixar de usá-la mais rápido, certo?

Charlotte explicou para a câmera que você estava entre a cruz e a espada – a fratura no braço, um ferimento antigo, ainda estava em processo de cicatrização, mas a dor na bacia era nova. O equipamento de adaptação – um andador para ajudá-la a ficar em pé – aplicava pressão sobre seus braços, e você só o aguentava por pouco tempo, assim, só lhe restava a maldita cadeira de rodas manual como opção. Você usava a mesma cadeira desde os dois anos; aos seis, você tinha o dobro do tamanho e reclamava de dores nas costas e nos músculos depois de um dia inteiro sentada nela – mas o plano de saúde só lhe daria uma nova quando você completasse sete anos.

Eu esperava uma confusão matinal ainda mais impressionante por conta de todas as suas necessidades. Mas Charlotte fazia as coisas metodicamente – deixando que Amelia corresse de um lado para o outro tentando encontrar sua lição de casa, enquanto penteava seus cabelos e os ajeitava em duas tranças, preparava ovos mexidos e torradas para o café da manhã e a carregava até o carro com o andador, a cadeira de rodas, que pesava uns quinze quilos, a mesa de apoio e os aparelhos ortopédicos – para serem usados durante a fisioterapia. Você não podia usar o ônibus escolar – o sacolejo lhe causava microfraturas –, por isso Charlotte a levava de carro, deixando Amelia na outra escola no meio do trajeto.

Eu a segui na van.

– Qual é o problema? – perguntou o cinegrafista quando ficamos sozinhos no carro. – Ela é apenas pequena e deficiente, e daí?

– Ela também pode quebrar um osso se você frear bruscamente – eu disse.

Mas havia uma parte de mim que sabia que o cinegrafista tinha razão. Um júri que observasse Charlotte amarrando os sapatos da filha e prendendo-a no banco do carro pensaria que sua vida não era pior do que a de qualquer outra criança. Precisávamos de algo mais dramático – uma queda ou, melhor ainda, uma fratura.

Meu Deus, que tipo de pessoa eu era, desejando que uma menina de seis anos se machucasse?

Na escola, Charlotte tirou o equipamento da van e o colocou num canto da sala. Houve uma conversa rápida com a professora e a ajudante, e Charlotte lhes explicou quais ferimentos a estavam incomodando hoje. Então você se sentou na cadeira enquanto as crianças se amontoavam à sua volta para guardar o casaco e tirar as botas. Seus cadarços estavam desamarrados, e apesar de você tentar se abaixar para amarrá-los, seus bracinhos curtos não eram capazes de alcançá-los. Uma menina se abaixou para ajudá-la.

– Acabei de aprender a amarrá-los – disse ela, de forma sincera, amarrando-os para você. Quando ela se afastou, você a ficou observando.

– Sei amarrar meus próprios sapatos – você disse, com certa irritação na voz.

Na hora do lanche, sua ajudante teve de erguê-la para que você lavasse as mãos, porque a pia era alta demais para alcançar sentada em uma cadeira de rodas. Cinco crianças disputavam para se sentar ao seu lado. Mas você teve apenas três minutos para comer porque tinha consulta marcada na fisioterapia. Somente naquele dia, descobri, nós a filmaríamos na fisioterapia, no ortopedista, no fonoaudiólogo e ainda faríamos uma visita a um especialista em próteses. Fiquei imaginando quando e se algum dia você seria apenas uma aluna da pré-escola.

– Como você acha que está indo até agora? – perguntou-me Charlotte no corredor que levava à sala de terapia, levando você e sua cadeira de rodas, e sua ajudante. – Você acha que isso bastará para o júri?

– Não se preocupe – eu disse. – Esse é o meu trabalho.

A sala de fisioterapia ficava ao lado do ginásio. Lá dentro, no piso brilhante, um professor estava montando uma fila de bolas para serem arremessadas. Havia uma parede de vidro pela qual você podia ver o que acontecia no ginásio. Aquilo me pareceu cruel. Era para inspirar uma criança como você a se esforçar mais? Ou apenas para deprimi-la?

Duas vezes por semana, você tinha fisioterapia com Molly, na escola. Uma vez por semana, você era levada ao consultório dela. A fisioterapeuta era uma ruiva magrinha com uma voz surpreendentemente grossa.

– Como está a bacia?

– Ainda dói – você disse.

– Do tipo "Eu preferia morrer a andar, Molly"? Ou do tipo "Ai, está doendo"?

Você riu.

– Ai.

– Que bom. Então me mostre do que é capaz.

Ela a tirou da cadeira de rodas e a colocou em pé no chão. Prendi a respiração – eu não a vira se movendo sem o andador ainda – e você começou a caminhar com passinhos curtos. Seu pé direito se ergueu do chão, seu esquerdo vacilou e você parou na beirada do colchão vermelho. Era um colchão com apenas três centímetros de espessura, mas você precisou de dez segundos até erguer a perna esquerda e ganhar espaço para alcançá-lo.

Ela trouxe uma enorme bola vermelha para o meio do colchão.

– Quer começar com isso hoje?

– Sim – você respondeu, e seu rosto se iluminou.

– Seu desejo é uma ordem – disse Molly, sentando-a sobre a bola.
– Mostre-me até onde você alcança com a mão esquerda.

Você se esticou, formando um "s" com a coluna. Mesmo se esforçando ao máximo, você mal conseguia manter os ombros retos. Isso a fez olhar pela janela, onde seus coleguinhas estavam brincando de queimada.

– Eu queria poder fazer aquilo – você disse.

– Continue alongando, Mulher Maravilha, e talvez você consiga – respondeu Molly.

Mas não era verdade – mesmo que você tivesse flexibilidade o bastante para se abaixar e se desviar das bolas, seus ossos não suportariam um golpe mais forte.

– Você não está perdendo nada – eu disse. – Odiava queimada. Sempre era escolhida por último.

– Eu *nunca* sou escolhida – você respondeu.

Isso, pensei, *vai soar ótimo*.

Aparentemente, eu não era a única a pensar tal coisa. Charlotte olhou para a câmera e depois se virou para a fisioterapeuta, que a virara de barriga para baixo sobre a bola e a estava embalando para frente e para trás.

– Molly? Que tal usar os anéis?

– Estava pensando em esperar mais uma ou duas semanas antes de fazer quaisquer exercícios com peso...

– E se tentássemos no tapete macio? Para melhorar a força dela?

Molly a sentou no chão. As solas dos seus pés se juntaram numa posição de ioga que eu só era capaz de fazer num bom dia. Indo até a parede, Molly desamarrou o que pareciam dois anéis de ginástica olímpica presos ao teto. Ela ajustou a altura até que os anéis pendessem sobre sua cabeça.

– Agora o braço direito – disse ela.

Você fez que não.

– Não quero.

– Apenas tente. Se doer demais, paramos.

Você levantou o braço mais um pouquinho, até que a ponta dos seus dedos tocassem no anel de borracha.

– Podemos parar agora?

– Vamos lá, Willow, sei que você é mais forte do que isso – disse Molly. – Envolva-o com os dedos e o aperte...

Para fazer isso, você tinha de erguer ainda mais o braço. Lágrimas surgiram, dando um ar elétrico ao branco dos seus olhos. O cinegrafista aproximou a imagem do seu rosto, num close-up.

– Ai – você disse, começando a chorar quando sua mão agarrou o anel. – Por favor, Molly... posso parar?

De repente Charlotte não estava mais ao meu lado. Ela correu até você e soltou seus dedos do anel. Segurando seu braço firmemente ao lado do corpo, ela a abraçou.

– Está tudo bem, meu amor – sussurrou. – Desculpe. Sinto muito que a Molly a tenha feito tentar.

Ao ouvir isso, Molly se virou de repente – mas ficou calada quando viu a câmera filmando.

Os olhos de Charlotte estavam fechados; ela talvez estivesse chorando também. Senti que estava violando algo particular. Assim, estendi o braço e pus a mão sobre a câmera, abaixando-a lentamente para o chão.

O cinegrafista a desligou.

Charlotte sentou-se de pernas cruzadas, com você de encontro ao corpo dela. Você parecia embrionária, exausta. Observei enquanto Charlotte acariciava seus cabelos e sussurrava para você, levantando-se e pegando-a no colo. Charlotte se virou de modo que nos visse, mas você não.

– Filmou isso? – ela perguntou.

Certa vez, assisti na televisão a uma reportagem sobre dois casais que haviam tido seus recém-nascidos trocados por acidente no hospital. Eles descobriram isso anos mais tarde, quando se soube que um dos bebês tinha uma horrível doença hereditária, mas seus pais não a apresentavam no genoma. A outra família foi localizada e as mães tiveram de trocar os filhos. Uma delas – a que estava recebendo a criança saudável de volta – estava absolutamente inconsolável. "Ele não se encaixa no meu colo", dizia ela, ainda chorando. "Ele não tem o mesmo cheiro do meu menino."

Eu me perguntava quanto tempo levava para que um bebê se tornasse seu, para que a familiaridade se estabelecesse. Talvez o mesmo tempo que levava para um carro novo perder aquele cheiro característico ou uma casa novinha ficar toda empoeirada. Talvez este seja o processo comumente chamado de "criar um vínculo": o ato de reconhecer seu filho como a si mesmo.

Mas e se a criança nunca tivesse conhecido os pais tão bem?

Como eu e minha mãe biológica. Ou você. Você se perguntava por que sua mãe me contratou? Por que você estava sendo seguida pela equipe de filmagem? Você se perguntava, ao voltarmos para a sala de aula, se sua mãe a fizera chorar de propósito, para que o júri se convencesse?

As palavras de Charlotte continuavam ecoando em meus ouvidos: "Sinto muito que a Molly a tenha feito tentar". Mas Molly não fizera nada disso. Foi Charlotte quem insistiu. Ela fez isso porque realmente se importava com o alcance do seu braço direito depois da última fratura? Ou porque sabia que a faria chorar diante das câmeras?

Eu não era mãe, e talvez nunca fosse. E com certeza tinha alguns amigos que não suportavam a própria mãe – porque era ausente ou presente demais. Reclamava demais ou não dava a devida atenção. Em parte, amadurecer é se distanciar da mãe.

Para mim, foi diferente. Cresci com uma pequena distância entre mim e minha mãe adotiva. Uma vez, na aula de química, aprendi que os objetos na verdade nunca se tocam – como os íons se repelem, há sempre um espaço infinitesimal entre eles, por isso, mesmo quando parece que você está de mãos dadas ou se esfregando em alguma coisa, no nível atômico nada disso está acontecendo. Era assim que eu me sentia atualmente quanto à minha família adotiva: a olho nu, parecíamos um grupo unido e feliz. Mas eu sabia que, por mais que eu tentasse, nunca conseguiríamos preencher aquela minúscula lacuna.

Talvez fosse comum. Talvez as mães – consciente ou inconscientemente – repelissem as filhas de maneiras diferentes. Algumas sabiam o que estavam fazendo – como minha mãe biológica, entregando-me para outra família. E outras, como Charlotte, não sabiam. Explorá-la na filmagem pelo que Charlotte considerava ser um bem maior me fez odiá-la e odiar esse caso. Queria terminar de filmar; queria me afastar dela o máximo possível antes que eu fizesse algo proibido na minha profissão: dizer como eu realmente me sentia em relação a ela e a todo o processo.

Mas, assim como eu estava tentando encontrar uma maneira de acabar logo com aquilo, também consegui exatamente o que queria – uma crise. Não na imagem de uma queda sua, mas em uma falha no seu equipamento: enquanto Charlotte estava pegando suas coisas depois da aula, ela viu que o pneu da sua cadeira de rodas estava murcho.

– Willow – disse ela, histérica –, você não *percebeu*?

– Você tem um pneu extra? – perguntei, imaginando se na casa dos O'Keefe havia um armário com partes sobressalentes de cadeiras de rodas e aparelhos ortopédicos, e outro cheio de talas, curativos e esparadrapos.

– Não – respondeu Charlotte. – Mas uma bicicletaria talvez tenha. – Ela pegou o celular e ligou para Amelia. – Vou me atrasar um pouquinho... Não, ela não quebrou nada. Mas a cadeira de rodas sim.

A bicicletaria não tinha uma roda aro vinte e dois no estoque, mas eles achavam que talvez pudessem encomendar uma até o fim da semana.

– O que significa – explicou Charlotte – que ou eu gasto o dobro numa loja de artigos hospitalares em Boston ou a Willow ficará sem sua cadeira de rodas pelo resto da semana.

Uma hora mais tarde, estacionamos diante da escola de Amelia. Ela estava sentada sobre a mochila, furiosa.

– Só para você saber – disse –, tenho três provas amanhã.

– Por que não ficou estudando enquanto esperava por nós? – você perguntou.

– E por acaso eu pedi a sua opinião?

Às quatro da tarde eu estava exausta. Charlotte estava no computador, tentando encontrar revendedores online de peças de segunda mão para cadeiras de rodas. Amelia estava estudando para a prova de francês. Você estava no andar de cima, no seu quarto, sentada no chão com um porco rosa de cerâmica no colo.

– Sinto muito pela cadeira de rodas – eu disse.

Você deu de ombros.

– Essas coisas sempre acontecem. Da última vez, a bicicletaria teve de tirar cabelos das rodinhas da frente porque elas haviam parado de rodar.

– Isso é bem nojento – eu disse.

– É... também acho.

Sentei-me ao seu lado enquanto o cinegrafista se aproximava sem ser visto e se posicionava num canto do quarto.

– Você parece ter muitos amigos na escola.

– Na verdade, não. A maioria das crianças diz coisas estúpidas, do tipo como eu sou sortuda por poder andar numa cadeira de rodas enquanto eles têm que ir a pé ao ginásio ou ao parquinho.

– Mas você não acha que isso é ser sortuda.

– Não, porque só é divertido no começo. Não é tão divertido se você tiver que usar isso para o resto da vida. – Ela me olhou. – Aquelas crianças de hoje? Elas não são minhas amigas.

– Elas queriam se sentar ao seu lado na hora do lanche...

– O que elas queriam era aparecer no filme. – Você balançou o porquinho de cerâmica no colo. – Você sabia que os porcos de verdade pensam, igual aos seres humanos? E que podem aprender truques, como os cães, só que mais rápido?

– Isso é impressionante. Você está economizando para comprar um?

– Não – você respondeu. – Vou dar o dinheiro da minha mesada para a minha mãe, assim ela pode comprar o pneu da minha cadeira de rodas e não precisa se preocupar com o preço. – Você tirou a tampa preta que ficava entre as pernas do porquinho, e moedas de centavos, e uma ou outra cédula de dólar, caíram no chão. – Da última vez que eu contei, eu tinha sete dólares e dezesseis centavos.

– Willow – eu disse, com carinho –, sua mãe não te pediu para pagar pelo pneu.

– Não, mas se ele não custar nada, ela não vai ter que se livrar de mim.

Fiquei paralisada, em silêncio.

– Willow – eu disse –, você sabe que sua mãe te ama.

Você me olhou.

– Às vezes as mães dizem e fazem coisas que parecem que não querem os filhos... Mas, quando você olha de perto, vê que estão fazendo um favor a eles. Só estão tentando lhes dar uma vida melhor. Entende?

– Acho que sim.

Você virou o porquinho novamente. Ele parecia estar cheio de cacos de vidro.

– Posso falar com você? – perguntei ao entrar no escritório onde Charlotte estudava os resultados de sua busca.

Ela levou um susto.

– Desculpe. Eu sei. Você não veio aqui para me filmar na internet procurando remendos para pneus de cadeiras de rodas.

Fechei a porta.

– Esqueça a câmera, Charlotte. Eu estava lá em cima com a Willow, contando as economias que ela guarda no porquinho. Ela quer dar para você. Ela está tentando convencê-la de que ela vale a pena.

– Isso é ridículo – disse Charlotte.

– Por quê? Que grande raciocínio você faria se tivesse seis anos e soubesse que sua mãe entrou com um processo porque algo de errado aconteceu quando você nasceu?

– Você não é minha advogada? – perguntou Charlotte. – Você não deveria estar me ajudando em vez de me dizer que sou uma péssima mãe?

– *Estou* tentando ajudá-la. Não tenho a menor ideia de como vou mostrar esse vídeo para o júri, para ser honesta. Porque, agora mesmo, se o júri assistisse ao filme, talvez sentisse pena da Willow... mas odiaria você.

De repente, toda a agressividade de Charlotte desapareceu. Ela se deixou afundar na poltrona na qual estava sentada quando eu entrei no estúdio.

– Quando você mencionou nascimento indevido pela primeira vez, eu me senti como Sean. Como se fosse o termo mais nojento que já tivesse ouvido na vida. Passei esses anos todos simplesmente levando a vida fazendo o que precisava ser feito. Eu sabia que as pessoas olhavam para nós e pensavam: *Coitadinha da menina. Coitada da mãe.* Mas, sabe, eu nunca realmente imaginei as coisas desse modo. Ela era minha filha e eu cuidava dela, e só. – Charlotte me olhou. – Mas daí você e Robert Ramirez começaram a falar e a me fazer perguntas. E eu pensei: *Alguém captou*. Eu me senti como se estivesse vivendo no subterrâneo e, por um instante, pude ter um vislumbre do céu. Depois que você vê isso, como é possível voltar para o lugar de onde você veio?

Senti o rosto queimar. Sabia exatamente do que Charlotte estava falando e não gostei de pensar que tivesse qualquer coisa em comum com ela. Mas me lembrei de quando me contaram que eu fora adotada, quando entendi que eu tinha outra mãe e outro pai em algum lugar. Durante anos, mesmo que essa não fosse minha principal preocupação, ela ainda estava presente, era como uma coceira debaixo da pele.

Advogados são famosos por descobrir casos quando é muito improvável que existam, principalmente casos com potencial de enormes recompensas pelos danos sofridos. Mas a dissolução daquela família era mesmo culpa minha? Será que Bob e eu havíamos criado um monstro?

– Minha mãe está numa casa de repouso agora – disse Charlotte. – Ela não se lembra de mim, por isso me tornei a guardiã das memórias dela. Sou eu quem lhe conta sobre a época em que ela preparou brownies para toda a turma do último ano quando eu concorri para o conselho dos estudantes, e como eu ganhei a eleição facilmente. Ou como ela costumava recolher vidro marinho comigo na praia durante o verão e guardá-los num vaso ao lado da minha cama. Eu me pergunto que lembranças a Willow terá para me contar, se um dia eu chegar a esse ponto. Eu me pergunto se existe diferença entre ser uma mãe zelosa e uma boa mãe.

– Sim, existe – eu disse, e Charlotte me olhou, ansiosa. Mesmo que eu não pudesse argumentar a diferença como adulta, quando criança eu a senti. Pensei por alguns instantes. – Uma mãe zelosa é alguém que segue o filho a cada passo que ele dá – eu disse.

– E uma boa mãe?

Encarei Charlotte.

– É aquela que o filho quer seguir.

Agente interferente: SUBSTÂNCIA ACRESCENTADA AO MELADO A FIM DE EVITAR QUE ELE CRISTALIZE.

Todos temos um momento de cristalização, um instante em que, de repente, tudo parece se encaixar... quer a gente queira, quer não. A mesma coisa acontece com a produção de doces – chega uma hora em que a mistura começa a se transformar em algo que não era momentos antes. Um único cristal de açúcar não derretido pode mudar a textura de macia para granulada, e se você não fizer nada para impedir, pode acabar com um doce duro. Contudo, ingredientes acrescentados ao melado antes da fervura podem evitar essa cristalização. Os agentes interferentes mais comuns são a glucose de milho, o mel, o cremor tártaro, o suco de limão e o vinagre.

Se não for a cristalização de um doce que você está tentando evitar, e sim a da sua vida, bem, o melhor agente interferente é sempre uma mentira bem contada.

PUDIM DE OVOS

CALDA
1 xícara de açúcar
⅓ xícara de água
2 colheres (sopa) de glucose de milho
¼ colher (chá) de suco de limão

PUDIM
1½ xícara de leite integral
1½ xícara de creme de leite fresco
3 ovos grandes
2 gemas
⅔ xícara de açúcar
1½ colher (chá) de extrato de baunilha
1 pitada de sal

Você pode fazer um pudim de ovos grande, mas gosto de fazer porções menores, em forminhas individuais. Para fazer a calda, misture o açúcar, a água, a glucose de milho e o suco de limão numa panela antiaderente média (de preferência clara, para que você possa ver a cor da calda). Ferva lentamente em fogo médio-alto, limpando os cantos da panela com um pano úmido para garantir que não restem cristais de açúcar que possam provocar a cristalização. Cozinhe por cerca de 8 minutos, até que a calda adquira uma coloração dourada, girando a panela para garantir que ela doure por igual. Continue a cozinhá-la por mais 4 ou 5 minutos, girando sempre a panela até que bolhas grandes na superfície adquiram um tom de mel. Tire imediatamente a panela do fogo e derrame a calda em cada uma das oito formas individuais de 150 gramas, sem untá-las. Deixe que a calda esfrie e endureça por aproximadamente 15 minutos. (Pode-se cobrir as formas com plástico e deixá-las no refrigerador por dois dias, mas deixe-as em temperatura ambiente antes de passar para a etapa seguinte.)

Para fazer o pudim, aqueça o leite e o creme de leite numa panela média em fogo médio, mexendo às vezes até que o termômetro no líquido marque 70º C. Tire a mistura do fogo. Enquanto isso, misture os ovos, as gemas e o açúcar numa grande tigela, até que fique bem homogêneo. Acrescente a mistura morna de leite, a baunilha e o sal, sem deixar a mistura final espumosa demais. Passe-a por uma peneira, coloque-a em um recipiente e reserve.

Ferva dois litros de água. Enquanto isso, dobre um pano de prato de forma que ele se encaixe no fundo de uma assadeira grande. Divida o pudim entre as forminhas e as coloque na assadeira, sem deixar que se toquem. Coloque a assadeira no meio do forno, pré-aquecido a 180º C. Encha a assadeira com a água fervente até alcançar o meio das forminhas e cubra tudo com papel-alumínio, deixando uma pontinha aberta para que o vapor escape. Asse por 35 a 40 minutos, até que, ao enfiar uma pequena faca entre o meio e a borda do pudim, ela saia limpa.

Tire os pudins do forno e deixe que esfriem a temperatura ambiente. Para desenformar, passe uma faca pela borda de cada pudim, coloque um prato sobre a forminha, vire de cabeça para baixo e balance com cuidado para soltá-lo. Sirva imediatamente.

Charlotte
Agosto de 2008

A CONVENÇÃO BIENAL DE OSTEOGÊNESE IMPERFEITA DE 2008 FOI REAlizada em Omaha, num grande hotel da rede Hilton com um centro de conferências, uma enorme piscina e mais de quinhentas e setenta pessoas que se pareciam com você. Ao entrarmos na área de inscrição, de repente me senti um gigante, e você se virou para mim da sua cadeira de rodas com o maior sorriso no rosto.

– Mamãe – você disse –, sou normal aqui.

Nunca estivemos numa conferência antes. Nunca tivemos dinheiro para isso. Mas Sean não dormia em casa havia meses – e, apesar de não ter perguntado por quê, você não o fez mais porque não queria saber a resposta do que por não ter notado o que acontecia. E, sinceramente, eu também. Sean e eu não havíamos usado a palavra *separação*, mas não nomear algo não quer dizer que ele não exista. Às vezes, surpreendia-me pensando no que Sean gostaria de comer no jantar, ou pegava o telefone para ligar para o celular dele antes de lembrar que era melhor não fazê-lo. Seu rosto se iluminava quando ele a vinha visitar; eu queria lhe dar alguma coisa pela qual ansiar também. Assim, quando o convite para a conferência chegou por e-mail, enviado pela Fundação OI, eu soube que era o presente perfeito.

Agora, observando-a ver um grupo de meninas da sua idade andando de um lado para o outro em cadeira de rodas, percebi que deveria ter feito isso antes. Nem mesmo Amelia fazia comentários sarcásticos – apenas conversava com um grupinho em cadeiras de rodas, andadores ou sem aparelho algum, cumprimentando uns aos outros como parentes distantes. Eram meninas pré-adolescentes – algumas se pareciam com Amelia, outras eram menores, como você – tirando fotos com câmeras descartáveis. Os meninos da mesma idade faziam bagunça na escada rolante, ensinando um ao outro como subi-las e descê-las com a cadeira de rodas.

Uma menininha com cachinhos pretos se aproximou de você, os aparelhos ortopédicos batendo como sinos:

– Você é nova aqui – disse ela. – Qual seu nome?

– Willow.

– O meu é Niamh. É um nome esquisito porque não tem "v", mas soa como se tivesse. Você tem um nome estranho também. – Ela olhou para Amelia. – Esta é sua irmã? Ela tem OI?

– Não.

– Ah, tá – disse Niamh. – Bem, que pena. Os melhores programas são para crianças como nós.

Havia quatro palestras informativas durante os três dias do fim de semana: desde "Planejamento financeiro para seu filho com necessidades especiais" até "Elaborando um programa educacional especial" e "Pergunte ao médico". Você tinha seus próprios eventos do Clube das Crianças – artesanato, caça ao tesouro, natação, campeonato de videogame, como ser mais independente, como melhorar sua autoestima. Eu não estava muito disposta a deixá-la participar dessas atividades, mas eles tinham várias enfermeiras. Pré-adolescentes com OI tinham uma Noite de Jogos e As Aventuras do Menino e da Menina de Vidro. Até Amelia podia participar de eventos especiais para irmãos de pessoas com OI.

– Niamh, aí está você! – Uma adolescente que parecia ter a idade de Amelia surgiu com um bando de crianças atrás dela. – Você não pode simplesmente fugir – disse ela, pegando a menina pela mão. – Quem é sua amiga?

– Willow.

A menina mais velha se abaixou para que ficasse na altura dos seus olhos na cadeira de rodas.

– Prazer em conhecê-la, Willow. Estamos ali do outro lado da recepção jogando Spit, se você quiser vir com a gente.

– Posso? – você perguntou.

– Se você tomar cuidado. Amelia, você pode empurrá-la...

– Eu faço isso. – Um menino se apressou e segurou as alças da sua cadeira de rodas. Ele tinha cabelos loiros desgrenhados que lhe caíam sobre os olhos, e um sorriso que era capaz de derreter uma geleira – ou Amelia, para quem ele ficava olhando.

– A não ser que você também venha.

Amelia, sem que eu pudesse acreditar, ficou toda envergonhada.

– Talvez mais tarde – disse ela.

Apesar de haver cômodos adaptados para deficientes no hotel, nós não reservamos um. Amelia e eu não queríamos um banheiro com cortina, e a ideia de usar um assento de banho emprestado para você me dava arrepios. Você podia facilmente tomar banho na banheira e lavar os cabelos na pia. Assistimos à palestra principal, na qual se falou sobre as pesquisas atuais sobre OI, e participamos de um longo jantar com comida à vontade – numa sala de jantar que tinha mesas baixas para que os cadeirantes ou as pessoas muito pequenas pudessem ver e alcançar a comida.

– Hora de dormir – eu disse, e Amelia se escondeu debaixo das cobertas, os fones do iPod ainda nos ouvidos. A tela brilhava por sob os lençóis. Você se virou e seu rosto estava mesmo resplandecente.

– Adoro aqui – você disse. – Quero ficar aqui para sempre.

Eu sorri.

– Bem, não será muito divertido depois que seus amigos com OI voltarem para casa.

– Podemos voltar?

– Espero que sim, Wills.

– Da próxima vez, o papai pode vir conosco?

Olhei para o relógio digital enquanto um número se transformava em outro.

– Espero que sim – repeti.

Foi assim que acabamos vindo à convenção:

Certa manhã, quando você e Amelia estavam na escola, eu estava cozinhando. Era o que eu fazia agora quando estava sozinha. Havia um ritmo zen em misturar o açúcar e a manteiga, fazer clara em neve, ferver o leite. Minha cozinha cheirava a baunilha e caramelo, canela e anis. Eu preparava suspiros; abria massas perfeitas de tortas; sovava outras massas. Quanto mais minhas mãos permaneciam em movimento, menos eu deixava que minha mente pensasse em besteiras.

Era março – dois meses depois de Sean sair do processo. Algumas semanas depois da nossa briga na estrada, deixei os travesseiros e a roupa de cama perto da lareira, por precaução, o mais próximo que eu conseguia chegar de lhe pedir desculpas. Ele voltava para casa de vez em quando para ver vocês, mas, quando vinha, eu me sentia como se eu fosse a invasora. Eu cuidava das contas, limpava os banheiros e ficava ouvindo a risada de vocês lá embaixo.

Eu queria ter a coragem de lhe dizer isto: cometi um erro, mas você também. Estamos quites?

Às vezes eu sentia uma falta visceral de Sean. Às vezes tinha raiva dele. Às vezes queria apenas voltar no tempo, para o instante em que ele perguntou: "O que vocês acham de passarmos as férias na Disney World?" Mas, na maior parte do tempo, eu me perguntava por que a cabeça podia mudar tanto, enquanto o coração se mantinha ileso. Mesmo quando me sentia segura e confiante, mesmo quando começava a pensar que vocês, meninas, e eu ficaríamos bem sozinhas, ainda o amava. Parecia algo permanente que desaparecera: um dente, uma perna amputada. Você sabe o que está acontecendo, mas isso não impede a sua língua de entrar no buraco do dente, ou o seu membro amputado de doer.

Assim, todas as manhãs eu cozinhava para esquecer, até que as janelas ficassem todas embaçadas e só de respirar era como estar sentada na melhor mesa do restaurante. Cozinhava até que minhas mãos ficassem vermelhas e em carne viva, e as unhas se enchessem de farinha. Cozinhava até deixar de me perguntar por que a ação avançava tão devagar. Cozinhava até não ter que pensar de onde sairia o dinheiro para a próxima prestação da hipoteca. Cozinhava até que a cozinha ficasse tão quente que eu tinha de vestir apenas um top e shorts de corrida sob o avental, até que me imaginasse sob uma abóboda feita de massa dourada preparada por mim mesma, imaginando se Sean a romperia antes que eu me sufocasse.

Foi por isso que me assustei quando a campainha tocou no meio de uma fornada de sonhos. Não estava esperando ninguém – não tinha nada mais a esperar, ponto final. Na varanda estava um estranho, o que me deixou ainda mais consciente de que eu estava seminua e de que meus cabelos estavam grisalhos por causa do açúcar de confeiteiro.

– Sra. Syllabub? – perguntou o homem.

Ele era baixinho e gordinho, com o rosto inchado e uma calva arredondada. Estava segurando um saco plástico cheio dos meus pãezinhos, fechado com uma fita verde.

– É só um nome – eu disse. – Mas não o meu.

– Mas... – Ele deu uma olhada para o cartaz. – Você é a chef?

– Sim – eu disse. – Sou a chef – não a aproveitadora, não a vaca nem mesmo a mãe. Algo bem distinto, uma identidade clara e límpida como aço inoxidável. Estendi-lhe a mão. – Charlotte O'Keefe.

Ele pôs os pés no capacho.

– Gostaria de comprar seus produtos.

– Ah, o senhor não precisa vir aqui para isso – eu disse. – Basta deixar alguns dólares na caixinha. Quanto o senhor achar que eles valem.

– Não, você não entendeu. Quero comprar todos eles. – Ele me entregou um cartão com letras em relevo. – Meu nome é Henry DeVille. Sou dono de uma rede de lojas de conveniência chamada Gas-n-Get, aqui mesmo em New Hampshire, e gostaria de vender seus produtos. – Ele ficou meio envergonhado. – Principalmente porque não consigo parar de comê-los.

– Verdade? – perguntei, com um sorrisinho surgindo no rosto.

– Estava visitando minha irmã no mês passado. Ela mora a duas ruas daqui, mas me perdi e estava morrendo de fome. E desde então fiz oito viagens de duas horas só para conseguir comprar o que você estivesse vendendo no dia. Posso não ser um especialista no ramo, mas sou um doutor quando se trata de comer boas sobremesas.

Levei uma semana para concordar. Não tinha tempo ou disposição para viajar por toda New Hampshire entregando muffins pela manhã; não sabia quanto podia produzir. Para cada obstáculo que eu impunha, Henry tinha uma solução, e, dentro de uma semana, revi com Marin a minuta de um contrato que me pareceu bom o suficiente para que eu o assinasse. Para celebrar, preparei para Henry pão doce de amêndoas e mirtilos. Ele se sentou à mesa da cozinha, bebendo café, comendo o pão doce com uma nova mulher de negócios.

– Tentei lhe dizer isso – disse ele, distraído, observando-me assinar o contrato. – Há alguma coisa nas suas receitas que é diferente de tudo que já experimentei. É simplesmente viciante.

Dei-lhe o melhor sorriso que pude e lhe empurrei o papel sobre a mesa antes que ele mudasse de ideia. Porque Henry DeVille tinha razão – havia um ingrediente nos meus doces que era mais concentrado do que qualquer extrato, mais marcante do que qualquer tempero; um ingrediente que todos reconheceriam, mas nem todos seriam capazes de nomear: arrependimento, e ele aparecia quando menos se esperava.

Na manhã seguinte, como parte da campanha Fique em Forma!, que era o carro-chefe do festival deste ano, você e eu fomos para a sala de exercícios, onde os participantes podiam andar ou correr na cadeira de rodas por quatrocentos ou oitocentos metros. Quando você terminou, segurando o certificado contra o peito, tivemos um rápido café da manhã antes das sessões do dia com grupos menores. Amelia estava dormindo, mas eu estava planejando inscrevê-la numa oficina de imagem corporal para meninas com OI.

Assim que fomos recebidos de volta no Clube das Crianças – a enfermeira que a cumprimentou, notei, a fez erguer o braço direito mais alto do que qualquer fisioterapeuta nos últimos quatro meses –, entrei no banheiro feminino para lavar as mãos antes de a sessão começar. Como tudo no hotel, os banheiros eram adaptados para portadores de OI: as portas se abriam automaticamente para facilitar o acesso, e a bancada baixa continha sabonetes e toalhas extras.

Enquanto abria a torneira, outra mulher entrou no banheiro, carregando consigo um copo de leite – que era servido como parte do tema geral de boa forma; o problema com a OI é uma deficiência de colágeno, não de cálcio.

– Adoro isso – disse ela, sorrindo. – Deve ser a única convenção que serve leite entre as sessões, em vez de café ou suco.

– E é provavelmente mais barato do que injeções de pamidronato – eu disse, e ela riu.

– Acho que não nos conhecemos ainda. Sou Kelly Clough, mãe do David, tipo V.

– Willow, tipo III. Sou Charlotte O'Keefe.

– A Willow está se divertindo?

– Ela está no paraíso – eu disse. – Mal pode esperar para ir ao zoológico hoje à noite.

O Zoológico Henry Doorly abriria suas instalações para os participantes da convenção naquela noite; durante o café da manhã, você fez uma lista dos animais que queria ver.

– Para o David, a melhor coisa é nadar. – Ela me olhou pelo espelho. – Há algo familiar em você.

– Bem, nunca estive numa convenção antes – eu disse.

– Não, seu nome...

Ouviu-se uma descarga e, um minuto depois, uma mulher da nossa idade saiu de uma cabine. Ela posicionou o andador diante da pia adaptada para deficientes e abriu a torneira.

– Você lê o blog do Tiny Tim? – perguntou ela.

– Claro – disse Kelly. – E quem não lê?

Bem. Eu, por exemplo.

– Ela é aquela que abriu o processo por nascimento indevido. – A mulher se virou, enxugando as mãos antes de me encarar. – Eu acho nojento, sinceramente. E acho ainda mais nojento que você esteja aqui. Você não pode estar de ambos os lados. Você não pode entrar com uma ação porque acha que uma vida com OI é indigna de ser vivida e vir aqui falar sobre como sua filha está entusiasmada na companhia de outras crianças como ela, e como ela acha legal ir ao zoológico.

Kelly deu um passo para trás.

– É *você*?

– Eu não quis...

– Não acredito que qualquer pai ou mãe possa pensar uma coisa dessas – disse Kelly. – Nós temos que raspar a conta do banco para conseguir viver. Mas eu nunca, jamais desejaria que meu filho não tivesse nascido.

Eu estava tremendo incontrolavelmente. Queria ser uma mãe como Kelly, que lidava bem com a deficiência do filho. Queria que você crescesse como essa mulher, sincera e cheia de autoconfiança. Eu queria apenas os recursos para que isso fosse possível para você.

– Sabe o que fiz nos últimos seis meses? – perguntou a mulher com OI. – Treinei para as Paraolimpíadas. Estou na equipe de natação. Se sua filha algum dia voltasse para casa com uma medalha de ouro, você se convenceria de que a vida dela não é um desperdício?

– Vocês não entendem...

– Na verdade – disse Kelly – é *você* que não entende.

Ela se virou e saiu do banheiro, com a outra mulher a seguindo. Abri a torneira ao máximo e joguei um pouco de água no rosto, que parecia estar em chamas. Então, com o coração ainda acelerado, saí para a recepção.

As sessões das nove horas estavam se enchendo. Meu disfarce fora descoberto; eu podia sentir as alfinetadas de centenas de olhares sobre mim, e todos os sussurros diziam meu nome. Mantive o olhar no carpete estampado ao passar por um grupo de meninos que brincavam e por um bebê carregado por uma menina com 01 não muito maior do que ele. Cem passos até o elevador... cinquenta... vinte.

As portas do elevador se abriram, e eu entrei e apertei o botão. Assim que as portas estavam se fechando, um corpo se colocou entre elas. O homem que nos inscrevera no dia anterior estava em pé na entrada do elevador; mas, em vez de me dar um sorriso de boas-vindas, como me dera doze horas antes, ele parecia furioso.

– Só para que você saiba: não é a minha deficiência que torna minha vida uma luta constante – disse ele. – São pessoas como você. – Depois, com um ruído metálico, deu um passo para trás e deixou que as portas do elevador se fechassem.

Fui até o quarto, enfiei o cartão na fechadura e lembrei que Amelia provavelmente ainda estava dormindo. Mas – graças a Deus – ela já havia saído, descido para tomar café ou o que quer que seja, e agora eu não me importava. Deitei-me na cama e me cobri até a cabeça. Depois, finalmente, me permiti chorar.

Isso foi pior do que ser julgada por um júri de iguais. Isso era ser julgada por um júri de pessoas iguais a *você*.

Eu era, pura e simplesmente, um fracasso. Meu marido me abandonara; minhas habilidades como mãe foram distorcidas para comportar o sistema jurídico norte-americano. Chorei até que meus olhos ficassem inchados e meu rosto doesse. Chorei até que não tivesse nada dentro de mim. Depois me sentei e fui até a escrivaninha perto da janela.

Sobre ela havia um telefone, um bloco de papel e um caderno com todos os serviços oferecidos pelo hotel. Dentro, havia dois cartões-postais e duas folhas de fax. Peguei-as junto com a caneta ao lado do telefone.

"Sean", escrevi. "Sinto sua falta."

Até sair de casa, Sean e eu nunca havíamos ficado longe um do outro, a não ser que você conte a semana anterior ao nosso casamento. Apesar de Sean ter se mudado para a casa onde Amelia e eu vivíamos, eu queria ao menos criar uma aparência de encanto, por isso ele dormiu no sofá de outro policial poucos dias antes da cerimônia. Ele odiara aquilo. Eu o via dirigindo no seu carro-patrulha enquanto eu trabalhava no restaurante, e então nós nos escondíamos no frigorífico e nos beijávamos intensamente. Ou então ele parava apenas para colocar Amelia na cama e depois fingia dormir no sofá vendo TV. "Estou de olho em você", eu lhe disse. "E isso não vai dar certo." Durante a cerimônia, Sean me surpreendeu com votos que ele mesmo escrevera: "Eu lhe darei o coração e a alma", disse ele. "Eu a protegerei e a servirei. Eu lhe darei um lar e não a deixarei me expulsar dele nunca mais." Todos riram, eu inclusive – imagine se a pequenina Charlotte poderia ser algum tipo de sedutora que teria tanto controle sobre um homem! Mas Sean fazia com que eu me sentisse muito grande com uma única palavra ou um toque carinhoso. Era algo poderoso, e aquela era uma parte de mim que eu jamais imaginara.

Em alguns dos abismos profundos da mente – os desdobramentos onde as esperanças se escondem – eu acreditava que o que houvesse de errado entre mim e Sean podia ser reparado. Tinha de ser, porque, quando você ama alguém – quando você tem um filho com essa pessoa –, você não perde os laços simplesmente. Como qualquer outra energia, ela não pode ser destruída, apenas transformada em outra coisa. E talvez, neste momento, eu tenha direcionado todos os meus holofotes para você. Mas isso era normal; o amor em uma família muda o tempo todo. Na semana seguinte, poderia ser para Amelia; no outro mês, para Sean. Depois que o processo terminasse, ele voltaria para casa. Voltaríamos a viver como antes.

Tínhamos de voltar a viver como antes, porque eu realmente não era capaz de suportar a alternativa: que eu seria obrigada a escolher entre o seu futuro e o meu.

A segunda carta que tive de escrever foi mais difícil.

"Querida Willow", comecei.

Não sei quando você vai ler isto nem o que vai acontecer até lá. Mas tenho de escrever porque lhe devo uma explicação acima de qualquer coisa. Você é a coisa mais linda que já me aconteceu, e também a mais sofrida. Não por causa da sua doença, mas porque não posso repará-la, e porque odeio ver aqueles momentos em que você percebe que talvez não seja capaz de fazer as coisas que as outras crianças fazem.

Eu te amo e sempre te amarei. Talvez até mais do que deveria. Eis a única explicação que posso dar para tudo isso. Achei que, se a amasse com toda a intensidade do mundo, poderia mover montanhas por você, poderia fazê-la voar. Não me importa como isso aconteceu – apenas aconteceu. Eu não estava pensando em quem poderia magoar, mas em quem poderia ajudar.

Na primeira vez que você se quebrou nos meus braços, eu não conseguia parar de chorar. Acho que passei todos esses anos tentando compensar aquele momento. Eis por que não posso parar agora, apesar de haver momentos em que eu queira. Não posso parar, mas não há um só instante em que não me preocupe com o que você possa lembrar no futuro. Serão as discussões que tive com seu pai? O modo como sua irmã se transformou numa menina que já não reconhecemos? Ou você se lembrará de certa vez em que eu e você passamos uma hora observando uma lesma atravessar a varanda? Ou o fato de eu cortar os sanduíches do seu lanche com suas iniciais? Você se lembrará de como, quando eu a enrolava na toalha depois do banho, a abraçava por um instante a mais?

Sempre sonhei que você pudesse viver de modo independente. Eu a vejo como uma médica e me pergunto se é porque já a vi na companhia de tantos médicos. Imagino um homem que a amará loucamente, e até mesmo um bebê. Aposto que você lutará por ele com a mesma tenacidade com que tentei lutar por você.

O que nunca consegui imaginar, contudo, foi como você sairia do estágio em que está para o estágio em que um dia talvez esteja – até que eu tivesse os instrumentos para construir essa ponte. Tarde demais, aprendi que essa ponte era feita de espinhos e que talvez ela não seja forte o suficiente para aguentar nós duas.

Quando se trata de lembranças, as boas e as ruins nunca se equilibram. Não sei como acabei medindo sua vida pelos piores momentos – cirurgias, fraturas, salas de emergência – em vez dos momentos de calmaria. Talvez eu seja pessimista, talvez realista. Ou talvez seja simplesmente mãe.

Você ouvirá as pessoas dizendo coisas horríveis a meu respeito. Algumas coisas são mentiras, outras são verdades. Mas há apenas uma coisa que importa: não quero que você sofra nenhuma outra fratura.

Principalmente entre mim e você, porque, para essa, talvez nunca haja uma cura.

Sean

Eu ESTAVA SANGRANDO DINHEIRO.

Como se não bastasse todo o meu salário sendo gasto no pagamento da hipoteca, no financiamento do carro e nas taxas do cartão de crédito, agora qualquer dinheiro que eu recebia era gasto, quarenta e nove dólares por noite, no hotel Sleep Inn, onde eu vivia desde que Charlotte viera me atacar no canteiro de obras da estrada.

Eis por que, quando Charlotte me contou que estava viajando numa sexta-feira para levar as meninas a uma convenção sobre oi, saí do Sleep Inn e fui para a minha casa.

É esquisito voltar para casa como um estranho. Sabe quando você entra na casa de alguém e ela tem um cheiro diferente – às vezes de roupa limpa, às vezes de eucalipto, mas algo bem diferente? Você não percebe isso na casa onde mora até se ausentar por algum tempo. Na primeira noite, andei pela casa toda absorvendo o que me era familiar: o pilar do corrimão que estava fora do lugar porque eu nunca tive tempo para consertá-lo; a manada de bichinhos de pelúcia na sua cama; uma bola de beisebol que peguei numa viagem a Fenway com vários outros policiais na década de 90, uma tacada de Tom Brunansky num jogo que pôs o Sox em primeiro lugar na temporada, antes do Toronto.

Fui ao meu quarto também, e me sentei no lado da cama que Charlotte ocupava. Naquela noite, dormi sobre o travesseiro dela.

Na manhã seguinte, ao recolher minhas coisas do banheiro, fiquei me perguntando se Charlotte lavaria o rosto e seria capaz de sentir meu cheiro nas toalhas. Se ela notaria que comi todo o pão e o rosbife. Se ela se importaria.

Era meu dia de folga e eu sabia o que tinha de fazer.

A igreja estava em silêncio a essa hora, num sábado de manhã. Sentei-me num banco, olhando para o vitral que refletia raios compridos e azulados pela nave.

Perdoe-me, Charlotte, porque pequei.

O padre Grady, que estava próximo ao altar, me viu.

– Sean – disse ele –, tudo bem com a Willow?

Provavelmente ele pensava que eu só me dispunha a pôr os pés na igreja quando tinha de rezar muito pela saúde frágil da minha filha.

– Ela está bem, padre. Na verdade eu queria conversar com o senhor por um instante.

– Claro.

Ele se sentou no banco à minha frente e se virou de lado.

– É sobre Charlotte – eu disse. – Estamos com problemas.

– Ficarei feliz de conversar com vocês dois – disse o padre.

– Estamos afastados há meses. Acho que já passamos desse ponto.

– Espero que você não esteja falando sobre divórcio. Não existe divórcio para os católicos. É um pecado mortal. Deus celebrou seu casamento, não um pedaço de papel qualquer. – Ele sorriu para mim. – Coisas que parecem impossíveis de repente parecem bem melhores, depois que você recorre a Deus.

– Deus tem que fazer exceções de vez em quando.

– De jeito nenhum. Se fizesse, as pessoas se casariam pensando que haveria uma saída quando as coisas ficassem difíceis.

– Minha esposa – eu disse, com sinceridade – planeja jurar sobre a Bíblia no tribunal e depois dizer que desejava ter abortado Willow. O senhor acha que Deus gostaria que eu me casasse com alguém assim?

– Sim – respondeu imediatamente o padre. – O propósito maior do casamento, depois de ter filhos, é apoiar e ajudar seu companheiro. Você talvez seja aquele que tem de mostrar à Charlotte que ela está errada.

– Eu tentei. Não consegui.

– Um sacramento, como o casamento, significa viver uma vida melhor do que seus instintos naturais, de modo que você se inspire em Deus. E Deus nunca desiste.

Isso, pensei comigo mesmo, *não é totalmente verdade*. Havia várias passagens na Bíblia em que Deus se excluía e, em vez de resolver as coisas, simplesmente começava tudo de novo. Como o Dilúvio e Sodoma e Gomorra.

– Jesus não pôde descer da cruz – disse o padre Grady. – Ele a carregou até o alto da montanha.

Bem, num aspecto o padre tinha razão. Se eu permanecesse no casamento, ou eu ou Charlotte acabaríamos crucificados.

– Que tal se você e Charlotte viessem me ver na semana que vem? – sugeriu o padre. – Vamos resolver tudo isso.

Fiz que sim, ele tocou minhas mãos e voltou ao altar.

Mentir para um padre era pecado também, mas esse era o menor dos meus problemas.

O escritório de Adina Nettle não era nada parecido com o de Guy Booker, apesar de que, aparentemente, os dois frequentaram a faculdade de direito na mesma época. Adina, disse Guy, era a advogada que você iria querer se estivesse se divorciando. Ele próprio usara os serviços dela duas vezes.

Ela tinha poltronas superacolchoadas com enfeites de renda na parte de trás que pareciam pertencer a um cartão do Dia dos Namorados. Ela servia chá, mas não café. E parecia uma típica vovó.

Talvez fosse por isso que conseguia o que queria nos acordos.

– Não está com frio, Sean? Posso diminuir o ar-condicionado...

– Estou ótimo – eu disse. Na última meia hora, eu havia bebido três xícaras de chá e contado a Adina a história da nossa família. – Íamos e voltávamos de diferentes hospitais, dependendo do problema – eu disse. – Omaha, para ortopedia. Boston, para injeções de pamidronato. E hospitais locais para a maioria das fraturas.

– Deve ser muito difícil não saber o que vai acontecer.

– Ninguém sabe o que vai acontecer – eu disse, sobriamente. – Só temos mais emergências do que a maioria das pessoas.

– Sua esposa, então, não consegue trabalhar – disse Adina.

– Não. Estamos tentando nos sustentar desde que a Willow nasceu. – Hesitei. – E não posso dizer que tem sido mais fácil agora que estou morando num hotel.

Adina anotou alguma coisa.

– Sean, um divórcio é financeiramente devastador para a maioria das pessoas e será ainda pior para você, porque você e Charlotte estão em dificuldades financeiras, além de terem uma filha doente. E há um agente complicador aqui: se você quiser a custódia das crianças, isso significa que você trabalhará menos, ganhando menos. Quando não estiver trabalhando, suas filhas estarão com você. Você não terá mais tempo livre.

— Não importa — eu disse.

Adina fez que sim.

— Charlotte já trabalhou fora?

— Ela era chef confeiteira — respondi. — Ela não trabalha desde que a Willow nasceu, mas no inverno passado começou uma barraquinha na porta da garagem.

— Uma barraquinha?

— Sim, como uma barraca de feira, mas com doces.

— Se você diminuir suas horas de trabalho para ficar com suas filhas, conseguirá manter a casa? Ou ela terá de ser vendida para que vocês morem numa casa menor?

— Eu... eu não sei.

Nossas economias haviam acabado, isso estava bem claro.

— Com base no que você me disse, com todos os equipamentos da Willow e seus compromissos médicos, parece que mantê-la num só lugar será mais fácil para todos os envolvidos... mesmo quando se tratar de visitas... — Adina me olhou. — Há outra opção. Você pode morar na casa até que o divórcio seja concluído.

— Isso não seria um tanto... embaraçoso?

— Sim. Mas também mais barato, e é por isso que a maioria dos casais que estão se separando opta por isso. *E* é mais fácil para as crianças.

— Não entendo...

— É muito simples. Fazemos um plano de comum acordo, de modo que você esteja em casa quando sua esposa estiver fora e vice-versa. Assim, vocês dois têm tempo com as meninas enquanto o divórcio está pendente. E as despesas da casa não aumentam.

Olhei para o chão. Não sei se seria capaz de ser tão generoso assim. Não sei se conseguiria suportar ver Charlotte envolvida naquele processo sem querer matá-la pelas coisas que disse. Se bem que eu estaria ali, bem perto, se você precisasse de alguém para abraçá-la no meio da noite. Se você precisasse de apoio para acreditar que o mundo não seria nada melhor sem você.

— Só tem um probleminha — disse Adina. — Não é nada comum, em New Hampshire, que um pai fique com a guarda dos filhos, principalmente se a criança tiver necessidades especiais e a mãe cuidar dela desde o início. Assim, como você vai convencer o juiz de que será melhor para as crianças?

Encarei a advogada.

— Eu não dei início ao processo por nascimento indevido — disse.

Depois de sair do escritório da advogada, o mundo parecia diferente. A estrada parecia mais clara, as cores, mais evidentes. Era como estar usando óculos que corrigiram demais a minha visão, e me senti andando com mais cuidado.

Num sinal, olhei pela janela e vi uma jovem cruzando a rua com um copo de café na mão. Ela percebeu meu olhar e sorriu. No passado, eu teria desviado o olhar, envergonhado — mas e agora? Você podia sorrir, olhar e reparar em outras mulheres, depois de ter dado os primeiros passos para acabar com seu casamento?

Eu tinha duas horas antes que meu turno começasse, por isso fui até a loja de materiais de construção. A ironia não me escapou: faria compras na Meca das reformas, apesar de atualmente *não ter* uma casa. Mas no fim de semana em casa, notei que a rampa que eu construíra para sua cadeira de rodas havia três anos estava apodrecendo onde tivemos um acúmulo de água na última primavera. Meu plano era construir uma rampa nova hoje, para que você a visse quando voltasse da conferência.

Pelo que imaginava, eu precisaria de três ou quatro tábuas de compensado, além de um pedaço de tapete antiderrapante para dar tração às rodas de sua cadeira. Fui até o atendimento ao cliente para solicitar um orçamento.

— Cada tábua custa trinta e quatro dólares e dez centavos — disse o funcionário, e eu me vi patinando na matemática. Se apenas a madeira custava mais de cem dólares, eu teria de trabalhar mais horas extras, sem contar o material antiderrapante. Quanto mais tempo eu trabalhasse, menos tempo teria com vocês, meninas. Quanto mais eu gastasse com a rampa, menos teria para outra noite no hotel.

— Sean?

Piper Reece estava logo ao meu lado.

– O que você está fazendo aqui? – perguntou ela. Mas, antes que eu pudesse responder, ela levantou as mãos, revelando um pacote de conectores elétricos e um disjuntor diferencial. – Estou substituindo um disjuntor. Tenho feito muitos trabalhos manuais, mas essa é a primeira vez que vou brincar com eletricidade. – Ela riu, nervosa. – Fico repetindo a manchete: "Mulher encontrada eletrocutada na própria cozinha. A bancada *não estava* limpa na hora da morte". Era para ser fácil, certo? Quero dizer, as chances de morrer fazendo uma coisa dessas não devem ser nada em comparação com as chances de se envolver num acidente de carro a caminho da loja de materiais de construção, não é? – Ela balançou a cabeça e ficou vermelha. – Estou tagarelando.

"Tenho que ir embora." As palavras estavam na minha boca, macias e redondas como cerejas, mas o que saiu foi:

– Eu posso ajudar.

Estúpido, estúpido, idiota estúpido. Foi o que eu disse a mim mesmo ao voltar para o carro com três tábuas de compensado e o tapete antiderrapante, indo em direção à casa de Piper Reece. Não havia uma explicação plausível para que eu simplesmente não desse meia-volta e me afastasse dela, exceto por esta: em todos os anos de amizade com Piper, eu nunca a vira senão como uma mulher segura e cheia de autoconfiança – a ponto de parecer arrogante. Hoje, porém, ela parecia completamente aturdida.

Eu gostava mais dela assim.

Sabia o caminho para a casa dela, claro. Quando entrei na rua, senti um pouco de pânico – será que Rob estaria em casa? Não acho que seria capaz de lidar com os dois ao mesmo tempo. Mas o carro dele não estava e respirei fundo quando desliguei o motor. Cinco minutos, disse a mim mesmo. Instalar o maldito disjuntor e cair fora dali.

Piper me esperava na porta da frente.

– É muito gentil da sua parte – disse ela, enquanto eu entrava.

A entrada não era daquela cor. E, quando entrei na casa, vi também que a cozinha fora reformada.

– Você tem feito várias reformas por aqui.

– Na verdade, fiz tudo sozinha – admitiu Piper. – Tenho muito tempo disponível ultimamente.

E um silêncio incômodo pairou entre nós como uma mortalha.
— Bem, tudo parece diferente.
Ela me olhou fixamente.
— Tudo *está* completamente diferente.
Enfiei as mãos nos bolsos da calça.
— Então, a primeira coisa que você tem que fazer é cortar a eletricidade do disjuntor — eu disse. — Imagino que fica no porão.
Descemos até o porão e eu desliguei a eletricidade. Depois voltei para a cozinha.
— Qual destes? — perguntei, e Piper mostrou.
— Sean, como você está?
Propositadamente, fingi ouvir outra coisa.
— Basta tirar este daqui — eu disse. — Olhe, é bem fácil, depois que você o desparafusa. E depois você tem que pegar todos os fios brancos e enrolá-los juntos num desses pontos. Aí, você pega o novo disjuntor e usa a chave de fenda para conectar os fios bem aqui. Está vendo onde está escrito "fios brancos"?
Piper se aproximou. Seu hálito cheirava a café e remorso.
— Sim.
— Faça a mesma coisa com os fios pretos e conecte-os ao terminal que diz "ligação direta". E, por fim, conecte o fio terra ao parafuso verde e guarde tudo na caixa. — Com a chave, recoloquei a tampa e me virei para ela. — Simples.
— Nada é simples — disse ela, com o olhar fixo em mim. — Mas você sabe disso. Por exemplo, passar para o lado negro da força.
Soltei com cuidado a chave de fenda.
— Isso *tudo* é o lado negro da força, Piper.
— Bem, mesmo assim. Sinto que tenho que lhe agradecer.
Dei de ombros, desviando o olhar.
— Sinto muito que tudo isso tenha acontecido com você.
— Sinto muito que tenha acontecido com *você* — retrucou Piper.
Limpei a garganta e dei um passo para trás.
— É melhor você descer e ligar a força, para testar o resultado.
— Está tudo bem — disse Piper, oferecendo-me um sorriso tímido. — Acho que vai dar tudo certo.

Amelia

Certo, deixe-me apenas lhe dizer que não é fácil manter segredo entre quatro paredes. Minha casa era horrível, mas você já notou como são finas as paredes de um banheiro de hotel? Quero dizer, você pode ouvir *tudo* – o que significa que, quando eu precisava vomitar, tinha de fazer isso nos enormes banheiros públicos da recepção, o que exigia que eu me sentasse na privada e ficasse olhando para a esquerda e a direita até não ver nenhum par de pés.

Depois que acordei esta manhã e encontrei um bilhete da mamãe, desci as escadas para o café da manhã e a encontrei na área das crianças.

– Amelia – você disse ao me ver –, isso não é legal?

Você apontava para faixas coloridas que outras crianças haviam prendido às rodas da cadeira. Elas faziam um som irritante quando você andava, e, para ser honesta, desgastariam rapidamente, mas – para ser justa – *eram* maravilhosas quando brilhavam no escuro.

Eu podia praticamente vê-la tomando notas mentais ao avaliar as outras crianças com OI. Qual delas tinha uma cadeira de rodas de cor tal, quem colocava adesivos nos andadores, quais meninas podiam andar e quais tinham de usar a cadeira de rodas, quais crianças podiam comer sozinhas e quais precisavam de ajuda. Você se colocava no meio, tentando entender onde se encaixava e quão independente você era em comparação aos demais.

– Então, o que há na agenda para hoje? – perguntei. – E onde está a mamãe?

– Não sei, acho que numa das outras reuniões – você disse, e depois riu para mim. – Nós vamos nadar. Já vesti até meu traje de banho.

– Parece divertido...

– Você não pode vir, Amelia. É para pessoas como *eu*.

Eu sabia que você não queria parecer arrogante, mas aquilo ainda me magoou por ter sido excluída. Quero dizer, quem mais restava para me ignorar? Primeiro a mamãe, depois Emma e agora minha irmãzinha deficiente estava me desprezando.

– Bem, eu não estava me convidando – eu disse, irritada. – Tenho outro lugar para ir.

Mas a observei se juntar às demais crianças em cadeiras de rodas enquanto uma das enfermeiras chamava o primeiro grupo para a piscina. Você ria e sussurrava com outra menina que tinha um adesivo na parte de trás da cadeira de rodas: "EXPULSA DE HOGWARTS".

Saí da área infantil e fui para o corredor principal, onde ficavam as salas de conferência. Não tinha a menor ideia de qual apresentação minha mãe pretendia assistir, mas, antes de pensar nisso, um dos cartazes do lado de fora da porta chamou minha atenção: apenas para adolescentes. Espiei e vi vários adolescentes da minha idade com OI – alguns em cadeira de rodas, outros apenas mancando – enchendo balões.

Só que não eram balões. Eram camisinhas.

– Vamos começar – a mulher em frente à sala disse. – Querida, pode fechar a porta?

Percebi que ela estava falando comigo. Mas aquele lugar não era para mim – havia palestras especiais para irmãos como eu que não tinham OI. Mas, olhando ao redor, vi que havia várias crianças que não estavam tão doentes quanto você – talvez ninguém notasse que meus ossos eram perfeitos.

Depois notei o menino do dia anterior – aquele que veio pegar a menininha chamada Niamh quando estávamos nos registrando. Ele parecia um menino capaz de tocar violão e cantar músicas sobre a mulher que amava. Sempre pensei que seria incrível se um menino cantasse para mim, mas o que ele acharia de interessante para cantar a meu respeito? "Amelia, Amelia... tire sua camiseta e deixe-me senti-la?"

Entrei na sala e fechei a porta atrás de mim. O menino deu um sorriso e minhas pernas fraquejaram.

Sentei-me num banquinho ao lado dele e fingi que era alienada demais para notar que ele estava tão perto de mim que dava para sentir o calor do seu corpo.

– Bem-vindos – disse a mulher. – Meu nome é Sarah, e se vocês não estão aqui para a aula sobre Pássaros, Abelhas e Fraturas, estão no lugar errado. Senhoras e senhores, hoje vamos falar sobre sexo, sexo e nada além de sexo.

Houve algumas risadinhas; a ponta das minhas orelhas começou a ficar quente.

– Nada como ser curto e grosso – o menino ao meu lado disse e depois sorriu. – Oops. Péssima metáfora.

Olhei em volta, mas ele estava claramente falando comigo.

– *Muito* péssima – sussurrei.

– Sou Adam – ele disse, e eu congelei. – Você tem nome, não?

Bem, sim, mas, se eu lhe dissesse, talvez ele descobrisse que eu não deveria estar ali.

– Willow.

Meu Deus, aquele sorriso de novo.

– É um nome lindo – disse ele. – Combina com você.

Fiquei olhando para a mesa, envergonhada. Era uma *conversa* sobre sexo, não um laboratório onde teríamos de praticá-lo. Mesmo assim, ninguém nunca me disse algo remotamente parecido com um comentário gentil, exceto por: "Ei, idiota, você tem um lápis para me emprestar?" Será que eu era inconscientemente irresistível para Adam porque meus ossos eram saudáveis?

– Quem pode me dizer qual o principal risco que você corre se tiver OI e fizer sexo? – perguntou Sarah.

Uma menina ergueu a mão.

– Quebrar a bacia?

As meninas atrás de mim riram.

– Na verdade – disse Sarah –, conversei com centenas de pessoas com OI que são sexualmente ativas. E apenas uma sofreu uma fratura durante o sexo, mas por cair da cama.

Dessa vez, todo mundo riu.

– Se você tem OI, o maior risco da atividade sexual é contrair uma doença sexualmente transmissível, o que significa – ela olhou em torno da sala – que vocês não são nada diferentes de qualquer pessoa que *não* tenha OI e pratique sexo.

Adam me passou um bilhetinho por sobre a mesa. Eu o abri: "Vc é tipo I?"

Eu sabia o suficiente sobre a doença para entender por que ele pensava aquilo. Havia muitas pessoas que tinham OI tipo I e que passavam a vida toda sem nem mesmo saber disso – apenas fraturando mais ossos do que as pessoas comuns. Mas havia outras pessoas com esse tipo da doença que quebravam tantos ossos quanto você. Geralmente, as pessoas com tipo I eram mais altas e nem sempre tinham o rosto arredondado, característico das pessoas com o tipo III, como você. Eu tinha altura normal, não usava cadeira de rodas, não tinha escoliose – e estava numa palestra para adolescentes com OI. Claro que ele achava que eu tinha o tipo I.

Escrevi do outro lado do papel e lhe devolvi: "Na verdade, sou de gêmeos".

Ele tinha belos dentes. Os seus eram tortos – muito comum em crianças com OI, assim como a perda da audição –, mas os dele eram brancos e perfeitos como os de um astro de Hollywood, como se pudesse estrelar um filme no Disney Channel.

– E quanto a engravidar? – perguntou uma menina.

– Qualquer mulher com OI, de qualquer tipo, pode engravidar – explicou Sarah. – Os riscos variam, porém, dependendo da situação de cada uma.

– O bebê terá OI também?

– Não necessariamente.

Pensei naquela fotografia que vira na revista, a moça com OI tipo III que tivera um bebê com braços quase do tamanho dos dela. O problema não era a mecânica da coisa. Era o parceiro. O cotidiano não era uma convenção de OI; cada um desses adolescentes provavelmente era o único com OI na escola. Tentei imaginá-la com a minha idade. Se eu nem sequer conseguia que um menino notasse minha presença, como *você* conseguiria? Pequena, bizarramente inteligente, na sua cadeira de rodas ou andador? Senti minha mão sendo erguida, como se um balão estivesse preso ao meu pulso.

– Existe só um problema nisso – eu disse. – E se ninguém jamais quiser fazer sexo com você?

Em vez das risadas que eu esperava, fez-se um silêncio mortal. Olhei em volta, surpresa. Será que eu *não* era a única pessoa da minha idade que tinha total certeza de que morreria virgem?

– Ótima pergunta – disse Sarah. – Quantos de vocês tiveram um namorado ou namorada na quinta ou sexta série? – Algumas mãos se levantaram. – Quantos de vocês tiveram um namorado ou namorada depois disso?

Duas mãos, entre vinte.

– Muitos adolescentes que não têm OI vão se afastar por causa da cadeira de rodas ou porque vocês não se parecem com eles. E isso é muito comum, mas, acreditem, essas não são as pessoas com quem vocês gostariam de estar. Vocês vão querer alguém que se importe com *quem* vocês são, e não com o *que* vocês são. E, mesmo que vocês tenham de esperar por isso, vai valer a pena. Tudo o que vocês precisam fazer é olhar em volta nesta convenção e procurar pessoas com OI pelas quais se apaixonar, casar, fazer sexo, engravidar. Não necessariamente nessa ordem.

Enquanto a sala caiu na gargalhada novamente, ela começou a andar entre nós, entregando camisinhas e bananas.

Talvez *fosse* uma aula prática.

Eu vira casais em que, claramente, ambos tinham OI; e vira casais com apenas um dos parceiros com OI. Se alguém saudável se apaixonasse por você, talvez isso tirasse um pouco do estresse das costas da mamãe. Você voltaria para uma convenção como esta e flertaria com alguém como Adam? Ou com um dos meninos que subiam e desciam pelas escadas rolantes de cadeira de rodas? Eu não podia imaginar que fosse fácil – não de um modo prático, cotidiana e emocionalmente. Ter outra pessoa com OI na sua vida significava que você teria de se preocupar consigo *e* com o outro.

Mas talvez isso não tivesse nada a ver com OI, e sim com amor.

– Acho que vamos ser parceiros – disse Adam e, de repente, perdi o fôlego. Só então percebi que ele estava falando sobre a maldita banana e a camisinha. – Quer ir primeiro?

Abri o pacotinho. É possível ver a pulsação de alguém? Porque a minha estava certamente martelando debaixo da pele.

Comecei a desenrolar a camisinha por sobre a banana. Ficou tudo desgrenhado na parte de cima.

– Acho que você não está fazendo certo – disse Adam.

– Então faça você.

Ele tirou a camisinha e abriu um segundo pacotinho. Eu o vi equilibrar a base na parte de cima da banana e com cuidado colocá-la até o fim, num movimento suave.

– Meu Deus – eu disse. – Você é bom demais nisso.

– É porque minha vida sexual se resume basicamente a frutas ultimamente.

Eu ri.
— Difícil de acreditar.
Adam me olhou nos olhos.
— Bem, difícil é acreditar que você tenha dificuldade para encontrar alguém que queira fazer sexo com você.
Tirei a banana das mãos dele.
— Você sabia que a banana é o órgão reprodutor da planta?
Meu Deus, eu parecia uma idiota. Eu parecia *você*, citando uma das suas curiosidades.
— E você sabia que as uvas explodem se você colocá-las dentro do micro-ondas? — perguntou Adam.
— Mesmo?
— Sério. — Ele ficou em silêncio. — Um órgão reprodutor?
Fiz que sim.
— Um ovário.
— De onde você é?
— New Hampshire — eu disse. — E você?
Prendi a respiração, pensando que talvez ele também morasse em Bankton e frequentasse a escola secundária, e que talvez fosse por isso que eu não o conhecia.
— Anchorage — respondeu Adam. — Então você e sua irmã têm OI?
Ele me vira com você na sua cadeira de rodas.
— Sim — respondi.
— Deve ser até legal. Ter outra pessoa na casa com OI, sabe? — Ele riu nervosamente. — Sou filho único. Meus pais me viram e quebraram a forma.
— Ou a forma se quebrou. — Eu ri.
Sarah passou pela nossa mesa e apontou para a banana.
— Maravilhoso — disse ela.
Éramos mesmo. Só que ele achava que meu nome era Willow e que eu tinha OI.
Uma brincadeira improvisada de "camisinhabol" começou depois que as crianças começaram a jogar os preservativos inflados pela sala.
— Ei, Willow não é o nome daquela menina que a mãe entrou na justiça porque ela tem OI? — perguntou Adam.
— Como você sabe disso? — perguntei, petrificada.
— Está em todos os blogs. Você não lê?

– Tenho... andado ocupada.

– Achava que a menina era bem mais nova...

– Bem, você se enganou – eu o interrompi.

Adam inclinou a cabeça.

– Quer dizer que é *você*?

– Será que você pode não contar pra ninguém? – pedi. – É que eu não gosto de falar sobre isso.

– Aposto que não – disse Adam. – Deve ser horrível.

Imaginei como você deveria estar se sentindo. Você dizia algumas coisas no nosso quarto, naqueles poucos minutos que antecediam o sono, mas acho que guardava muito para si mesma. Fiquei pensando em como era ser notada apenas por uma característica – como ser canhota ou morena ou superflexível – em vez do ser humano como um todo. Aqui estava Sarah falando sobre encontrar alguém que a amasse pelo que você era, e não pelo que parecia ser – e parecia que sua própria mãe não conseguia nem sequer fazer isso.

– É como um cabo de guerra – eu disse, baixinho. – E eu sou a corda.

Sob a mesa, senti Adam me dar a mão. Entrelaçamos os dedos, apertando-os.

– Adam – sussurrei, enquanto Sarah começara a falar sobre DSTs e hímens e ejaculação precoce e nós continuávamos de mãos dadas sob a mesa. Parecia que eu tinha uma estrela na garganta, como se tudo o que eu precisasse fazer fosse abrir a boca para dela sair um raio de luz. – E se alguém nos vir?

Ele virou a cabeça; senti seu hálito na minha orelha.

– Nesse caso, eles vão achar que sou o cara mais sortudo desta sala.

Com essas palavras, meu corpo todo estremeceu com a energia gerada por nossas mãos juntas. Não ouvi mais nada do que Sarah disse na meia hora seguinte. Não conseguia pensar em nada além de como a pele de Adam era diferente da minha e como ele estava perto de mim e não se afastava.

Não era um encontro, mas também não deixava de ser. Nós dois planejamos ir ao zoológico para a atividade familiar daquela noite, e Adam me fez prometer que o encontraria na jaula do orangotango às seis horas.

Ou melhor, ele pediu que *Willow* o encontrasse lá.

Você estava tão entusiasmada com a visita ao zoológico que mal conseguia ficar parada no trajeto até lá. Não tínhamos zoológico em New Hampshire, e o que ficava perto de Boston não tinha nada de especial. Planejávamos ir ao Animal Kingdom na Disney durante nossa viagem, mas você se lembra do que aconteceu. Ao contrário de você, mamãe era praticamente uma estátua de cerâmica. Ela olhava para a frente, imóvel, e não conversava com ninguém, ao contrário de ontem, quando era a Senhora Tagarela. Parecia que ela se quebraria se o motorista passasse rápido demais sobre um buraco.

Se bem que ela não seria a única.

Eu olhava para o relógio tantas vezes que parecia a Cinderela. Na verdade, eu me sentia como a Cinderela por vários motivos. Só que, em vez de usar um vestido azul brilhante, estava usando a sua identidade e a sua doença, e meu príncipe era alguém que já fraturara quarenta e dois ossos.

– Macacos – anunciou você assim que cruzamos os portões do zoológico. Eles abriram as instalações depois do horário convencional para a convenção de OI, o que era legal, porque parecia que havíamos ficado presos depois que os portões se fecharam, e também era prático, porque eu tinha certeza de que era – bem – um zoológico durante o dia, e a maioria das pessoas com OI teria de se desviar de um lado para o outro para evitar se chocar com a multidão. Segurei sua cadeira de rodas e comecei a empurrá-la por uma ladeira, e foi nesse momento que percebi que havia algo de muito errado com minha mãe.

Ela normalmente teria olhado para mim como se eu fosse uma extraterrestre e me perguntaria por que estava me oferecendo para empurrar sua cadeira quando eu geralmente reclamava sem parar quando ela me pedia para soltá-la do seu maldito assento do carro.

Em vez disso, ela simplesmente nos acompanhou como um zumbi. Se eu lhe perguntasse por quais animais havíamos passado, aposto que ela teria se virado para mim e perguntado: "Ãhn?"

Eu a empurrei para perto da parede para ver o orangotango, mas você tinha de se levantar para vê-lo sobre a amurada. Você se equilibrou contra a barreira baixa de concreto, seus olhos brilhavam ao ver a mamãe e o bebê. A mamãe orangotango segurava no colo o menor primata que eu jamais vira, e outro bebê alguns poucos anos mais velho a ficava importunando, puxando-lhe o rabo e balançando a pata diante dela como um verdadeiro pestinha.

– Somos nós – você disse, feliz. – Olhe, Amelia!

Mas eu estava ocupada demais procurando por Adam. Eram seis horas em ponto. E se ele tivesse desistido de mim? E se eu não fosse capaz de manter um cara interessado em mim enquanto fingia ser outra pessoa?

De repente, lá estava ele, o suor brilhando na testa.

– Desculpe – disse ele. – A subida quase me matou. – Ele olhou para minha mãe e para você, que admiravam o orangotango. – Ei, esta é sua família, não?

Eu deveria tê-lo apresentado. Deveria ter dito à minha mãe o que eu estava fazendo. Mas e se você dissesse meu nome – meu nome verdadeiro – e Adam percebesse que eu era uma farsa? Assim, em vez de apresentá-las, segurei a mão de Adam e o empurrei para uma trilha lateral que passava por um grupo de araras e uma jaula onde deveria haver uma fuinha, mas que aparentemente estava invisível.

– Vamos – eu disse, e saímos em direção ao aquário.

Por causa da sua localização no zoológico, o aquário não estava cheio. Havia uma família com uma criança num aparelho ortopédico – coitadinha – admirando os pinguins em seus falsos smokings.

– Você acha que eles sabem que estão sendo maltratados? – perguntei. – Que têm asas, mas não podem voar?

– Ao contrário de um esqueleto que vive se quebrando? – perguntou Adam. Ele me levou para outra sala, um túnel de vidro. A luz era azulada, misteriosa; ao nosso redor, tubarões nadavam. Olhei para cima, para a barriga macia e branca de um tubarão, as fileiras de dentes afiados e brilhantes. Os tubarões cabeças-de-martelo ziguezagueando como criaturas do filme *Guerra nas estrelas* ao passarem por nós.

Adam se apoiou no paredão de vidro, admirando o teto transparente.

– Eu não faria isso – eu disse. – E se o vidro se quebrar?

– Nesse caso o zoológico de Omaha terá um grande problema – Adam riu.

– Vamos ver o que mais eles têm – eu disse.

– Qual a pressa?

– Não gosto de tubarões – admiti. – Eles me dão medo.

– Acho que eles são maravilhosos – disse Adam. – Não têm um único osso no corpo todo.

Olhei para Adam, seu rosto azul sob a luz do aquário. Seus olhos eram da mesma cor da água, de um azul-escuro, cobalto.

– Você sabia que eles dificilmente encontram fósseis de tubarões porque eles são feitos de cartilagem, que se decompõe rapidamente? Sempre me perguntei se isso serve para pessoas como nós também.

Como sou uma idiota e estou destinada a viver toda a minha vida com uma dúzia de gatos, naquele instante comecei a chorar.

– Ei – disse Adam, abraçando-me, o que fez com que eu me sentisse à vontade e ao mesmo tempo de uma forma muito estranha. – Desculpe. Foi uma coisa estúpida de se dizer. – Uma de suas mãos estava nas minhas costas, acariciando cada vértebra da minha coluna. A outra acariciava meu cabelo. – Willow? – disse ele, puxando-me pelo rabo de cavalo para que eu o olhasse. – Fale comigo.

– Não sou a Willow – confessei. – Esse é o nome da minha irmã. Nem mesmo tenho OI. Menti porque queria participar daquela aula. Queria me sentar ao seu lado.

Seus dedos envolveram meu pescoço.

– Eu sei.

– Você... o quê?

– Pesquisei sua família durante o intervalo depois da aula sobre sexo. Li tudo sobre a sua mãe e o processo e a sua irmã, que é tão nova quanto eles diziam que era nos blogs sobre OI.

– Sou uma pessoa horrível – admiti. – Desculpe. Desculpe mesmo. Não sou a pessoa que você quer que eu seja.

Adam me encarou sobriamente.

– Não, não é. Você é melhor. Você é *saudável*. Quem não ia querer isso para alguém de quem realmente gosta?

E então, de repente, sua boca estava tocando a minha e sua língua também, e mesmo que eu jamais tivesse beijado e só tivesse lido sobre isso na revista *Seventeen*, não era algo molhado ou nojento ou confuso. De algum modo, eu sabia o que fazer e quando abrir e fechar a boca e como respirar. Suas mãos seguraram meus ombros, no mesmo lugar que você certa vez quebrou, no lugar onde eu teria asas se fosse um anjo.

O lugar estava se fechando ao nosso redor, apenas a água azul e aqueles tubarões sem ossos. E eu percebi que Sarah tinha se equivocado sobre uma coisa a respeito do sexo: não era com as fraturas que você tinha de se preocupar; era com se dissolver – entregar-se por vontade própria para outra pessoa. Os dedos de Adam eram quentes na minha cintura, tocando minha camiseta, mas eu tinha medo de tocá-lo, medo de abraçá-lo com muita força e machucá-lo.

– Não tenha medo – ele sussurrou, e pôs minha mão sobre seu coração, para que eu pudesse senti-lo batendo.

Aproximei-me e o beijei. E o beijei mais. Como se estivesse lhe transmitindo todas as palavras que não conseguia dizer, as palavras que explicavam meu maior segredo: que eu talvez não tivesse OI, mas sabia como ele se sentia. Que eu também estava me partindo o tempo todo.

Charlotte

No voo de volta da convenção, formulei um plano. Quando pousássemos, eu ligaria para Sean e perguntaria se ele poderia passar em casa para conversarmos. Eu lhe diria que queria lutar pelo que quer que houvesse entre nós, tanto quanto queria lutar pelo seu futuro. Diria que precisava terminar o que havia começado, mas que achava que não conseguiria fazer isso sem a compreensão e o apoio dele.

E diria que o amava.

Foi uma viagem estranha. Você estava exausta depois de três dias de interação com outras crianças com OI e dormiu imediatamente, ainda segurando o pedaço de papel com os e-mails de seus novos amigos. Amelia estava de mau humor desde que havíamos ido ao zoológico – apesar de que para mim aquilo era um efeito remanescente da bronca que eu havia lhe dado depois de ela ter desaparecido por duas horas. Após pousarmos e pegarmos a bagagem, eu disse para vocês irem ao banheiro, já que seria um longo caminho do aeroporto até a nossa casa. Instruí Amelia a ajudá-la se você precisasse e fiquei vigiando nosso carrinho de bagagem do lado de fora. Observei algumas famílias passando, crianças usando orelhas de Mickey Mouse, mães e filhas com trancinhas nos cabelos e bronzeadas, pais arrastando assentos de carro. Todos no aeroporto estavam entusiasmados para irem a algum lugar ou aliviados por voltarem para casa.

Eu não.

Peguei o celular e liguei para Sean. Ele não atendeu, se bem que ele raramente atendia o telefone quando estava trabalhando.

– Oi – eu disse. – Sou eu. Só quero dizer que chegamos. E... Andei pensando. Você acha que podemos nos encontrar hoje à noite? Para conversar? – Hesitei, como se esperasse uma resposta, mas estava conversando com uma gravação – não muito diferente das conversas que tivemos ultimamente. – Enfim, espero que a resposta seja positiva. Tchau – eu disse, e desliguei o telefone assim que vocês saíram do banheiro, esperando que eu lhes dissesse o que fazer.

Caixas de correio são terrenos férteis. Tenho certeza de que, às vezes, naquele escuro aconchegante, as contas se multiplicam exponencialmente. Assim que chegamos em casa, mandei você e Amelia para o quarto para que desfizessem as malas enquanto verificava as correspondências.

Elas não estavam na caixa; ao contrário, haviam sido cuidadosamente deixadas numa pilha na bancada. Havia leite fresco e ovos no refrigerador, e a rampa que você usava para entrar pela porta da frente com sua cadeira de rodas fora reconstruída. Sean estivera aqui enquanto viajávamos, o que me fez pensar que talvez ele também estivesse tentando estabelecer uma trégua.

Havia uma conta do cartão de crédito, com uma taxa de juros astronômica. Outra do hospital – pagamentos por uma visita de seis meses atrás. Havia ainda uma conta do seu seguro. Um pagamento da hipoteca. Uma conta de telefone. Uma conta da TV a cabo. Comecei a separar a pilha em contas e não contas, e você pode provavelmente imaginar qual pilha era a maior.

Na das correspondências que não eram contas, alguns catálogos, propagandas, um cartão de aniversário para Amelia de um velho tio que morava em Seattle e uma carta da Vara de Família do Condado de Rockingham. Eu me perguntava se aquilo tinha a ver com o julgamento, apesar de Marin me dizer que ele seria realizado numa instância superior.

Abri a carta e comecei a lê-la.

Sobre o caso Sean P. O'Keefe e Charlotte A. O'Keefe; processo número 2008-R-0056

Cara sra. Charlotte A. O'Keefe,
    Notificamos ter recebido, nesta vara, uma Petição de Divórcio com os nomes acima referidos. Se a senhora quiser, pode, com seu advogado,

vir à Vara de Família do Condado de Rockingham dentro de dez dias para consentir a convocação.

Até lá, cada parte envolvida está proibida de vender, transferir, contrair dívidas, hipotecar, ocultar e de qualquer maneira se desfazer de qualquer propriedade pertencente a ambas as partes, exceto (1) de comum acordo por escrito entre as partes ou (2) para custos razoáveis e necessários de vida ou (3) em casos extraordinários.

Se a senhora não aceitar a convocação dentro de dez dias, o peticionário pode optar por convocá-la por meios alternativos.

Atenciosamente,
Micah Healey
Coordenador

Não percebi que havia gritado até que Amelia chegou correndo à cozinha.

– O que aconteceu?

Balancei a cabeça. Não conseguia respirar ou falar.

Amelia tirou a carta da minha mão antes que eu pudesse detê-la.

– O papai quer o *divórcio*?

– Tenho certeza de que é algum tipo de engano – eu disse, recompondo-me e pegando a carta de volta. Claro que eu sabia que isso aconteceria, não? Quando seu marido sai de casa durante meses, você não pode se enganar e achar que é normal. Mesmo assim... Dobrei a carta e a dobrei novamente. *Um truque de mágica*, pensei, desesperada. *E quando eu a desdobrar, todo o texto terá desaparecido.*

– Onde está o engano? – perguntou Amelia. – Acorde, mãe. Está muito claro que ele não quer você na vida dele nunca mais.

Ela cruzou os braços com força.

– Aliás, muita gente tem pensado o mesmo ultimamente.

Amelia se virou para subir as escadas, mas eu a segurei pelo braço.

– Não conte à Willow – implorei.

– Ela não é tão burra quanto você pensa. Ela sabe o que está acontecendo, mesmo que você queira esconder.

– É por isso mesmo que não quero que ela saiba. Por favor, Amelia.

Ela se livrou de mim.

– Não te devo nada – resmungou, saindo.

Sentei-me na cadeira da cozinha. Grande parte do meu corpo parecia adormecida. Era isso o que Sean sentia? Que eu perdera toda a razão – literal e figurativamente?

Ah, meu Deus. Ele pegaria minha mensagem de voz no celular, o que – levando em conta esse documento – fazia de mim a maior idiota do mundo.

Eu não tinha a menor ideia de como os divórcios funcionavam. Ele ainda o obteria se eu dissesse que não queria? Depois que o processo fosse aberto, era possível mudar de ideia? Será que eu era capaz de fazer Sean mudar de ideia?

Com as mãos trêmulas, liguei para o telefone particular de Marin Gates.

– Charlotte – disse ela –, como foi a convenção?

– Sean entrou com um pedido de divórcio.

A linha ficou muda.

– Sinto muito – disse Marin finalmente, e eu acho que ela estava sendo sincera. Mas, logo depois, foi apenas profissional. – Você precisa de um advogado.

– *Você* é minha advogada.

– Não para ajudá-la com isso. Ligue para Sutton Roarke. O número dela está nas páginas amarelas. Ela é a melhor advogada de família que conheço.

Respirei fundo.

– Eu me sinto... uma fracassada. Uma estatística.

– Bem – disse Marin, calmamente –, ninguém gosta de ouvir que não te querem mais.

As palavras dela me fizeram pensar nas de Amelia e eu senti uma chicotada. E me fizeram pensar no meu depoimento no tribunal, que Marin e eu vínhamos praticando. Mas antes que eu pudesse responder, ela falou novamente.

– Eu realmente gostaria que as coisas não tivessem chegado a esse ponto, Charlotte.

Tinha tantas perguntas a fazer. Como lhe contar sem magoá-la? Como eu poderia suportar esse processo com o outro ainda pendente? Quando ouvi minha voz, porém, eu estava perguntando algo totalmente diferente.

– O que acontece agora? – perguntei, mas Marin já havia desligado.

Marquei uma reunião com Sutton Roarke e depois me pus a cozinhar e preparar o jantar de vocês, meninas.

– Posso ligar para o papai? – você perguntou assim que nos sentamos. – Quero contar para ele sobre o fim de semana.

Minha cabeça latejava, a garganta parecia machucada por dentro. Amelia olhou para mim e depois para as ervilhas.

– Não estou com fome – disse ela. Pouco depois, pediu licença para levantar e eu nem tentei segurá-la na mesa. Qual era o sentido, já que eu também não queria estar ali?

Coloquei a louça suja na lava-louça. Limpei a mesa. Enchi a máquina com roupa suja, tudo como se fosse um robô. Continuava pensando que, se mantivesse a rotina, talvez minha vida voltasse ao normal.

Quando me sentei na beirada da banheira, para ajudá-la a tomar banho, você falou por nós duas.

– Niamh e eu temos conta no Gmail – você contou. – E todas as manhãs, às seis e quarenta e cinco, quando acordarmos, antes de irmos para a escola, vamos entrar e conversar uma com a outra. – Você se virou para me olhar. – Podemos convidá-la para vir aqui algum dia?

– Ãhn?

– Mamãe, você não está me ouvindo. Perguntei sobre a Niamh...

– O que tem ela?

Você revirou os olhos.

– Esquece.

Vestimos seu pijama, eu a pus na cama, dei-lhe um beijo de boa-noite. Uma hora mais tarde, quando fui ver Amelia, ela já estava sob as cobertas, mas ouvi um sussurro, então a descobri e a encontrei ao telefone.

– O que foi?! – perguntou ela, como se eu a tivesse acusado de alguma coisa, e ela levou o telefone ao peito como se fosse um segundo coração. Saí do quarto, arrasada demais para me perguntar o que ela estava escondendo, mas sabia ligeiramente que Amelia talvez tivesse aprendido aquilo comigo.

Quando desci, uma sombra apareceu na sala de estar, quase me matando de susto. Sean se aproximou.

– Charlotte...

– Não. Só... não, está bem? – eu disse, minha mão ainda cobrindo o coração, que batia acelerado. – As meninas já estão na cama, se você veio vê-las.

– Elas sabem?

– Você se importa?

– Claro que me importo. Por que você acha que estou fazendo isso?

Um ruído baixinho de desespero me saiu da garganta.

– Honestamente não sei, Sean – eu disse. – Percebo que as coisas não têm sido boas para nós...

– Esse é o eufemismo do século...

– Mas isso é como ter uma cutícula solta e tratá-la amputando o braço, não é?

Ele me seguiu até a cozinha, onde coloquei sabão em pó na lava-louça e apertei os botões para ligá-la.

– É mais do que uma pelezinha solta. Estamos sangrando. Você pode dizer a si mesma o que quiser sobre nosso casamento, mas isso não quer dizer que seja verdade.

– Então a única solução é o divórcio? – perguntei, surpresa.

– Realmente não vejo alternativa.

– Você ao menos *tentou*? Sei que tem sido difícil. Sei que você não está acostumado comigo insistindo em algo que quero em vez de algo que você quer. Mas, meu Deus, Sean. Você *me* acusa de ser litigiosa e entra com uma ação de divórcio? E nem *conversa* comigo sobre isso? Você não tenta terapia de casal ou conversar com o padre Grady?

– Que bem isso teria feito, Charlotte? Não tenho ouvido outra pessoa senão você há muito tempo. Isso não é algo que aconteceu do dia para a noite, como você pensa. Já faz um ano. Um ano que estou esperando que você acorde e veja o que fez a esta família. Um ano desejando que você se esforce tanto pelo nosso casamento quanto se esforça para cuidar da Willow.

Eu o encarei.

– Você fez isso porque ando ocupada demais para fazer sexo?

– Não, está vendo, é exatamente isso o que quero dizer. Você pega tudo o que eu digo e distorce. Não sou o vilão aqui, Charlotte. Apenas nunca quis que as coisas mudassem.

– Certo. Então deveríamos apenas nos contentar com nossa rotina, tentando nos manter com a cabeça fora da água por mais quantos anos? Até perdermos a casa ou termos de declarar falência?

– Pare de falar de dinheiro...

– Isso tudo *é* sobre dinheiro – gritei. – Acabei de passar um fim de semana com centenas de pessoas que têm uma vida boa, feliz e produtiva e que também têm oi. É um crime desejar as mesmas oportunidades para a Willow?

– Quantos *pais* entraram com ação por nascimento indevido? – perguntou Sean, acusador.

Num piscar de olhos, lembrei-me das mulheres no banheiro que me julgaram com a mesma rispidez. Mas eu não falaria delas para Sean.

– Católicos não se divorciam – eu disse.

– Eles também não pensam em aborto – disse Sean. – Você é católica apenas quando lhe convém. Isso não é justo.

– E você sempre viu o mundo entre extremos, preto ou branco, enquanto o que estou tentando provar, algo de que tenho *certeza*, é que na verdade existem milhões de tons de cinza.

– Por isso é que fui até um advogado – disse Sean, calmamente. – Foi por isso que não pedi para irmos a uma terapia de casal ou conversarmos com o padre. Seu mundo é tão cinza que não se vê nele nenhum referencial. Você não sabe para onde está indo. Se você quer se perder lá, tudo bem. Mas não vou deixar que leve as meninas com você.

Senti as lágrimas escorrendo pelo meu rosto; limpei-as na manga da camisa.

– Então é isso? Simples assim? Você não me ama mais?

– Amo a mulher com quem me casei – disse ele. – E ela se foi.

Foi quando me desesperei. Depois de alguma hesitação, senti os braços de Sean ao redor de mim.

– Deixe-me sozinha – gritei, mas minhas mãos seguraram a camisa dele com mais força ainda.

Eu o odiava e, ao mesmo tempo, ele era a pessoa a quem havia me voltado sempre que precisei de consolo nos últimos oito anos. Velhos hábitos são difíceis de perder.

Quanto tempo demoraria até que eu me esquecesse do calor das mãos dele na minha pele? Até que me esquecesse do perfume do seu xampu? Quanto tempo levaria para que eu não conseguisse mais ouvir o som da sua voz, mesmo quando ele estivesse em silêncio? Tentei fazer um inventário de todas as sensações, como se armazenasse alimento para o inverno.

O momento de desespero passou até que eu me sentisse desconfortável no abraço dele, estranhamente ciente de que ele não me queria ali. Com coragem, recuei e me separei dele.

– E o que fazemos agora?

– Acho que devemos ser adultos – disse Sean. – Nada de brigas na frente das crianças. E talvez, se você concordar com isso, posso voltar a morar aqui. Não no nosso quarto – acrescentou ele rapidamente. – No sofá. Nenhum de nós pode se dar ao luxo de sustentar duas casas *e* as meninas. A advogada me disse que muita gente que está em meio a um divórcio fica na mesma casa. Quando você estiver em casa, nós damos um jeito de eu estar fora. E vice-versa. Mas nós dois ficaremos com as crianças.

– Amelia sabe. Ela leu a carta do tribunal – eu disse. – Mas a Willow não.

Sean coçou o queixo.

– Direi a ela que estamos ajeitando as coisas entre nós.

– É mentira – eu disse. – Isso quer dizer que ainda há uma chance.

Sean ficou em silêncio. Ele não disse que havia uma chance. Mas tampouco disse que não havia.

– Vou pegar um cobertor – eu disse.

Aquela noite, na cama, fiquei acordada, tentando fazer uma lista das coisas que eu já sabia sobre divórcios.

1. Eram demorados.
2. Poucos casais se divorciavam amigavelmente.
3. Você tinha de dividir tudo o que pertencia ao casal, desde carros e casas até DVDs, filhos e amigos.
4. Era muito caro remover cirurgicamente alguém da sua vida. As perdas não eram apenas financeiras, mas também emocionais.

Claro que eu conhecia pessoas que haviam se divorciado. Por algum motivo, parecia que isso sempre acontecia quando as crianças estavam na quarta série – de repente, na lista de telefones da escola daquele ano, os pais eram citados individualmente, em vez de unidos por um "&".

Eu me perguntava o que havia na quarta série que era tão estressante no casamento, ou talvez fosse porque se chegava à marca dos dez aos quinze anos. Se fosse esse o caso, Sean e eu éramos precoces.

Fui mãe solteira por cinco anos antes de conhecer e me casar com Sean. Mesmo considerando Amelia a melhor coisa que poderia ter acontecido num relacionamento desastroso como fora o meu, nunca teria me casado com o pai dela. Porém, também sabia como era quando outra mulher olhava minha mão esquerda à procura de uma aliança que não havia e nunca ter outro adulto em casa para conversar depois que Amelia dormia. Algo que eu amava no meu casamento com Sean era a simplicidade dele – deixá-lo me ver com os cabelos desgrenhados pela manhã e me beijar sem que eu tivesse escovado os dentes ainda, saber a qual programa de televisão assistir quando nos sentávamos com um suspiro em uníssono no sofá e instintivamente reconhecer em qual gaveta guardava suas cuecas, camisetas ou calças jeans. Boa parte do nosso casamento era implícita e não verbal. Será que me tornei tão complacente que esqueci de me comunicar?

Divorciada. Sussurrei a palavra. Soava como o assovio de uma serpente. Mães divorciadas pareciam ter se desenvolvido por conta própria. Algumas iam à academia incessantemente, determinadas a se casar novamente o mais rápido possível. Outras apenas pareciam exaustas o tempo todo. Eu me lembrei de Piper quando foi dar um jantar certa vez e não sabia se convidava uma mulher que havia se divorciado recentemente, pois não sabia se ela se sentiria incomodada como a única solteira num ambiente cheio de casais.

— Graças a Deus não somos nós. Você consegue imaginar ter de *namorar* novamente? — Piper estremeceu. — É como ser adolescente de novo.

Eu sabia que havia casais que decidiam juntos que o relacionamento havia passado do ponto, mas ainda assim era um dos dois que citava o divórcio como solução. E mesmo que o outro concordasse, ele se impressionava com a rapidez com que alguém que dizia se importar com você era capaz de imaginar uma vida que o excluía.

Meu Deus.

O que Sean fizera comigo foi exatamente o que fiz com Piper.

Peguei o telefone no criado-mudo e, mesmo sendo duas e quarenta e seis da madrugada, liguei para Piper. O telefone também ficava ao lado da cama dela, mas ela dormia do lado esquerdo, e eu, do direito.

– Alô? – disse Piper, sua voz grossa e diferente.
Cobri a base do telefone.
– Sean quer o divórcio – sussurrei.
– Alô? – repetiu Piper. – Alô! – Ouviu-se um sussurro irritado e abafado e algo batendo. – Quem quer que seja, você não deveria ligar a essa hora.

Piper estava acostumada a ser acordada no meio da noite; como obstetra, ela estava de prontidão na maior parte do tempo. Muita coisa em sua vida havia mudado, se sua reação fora essa, em vez de presumir que alguém estava em trabalho de parto.

Muita coisa mudou na vida de *todos*, e eu fora o catalisador.

A voz robótica do operador soou no meu ouvido. "Se você quer fazer uma ligação, por favor desligue e tente novamente."

Fingi que era Piper. "Ah, meu Deus, Charlotte", diria ela. "Você está bem? Conte-me tudo. Conte-me todos os detalhes."

Na manhã seguinte acordei com o pânico de alguém que sabe que dormiu demais, porque o sol brilhava alto no céu.

– Willow? – chamei, saindo da cama e correndo para seu quarto. Todas as manhãs você me chamava para que eu a ajudasse a levá-la da cama para o banheiro e depois de volta para seu quarto, para que você se vestisse. Será que eu dormira demais? Ou você?

Mas seu quarto estava vazio, os lençóis e cobertores devidamente empilhados. Perto da cama de Amelia estavam suas malas desfeitas, fechadas e prontas para serem guardadas no porão.

Ao descer, eu a ouvi rindo. Sean estava diante do fogão com um pano de prato enrolado na cabeça, girando panquecas no ar.

– Era para ser um *pinguim* – você disse. – Pinguins não têm orelhas.

– Por que você não pediu algo mais normal, como sua irmã? – perguntou Sean. – Ela ganhou um urso perfeito.

– O que teria sido legal – disse Amelia – se eu não tivesse pedido um lagarto.

Mas ela sorria. Quando foi a última vez que vi Amelia sorrindo antes do meio-dia?

– Saindo um pinguim/burro – disse Sean, servindo a panqueca no seu prato.

Vocês duas me notaram de pé na cozinha.

– Mamãe, olhe só quem me acordou hoje! – você disse.

– Acho que talvez você tenha entendido errado, Wills – disse Sean. O sorriso dele não se abriu ao me ver. – Achei que você provavelmente gostaria de algumas horas a mais de sono.

Fiz que sim e fechei o roupão. *Como um origami*, pensei. *Podia me dobrar pela metade e depois me dobrar novamente e assim por diante, até que me transformasse em algo completamente diferente.*

– Obrigada.

– Papai! – você gritou. – A panqueca está pegando fogo!

Não pegando fogo exatamente, mas torrando e soltando fumaça.

– Ah, droga – disse Sean, correndo para limpar a frigideira.

– E eu que achava que você tinha ido e aprendido a cozinhar.

Perto da lixeira, Sean me olhou.

– É incrível o que o desespero, e uma caixa de biscoito, podem fazer por um homem – admitiu ele. – Pensei, já que tenho o dia livre, que poderia passar algum tempo com as meninas. Terminar a rampa da cadeira de rodas da Willow.

O que ele estava me dizendo, percebi, era que aquele era o primeiro passo rumo à nossa guarda compartilhada.

– Ah – eu disse, tentando fingir não que me importava –, então acho que vou resolver algumas coisas.

– Você deveria sair e se divertir – sugeriu ele. – Assista a um filme. Visite uma amiga.

Eu não tinha mais nenhuma amiga.

– Tudo bem – eu disse, com um sorriso forçado. – Parece ótimo.

Havia um limite muito estreito, pensei, uma hora mais tarde, ao sair da garagem, entre ser expulsa de casa e não ser bem-vinda lá, mas, do meu ponto de vista, era tudo a mesma coisa. Dirigi até o posto de gasolina e abasteci, e depois... bem... comecei a dirigir a esmo. Durante toda a sua vida, sempre estive com você ou esperando por um telefonema me informando que você quebrara algum osso; essa liberdade era assustadora. Eu não me sentia aliviada, e sim sem saber para onde ir.

Antes que eu percebesse, dirigi até o escritório de Marin. Isso teria me feito rir, se não fosse tão deprimente. Segurando a bolsa, entrei e subi pelo elevador. Briony, a recepcionista, estava ao telefone quando entrei, mas me acenou indicando o corredor.

Bati na porta de Marin.

– Oi – eu disse, entrando bem devagar.

Ela ergueu a cabeça.

– Charlotte! Entre. – Assim que me sentei numa das poltronas de couro, ela se levantou e deu a volta para se apoiar na mesa. – Conversou com a Sutton?

– Sim, é... assustador.

– Imagino.

– Sean está na minha casa – desabafei. – Estamos tentando montar uma agenda, para que nós dois possamos cuidar das meninas.

– Isso é muito maduro.

Eu a encarei.

– Como posso sentir mais a falta dele agora que está a um metro de mim do que quando não estava por perto?

– Você não está sentindo a falta dele. Você está sentindo falta da ideia do que ela pode se tornar.

– *Ele* – corrigi, e Marin franziu a testa.

– Certo – disse ela. – Claro.

Hesitei.

– Sei que você está no meio do expediente e tudo, mas você gostaria de sair para tomar um café? Quero dizer, podemos fingir que é uma reunião entre advogada e cliente...

– *É* uma reunião entre advogada e cliente, Charlotte – disse Marin, séria. – Não sou sua amiga... Sou sua advogada e, para ser honesta, isso já exige que eu deixe de lado alguns sentimentos pessoais.

Senti o rosto se avermelhar.

– Por quê? O que eu fiz para você?

– Não foi você – disse Marin. Ela olhou em volta, desconfortável também. – É que... Esse não é um caso que eu pessoalmente apoio.

Minha própria advogada achava que eu não deveria processar Piper por nascimento indevido?

Marin se levantou.

– Não estou dizendo que você não tem uma boa chance de ganhar – esclareceu ela, como se tivesse ouvido meus pensamentos. – Só estou dizendo que, moralmente, filosoficamente, bem, entendo a posição do seu marido, isso é tudo.

Levantei, cambaleante.

– Não acredito que estou discutindo com minha própria advogada sobre justiça e responsabilidade – afirmei, pegando minha bolsa. – Talvez eu devesse contratar outro escritório. – Estava já no corredor quando ouvi Marin me chamar. Ela estava à porta, com as mãos na cintura.

– Estou tentando encontrar minha mãe biológica – disse ela. – É por isso que não estou tão entusiasmada com o seu caso. É por isso que não vou sair para tomar café com você nem espero que a gente durma uma na casa da outra ou vá ao cabeleireiro juntas. Se o mundo existisse do modo que você quer, Charlotte, com abortos toda vez que uma mulher não consegue um bebê exatamente do modo que deseja ou sonha, você nem sequer teria uma advogada agora.

– Eu amo a Willow – eu disse, engolindo em seco. – Estou fazendo o que acho que é o melhor para ela. E você está me criticando por isso?

– Sim – admitiu Marin. – Do mesmo modo que julgo minha mãe por ter feito o que achou ter sido o melhor para mim.

Por alguns instantes, depois que ela voltou para a sala, permaneci no corredor, apoiada contra a parede. O problema com o processo era que ele não existia no vácuo. Você poderia analisá-lo teoricamente e pensar: *Hummm, sim, faz sentido*. Mas nenhum pensamento ocorre em condições perfeitamente estéreis. Quando você lia um artigo de jornal sobre meu processo contra Piper, quando assistia ao filme *Um dia na vida de Willow*, você trazia consigo ideias preconcebidas, opiniões e toda uma história.

Era por isso que Marin tinha de engolir a raiva enquanto trabalhava no meu caso.

Era por isso que Sean não conseguia entender meu raciocínio.

E era por isso que eu tinha tanto medo de admitir que, um dia, olhando para isso tudo, você talvez me odiasse.

O Walmart se tornou meu parque de diversões.

Eu andava de um lado para o outro pelos corredores, experimentando chapéus e sapatos, olhando-me no espelho, colocando caixas de plástico uma dentro das outras. Pedalei na bicicleta ergométrica, apertei os botões das bonecas falantes e ouvi músicas de amostras de CDs. Não podia comprar nada, mas podia passar horas e mais horas olhando.

Não sabia como sustentaria vocês sozinha. Sabia que pensão alimentícia entrava nessa equação, mas ninguém jamais me explicou a matemática. Supostamente, pensei, eu teria que ser capaz de sustentá-las se qualquer corte fosse me considerar uma mãe adequada.

Eu podia cozinhar.

O pensamento se entranhou em minha mente antes que eu pudesse ignorá-lo. Ninguém ganhava a vida fazendo bolinhos e docinhos. É verdade que eu estava vendendo meus produtos já havia algum tempo; ganhei dinheiro o bastante para viajar para a convenção sobre o1 em Omaha e para atrair a atenção de várias lojas. Mas não podia trabalhar para um restaurante ou aumentar meu mercado consumidor para além da Gas-n-Get. A qualquer momento, você poderia cair e precisar de mim.

– Bem legal, não é?

Virei-me para encontrar um funcionário do Walmart ao meu lado, olhando para uma cama elástica que estava semimontada para demonstrar seu tamanho real. Ele parecia ter uns vinte anos e tinha tantas espinhas que seu rosto parecia um tomate inchado.

– Quando eu era criança, queria uma cama elástica mais do que tudo no mundo.

Quando ele era criança? Ele *ainda* era criança. Tinha toda uma vida pela frente para cometer erros.

– Você tem filhos que gostam de pular? – perguntou ele.

Tentei imaginá-la numa cama elástica. Seus cabelos voariam atrás de você; você daria piruetas e não quebraria nenhum osso. Olhei para a etiqueta de preço, como se fosse algo que eu realmente pudesse pensar em comprar.

– É cara. Acho que vou ter de pesquisar um pouco mais antes de me decidir.

– Sem problema – disse ele, saindo e me deixando para passar as mãos pelas estantes cheias de raquetes de tênis e skates, sentindo o cheiro de borracha das rodas das bicicletas, penduradas de cabeça para baixo como carcaças num açougue, imaginando-a forte e saudável, uma menina que você jamais seria.

A igreja para a qual fui mais tarde naquele dia não era a minha. Ficava cinquenta quilômetros ao norte, numa cidade que eu conhecia apenas pela placa na estrada. Ela cheirava a cera de abelha derretida e a missa matinal havia recém-terminado, por isso alguns paroquianos ainda rezavam silenciosamente nos bancos. Sentei-me num deles e rezei um pai-nosso, olhando para a cruz no altar. Durante toda a minha vida me disseram que, se eu caísse em um abismo, Deus me seguraria. Por que aquilo não era verdade, fisicamente, para a minha filha?

Ultimamente eu andava me lembrando de uma coisa: uma enfermeira na maternidade olhava para você no bercinho forrado de espuma, com curativos em volta de seus membros.

– Você é jovem – disse ela, dando-me um tapinha no braço. – Você pode ter outro filho.

Não me lembrava se você era recém-nascida ou se aquilo acontecera dias mais tarde. Se havia alguém mais por perto para ouvi-la ou se ela era real ou apenas uma alucinação causada pelos analgésicos que eu estava tomando. Será que a inventei para que pudesse dizer em voz alta algo em que pensava silenciosamente? *Este não é meu bebê; quero o bebê com o qual sonhei.*

Ouvi uma cortina se abrir e entrei no confessionário vazio. Abri a grade que me separava do padre.

– Perdoe-me, padre, porque pequei – eu disse. – Há três semanas não me confesso. – Respirei fundo. – Minha filha é doente, muito doente. E dei início a um processo contra a médica que cuidou de mim quando eu estava grávida. Estou fazendo isso pelo dinheiro – admiti. – Mas, para consegui-lo, tenho de dizer que teria feito um aborto se soubesse da doença da minha filha antes.

Fez-se um silêncio assombroso.

– É pecado mentir – disse o padre.

– Eu sei... Mas não foi isso o que me trouxe ao confessionário hoje.

– Então o que foi?

– Quando digo essas coisas – sussurrei –, temo estar falando a verdade.

Marin
Setembro de 2008

A ESCOLHA DO JÚRI É UMA ARTE, COMBINADA COM PURA SORTE. Todos tinham teorias sobre como escolher os melhores júris para diferentes tipos de casos, mas você nunca tinha certeza se sua hipótese estava certa até ouvir o veredicto. E era importante notar que você não escolhia quem faria parte do seu júri – apenas quem *não* estaria nele. Uma diferença sutil – e ao mesmo tempo crucial.

Havia um grupo de vinte jurados para ser escolhidos. Charlotte estava ao meu lado no tribunal. Sua nova vida com Sean, ironicamente, tornou possível que ela estivesse aqui hoje; de outro modo, ela estaria envolvida em cuidados com você – o que seria desafiador o bastante durante o julgamento.

Quando eu participava de um caso, geralmente esperava que certo juiz o presidisse – mas dessa vez era difícil saber o que era melhor. Uma juíza com filhos talvez se solidarizasse com Charlotte – ou talvez considerasse o argumento dela totalmente revoltante. Um juiz conservador talvez se opusesse ao aborto por motivos morais – mas também talvez concordasse com o argumento da defesa de que um médico não deveria determinar quais crianças seriam deficientes demais para sobreviver. Por fim, ficamos com o juiz Gellar, o mais experiente da Suprema Corte de New Hampshire e que, se pudesse escolher, morreria no tribunal.

O juiz convocara jurados em potencial e lhes explicara os detalhes do caso – o significado de nascimento indevido, dados sobre a querelante, a ré, as testemunhas. Ele perguntou se alguém conhecia alguma das testemunhas ou das partes envolvidas, se tinham ouvido falar do caso ou se tinham problemas pessoais ou de logística – como obrigações com filhos ou problemas de coluna que os impossibilitassem de ficar sentados durante horas. Várias pessoas ergueram as mãos e contaram suas histórias: que leram todos os artigos sobre o caso; que foram multados por Sean O'Keefe; que tinham de sair da cidade para a celebração do nonagésimo quinto aniversário da mãe. O juiz fez um discurso rápido sobre como, se optássemos por dispensá-los, eles não deveriam levar isso para o lado pessoal e como nós realmente agradecíamos a disposição deles – quando, aposto, a maioria dos jurados esperava poder sair e voltar para a vida real. Por fim, o juiz nos chamou até a tribuna para perguntar se alguém deveria ser excluído. Por fim, ele dispensou dois jurados: um homem surdo e uma mulher que dera à luz gêmeos com a ajuda de Piper Reece.

Restavam trinta e oito indivíduos, que receberam questionários que Guy Booker e eu elaboramos durante semanas de trabalho intenso. Acostumados às pessoas que faziam parte do grupo – e a dispensar jurados com base nas suas respostas ou formular perguntas adicionais durante as entrevistas individuais –, a sondagem que criamos envolvia uma coreografia complicada. Perguntei:

"Você tem filhos pequenos? Em caso afirmativo, teve um bom parto?"

"Você faz algum trabalho voluntário?" (Alguém que trabalhasse como voluntário num programa de planejamento familiar seria ótimo para nós. Alguém que trabalhasse como voluntário na igreja com mães solteiras... nem tanto.)

"Você ou algum familiar já entrou com alguma ação na justiça? Você ou algum membro da sua família já foi réu num processo?"

Guy acrescentou:

"Você acredita que médicos devem tomar decisões levando em conta o melhor para seus pacientes ou deixar a decisão para eles?"

"Você tem alguma experiência pessoal com deficiência ou com pessoas deficientes?"

Mas essas eram as perguntas fáceis. Nós dois sabíamos que esse caso se baseava em jurados que tivessem a mente aberta o suficiente para compreender o direito de uma mulher de interromper uma gestação; para tanto, eu queria excluir pessoas que eram contrárias ao aborto, enquanto a defesa de Guy faria de tudo para que não houvesse jurados pró-aborto. Ambos queríamos fazer a pergunta: "Você é a favor ou contra o aborto?", mas o juiz não a permitira. Depois de três semanas de argumentações, Guy e eu aperfeiçoamos a pergunta: "Você já teve alguma experiência envolvendo o aborto, pessoal ou profissionalmente?"

Uma resposta afirmativa significava que eu podia tentar manter a pessoa. Uma resposta negativa nos permitiria cercar furtivamente o tema se fosse preciso manter o jurado.

Era exatamente nesse ponto que nos encontrávamos agora. Depois de rever os questionários, separei-os entre as pessoas que achava que deveriam compor o júri e aquelas que não. O juiz Gellar colocaria cada um dos jurados na tribuna para responder a perguntas, e Guy e eu tínhamos de excluir o jurado com justificativa, aceitá-lo ou usar uma de nossas três eliminações sem justificativa. O segredo era saber quando usar essas cartas coringa e quando guardá-las no caso de uma pessoa mais odiosa surgir.

O que eu queria para o júri de Charlotte eram donas de casa que davam tudo e não ganhavam nada. Pais cuja vida girava em torno dos filhos. Mães devotadas, membros de Associações de Pais e Mestres, pais solteiros. Vítimas de violência doméstica que toleravam o intolerável. Em resumo, eu queria doze mártires.

Até agora, Guy e eu havíamos entrevistado três pessoas: um aluno da UNH, um vendedor de carros usados e uma cozinheira de cantina escolar. Eu usara a primeira das minhas exclusões injustificadas para eliminar o estudante depois que descobri que ele foi líder da Juventude Republicana no campus. Agora estávamos no nosso quarto jurado em potencial, uma mulher chamada Juliet Cooper. Ela tinha pouco mais de cinquenta anos, boa idade para um jurado, alguém com maturidade e sem opiniões coléricas. Tinha dois filhos adolescentes e trabalhava como telefonista num hospital. Ao se sentar na tribuna, tentei fazer com que ela se sentisse à vontade, sorrindo-lhe.

– Obrigada por estar aqui hoje, sra. Cooper – eu disse. – No momento, a senhora trabalha fora de casa, correto?

– Sim.

– Como a senhora consegue equilibrar isso com a educação dos seus filhos?

– Não deu certo quando eles eram pequenos. Achei que era importante ficar em casa com eles. Só mesmo quando eles entraram para a escola secundária é que voltei a trabalhar.

Até agora, tudo bem – uma mulher que dava prioridade aos filhos. Avaliei o questionário dela novamente.

– A senhora disse aqui que já entrou com um processo?

Eu não havia feito nada além de reafirmar algo que ela própria havia escrito, mas Juliet Cooper parecia chocada.

– Sim.

A diferença entre as entrevistas com as testemunhas e a seleção do júri era que, nas entrevistas, você só fazia perguntas para as quais já sabia as respostas. Quanto aos jurados, porém, você fazia perguntas sem ter ideia da resposta – porque descobrir algo novo talvez o ajudasse a remover o jurado em potencial. E se, por exemplo, Juliet Cooper tivesse entrado com uma ação por erro médico e tivesse perdido?

– Pode ser mais específica? – pressionei.

– Nunca chegou a ser julgado – murmurou ela. – Retirei a ação.

– A senhora teria problema em ser justa e imparcial em relação a alguém que está passando por um processo judicial?

– Não – disse Juliet Cooper. – Apenas acho que ela tem mais coragem do que eu tive.

Bem, aquilo parecia muito bom para Charlotte. Sentei-me para deixar Guy dar início a sua entrevista.

– Sra. Cooper, a senhora mencionou um sobrinho que está preso a uma cadeira de rodas?

– Ele lutou no Iraque e perdeu ambas as pernas depois que um carro-bomba explodiu. Ele tem apenas vinte e três anos; foi algo devastador para ele. – Ela olhou para Charlotte. – Acho que existem algumas tragédias que você não consegue superar. Sua vida jamais será a mesma, não importa o que aconteça.

Adorei essa jurada. Queria cloná-la.

Eu me perguntava se Guy excluiria aquela jurada. Mas a verdade era que ele sabia muito bem que as deficiências físicas podiam funcionar tanto para ele quanto para mim. Apesar de ter pensado que mães de crianças com deficiência eram boas para Charlotte, tive de repensar. Nascimento indevido – um termo que Guy usaria várias vezes no julgamento – poderia ser terrivelmente ofensivo para elas. Parecia que o melhor jurado, do meu ponto de vista, seria alguém solidário, mas sem experiência com deficiências, ou, como Juliet Cooper, alguém que sabia o bastante sobre deficiências físicas para entender como a vida dessas pessoas era difícil.

– Sra. Cooper – disse Guy –, na pergunta sobre crenças pessoais e religiosas sobre o aborto, a senhora escreveu algo e depois riscou, e eu não consigo ler direito.

– Eu sei – respondeu ela. – É que não sei o que responder.

– É uma pergunta bem difícil – admitiu Guy. – A senhora entende que a decisão de abortar um feto é fundamental para esse caso?

– Sim.

– A senhora já fez um aborto?

– Protesto! – gritei. – Essa pergunta viola a lei de confidencialidade médica, Meritíssimo!

– Sr. Booker – disse o juiz –, o que o senhor pensa que está fazendo?

– Meu trabalho, Meritíssimo. As crenças pessoais do jurado são fundamentais, dada a natureza do caso.

Eu sabia exatamente o que Guy estava fazendo – correndo o risco de irritar a jurada, um risco que ele julgava menor do que o de perder o caso por causa dela. Era bem provável que eu tivesse de fazer uma pergunta igualmente capciosa. Mas eu estava feliz que Guy a fizera, porque isso me permitia interpretar o papel de advogada boazinha.

– O que a sra. Cooper fez ou não fez no passado não diz respeito a este processo – declarei, virando-me para o grupo de jurados. – Peço desculpas pela invasão de privacidade do colega. O que o sr. Booker está convenientemente esquecendo é que o tema relevante aqui não é o direito ao aborto na América, e sim um simples caso de erro médico.

Guy Booker, como advogado de defesa, usaria toda uma gama de artifícios para sugerir que Piper Reece não se equivocou: que OI não pode ser conclusivamente diagnosticada no útero, que você não pode ser culpada por não ver algo que não é capaz de ver, que ninguém tem o direito de dizer que a vida não vale a pena ser vivida se você tiver uma deficiência. Mas, por mais artifícios que Guy usasse, eu os redirecionaria, lembrando que aquele era um caso de erro médico e que alguém tinha de pagar pelo equívoco cometido.

Eu estava ligeiramente ciente da ironia em defender o direito da jurada à privacidade quando – pessoalmente – o mesmo direito tornou minha vida um inferno. Se não fosse pelo sigilo médico, eu já saberia o nome da minha mãe biológica há vários meses; o fato é que eu ainda estava no grande vazio do acaso, aguardando novidades da Vara de Família de Hillsborough e de Maisie.

– Pode parar com a lição de moral, srta. Gates – disse o juiz. – E, quanto ao senhor, sr. Booker, se fizer uma pergunta como esta novamente, vou detê-lo por desacato.

Guy deu de ombros. Ele terminou suas perguntas e depois nós dois nos aproximamos da tribuna novamente.

– A querelante não tem nenhuma objeção à sra. Cooper fazer parte do júri – eu disse. Guy concordou e o juiz chamou a próxima jurada em potencial.

O nome dela era Mary Paul. Ela tinha cabelos grisalhos presos num rabo de cavalo e usava um vestido azul simples e sapatos de salto baixo. Parecia a avó de alguém e sorriu candidamente para Charlotte ao ocupar seu lugar. *Isso*, pensei, *pode ser promissor*.

– Srta. Paul, a senhora diz aqui que é aposentada?

– Não sei se *aposentada* é a palavra certa...

– Que tipo de trabalho a senhora fazia antes? – perguntei.

– Ah – ela disse. – Eu era freira.

Seria um dia bem longo.

Sean

Quando Charlotte finalmente voltou para casa depois da seleção do júri, você estava me dando uma surra no Scrabble.
— Como foi? — perguntei, mas pude ver antes mesmo que ela dissesse qualquer coisa. Ela parecia ter sido atropelada por um caminhão.
— Todos ficavam olhando para mim — disse ela. — Como se eu fosse algo que eles nunca viram. — Fiz que sim. Não sabia o que dizer, de verdade. O que ela esperava? — Onde está Amelia?
— Lá em cima, grudada no iPod.
— Mamãe — você disse —, quer brincar? Você pode entrar, não importa que você tenha perdido o começo.
Nas oito horas que passei com você hoje, não consegui falar sobre o divórcio. Fomos até a loja de animais de estimação e vimos uma cobra comer um rato morto; assistimos a um filme da Disney; compramos comida. Em resumo, tivemos um dia perfeito. Não queria tirar a alegria dos seus olhos. Talvez Charlotte tenha percebido, e foi por isso que ela sugeriu que eu lhe contasse sobre o divórcio. E talvez também tivesse sido por isso que ela me olhou naquele momento, suspirando.
— Você só pode estar brincando comigo — disse ela. — Sean, já faz três semanas.
— Não surgiu o momento certo...
Você enfiou a mão no saco de letras.
— Estamos apenas com palavras de duas letras — você disse. Papai tentou Oz, mas isso é um lugar, e não pode.
— Nunca vai ter uma hora certa. Querida — disse ela, virando-se para você —, estou acabada. Posso deixar o Scrabble para outro dia? — e foi para a cozinha.

– Já volto – eu lhe disse, seguindo sua mãe. – Sei que não tenho o direito de lhe pedir isso, mas... queria que você estivesse presente quando eu contasse a ela. Acho que é importante.

– Sean, já tive um dia horrível...

– E estou prestes a torná-lo ainda mais horrível, eu sei. – Olhei para Charlotte. – Por favor.

Sem dizer nada, ela voltou para a sala de estar comigo e se sentou à mesa. Você se virou, toda alegre.

– Então você *quer* brincar?

– Willow, sua mãe e eu temos novidades para você.

– Você vai voltar para casa pra sempre? Eu sabia. Na escola, a Sapphire disse que depois que o pai dela saiu de casa ele se apaixonou por uma vagabunda qualquer e agora seus pais não estão mais juntos, mas eu disse que você jamais faria isso.

– Eu avisei – Charlotte me disse.

– Wills, sua mãe e eu... vamos nos divorciar.

Ela olhou para cada um de nós.

– Por minha causa?

– Não – eu e Charlotte respondemos ao mesmo tempo.

– Nós dois te amamos, e também amamos Amelia – eu disse. – Mas sua mãe e eu não podemos mais ser um casal.

Charlotte caminhou até a janela, dando as costas para mim.

– Você ainda vai nos ver sempre. E viver com nós dois. Vamos fazer o possível para tornar as coisas mais fáceis para você, sem muitas mudanças...

Seu rosto estava se contraindo cada vez mais enquanto eu falava, ficando cada vez mais vermelho de raiva.

– Meu peixinho – você disse –, ele não pode viver em duas casas.

Você tinha um beta que lhe demos de presente no Natal passado, o animal de estimação mais barato que podíamos lhe dar. Para surpresa de todos, ele viveu mais do que uma semana.

– Vamos comprar outro – sugeri.

– Mas não quero *dois* peixes!

– Willow...

– Odeio vocês – você gritou, começando a chorar. – Odeio vocês *dois*!

E saiu da cadeira como um foguete, correndo mais rápido do que eu achava possível em direção à porta.

– Willow! – chamou Charlotte. – Tome...
Cuidado.

Ouvi o grito antes de chegar à porta. Na sua pressa de fugir de mim e das notícias, você não teve cuidado e agora estava deitada na entrada, onde escorregou. Seu fêmur esquerdo estava quebrado, rompendo a pele da coxa; a esclerótica dos olhos estava azulada.

– Mamãe! – você chamou, e depois seus olhos se reviraram.

– Willow! – gritou Charlotte, ajoelhando-se ao seu lado. – Chame uma ambulância – ela ordenou, e depois se abaixou ainda mais e começou a sussurrar.

Por uma fração de segundo, enquanto olhava para vocês duas, acreditei que ela fosse *mesmo* uma mãe melhor do que eu sou pai.

Se puder, não quebre nenhum osso numa noite de sexta-feira. Mais importante ainda: não quebre um fêmur no fim de semana da convenção anual dos cirurgiões ortopédicos dos Estados Unidos. Deixamos Amelia sozinha em casa, e Charlotte a acompanhou na ambulância e eu as segui no meu carro. Apesar de a maioria das suas fraturas sérias ter sido tratada por ortopedistas em Omaha, essa era grave demais para simplesmente imobilizá-la até que eles pudessem examiná-la; fomos até o hospital local apenas para descobrirmos, na sala de emergência, que o cirurgião ortopédico disponível era um residente.

– Um residente? – perguntou Charlotte. – Olhe, sem querer ofender, mas não vou deixar um residente cuidar do fêmur da minha filha.

– Já fiz esse tipo de cirurgia antes, sra. O'Keefe – disse o médico.

– Não numa menina com OI – argumentou Charlotte. – E não na Willow.

Ele queria pôr uma haste Fassier-Duval – que aumentaria à medida que você crescesse – no seu fêmur. Era o aparelho mais recente disponível; era rosqueado na epífise, o que quer que seja isso, o que o impedia de se deslocar como os outros pinos. O mais importante é que você não usaria uma tala ortopédica, que era o procedimento pós-operatório mais comumente utilizado para a instalação de pinos no fêmur. Em vez disso, você usaria um aparelho ortopédico comum, uma tala, durante três semanas. Desconfortável, sobretudo no verão, mas não tão debilitante.

Eu acariciava sua testa enquanto a batalha continuava. Você voltara à consciência, mas não falava nada, apenas olhava para cima. Aquilo me deixou completamente assustado, mas Charlotte disse que isso sempre acontecia quando era uma fratura grave; tinha alguma coisa a ver com as endorfinas liberadas pelo corpo para combater a dor. Ainda assim, você começou a tremer, como se estivesse em choque. Tirei meu casaco para cobri-la, já que o cobertor fino do hospital parecia não fazer efeito.

Charlotte estava cansada e briguenta; ela citara nomes – e finalmente conseguiu que o cara ligasse para seu superior no centro de convenções de San Diego. Foi incrível observar aquilo como se fosse uma batalha orquestrada: a ameaça, o recuo, as voltas ao seu redor antes do próximo combate. Isso era algo em que sua mãe era muito, muito boa.

O residente reapareceu alguns minutos mais tarde.

– O dr. Yaeger pode pegar um voo noturno e chegar aqui para fazer a cirurgia às dez da manhã de amanhã – disse ele. – É o melhor que podemos fazer.

– Ela não pode ficar assim a noite toda – eu disse.

– Podemos lhe dar morfina para sedá-la.

Eles a transferiram para o setor pediátrico, onde os murais de balões e animais de circo contrastavam com os gritos dos bebês e as expressões de medo dos pais andando de um lado para o outro nos corredores. Charlotte cuidava de você enquanto os ajudantes a moveram da maca para a cama – um grito oco e agudo quando movimentaram sua perna – e deu instruções à enfermeira (agulha intravenosa do lado direito, porque você era canhota) quando a morfina foi administrada.

Aquilo estava me matando, observá-la com dor.

– Você estava certa – eu disse para Charlotte. – Você queria colocar um pino na perna dela e eu neguei.

Charlotte fez que não.

– *Você* é que estava certo. Ela precisava de tempo para se levantar e fortalecer os músculos e ossos, senão isso teria acontecido antes.

Nesse momento, você chorava, e depois começou a se coçar. Você coçava com força os braços e a barriga.

– O que está havendo? – perguntou Charlotte.

– Os insetos – você disse. – Eles estão me picando toda.

– Querida, não há inseto algum – eu disse, vendo-a coçar o braço com força.

– Mas coça...

– Que tal se brincarmos de uma coisa? – sugeriu Charlotte. – Adivinhação? – Ela pegou seu pulso e o colocou ao seu lado. – Quer escolher a palavra?

Ela estava tentando distraí-la, e deu certo. Você fez que sim.

– Pode ser feito sob a água? – perguntou Charlotte, e você fez que não. – Pode ser feito enquanto se dorme?

– Não – você disse.

Ela olhou para mim, meneando a cabeça.

– Humm, pode ser feito com um amigo? – perguntei.

Você quase sorriu.

– De jeito nenhum – você disse, e seus olhos começaram a se fechar.

– Graças a Deus – eu disse. – Talvez ela consiga dormir agora.

Mas, como se eu tivesse dito algo de errado, você de repente começou a pular – um tremor exagerado em todo o corpo que a fez cair da cama e deslocar a perna. Você imediatamente gritou.

Havíamos acabado de acalmá-la novamente quando a coisa se repetiu: assim que você começou a dormir, acordou como se estivesse caindo de um penhasco. Charlotte chamou a enfermeira.

– Ela está tendo sobressaltos – explicou Charlotte. – Eles não param.

– A morfina tem esse efeito em algumas pessoas – disse a enfermeira. – A melhor coisa que vocês podem fazer é tentar mantê-la imóvel.

– Podemos tirá-la daqui?

– Se fizerem isso, ela vai se debater ainda mais – respondeu a enfermeira.

Quando ela saiu do quarto, você se debateu novamente e um gemido longo e baixinho saiu da sua boca.

– Ajude-me – disse Charlotte, subindo na cama do hospital, segurando a parte de cima do seu corpo.

– Você está me esmagando, mamãe...

– Só estou ajudando você a ficar boa e imóvel – disse Charlotte, calmamente.

Segui a dica dela e, com cuidado, deitei-me sobre a parte de baixo do seu corpo. Você reclamou quando toquei em sua perna esquerda, a que tinha sido fraturada. Charlotte e eu ficamos esperando, contando os segundos até que seu corpo ficasse tenso e seus músculos se contraíssem. Certa vez eu vira uma explosão numa construção, uma explosão que fora contida com uma rede feita de pneus velhos e borracha, para que os detritos não se espalhassem. Desta vez, quando seu corpo saltou sob o nosso, você não gritou.

Como Charlotte pensou nisso? Talvez porque havia ficado com você muito mais vezes do que eu quando tinha uma fratura? Ou porque ela aprendeu a ser proativa, em vez de reativa, num hospital? Ou será que ela sabia muito mais do que eu jamais saberia?

– Amelia – eu disse, lembrando que a tínhamos deixado em casa já fazia muito tempo.

– Temos que ligar para ela.

– Talvez eu devesse buscá-la...

Charlotte virou a cabeça de modo que ficasse apoiada sobre sua barriga.

– Diga para ela ligar para a sra. Monroe, a vizinha ao lado, se houver uma emergência. Você precisa ficar. Nós dois teremos de ficar aqui para mantê-la quieta a noite toda.

– Nós dois – repeti e, antes que pudesse me conter, acariciei os cabelos de Charlotte.

Ela ficou paralisada.

– Sinto muito – murmurei, afastando-me.

Sob mim, você se moveu, um pequeno terremoto, e eu tentei ser um cobertor, um tapete, uma almofada. Charlotte e eu suportávamos os tremores, absorvendo sua dor. Ela entrelaçou os dedos aos meus, de modo que nossas mãos descansassem como um coração pulsante entre nós.

– Eu não – ela disse.

Amelia

Era uma vez uma menina que queria dar um soco no espelho. Ela diria a todo mundo que fizera aquilo para ver o que havia do outro lado, mas na verdade fizera aquilo para que não tivesse de olhar para si mesma. Por isso e também porque achava que era capaz de roubar um pedaço de vidro quando ninguém estivesse vendo e usá-lo para tirar o coração de dentro do peito.

Assim, quando ninguém estivesse perto, ela iria até o espelho e se obrigaria a ter coragem o bastante para abrir os olhos uma última vez. Mas, para sua surpresa, ela não viu seu reflexo. Ela não viu nada. Confusa, ela esticou a mão para tocar o espelho e percebeu que não havia espelho, que ela podia cair do outro lado.

E foi exatamente isso que aconteceu.

As coisas ficaram ainda mais estranhas, porém, quando ela passou para o outro lado do mundo e descobriu pessoas olhando para ela – não porque ela era asquerosa, e sim porque todos queriam se parecer com ela. Na escola, meninos e meninas disputavam para que ela se sentasse com eles durante o almoço. Ela sempre acertava as respostas para as perguntas que a professora lhe fazia. Sua caixa de e-mails estava cheia de cartas de amor de meninos que não podiam viver sem ela.

A princípio, foi incrível, como se um foguete fosse lançado através da pele todas as vezes que ela estava em público. Mas, depois, ela se cansou um pouco. Ela não *queria* dar autógrafo quando comprava um pacote de chiclete no posto de gasolina. Ela usava camisas cor-de-rosa e, na hora do lanche, a escola inteira estava usando a mesma camisa cor-de-rosa. Ela se cansou de sorrir o tempo todo em público.

Então percebeu que as coisas não eram tão diferentes desse lado do espelho. Ninguém realmente se importava com ela. O motivo por que as pessoas a copiavam e a bajulavam tinha pouco a ver com quem ela era e muito mais com quem elas precisavam que ela fosse, para preencher uma espécie de lacuna qualquer em suas próprias vidas.

Foi assim que ela decidiu voltar para o outro lado. Mas ela tinha de fazer isso sem que ninguém a visse, senão as pessoas a seguiriam até lá. O único problema era que nunca havia alguém a observando. Ela tinha pesadelos com pessoas que a seguiam, que se cortavam nos cacos de vidro do espelho enquanto se arrastavam atrás dela; como elas morriam sangrando no chão e como o olhar delas mudava ao vê-la do outro lado, impopular e comum.

Não suportando mais aquilo, ela começou a correr. Ela sabia que as pessoas a estavam seguindo, mas não conseguia parar para pensar nelas. Ela voaria pelo espelho, não importava o que fosse necessário. Mas, quando chegou ao outro lado, ela bateu a cabeça contra o vidro – o espelho havia sido trocado. Era sólido e grosso e inquebrável. Ela se apoiou de mãos abertas contra ele. "Para onde você está indo?", todos perguntaram. "Podemos ir também?" Mas ela não respondeu. Apenas ficou lá, olhando para sua antiga vida, sem a presença dela.

Tive muito cuidado ao me sentar na sua cama.

– Ei – sussurrei, porque você ainda estava muito anestesiada e podia estar dormindo.

Seus olhos se abriram um pouco.

– Ei.

Você parecia pequenina, mesmo com a enorme tala na sua perna. Aparentemente, com o novo pino no seu fêmur, uma fratura no futuro não seria tão ruim quanto esta. Certa vez, num programa de televisão, eu vira um cirurgião ortopédico com furadeiras, serras, placas de metal e tudo o mais – era como um pedreiro, e não um médico, e só de pensar em todo o trabalho que fizeram dentro de você achei que desmaiaria.

Eu não podia lhe dizer por que essa fratura me assustara mais do que as outras. Acho que talvez eu estivesse confusa com outras coisas envolvidas nisso e que eram igualmente assustadoras: a carta sobre o divórcio, o telefonema do papai do hospital me dizendo que eu teria de passar a noite em casa sozinha. Não contei a ninguém, porque obviamente mamãe e papai estavam completamente envolvidos no que estava lhe acontecendo, mas não consegui dormir. Fiquei acordada à mesa da cozinha segurando a maior faca que tínhamos, para o caso de alguém tentar invadir a casa. Mantive-me acordada graças à adrenalina, imaginando o que aconteceria se minha família jamais voltasse para casa.

    Mas o que aconteceu foi o contrário. Você não apenas voltou como também a mamãe e o papai – e eles não estavam apenas fingindo para você; eles estavam realmente *juntos*. Eles se dividiam cuidando de você; concluíam as frases um do outro. Era como se eu tivesse quebrado aquele espelho de conto de fadas e acabado no universo alternativo do meu passado. Parte de mim acreditava que sua última fratura os unira novamente e que, se isso era verdade, ela valia a dor que você estava sentindo. Mas havia outra parte de mim que achava que eu estava apenas tendo alucinações, que a família feliz e unida era apenas uma miragem.

    Eu não acreditava em Deus, mas não tinha tanta certeza assim, por isso eu rezara e fizera uma promessa: se pudéssemos ser uma família novamente, eu não reclamaria. Não faria mal à minha irmã. Não vomitaria mais. Não me cortaria.

    Não. Não. Não.

    Você, aparentemente, não estava se sentindo tão otimista. Desde que você passara pela cirurgia, mamãe continuava chorando e você não queria comer nada. Supostamente, era a anestesia que ainda estava no seu organismo que a mantinha sensível, mas decidi que minha missão pessoal era animá-la.

    – Ei, Wiki – eu disse –, quer um pouco de M&Ms? Eles sobraram da minha cesta de Páscoa.

    Você fez que não.

    – Quer usar meu iPod?

    – Não quero ouvir música – você murmurou. – Você não precisa ser boa para mim só porque eu não vou ficar por aqui muito tempo mais.

    Aquilo me deixou toda arrepiada. Será que alguém não me contou alguma coisa sobre sua cirurgia? Você estava... *morrendo*?

    – Do que é que você está falando?

    – Mamãe quer se livrar de mim porque essas coisas continuam acontecendo. – Você limpou as lágrimas dos olhos com as mãos. – Sou o tipo de criança que ninguém deseja.

– Do que você está falando? Você não é nenhuma serial killer. Você não tortura esquilos nem faz nada de revoltante, exceto por tentar arrotar *Deus abençoe a América* na mesa do jantar...

– Só fiz aquilo uma vez – você disse. – Mas pense só, Amelia. Ninguém fica com coisas que se quebram o tempo todo. Cedo ou tarde, eles vão me jogar fora.

– Willow, ninguém vai se livrar de você, acredite. E, se isso acontecer, nós fugiremos juntas antes.

Você soluçou.

– Promete?

Prendi meu dedinho ao seu e puxei.

– Prometo.

– Não posso mais viajar de avião – você disse, séria, como se precisássemos planejar nosso itinerário agora mesmo. – O médico disse que o pino vai disparar o detector de metal do aeroporto. Ele deu até uma carta para a mamãe.

Que eu provavelmente esqueceria de levar, como me esqueci da outra carta do médico nas últimas férias.

– Amelia, para onde iríamos? – você perguntou.

Para o passado, pensei imediatamente. Mas não podia imaginar como chegar até lá.

Talvez Budapeste. Eu não sabia ao certo onde ficava Budapeste, mas gostava do modo como a palavra explodia em minha língua. Ou Xangai. Ou para as ilhas Galápagos ou Skye. Você e eu podíamos viajar pelo mundo todo juntas, com nosso próprio espetáculo das irmãs esquisitas: a irmã que se quebra e a que é incapaz de ser feliz.

– Willow, acho que precisamos conversar – disse minha mãe. – Ela estava à porta do quarto, nos observando, e eu me perguntava durante quanto tempo ela esteve ali. – Amelia, pode nos dar um minuto?

– Tudo bem – eu disse, saindo. Mas, em vez de descer, que era o que mamãe queria dizer, fiquei no corredor, de onde podia ouvir tudo.

– Wills, ninguém vai se livrar de você – ouvi minha mãe dizer.

– Desculpe pela minha perna – você disse, chorando. – Pensei que, se não quebrasse nada por um bom tempo, você fosse achar que eu era uma criança como outra qualquer...

– Acidentes acontecem, Willow. – Ouvi a cama ranger quando minha mãe se sentou. – Ninguém está te culpando.

– Você está. Você queria que eu não tivesse nascido. Eu *ouvi* você dizer isso.

O que aconteceu depois disso – bem, pareceu um tornado na minha cabeça. Eu estava pensando naquele processo e em como ele arruinara nossa vida. Estava pensando em meu pai, que estava lá embaixo por talvez só mais alguns segundos ou minutos. Estava me lembrando de um ano atrás, quando meus braços não tinham cicatrizes, quando eu ainda tinha uma melhor amiga e não era gorda e podia comer sem sentir que a comida era chumbo no meu estômago. Estava pensando nas palavras que minha mãe disse ao responder para você, e em como você deve tê-las compreendido errado.

Charlotte

– CHARLOTTE?
Eu havia ido à lavanderia para me esconder, achando que as roupas girando na secadora abafariam qualquer som que eu fizesse enquanto chorava, mas Sean estava atrás de mim. Rapidamente sequei os olhos na manga da camisa.
– Desculpe – eu disse. – E as meninas?
– Elas dormiram rápido. – Ele se aproximou. – O que há de errado?
O que *não havia* de errado? Eu só tinha de convencer você que a amava, com fraturas e tudo – algo que você nunca questionou antes do processo.
Todo mundo mente? E não há uma diferença entre, por exemplo, matar uma pessoa e dizer à polícia que você não a matou e sorrir para um bebê particularmente feio e dizer à mãe que ele é lindinho? Havia mentiras que contávamos para nos salvar e mentiras que contávamos para resgatar os outros. O que valia mais, a mentira ou o bem maior que ela podia trazer?
– Não há nada de errado – eu disse. E lá estava eu, mentindo novamente. Não podia dizer a Sean o que você havia me dito; não suportaria ouvi-lo dizer "eu te avisei". Mas, meu Deus, tudo o que saía da minha boca era mentira? – É só que os dias estão sendo bem difíceis. – Cruzei os braços com força contra o peito. – Você... precisava de mim para alguma coisa?
Ele apontou para o alto da secadora.
– Vim apenas pegar minha roupa de cama.
Eu sabia que deveria estar me esforçando, mas não entendia casais que haviam sido casados e que se mantinham sob o mesmo teto. Sim,

era o melhor para as crianças. Sim, era menos estressante. Mas como esquecer que esse "amigo" em específico já a vira nua? Incentivara seus sonhos quando você estava cansada demais para isso? Você podia cobrir a história do modo que quisesse, mas sempre veria aquelas primeiras pinceladas.

– Sean, estou feliz por você estar aqui – eu disse, finalmente sendo honesta. – Torna tudo... mais fácil.

– Bem, ela é minha filha também – disse ele, e se aproximou de mim para pegar a roupa de cama, e eu instintivamente recuei. – Boa noite – disse Sean.

– Boa noite.

Ele começou a pegar os travesseiros e a colcha e depois se virou para mim.

– Se eu fosse a Willow e precisasse de alguém para lutar por mim, eu escolheria você.

– Não tenho certeza se a Willow concordaria com isso – sussurrei, contendo as lágrimas.

– Ei – disse ele, e senti seus braços ao meu redor. Seu hálito era cálido sobre a minha cabeça. – O que houve?

Levantei a cabeça para vê-lo. Queria lhe contar tudo – o que você me dissera, como eu estava cansada, o quanto estava hesitando –, mas em vez disso ficamos nos olhando, telegrafando mensagens que nenhum de nós tinha coragem de dizer em voz alta. Então, lentamente, como se soubéssemos que estávamos cometendo um erro, nós nos beijamos.

Não me lembrava da última vez que beijara Sean, não assim, nada além de um beijinho do tipo "te vejo mais tarde, querida" perto da pia da cozinha. Aquele beijo era profundo, selvagem e avassalador, como se fôssemos estar em brasas depois que ele terminasse. A barba dele raspou em meu queixo, seus dentes me morderam, seu hálito preencheu meus pulmões. Via tudo brilhando e me afastei para respirar.

– O que estamos fazendo? – perguntei, sem fôlego.

Sean escondeu o rosto no meu pescoço.

– Quem se importa, desde que continuemos?

Então ele enfiou as mãos sob minha camiseta, acariciando-me; minhas costas tocavam o metal e o vidro da secadora enquanto Sean me pressionava contra a máquina. Ouvi o barulho do cinto dele caindo no chão e só então percebi que eu é que o tinha tirado. Envolvendo-me ao redor dele, tornei-me uma planta, crescendo e me enrolando. Joguei a cabeça para trás e me deixei levar.

Tudo acabou tão rápido quanto começara, e de repente éramos o que estávamos nos tornando: duas pessoas de meia-idade sozinhas o bastante para se sentir desesperadas. A calça jeans de Sean estava abaixada até os calcanhares; suas mãos seguravam minhas coxas. A maçaneta da secadora pressionava minhas costas. Deixei que uma das pernas caísse no chão e me cobri com um lençol da roupa de cama dele.

Ele estava enrubescido, com o rosto muito vermelho.

– Sinto muito.

– Mesmo? – me ouvi perguntando.

– Talvez não – ele admitiu.

Tentei tirar os cabelos que me caíam sobre o rosto.

– E o que fazemos agora?

– Bem – disse Sean –, não há como voltar no tempo.

– Não.

– E você está usando meu lençol sobre seus... você sabe.

Olhei para baixo.

– E o sofá é incrivelmente desconfortável – ele acrescentou.

– Sean – eu disse, sorrindo –, volte para a cama.

Eu achei que, no dia do julgamento, acordaria com frio na barriga ou uma dor de cabeça intensa, mas, conforme meus olhos se ajustavam lentamente aos raios de sol, tudo que eu conseguia pensar era: *Vai dar tudo certo*. Só ajudava o fato de que havia músculos em meu corpo deliciosamente doloridos, que me faziam rolar e me espreguiçar na cama, ouvindo a música do chuveiro ligado, com Sean lá dentro.

– Mamãe?

Vesti um roupão e corri para seu quarto.

– Wills, como você está se sentindo?

– Com coceira – você disse. – E preciso fazer xixi.

Posicionei-me para carregá-la. Você estava pesada, mas aquilo era uma bênção em comparação com a tala ortopédica, que era a alternativa. Ajudei-a a erguer a camisola e a coloquei sobre o vaso, depois esperei que você me chamasse para que eu a ajudasse a lavar as mãos. Decidi que compraria um grande frasco de álcool gel na volta para casa hoje. O que me fez lembrar que você não ficaria feliz com os compromissos que arranjei para você. Depois de muito debate com Marin sobre deixá-la em casa enquanto eu estava no tribunal, ela me permitiu entrevistar e escolher uma enfermeira pediátrica particular para ficar com você durante o julgamento. O custo astronômico, disse ela, seria descontado da indenização que ganhássemos. Não era o ideal, mas ao menos eu não teria de me preocupar com sua segurança.

– Você se lembra da Paulette? – perguntei. – A enfermeira?

– Não quero que ela venha...

– Eu sei, querida, mas não temos escolha. Tenho que ir a um lugar importante hoje e você não pode ficar sozinha.

– E o papai?

– Que que tem o papai? – perguntou Sean, pegando-a no colo e a levando para o andar de baixo, como se você não pesasse nada.

Ele estava usando paletó e gravata em vez do uniforme. *Ele vai à corte comigo*, pensei, começando a sorrir de dentro para fora.

– A Amelia está no banho – disse Sean por sobre o ombro ao colocá-la no sofá. – Eu disse que ela teria que pegar o ônibus escolar hoje. A Willow...

– Uma enfermeira ficará com ela.

Ele olhou para você.

– Bem, isso será divertido.

Você riu, discordando.

– Ah, claro.

– Que tal panquecas para o café da manhã, então, para compensá-la?

– Você só sabe fazer isso? – você perguntou. – Até *eu* sei fazer miojo.

– Você quer miojo para o café da manhã?

– Não.

– Então pare de reclamar das panquecas – disse Sean, e depois olhou para mim sobriamente. – Será um grande dia.

Fiz que sim e apertei a cinta do meu roupão.

– Posso me preparar para sair em quinze minutos.

Sean a tranquilizou, cobrindo-a com um cobertor.

– Acho melhor irmos em carros separados – ele disse, hesitante. – Tenho que me encontrar com Guy Booker antes.

Se ele estava se reunindo com Guy Booker, isso significava que planejava depor como testemunha de defesa de Piper.

Se ele estava se reunindo com Guy Booker, isso significava que nada havia mudado.

Eu estava mentindo para mim mesma, porque era mais fácil do que encarar a verdade: sexo não era amor, e uma única transa rápida não era capaz de consertar um casamento.

– Charlotte? – disse Sean, e eu percebi que ele havia me perguntado algo. – Você quer panquecas?

Eu tinha certeza de que ele não sabia que as panquecas eram um dos alimentos mais antigos dos Estados Unidos; que, no século XVIII, quando não havia fermento, as pessoas usavam ovos batidos. Tinha certeza de que Sean não sabia que as panquecas já eram feitas na Idade Média, quando eram servidas na Terça-Feira Gorda, antes da Quaresma. Que, se a grelha estivesse quente demais, as panquecas ficariam duras e difíceis de mastigar; se estivesse fria demais, ficariam duras e secas.

Também tinha certeza de que ele não lembrava que panquecas foi o que preparei no nosso primeiro café da manhã como marido e mulher, quando voltamos da lua de mel. Preparei a massa e a coloquei num saquinho plástico, cortei o cantinho e o usei para moldar as panquecas. Servi a Sean uma pilha de corações.

– Não estou com fome – eu disse.

Amelia

Então eu vou contar por que eu não peguei o ônibus escolar naquela manhã: ninguém se incomodara em checar a porta da frente, e só depois que a enfermeira chegou e quase ficou maluca quando teve de enfrentar um batalhão de fotógrafos e repórteres é que percebemos quantas pessoas estavam ali para fotografar os meus pais saindo para o tribunal.

– Amelia – disse meu pai, bravo –, dentro do carro. Agora!

Para variar, fiz o que ele mandou.

Aquilo já havia sido horrível, mas alguns repórteres nos seguiram até a escola. Mantive um olho neles pelo retrovisor.

– Não foi assim que a princesa Diana morreu?

Meu pai não disse nada, mas estava com tanta raiva e rangendo os dentes com tanta força que achei que os quebraria. Num sinal vermelho, ele me encarou.

– Sei que vai ser difícil, mas você tem que fingir que esse é um dia normal, como qualquer outro.

Sei o que você está pensando: é nessa hora que Amelia faz um comentário maldoso e inapropriado, do tipo "Foi isso que eles disseram sobre o onze de setembro", mas não consegui pensar em nada. Ao contrário, me percebi tremendo tanto que pus as mãos sob as pernas.

– Nem sei mais o que é normal – me ouvi dizendo, o mais baixo que pude.

Meu pai estendeu a mão e tirou os cabelos que caíam sobre meu rosto.

– Quando tudo isso acabar – ele disse –, você acha que gostaria de morar comigo?

Aquelas palavras fizeram meu coração disparar. Alguém me *queria*, alguém estava me *escolhendo*. Mas também tive vontade de vomitar. Era uma bela fantasia, mas, se fôssemos totalmente realistas, que corte daria a custódia de uma menina como eu a um homem que nem sequer era meu pai biológico? Isso significava que eu teria de ficar com a minha mãe, que até lá já saberia que não era minha preferida. E, além disso, o que aconteceria com você? Se eu morasse sozinha com o papai, talvez finalmente tivesse um pouco de atenção, mas também a deixaria para trás. Você me odiaria por isso?

Como não respondi e o sinal se abriu, meu pai voltou a dirigir.

– Você pode pensar no assunto – ele disse, mas percebi que estava um pouco magoado.

Cinco minutos mais tarde, estávamos na entrada circular da minha escola.

– Os repórteres vão me seguir?

– Eles não podem – disse meu pai.

– Bom.

Pus a mochila sobre o colo. Ela pesava uns quinze quilos, o que era um terço do meu peso. Eu sabia disso porque na semana passada a enfermeira da escola montou uma balança na qual você podia se pesar e à sua mochila, já que as crianças não deveriam carregar peso demais. Se você dividisse o peso da sua mochila pelo seu peso corporal e o resultado fosse maior do que quinze por cento, você acabaria tendo escoliose ou raquitismo ou hérnia ou sabe Deus o quê. A mochila de todos estava pesada demais, mas isso não impediu os professores de repassarem a mesma quantidade de lição de casa.

– Bom, boa sorte hoje – eu disse.

– Você quer que eu entre e converse com o coordenador ou o diretor? Quer que eu diga que você talvez precise de atenção extra hoje...?

Essa era a *última* coisa de que eu precisava – ganhar destaque como mais um incômodo.

– Estou bem – eu disse, e abri a porta do carro.

Os carros ultrapassaram o do meu pai, por isso ficou mais fácil respirar. Pelo menos foi o que eu achei, até que ouvi alguém chamar meu nome.

– Amelia, como você se sente quanto ao processo? – perguntou uma mulher.

Atrás dela havia um cinegrafista com uma câmera nos ombros. Algumas crianças que estavam entrando na escola passaram o braço em volta de mim, como se fôssemos amigas.

– Cara! – disse um deles. – Você pode fazer isso na TV? – e mostrou o dedo do meio.

Outro jornalista surgiu por detrás dos arbustos à minha esquerda.

– Sua irmã fala sobre como ela se sente, sabendo que a mãe dela entrou com um processo por nascimento indevido?

– Foi uma decisão da família?

– Você vai depor?

Até ouvir aquilo, havia me esquecido: meu nome estava em alguma lista, por precaução. Minha mãe e Marin disseram que eu provavelmente jamais seria testemunha, que era apenas por precaução, mas eu não gostava de estar na lista. Isso fazia com que eu me sentisse como se alguém contasse comigo, e o que aconteceria se eu os decepcionasse?

Por que os repórteres não estavam seguindo Emma? Ela frequentava aquela escola também. Mas eu já sabia a resposta: aos olhos de todos, Piper era a vítima. Eu estava ligada à vampira que decidira sugar o sangue da melhor amiga.

– Amelia!

– Aqui, Amelia...

– Amelia!

– Me deixem em paz! – gritei. Cobri os ouvidos com as mãos e abri caminho para dentro da escola, empurrando crianças agachadas diante do armário e professores que andavam com uma xícara de café e casais se amassando como se não fossem se ver por anos, e não dali a quarenta e cinco minutos, depois da primeira aula. Entrei na primeira sala que encontrei – a do banheiro dos professores – e me tranquei lá dentro. Olhei para a borda de porcelana da privada.

Eu sabia como se chamava o que eu estava fazendo. Eles nos mostraram filmes na aula de saúde pública; eles chamavam isso de *transtorno alimentar*. Mas aquilo era completamente errado; quando vomitei, tudo pareceu certo.

Quando eu vomitava, por exemplo, me odiar fazia sentido. Quem não odiaria alguém que comia como Jabba, o Hutt, e depois vomitava tudo? Alguém que passava por todos os obstáculos para se livrar da comida que havia dentro dela, mas que ainda era gordinha? E eu sabia que o que eu estava fazendo era quase tão ruim quanto a menina da minha escola que tinha anorexia. Os membros dela pareciam palitos de dente com tendões; ninguém em sã consciência me confundiria com ela. Eu não estava fazendo isso porque me olhava no espelho e via uma menina gorda apesar de ser magrela – eu *era* gorda. E aparentemente nem era capaz de deixar de comer.

Mas eu jurara que pararia com aquilo. Eu jurara que pararia de vomitar se minha família permanecesse unida.

Você prometeu, disse a mim mesma.

Há menos de doze horas.

Mas de repente ali estava eu, enfiando o dedo na garganta, vomitando e esperando pelo alívio que sempre sentia.

Só que dessa vez não senti.

Piper

APRENDI COM CHARLOTTE QUE CULINÁRIA TEM TUDO A VER COM QUÍMICA. A FERMENtação acontece biológica, química e mecanicamente, e cria vapores e gases que fazem com que a mistura cresça. O segredo da boa cozinha é escolher o fermento certo para a massa certa, de modo que o pão tenha a textura correta, o bolo cresça, os merengues espumem e os suflês também cresçam.

– É por isso – Charlotte me disse um dia, enquanto eu a ajudava a preparar o bolo de aniversário de Amelia – que a culinária funciona.

Ela escreveu num guardanapo:

$$KC_4H_5O_6 + NaHCO_3 \rightarrow CO_2\uparrow + KNaC_4H_4O_6 + H_2O$$

– Tirei nota baixa em química orgânica – eu lhe disse.

– Cremor tártaro mais bicarbonato de sódio dá dióxido de carbono, tartarato de sódio, potássio e água – disse ela.

– Metida – respondi.

– Só estou dizendo que não é algo tão simples quanto bater ovos e acrescentar farinha – argumentou Charlotte. – Estou tentando te ensinar algo aqui.

– Me passe a porcaria do extrato de baunilha – eu disse. – Eles realmente ensinam isso nas aulas de culinária?

– Eles não dão apenas bisturis aos estudantes de medicina, não é? Você tem que aprender por que está fazendo aquilo em primeiro lugar.

Dei de ombros.

– Aposto que a Betty Crocker não reconheceria uma equação científica nem se ela saltasse do forno.

Charlotte começou a bater a mistura.

– Ela sabia disso como princípio: um ingrediente numa tigela é um começo. Mas dois ingredientes na mesma tigela, bem, isso é outra história.

Eis o que Charlotte não mencionou: que às vezes até o mais cuidadoso cozinheiro pode cometer erros. Que o equilíbrio entre o ácido e a base pode desandar, os ingredientes podem não se misturar e os sais podem ficar ocultos. Que você pode ficar com um gosto amargo na boca.

Na manhã do julgamento, fiquei no banho por muito tempo, deixando a água bater nas costas como um castigo. Chegou a hora: eu encararia Charlotte no tribunal.

Eu havia me esquecido do som da voz dela.

Além da diferença óbvia, não havia muita distinção entre perder a melhor amiga e perder um amor: tudo era uma questão de intimidade. Num momento, você tem alguém com quem compartilhar as maiores vitórias e os piores fracassos; no minuto seguinte, tem de manter sua vida em segredo. Numa hora, você começa a ligar para ela para contar as fofocas ou desabafar sobre o péssimo dia que teve antes de perceber que não tem mais esse direito; no minuto seguinte, você nem sequer é capaz de lembrar o número de telefone dela.

Depois da surpresa de ser intimada, fiquei furiosa. Quem Charlotte achava que era para arruinar minha vida a fim de melhorar a dela? A raiva, contudo, é uma chama ardente demais para durar e, quando ela se apagou, fiquei enfraquecida e pensativa. Será que ela conseguiria o que queria com isso? E o que mesmo ela queria? Vingança? Dinheiro? Paz de espírito?

Às vezes eu acordava com palavras pesando na boca como pedras, resquícios de um pesadelo recorrente no qual Charlotte e eu nos encontrávamos cara a cara. Eu tinha milhares de coisas para lhe dizer, mas nada me saía da boca. Quando a olhava para entender por que ela também não dizia nada, notava que sua boca havia sido costurada.

Eu não voltara a trabalhar. A única vez que havia tentado, tremia tanto ao chegar à porta do consultório que desisti de entrar. Conhecia histórias sobre outros médicos que foram processados por erros e que voltaram à rotina, mas esse processo ia muito além de determinar se eu podia ou não ter diagnosticado a osteogênese imperfeita no útero. Não eram fraturas no esqueleto que eu não vira antecipadamente, e sim os desejos da minha melhor amiga, cuja mente eu achava que conhecia muito bem. Se eu não tinha sido capaz de compreender Charlotte, como podia confiar em mim mesma para compreender as necessidades das pacientes que eram praticamente estranhas?

Pela primeira vez, eu havia parado para pensar na terminologia usada para um médico que administra o próprio consultório. Isso era chamado de *prática* médica. Mas não deveríamos ter essa prática antes de poder abrir um consultório?

Estávamos, claro, sofrendo um terrível golpe financeiro. Eu havia prometido a Rob que voltaria a trabalhar no fim do mês, mesmo que o julgamento não tivesse terminado. O que eu não tinha especificado era que tipo de trabalho faria. Ainda não conseguia me imaginar cuidando de uma gestação comum. E que gestação era comum?

Durante a preparação com Guy Booker, eu recorrera às minhas anotações e lembranças milhares de vezes. Quase acreditara nele quando o advogado disse que nenhum médico seria considerado culpado por não diagnosticar oi no ultrassom da décima oitava semana; que, mesmo que eu tivesse uma suspeita disso, o protocolo recomendado teria sido esperar mais algumas semanas para ver se o feto tinha oi do tipo ii ou iii. Como médica, eu havia me comportado com responsabilidade.

Mas não havia me comportado da mesma forma como amiga.

Eu deveria ter analisado com mais cuidado. Deveria ter investigado o histórico médico de Charlotte com o mesmo cuidado com que teria investigado meu próprio histórico, se eu fosse a paciente. Mesmo que estivesse certa para o júri, eu havia falhado como amiga. E, de modo indireto, assim falhei como médica também – eu deveria ter me recusado quando ela me pediu para atendê-la em meu consultório. Eu deveria saber que, de algum modo, a relação que tínhamos fora da sala de exames afetaria a relação que tínhamos dentro dela.

A água do chuveiro já estava fria. Desliguei e me enrolei numa toalha. Guy Booker me dera instruções muito específicas sobre o que eu deveria vestir hoje: nenhum traje profissional, nada preto e os cabelos soltos. Tive que comprar um twin-set, porque nunca usei algo assim antes, mas Guy disse que seria perfeito. A ideia era parecer uma mãe comum, uma pessoa com a qual qualquer mulher do júri pudesse se identificar.

Quando desci, ouvi música na cozinha. Emma saíra para pegar o ônibus escolar antes mesmo que eu entrasse no banho e Rob... bem, Rob estava trabalhando desde as sete e meia da manhã nas últimas três semanas. Era menos por excesso de trabalho e mais por um desejo insaciável de estar longe de casa quando eu acordava, para o caso de termos de conversar civilizadamente sem Emma como testemunha.

– Já estava na hora – disse Rob assim que entrei na cozinha. Ele foi até o rádio e abaixou o volume, depois apontou para o prato na mesa, com uma pilha cheia de pães. – A loja só tinha um pão de centeio – disse ele. – Mas também tem pão de pimenta com cheddar e de canela com uva-passa...

– Mas eu o ouvi sair – eu disse.

Rob fez que sim.

– E eu voltei. Requeijão vegan ou comum?

Não respondi, apenas fiquei imóvel, observando-o.

– Não sei se já lhe disse isso – disse Rob –, mas a cozinha está tão mais clara, agora que você a pintou! Você seria uma ótima arquiteta de interiores. Quero dizer, não me entenda mal. Acho que você combina mais com obstetrícia, mas mesmo assim...

Minha cabeça estava começando a doer.

– Olha, não quero parecer ingrata, mas o que é que você está fazendo aqui?

– Torradas?

– Você sabe o que estou querendo dizer.

A torradeira fez o pão saltar, mas Rob a ignorou.

– Há um motivo para termos de dizer "na alegria e na tristeza". Tenho sido um babaca, Piper. Desculpe. – Ele baixou os olhos para o espaço que nos separava. – Você não pediu esse processo; ele foi arremessado contra você. Tenho que admitir que isso me fez pensar em coisas nas quais achei que nunca mais teria que pensar novamente. Mas, independentemente disso, você não fez nada de errado. Você não fez nada além do procedimento padrão com Charlotte e Sean. Na verdade, você fez mais do que deveria.

Senti o choro me subir à garganta.

– Seu irmão – consegui dizer.

– Não sei se a minha vida teria sido diferente se ele nunca tivesse nascido – disse Rob, sem se exaltar. – Mas sei de uma coisa: eu o amava enquanto ele estava vivo. – Ele me encarou. – Não posso retirar o que eu lhe disse e não posso apagar meu comportamento nos últimos meses. Mas espero, mesmo assim, que você não se importe se eu for ao tribunal.

Eu não sabia como ele havia liberado sua agenda nem por quanto tempo. Mas olhei para Rob e atrás dele vi os armários novos que eu instalara, as luminárias, a pintura ocre nas paredes e, pela primeira vez, não vi um cômodo que precisasse de reforma – vi um lar.
– Com uma condição – falei.
Rob fez que sim.
– Muito justo.
– Eu fico com o pão de centeio – eu disse, e corri para os braços dele.

Marin

UMA HORA ANTES DO INÍCIO DO JULGAMENTO, EU REALMENTE NÃO SAbia se minha cliente pretendia ou não comparecer. Tentei ligar para ela o fim de semana todo, mas não consegui encontrá-la no telefone fixo ou no celular. Quando cheguei ao tribunal e vi os repórteres se juntando na escadaria, tentei ligar para ela novamente.

"Você ligou para a casa dos O'Keefe", disse a secretária eletrônica.

Se Sean estava levando adiante o processo de divórcio, essa mensagem não era totalmente verdadeira. Se bem que, se eu aprendera alguma coisa sobre Charlotte, era que o que parecia evidente ao público talvez não fosse verdadeiro por debaixo do pano e, para ser honesta, não me importava, desde que ela não confundisse a própria retórica quando estivesse no banco das testemunhas.

Percebi quando ela chegou. O tumulto nas escadarias era audível e, quando finalmente ficou diante da porta do tribunal, a imprensa a seguiu num cortejo. Imediatamente a segurei pelo braço, resmungando:

– Sem comentários – enquanto arrastava Charlotte pelo corredor até uma sala reservada, trancando a porta atrás de mim.

– Meu Deus – disse ela, ainda impressionada. – Tem tantos repórteres.

– Dias de poucas notícias em New Hampshire – argumentei. – Eu ficaria feliz de tê-la esperado no estacionamento e levá-la pela porta dos fundos, mas para isso você teria que ter *retornado* minhas sete mil mensagens desse fim de semana, para que pudéssemos combinar um horário.

Charlotte olhava pela janela sem expressar nenhuma emoção, para as vans brancas com suas antenas parabólicas.

– Não sabia que você havia ligado. Eu não estava em casa. A Willow quebrou o fêmur. Passamos o fim de semana no hospital, implantando um pino no osso dela.

Senti o rosto queimar de vergonha. Charlotte não estava ignorando minhas ligações; ela estava apagando um incêndio.

– Tudo bem com ela?

– Ela quebrou o fêmur fugindo de nós. Sean contou a ela sobre o divórcio.

– Acho que nenhuma criança gosta de ouvir isso. – Hesitei. – Sei que você está estressada, mas quero ter alguns minutos para conversarmos sobre o que vai acontecer hoje...

– Marin – disse Charlotte –, não posso fazer isso.

– Como é?

– Não posso. – Ela se virou para mim. – Realmente não acho que vou conseguir passar por tudo isso.

– Se for por causa da imprensa...

– É por causa da minha filha. Por causa do meu marido. Não me importo com a maneira como o resto do mundo me vê, Marin. Mas me importo com o que *eles* pensam.

Pensei nas intermináveis horas que passamos nos preparando para o julgamento, em todas as testemunhas que entrevistamos e em todas as petições que fiz. De algum modo, em minha mente, isso estava emaranhado com minha busca por minha mãe biológica, que finalmente respondera a Maisie, pedindo que lhe encaminhasse minha carta.

– Agora é um pouco tarde para me falar isso, não acha?

Charlotte me encarou.

– Minha filha acha que eu não a quero, porque ela se quebra.

– Bem, em que você achava que ela ia acreditar?

– Em mim – disse Charlotte candidamente. – Eu achava que ela ia acreditar em *mim*.

– Então *faça* com que ela acredite. Imponha-se na tribuna e diga que a ama.

– Isso é o oposto de dizer que eu a teria abortado, não?

– Não acho que uma coisa exclui a outra – eu disse. – Você não vai querer mentir na tribuna. *Eu* não quero que você minta. Mas certamente não quero você julgando a si mesma antes do júri.

– Como eles *não* me julgarão? Até mesmo você, Marin. Você admitiu isso, que, se sua mãe fosse como eu, você não estaria aqui hoje.
– Minha mãe *era* como você – confessei. – Ela só não teve escolha.
– Eu me sentei à mesa em frente a Charlotte. – Algumas semanas depois de me parir, o aborto se tornou legal. Não sei se ela teria tomado a mesma decisão se eu tivesse sido concebida nove meses mais tarde. Não sei se a vida dela seria melhor. Mas sei que seria diferente.
– Diferente – repetiu Charlotte.
– Você me disse, há um ano e meio, que queria que a Willow tivesse a oportunidade de fazer coisas que, de outro modo, talvez ela fosse incapaz de fazer – falei. – Você não merece a mesma coisa?
Prendi a respiração até que Charlotte erguesse a cabeça e me olhasse nos olhos.
– Quanto tempo até começarmos? – ela perguntou.

O júri, que na sexta-feira parecia tão díspar, já na segunda-feira pela manhã se mostrava como um só corpo. O juiz Gellar pintara os cabelos no fim de semana, uma tintura de um preto profundo que atraiu meu olhar como um ímã e o fazia parecer um imitador de Elvis Presley – o que não pode ser uma boa imagem para associar a um juiz que você está desesperada para impressionar. Quando ele deu instruções às quatro câmeras que foram permitidas no tribunal, quase esperei que irrompesse cantando o refrão de "Burning Love".
A corte estava cheia – gente da imprensa, defensores dos direitos dos deficientes e pessoas que simplesmente gostavam de ver um bom espetáculo. Charlotte tremia ao meu lado, olhando para baixo.
– Srta. Gates – disse o juiz Gellar. – Assim que estiver pronta.
Apertei a mãe de Charlotte e depois me levantei para encarar o júri.
– Bom dia, senhoras e senhores. Gostaria de lhes falar sobre uma garotinha chamada Willow O'Keefe.
Aproximei-me deles.
– Willow tem seis anos e meio e já quebrou sessenta e oito ossos. O mais recente foi na sexta-feira à noite, quando sua mãe chegou em casa depois da escolha do júri. Willow estava correndo e escorregou.

Ela quebrou o fêmur e teve que passar por uma cirurgia para implantar um pino. Mas Willow também já quebrou ossos simplesmente ao espirrar. Ao esbarrar numa mesa. Quando se revirou na cama dormindo. Isso porque ela tem osteogênese imperfeita, uma doença que talvez vocês também conheçam como síndrome dos ossos de vidro. Isso significa que ela é e sempre será suscetível a fraturas.

Ergui a mão direita.

– Quebrei o braço uma vez na segunda série. Uma menina chamada Lulu, que era a malvada da turma, achou que seria engraçado me empurrar do trepa-trepa para ver se eu sabia voar. Não me lembro direito da fratura, exceto que ela doeu terrivelmente. Sempre que Willow quebra um osso, ele dói tanto quanto se eu ou vocês quebrássemos um osso. A diferença é que ela os quebra com mais frequência e facilidade. Por causa disso, desde que nasceu, a osteogênese imperfeita tem significado uma vida cheia de obstáculos, reabilitações, terapias e cirurgias para Willow, uma vida de dor. E o que a osteogênese imperfeita significou para sua mãe, Charlotte, foi uma vida interrompida.

Voltei para nossa mesa.

– Charlotte O'Keefe era uma bem-sucedida chef confeiteira, cuja força era um de seus pontos fortes. Ela costumava carregar sacos de trinta quilos de farinha e sovar massa, e agora cada movimento de sua vida é feito com cuidado, já que erguer sua filha do modo errado pode lhe causar uma fratura. Se vocês perguntarem a Charlotte, ela lhes dirá o quanto ama Willow. Ela lhes dirá que sua filha nunca a decepcionou. Mas ela não pode dizer o mesmo sobre sua obstetra, Piper Reece, sua amiga, senhoras e senhores, que sabia que havia um problema com o feto e não foi capaz de revelar isso a Charlotte, para que ela pudesse tomar a decisão que toda mãe tem o direito de tomar.

Encarando o júri novamente, abri as mãos.

– Não se enganem, senhoras e senhores, este caso não é sobre sentimentos. Não se trata de saber se Charlotte O'Keefe ama sua filha. Isso é inquestionável. Este caso é sobre fatos, fatos que Piper Reece sabia e ignorou. Fatos que não foram revelados a uma paciente por uma médica em quem ela confiava. Ninguém está culpando a dra. Reece pela deficiência de Willow; ninguém está dizendo que ela causou a doença. Mas a dra. Reece *está* sendo acusada de não dar aos

O'Keefe todas as informações de que dispunha. Vejam bem, no ultrassom da décima oitava semana de Charlotte, já havia sinais de que o feto sofria de osteogênese imperfeita, sinais que a dra. Reece ignorou – eu disse.

Parando um pouco para respirar, continuei:

– Imaginem que vocês, do júri, esperassem que eu viesse a este tribunal para lhes dar detalhes sobre o caso, o que eu fiz, mas omiti uma informação fundamental. Agora imaginem que, semanas depois de darem o veredicto, vocês tivessem acesso a essa informação. Como vocês se sentiriam? Com raiva? Incomodados? Talvez até perdessem uma noite de sono, se perguntando se a informação, se apresentada antes, poderia ter alterado o voto de vocês – argumentei. – Se eu omitir uma informação durante o julgamento, isso dará ensejo a uma apelação. Mas, quando um médico omite informações de um paciente, trata-se de erro médico.

Analisei o júri.

– Agora imaginem que a informação que omiti talvez afetasse não apenas o resultado do julgamento, mas também o futuro de vocês. – Voltei para o meu lugar. – Isso, senhoras e senhores, é exatamente o que traz Charlotte O'Keefe aqui hoje.

Charlotte

Eu podia sentir Piper me encarando.

Assim que Marin se levantou e começou a falar, ela tinha uma visão direta de mim do outro lado do tribunal, onde estava sentada a uma mesa com seu advogado. Seu olhar perfurava-me a pele; tive de me virar para que parasse de queimar.

Atrás dela, em algum lugar, estava Rob. Seus olhos também estavam fixos em mim, como alfinetes, como raios laser. Eu era o vértice e eles eram os raios do ângulo. Agudo, mas de algum modo menor que o todo.

Piper não se parecia mais com Piper. Ela estava mais magra e mais velha. Estava vestindo algo de que riríamos se estivéssemos fazendo compras, um traje que poderia ter sido emprestado das mães que víamos quando levávamos Amelia e Emma para patinar.

Eu me perguntava se parecia diferente também – ou se isso era possível, já que, assim que a processei, me tornei uma pessoa que ela jamais pensou que eu pudesse me tornar.

Marin se sentou ao meu lado com um suspiro.

– Aqui vamos nós – ela sussurrou, quando Guy Booker se levantou e abotoou o paletó.

– Não duvido que Willow O'Keefe já tenha tido... quantas a srta. Gates disse?... sessenta e oito fraturas. Mas Willow também teve uma festa de aniversário com o tema cientista maluco em fevereiro. Ela tem um pôster da Hannah Montana sobre a cama e teve a maior nota numa prova de leitura multidistrital ano passado. Ela odeia a cor laranja e o cheiro de repolho cozido, e pediu ao Papai Noel um macaco no último Natal. Em outras palavras, senhoras e senhores, Willow O'Keefe não é muito diferente de qualquer outra menina da sua idade.

Ele se aproximou do júri.

– Sim, ela é deficiente. E, sim, ela tem necessidades especiais. Mas isso significa que ela não tem o direito de estar viva? Que seu parto foi um equívoco? Porque é disso que esse caso trata na verdade. O delito se chama "nascimento indevido" por um motivo e, acreditem, é um motivo difícil de compreender. Mas a verdade é que essa mãe, Charlotte O'Keefe, está dizendo que desejava que sua própria filha nunca tivesse nascido.

Senti um choque me atravessar, como se tivesse sido atingida por um raio.

– Vocês ouvirão a mãe de Willow dizer quanto sua filha sofre. Mas também ouvirão seu pai dizer quanto Willow *ama* a vida. E o ouvirão dizer quanta alegria essa criança trouxe para a vida *dele*, e o que ele pensa do tal nascimento indevido. Isso mesmo. Vocês não me entenderam errado. O próprio marido de Charlotte O'Keefe discorda do processo que sua esposa moveu e se recusa a fazer parte de um esquema para arrancar dinheiro da seguradora.

Guy Booker se aproximou de Piper.

– Quando um casal descobre que está esperando um bebê, eles imediatamente esperam que seu filho seja saudável. Ninguém deseja que uma criança nasça menos do que perfeita. Mas a verdade é que não há garantias. A verdade, senhoras e senhores, é que Charlotte O'Keefe está nisso por dois motivos, e apenas dois motivos: para conseguir algum dinheiro e para culpar alguém além de si mesma.

Houve momentos em que eu estava assando algo e então abria o forno no nível dos olhos e era atingida por uma onda de calor tão intensa que me cegava temporariamente. As palavras de Guy Booker tiveram o mesmo efeito naquele instante. Percebi que Marin tinha razão. Eu podia dizer que a amava e que queria processar por nascimento indevido e não me contradizer. Era um pouco como dizer a alguém, depois que essa pessoa visse a cor verde, para esquecer completamente que essa cor existe. Jamais me esqueceria da marca da sua mão segurando a minha, ou da sua voz no meu ouvido. Não conseguia imaginar a vida sem você. Se eu jamais a conhecesse, a história seria diferente; não seria a nossa história.

Nunca me permiti pensar que alguém fosse responsável por sua doença. Disseram-nos que era uma mutação espontânea, que Sean e eu não tínhamos em nossos genes. Disseram-me que não havia nada que eu pudesse fazer durante a gestação para salvá-la de ter fraturas quando você ainda estava no meu útero. Mas eu era sua mãe e a carregara sob a proteção do meu amor. Fui eu quem trouxe sua alma a este mundo; foi por minha causa que você acabou nesse corpo frágil. Se eu não tivesse me esforçado tanto para ter um bebê, você não teria nascido. Havia incontáveis motivos, até onde eu podia ver, para me sentir culpada.

A não ser que a culpa fosse de Piper. Se fosse esse o caso, eu era inocente.

O que significava que Guy Booker *também* estava certo.

Esse processo, que abri por sua causa, que jurei que era por sua causa, tinha a ver, na verdade, comigo.

IV

Você ainda se lembra das estrelas cadentes

que como cavalos selvagens pelos céus corriam

e de repente saltavam sobre os obstáculos

dos nossos desejos – você se lembra? E nós

desejamos tantas coisas! Porque havia inúmeras

estrelas: sempre que olhávamos para o céu ficávamos

impressionados com a ousadia de sua brincadeira,

enquanto no coração nos sentíamos seguros

observando aqueles corpos brilhantes se desintegrarem,

sabendo que de algum modo sobrevivemos à sua queda.

– RAINER MARIA RILKE, "Falling Stars"

DESCANSO: MOMENTO NA RECEITA EM QUE A MASSA CRESCE.

Durante a preparação de um pão, é necessário que a massa descanse duas vezes. O fermento é banhado em água e em um pouco de açúcar para se certificar de que ainda está ativo antes de ser usado na receita. Mas o descanso também descreve uma etapa na qual a massa dobra de tamanho, o momento em que ela de repente cresce a uma proporção incrível em relação a seu tamanho inicial.

O que faz a massa crescer? O fermento, que converte os açúcares e outros carboidratos em dióxido de carbono. Pães diferentes crescem de modos diferentes. Alguns precisam de apenas um descanso; outros, de vários. Entre esses estágios, o padeiro tem de sovar a massa.

Não é de surpreender que, na preparação de pães, como na vida, o custo do crescimento envolva sempre um pouco de violência.

ROLINHOS ÚMIDOS DE DOMINGO

MASSA
3¾ xícaras de farinha
⅓ xícara de açúcar
1 colher (chá) de sal
2 pacotes de fermento biológico seco
1 xícara de leite morno
1 ovo
⅓ xícara de manteiga a temperatura ambiente

CARAMELO
¾ xícara de açúcar mascavo
½ xícara de manteiga sem sal
¼ xícara de glucose de milho
¾ xícara de pecãs partidas ao meio

2 colheres (sopa) de manteiga a temperatura ambiente

RECHEIO

½ xícara de pecãs picadas
2 colheres (sopa) de açúcar
2 colheres (sopa) de açúcar mascavo
1 colher (chá) de canela

 Você me disse certa vez que a melhor parte de um domingo preguiçoso é acordar, sentir o cheiro de algo delicioso e segui-lo até o andar de baixo. Esta é uma receita que, como a maior parte dos pães, requer que você pense com antecedência – se bem que quando é que eu não estava pensando com antecedência quando se tratava de você?
 Para fazer a massa, misture 2 xícaras da farinha, o açúcar, o sal e o fermento numa tigela grande. Acrescente o leite morno, o ovo e a manteiga e bata em velocidade baixa por 1 minuto. Acrescente mais farinha, se necessário, para que a massa atinja o ponto certo.
 Numa superfície coberta com farinha, trabalhe a massa por 5 minutos. Essa, vou lhe dizer, era sua parte preferida – você subia numa cadeira e jogava todo o seu peso sobre a massa. Quando terminar, coloque a massa numa tigela untada e a vire uma vez para que os dois lados estejam igualmente untados. Cubra e a deixe descansando até que dobre de tamanho, por aproximadamente 1 hora. Estará no ponto se você colocar o dedo sobre a massa e ele ficar marcado nela.
 O caramelo vem a seguir: mexendo constantemente, aqueça o açúcar mascavo e a manteiga até ferver. Tire do fogo e acrescente a glucose de milho. Derrame a mistura numa travessa de 30 cm de diâmetro e 5 de profundidade. Espalhe as pecãs sobre a mistura.
 Para o recheio, misture as pecãs, o açúcar, o açúcar mascavo e a canela. Reserve.
 Sove a massa com os punhos. Depois, numa superfície coberta com farinha, abra-a na forma de um retângulo de cerca de 40 por 25 cm. Espalhe as 2 colheres de manteiga e depois polvilhe com a mistura de pecãs picadas. Começando pelo lado menor do retângulo, enrole a massa firmemente e aperte a extremidade para fechá-la. Role-a, alongue-a até que adquira uma forma cilíndrica.
 Corte em oito fatias iguais e coloque-as numa assadeira, sem que se toquem. Cubra bem a assadeira com papel-alumínio e coloque na gela-

deira por pelo menos 12 horas. Sonhe com elas crescendo e depois descansando novamente, prova de que algumas coisas crescem mais do que esperamos.

Aqueça o forno a 180° C e asse por 35 minutos. Quando as fatias estiverem douradas, tire-as do forno. Imediatamente passe-as para um prato e sirva-as ainda quentes.

Marin

Minutos mais tarde

SEMPRE ME INTERESSEI PELO TERMO *SUSTENTAÇÃO DE TESTEMUNHO*. Será que testemunhar é algo sempre tão difícil assim? Ou é apenas força de expressão, a ideia de que uma testemunha acrescenta algo de novo ao julgamento? Isso com certeza é verdade, mas não do jeito que se imagina. O depoimento de uma testemunha sempre é falho. É melhor que uma prova circunstancial, claro, mas as pessoas não são registros fiéis; elas não gravam todas as ações e reações, e o próprio ato de se lembrar envolve escolher palavras, frases e imagens. Ou seja, toda testemunha, que deveria contribuir com fatos, está na verdade dando apenas sua versão da história.

Charlotte O'Keefe, que estava no banco das testemunhas agora, não era capaz sequer de dar o testemunho da própria vida, apesar de tê-la vivido. Ela mesma admitiu ter opiniões tendenciosas; ela mesma admitiu se lembrar de sua história apenas quando Willow estava envolvida.

Eu seria uma péssima testemunha, claro. Nem sequer sei quando minha história começou.

Charlotte entrelaçou as mãos sobre o colo e navegou pelas primeiras três perguntas:

"Qual o seu nome?"

"Onde você mora?"

"Quantos filhos você tem?"

Ela balbuciou na quarta pergunta:

"Você é casada?"

Tecnicamente, a resposta era sim. Mas, na prática, isso tinha de ser explicado – caso contrário, Guy Booker tiraria proveito legal da separação de Charlotte e Sean. Eu havia instruído Charlotte a responder corretamente, e não conseguimos praticar isso sem que ela começasse a chorar. Enquanto esperava que ela respondesse, percebi que eu estava prendendo a respiração.

– Por enquanto sim – disse Charlotte, sem hesitar. – Mas com uma filha com necessidades tão especiais... isso causou vários problemas ao meu casamento. Meu marido e eu estamos nos separando. – Ela bufou, suspirando baixinho.

Boa garota, pensei.

– Charlotte, pode nos dizer como Willow foi concebida? – Diante do susto de um jurado mais velho, expliquei: – Não em detalhes... Refiro-me mais à decisão que vocês tomaram de ter outro filho.

– Eu já era mãe – disse Charlotte. – Fui mãe solteira durante cinco anos. Quando conheci Sean, ambos sabíamos que queríamos mais filhos... mas não estávamos conseguindo. Tentamos por quase dois anos e estávamos prestes a começar um tratamento de fertilidade quando, bem, aconteceu.

– Como você se sentiu?

– Ficamos muito entusiasmados – respondeu Charlotte. – Sabe quando a sua vida está tão perfeita que você teme pelo futuro, porque nada pode ser tão bom? Foi assim que me senti.

– Quantos anos você tinha quando engravidou?

– Trinta e oito. – Charlotte deu um sorrisinho. – Uma gestação geriátrica, como dizem.

– Você se preocupou com isso?

– Eu sabia que a possibilidade de ter um filho com síndrome de Down era maior depois dos trinta e cinco.

Aproximei-me da tribuna.

– Você conversou com sua obstetra sobre isso?

– Sim.

– Pode dizer à corte quem era sua obstetra na época?

– Piper Reece – respondeu Charlotte. – A ré.

– Como você escolheu a ré como sua obstetra-ginecologista?

Charlotte abaixou a cabeça.

– Ela era minha melhor amiga. Eu confiava nela.

– O que a ré fez para amenizar suas preocupações quanto a ter um bebê com síndrome de Down?

– Ela recomendou que eu fizesse alguns exames de sangue, um teste triplo, como eles chamam, para ver se havia uma probabilidade maior do que o normal de ter um filho com problemas neurológicos ou síndrome de Down. Em vez de ter um risco de um em duzentos e setenta, minhas chances eram uma em cento e cinquenta.

– O que ela recomendou? – perguntei.

– Amniocentese – respondeu Charlotte –, mas eu sabia que era um exame de risco. Como eu havia marcado um ultrassom para a décima oitava semana, ela me disse que poderia avaliar os resultados do ultrassom primeiro e depois decidir sobre a amniocentese com base no que visse. Não era tão preciso, mas supostamente revelaria detalhes que sugeririam síndrome de Down, ou excluiriam essa possibilidade.

– Você se lembra do ultrassom? – perguntei.

Charlotte fez que sim.

– Estávamos tão empolgados para ver nosso bebê. E, ao mesmo tempo, eu estava nervosa, porque sabia que a profissional que estava fazendo meu exame estaria procurando por sinais da presença de síndrome de Down. Eu fiquei observando-a, em busca de dicas. E em determinado momento ela coçou a cabeça e fez: "Hummm". Mas, quando perguntei o que ela vira, ela me disse que a dra. Reece analisaria os resultados.

– O que a ré lhe disse?

– Piper entrou no consultório e eu vi, pela expressão dela, que o bebê não tinha síndrome de Down. Perguntei se ela tinha certeza e ela disse que sim, que a técnica responsável pelo ultrassom até mostrou como as imagens eram bem claras. Eu a fiz olhar nos meus olhos e me dizer que estava tudo bem, e ela disse que havia apenas uma medida que parecia um pouco fora do normal, um fêmur ligeiramente menor. Piper disse que não era nada com que me preocupar, já que eu era baixinha, e que no próximo ultrassom a mesma medida estaria de acordo com a média.

– Você ficou preocupada com o fato de as imagens estarem claras demais?

– Por que ficaria? – disse Charlotte. – Piper não parecia preocupada, e eu achei que esse era o objetivo do ultrassom: conseguir uma boa imagem.

– A dra. Reece a aconselhou a fazer outro ultrassom mais detalhado?

– Não.

– Você fez outros ultrassons durante a gestação?

– Sim, na vigésima sétima semana. Era mais uma travessura que um exame. Nós o realizamos no consultório dela, depois do expediente, para descobrir o sexo do bebê.

Encarei o júri.

– Você se lembra desse ultrassom, Charlotte?

– Sim – respondeu ela, calmamente. – Jamais esquecerei. Eu estava deitada na maca e Piper passava o transdutor na minha barriga. Ela olhava o monitor. Perguntei a ela quando poderia olhar, mas ela não respondeu. Perguntei se estava tudo bem.

– E qual foi a resposta?

Os olhos de Charlotte correram pela sala e se fixaram nos de Piper.

– Que eu estava bem. Mas minha filha não.

Charlotte

— Do que é que você está falando? Qual o problema? — Eu havia me levantado apoiada nos cotovelos e estava olhando para a tela, tentando entender as imagens que se moviam.

Piper apontou para uma linha escura que me parecia como qualquer outra linha escura na tela.

— Ela tem ossos quebrados, Charlotte. Vários.

Balancei a cabeça. Como era possível? Eu não havia caído.

— Vou ligar para Gianna Del Sol. Ela é a chefe da maternidade do hospital. Ela pode explicar isso com mais detalhes...

— Explicar o *quê*? — gritei, entrando em pânico.

Piper tirou o transdutor da minha barriga, e a tela ficou branca.

— Se for o que eu acho que é, osteogênese imperfeita, é algo muito raro. Apenas li a respeito na faculdade. Nunca vi uma paciente com isso — disse ela. — É uma doença que afeta os níveis de colágeno, de modo que os ossos se quebram com facilidade.

— Mas o bebê — eu disse. — Vai ficar tudo bem, não é?

Era nessa hora que minha melhor amiga me abraçaria e diria: "Claro que sim, não seja boba". Era nessa hora que Piper me diria que era o tipo de problema sobre o qual, daqui a dez anos, daríamos risada na sua festa de aniversário. Só que ela não disse nada disso.

— Não sei — ela admitiu. — Honestamente não sei.

Deixamos meu carro no consultório de Piper e voltamos para casa para contar a Sean. Durante todo o trajeto, recorri às minhas memórias, tentando lembrar quando tais fraturas poderiam ter acontecido — no restaurante, quando derrubei a manteiga e depois me abaixei para pegá-la? No quarto de Amelia, quando tropecei no pijama caído no chão?

Ou na estrada, quando freei de repente e o cinto de segurança pressionou minha barriga?

Sentei-me à mesa da cozinha enquanto Piper contava a Sean o que sabia – e o que não sabia. De tempos em tempos, eu podia sentir você dentro de mim, dançando uma coreografia lenta. Eu estava com medo de pôr a mão na barriga para senti-la. Durante sete meses fomos uma unidade – integrada e inseparável –, mas agora você parecia uma estranha para mim. Às vezes, durante o banho, quando eu examinava meus seios, eu me perguntava o que faria se fosse diagnosticada com câncer – químio, rádio, cirurgia? –, e decidi que eu gostaria que o tumor fosse retirado de mim imediatamente, que eu não suportaria dormir à noite sabendo o que estava crescendo dentro do meu corpo. Você – que era tão preciosa para mim há poucas horas – de repente me pareceu esquisita, incômoda, uma *outra coisa*.

Depois que Piper foi embora, Sean começou a tomar decisões.

– Vamos encontrar os melhores médicos – ele jurou. – Faremos o que for preciso.

Mas e se não houvesse nada a fazer?

Observei Sean em seu zelo fervoroso. Eu, eu estava nadando em algo viscoso. Mal podia me mover, muito menos assumir o controle da situação. Você, que certa vez me unira a Sean, estava agora ressaltando como éramos diferentes.

Naquela noite, não consegui dormir. Fiquei olhando para o teto até que o brilho vermelho dos números do rádio-relógio se espalhasse feito fogo. Contei de trás para frente, desse momento até o instante em que você foi concebida. Quando Sean saiu silenciosamente da cama, fingi que estava dormindo, mas só porque sabia para onde ele estava indo: pesquisar osteogênese imperfeita na internet. Pensei em fazer o mesmo, mas não tinha a mesma coragem que ele. Ou talvez eu fosse menos ingênua; ao contrário de Sean, eu acreditava que o que descobríssemos poderia ser pior do que o que já sabíamos.

Por fim, acabei cochilando. Sonhei que minha bolsa d'água havia se rompido, que estava tendo contrações. Tentei me virar para contar a Sean, mas não conseguia. Não conseguia me mover. Meus braços, pernas, mandíbula; de algum modo eu sabia que eu estava toda quebrada, sem conserto. E de algum modo eu sabia que o que houvesse dentro de mim todos aqueles meses havia se liquefeito e estava ensopando os lençóis, que já não era um bebê.

O dia seguinte foi um redemoinho: do ultrassom de última geração, em que até mesmo eu podia ver suas fraturas, até a reunião com Gianna Del Sol para discutir as descobertas. Ela citou termos que não significavam nada para mim: tipo II, tipo III, pinos, macroencefalia. Ela nos contou que outra criança nascera com OI naquele hospital, havia alguns anos, que ela tinha dez fraturas – e que morrera em menos de uma hora.
Depois ela nos encaminhou a um geneticista, o dr. Bowles.
– Então – disse ele, indo direto ao ponto, sem nada de "É uma pena que vocês tenham que ouvir essa notícia" –, o melhor cenário aqui seria um bebê que sobrevivesse ao nascimento, mas, mesmo nesse caso, uma criança com OI tipo III talvez tivesse hemorragia cerebral causada pelo parto ou uma circunferência maior da cabeça em comparação com o restante do corpo. Ela provavelmente desenvolva escoliose grave, terá que passar por cirurgias por causa de fraturas múltiplas, precisará de pinos na coluna ou uma fusão das vértebras. A forma da caixa torácica impedirá o crescimento dos pulmões, o que pode gerar repetidas infecções respiratórias e até mesmo a morte.
Era incrível, aqueles eram sintomas completamente diferentes daqueles que a dra. Del Sol nos informara.
– E, claro, estamos falando de centenas de ossos quebrados, e realisticamente há uma grande chance de ela jamais conseguir andar. Basicamente – disse o geneticista –, vocês estão diante de uma vida, apesar de curta, dolorosa.
Eu podia sentir Sean ao meu lado, encolhido como uma cobra, prestes a jogar toda raiva e tristeza sobre aquele homem, que estava falando conosco como se não fosse sobre você, nossa filha, e sim como se o assunto fosse um carro que precisava de uma troca de óleo.
O dr. Bowles olhou o relógio.
– Alguma pergunta?
– Sim – eu disse. – Por que ninguém nos disse isso antes?
Pensei em todos os exames de sangue que foram feitos e no ultrassom anterior. Se meu bebê seria tão doente e sofreria tanto durante a vida, com certeza algo teria que ter aparecido antes.

– Bem – disse o geneticista –, nem você nem seu marido têm o gene da OI, por isso não havia necessidade de fazer uma varredura genética em busca de OI no feto, nem era algo que a obstetra teria apontado como um fator no qual prestar atenção. Na verdade, é uma boa notícia o fato de a doença ser uma mutação espontânea.

Meu bebê é um mutante, pensei. *Seis olhos. Antenas. Leve-me ao seu líder.*

– Se vocês tiverem outro filho, não há razão para acreditar que isso acontecerá novamente – disse ele.

Sean se levantou e pus a mão no braço dele para contê-lo.

– Como sabemos se o bebê vai... – eu não conseguia dizer. Abaixei a cabeça, de modo que ele soubesse o que eu queria dizer – ... no parto ou viverá?

– É muito difícil prever neste momento – disse o dr. Bowles. – Vamos marcar repetidos ultrassons, claro, mas às vezes pais que recebem um prognóstico letal podem ter um bebê que sobrevive, e vice-versa. – Ele hesitou. – Há outra opção: vários lugares neste país interrompem gestações por razões médicas, mesmo nesse estágio avançado.

Vi que Sean se conteve para não dizer a palavra que estava prestes a dizer.

– Não queremos um aborto.

O geneticista assentiu.

– Como? – perguntei.

Sean me encarou, horrorizado.

– Charlotte, você sabe como são essas coisas? Já vi imagens...

– Há vários métodos – respondeu Bowles, olhando diretamente para mim. – Dilatação e extração é um, mas também há a indução depois de provocar uma parada cardíaca no feto.

– Feto? – perguntou Sean, explodindo. – Não é um feto. É da minha filha que estamos falando.

– Se o aborto não for uma alternativa...

– Alternativa? Vá se foder! Isso nem deveria ter sido mencionado – disse Sean, me pegando e me levantando. – Você acha que a mãe do Stephen Hawking teve que ouvir esse monte de merda?

Meu coração batia acelerado e eu não conseguia respirar direito. Não sabia para onde Sean estava me levando e não me importava. Sabia apenas que eu não podia mais ouvir aquele médico falar sobre sua vida ou sua morte como se fosse um livro didático sobre o Holocausto, a Inquisição, Darfur: realidades tão horríveis e explícitas que você preferia ignorá-las, compreendendo o horror, mas sem sofrer com os detalhes. Sean me empurrou pelo corredor e para dentro do elevador, cujas portas estavam se fechando.

– Desculpe – disse ele, apoiando-se contra a parede. – Eu só... não aguentei...

Não estávamos sozinhos dentro do elevador. À minha direita havia uma mulher cerca de dez anos mais velha que eu, empurrando uma criança em uma cadeira de rodas de última geração. Era um menino adolescente, magro e torto, a cabeça apoiada no encosto da cadeira de rodas. Os cotovelos também eram tortos, de modo que os braços pendiam para fora; os óculos estavam inclinados sobre o nariz. A boca estava aberta, e a língua – grossa e úmida – preenchia toda a boca.

– Aaaaah – fez o menino. – Aaaaah!

A mãe tocou o rosto dele.

– Sim, isso mesmo.

Eu me perguntei se ela realmente entendeu o que ele estava tentando dizer. Havia uma linguagem de perda? Todos que sofriam falavam um dialeto diferente?

Percebi que estava olhando para os dedos da mulher, que acariciavam os cabelos do filho. Será que o menino reconhecia o carinho da mãe? Ele sorria para ela? Era capaz de dizer o nome dela?

Você seria?

Sean pegou minha mão e a apertou com força.

– Podemos suportar isso – sussurrou ele. – Podemos fazer isso juntos.

Eu não disse nada até que o elevador parou no terceiro andar e a mulher empurrou a cadeira de rodas do filho para o corredor. As portas se fecharam novamente, isolando a mim e a Sean num vácuo.

– Tudo bem – eu disse.

– Conte-nos sobre o parto de Willow – pediu Marin, trazendo-me de volta para o presente.

– Ela veio antes do tempo. A dra. Del Sol marcou uma cesariana, mas, em vez disso, entrei em trabalho de parto e tudo aconteceu muito rápido. Quando ela nasceu, já estava gritando, e eles a levaram para a sala de raio x para fazer exames. Foram horas até que eu pudesse vê-la e, quando a vi, ela estava deitada num berço forrado com espuma, com faixas ao redor dos braços e das pernas. Ela tinha sete fraturas em processo de cura e quatro novas, causadas pelo parto.

– Mais alguma coisa aconteceu no hospital?

– Sim, a Willow quebrou uma costela e perfurou um dos pulmões. Foi... foi a coisa mais assustadora que já vi na vida. Ela ficou azul e, de repente, dezenas de médicos entraram no quarto e começaram a fazer ressuscitação, e enfiaram uma agulha entre as costelas dela. Eles me disseram que sua cavidade torácica estava cheia de ar, o que fez com que o coração e a traqueia fossem para o outro lado do corpo, e então o coração dela parou de bater. Eles fizeram compressões no peito, quebrando ainda mais costelas, e colocaram um tubo para que os órgãos voltassem ao lugar. Eles a cortaram – eu disse – enquanto eu observava.

– Você conversou com a ré depois disso? – perguntou Marin.

Fiz que sim.

– Outro médico me disse que a Willow ficou sem oxigênio durante algum tempo e que não saberíamos se haveria danos ao cérebro. Ele sugeriu que eu assinasse uma ONR.

– O que é isso?

– Significa ordem de não reanimar. Se algo desse tipo acontecesse com a Willow novamente, os médicos não interviriam. Eles a deixariam morrer. – Olhei para baixo. – Pedi conselho a Piper.

– Porque ela era sua médica?

– Não – eu disse. – Porque ela era minha amiga.

Piper

Eu fracassara.

Foi o que pensei quando olhei para você, destruída e cheia de talas, com um tubo no peito como uma fonte, saindo por sob a quinta costela do lado esquerdo. Minha melhor amiga me pedira ajuda para ter um filho e esse foi o resultado. Depois da questão arrasadora sobre se você pertencia ou não a este mundo, parecia que você estava dando a Charlotte sua própria resposta. Sem dizer nada, caminhei até ela, que a olhava enquanto você dormia, como se, ao desviar o olhar por apenas um instante, fosse lhe retirar o incentivo para continuar lutando.

Li seu prontuário. A fratura na costela causara pneumotórax, desvio do mediastino e parada cardiorrespiratória. A intervenção resultante lhe provocou mais nove fraturas. O tubo fora instalado pela aponeurose dentro do espaço pleural do seu peito e costurado no lugar. Você parecia um campo de batalha; a guerra fora lutada no terreno já arruinado do seu corpinho.

Sem dizer nada, aproximei-me de Charlotte e segurei-lhe a mão.

– Você está bem? – perguntei.

– Não é comigo que você precisa se preocupar – respondeu ela. Seus olhos estavam avermelhados; o roupão do hospital todo torto. – Eles me perguntaram se eu queria assinar uma ONR.

– Quem lhe perguntou isso? – Eu nunca ouvira nada tão estúpido. Nem mesmo os parentes de Terri Schiavo foram aconselhados a assinar uma ONR antes que os exames indicassem danos cerebrais graves e irreversíveis. Já era bem difícil para um pediatra não intervir quando se tratava de um feto muito prematuro, com alta probabilidade de morte ou de uma vida vegetativa – mas sugerir uma ONR para um recém-nascido no qual foram realizados todos os protocolos necessários me parecia improvável e impossível

– O dr. Rhodes...
– Ele é apenas um residente – eu disse, porque isso explicava tudo. Rhodes mal sabia amarrar os sapatos, quanto mais conversar com uma mãe que passara por um trauma intenso com uma criança. Rhodes jamais deveria ter citado a ONR para Charlotte e Sean – principalmente porque Willow ainda não passara por exames para checar se havia dano cerebral. Na verdade, enquanto ele estava solicitando esse exame, deveria ter pedido um para si mesmo.
– Eles a abriram na minha frente. Ouvi as costelas dela se quebrando enquanto eles... eles... – Charlotte ficou branca, apavorada. – Você assinaria uma ONR? – ela perguntou, num sussurro.

Ela havia feito a mesma pergunta, não com as mesmas palavras, antes de você nascer. Foi no dia seguinte ao ultrassom da vigésima sétima semana, quando eu a encaminhei para Gianna Del Sol e a equipe de gestações de alto risco do hospital. Eu era uma boa obstetra, mas sabia dos meus limites – eu não podia lhe dar os cuidados de que agora ela precisava. Mas Charlotte ficara traumatizada por causa de um geneticista idiota cujo comportamento combinava mais com os pacientes que já estavam no necrotério, e agora eu estava tentando amenizar a situação enquanto ela chorava no meu colo.
– Não quero que ela sofra – disse Charlotte.
Eu não sabia como mencionar o tema do aborto tardio. Mesmo alguém que não era católica, como Charlotte, teria dificuldades para aceitar essa ideia – nunca era uma alternativa fácil. O método de dilatação e extração havia sido realizado apenas por um punhado de médicos em todo o país, médicos muito habilidosos e comprometidos com a interrupção de gestações em que havia grande risco para o feto e a mãe. Para certas doenças que não apareciam antes de doze semanas – o prazo para abortos normais –, os médicos ofereciam a alternativa de um parto sem possibilidade de sobrevivência. Você poderia argumentar que qualquer opção deixaria uma cicatriz na paciente, se bem que, como Charlotte mesma disse, não havia finais felizes aqui.
– Não quero que *você* sofra – eu disse.
– Sean não quer fazer isso.
– Sean não está grávido.

Charlotte se virou.

— Como você atravessa o país com um bebê na barriga, sabendo que voltará sem ele?

— Se quiser, eu acompanho você.

— Não sei — disse ela, soluçando. — Não sei o que quero. — Ela levantou os olhos para mim. — O que você faria?

Dois meses mais tarde, estávamos em lados opostos da UTI neonatal do hospital. A sala, cheia de máquinas para manter os pequenos protegidos e com as funções vitais estabilizadas, estava banhada por uma luz azulada, como se todos nós estivéssemos nadando sob a água.

— Você assinaria? — perguntou-me Charlotte novamente, já que não respondi da primeira vez.

Você poderia argumentar que era menos traumatizante interromper a gestação do que assinar uma ONR para uma criança que já estava neste mundo. Se Charlotte tivesse decidido interromper a gestação com vinte e sete semanas, sua perda seria devastadora, mas teórica — ela não a teria conhecido ainda. Agora ela era obrigada a questionar novamente sua existência — mas, dessa vez, ela podia ver a dor e o sofrimento diante dos olhos.

Charlotte me pediu conselhos várias vezes: sobre engravidar, sobre fazer ou não um aborto tardio e, agora, sobre a ordem de não reanimar.

O que eu faria?

Voltaria no tempo, para o momento em que Charlotte me pedira ajuda para ter um bebê, e lhe indicaria outro médico.

Voltaria no tempo, quando era mais fácil rirmos juntas do que chorar.

Voltaria no tempo, antes que você se colocasse entre nós.

Faria o que tivesse de fazer para impedi-la de se sentir como se tudo estivesse se partindo.

Se você escolhesse impedir que um ente querido sofresse — antes que o sofrimento começasse ou durante o processo —, isso seria assassinato ou compaixão?

— Sim — sussurrei. — Assinaria.

Marin

– A CURVA DE APRENDIZADO ERA ENORME – CHARLOTTE DISSE. – Desde aprender a segurar a Willow ou como trocar sua fralda sem quebrar um osso até identificar aquele barulho que significava que ela fraturara algum osso quando estava no nosso colo. Descobrimos onde comprar carrinhos adaptados para crianças deficientes e assentos especiais para o carro, de modo que o cinto de segurança não quebrasse suas clavículas. Começamos a entender quando devíamos ir à emergência e quando podíamos imobilizar as fraturas sozinhos. Tínhamos um estoque próprio de talas à prova d'água na garagem. Viajamos para Nebraska, porque eles tinham cirurgiões ortopédicos especializados em OI, e começamos a tratar a Willow com aplicações de pamidronato no Hospital Pediátrico de Boston.

– Você alguma vez já tirou férias disso tudo?

Charlotte deu um risinho.

– Não. Não mesmo. Não fazemos planos. Não nos damos ao trabalho, porque nunca sabemos o que vai acontecer a seguir. Há sempre um novo trauma com o qual precisamos aprender a lidar. Uma costela quebrada, por exemplo, não é como quebrar a coluna. – Ela hesitou. – A Willow quebrou a coluna no ano passado.

Alguém no júri respirou fundo, um som agudo que fez com que Guy Booker revirasse os olhos e que me deixou absolutamente feliz.

– Pode dizer ao júri como vocês conseguiram pagar por tudo isso?

– Esse é um grande problema – disse Charlotte. – Eu trabalhava, mas, depois que a Willow nasceu, não pude mais. Mesmo quando ela entrou para a pré-escola, eu tinha que estar à disposição caso ela fraturasse algum osso, e você não pode fazer isso sendo a chef confeiteira de um restaurante. Tentamos contratar uma enfermeira em quem confiássemos, mas o salário dela era maior que o meu, e às vezes a agência enviava mulheres que não sabiam o que era OI, não falavam inglês, não entendiam o que eu falava sobre cuidar da Willow. Eu tinha que defendê-la e que estar lá o tempo todo. – Ela estremeceu. – Não damos presentes caros de aniversário ou de Natal. Não temos plano de aposentadoria ou poupança para a faculdade das crianças. Não temos férias. Todo o nosso dinheiro vai para pagar o que o seguro não paga.

– Como o quê?

– A Willow faz parte de um teste clínico para o pamidronato, o que significa que as aplicações são gratuitas, mas, depois de certa idade, ela não poderá mais fazer parte da pesquisa, e cada aplicação custa mais de mil dólares. Aparelhos ortopédicos para as pernas custam cinco mil dólares cada, cirurgias para a instalação de pinos, cem mil. Uma fusão vertebral, que a Willow terá de fazer quando chegar à adolescência, pode custar muito mais que isso, sem contar a viagem até Omaha, onde ela é realizada. Mesmo que a seguradora pagasse uma parte dessas coisas, o restante seria de nossa responsabilidade. E há vários itens menores a acrescentar: manutenção da cadeira de rodas, pele de carneiro para forrar as talas, bolsas de gelo, roupas que possam acomodar as talas, diferentes travesseiros para que a Willow se sinta confortável, rampas para o acesso à casa na cadeira de rodas. Ela vai precisar de mais equipamentos à medida que envelhecer: pegadores, e espelhos e outras adaptações para sua baixa estatura. Até mesmo um carro com pedais mais fáceis de pressionar, para que não causem microfraturas em seus pés, custa dezenas de milhares de dólares para ser regulado corretamente, e o governo paga apenas por um carro, o resto é por sua conta para o resto da vida. Ela pode ir para a faculdade, mas até mesmo isso custará mais que o normal, por conta das adaptações necessárias, e as melhores escolas para crianças como a Willow não ficam perto daqui, o que significa mais gastos com viagem. Sacamos o fundo de garantia do meu marido e assumimos uma segunda hipoteca. Já estourei o limite de dois cartões de crédito. – Charlotte olhou para o júri. – Eu sei o que pareço para vocês. Sei que vocês acham que estou usando isso para ganhar muito dinheiro, que foi por isso que entrei com a ação.

Fiquei calada, sem ter certeza do que ela estava fazendo; isso não era o que havíamos ensaiado.

– Charlotte, você já...

– Por favor – ela pediu –, deixe-me terminar. Este processo tem a ver com os custos. Mas não financeiros. – Ela conteve as lágrimas. – Não durmo à noite. Eu me sinto culpada quando rio de uma piada na televisão. Vejo menininhas da mesma idade que a Willow no parquinho e às vezes as odeio. Fico amargurada e com inveja quando percebo como tudo é tão fácil para elas. Mas no dia em que assinei a ONR no hospital, fiz uma promessa para a minha filha. Eu disse: "Se você lutar, eu também lutarei. Se você viver, garanto que sua vida vai ser a melhor possível". É isso o que uma boa mãe faz, não é? – Ela balançou a cabeça. – Geralmente, os pais tomam conta dos filhos até certa idade, quando os papéis se invertem. Mas com a Willow, sempre serei eu a cuidar dela. É por isso que estou aqui hoje. É isso que quero que vocês me digam. Como vou cuidar da minha filha depois que eu morrer?

Era possível ouvir uma agulha caindo, os corações palpitando.

– Meritíssimo – eu disse –, sem mais perguntas.

Sean

O MAR ERA UM MONSTRO, NEGRO E RAIVOSO. VOCÊ FICAVA IGUALMENTE ASSUStada e fascinada por ele; implorava para ver as ondas batendo contra o muro de contenção, mas, todas as vezes que isso acontecia, você tremia no meu colo.

Eu havia tirado o dia de folga porque Guy Booker dissera que todas as testemunhas tinham de ir ao tribunal no primeiro dia. Mas, no fim das contas, eu não poderia entrar no tribunal até meu depoimento. Fiquei lá por dez minutos – o bastante para o juiz me dizer para ir embora.

Esta manhã, percebi que para Charlotte eu estava indo ao tribunal para apoiá-la. Eu entendia por quê; depois da noite anterior, ela esperaria isso. Em seus braços, eu fora explosivo, enfurecido e terno ao mesmo tempo – como se estivéssemos representando nossos sentimentos num drama sob os lençóis. Sabia que ela ficara irritada quando eu disse que me encontraria com Guy Booker, mas ela deveria entender melhor do que ninguém que eu ainda precisava testemunhar contra ela nesse processo – você faz o que é preciso para proteger sua filha.

Depois de sair do tribunal, voltei para casa e disse à enfermeira que havíamos contratado para que ela tirasse a tarde de folga. Seria preciso pegar Amelia na escola às três, mas, enquanto isso, eu lhe perguntei o que você queria fazer.

– Não posso fazer nada – você disse. – *Olhe* só para mim.

Era verdade, toda a sua perna esquerda estava imobilizada. Mas, ao mesmo tempo, eu não entendia por que não poderia ser um pouco criativo para animá-la. Levei-a até o carro, envolvi-a em cobertores e protegi a lateral do seu corpo para que sua perna ficasse esticada. Você ainda podia usar o cinto de segurança assim, e, à medida que começou a ver a paisagem conhecida que levava ao oceano, você foi ficando cada vez mais animada.

Não havia ninguém na praia naquele fim de setembro, por isso pude estacionar de lado em meio a um terreno que dava para o muro de contenção, dando-lhe uma vista privilegiada. A cabine do carro era alta o bastante para você ver as ondas se formando e recuando, como enormes gatos cinzas.

— Papai, por que a gente não pode patinar no oceano? – você perguntou.

— Acho que pode, no Polo Norte, mas na maior parte há sal demais na água para que ela congele.

— Se ela congelasse, não seria incrível se ainda tivesse ondas? Como esculturas de gelo?

— Seria legal – concordei. Virei para trás para olhar para você. – Wills? Você está bem?

— Minha perna não está doendo.

— Não estou falando sobre a sua perna. Estou falando sobre o que está acontecendo hoje.

— Havia um monte de câmeras de TV essa manhã.

— É.

— Câmeras me dão dor de estômago.

Passei o braço por detrás do banco para alcançar sua mão.

— Você sabe que eu nunca deixaria qualquer um daqueles repórteres incomodá-la.

— A mamãe devia cozinhar para eles. Se eles gostassem dos brownies e das barras de caramelo dela, talvez agradecessem e fossem embora.

— Talvez sua mãe pudesse acrescentar arsênico à massa – pensei em voz alta.

— O quê?

— Nada – balancei a cabeça. – Sua mãe a ama também. Você sabe disso, não é?

Lá fora, o Atlântico se avolumava.

— Acho que há dois oceanos diferentes: um que brinca com você no verão e o outro que fica bravo no inverno - você disse. – É difícil lembrar qual é qual.

Abri a boca, pensando que você não havia escutado o que eu dissera sobre sua mãe. Mas depois percebi que você escutou muito bem.

Charlotte

Guy Booker era exatamente aquele tipo de pessoa da qual Piper e eu teríamos rido se o encontrássemos no Maxie's Pad – um advogado que se achava tão bom que seu conversível verde-limão tinha uma placa personalizada, em que se lia "gostosão".

– Este processo realmente tem a ver com dinheiro, não é? – ele perguntou.

– Não. Mas o dinheiro significa a diferença entre bons cuidados e péssimos cuidados para a minha filha.

– Willow recebe dinheiro de Katie Beckett através da Fundação para Crianças Saudáveis, não?

– Sim, mas isso não cobre todas as despesas médicas, e nenhuma das despesas extraordinárias. Por exemplo, quando uma criança está usando uma tala ortopédica, ela precisa de um assento de carro diferente. E os problemas odontológicos que fazem parte da OI podem custar milhares de dólares por ano.

– Se sua filha tivesse nascido como uma pianista prodígio, a senhora estaria pedindo dinheiro por um piano melhor? – perguntou Booker.

Marin me disse que ele tentaria me deixar com raiva, para que o júri criasse antipatia por mim. Respirei fundo e contei até cinco.

– Isso é como comparar maçãs e laranjas, sr. Booker. Não estamos falando sobre educação artística, e sim sobre a vida da minha filha.

Booker se aproximou do júri; tive de conter minha vontade de ver se ele deixara atrás de si um rastro de óleo.

– A senhora e seu marido não estão de acordo sobre este processo, não é, sra. O'Keefe?

– Não, não estamos.

– A senhora concordaria que o motivo do seu divórcio é porque seu marido, Sean, não apoia este processo?

– Sim – eu disse, sem me alterar.

– Ele não acredita que o nascimento de Willow tenha sido indevido, não é?

– Protesto! – gritou Marin. – Você não pode perguntar a ela as opiniões dele.

– Mantido.

Booker cruzou os braços.

– Mas a senhora está levando este processo adiante assim mesmo, apesar de provavelmente arruinar sua família dessa forma, não é?

Imaginei Sean de terno esta manhã, aquele humor ligeiramente melhor que sentira quando pensei que ele estava indo ao tribunal comigo, e não contra mim.

– Ainda acho que é a coisa certa a fazer.

– A senhora conversou com Willow sobre este processo? – perguntou Booker.

– Sim – eu disse. – Ela sabe que estou fazendo isso porque a amo.

– A senhora acha que ela entende isso?

Hesitei.

– Ela tem apenas seis anos. Acho que muito do funcionamento do processo vai além da capacidade de compreensão dela.

– E se ela fosse mais velha? – perguntou Booker. – Aposto que Willow é muito boa quando se trata de computadores, não?

– Claro.

– A senhora já pensou no que acontecerá no futuro, quando sua filha entrar na internet e procurar no Google pelo próprio nome? Ou pelo seu? Ou por este caso?

– Bem, só Deus sabe como espero que isso não aconteça, mas, se acontecer, desejo ser capaz de explicar a ela por que ele foi necessário... e que a qualidade de vida que ela terá nesse dia terá sido resultado direto deste processo.

– Só Deus sabe – repetiu Booker. – Interessante escolha de palavras. A senhora é católica praticante, não?

– Sim.

– Como católica praticante, a senhora sabe que é pecado mortal praticar um aborto?

Engoli em seco.

– Sim, sei.

– Mesmo assim, a premissa deste processo é a de que, se a senhora soubesse da doença de Willow antes, teria interrompido a gestação, certo?

Podia sentir os olhos do júri em mim. Eu sabia que haveria um ponto em que eu ficaria exposta – a estranha, o animal no zoológico –, e este era o momento.

– Eu sei o que você está fazendo – eu disse, firmemente. – Mas este caso é sobre erro médico, e não sobre aborto.

– A senhora não respondeu, sra. O'Keefe. Vamos tentar novamente: se a senhora descobrisse que carregava uma criança surda e cega, teria interrompido a gravidez?

– Protesto! – gritou Marin. – Isso é irrelevante. A filha da minha cliente não é surda ou cega.

– Tem a ver com a mentalidade da mãe, se ela poderia ou não fazer o que diz que faria – argumentou Booker.

– Peço licença para me aproximar, Meritíssimo – disse Marin, e ambos se aproximaram da tribuna, discutindo em alto e bom som diante de todos. – Juiz, isso é preconceito. Ele pode perguntar qual seria a decisão da minha cliente sobre os fatos médicos que a ré não compartilhou com ela...

– Não me diga como conduzir meu caso, querida – disse Booker.

– Seu porco arrogante...

– Vou permitir a pergunta – disse o juiz, calmamente. – Acho que todos precisamos ouvir o que a sra. O'Keefe tem a dizer.

Marin me lançou um olhar de advertência ao passar pela tribuna das testemunhas – um lembrete de que eu fora chamada à luta e que ela esperava que eu a ganhasse.

– Sra. O'Keefe – repetiu Booker –, a senhora teria abortado uma criança cega e surda?

– Eu... eu não sei – respondi.

– A senhora sabia que Helen Keller era cega e surda? – perguntou ele. – E se a senhora descobrisse que o bebê dentro da sua barriga não tinha uma das mãos? Teria interrompido a gravidez?

Fiquei em silêncio.

– A senhora sabia que Jim Abbott, um lançador sem uma das mãos, lançou bolas impossíveis de ser rebatidas na Liga de Beisebol e ganhou medalha de ouro nos Jogos Olímpicos de 1988? – perguntou Booker.
– Não sou mãe de Jim Abbott. Nem de Helen Keller. Não sei quanto a infância deles foi difícil.
– Bem, então voltemos à pergunta original: se a senhora soubesse da condição de Willow com dezoito semanas, a teria abortado?
– Nunca me deram essa alternativa – eu disse, com firmeza.
– Na verdade, deram – contra-atacou Booker. – Na vigésima sétima semana. E, de acordo com seu próprio depoimento, não foi uma decisão que a senhora pôde tomar na época. Assim, por que o júri deveria acreditar que a senhora seria capaz de tomar essa mesma decisão semanas antes?
"Erro médico", Marin insistira, incontáveis vezes. "Foi por isso que você abriu este processo. Não importa o que Guy Booker diga, o processo é sobre a qualidade do tratamento e uma opção que não lhe foi dada."
Eu tremia tanto que pus as mãos sob as pernas.
– Este caso não é sobre o que eu teria feito.
– Claro que é – disse Booker. – Senão, seria uma perda de tempo.
– O senhor está enganado. Este caso é sobre o que minha médica *não* fez...
– Responda à pergunta, sra. O'Keefe...
– Especificamente – eu disse –, ela não me deu a opção de interromper a gestação. Ela deveria saber que havia algo de errado desde o primeiro ultrassom, e ela deveria...
– *Sra. O'Keefe* – gritou o advogado –, *responda à pergunta!*
Encolhi-me na cadeira e levei as mãos à cabeça.
– Não posso – sussurrei. Olhei para a madeira na tribuna à minha frente. – Não posso responder a essa pergunta porque agora *existe* uma Willow. Uma menina que gosta de rabos de cavalo, mas não de tranças, e que quebrou o fêmur este fim de semana e que dorme com um porquinho de pelúcia. Uma menina que me manteve acordada à noite pelos últimos seis anos e meio, me perguntando como passar mais um dia sem ter de ir à emergência, e planejando, por precaução, como passar de uma crise à outra. – Encarei o advogado. – Com dezoito semanas de gestação ou vinte e sete semanas de gestação, eu não saberia do que

Willow gostaria hoje. Por isso não posso responder à sua pergunta agora, sr. Booker. Mas a verdade é que ninguém me deu a oportunidade de respondê-la *antes*.

– Sra. O'Keefe – disse o advogado, sem se alterar –, vou lhe perguntar uma última vez. A senhora teria abortado sua filha?

Abri a boca e a fechei.

– Sem mais perguntas – ele disse.

Amelia

Naquela noite, jantei sozinha com meus pais. Você estava sentada no sofá da sala de estar com uma bandeja e assistindo a *Jeopardy!*, para que sua perna pudesse ficar levantada. Da cozinha, podia ouvir a buzina de vez em quando, e a voz de Alex Trebek: "Ah, que pena, a resposta está errada". Como se ele realmente se importasse.

Sentei-me entre minha mãe e meu pai, um condutor entre dois circuitos distintos. "Amelia, pode passar as ervilhas para sua mãe?", "Amelia, sirva um copo de limonada para seu pai." Eles não estavam se falando e não estavam comendo – ninguém estava, na verdade.

– Então – eu disse, tentando alegrar o ambiente –, na quarta aula, Jeff Congrew pediu uma pizza na aula de francês e a professora nem percebeu.

– Você vai me dizer o que aconteceu hoje? – meu pai perguntou.

Minha mãe abaixou a cabeça.

– Realmente *não* quero falar sobre isso, Sean. Já foi ruim o suficiente *passar* por aquilo.

O silêncio era um cobertor tão grande que parecia cobrir toda a mesa.

– Quem entregou a pizza foi a Domino's – eu disse.

Meu pai cortou dois pedaços precisamente quadrados de frango.

– Bem, se você não me disser o que aconteceu, acho que posso ler tudo no jornal de amanhã. Ou talvez, ei, no noticiário das onze...

O garfo da minha mãe bateu contra o prato.

– Você acha que é fácil para mim?

– Você acha que é fácil para qualquer um de nós?

– Como você pôde? – explodiu minha mãe. – Como você pôde agir como se tudo estivesse melhorando entre a gente e depois... depois isso?

– A diferença entre mim e você, Charlotte, é que eu nunca estou *atuando*.

– Era uma pizza de calabresa – anunciei.

Ambos se viraram para mim.

– O quê? – perguntou meu pai.

– Nada de importante – murmurei. *Como eu.*

Você chamou da sala de estar.

– Mamãe, terminei.

Eu também. Levantei e limpei os restos do prato, ou seja, tudo, dentro do lixo.

– Amelia, você não está esquecendo de perguntar alguma coisa? – perguntou minha mãe.

Olhei para ela sem acreditar. Havia milhões de perguntas, claro, mas eu não queria ouvir a resposta a nenhuma delas.

– Desculpem, posso sair da mesa? – lembrou minha mãe.

– Você não deveria estar pedindo desculpas para a Willow? – eu disse, sarcasticamente.

Quando passei pela sala de estar, você levantou a cabeça.

– A mamãe me ouviu?

– Duvido – eu disse, e subi correndo as escadas.

O que havia de errado comigo? Eu tinha uma vida decente. Era saudável. Não estava morrendo de fome ou cercada por terrenos minados nem era órfã. Mesmo assim, aquilo não bastava. Eu tinha um buraco dentro de mim, e tudo o que eu subestimara agora escorria por esse buraco como areia.

Eu me sentia como se tivesse comido fermento, como se o mal que havia dentro de mim tivesse dobrado de tamanho. No banheiro, tentei vomitar, mas não havia comido o suficiente no jantar. Queria correr descalça até meus pés sangrarem; queria gritar, mas estava em silêncio havia tanto tempo que esquecera como fazer isso.

Queria me cortar.

Mas.

Eu tinha prometido.

Peguei o telefone que ficava ao lado da cama da minha mãe e o levei para o banheiro, para ter mais privacidade, já que, a qualquer minuto, você subiria as escadas para se preparar para dormir. Eu havia gravado o número de Adam no aparelho. Não nos falávamos havia alguns dias, porque ele quebrara a perna e teve de fazer uma cirurgia – ele me enviou uma mensagem do hospital –, mas eu esperava que ele estivesse em casa agora. Eu *precisava* que ele estivesse em casa agora.

Ele me dera o número do seu celular – eu era, com certeza, a única pessoa com mais de treze anos que não tinha um celular: não podíamos comprar. Tocou duas vezes, depois ouvi a voz dele, e quase chorei.

– Ei – disse ele. – Estava justamente pensando em ligar para você.

Isso era uma prova de que ainda havia alguém neste mundo que se importava comigo. Senti-me como se tivesse sido resgatada de um penhasco.

– Grandes mentes pensam igual.

– É mesmo – ele disse, mas sua voz parecia fina e distante.

Tentei me lembrar do gosto dele. Odiava ter de fingir que sabia quando, na verdade, a lembrança já havia se desfeito, como uma rosa que você coloca dentro do dicionário, na esperança de que possa se lembrar de como é o verão a qualquer momento, mas depois, em dezembro, não há nada além de pedaços ressecados e podres de uma flor seca. Às vezes, à noite, eu sussurrava para mim mesma, fingindo que as palavras eram ditas na voz macia e grossa de Adam: "Eu amo você, Amelia. Você é especial para mim". E então abria os lábios um pouquinho e fingia que ele era um fantasma e que eu podia senti-lo me tocando, tocando minha língua, minha garganta, minha barriga, o único alimento capaz de me saciar.

– Como está sua perna?

– Dói muito – disse Adam.

Aproximei o telefone da orelha.

– Sinto sua falta. Está uma loucura aqui. O julgamento começou, e hoje havia repórteres por todo o jardim. Meus pais são loucos, eu juro...

– Amelia. – A palavra soou como uma bola sendo jogada do Empire State Building. – Queria conversar com você porque, hummm, isso não está dando certo. Essa coisa de namoro a distância...

Senti uma pontada entre as costelas.

– Não.

– Não o quê?

– Não diga isso – sussurrei.

– Eu só... quero dizer, talvez a gente nunca mais se veja novamente.

Senti um gancho se prender ao meu coração e puxá-lo.

– Eu poderia visitar você – eu disse, baixinho.

– É, e depois? Me empurrar na cadeira de rodas? Como se eu fosse um projeto de caridade?

– Eu jamais...

– Arranje um jogador de futebol. É isso que meninas como você querem, não é? Não um cara que tropeça numa merda de mesa e quebra a perna...

Mas agora eu estava chorando.

– Isso não importa...

– Importa sim, Amelia. Mas você não entende. Você *jamais* vai entender. Só porque tem uma irmã com OI, isso não faz de você uma especialista.

Meu rosto estava pegando fogo. Desliguei o telefone antes que Adam pudesse dizer mais alguma coisa e levei as mãos à cabeça.

– Mas eu te amo – eu disse, apesar de saber que ele não podia mais me ouvir.

Primeiro vieram as lágrimas. Depois a fúria: peguei o telefone e o joguei contra a banheira. Peguei a cortina do chuveiro e a puxei com toda a força.

Mas eu não estava furiosa com Adam; estava era com raiva de mim mesma.

Uma coisa era cometer um erro, outra coisa era continuar errando. Eu sabia o que acontecia quando você se deixava aproximar demais de alguém, quando começava a acreditar que eles o amavam: você se decepcionava. Dependa de alguém e você já pode admitir que vai ser esmagada, porque, quando você realmente precisar deles, eles não estarão lá. Isso, ou você lhes confidencia alguma coisa e acaba com mais um problema. Tudo o que você tem é você mesmo, e isso é uma porcaria quando você não é nada confiável.

Disse a mim mesma que, se eu não me importasse, não teria doído tanto – isso, claro, provava que eu era humana e sentia todas aquelas coisas normais, de uma vez por todas. Mas isso não aliviava nada, pois eu me sentia como um arranha-céu com dinamite espalhada por todos os andares.

Foi por isso que me aproximei da banheira e abri a torneira: para que pudesse afogar as lágrimas, para que, quando eu pegasse a lâmina de barbear que escondera na caixa de absorventes e cortasse minha pele como um arco de violino, ninguém ouvisse a canção da minha dor.

No verão passado, minha mãe ficou sem açúcar e foi até a loja de conveniência próxima de casa, nos deixando sozinhas por vinte minutos – o que não é muito tempo, você deve pensar. Mas era o bastante para começar uma briga com você por causa do programa de televisão que queríamos assistir; era o bastante para gritar: "Há um motivo para a mamãe querer que você estivesse morta!"; era o bastante para ver seu rosto se contorcer e sentir a dor na minha consciência.

– Wiki – eu disse –, eu não quis dizer isso.
– Cale a boca, Amelia...
– Pare de agir como um bebê...
– Então pare de ser tão idiota!

Aquela palavra, na sua boca – foi o que bastou para me deixar paralisada.

– Onde você ouviu *isso*?
– De você, sua imbecil – você disse.

Naquele momento, um pássaro bateu na janela com tanta força que nós duas levamos um susto.

– O que foi isso? – você perguntou, levantando-se em meio às almofadas do sofá para ver melhor.

Subi no sofá ao seu lado, com cuidado, porque sempre tinha de ter cuidado. O pássaro era pequenininho e marrom, uma andorinha ou um pardal, eu nunca sabia a diferença. Estava todo esparramado pela grama.

– Ele está morto? – você perguntou.
– Como é que eu vou saber?
– Você não acha que a gente devia ir ver?

Então saímos e demos meia-volta pela casa. Que surpresa, o pássaro estava exatamente onde estivera minutos antes. Abaixei-me e tentei ver se o peito dele se mexia.

Nada.

– Precisamos enterrá-lo – você disse, séria. – Não podemos simplesmente deixá-lo aqui.

– Por quê? As coisas morrem o tempo todo na natureza...
– Mas esse morreu por nossa culpa. O pássaro provavelmente nos ouviu gritando e por isso bateu contra a janela.

Eu duvidava que o pássaro tivesse nos ouvido, mas não discutiria com você.

– Cadê a pá? – você perguntou.
– Não sei. – Pensei por um segundo. – Espere um pouco – eu disse, e corri para dentro de casa. Peguei uma grande colher de metal que a ma-

mãe estava usando e a levei para fora. Ainda havia massa nela, mas talvez não fosse ruim – era como enviar as múmias egípcias para o outro mundo com comida e ouro e animais de estimação.

Cavei um buraquinho no chão, a uns dez centímetros de onde o pássaro estava. Não queria tocá-lo – aquilo me dava nojo –, por isso eu o empurrei até o buraco com a colher.

– E agora? – perguntei, olhando para você.

– Agora temos de rezar – você disse.

– Tipo uma ave-maria? O que a faz pensar que os pássaros são católicos?

– Podemos cantar uma canção de Natal – você sugeriu. – Não é totalmente religiosa. Só é bonita.

– Em vez disso, que tal se disséssemos algo de bom sobre os pássaros? Você concordou.

– Eles existem em todas as cores – você disse.

– Eles voam bem – acrescentei. – Até dez minutos atrás, quero dizer. E cantam bem.

– E os pássaros me lembram galinhas, e galinhas são gostosas – você disse.

– Certo, já chega.

Joguei terra sobre o pássaro morto e depois você se abaixou e fez um desenho por sobre a terra com um pouco de grama, como enfeites sobre um bolo. Andamos lado a lado para dentro de casa novamente.

– Amelia? Você pode ver o que quiser na TV.

Virei-me para você.

– Não queria que você estivesse morta – admiti.

Quando você se sentou no sofá novamente, ajeitou-se contra o meu corpo, como costumava fazer quando era menor.

O que eu queria lhe dizer, mas não disse, era isso: "Não me use como exemplo. Sou a última pessoa na qual você deve se espelhar".

Pelas semanas depois que enterramos o pássaro estúpido, todas as vezes que chovia eu deixava de me sentar perto da janela. Ainda hoje, não ando perto daquele lugar do jardim. Tinha medo de ouvir algo gemendo, olhar para baixo e ver os ossos quebrados do esqueleto, as asas quebradas, o bico trincado. Eu era inteligente o bastante para desviar o olhar, para que jamais tivesse de ver o que talvez viesse à tona.

As pessoas sempre querem saber como é, então eu vou lhe dizer: há uma picada no primeiro corte e então seu coração acelera quando você vê o sangue, porque você sabe que fez algo que não deveria e mesmo assim você não foi punida. Então você entra numa espécie de transe, porque é verdadeiramente estonteante – aquela linha avermelhada, como uma estrada num mapa que você quer seguir para ver para onde ele leva. E – Deus – a doce liberdade, esse é o melhor jeito de descrever, uma espécie de balão que foi preso à mão de uma criancinha e que de algum modo se liberta e flutua nos céus. Você simplesmente sabe que o balão está pensando: *Ah, finalmente não pertenço mais a você*; e ao mesmo tempo: *Será que eles têm ideia de como é linda a vista aqui de cima?* E então o balão lembra que morre de medo de altura.

Quando a realidade se impõe, você pega um pouco de papel higiênico ou papel-toalha (melhor do que toalha de rosto, porque as manchas nem sempre saem totalmente) e pressiona contra o corte. Você pode sentir sua vergonha; é um ritmo constante sob seu punho. Qualquer alívio que houvesse há um minuto se congela, como molho frio, e vira um soco no estômago. Você literalmente provoca o próprio vômito, porque prometeu que a última vez seria a última vez e, novamente, você se decepcionou. Assim, você esconde as provas da sua fraqueza sob camadas de roupas compridas o bastante para cobrir os cortes, mesmo se for verão e ninguém estiver usando calça jeans ou camisas de manga comprida. Você joga os papéis ensanguentados dentro da privada e vê a água ficar cor-de-rosa antes de dar a descarga para o esquecimento, desejando que fosse assim tão fácil.

Certa vez vi um filme no qual uma garota cortava a garganta e, em vez de um grito, houve um suspiro – como se não doesse, como se fosse apenas uma oportunidade de finalmente se livrar de tudo. Eu sabia que aquela sensação estava chegando, por isso esperei um instante entre meu segundo e terceiro cortes. Fiquei olhando o sangue pingando na minha coxa e tentei me conter ao máximo antes de enfiar a lâmina na pele novamente.

– Amelia?

Sua voz. Olhei para cima, em pânico.

– O que você está fazendo aqui? – perguntei, erguendo as pernas para que você não pudesse ver o que provavelmente já vira. – Já ouviu falar em privacidade?

Você balançava as muletas.

– Só queria escovar os dentes, e a porta não estava trancada.

– Estava sim – eu disse. Mas talvez eu estivesse enganada. Estava tão concentrada em ligar para o Adam que talvez tivesse esquecido. Encarei-a com meu olhar mais maldoso. – *Cai fora!* – gritei.

Você voltou para o quarto e deixou a porta aberta. Rapidamente abaixei as pernas e pressionei um pedaço de papel-toalha contra os cortes que fizera. Geralmente eu esperava até que eles parassem de sangrar antes de sair do banheiro, mas simplesmente levantei a calça com aquele enchimento de papel muito bem posicionado e fui para o nosso quarto. Eu a encarei, praticamente a incitando a dizer alguma coisa para mim sobre o que viu, para que eu pudesse gritar com você novamente, mas você ficou sentada na cama, lendo. Você não me disse nada.

Sempre odiei quando minhas cicatrizes começavam a desaparecer, porque, enquanto eu conseguisse vê-las, sabia por que estava doendo. Eu me perguntava se você se sentia da mesma maneira, depois que seus ossos se curavam.

Deitei de costas. Minha coxa latejava.

– Amelia? – você me chamou. – Você me põe na cama?

– Onde estão a mamãe e o papai? – Você não tinha de responder a isso – mesmo que eles estivessem fisicamente no andar de baixo, estavam tão distantes de nós que talvez estivessem até mesmo na lua.

Ainda podia me lembrar da primeira noite que não precisei dos meus pais para me colocar na cama. Eu devia ter a sua idade, na verdade. Antes daquela noite, havia uma rotina – luzes apagadas, lençóis bem presos, beijo na testa – e monstros nas gavetas da minha escrivaninha, se escondendo atrás dos livros na estante. Então, certo dia, simplesmente deixei de lado o livro que estava lendo e fechei os olhos. Será que meus pais tiveram orgulho da filha autossuficiente? Ou será que se sentiram como se tivessem perdido algo que nem sequer sabiam o que era?

– Bem, você já escovou os dentes? – perguntei, mas então me lembrei de você tentando fazer justamente isso enquanto eu estava ocupada me cortando. – Ah, esqueça os dentes. Uma noite não fará diferença. – Levantei-me da cama e, desconfortável, inclinei-me sobre a sua. – Boa noite – eu disse, e então me abaixei como um pelicano, pescando e beijando sua testa.

– Mamãe me conta uma história.

– Então peça à mamãe para colocá-la para dormir – eu disse, jogando-me novamente sobre meu colchão. – Não tenho história nenhuma para contar.

Você ficou quieta por um segundo.

– Podemos inventar uma história juntas.

– O que você quiser – eu disse, suspirando.

– Era uma vez duas irmãs. Uma delas era muito, muito forte, e a outra não. – Você olhou para mim. – Sua vez.

Revirei os olhos.

– A irmã forte saiu para a chuva e percebeu que era forte porque era feita de ferro, mas estava chovendo e ela se enferrujou. Fim.

– Não, porque a irmã que não era forte saiu para a chuva e a abraçou com força até que o sol surgiu novamente.

Quando éramos menores, às vezes dormíamos na mesma cama. Nunca começava assim, mas no meio da noite eu acordava e a encontrava enrolada em mim. Você gravitava em torno do conforto; já eu gostava de buscar os pontos frios entre os lençóis. Passava horas tentando me afastar de você na cama de solteiro, mas nunca pensei em levá-la para sua cama. O Polo Norte não pode se livrar da agulha da bússola; ela o encontra sempre.

– E o que aconteceu? – sussurrei, mas você já estava dormindo e eu fiquei sonhando com meu próprio final para a história.

Sean

Num acordo silencioso, dormi no sofá aquela noite. Só que "dormir" era uma definição otimista demais. Basicamente fiquei me revirando no sofá. No único momento em que peguei no sono, tive um pesadelo em que eu estava no banco das testemunhas e olhava para Charlotte e, quando comecei a responder à pergunta de Guy Booker, insetos negros saíram da minha boca.

Seja qual for a muralha que eu e Charlotte quebramos noite passada, ela havia sido reconstruída duas vezes mais alta e larga. Era estranho ainda amar minha esposa e não saber se gostava dela. O que aconteceria quando tudo isso terminasse? Você seria capaz de perdoar alguém que o magoou e magoou as pessoas que você ama, mesmo acreditando realmente que só estava tentando ajudar?

Pedi o divórcio, mas não era o que eu queria de verdade. O que eu queria mesmo era que todos nós voltássemos dois anos no tempo e recomeçássemos.

Será que eu alguma vez disse isso a ela?

Tirei o cobertor de cima de mim e me sentei, passando as mãos no rosto. Usando apenas cuecas e uma camiseta do departamento de polícia, subi as escadas e entrei cuidadosamente no nosso quarto. Sentei-me na cama.

– Charlotte – sussurrei, mas não ouvi resposta.

Toquei as colchas amontoadas, apenas para descobrir que havia um travesseiro sob os lençóis.

– Charlotte? – chamei em voz alta. A porta do banheiro estava aberta; acendi a luz, mas ela não estava lá dentro. Comecei a ficar preocupado – será que ela estava tão irritada quanto eu por causa do julgamento?

Será que ela estava sonâmbula? Segui pelo corredor, verifiquei o banheiro, o quarto de visitas e a escadinha estreita que levava ao sótão.

A última porta era o seu quarto. Entrei e imediatamente a vi. Charlotte estava toda encolhida em sua cama, com o braço ao redor do seu corpinho. Nem mesmo dormindo ela era capaz de se livrar de você.

Acariciei seus cabelos e depois os da sua mãe. Acariciei o rosto de Amelia. Então me deitei no tapete felpudo do chão e apoiei a cabeça no braço. Veja só: com nós quatro juntos novamente, dormi em poucos minutos.

Marin

– Você sabe o que está acontecendo? – perguntei, ao percorrer o corredor do tribunal ao lado de Guy Booker.

– Não tenho a menor ideia – ele respondeu.

Fomos chamados ao gabinete do juiz antes do início do segundo dia do julgamento. Ser chamada ao gabinete tão cedo geralmente não era uma coisa boa – principalmente quando se tratava de algo que nem eu nem Guy Booker sabíamos o que era. O que quer que estivesse pressionando o juiz Gellar, provavelmente era algo que ninguém queria ouvir.

Entramos para encontrar o juiz à sua mesa, com os cabelos pretos demais. Ele me lembrava um daqueles bonequinhos do Super-Homem – você simplesmente sabia que os cabelos do Super-Homem nunca esvoaçavam quando ele voava, uma maravilha da física e do gel fixador –, e aquilo me distraiu tanto que não notei a presença de outra pessoa no gabinete, sentada atrás de nós.

– Advogados – disse o juiz Gellar –, vocês dois conheceram a jurada número seis, Juliet Cooper.

A mulher se virou. Ela era a jurada que, durante a seleção, fora alvo das perguntas intrusivas de Guy sobre aborto. Talvez a insistência do advogado de defesa no mesmo assunto ontem, ao questionar Charlotte, tenha gerado uma reclamação. Fiquei um pouco mais ereta, convencida de que o motivo que levara o juiz a nos convocar ao seu gabinete tinha pouco a ver comigo e mais com a questionável prática do direito de Guy Booker.

– A sra. Cooper será excluída do júri. Imediatamente, o jurado substituto ocupará o lugar dela.

Nenhum advogado gosta de uma alteração no júri no meio do julgamento, nem os juízes. Se a mulher estava sendo excluída, deveria haver um bom motivo.

Ela estava olhando para Guy Booker e, propositadamente, *não* estava olhando para mim.

– Desculpe – murmurou ela. – Eu não sabia que havia um conflito de interesses.

Conflito de interesses? Eu presumira que era uma questão de saúde, alguma emergência que exigia que ela voasse para o leito de morte de um parente ou começasse imediatamente a fazer quimioterapia. Um conflito de interesses significava que ela sabia alguma coisa sobre minha cliente ou a de Guy – mas com certeza ela só percebeu isso durante o julgamento.

Aparentemente, Guy Booker estava pensando a mesma coisa.

– Podemos saber qual é esse conflito de interesses exatamente?

– A sra. Cooper é parente de um dos envolvidos neste caso – disse o juiz Gellar, encarando-me. – Você, srta. Gates.

Eu costumava imaginar que via minha mãe em todos os lugares e apenas não sabia. Eu sorria um pouco mais para a senhora que pegava meu ingresso na porta do cinema; conversava sobre o tempo com a funcionária do banco. Ouvia a voz robótica de uma recepcionista de um escritório rival e imaginava se era ela; esbarrava numa senhora usando um casaco de cashmere nas escadas da recepção e olhava para o rosto dela, como que me desculpando. Havia incontáveis pessoas cujo caminho eu cruzara e que poderia ser minha mãe; eu poderia cruzar com ela dezenas de vezes por dia sem nem saber.

E agora ela estava sentada diante de mim, no gabinete do juiz Gellar.

Ele e Guy Booker nos deixaram a sós por alguns minutos. E, para minha surpresa, mesmo com quase trinta e seis anos de perguntas acumuladas, a barreira não se rompeu facilmente. Percebi que estava olhando para os cabelos avermelhados dela. Durante toda a minha vida, fui diferente do restante da família e sempre achei que fosse uma cópia exata da minha mãe biológica. Mas eu não era nada parecida com ela.

Ela segurava firmemente a bolsa.

– Há um mês recebi um telefonema do tribunal – disse Juliet Cooper. – Alguém dizendo que tinha informações para mim. Achei que isso fosse acontecer algum dia.

– Então – eu disse, minha voz rouca, seca –, há quanto tempo você sabe?

– Só soube ontem. Uma funcionária me enviou sua carta há uma semana, mas não pude abri-la. Não estava preparada. – Ela olhou para mim. Seus olhos eram castanhos. Isso significava que os olhos do meu pai eram azuis como os meus? – Foi o que aconteceu no tribunal ontem, todas aquelas perguntas sobre a mãe querer se livrar da filha, que me fez finalmente ter coragem de abrir a carta.

Senti como se tivesse enchido meu corpo com hélio: claro que isso significava que ela não queria me dar para adoção, assim como Charlotte não queria se livrar de Willow.

– Ao chegar ao fim da carta, vi seu nome e percebi que a conhecia do julgamento. – Ela hesitou. – É um nome bem diferente.

– Sim. – *Como você queria que eu me chamasse? Suzy, Margaret, Theresa?*

– Você é muito boa – disse Juliet Cooper, timidamente. – No tribunal, digo.

Havia uns cinco metros nos separando. Por que nenhuma de nós se aproximava? Imaginei tantas vezes esse momento, e ele sempre terminava com minha mãe biológica me abraçando forte, como se precisasse me compensar por ter me doado.

– Obrigada – eu disse.

Eis o que eu não havia percebido: a mãe que você não vê há trinta e seis anos não é sua mãe; ela é uma estranha. Compartilhar o DNA não faz de vocês amigas. Aquela não era uma reunião feliz. Era simplesmente esquisita.

Bem, talvez ela estivesse tão desconfortável quanto eu; talvez estivesse com medo de ultrapassar os limites ou presumisse que eu tivesse algum rancor contra ela por ter me dado para adoção. Era minha função, então, quebrar o gelo, não?

– Não acredito que passei todo esse tempo procurando por você, e você apareceu no meu júri – eu disse, sorrindo. – Que mundo pequeno.

– Muito – concordou ela, e fez-se um silêncio mortal novamente.

– Eu sabia que havia gostado de você durante a escolha do júri – eu disse, tentando fazer uma piada, mas não deu certo. E então me lembrei de algo que Juliet Cooper dissera durante a seleção do júri: que ela era dona de casa. Que só voltara a trabalhar depois que seus filhos foram para a escola secundária. – Você tem filhos. Outros filhos.

Ela fez que sim.

– Duas meninas.

Para uma filha única, aquilo era incrível. Eu não apenas encontrara minha mãe biológica como também ganhara irmãs.

– Eu tenho irmãs – eu disse em voz alta.

Foi então que algo mudou no olhar de Juliet Cooper.

– Elas não são suas irmãs.

– Desculpe. Não quis dizer...

– Eu pretendia lhe escrever uma carta. Pretendia enviá-la para a Vara de Hillsborough e pedir que eles a entregassem – disse ela. – Mas, ao ouvir Charlotte O'Keefe, lembrei de tudo: simplesmente há bebês que não deveriam ter nascido. – Juliet levantou-se abruptamente. – Eu ia lhe escrever uma carta – repetiu ela – e pedir que não me procurasse novamente.

E foi assim que a minha mãe biológica me abandonou pela segunda vez.

Quando você é adotada, pode ter a vida mais feliz do mundo, mas sempre haverá uma parte de você que ficará imaginando que, se você fosse mais bonita, comportada ou se seu parto tivesse sido mais fácil – bem, talvez sua mãe biológica não a tivesse dado para adoção. É uma besteira, claro – a decisão de dar ou não uma criança é feita com meses de antecedência –, mas isso não a impede de pensar nessas coisas.

Só tirei notas altas na faculdade. Formei-me em primeiro lugar na minha turma de direito. Fiz isso, claro, para que minha família tivesse orgulho de mim – mas nunca especifiquei sobre qual família eu estava falando. Meus pais adotivos, claro. Mas também meus pais biológicos. Acho que havia sempre uma crença oculta de que, se minha mãe biológica se deparasse comigo e visse como eu era inteligente e bem-sucedida, ela não poderia deixar de me amar.

Quando, na verdade, ela não podia evitar de me abandonar.

As portas da sala de reuniões se abriram e Charlotte entrou.

– Havia uma repórter no banheiro feminino. Ela veio atrás de mim com um microfone enquanto eu ia... Marin? Você está chorando?

Fiz que não, apesar de ser óbvio que estava.

– Tem alguma coisa no meu olho.

– *Nos dois?*

Levantei-me.

– Vamos – disse bruscamente, e deixei que ela me seguisse.

O dr. Mark Rosenblad, que a tratara no Hospital Pediátrico de Boston, era minha próxima testemunha. Decidi sair do piloto automático e desempenhar o papel da minha vida para o jurado que assumira o lugar de Juliet Cooper, um homem de uns quarenta anos, com óculos grossos e dentuço. Ele sorriu para mim quando dirigi todas as minhas perguntas sobre as qualificações do dr. Rosenblad na direção dele.

Com a minha sorte, eu perderia a causa e ainda seria convidada por esse cara para jantar.

– O senhor conhece a Willow, dr. Rosenblad? – perguntei.

– Eu a trato desde os seis meses. Ela é uma ótima criança.

– Que tipo de OI ela tem?

– Tipo III, ou OI com deformação progressiva.

– O que isso significa?

– É a forma mais grave de OI, excluindo a fatal. Crianças com OI do tipo III terão centenas de fraturas ao longo da vida, não apenas por contato, mas às vezes causadas por se virarem na cama ou pegarem algo na estante. Elas geralmente desenvolvem graves infecções respiratórias e complicações por causa da forma de barril da caixa torácica. Geralmente crianças com OI do tipo III têm perda auditiva ou articulações fracas e musculatura subdesenvolvida. Elas terão escoliose grave, que exigirá a implantação de pinos na coluna e até mesmo a fusão de vértebras, apesar de ser uma decisão complicada porque, a partir desse momento, a criança não crescerá mais, e elas já são baixas. Entre as outras complicações estão hidroencefalia, fluido no cérebro, hemorragia cerebral causada por trauma no parto, dentes frágeis e, para alguns casos de tipo III, invaginação basilar. A segunda vértebra se move para cima e rompe a abertura do crânio onde a espinha dorsal atravessa o cérebro, o que provoca tonturas, dores de cabeça, períodos de confusão mental, desmaios e até a morte.

– Pode nos dizer como serão os próximos dez anos para Willow? – perguntei.

– Como muitas crianças com OI do tipo III, ela recebe aplicações de pamidronato desde que era bebê. A droga melhorou significativamente a qualidade de vida dela. Antes dos bifosfonatos, crianças com o tipo III raramente andavam, ficando presas a uma cadeira de rodas. Em vez de ter centenas de fraturas ao longo da vida, graças ao medicamento ela pode ter apenas cem. Não há como ter certeza. Algumas das pesquisas que estão voltando a rever casos de adolescentes com OI que começaram a tomar o medicamento quando bebês, como a Willow, mostram que os ossos, *quando* se quebram, não se quebram de acordo com o padrão normal das fraturas, o que os torna mais difíceis de ser tratados. Os ossos ficam mais densos por causa das infusões, mas ainda são imperfeitos. Ainda há alguma evidência de anormalidades na mandíbula, mas não se sabe ao certo se há alguma relação com o pamidronato ou se é apenas parte da dentinogênese que acompanha a OI. Então, algumas dessas complicações podem ocorrer – disse o dr. Rosenblad. – Além do mais, ela ainda terá fraturas e cirurgias para repará-las. Recentemente, ela recebeu um pino no fêmur; imagino que o outro também receberá um pino. Talvez ela tenha de fazer uma cirurgia na coluna. Ela tem pneumonia todos os anos. Quase todos os portadores do tipo III desenvolvem algum tipo de anormalidade peitoral, colapso vertical ou cifoescoliose, que provocam doenças pulmonares e transtornos cardiorrespiratórios. Vários indivíduos com o tipo III morrem por causa das complicações respiratórias ou neurológicas, mas, com sorte, a Willow será uma das nossas histórias de sucesso, chegará à idade adulta e viverá uma vida completa e importante.

Por um instante, fiquei apenas olhando para o dr. Rosenblad. Depois de tê-la conhecido, de conversar com você e até mesmo de vê-la sofrendo para empurrar sua cadeira de rodas em uma inclinação ou para pegar algo numa bancada alta demais, achei difícil conceber todos esses pesadelos médicos que a aguardavam. Era, claro, o gancho que Bob Ramirez e eu planejamos para ganharmos essa ação, mas até mesmo *eu* acabei não levando em conta o peso da sua vida.

– Se a Willow chegar à idade adulta, ela será capaz de cuidar de si mesma?

Não consegui olhar para Charlotte enquanto fazia essa pergunta; acho que não suportaria ver a expressão dela ao usar a condicional *se* em vez de *quando*.

– Ela precisará de alguém para cuidar dela, em algum momento, por mais independente que seja. Haverá sempre fraturas, internações e fisioterapia. Manter um emprego será difícil.

– Além dos desafios físicos – perguntei –, haverá desafios psicológicos também?

– Sim – respondeu o dr. Rosenblad. – Crianças com OI têm problemas de ansiedade, por causa da preocupação e do comportamento defensivo que demonstram para evitar uma fratura. Elas às vezes desenvolvem transtorno pós-traumático, principalmente depois de fraturas graves. Além disso, a Willow já começou a notar que é diferente das outras crianças e de suas limitações decorrentes da OI. À medida que as crianças crescem, elas querem ser independentes, mas não podem ser tão independentes quanto os adolescentes normais. Isso faz com que os doentes se tornem introvertidos, deprimidos e até mesmo suicidas.

Quando me virei, vi Charlotte. Seu rosto estava coberto pelas mãos.

Talvez uma mãe não fosse o que parecia ser na superfície. Talvez Charlotte tenha processado Piper Reece porque amava Willow demais para deixá-la sozinha. Talvez minha mãe biológica tenha me abandonado porque sabia que não seria capaz de me amar.

– Nos seis anos em que o senhor tratou a Willow, o senhor chegou a conhecer Charlotte O'Keefe?

– Sim – ele respondeu. – Charlotte é incrivelmente ligada à filha. Ela quase tem um sexto sentido quando se trata do desconforto que a Willow está sentindo e para garantir que tudo seja feito adequadamente antes que as coisas saiam errado. – Ele olhou para o júri. – Lembram de Shirley MacLaine em *Laços de ternura*? Essa é a Charlotte.

Às vezes ela é tão teimosa que tenho vontade de bater nela, mas só porque é comigo que ela está contando.

Sentei-me e deixei a testemunha para Guy Booker.

– O senhor trata essa criança desde que ela tinha seis meses, correto?

– Sim. Eu trabalhava no Shriners de Omaha na época, e a Willow fazia parte dos nossos testes clínicos com pamidronato. Quando me transferi para o Hospital Pediátrico de Boston, fazia mais sentido tratar dela mais perto de casa.

– Com que frequência o senhor a vê, dr. Rosenblad?

– Duas vezes ao ano, a não ser que haja uma fratura. E digamos que eu nunca vejo a Willow apenas duas vezes ao ano.

– Há quanto tempo os senhores têm usado pamidronato para tratar crianças com OI?

– Desde o início da década de 90.

– E o senhor disse que, antes dessa droga, essas crianças tinham uma vida muito mais limitada em termos de mobilidade, correto?

Com certeza.

– O senhor diria que a tecnologia médica no seu campo melhorou o potencial de saúde da Willow?

– Drasticamente – disse o dr. Rosenblad. – Ela é capaz de fazer coisas hoje que crianças com OI não faziam há quinze anos.

–- Então, se este julgamento estivesse sendo realizado há quinze anos, a imagem que o senhor nos traria da vida de Willow talvez fosse pior, não concorda?

O dr. Rosenblad fez que sim.

– Correto.

– Como vivemos nos Estados Unidos, onde as pesquisas médicas prosperam em laboratórios e hospitais como o seu diariamente, não é provável que a Willow talvez testemunhe mais avanços durante sua vida?

– Protesto – eu disse. – Especulação.

– Ele é um especialista na área, Meritíssimo – argumentou Booker.

– Ele pode dar sua opinião – disse o juiz Gellar –, com base no que as pesquisas médicas estão atualmente realizando.

– É possível – respondeu o dr. Rosenblad. – Mas, como já afirmei, as maravilhosas drogas que achávamos que os bifosfonatos seriam revelaram, a longo prazo, outros problemas que não prevíamos para pacientes com OI. Simplesmente ainda não sabemos.

– É concebível, contudo, que a Willow chegue à idade adulta? – perguntou Booker.

– Certamente.

– Ela poderia se apaixonar?

– Claro.

– Poderia ter um bebê?

– Possivelmente.

– Poderia trabalhar fora de casa?

– Sim.

– Poderia viver de maneira independente dos pais?

– Talvez – disse o dr. Rosenblad.

Guy Booker apoiou-se no parapeito do júri.

– Doutor, o senhor trata doenças, não é?

– Claro.

– O senhor já tratou um dedo quebrado amputando um braço?

– Isso seria um bocado exagerado.

– Não é exagerado tratar OI evitando que o paciente nasça?

– Protesto – eu disse.

– Mantido. – O juiz lançou um olhar para Guy Booker. – Não quero que meu tribunal se torne um palco para discussões em prol ou contra ao aborto.

– Vou reformular. O senhor já conheceu algum pai ou mãe cujo filho foi diagnosticado com OI no útero e que optou por interromper a gestação?

Rosenblad fez que sim.

– Sim, geralmente nos casos da forma mais letal de OI, o tipo II.

– E quanto à forma grave?

– Protesto – eu disse. – O que isso tem a ver com a querelante?

– Quero ouvir isso – disse o juiz Gellar. – Pode responder à pergunta, doutor.

Rosenblad refletiu como se atravessasse um campo minado.

– Interromper uma gravidez desejada não é a primeira opção – disse ele –, mas, quando se deparam com um feto que se tornará uma criança gravemente debilitada, famílias diferentes têm níveis diferentes de tolerância. Algumas famílias sabem que serão capazes de dar apoio suficiente para uma criança deficiente, enquanto outras são inteligentes o bastante para saber, com antecedência, que não.

– Doutor – disse Booker –, o senhor consideraria indevido o nascimento de Willow O'Keefe?

Senti algo ao meu lado e percebi que era Charlotte tremendo.

– Não tenho condições de tomar essa decisão – respondeu Rosenblad. – Sou apenas o médico.

– Exatamente o que eu queria demonstrar – disse Booker.

Piper

Eu não via minha técnica de ultrassom, Janine Weissbach, desde que ela deixara meu consultório, havia quatro anos, para trabalhar num hospital de Chicago. Os cabelos, antes loiros, agora eram castanhos, e havia pequenas rugas ao redor da boca. Eu me perguntava se eu parecia a mesma para ela ou se a traição me envelhecera demais.

Janine era alérgica a nozes e, certa vez, houve um conflito entre ela e uma enfermeira da equipe que fizera café com amêndoas. Janine começou a ter urticária só de sentir o cheiro do café na recepção; a enfermeira jurou que não sabia que nozes liquefeitas contavam em casos de alergia; Janine perguntou como ela havia conseguido seu diploma de enfermagem. Na verdade, a confusão foi a situação mais incômoda que acontecera no meu consultório... até, claro, isto.

– Como você veio a conhecer a autora do caso? – a advogada de Charlotte perguntou.

Janine se aproximou do microfone no banco das testemunhas. Ela costumava cantar em karaoke, pelo que me lembrava, nas casas noturnas da cidade. Ela se referia a si mesma como uma solteira patológica. Agora, porém, ela usava uma aliança de casamento.

As pessoas mudam. Mesmo pessoas que você acha que conhece tão bem quanto a si mesma.

– Ela era paciente no consultório onde eu trabalhava – disse Janine. – O consultório de obstetrícia e ginecologia de Piper Reece.

– Você era funcionária da ré?

– Fui durante três anos, mas agora trabalho no Hospital Memorial Northwestern.

A advogada olhava pela janela, como se não estivesse prestando atenção.

– Srta. Gates – chamou o juiz.
– Desculpe – disse ela, voltando a prestar atenção. – Você foi funcionária da ré?
– Você acabou de me perguntar isso.
– Certo. Pode nos dizer em que circunstâncias conheceu Charlotte O'Keefe?
– Ela veio para o ultrassom da décima oitava semana.
– Quem mais estava lá?
– O marido dela – respondeu Janine.
– A ré estava lá?
Pela primeira vez, Janine me encarou.
– A princípio, não. Do modo como trabalhávamos, eu fazia o ultrassom e o discutia com ela; e ela lia os resultados e conversava com a paciente.
– O que aconteceu durante o ultrassom de Charlotte O'Keefe, srta. Weissbach?
– Piper me disse para procurar quaisquer sinais que pudessem indicar síndrome de Down. O teste triplo da paciente mostrara um risco ligeiramente elevado. Eu estava empolgada por trabalhar com uma máquina nova, que tinha acabado de chegar e era de última geração. Pedi à sra. O'Keefe que se deitasse na maca, pus um pouco de gel sobre sua barriga e depois movi o transdutor para conseguir várias imagens claras do feto.
– O que você viu? – perguntou o advogado.
– Os fêmures estavam um pouco menores do que o normal, o que às vezes pode ser sinal de síndrome de Down, mas não havia nenhum outro indicativo.
– Mais alguma coisa?
– Sim – disse Janine. – Algumas das imagens eram incrivelmente claras. Principalmente a do cérebro fetal.
– Você mencionou essa descoberta para a ré?
– Sim. Ela disse que os fêmures não estavam fora do comum e que isso podia ser simplesmente porque a mãe era baixinha – respondeu Janine.
– E sobre a clareza das imagens? A ré disse alguma coisa sobre isso?
– Não – disse Janine. – Não disse nada.

Na noite em que levei Charlotte para casa depois do ultrassom da vigésima sétima semana, aquele em que os ossos fraturados estavam visíveis, deixei de ser sua amiga para me tornar sua médica. Sentei-me à mesa da cozinha e usei termos médicos, que quase agiam como um sedativo: a dor nos olhos de Charlotte e Sean diminuía à medida que eu lhes dava informações que não conseguiam compreender. Falei a eles sobre a médica que eu já havia chamado para uma consulta.

Em determinado momento, Amelia entrou correndo na cozinha. Charlotte rapidamente enxugou os olhos.

– Oi, querida – disse ela.

– Voltei para dar boa-noite ao bebê – disse Amelia, correndo para onde Charlotte estava sentada e abraçando ao máximo a barriga da mãe.

Charlotte deu um gemidinho.

– Não com tanta força – disse, e eu sabia o que ela estava pensando: *Será que esse amor ardoroso quebrou alguns de seus ossos?*

– Mas eu quero que ela saia daí – disse Amelia. – Estou cansada de esperar.

Charlotte se levantou.

– Acho que vou me deitar também. – Ela deu a mão para Amelia e as duas saíram juntas da cozinha.

Sean se sentou na cadeira vaga.

– Sou eu, não é? – Ele me olhou assustado. – Sou eu o motivo para o bebê ser assim.

– Não...

– A Charlotte teve uma filha perfeitamente saudável – disse ele. – É a lógica.

– Provavelmente é uma mutação espontânea. Não havia nada que você pudesse fazer para evitar isso. – Eu também não podia ter evitado, mas isso não me impedia de me sentir culpada como Sean. – Você tem que tomar conta dela, porque ela pode ter um colapso a qualquer momento. Não deixe que ela procure nada na internet antes de ver o médico amanhã; não lhe diga que está preocupado.

– Não posso mentir – disse Sean.

– Bem, você vai ter que mentir, se a ama.

Hoje, tantos anos mais tarde, eu me perguntava por que não podia perdoar Charlotte por ter seguido esse mesmo conselho.

Eu não gostava de Guy Booker, se bem que, quando você escolhe um seguro contra erro médico, não procura por pessoas que quer na sua festa de Natal. Ele era bom para amedrontar alguém no banco das testemunhas, como um colecionador de insetos que o espeta para avaliá-lo mais de perto.

– Srta. Weissbach – disse Booker, levantando-se para seu momento no interrogatório. – Você já viu algum outro feto com medidas semelhantes do fêmur?

– Claro.

– Você acompanhou o resultado?

A advogada de Charlotte se levantou.

– Protesto, Meritíssimo. A testemunha é técnica, não médica.

– Ela vê essas coisas todos os dias – contra-argumentou Booker. – Ela é treinada para ler sonogramas.

– Mantido.

– Bem – disse Janine, ofendida. – Para sua informação, não é tão fácil ler os resultados de um ultrassom. Posso ser apenas uma técnica, mas também cabe a mim apontar situações que pareçam problemáticas. – Ela se virou bruscamente para mim. – Piper Reece era minha chefe. Eu estava apenas fazendo meu trabalho.

Ela não disse mais nada, mas pude entender o que estava nas entrelinhas: "Ao contrário de você".

Charlotte

HAVIA ALGUMA COISA DE ERRADO COM A MINHA ADVOGADA. ELA estava distraída; continuava se esquecendo das perguntas e das respostas. Isso me deixou preocupada: seria a dúvida algo contagioso? Será que Marin ficara sentada ao meu lado o dia todo enquanto eu lutava contra a vontade de me levantar e pôr um fim naquilo tudo e acordou esta manhã com a mesma sensação?

Ela chamou uma testemunha que eu não conhecia – dr. Thurber, que era inglês, mas se tornou chefe do setor de radiologia do Hospital Pediátrico Lucile Packard, em Stanford, antes de se transferir para o Shriners de Omaha e aplicar seus conhecimentos como radiologista em crianças com OI. De acordo com sua infindável lista de credenciais, o dr. Thurber avaliara milhares de ultrassons durante sua carreira, dera palestras ao redor do mundo e doava duas semanas de suas férias anuais para cuidar de mães grávidas em países pobres.

Basicamente, ele era um santo. Um santo muito inteligente.

– Dr. Thurber – disse Marin –, para nós, que não somos especialistas em ultrassons, o senhor poderia explicar como eles funcionam?

– O ultrassom é um instrumento de diagnóstico, em termos obstétricos – disse o radiologista. – O equipamento mapeia em tempo real. Ondas sonoras são emitidas por um transdutor colocado sobre a barriga da mãe e movido de um lado para o outro para refletir o conteúdo do uterino. A imagem é projetada num monitor, o sonograma.

– Para que são usados os ultrassons?

– Para diagnosticar e confirmar uma gravidez, para avaliar os batimentos cardíacos e as malformações do feto, para medir o feto a fim de identificar a idade gestacional e o crescimento, para ver a localização da placenta, para determinar a quantidade de líquido amniótico, entre outras coisas.

– Em geral, quando os ultrassons são feitos durante a gestação? – perguntou Marin.

– Não existe uma regra rígida, mas, às vezes, podem-se realizar exames com sete semanas para confirmar a gravidez e excluir gestações molares ou fora do útero. A maioria das mulheres passa por ao menos um ultrassom entre a décima oitava e a vigésima semana.

– O que acontece durante o ultrassom?

– Até lá, o feto já é grande o bastante para que se examine sua anatomia e se procure por malformações congênitas – disse o dr. Thurber. – Alguns ossos são medidos para garantir que o bebê tenha o tamanho adequado de acordo com a data da concepção. Eles garantem que os órgãos estão no lugar certo e que a coluna está intacta. Basicamente, é uma confirmação de que tudo está bem. E, claro, você vai para casa com uma imagem que vai ficar presa na porta da geladeira por seis meses.

Ouviram-se algumas risadas no júri. Será que eu guardei a imagem do seu ultrassom? Não me lembro. Quando me lembro daquele dia, apenas sinto uma maré de alívio depois que Piper disse que você era saudável.

– Dr. Thurber, o senhor teve a oportunidade de rever o ultrassom da décima oitava semana realizado em Charlotte O'Keefe? – perguntou Marin.

– Sim.

– E o que o senhor viu?

Ele olhou para o júri.

– Com base no ultrassom, há certamente motivos para preocupação. Normalmente, quando se realiza um ultrassom, você procura pelo cérebro através do crânio, por isso é uma imagem um pouco embaçada e acinzentada, por causa dos artefatos de reverberação de dentro do crânio que o raio do ultrassom atinge primeiro. No sonograma da sra. O'Keefe, contudo, o conteúdo intracraniano é muito claro, mesmo o campo próximo ao hemisfério cerebral, que normalmente fica obscurecido. Isso sugere calvária desmineralizada. Há várias doenças nas quais o crânio apresenta desmineralização, entre elas displasia óssea e OI. A pessoa, então, tem a obrigação de analisar os ossos maiores, e, na verdade, o comprimento do fêmur faz parte de todo ultrassom obstétrico. No caso da sra. O'Keefe, o fêmur também estava um pouco curto. A combinação de fêmur curto e crânio desmineralizado é um forte indicativo de osteogênese imperfeita. – Ele deixou as palavras pairando pelo tribunal. – Na verdade, se a técnica do ultrassom tivesse apertado a barriga da sra. O'Keefe ao realizar o ultrassom, ela seria capaz de ver na tela o crânio do feto se deformar.

Coloquei as mãos sobre a barriga, como se você ainda estivesse lá dentro.

– Se a sra. O'Keefe tivesse sido sua paciente, doutor, o que o senhor teria feito?

– Teria feito mais imagens do tórax, procurado por mais fraturas nas costelas. Teria medido todos os ossos maiores para confirmar se todos eles estavam abaixo da média. E ao menos teria repassado o caso para um centro mais experiente.

Marin fez que sim.

– E se eu lhe dissesse que a obstetra da sra. O'Keefe não fez nada disso?

– Nesse caso – disse o dr. Thurber –, eu diria que a médica cometeu um grave erro.

– Sem mais perguntas – disse Marin, sentando-se ao meu lado. Ela imediatamente soltou um longo suspiro.

– Qual o problema? – sussurrei. – Ele é muito bom.

– Já lhe ocorreu que você não é a única pessoa com problemas? – atacou-me Marin.

Guy Booker se levantou para entrevistar o radiologista.

– É muito mais fácil tomar uma decisão quando todas as variáveis são conhecidas, não é, dr. Thurber?

– Creio que sim.

– Há quanto tempo o senhor testemunha como especialista?

– Há dez anos – disse o médico.

– Suponho que o senhor não faça isso de graça.

– Não, sou pago, como todos os especialistas que testemunham – respondeu Thurber.

Booker olhou para o júri.

– Certo. Com certeza há muito dinheiro disponível hoje em dia, não é?

— Protesto — disse Marin. — Ele realmente espera que a testemunha responda a suas perguntas retóricas?
— Retiro. Doutor, não é verdade que a osteogênese imperfeita é muito rara?
— Sim.
— Então uma obstetra de uma cidadezinha do interior, por exemplo, talvez passe a carreira toda sem jamais presenciar um caso?
— É verdade — respondeu Thurber.
— Não é correto dizer que apenas um especialista estaria procurando por sinais de OI num ultrassom?
— Há um velho ditado médico sobre ouvir o som de cascos e presumir que são de um cavalo, e não de uma zebra — concordou Thurber. — Mas qualquer obstetra devidamente treinado deveria ser capaz de analisar um ultrassom e ver sinais de advertência. Ele talvez não fosse capaz de identificar o significado deles, mas saberia que eram anormalidades e reconheceria que os cuidados com a paciente precisariam ser elevados a outro patamar.
— Existe outra doença além da osteogênese imperfeita que dá uma imagem tão clara do cérebro durante um ultrassom?
— A forma letal da hipofosfatasia, que é extremamente rara e ainda assim não teria diminuído a necessidade de a paciente ter sido encaminhada a um centro de tratamento especializado.
— Dr. Thurber — disse Booker —, o senhor já viu uma imagem particularmente clara do conteúdo intracraniano... num bebê *saudável*?
— Às vezes. Se o plano do ultrassom de uma imagem específica por acaso passar pelas suturas normais cranianas, em vez do osso, o interior do cérebro é visto com clareza. Mas fazemos múltiplas imagens do cérebro procurando por estruturas intracranianas diferentes, e as suturas são muito finas. Seria virtualmente impossível ver várias imagens do cérebro com projeções múltiplas nas quais o transdutor atingisse uma sutura todas as vezes. Se eu vejo uma imagem que mostra o cérebro com clareza, mas outras que não, presumo que aquela única imagem foi feita através da sutura craniana. Neste caso, contudo, *todas* as imagens do cérebro mostravam o conteúdo intracraniano excepcionalmente claro.
— E quanto ao comprimento do fêmur? O senhor já mediu um fêmur curto durante o ultrassom da décima oitava semana e depois viu um bebê perfeitamente saudável nascer?

– Sim. Às vezes as medições dos técnicos podem sair distorcidas, porque o feto está se movendo ou está numa posição estranha. Eles medem o fêmur duas ou três vezes e usam o comprimento maior, mas mesmo sendo um milímetro menor pode fazer com que o percentil caia dramaticamente. Muitas vezes quando vemos fêmures de comprimento limítrofe, é apenas um erro de medida.

Booker se aproximou dele.

– Por mais útil que um ultrassom seja, não é uma ciência exata, é? Certas imagens podem sair mais claras do que outras?

– A clareza com a qual vemos todas as estruturas do feto é variável, sim. Depende de vários fatores: o tamanho da mãe, a posição do feto. Mas há uma série contínua. Em determinado dia talvez não sejamos capazes de vê-los tão bem ou, ao contrário, podemos ver tudo com clareza.

– Num ultrassom da décima oitava semana, doutor, o senhor é capaz de dizer com certeza que uma criança terá OI do tipo III?

– Você pode dizer que há algo de errado com o esqueleto. Você pode ver indícios, como os que estão no prontuário de Charlotte O'Keefe. À medida que a idade gestacional aumenta, se você vê ossos quebrados, pode geralmente considerar que o feto tem OI do tipo III.

– Doutor, se Charlotte O'Keefe fosse sua paciente e o senhor visse os resultados do ultrassom da décima oitava semana e não houvesse ossos quebrados, o senhor a teria encaminhado a um especialista?

– Com base no comprimento do fêmur e na calvária desmineralizada? Certamente.

– E uma vez que o senhor visse ossos quebrados no ultrassom seguinte, teria feito o que Piper Reece fez: imediatamente encaminhar a sra. O'Keefe para um médico de gestação de risco num centro de referência?

– Sim.

– Mas o senhor diagnosticaria com certeza que o feto da sra. O'Keefe, com dezoito semanas, tinha OI, com base apenas naquele primeiro ultrassom?

Ele hesitou

– Bem – disse Thurber. – Não.

Amelia

Às vezes eu me pergunto o que é realmente uma "emergência". Quero dizer, todos os professores da minha escola sabiam do julgamento e que meus pais não só estavam envolvidos nele como também estavam um contra o outro. O estado todo sabia e talvez até mesmo o país, graças à cobertura dos jornais e da televisão. Com certeza, até se eles achassem que minha mãe era louca e mesquinha, sentiam um pouquinho de solidariedade por mim, presa no meio disso tudo. E mesmo assim recebi uma bronca na aula de matemática por não estar prestando atenção. Eu tinha uma prova difícil de inglês no dia seguinte, vocabulário, sobre noventa palavras que eu provavelmente jamais usaria na vida.

Para isso, eu estava fazendo cartões de memorização. "Hipersensível", escrevi. "Muito, muito, muito sensível." Mas qual o sentido daquilo? Se você era sensível, você não estava determinado a levar as coisas a sério demais de qualquer forma?

"Temor: medo." Uso numa frase: "Temo esta prova estúpida".

- Amelia!

Ouvi você chamando, mas também sabia que não tinha de responder. Afinal, minha mãe – ou talvez Marin – estava pagando por aquela enfermeira que cheirava a naftalina para cuidar de você. Era o segundo dia em que ela estava aqui em casa depois que desci do ônibus escolar e, para ser sincera, não fiquei muito impressionada. Ela estava assistindo a *General Hospital* quando deveria estar brincando com você.

– Amelia! – você gritou, agora mais alto.

Arrastei a cadeira da escrivaninha e corri lá para baixo.

– *O quê?!* – perguntei. – Estou tentando estudar aqui.

Foi quando a vi: a enfermeira Ratched vomitara no chão todo.

Ela estava apoiada contra a parede, toda branca.

– Acho que tenho de ir para casa... – ela disse, respirando com dificuldade.

Bem, dã. Não quero pegar a peste bubônica.

– Você acha que pode cuidar da Willow até sua mãe voltar? – perguntou ela.

Como se eu não tivesse feito isso a vida toda.

– Claro. – Hesitei. – Você vai limpar isso tudo antes, certo?

– Amelia! – sussurrou Willow. – Ela está *doente*!

– Bem, eu é que não vou limpar – eu disse, mas a enfermeira já estava indo para a cozinha para limpar a sujeira.

– Ainda tenho que estudar – eu disse, depois que ficamos sozinhas. – Deixe-me subir e pegar o caderno e os cartões de memorização.

– Não, eu vou lá em cima – você disse. – Quero me deitar um pouco.

Assim eu a carreguei – você era tão leve – e a coloquei na cama com as muletas ao seu lado. Você pegou um livro e começou a ler.

"Escrutínio: observação atenta."

"Estatura: a altura de um ser humano."

Olhei para trás. Você tinha o tamanho de uma criança de três anos, apesar de já ter seis e meio. Eu me perguntava quão baixinha você ficaria. Pensei em como há tipos de peixes que aumentam de tamanho quando você os coloca em aquários maiores e me perguntei se isto ajudaria: e se, em vez de sentá-la nesta cama, nesta casa estúpida, eu lhe mostrasse o mundo todo?

– Eu posso lhe fazer as perguntas – você disse.

– Obrigada, mas ainda não estou preparada. Talvez mais tarde.

– Você sabia que Caco, o Sapo, é canhoto? – você perguntou.

– Não.

"Dissipado: dissolvido, desaparecido."

"Eludir: escapar." Quem me dera.

– Você sabe qual o tamanho de uma cova?

– Willow – eu disse –, estou tentando estudar aqui. Quer calar a boca?

– Dois metros e quarenta, por um metro, por um e oitenta – você sussurrou.

– Willow!

Você se sentou.

– Vou ao banheiro.

– Ótimo. E não se perca – eu disse, irritada. Observei atentamente enquanto você pegava suas muletas para que pudesse sair da cama. Geralmente a mamãe a levava ao banheiro – ou melhor, a *rodeava* até lá –, mas depois a privacidade se instalava e você a expulsava e trancava a porta. – Precisa de ajuda? – perguntei.

– Não, só de um pouco de colágeno – você disse, e eu quase ri.

Pouco depois, ouvi a porta do banheiro sendo trancada. "Escrúpulo, devoto, aniquilar. Letárgico, fatal, precipitar." O mundo seria um lugar muito mais fácil se, em vez de usar sílabas exageradas o tempo todo, disséssemos apenas o que realmente queríamos. As palavras atrapalham. As coisas que nos são mais difíceis – como o que era ter um menino a tocando como se você fosse feita de luz ou o que significava ser a única pessoa no lugar sem ser notada – não eram frases; era nós na madeira de nosso corpo, lugares onde nosso sangue corria contra o fluxo. Se você me perguntasse, não que alguém jamais tenha me perguntado, as únicas palavras dignas de ser ditas eram "Sinto muito".

Fiz a Lição 13 e a 14 – "divergente, perplexo, rústico" – e olhei no relógio. Ainda eram três da tarde.

– Wiki – eu disse –, a que horas a mamãe disse que estaria em casa...?

E então lembrei que você não estava ali.

Não estivera por uns bons quinze ou vinte minutos.

Ninguém ficava no banheiro tanto tempo assim.

Meu coração disparou. Eu tinha ficado tão absorta em aprender a definição de "arbitragem" que não escutara a tagarela cair? Corri para a porta do banheiro e girei a maçaneta.

– Willow? Tudo bem com você?

Não houve resposta.

Às vezes eu me pergunto o que é realmente uma emergência.

Ergui a perna e usei o pé para arrombar a porta.

Sean

O CALDO QUE SAÍA DA MÁQUINA AUTOMÁTICA DO TRIBUNAL PARECIA CAFÉ – E tinha o mesmo sabor. Era minha terceira xícara hoje e eu ainda não tinha certeza do que estava bebendo.

Estava sentado perto da janela no meu esconderijo – minha maior realização neste segundo dia de julgamento. Havia planejado ficar sentado na recepção até que Guy Booker precisasse de mim – mas me esquecera da imprensa. Os que não conseguiram entrar no tribunal descobriram rapidamente quem eu era e se amontoaram ao meu redor, deixando-me para trás resmungando um "Sem comentários".

Andei a esmo pelo labirinto de corredores do tribunal, forçando as maçanetas, até que encontrei um lugar aberto. Não fazia a menor ideia da utilidade daquela sala, mas ela ficava quase diretamente em cima do tribunal onde Charlotte se encontrava naquele momento.

Eu não acreditava em percepção extrassensorial ou qualquer tipo de porcaria, mas esperava que ela pudesse me sentir ali em cima. Até mesmo esperava que fosse uma coisa boa.

Eis meu segredo: apesar de ter passado para o outro lado, apesar de meu casamento estar em ruínas, havia uma parte de mim que ficava imaginando o que aconteceria se Charlotte ganhasse.

Com dinheiro suficiente, poderíamos enviá-la para um acampamento de verão, para que você conhecesse outras crianças com OI.

Com dinheiro suficiente, poderíamos comprar uma van nova, em vez de arrumar com cuspe e cola aquela que já estava com sete anos de uso.

Com dinheiro suficiente, poderíamos pagar a dívida do cartão de crédito e a segunda hipoteca que fizemos depois que as contas do plano de saúde aumentaram.

Com dinheiro suficiente, eu poderia levar Charlotte para jantar certa noite e me apaixonar por ela novamente.

Eu acreditava realmente que o custo do sucesso para nós não deveria ser o custo do fracasso de uma boa amiga. Mas e se não conhecêssemos Piper pessoalmente, apenas profissionalmente? Será que eu teria apoiado um caso como este contra um médico diferente? Eu me opunha ao envolvimento de Piper ou ao processo como um todo?

Havia mais coisas que não nos contaram:

Como é sentir uma costela quebrando quando não estou fazendo nada além de embalá-la.

Como dói ver a expressão no seu rosto quando você vê sua irmã mais velha patinando.

Como até as pessoas que a ajudam têm de lhe provocar dor antes: os médicos que reparam seus ossos, os caras que moldam seu aparelho ortopédico, que a deixam usá-lo até criar feridas, para que eles saibam o que devem arrumar.

Como seus ossos não são as únicas coisas que se partem. Haveria fraturas da espessura de um fio de cabelo que não veríamos durante anos em minha situação financeira, meu futuro, meu casamento.

De repente, quis ouvir sua voz. Peguei o celular e comecei a ligar, apenas para ouvir o som da bateria acabando. Fiquei olhando para o aparelho. Poderia ir para o carro e pegar o recarregador, mas isso significaria passar pelo corredor polonês novamente. Enquanto avaliava os custos e os benefícios, a porta do meu santuário se abriu e um pouco do barulho do corredor o invadiu, seguido por Piper Reece.

– Você vai ter de encontrar seu próprio esconderijo – eu disse, e ela levou um susto.

– Você quase me mata de susto – disse Piper. – Como você sabia que era isso o que eu estava fazendo?

– Porque é por isso que *eu* estou aqui. Você não deveria estar no tribunal?

– Estamos de recesso.

Hesitei e então entendi que não tinha nada a perder.

– Como estão indo as coisas por lá?

Piper abriu a boca, como se fosse responder, mas depois a fechou.

– Vou deixá-lo voltar para a sua ligação – murmurou ela, com a mão na maçaneta.

– Está sem bateria – eu disse, e ela se virou. – Meu telefone.

Ela cruzou os braços.

– Lembra quando não havia celulares? Quando não tínhamos de ouvir as conversas de todo mundo?

– É melhor que algumas coisas não sejam ditas em público – eu disse.

Piper me encarou.

– Está horrível lá – ela admitiu. – A última testemunha foi um estatístico que disse quanto custaria cuidar da Willow com base na expectativa de vida dela.

– O que ele disse?

– Trinta mil por ano.

– Não – eu disse. – Estava perguntando sobre a expectativa de vida dela.

Piper hesitou.

– Não gosto de pensar na Willow como um número. Como se ela pertencesse apenas a uma estatística.

– Piper.

– Não há motivo para que ela não tenha uma expectativa de vida normal – disse Piper.

– Mas não uma vida normal – concluí.

Piper se apoiou contra a parede. Eu não havia acendido as luzes – não queria que ninguém soubesse que eu estava aqui –, e nas sombras o rosto dela parecia envelhecido e cansado.

– Noite passada me lembrei da primeira vez que o chamamos para jantar, para que você conhecesse a Charlotte.

Eu me lembrava daquela noite como se fosse ontem. Havia me perdido no caminho até a casa de Piper porque estava nervoso demais. Por motivos óbvios, nunca fora convidado para a casa de alguém depois de multá-la por excesso de velocidade; eu jamais teria ido, mas, na véspera de parar o carro de Piper por correr a oitenta quilômetros por hora numa área cujo limite era cinquenta, eu fora à casa do meu melhor amigo – outro policial – e encontrara minha namorada na cama dele. Não tinha nada a perder quando Piper ligou para a delegacia uma semana mais tarde e me convidou; era um gesto impulsivo, estúpido e desesperado.

Quando cheguei à casa de Piper e fui apresentado a Charlotte, ela estendeu a mão para mim e me cumprimentou e uma centelha se acendeu entre nossas mãos, nos dando um choque. As duas menininhas comiam na sala de estar enquanto os adultos comiam na mesa de jantar; Piper acabara de me servir uma fatia de torta de caramelo e noz-pecã que Charlotte preparara.

– O que você acha? – perguntou Charlotte.

O recheio ainda estava quente e era doce; a crosta se dissolvia na língua como uma lembrança qualquer.

– Acho que deveríamos nos casar – eu disse, e todos riram, mas eu não estava só brincando.

Ficamos conversando sobre nossos primeiros beijos. Piper contou a história de um garoto que a levara até um bosque atrás do ginásio sob o pretexto de que havia um unicórnio atrás da árvore queimada; Rob contou que pagou cinco dólares para que uma menina da sétima série o beijasse. Charlotte só fora beijada aos dezoito anos.

– Não acredito – eu disse.

– E quanto a você, Sean? – perguntou Rob.

– Não me lembro. – Naquele momento, eu havia perdido a noção de qualquer coisa além de Charlotte.

Eu podia lhe dizer a quantos centímetros minha perna estava da dela sob a mesa. Podia lhe dizer como os cachos do cabelo dela atraíam a luz das velas e a retinham. Não conseguia me lembrar do meu primeiro beijo, mas poderia ter lhes dito que Charlotte seria meu último.

– Lembra que Amelia e Emma estavam na sala de estar? – perguntou Piper na sala do tribunal. – Estávamos nos divertindo tanto que ninguém se lembrou de ir vê-las.

De repente, eu vi – todos nós reunidos no banheirinho do andar térreo, Rob gritando com a filha por mandar Amelia ajudá-la a jogar a ração seca do cachorro na privada.

Piper começou a rir.

– Emma dizia que havia sido apenas um punhado.

Mas a ração absorvera a água e agora enchia toda a privada. Era incrível, na verdade, como tudo rapidamente saiu do controle.

Ao meu lado, a risada de Piper se transformou e, daquele modo que só as emoções têm de romper barreiras, ela de repente estava chorando.

– Por Deus, Sean. Como chegamos a este ponto?

Eu me senti desconfortável e, depois de algum tempo, a abracei.

– Está tudo bem.

– Não, não está – chorava Piper, escondendo o rosto no meu ombro. – Nunca na minha vida fui a vilã. Mas, todas as vezes que entro naquele tribunal, é exatamente isso o que sou.

Já havia abraçado Piper Reece antes. Era o que casais faziam – você ia à casa de alguém, entregava a obrigatória garrafa de vinho e beijava a anfitriã no rosto. Talvez distraidamente eu soubesse que Piper era mais alta que Charlotte, que seu perfume era diferente, ao contrário do conhecido sabonete de pera e baunilha de Charlotte. De qualquer modo, o abraço era triangular: você encostava seu rosto no dela e os corpos se afastavam um do outro.

Mas, agora, Piper estava com o corpo preso ao meu, as lágrimas caindo quentes contra o meu pescoço. Eu podia sentir as curvas e o peso do seu corpo. E pude perceber exatamente o momento em que ela tomou consciência do meu.

E então ela me beijou, ou talvez eu a tenha beijado, e ela tinha sabor de cerejas e meus olhos se fecharam e, nesse momento, tudo o que pude ver foi Charlotte.

Ambos nos afastamos e desviamos o olhar. Piper passou as mãos no rosto. "Nunca na minha vida fui a vilã", ela havia dito.

Há uma primeira vez para tudo.

– Desculpe – eu disse, ao mesmo tempo em que Piper começara a falar algo.

– Eu não deveria...

– Não aconteceu nada – interrompi. – Vamos apenas dizer que não aconteceu nada, certo?

Piper me olhou com tristeza.

– Só porque você não quer ver uma coisa, Sean, não significa que ela não exista.

Eu não sabia se estávamos falando sobre aquele momento, sobre o processo ou sobre ambos. Havia milhares de coisas que eu queria dizer para Piper, e todas começavam e terminavam com um pedido de desculpas, mas o que saiu dos meus lábios foi:

– Eu amo a Charlotte. Eu amo a minha esposa.

– Eu sei – Piper sussurrou. – Eu também a amava.

Charlotte

O FILME QUE FORA GRAVADO PARA MOSTRAR UM DIA NA SUA VIDA ERA a última prova que Marin tinha a oferecer ao júri. Era um contraponto emotivo aos fatos frios e duros que o estatístico havia dado, sobre os custos, neste país, de se ter um filho deficiente. Parecia que haviam se passado anos desde que a equipe de filmagem a seguira pela escola e, para ser honesta, eu estava preocupada com o resultado final. E se o júri visse seu cotidiano e não o considerasse nada diferente da vida diária de qualquer outra pessoa?

Marin me dissera que o trabalho dela era garantir que a apresentação saísse em nosso favor e, assim que as primeiras imagens foram exibidas na tela do tribunal, percebi que não tinha de me preocupar. A edição fora maravilhosa.

Tudo começava com uma imagem do seu rosto, refletido na vidraça pela qual você espiava. Você não estava falando, nem precisava. Havia toda uma vida de ansiedade em seus olhos.

A cena se afastava da janela, então, para mostrar sua irmã patinando no gelo.

Então soaram os primeiros acordes de uma canção enquanto eu me ajoelhava para prender seu aparelho ortopédico antes da escola, porque você não conseguia alcançá-lo. Depois de um momento, reconheci a música: "I Hope You Dance".

No bolso do meu casaco, meu celular começou a vibrar.

Não era permitido carregar celulares para dentro do tribunal, mas eu disse a Marin que tinha de estar disponível para qualquer eventualidade – e concordamos com isso. Coloquei a mão dentro do bolso e olhei para a tela para ver quem estava ligando.

"CASA", lia-se.

Na tela, você estava na sala de aula e as crianças a cercavam como um cardume de peixes, fazendo uma espécie de dança da aranha em círculos, enquanto você se sentava imóvel na sua cadeira de rodas.

– Marin – sussurrei.

– Agora não.

– Marin, meu celular está tocando...

Ela se aproximou de mim.

– Se você atender esse telefonema agora em vez de assistir ao filme, o júri a crucificará por parecer uma mãe fria.

Assim, sentei-me com as mãos debaixo das pernas, cada vez mais agitada. Talvez o júri pensasse que fosse porque eu não conseguia assistir ao filme. O telefone parou de vibrar e recomeçou logo depois. Na tela, eu a via na fisioterapia, andando em direção ao tapete acolchoado e mordendo o lábio de dor. O telefone vibrou novamente e gemi baixinho.

E se você tivesse sofrido uma queda? E se a enfermeira não soubesse o que fazer? E se fosse algo ainda pior do que uma fratura?

Eu podia ouvir choros abafados atrás de mim, bolsas sendo abertas à procura de lenços de papel. Podia ver o júri emocionado por suas palavras e seu rosto travesso.

O telefone vibrou novamente, um choque elétrico que percorreu todo o meu corpo. Dessa vez o tirei do bolso para ver a mensagem. Escondi o aparelho sob a mesa e o abri.

"WILLOW MACHUCADA. SOCORRO."

– Tenho que sair daqui – sussurrei para Marin.

– Em quinze minutos... Não podemos de jeito nenhum pedir um recesso agora.

Olhei para a tela do celular novamente, o coração batendo apressado. Machucada como? Por que a enfermeira não estava fazendo nada?

Você estava sentada no tapete, as pernas encolhidas. Sobre você, um anel vermelho pendia. Você gemeu ao tentar alcançá-lo. "Podemos parar agora?"

"Vamos lá, Willow, sei que você é mais forte do que isso... agarre o anel e o aperte."

Você tentou, por Molly. Mas lágrimas caíam de seus olhos, e o som que você emitiu foi uma súplica firme: "Por favor, Molly... posso parar?"

O telefone estava vibrando mais uma vez. Segurei-o firmemente na mão.

E então eu estava no colchão ao seu lado, abraçando-a, embalando-a e lhe dizendo que tudo ia ficar bem.

Se eu estivesse prestando mais atenção no que estava acontecendo no tribunal, teria percebido que todas as mulheres do júri estavam chorando, e também alguns dos homens. Teria visto as câmeras de TV no fundo da tribuna gravando o vídeo para exibi-lo no noticiário da noite. Teria visto o juiz Gellar fechar os olhos e balançar a cabeça. Mas, em vez disso, quando a tela escureceu, saí correndo.

Eu podia sentir todos me olhando enquanto corria pelo corredor até as portas duplas, e eles provavelmente pensaram que eu estava emocionada demais ou frágil demais para vê-la em vídeo. Assim que passei pelos guardas, apertei o botão de rediscagem do celular.

– Amelia? O que aconteceu?

– Ela está sangrando – disse Amelia, chorando e histérica. – Havia sangue por todos os lados e ela não se movia e...

De repente, uma voz desconhecida surgiu no telefone.

– Sra. O'Keefe?

– Sim?

– Sou Hal Chen, um dos membros da equipe de emergência que...

– O que há de errado com a minha filha?

– Ela perdeu muito sangue, isso é tudo que sabemos até agora. Pode nos encontrar no Hospital Regional de Portsmouth?

Não sei nem se disse sim. Não tentei contar a Marin. Apenas atravessei a recepção e saí do tribunal. Empurrei os repórteres, que foram pegos de surpresa e que se juntaram a tempo de focalizar as câmeras e apontar os microfones para a mulher que corria do julgamento, em direção a você.

Amelia

Quando eu era bem pequenininha e o vento soprava loucamente à noite, eu tinha dificuldades para dormir. Meu pai vinha e me dizia que a casa não era feita de palha ou gravetos, e sim de tijolos, e que, como os porquinhos bem sabiam, nada podia derrubá-la. Eis o que os porquinhos não sabiam: o lobo mau era apenas o início do problema. A maior ameaça já estava dentro de casa com eles, e não podia ser vista. Nenhum tipo de gás venenoso ou monóxido de carbono, mas simplesmente o modo como três personalidades bem diferentes tinham de se adequar a um espaço tão pequeno. Tente me convencer de que o porco preguiçoso – o que fez a primeira casa apenas com palha – realmente conseguia se dar bem com o todo cuidadoso porco da casa de tijolos. Duvido. Aposto que, se aquele conto de fadas durasse mais dez minutos, os três porquinhos estariam um sobre o pescoço do outro e a casa de tijolo teria explodido ao final.

Quando arrombei a porta do banheiro com meu chute de ninja, ela cedeu com mais facilidade do que eu esperava, se bem que a casa era velha e a tranca simplesmente se abriu. Você estava bem ali, mas eu não a vi. E como era possível, com todo aquele sangue por toda parte?

Comecei a gritar, depois corri para dentro do banheiro e segurei o seu rosto.

– Willow, acorde. *Acorde!*

Não deu certo, mas seu braço deu um solavanco e da sua mão caiu minha lâmina.

Meu coração disparou. Você viu quando eu me cortei aquela noite; fiquei com tanta raiva que não me lembrava se havia escondido a lâmina no esconderijo de sempre. E se você estivesse copiando o que vira?

Isso significava que a culpa era minha.

Havia cortes nos seus pulsos. Nessa hora, eu estava chorando histericamente. Não sabia se deveria enrolar uma toalha em você, ou tentar impedir o sangramento, ou ligar para uma ambulância ou para minha mãe.
Fiz tudo isso.
Quando os bombeiros chegaram com a ambulância, correram para o andar de cima, as botas sujando o carpete.
– Cuidado – gritei, parada na porta do banheiro. – Ela tem a doença dos ossos de vidro. Ela vai se quebrar se vocês a moverem.
– Ela vai sangrar até morrer se a deixarmos aí – resmungou um dos bombeiros.
Um dos atendentes da emergência se levantou, impedindo minha visão.
– Conte-me o que aconteceu.
Eu estava chorando tanto que meus olhos estavam inchados.
– Não sei. Eu estava estudando no meu quarto. Tinha uma enfermeira aqui, mas ela foi embora. E a Willow... ela... – Meu nariz escorria e minhas palavras saíam emboladas. – Ela estava no banheiro fazia muito tempo.
– Quanto tempo? – perguntou o bombeiro.
– Uns dez minutos... talvez cinco?
– Dez ou cinco?
– Não sei – respondi, chorando. – Não sei.
– Onde ela conseguiu a lâmina de barbear? – perguntou o bombeiro.
Engoli em seco e me obriguei a encará-lo.
– Não faço a menor ideia – menti.

BUCKLE: BOLO FEITO COM UMA CAMADA DE FRUTAS SILVESTRES NO MEIO DA MASSA.

Quando você não tem o que quer, tem que querer o que tem. Eis uma das primeiras lições que os colonos aprenderam quando chegaram aos Estados Unidos e descobriram que não fariam os pudins macios e quentes que tinham na Inglaterra, porque não havia ingredientes aqui. Essa descoberta levou a uma onda de criatividade, na qual os colonos usaram frutas da estação e silvestres para fazer pratos rápidos a fim de ser servidos no café da manhã ou mesmo como refeição principal. Eles inventaram nomes como buckle *e* grunt, crumble *e* cobbler *e* crisp, brown Betty, sonker, slump *e* pandowdy.* * *Há livros inteiros escritos sobre as origens desses nomes –* grunt *[ronco] é o som da fruta cozinhando; Louisa May Alcott adorava chamar a casa da sua família em Concord, Massachusetts, de Apple Slump –, mas alguns dos nomes nunca foram explicados.*
 O buckle, por exemplo.
 Talvez seja porque a cobertura é como uma farofa, o que lhe dá uma aparência esfarelada. Mas então por que não chamar de farelo, que faz mais sentido?
 Faço buckles *quando tudo está errado. Imagino algumas beligerantes mulheres daquele tempo inclinadas sobre o forno com uma panela de ferro, chorando dentro da massa – e é assim que imagino que o nome tenha surgido.*** *Você faz o* buckle *no momento em que está em colapso, querendo entregar os pontos, porque, quando você prepara um bolo desses, simplesmente não tem como errar. Ao contrário de outros confeitos e tortas, você não tem que se preocupar em ser exata nos ingredientes nem misturar a massa até o ponto certo. Isto é culinária para os que têm dificuldades em preparar comidas; é aqui que você começa, quando tudo o mais ao seu redor virou caco.*

BUCKLE DE AMORA E PÊSSEGO

COBERTURA
⅓ xícara de manteiga sem sal cortada em cubos

---

* Todos nomes arcaicos para o mesmo bolo recheado com frutas. (N. do T.)
** Um dos significados de *buckle* é "desmoronar". (N. do T.)

½ xícara de açúcar mascavo
¼ xícara de farinha
1 colher (chá) de canela
1 colher (chá) de gengibre fresco, descascado e ralado

MASSA
1 ½ xícara de farinha
½ colher (chá) de fermento
1 pitada de sal
¾ xícara de manteiga sem sal, a temperatura ambiente
¾ xícara de açúcar mascavo
1 colher (chá) de extrato de baunilha
3 ovos grandes
2 a 3 xícaras de amoras silvestres (podem ser substituídas por amoras congeladas)
2 pêssegos maduros, descascados, descaroçados e fatiados*

Unte e enfarinhe uma assadeira quadrada de 20 cm de lado; pré-aqueça o forno a 180° C.

Primeiro, faça a cobertura. Numa tigela pequena, misture a manteiga, o açúcar mascavo, a farinha, a canela e o gengibre até que se assemelhem a carne moída e reserve.

Depois, prepare a massa peneirando juntos a farinha, o fermento e o sal. Reserve essa mistura também.

Numa batedeira elétrica, bata a manteiga e o açúcar mascavo até a mistura ficar cremosa e macia (de 3 a 4 minutos). Acrescente a baunilha e os ovos, depois a mistura de farinha, até ficar homogêneo. Incorpore as amoras e os pêssegos. Espalhe a massa na assadeira e esfarele a mistura da cobertura por cima. Asse por 45 minutos, ou até que um palito de dentes saia limpo e a cobertura esteja dourada.

---

* A melhor maneira de descascar pêssegos é fazer uma pequena cruz na base de cada fruta e colocá-la em água fervente por um minuto. Remova o pêssego com uma colher e imediatamente coloque-o na água gelada. Tire a pele – que sairá facilmente – e o fatie em camadas ou pedacinhos para o *buckle*.

Charlotte

Acho que se pode amar demais uma pessoa.

Você coloca alguém num pedestal e, de repente, dessa perspectiva, nota o que há de errado – o cabelo desgrenhado, a meia desfiada, o osso quebrado. Você passa o tempo todo e gasta toda sua energia para consertar essas coisas e, enquanto isso, não percebe que está se partindo também. Não percebe nem mesmo qual a sua aparência e como você se deteriorou, porque só tem olhos para a outra pessoa.

Não é uma desculpa, mas é a única maneira de explicar por que estou aqui, ao seu lado na cama; você e seu pulso com curativo, quebrado porque os médicos tiveram de pressioná-lo para deter a hemorragia; você e suas costelas quebradas, por causa do procedimento de ressuscitação de emergência que fizeram quando seu coração parou de bater.

Eu já estava acostumada a ouvir que você havia quebrado um osso, que precisava de uma cirurgia ou usaria uma tala. Mas da boca dos médicos saíram palavras hoje que eu nunca esperava ouvir: "perda de sangue", "automutilação", "suicídio".

Como era possível que uma menina de seis anos e meio quisesse se matar? Era a única maneira de me fazer prestar atenção? Sim, porque você realmente conseguiu chamar minha atenção.

Sem mencionar meu arrependimento paralisante.

O tempo todo, Willow, só quis que você visse como era importante para mim, como eu faria tudo que fosse possível para lhe dar a melhor vida... mas você nem queria essa vida.

– Não acredito nisso – sussurrei enfaticamente, apesar de você ainda estar dormindo, sedada. – Não acredito que você quisesse morrer.

Acariciei-lhe os braços até que meus dedos apenas resvalassem no curativo enrolado em torno do profundo corte em seu pulso.

– Eu amo você – eu disse, com a voz cheia de lágrimas. – Amo tanto que não sei quem eu seria sem você. E mesmo que eu leve *minha* vida toda para fazer isso, eu a farei entender por que a *sua* faz diferença.

Eu ganharia esse processo e, com o dinheiro, levaria você para assistir às Paraolimpíadas. Compraria uma cadeira de rodas esportiva e um cão-guia. Viajaria com você pelo mundo todo, para apresentá-la a pessoas que, como você, superaram as expectativas para se tornar maiores do que os outros achavam possível. Provaria que o fato de você ser diferente não é uma sentença de morte, e sim um chamado à luta. Sim, você continuaria a quebrar – não ossos, e sim barreiras.

Seus dedos tocaram os meus e seus olhos aos poucos se abriram.

– Oi, mamãe – você murmurou.

– Ah, Willow – eu disse, chorando muito. – Você nos matou de susto.

– Desculpe.

Ergui sua mão boa e dei um beijo na palma dela, para que você o carregasse como um doce, até que ele derretesse.

– Não – sussurrei. – *Eu* é que peço desculpas.

Sean dormia numa poltrona no canto do quarto.

– Ei – disse ele, acordando, o rosto se iluminando ao ver que você acordara. Ele se sentou na beirada da cama. – Como está minha garota? – Ele tirou os cabelos que lhe caíam sobre o rosto.

– Mamãe? – você me chamou.

– O quê, querida?

Você sorriu, o primeiro sorriso verdadeiro que vi no seu rosto em anos.

– Vocês dois estão aqui – você disse, como se fosse apenas isso que quisesse.

Deixando Sean com você, desci até a recepção e liguei para Marin; ela havia deixado várias mensagens na minha caixa de voz.

– Finalmente – ela atacou. – Eis as novidades, Charlotte. Você não pode abandonar um julgamento no meio, principalmente sem dizer à sua advogada para onde está indo. Você tem ideia de como pareci uma idiota quando o juiz me perguntou onde estava minha cliente e eu não sabia responder?

– Tive de vir ao hospital.
– Por causa da Willow? O que ela quebrou dessa vez? – Marin perguntou.
– Ela se cortou. Perdeu muito sangue, e as intervenções que os médicos tiveram de fazer causaram mais fraturas, mas ela ficará bem. Ela ficará em observação a noite toda. – Respirei fundo. – Marin, não posso ir ao tribunal amanhã. Tenho que ficar com ela.
– Um dia – disse Marin. – Posso conseguir um recesso de um dia. E... Charlotte? Estou feliz por Willow estar bem.
Minha respiração ficou ofegante.
– Não sei o que eu faria sem ela.
Marin ficou em silêncio por um instante.
– É melhor não deixar Guy Booker ouvi-la dizer isso – ela disse e desligou.

Eu não queria voltar para casa, porque lá teria de ver o sangue. Imaginei que havia sangue por todos os lados – na cortina do chuveiro, nos azulejos do chão, no ralo da banheira. Imaginei-me usando água sanitária e um pano úmido e tendo de torcê-lo na pia dezenas de vezes, minhas mãos queimando e meus olhos fervendo. Imaginei a água escorrendo rosada e, mesmo depois de uns bons trinta minutos de limpeza, ainda sentiria o cheiro do medo de perdê-la.
Amelia estava lá embaixo, na cantina, onde a deixei com uma xícara de chocolate quente e uma porção de batatas fritas.
– Ei – eu disse.
Ela se levantou da cadeira.
– A Willow...?
– Ela acabou de acordar.
Amelia parecia que ia desmaiar e eu não podia culpá-la – foi ela quem encontrou você e ligou para a emergência.
– Ela disse alguma coisa?
– Não muito. – Estendi a mão e cobri a mão dela com a minha. – Você salvou a vida da Willow hoje. Não há nada que eu possa dizer para que você compreenda como estou grata.
– Eu não deixaria que ela simplesmente sangrasse até morrer – ela disse, tremendo.

— Quer vê-la?

— Eu... não sei se consigo ainda. Continuo a vê-la naquele banheiro...

— Amelia se encolheu daquele modo que os adolescentes fazem, como brotos de alfafa. — Mãe, o que teria acontecido se a Willow tivesse morrido?

— Nem pense nisso, Amelia.

— Não digo agora... nem hoje. Quero dizer, tipo, há alguns anos. Quando ela nasceu.

Ela me olhou e eu percebi que Amelia não estava tentando me irritar; ela estava perguntando honestamente como teria sido sua vida se não fosse o pano de fundo para uma irmã com uma grave deficiência.

— Não sei dizer, Amelia — respondi com sinceridade. — Estou muito, muito feliz por ela não ter morrido. Nem naquela época e, graças a você, nem hoje. Preciso muito de *vocês duas*.

Ao me levantar, esperando que Amelia jogasse fora o restante das batatas, eu me perguntava se o psiquiatra para o qual levaríamos você me diria o que eu havia feito para arruiná-la irreparavelmente. Imaginava que você havia cortado os pulsos porque, apesar de todo o vocabulário que você sabia, não tinha as palavras para me mandar simplesmente parar. Eu me perguntava como é que você sabia que cortar o pulso era um modo de morrer.

Como se pudesse ler minha mente, Amelia falou:

— Mãe, não acho que a Willow estivesse tentando se matar.

— O que a faz pensar isso?

— Porque ela sabe — disse Amelia, aproximando-se de mim — que ela é a única coisa que mantém nossa família unida.

Amelia

Só me deixaram sozinha com você depois de três horas que você havia acordado, quando a mamãe e o papai saíram para o corredor para conversar com um dos médicos. Você me olhou porque sabia que não demoraria muito antes que outra pessoa invadisse o quarto novamente.

– Não se preocupe – você disse. – Não vou contar para ninguém que era sua.

Minhas pernas quase cederam; tive que me segurar no estranho corrimão da maca para não cair.

– No que você estava pensando? – perguntei.

– Só queria saber como era – você respondeu. – Quando eu te vi.

– Você não deveria ter visto.

– Mas eu vi. E você parecia... não sei... tão *feliz*.

Certa vez, na aula de ciências, meu professor contou uma história sobre uma mulher que fora ao hospital porque não conseguia comer nada, nem um pedacinho, e os médicos a operaram e descobriram uma bola de cabelos do tamanho e na forma do estômago dela. Mais tarde, o marido dela mencionou que, sim, ele a vira comendo o próprio cabelo de vez em quando, mas nunca imaginou que aquilo tivesse saído de controle. Era assim que eu me sentia agora: nauseada e cansada de um hábito que se solidificara tanto que eu não conseguia nem mesmo engolir mais.

– É uma forma estúpida de felicidade. Fiz aquilo porque não sei ser feliz do jeito normal. – Balancei a cabeça. – Olho para você, Wiki, cheia de coisas ruins lhe acontecendo, e você nunca perde as forças. Mas eu... eu não consigo nem ficar satisfeita com todas as coisas boas da minha vida. Sou patética.

– Não acho você patética.

– É mesmo? – Eu ri, mas sem achar qualquer graça; era um riso vazio.
– Então o que eu sou?

– Minha irmã mais velha – você respondeu simplesmente.

Pude ouvir a porta se abrindo com um rangido e a voz do papai agradecendo ao médico. Rapidamente enxuguei a lágrima do olho.

– Não tente ser como eu, Willow – eu disse. – Principalmente porque eu só estava tentando ser como *você*.

Então meu pai entrou no quarto com a minha mãe. Eles olharam para o seu rosto e para o meu.

– Sobre o que vocês duas estavam conversando? – perguntou o papai.

Não nos olhamos.

- Nada – respondemos, pela primeira vez em uníssono.

Piper

– Não tenho que ir ao tribunal amanhã – eu disse, ainda cambaleante, ao desligar o telefone e encarar Rob.

Seu garfo ficou suspenso no ar sobre o prato.

– Quer dizer que ela finalmente tomou juízo e desistiu do processo?

– Não – eu disse, sentando-me ao lado de Emma, que remexia a comida chinesa no prato. Eu me perguntei quanto poderia dizer na presença dela e decidi que, se ela tinha idade suficiente para lidar com esse julgamento, também tinha idade suficiente para ouvir a verdade. – É a Willow. Parece que ela se cortou com uma lâmina de barbear, e foi feio.

O garfo de Rob caiu na mesa.

– Meu Deus – disse ele, baixinho. – Ela estava tentando se matar?

Até que ele dissesse isso, sinceramente a ideia não havia passado pela minha cabeça. Você tinha apenas seis anos e meio, meu Deus. Meninas da sua idade deveriam sonhar com pôneis e Zac Efron, e não tentar se suicidar. Se bem que, na prática, tudo acontece diferente da teoria: besouros voam; salmões nadam contra a corrente. Bebês nascem sem uma estrutura esquelética capaz de suportar seu peso. Melhores amigas brigam.

– Você não acha mesmo... Ah, Rob. Ah, Deus.

– Ela vai ficar bem? – perguntou Emma.

– Não sei – admiti. – Espero que sim.

– Bem, se esse não for um sinal cósmico gigantesco para que a Charlotte estabeleça suas prioridades – disse Rob –, então não sei o que é. Não me lembro de a Willow ter reclamado uma vez que fosse.

– Muita coisa pode mudar em um ano – argumentei.

– Principalmente quando sua mãe está ocupada demais tirando leite de pedra para prestar atenção nas filhas...

– Chega – murmurei.
– Não me diga que você vai defender aquela mulher.
– Aquela mulher era minha amiga.
– *Era*, Piper – repetiu Rob.
Emma jogou o guardanapo na mesa, um sinal de alerta.
– Acho que sei por que ela fez isso – sussurrou.
Ambos nos viramos para ela.
Emma estava quase branca, os olhos cheios de lágrimas.
– Sei que amigas deveriam ajudar umas às outras, mas não somos mais amigas mesmo...
– Você e a Willow?
Ela fez que não.
– Eu e a Amelia. Eu a vi uma vez, no banheiro feminino. Ela estava cortando o braço com um pedaço de lata de refrigerante. Ela não me viu, e eu me virei e corri. Queria contar a alguém, a vocês, à coordenadora, mas depois eu meio que desejei que ela morresse. Achei que talvez a mãe dela merecesse isso por, vocês sabem, nos processar. Mas nunca pensei... nunca quis que isso acontecesse com a Willow... – Ela sucumbiu, chorando. – Todo mundo faz isso... se corta. Achei que era apenas uma fase, como na época em que ela costumava vomitar.
– Ela o quê?!
– Ela achava que eu não sabia, mas eu sabia. Podia ouvi-la, quando ela dormia aqui em casa. Ela achava que eu estava dormindo, então ela ia ao banheiro e vomitava...
– Ela parou?
Emma me olhou.
– Não me lembro – disse ela, bem baixinho. – Eu achava que sim, mas talvez eu simplesmente tenha parado de andar com ela para saber.
– Os dentes dela... – acrescentou Rob. – Quando tirei o aparelho, o esmalte estava desgastado. É uma coisa que atribuímos ou ao excesso de refrigerante... ou a transtornos alimentares...
Quando eu ainda atendia, tive uma paciente com bulimia que ficara grávida. Assim que consegui convencê-la a parar de vomitar propositadamente, pelo bem do feto, ela começou a se cortar. Consultei um psiquiatra e descobri que, geralmente, as duas coisas andam de mãos dadas. Ao contrário da anorexia, que tem a ver com se sentir perfeita o tempo todo, a bu-

limia tem raízes num sentimento de ódio por si mesma. Cortar-se era uma maneira de não cometer suicídio, ironicamente; era um mecanismo de luta para alguém incapaz de se controlar de qualquer outro modo e, assim como a compulsão alimentar e o vômito, o hábito se transformava num segredinho que se juntava ao ciclo de raiva de si mesma, por não ser o que realmente se deseja.

Eu não podia nem imaginar o que era viver numa casa onde a mensagem subliminar era a de que filhas que não eram perfeitas não deveriam existir.

Pode ter sido uma coincidência; Emma talvez tenha se deparado com a única vez em que Amelia tentou se ferir; o diagnóstico de Rob talvez fosse um chute. Mesmo assim, se os sinais de advertência estavam presentes e você os notava, não deveria transmitir a informação?

Por Deus do céu – esse era o ponto central de todo o processo.

– Se fosse com a Emma, você não ia querer saber? – Rob perguntou, sem se exaltar.

Olhei para ele.

– Você realmente acha que a Charlotte me ouviria se eu lhe dissesse que sua outra filha está com problemas?

Rob inclinou a cabeça.

– Talvez seja exatamente por isso que você deve tentar.

Ao dirigir por Bankton, listei todas as coisas que eu sabia sobre Amelia O'Keefe:

Ela usava sapatos número trinta e seis.

Ela não gostava de alcaçuz.

Ela patinava como um anjo e fazia com que isso parecesse mais fácil do que era.

Ela era forte. Uma vez, durante uma apresentação de patinação, fez toda a coreografia com um buraco na meia e uma ferida machucando seu calcanhar.

Ela sabia todas as letras da trilha sonora do musical *As bruxas de Oz*.

Ela levava o prato para a cozinha quando acabava de comer, enquanto eu tinha que lembrar Emma de fazer o mesmo.

Ela se adequava fácil e inteiramente à nossa vida cotidiana, tanto que, quando elas eram menores, Emma e Amelia eram chamadas de As Gêmeas pela maioria das professoras da escola primária. Elas emprestavam roupas umas das outras, faziam o mesmo corte de cabelo, dormiam na mesma cama estreita quando estavam uma na casa da outra.

Talvez eu me sentisse culpada por pensar em Amelia como uma extensão de Emma. Saber dez coisas concretas a respeito dela não me tornava uma especialista, mas eram dez coisas a mais do que seus pais estavam prestando atenção neste momento.

Não percebi para onde estava indo até que entrei no acesso ao estacionamento do hospital. O guarda na cabine esperou que eu abrisse a janela.

– Sou médica – eu disse, o que não era exatamente mentira, e ele me acenou adiante para o estacionamento.

Tecnicamente, eu ainda tinha privilégios ali. Conhecia a equipe de obstetrícia bem o suficiente para ser convidada para as festas de Natal de seus membros. Mas agora o hospital era tão estranho que, quando eu passava pelas portas de vidro, quase cedia aos cheiros: produtos de limpeza industriais e esperanças perdidas. Podia não me sentir pronta ainda para assumir uma paciente de verdade, mas isso não significava que eu não podia fingir tratar uma paciente fictícia. Assim, vesti minha melhor fantasia de médica e caminhei até o idoso voluntário num uniforme rosa.

– Sou a dra. Reece. Fui chamada aqui para uma consulta... Preciso do número do quarto de Willow O'Keefe.

Como já havia passado do horário de visitação e eu não estava usando jaleco, fui parada por enfermeiras em todos os postos. Nenhuma delas me conhecia, o que na verdade foi bom para mim. Eu sabia, claro, o nome do médico que cuidava de Willow.

– O dr. Rosenblad, da pediatria, me pediu para ver Willow O'Keefe – eu disse, no tom seguro que geralmente evita que as enfermeiras desconfiem. – O prontuário está do lado de fora da porta?

– Sim – respondeu uma enfermeira. – Quer enviar uma mensagem para o dr. Suraya?

– Dr. Suraya?

– O médico que a está tratando.

– Ah – eu disse. – Não. Não vai demorar mais do que alguns minutos – e corri pelo corredor, como se tivesse mil coisas para fazer.

A porta do quarto estava aberta, e as luzes, baixas. Você estava dormindo na cama, e Charlotte, na poltrona ao lado. Ela segurava um livro: *1001 curiosidades*.

Seu braço estava imobilizado, assim como a perna esquerda. Curativos envolviam suas costelas. Sem nem mesmo ler seu prontuário, eu podia adivinhar que danos colaterais haviam sido causados para salvar sua vida.

Abaixei-me com todo o cuidado e beijei o alto da sua cabeça. Depois tirei o livro das mãos da sua mãe e o coloquei sobre o criado-mudo. Já sabia que ela não acordaria – ela estava dormindo pesado demais. Sean sempre dizia que ela roncava feito um marujo, apesar de, nas poucas vezes em que nos reunimos em viagens em família, eu ter notado apenas um som baixinho enquanto ela dormia. Sempre me perguntei se isso era porque ela se sentia mais à vontade com Sean para realmente se soltar ou porque ele não a compreendia do mesmo modo que eu.

Ela murmurou algo em seu sono e se mexeu, e eu fiquei paralisada como uma corça sob os holofotes.

Agora que estava aqui, eu não sabia o que esperava. Será que eu achava que Charlotte não estaria dormindo ao seu lado? Que ela me aceitaria de braços abertos quando eu dissesse que estava preocupada com você? Talvez eu tenha vindo até aqui porque precisava ver com meus próprios olhos, nem que fosse por um instante, que você estava bem. Talvez quando Charlotte acordasse, ela sentiria meu perfume e se perguntaria se havia sonhado comigo. Talvez ela se lembraria de ter dormido segurando o livro e ficaria pensando em quem o tirara dela.

– Você vai ficar bem – sussurrei.

Ao sair para o corredor do hospital, percebi que isso valia para nós três.

Sean

Para minha surpresa, Guy Booker apareceu pouco depois das nove da noite para me dizer que o juiz havia concordado com o recesso de um dia – de modo que eu não teria que testemunhar amanhã de manhã.
– Isso é bom, porque ela ainda está no hospital – eu disse. – A Charlotte está com ela. Eu voltei para casa com a Amelia.
– Como está a Willow?
– Ela vai se recuperar. É uma lutadora.
– Bem, sei que foi horrível receber aquela ligação. Mas você percebe como isso foi bom para o nosso caso? – ele perguntou. – É tarde demais para dizer que o processo fez dela uma suicida, se bem que, se ela morresse hoje... – Ele se interrompeu abruptamente, não antes de eu agarrá-lo pelo colarinho e jogá-lo contra a parede.
– Termine a frase – mandei.
O sangue desapareceu do rosto de Booker.
– Você ia dizer que, se ela morresse, não haveria dano algum, não é, seu filho da puta?
– Se *você* pensou isso, então o júri pensará também – disse Booker, engasgando. – Isso basta.
Soltei-o e lhe dei as costas.
– Saia da minha casa.
Ele era esperto o bastante para sair pela porta sem dizer uma palavra, mas, menos de um minuto depois, a campainha tocou novamente.
– Eu o mandei cair fora – eu disse, mas, em vez de Guy Booker, era Piper que estava na varanda.
– Eu... eu só vou...
Balancei a cabeça.
– Não era você que eu estava esperando.

A lembrança do beijo no tribunal surgiu entre nós, fazendo com que recuássemos um pouco.

– Preciso falar com você, Sean – disse Piper.

– Eu já disse, esqueça...

– Não é sobre o que aconteceu essa tarde. É sobre a sua filha – disse Piper. – Acho que ela pode sofrer de bulimia.

– Não, ela tem oi.

– Você tem outra filha, Sean. Estou falando da Amelia.

Estávamos conversando com a porta aberta, ambos tremendo. Recuei para que Piper entrasse. Ela ficou em pé, desconfortável, na entrada.

– Não há nada de errado com a Amelia – eu disse.

– Bulimia é um transtorno alimentar. Que, por definição, é mantido em segredo pela pessoa que sofre disso. Emma a ouviu vomitando tarde da noite. E Rob notou, durante a última consulta odontológica dela, que o esmalte dos dentes estava gasto na parte de trás, algo que pode ser causado por vomitar repetidas vezes. Olha, você pode me odiar por falar disso, mas, levando em conta no que estamos envolvidos neste momento, eu prefiro salvar a vida da Amelia a saber que tive a oportunidade e não fiz isso.

Olhei para as escadas. Amelia estava no banheiro, ou pelo menos deveria estar. Ela não queria ir ao banheiro que vocês dividiam; em vez disso, estava usando o da suíte. Apesar de eu ter limpado qualquer prova do que acontecera com você, Amelia disse que aquilo ainda a assustava.

Como policial, às vezes eu tinha de pensar no limite entre privacidade e criação de filhos. Vi muitas crianças que pareciam limpas por fora, mas eram presas por porte de drogas, roubo ou vandalismo, justamente porque sabiam que as pessoas não estavam esperando que elas fizessem essas coisas – isso acontecia principalmente entre treze e dezoito anos. Não contei a Charlotte, mas às vezes procurei nas gavetas de Amelia só para ver o que ela poderia estar escondendo. Nunca encontrei nada. Procurei por drogas e álcool – nunca por evidências de transtornos alimentares. Nem saberia o que procurar.

– Ela não é magra demais – eu disse. – Talvez a Emma tenha entendido errado.

– Bulímicos não passam fome, eles comem compulsivamente e depois vomitam. Você não veria uma perda de peso. E tem mais uma coisa, Sean. Na escola, no banheiro das meninas, a Emma viu a Amelia se cortando.

– Se cortando? – repeti.

– Com algo tipo uma lâmina de barbear – disse Piper e, de repente, entendi tudo. – Apenas converse com ela, Sean.

– O que eu digo? – perguntei, mas ela já havia ido embora.

Enquanto Amelia tomava banho, eu podia ouvir a água correndo pelos canos. Canos – os mesmos que o encanador consertou quatro vezes no ano passado, porque continuavam vazando. Ele disse que era ácido, o que não fizera sentido na época.

Vômito era algo muito ácido.

Subi as escadas e fui até o quarto que você e sua irmã dividiam. Se Amelia fosse bulímica, não teríamos notado o desaparecimento de comida? Sentei à mesa e remexi as gavetas, mas não encontrei nada, exceto pacotes de chiclete e algumas provas antigas. Amelia sempre tirou nota dez. Como uma criança que se esforçava tanto, que fazia tantas coisas direito, podia se perder dessa forma?

A porta de baixo da escrivaninha de Amelia não fechava. Arranquei a gaveta dos trilhos de metal e do buraco tirei uma caixa cheia de saquinhos plásticos. Virei a caixa como se estivesse examinando um artefato raro. Realmente não fazia sentido que Amelia tivesse essas coisas aqui quando havia as mesmas na despensa; fazia menos sentido ainda que ela se desse ao trabalho de escondê-las atrás da gaveta. Então revirei a cama. Sob os lençóis, encontrei apenas o alce de pelúcia encardido com o qual Amelia dormia desde que eu conhecera Charlotte. Ajoelhei-me ao lado da cama e passei a mão sob o colchão.

Havia montes de embalagens de doces, pães, biscoitos e bolachas. Elas caíam lentamente aos meus pés, como se fossem borboletas de plástico. Perto da cabeceira da cama, havia sutiãs de cetim com as etiquetas de preço ainda presas – sutiãs grandes demais para Amelia –, maquiagens com preço, bijuterias ainda presas às embalagens de plástico.

Afundei no chão, sentando no meio de todas as provas que eu não estivera disposto a ver.

Amelia

Eu estava toda molhada e enrolada numa toalha, e tudo o que eu queria era vestir o pijama, dormir e fingir que o dia de hoje nunca acontecera, mas, sentado no meio do quarto, estava meu pai.

– Você se importa? Ainda não estou vestida...

Ele se virou e foi quando notei tudo empilhado no chão diante dele.

– O que é tudo isso? – ele me perguntou.

– Certo, sou uma porca. Vou limpar o quarto.

– Você roubou essas coisas? – Ele pegou um punhado de cosméticos e bijuterias. Eram coisas horríveis – maquiagens que eu não usaria nem morta, brincos e colares de velhas –, mas de algum modo roubá-las fazia com que eu me sentisse uma heroína.

– Não – respondi, olhando-o no olho.

– De quem são esses sutiãs? – ele perguntou. – Tamanho 44?

– De uma amiga – respondi, e logo percebi que estava encrencada: meu pai sabia que eu não tinha amiga nenhuma.

– Eu sei o que você está fazendo – disse ele, levantando-se com dificuldade.

– Bem, então talvez você possa me dizer. Pois eu realmente não entendo por que tenho de passar por esse interrogatório enquanto estou congelando e toda molhada aqui...

– Você vomitou antes de tomar banho?

Meu rosto ficou vermelho diante da realidade. Era o momento perfeito, porque a água corrente encobria o barulho do vômito. Eu transformara o hábito numa ciência. Mas tentei me sair com uma piada.

– Ah, é claro. Faço isso sempre antes de tomar banho. E deve ser por isso que sou gorda enquanto todo mundo na minha sala é mag...

Ele deu um passo à frente e eu enrolei a toalha com mais força ao redor do corpo.

– Pare de mentir – ele disse. – Simplesmente... pare!

Meu pai estendeu a mão e puxou meu pulso em sua direção. Achei que ele estivesse querendo tirar a toalha, mas isso não era nada humilhante em comparação ao que ele realmente estava tentando ver: meus braços e coxas e as cicatrizes neles.

– Ela me viu fazendo isso – eu disse, e não tive de explicar que estava me referindo a você, Willow.

– Jesus Cristo! – meu pai explodiu. – No que é que você estava pensando, Amelia? Se você estava chateada, por que não nos procurou?

Mas aposto que ele já sabia a resposta.

Comecei a chorar.

– Eu nunca quis machucá-la. Queria apenas *me* machucar.

– *Por quê?*

– Não sei. Porque é a única coisa que eu faço direito.

Ele segurou meu rosto, obrigando-me a olhá-lo nos olhos.

– Não estou furioso porque odeio você – disse meu pai, com firmeza. – E sim porque te *amo*. – E então ele me abraçou, a toalha como uma barreira fina entre nós, e não era nojento ou desconfortável; era apenas o que era. – Isso tem que parar já, ouviu? Existem tratamentos e coisas do gênero. Você vai se curar. Mas, até lá, vou ficar de olho em você. Vou observá-la como um falcão.

Quanto mais ele gritava, com mais força me abraçava. E eis a coisa mais esquisita de tudo: agora que o pior acontecera – agora que eu fora descoberta –, não senti que foi algo desastroso. Senti que foi, bem, inevitável. Meu pai estava furioso, mas eu... eu não conseguia parar de sorrir. *Você me vê*, pensei, de olhos fechados. *Você me vê.*

Charlotte

Naquela noite, dormi na poltrona ao lado da cama do hospital e sonhei com Piper. Estávamos na ilha Plum novamente pegando onda, mas as ondas ficaram vermelhas como sangue e mancharam nossos cabelos e nossa pele. Peguei uma onda tão alta e poderosa que fez a praia toda tremer. Olhei para trás, mas você estava sendo arrastada pelo quebrar de uma onda, dando cambalhotas, seu corpo se arranhando pelo fundo de vidro do oceano e pelas rochas porosas. "Charlotte", você gritou, "me ajude!" Eu a ouvi, mas comecei a me afastar.

Fui acordada por Sean, chacoalhando meu ombro.

– Ei – ele sussurrou, olhando para você. – Ela dormiu bem à noite?

Fiz que sim, alongando os músculos do pescoço. E então notei Amelia ao lado dele.

– A Amelia não deveria estar na escola?

– Nós três precisamos conversar – disse Sean, num tom que impedia qualquer negativa. Ele olhou para você, que ainda dormia. – Você acha que ela ficará bem por alguns minutos, enquanto tomamos um café?

Avisei as enfermeiras de plantão e segui Sean para dentro do elevador, com Amelia caminhando mansamente atrás dele. O que teria acontecido entre os dois?

Na cantina, Sean serviu café para nós dois enquanto Amelia pegou duas caixinhas de cereais e tentou se decidir entre Cheerios e Cinnamon Toast Crunch. Nós nos sentamos. Àquela hora da manhã, o salão estava cheio de residentes comendo banana e tomando café com leite antes de começar o turno.

– Preciso ir ao banheiro – disse Amelia.

– Mas você não pode – Sean respondeu simplesmente.

– Se você tem algo a dizer, Sean, podemos esperar até que ela volte...

– Amelia, por que você não conta para sua mãe por que não pode ir ao banheiro?

Ela abaixou a cabeça e ficou olhando para a tigela de plástico.

– Ele tem medo... que eu vá vomitar novamente.

Olhei para Sean sem entender nada.

– Ela está com uma virose?

– Que tal bulimia? – disse Sean.

Senti-me presa à cadeira. Com certeza eu havia entendido errado.

– Amelia não é bulímica. Você não acha que *saberíamos* se ela fosse?

– Claro. Assim como sabemos que ela está se cortando há mais ou menos um ano. Roubando todo tipo de porcaria, incluindo lâminas de barbear, e foi assim que a Willow conseguiu se ferir.

Fiquei boquiaberta.

– Não entendo.

– Não – disse Sean, recostando-se na cadeira. – Nem eu. Não entendo por que uma menina que tem pais que a amam e um teto sobre a cabeça e uma vida muito boa se odiaria tanto a ponto de fazer qualquer uma dessas coisas.

Encarei Amelia.

– Isso é verdade?

Ela fez que sim e eu senti uma pontada no coração. Será que fiquei cega? Ou simplesmente estava ocupada demais vendo você se quebrar para notar que minha outra filha também estava se partindo ao meio?

– A Piper passou lá em casa ontem à noite para me dizer que a Amelia talvez estivesse com um problema. Aparentemente, não estávamos vendo... mas a Emma viu. Várias vezes.

Piper. Ao ouvir esse nome, me senti gelada.

– Ela foi até a nossa casa? E você a deixou entrar?

– Pelo amor de Deus, Charlotte...

– Você não pode acreditar em nada do que a Piper diz. Não duvido nada que isso faça parte de um plano para nos obrigar a retirar o processo. – Distraidamente lembrei que Amelia havia confessado o hábito, mas isso não importava muito. Tudo o que eu via era Piper, na minha casa, fingindo ser a mãe perfeita enquanto eu havia arruinado tudo.

– Sabe, estou começando a entender por que a Amelia começou com isso – resmungou Sean. – Você está completamente fora de controle.

– Ótimo, seu bom e velho *modus operandi* – eu disse. – Culpe a Charlotte, porque nada disso é culpa sua.

– Você já parou para pensar que não é a única vítima de todo o universo? – perguntou Sean.

– *Parem!*

Nós dois nos viramos ao ouvir a voz de Amelia.

Ela tampou os ouvidos com as mãos e estava chorando.

– Parem!

– Sinto muito, querida – eu disse, tentando acariciá-la, mas ela se afastou.

– Não, você não sente. Você só está feliz porque não foi mais uma coisa que aconteceu com a Willow. É só com isso que você se importa – acusou Amelia. – Quer saber por que eu me corto? Porque dói menos do que tudo *isso*.

– Amelia...

– Só pare de fingir que você se preocupa comigo, tá?

– Não estou fingindo.

A manga da camiseta dela estava arregaçada e eu podia ver as cicatrizes subindo até o cotovelo, como uma espécie de código linear secreto. No último verão, Amelia insistira em usar mangas compridas, mesmo quando lá fora fazia mais de trinta graus. Para ser honesta, eu achava que era um sinal de timidez. Num mundo onde tantas meninas da idade dela não vestem quase nada, achei tranquilizador saber que Amelia queria se cobrir. Nunca imaginei que talvez ela não fosse tímida e estivesse sendo apenas calculista.

E como eu não tinha palavras para isso – até porque sabia que, naquele momento, Amelia não queria ouvir nada do que eu tinha a dizer –, peguei-a pelo pulso novamente. Dessa vez, ela me deixou tocá-la. Lembrei-me de todas as vezes, quando criança, em que ela caíra da bicicleta e correra chorando para dentro de casa; todas as vezes em que a pusera sobre a bancada para limpar o joelho arranhado e curá-lo com um beijinho e um band-aid; de como, certa vez, ela ficou ao meu lado enquanto eu envolvia sua perna, Willow, numa tala improvisada, balançando as mãos e me dizendo para beijá-la para que você se curasse mais rápido.

Puxei o braço dela para perto, levantei a manga da camiseta e beijei todas as cicatrizes que subiam por seu braço, como marcas de um copo de medidas, em mais uma tentativa de pedir desculpas por ter falhado.

Piper

No dia seguinte, Amelia foi ao tribunal. Eu a vi caminhando com Sean pelo corredor até a sala em que ele havia se escondido antes. Eu me perguntava se você ainda estava no hospital e se – levando em conta a situação – isso não seria uma bênção.

Eu sabia que era a testemunha pela qual o júri estava esperando – para culpar ou inocentar. Guy Booker começara sua defesa chamando outras duas obstetras que trabalharam no meu consultório como referências do meu caráter. Sim, eu era uma excelente médica. Não, nunca fora processada antes. Na verdade, fui nomeada Obstetra do Ano de New Hampshire por uma revista regional. Erro médico, disseram, era uma acusação ridícula.

Depois foi minha vez. Guy me interrogou por quarenta e cinco minutos: sobre minha educação, meu papel na comunidade, minha família. Mas, quando fez a primeira pergunta sobre Charlotte, senti a atmosfera no ambiente se alterar.

– A querelante disse que vocês duas eram amigas – disse Guy. – É verdade?
– Éramos melhores amigas – respondi, bem baixinho, e ergui a cabeça. – Eu a conheci há nove anos. Na verdade, fui eu quem a apresentei ao seu marido.
– A senhora sabia que os O'Keefe estavam tentando ter um filho?
– Sim. Para ser honesta, acho que queria que eles engravidassem tanto quanto eles próprios queriam. Depois que a Charlotte me pediu para ser sua médica, passamos meses avaliando seu ciclo ovulatório e fazendo todos os tipos de tratamento de fertilidade para aumentar as chances de concepção. Por isso foi tão emocionante quando descobrimos que ela teria um bebê.

Booker pegou alguns papéis entre as provas e me entregou.
– Dra. Reece, a senhora reconhece estes papéis?

– Sim, são anotações que fiz no prontuário de Charlotte O'Keefe.
– A senhora se lembra delas?
– Não muito. Revisei minhas anotações, claro, para me preparar para este julgamento, mas não havia nada de tão extraordinário para que eu me lembrasse de imediato.
– O que dizem as anotações? – perguntou Booker.
Li as folhas.
– Comprimento do fêmur seis por cento menor que a média, com curvatura normal. Cérebro fetal particularmente claro.
– Isso não chamou sua atenção como algo incomum?
– Incomum, sim – respondi –, mas não anormal. A máquina era nova e tudo o mais no feto estava ótimo. Com dezoito semanas, e com base no ultrassom, eu realmente esperava que o bebê nascesse saudável.
– A senhora ficou abalada pelo fato de poder ver tão bem o conteúdo intracraniano?
– Não – respondi. – Somos treinados para ver algo errado, não algo que parece certo demais.
– A senhora alguma vez viu algo de errado no sonograma de Charlotte O'Keefe?
– Sim, quando fizemos o ultrassom das vinte e sete semanas. – Encarei Charlotte e me lembrei do instante em que olhei pela primeira vez para a tela e tentei transformar a imagem em algo diferente, a sensação de vazio no estômago quando percebi que teria de contar a ela. – Havia fraturas no fêmur e na tíbia, assim como em várias costelas.
– O que a senhora fez?
– Disse que ela precisava consultar outro médico, alguém mais qualificado para lidar com gestações de alto risco.
– Esse ultrassom das vinte e sete semanas foi o primeiro indício que a senhora teve de que talvez houvesse algo de errado com o bebê da querelante?
– Sim.
– Dra. Reece, a senhora já teve outras pacientes diagnosticadas com fetos anormais no útero?
– Várias – eu disse.
– Alguma vez a senhora as aconselhou a interromper a gestação?
– Já dei a opção a várias famílias, quando havia malformações incompatíveis com a vida.

Certa vez, tive um caso de um feto de trinta e duas semanas com hidroencefalia – fluido demais no cérebro, a ponto de o bebê não poder nascer de parto normal e muito menos sobreviver. O único modo de realizar o parto seria com uma cesariana, mas a cabeça do feto era tão grande que a incisão destruiria o útero da mãe. Ela era jovem e aquela era sua primeira gestação. Falei das opções e acabamos por drenar o líquido da cabeça do bebê com uma agulha, provocando uma hemorragia intracraniana. Depois o bebê nasceu de parto normal e morreu em poucos minutos. Lembro de ir à casa de Charlotte naquela noite com uma garrafa de vinho e lhe dizer que tinha que beber para esquecer aquele dia. Dormi no sofá da casa dela e acordei para encontrá-la diante de mim com uma xícara fumegante de café e dois comprimidos de Tylenol para minha cabeça, que latejava.

– Pobre Piper – dissera ela. – Você não pode salvar a todos.

Dois anos mais tarde, o mesmo casal voltou. A moça estava grávida de outro bebê – que nasceu, graças a Deus, perfeitamente saudável.

– Por que a senhora não aconselhou o aborto aos O'Keefe? – perguntou Guy Booker.

– Não havia motivo claro para acreditar que o bebê nasceria deficiente – eu disse. – E, além disso, nunca achei que o aborto fosse uma alternativa para Charlotte.

– Por que não?

Olhei para Charlotte. *Perdoe-me*, pensei.

– Pelo mesmo motivo pelo qual ela não concordara com a amniocentese quando pensamos que havia risco de síndrome de Down – eu disse. – Ela já havia dito que queria aquele bebê de qualquer maneira.

Charlotte

Foi difícil ficar ali sentada ouvindo Piper contar a história da nossa amizade. Imagino que tenha sido difícil para ela também quando dei meu testemunho.

– A senhora continuou amiga da querelante depois do parto? – perguntou Guy Booker.

– Sim. Nós nos víamos uma ou duas vezes na semana e conversávamos todos os dias. Nossas filhas brincavam juntas.

– Que tipo de coisas vocês faziam juntas?

Deus, *o que* havíamos feito? Aquilo não importava. Piper fora o tipo de amiga com a qual eu não tinha de preencher o silêncio com conversas aleatórias. Bastava *estar* com ela. Ela sabia que às vezes eu precisava disso – de não ter de cuidar de ninguém nem nada, de simplesmente existir dentro do meu próprio espaço, ao lado do dela. Certa vez, lembro, dissemos a Rob e Sean que Piper tinha uma conferência em Boston, no Westin Copley Place, e que eu a acompanharia para falar sobre ter um bebê com OI. Na verdade, não havia conferência alguma. Registramo-nos no Westin e pedimos comida e assistimos a filmes tolos um atrás do outro, até ficarmos com sono.

Piper havia pago. Ela sempre pagava – mimando-me com almoços, cafés ou bebidas no Maxie's Pad. Quando eu tentava pagar, ela me fazia guardar a carteira. "Tenho sorte o bastante por poder me dar ao luxo de pagar", dizia ela, e nós duas sabíamos que eu não tinha a mesma sorte.

– A querelante alguma vez conversou com a senhora sobre culpá-la pelo nascimento de sua filha?

– Não – disse Piper. – Na verdade, uma semana antes de ser intimada, saímos para fazer compras juntas.

Piper e eu experimentamos a mesma blusa vermelha entre as compras para Emma e Amelia, e, para minha surpresa, ela ficara ótima em nós duas. "Vamos comprar", dissera Piper. "Podemos usá-la em casa e ver se nossos maridos são capazes de nos identificar."

– Dra. Reece – disse Booker –, como este processo afetou sua vida?

Ela se ajeitou na cadeira. Não era muito confortável; machucava as costas e fazia com que você quisesse estar em qualquer outro lugar.

– Nunca fui processada antes – disse Piper. – Essa é a primeira vez. Isso me fez duvidar de mim mesma, apesar de saber que não fiz nada de errado. Não trabalhei desde então. Todas as vezes que tento voltar... bem, acabo me afastando mais ainda. Acho que entendo que, mesmo se você for um bom médico, coisas ruins acontecem. Coisas ruins que ninguém quer e ninguém pode explicar. – Ela olhou diretamente para mim, com tamanha intensidade que senti um frio na espinha. – Sinto falta de trabalhar como médica – disse Piper –, mas não tanto quanto sinto falta da minha melhor amiga.

– Marin – sussurrei de repente, e minha advogada se inclinou na minha direção. – Não.

– Não o quê?

– Não... não piore as coisas para ela.

Marin franziu a testa.

– Você só pode estar brincando – ela murmurou.

– A testemunha é sua – disse Booker, e Marin se levantou.

– Não é uma violação da ética médica tratar alguém que você conhece tão bem na vida privada? – perguntou Marin.

– Não numa cidadezinha como Bankton – respondeu Piper. – Se fosse assim, eu não teria pacientes. E, tão logo eu percebia que havia alguma complicação, me afastava.

– Porque a senhora sabia que levaria a culpa?

– Não. Porque era a coisa certa a fazer.

Marin deu de ombros.

– Se era a coisa certa a fazer, por que a senhora não chamou um especialista assim que viu as complicações no ultrassom da décima oitava semana?

– *Não* havia complicações naquele ultrassom – disse Piper.

– Não foi isso que os especialistas disseram. A senhora ouviu o dr. Thurber dizer que o procedimento padrão, depois de um ultrassom como o de Charlotte, teria sido, no mínimo, pedir um segundo ultrassom.

– Essa é a opinião do dr. Thurber. E eu respeitosamente discordo.

– Entendo. Fico me perguntando quem um paciente gostaria de ouvir: um médico consagrado em seu ramo, com várias premiações e citações... ou uma obstetra de uma cidadezinha que não chegou nem perto de uma paciente no último ano.

– Protesto, Meritíssimo – disse Guy Booker. – Não só isso *não* foi uma pergunta como minha testemunha não precisa ser depreciada.

– Retiro. – Marin se aproximou de Piper, batendo com uma caneta na palma da mão. – A senhora era a melhor amiga de Charlotte, certo?

– Sim.

– Sobre o que vocês conversavam?

Piper sorriu.

– Sobre tudo. Sobre qualquer coisa. Nossas filhas, nossos sonhos. Como às vezes queríamos matar nossos maridos.

– Mas a senhora nunca se deu ao trabalho de conversar com ela sobre interromper a gestação, não é?

Durante alguns depoimentos, eu dissera a Marin que Piper não havia falado sobre aborto comigo. E, pelo que eu me lembrava naquele momento, tinha sido exatamente assim mesmo. Mas a memória é como gesso: remova algumas camadas e você pode descobrir algo inteiramente novo.

– Na verdade – disse Piper –, nós conversamos sobre isso.

Apesar de termos sido melhores amigas, Piper e eu não nos tocávamos com muita frequência. Um abraço rápido às vezes, um tapinha nas costas. Mas não éramos como adolescentes, que andam de braços dados. Era por isso que eu me sentia tão estranha ao me sentar ao lado dela no sofá, o braço dela em volta de mim enquanto eu chorava em seu ombro. Ela era ossuda como um passarinho, e eu esperava que fosse forte, resistente.

Mantive as mãos presas na barriga.

– Não quero que ela sofra.

Piper suspirou.

– Não quero que *você* sofra.

Pensei nas conversas que Sean e eu tivemos depois de sairmos do consultório do geneticista no dia anterior, depois de ficarmos sabendo que você tinha, na pior das hipóteses, oi do tipo letal e, na melhor, oi do tipo grave. Eu o encontrara na garagem, lixando o berço que estava fazendo antes do seu nascimento. "É como manteiga", disse ele, segurando um pedacinho de madeira. "Sinta só." Mas, para mim, parecia um osso, e eu não consegui tocá-lo.

– Sean não quer fazer isso – eu disse.

– Sean não está grávido.

Eu perguntei a ela como um aborto era feito e lhe pedi para ser honesta. Eu me imaginara no avião quando uma comissária me perguntava para quando era o parto, se era menino ou menina, e as mesmas comissárias desviando o olhar no voo de volta para casa.

– O que você faria? – perguntei a ela.

Piper hesitou.

– Eu me perguntaria o que me dá mais medo.

Foi quando a encarei com a pergunta na ponta da língua, aquela que não tive coragem de perguntar a Sean, à dra. Del Sol ou a mim mesma.

– E se eu não for capaz de amá-la? – sussurrei.

Piper sorriu para mim.

– Ah, Charlotte – disse ela. – Você já a ama.

Marin

A defesa chamou a dra. Gianna Del Sol para testemunhar, a fim de dizer que não haveria nada que ela teria feito de diferente se tivesse sido a primeira médica a tratar Charlotte em vez da ré. Mas, quando eles chamaram o dr. R. Romulus Wyndham, obstetra e especialista em bioética, com uma lista de credenciais cuja citação demorou meia hora, comecei a me preocupar. Wyndham não só era inteligente, mas também lindo como um astro de cinema, e tinha o júri comendo em sua mão.

– Alguns exames que apontam anormalidades precocemente são falsos positivos – disse ele. – Em 2005, por exemplo, uma equipe da Reprogenetics cultivou cinquenta e cinco embriões diagnosticados como anormais durante o diagnóstico genético de pré-implantação. Depois de alguns dias, eles ficaram chocados ao perceber que quarenta e oito por cento deles, quase metade, eram normais. Isso significa que há provas de que os embriões com células geneticamente deficientes talvez possam se curar.

– Por que isso seria medicamente importante para uma médica como Piper Reece? – perguntou Booker.

– Porque prova que decisões pró-aborto tomadas precocemente talvez não sejam prudentes.

Quando Booker terminou com suas perguntas, levantei-me bem devagar.

– Dr. Wyndham, esse estudo que o senhor citou... quantos desses embriões tinham osteogênese imperfeita?

– Eu... eu não sei se algum deles tinha.

– Qual a natureza das anormalidades, então?

– Não sei dizer com precisão...
– Eram anormalidades graves?
– Novamente, não...
– Não é verdade, dr. Wyndham, que o estudo podia ter mostrado embriões com anormalidades menores capazes de se autocorrigir?
– Acho que sim.
– Há ainda uma diferença entre esperar para ver o que acontece com um embrião de poucos dias e um feto de várias semanas, não há, em termos de quando você pode interromper uma gestação com segurança e de acordo com a lei?
– Protesto – disse Guy Booker. – Se não posso fazer um discurso contra o aborto no tribunal, ela não pode fazer um discurso pró-aborto.
– Mantido – determinou o juiz.
– Não é verdade que, se os médicos começassem a aguardar para verificar o que vai acontecer e omitissem informações sobre as condições do feto, talvez a interrupção da gestação se tornasse mais difícil, logística, física e emocionalmente?
– Protesto! – bradou Guy Booker novamente.
Aproximei-me do juiz.
– Por favor, Meritíssimo, isso não é sobre o direito ao aborto. É sobre o procedimento padrão que minha cliente deveria ter recebido.
O juiz fez uma careta.
– Certo, srta. Gates. Mas não se estenda muito.
Wyndham deu de ombros.
– Qualquer obstetra sabe como é difícil aconselhar uma paciente com um feto anormal a interromper a gravidez quando, na opinião do médico, o bebê não sobreviverá. Mas faz parte do trabalho.
– Talvez fizesse parte do trabalho de Piper Reece – eu disse. – Mas isso não quer dizer que ela o tenha feito.

Tivemos duas horas de recesso para o almoço, porque o juiz Gellar precisava ir ao departamento de trânsito dar entrada em sua carteira de motociclista. Aparentemente, e de acordo com os funcionários da corte, ele planejava cruzar o país numa Harley no próximo verão, durante as férias. Eu me perguntava se era isso que o fazia pintar o cabelo – o preto combinava com o couro.

Charlotte saiu assim que o recesso começou, para que pudesse visitá-la no hospital. Eu não vira Sean ou Amelia desde a manhã, por isso saí pela porta de serviço, que a maioria dos repórteres nem sabia que existia.

Era um daqueles dias de fim de setembro quando parecia que as longas garras do inverno já se estendiam sobre New Hampshire – um frio, penetrante e com um vento implacável. Ainda assim, parecia haver uma multidão reunida na escadaria frontal, que eu só podia imaginar de onde me encontrava. Um guarda abriu a porta e se postou ao meu lado para acender um cigarro.

– O que está havendo lá?

– Um circo de malucos – disse ele. – Aquele caso da menina com ossos frágeis.

– É, ouvi dizer que está sendo um pesadelo – resmunguei e, abraçando-me para me manter aquecida, aproximei-me da multidão que estava diante do tribunal.

No alto da escadaria, reconheci o homem do noticiário: Lou St. Pierre, presidente da filial de New Hampshire da Associação Norte-Americana de Deficientes. Como se já não fosse impressionante o bastante, ele tinha um diploma de advogado por Yale, era bolsista da Rhodes e recebera uma medalha de ouro de natação nas Paraolimpíadas. Agora, ele viajava em sua cadeira de rodas feita sob medida num avião que ele próprio pilotava para levar crianças por todo o país a fim de receberem tratamento médico. Seu cão-guia estava sentado ao seu lado, totalmente imóvel, enquanto vinte repórteres enfiavam o microfone perto do nariz dele.

– Sabem por que esse processo é tão interessante? Porque é como um acidente de trem. Você não consegue desviar o olhar, apesar de preferir não admitir que esse tipo de injustiça exista – disse ele. – Em resumo, esse tema é inesgotável. É exatamente o tipo de ação que lhe causa arrepios, porque todos gostaríamos de acreditar que amaríamos qualquer criança que entrasse para nossa família, em vez de admitir que, na verdade, talvez não sejamos capazes de aceitar tudo. Exames pré-natais reduzem o feto a uma característica: seu defeito.

É um absurdo que o exame pré-natal automaticamente presuma que um pai ou uma mãe não queira uma criança deficiente; e isso quer dizer que é inaceitável viver uma vida com algum tipo de deficiência física. Conheço vários pais na comunidade dos deficientes auditivos que amam seus filhos exatamente como eles são. A deficiência de uma pessoa é a cultura de outra.

Como num gesto ensaiado, seu cão latiu.

– O aborto já é um tema controverso: é correto destruir uma vida em potencial? A interrupção da gestação leva o tema a outro patamar: é correto destruir essa vida em particular?

– Sr. St. Pierre – chamou um repórter. – E quanto às estatísticas que dizem que criar um filho com deficiência é prejudicial ao casamento?

– Bem, eu concordo. Mas também há estatísticas que dizem ser igualmente prejudicial criar um filho superdotado ou um superatleta, e você não vê nenhum médico aconselhando os pais a interromperem *essas* gestações.

Eu me perguntava quem havia chamado a cavalaria – Guy Booker, claro. Como esse caso era, tecnicamente, um caso de erro médico, ele não convidaria um advogado especialista em outro assunto para ajudar na defesa de Piper, mas montou essa conferência de improviso só para aumentar sua chance de ganhar.

– Lou – chamou outro repórter. – O senhor vai testemunhar?

– Eis o que estou fazendo agora mesmo diante de todos vocês – pregou St. Pierre. – E continuarei falando na esperança de convencer todos que me ouvem a jamais criarem outro caso como este no grande estado de New Hampshire.

Excelente. Eu perderia meu caso por causa de um cara que não era nem uma testemunha válida para a defesa. Voltei com raiva para a porta lateral.

– Quem está falando? – perguntou o guarda, esmagando o cigarro com a bota. – O anão?

– Ele é uma pessoa pequena – corrigi.

O guarda me olhou sem parecer entender.

– Não foi isso o que eu disse?

A porta se fechou com um baque atrás dele. Eu estava congelando, mas esperei antes de segui-lo: não estava a fim de conversar amenidades com ele durante toda a subida pela escada. Ele era, na verdade, o exemplo perfeito da encosta escorregadia na qual Charlotte e eu estávamos nos arriscando. Se era aceitável interromper a gestação de um feto com síndrome de Down ou OI, o que dizer quando os avanços na medicina possibilitarem ver a beleza em potencial do seu filho, ou seu nível de compaixão? E quanto aos pais que quisessem um menino e descobrissem que estavam esperando uma menina? Quem seria capaz de estabelecer os limites para a aceitação ou a rejeição?

Por mais que me doesse ter de admitir, Lou St. Pierre tinha razão. As pessoas vivem dizendo que amariam qualquer bebê que nascesse, mas isso não é necessariamente verdade. Às vezes, a coisa realmente se aplica a uma criança em particular. Deve haver um motivo que explique por que bebês loiros e de olhos azuis são disputados a tapas em agências de adoção, como pêssegos maduros, enquanto crianças negras ou deficientes talvez vivam em abrigos durante anos. O que as pessoas dizem que fariam e o que elas realmente fazem são coisas bem diferentes.

Juliet Cooper deixou isso bem claro: há mesmo crianças que nunca deveriam ter nascido.

Como você.

E eu.

Amelia

QUALQUER BEM QUE IMAGINEI QUE SE ABATERIA SOBRE MIM POR TER CHAMADO A ATENção do meu pai depois de ele ter descoberto meu segredinho desapareceu rapidamente quando comecei a perceber que criara um novo inferno particular. Eu estava proibida de ir à escola, o que poderia ser ótimo se, em vez disso, eu não tivesse de me sentar na recepção do tribunal e ler o mesmo jornal várias vezes. Eu imaginara meus pais se dando conta do mal que haviam me feito e disputando quem cuidaria melhor de mim, do mesmo modo que faziam quando você fraturava um osso. Mas, ao contrário, eles apenas gritaram tão alto na cantina do hospital que todos os residentes nos olharam como se fôssemos personagens de um reality show.

Eu estava proibida até mesmo de visitá-la durante o recesso para o almoço, quando a mamãe ia ao hospital. Acho que havia oficialmente me tornado Uma Má Influência.

Por tudo isso, admito que fiquei um pouco surpresa quando minha mãe me trouxe um milk-shake de chocolate antes que a corte retomasse seus trabalhos. Eu estava sentada numa sala de reuniões sem janela alguma, onde meu pai me deixara para conversar sobre seu depoimento com algum advogado idiota. Como minha mãe me encontrou lá era um mistério, mas, quando ela entrou, na verdade fiquei feliz ao vê-la.

– Como está a Willow? – perguntei, porque (a) sabia que ela esperava que eu perguntasse e (b) realmente queria saber.

– Está indo bem. O médico disse que talvez possamos levá-la para casa amanhã.

– Que sorte você teve comigo como babá, hein... – eu disse.

Os olhos da minha mãe brilharam, magoados.

– Você não acredita que eu penso mesmo isso, não é?

Dei de ombros.

– Comprei isso para você – disse ela, entregando-me o milk-shake.

Eu costumava adorar o milk-shake de chocolate do Friendly's. Eu implorava para minha mãe me comprar um, mesmo que fosse três vezes mais caro que as casquinhas comuns. Às vezes ela dizia "sim" e nós dividíamos um e nos deliciávamos com o sorvete de chocolate, algo que nem você nem o papai jamais entenderam, já que nasceram com o azar de adorar baunilha.

– Quer um pouco? – perguntei.

Ela fez que não.

– Esse é só para você. Desde que você não vomite.

Lancei um olhar para ela e depois abaixei a cabeça para a tampa do milk-shake, mas não disse nada.

– Acho que entendo – disse minha mãe. – Sei o que é começar alguma coisa e de repente ver que ela saiu do controle. E você quer se livrar disso, porque está magoando a si mesma e todos ao seu redor, mas todas as vezes que você tenta, aquilo a consome de novo.

Olhei para ela, surpresa. Era *exatamente* assim que eu me sentia, todos os dias da minha vida.

– Você me perguntou, não faz muito tempo, como seria o mundo sem a Willow – disse minha mãe. – Eis a resposta: se a Willow nunca tivesse nascido, ainda assim eu procuraria por ela nos corredores dos mercados ou no banco ou no boliche. Encararia todas as pessoas na multidão tentando encontrar o rostinho dela. Há uma coisa estranha sobre ter filhos: você sabe quando sua família está completa e quando não está. Se a Willow não tivesse nascido, é assim que o mundo me pareceria: incompleto.

Bebi ruidosamente com o canudinho, de propósito, e tentei não fechar os olhos, porque assim talvez as lágrimas fossem reabsorvidas por osmose.

– A questão, Amelia – continuou minha mãe –, é que se *você* não estivesse aqui... eu me sentiria exatamente do mesmo jeito.

Eu estava com medo de olhar para ela. Estava com medo de ter me enganado ao ouvi-la. Era esse o jeito de ela me dizer que não só me amava, o que era comum numa mãe, mas que também gostava de mim? Eu a imaginei me obrigando a abrir a tampa do milk-shake para garantir que o beberia inteiro. Eu reclamaria, mas no fundo gostaria que ela insistisse. Isso significaria que ela se importava, que ela não desistiria de mim tão facilmente.

– Fiz uma pesquisa rápida hoje, no hospital – minha mãe disse. – Há um lugar perto de Boston que cuida de crianças com transtornos alimentares. Eles têm um programa de internação e, quando estiver preparada,

você passa para o programa de tratamento residencial com outras meninas que têm os mesmos problemas.
Olhei imediatamente para cima.
– Internação? Tipo, viver lá?
– Só até que eles possam ajudá-la a se controlar.
– Você está me mandando embora? – perguntei, entrando em pânico. Não era assim que as coisas deveriam ser. Minha mãe sabia o que eu sentia, então por que ela não entendia que me cortar era a mesma coisa que dizer que eu nunca era boa demais para essa família? – Por que a Willow pode quebrar mil ossos e ainda ser perfeita e viver em casa, e eu cometo apenas um erro e sou mandada embora?
– Seu pai e eu não estamos mandando você embora – disse minha mãe.
– Estamos fazendo isso para ajudá-la...
– Ele *sabe* disso? – Senti o nariz escorrendo. Meu pai era minha última esperança, e agora eu descobria que ele conspirava com minha mãe. O mundo todo me odiava.
De repente, Marin Gates entrou na sala.
– Estamos prontos para prosseguir – disse ela.
– Preciso de apenas um minuto...
– Bem, o juiz Gellar precisa de você agora.
Minha mãe me olhou, seus olhos me implorando para compreendê-la.
– Você precisa ficar na sala de audiência agora. Seu pai vai depor e não posso ficar aqui cuidando de você.
– Vá pro inferno – eu disse. – Você não pode me dizer o que fazer.
Marin, que observava tudo isso, assobiou baixinho.
– Na verdade, ela pode – disse. – Porque você é menor de idade e ela é sua mãe.
Eu queria magoar minha mãe tanto quanto ela me magoara, por isso me virei para a advogada.
– Não acho que você pode manter esse título se tenta se livrar de todos os seus filhos.
Pude ver minha mãe se encolhendo. Ela estava sangrando, mesmo que eu não pudesse ver o corte, e ela sabia, como eu, que merecia aquilo. Enquanto Marin me colocava na tribuna ao lado de um homem usando uma camisa de flanela vermelha e suspensórios que cheiravam a atum, prometi uma coisa a mim mesma: se minha mãe pretendia arruinar minha vida, não havia nenhum motivo para eu não arruinar a dela.

Sean

No dia do nosso casamento, Charlotte me fez esquecer os votos que eu disciplinadamente escrevera e memorizara. Lá estava ela, entrando pela nave da igreja, e aquelas frases eram como redes de pesca: elas não podiam conter todos os sentimentos que eu queria lhe dar. Agora, ao me sentar diante de minha mulher na corte, eu esperava que as palavras se transformassem uma vez mais. Em penas, nuvens, vapor – qualquer coisa que não tivesse o poder de atingi-la como um soco.

– Tenente O'Keefe, o senhor não era originalmente querelante neste caso? – perguntou Guy Booker.

Ele me prometeu que o depoimento seria curto e simples, que eu ficaria no banco das testemunhas por tão pouco tempo que mal perceberia. Mas eu não confiava nela. Seu trabalho era mentir, trair e distorcer a verdade para que ela se adequasse a algo em que o júri acreditasse.

Uma coisa que eu, tristemente, esperava que ele conseguisse.

– No começo, sim – respondi. – Minha esposa me convenceu de que este processo era o melhor para a Willow, mas comecei a perceber que não sentia a mesma coisa.

– Por quê?

– Acho que este processo destruiu nossa família. Nossa roupa suja está sendo lavada no noticiário das seis. Dei entrada no pedido de divórcio. E a Willow... ela sabe o que está se passando. Não há como esconder, é algo de conhecimento público.

– O senhor percebeu que nascimento indevido sugere que sua filha não deveria ter nascido. O senhor sente isso, tenente O'Keefe?

Fiz que não.

– A Willow pode não ser perfeita, mas eu também não sou. Nem você. Ela pode não ser perfeita – repeti –, mas é cem por cento *certa*.

– Sua testemunha – disse Booker, e quando Marin se levantou eu respirei fundo para me proteger, do mesmo modo que fiz antes de entrar num prédio com a equipe da SWAT certa vez.

– O senhor diz que este processo arruinou sua família – disse ela. – Mas também podemos dizer isso do processo de divórcio que o senhor iniciou, não é verdade?

Olhei para Guy Booker. Ele previra esta pergunta; praticamos a resposta. Eu deveria dizer algo sobre como minhas ações foram pensadas para proteger as meninas – não para jogá-las na lama. Mas, em vez de dizer isso, me peguei olhando para Charlotte. Na mesa da querelante, ela parecia tão pequenininha. Ela olhava para a madeira da mesa, como se não confiasse em si mesma para me olhar nos olhos.

– Sim – eu disse, sem me alterar. – É verdade.

Booker se levantou e depois percebeu que não podia protestar contra sua própria testemunha, acho, porque voltou a se sentar.

Virei-me para o juiz.

– Senhor, posso me dirigir diretamente à minha esposa?

O juiz Gellar arqueou as sobrancelhas.

– É o júri que precisa ouvi-lo.

– Com todo respeito, Meritíssimo... Acho que não.

– Meritíssimo – disse Booker –, posso me aproximar?

– Não, sr. Booker, não pode – disse o juiz. – Este homem tem algo a dizer.

Parecia que Marin Gates tinha engolido uma caixa de fogos de artifício. Ela não sabia se me perguntava mais alguma coisa ou se apenas deixava que eu me enforcasse. E talvez eu estivesse mesmo fazendo isso, mas não me importava.

– Charlotte – eu disse –, não sei mais o que é certo, exceto *admitir* que não sei. Não, não temos dinheiro suficiente. E não, nossa vida não tem sido fácil. Mas isso não significa que não tenha valido a pena.

Charlotte ergueu a cabeça. Seus olhos estavam arregalados e imóveis.

– Os caras da delegacia diziam que sabiam no que estavam se metendo quando se casaram. Bem, eu não. Foi uma aventura, e para mim tudo bem. Entenda, para mim você é isso. Você me deixou levá-la para esquiar e nunca mencionou que tinha medo de altura. Você dorme encolhida contra mim, não importa quanto eu me afaste de você na cama.

Você me deixa tomar a parte de baunilha do seu sorvete napolitano, e toma a minha de chocolate. Você me diz quando minhas meias não combinam. Você compra Lucky Charms porque sabe que gosto de marshmallow. Você me deu duas lindas meninas. Talvez você esperasse que nosso casamento fosse perfeito, e acho que é nesse ponto que somos diferentes. Eu sempre achei que casamento tem a ver com cometer erros, mas errar com alguém que está ali para lembrá-lo do que você aprendeu ao longo do caminho. E acho que *nós dois* estamos errados quanto a uma coisa. As pessoas sempre dizem que, quando você ama alguém, nada no mundo importa. Mas isso não é verdade, é? Você e eu sabemos que, quando se ama alguém, tudo no mundo importa um pouquinho mais.

O silêncio se abateu sobre a sala de audiência.

– Vamos interromper por hoje – anunciou o juiz Gellar.

– Mas não terminei... – argumentou Marin.

– Sim, terminou – disse o juiz. – Pelo amor de Deus, srta. Gates, é por isso que você é solteira. Quero este tribunal vazio, exceto por vocês, sr. e sra. O'Keefe.

Ele bateu com o martelo e houve uma confusão de pessoas saindo e, de repente, eu estava sozinho no banco das testemunhas e Charlotte estava sentada atrás da mesa da querelante. Ela deu alguns passos à frente até ficar no mesmo nível que eu, suas mãos levemente apoiadas no parapeito de madeira que nos separava.

– Não quero o divórcio – disse ela.

– Nem eu.

Ela se remexeu nervosamente de um lado para o outro.

– Então o que fazemos?

Inclinei-me lentamente, para que ela visse que eu estava me aproximando. Cheguei mais perto e encostei os lábios nos dela, doces e familiares.

– O tempo nos dirá o que fazer – sussurrei.

Amelia

A RECONCILIAÇÃO TÃO EMOCIONANTE DOS MEUS PAIS FOI O ASSUNTO DO TRIBUNAL. Você poderia pensar que o noticiário era uma novela pelo modo como os repórteres todos falavam sobre esse grande momento de romantismo. O júri cairia nessa, a não ser que fosse um bando de cínicos, como eu; do modo como eu via, Marin podia praticamente voltar para casa e abrir uma garrafa de champanhe.

E era exatamente por isso que eu estava numa missão pessoal.

Enquanto eles estavam todos em êxtase e suspirando pelo melodrama, eu estava sentada na tribuna, envergonhada e aprendendo uma coisa nova sobre mim mesma: eu não precisava vomitar para que o veneno saísse de mim. Eu podia suá-lo, gritá-lo e às vezes apenas suspirá-lo. Se era para ir para um acampamento de bulimia em Boston, então eu iria depois de fazer um estrago.

Eu sabia que o juiz tinha bancado o cupido propositadamente e manteve minha mãe e meu pai juntos no tribunal para atuarem no segundo ato do melodrama deles, mas isso serviu direitinho para mim. Saí antes que Marin Gates pudesse se lembrar de vir atrás de mim e sem que ninguém notasse ou se importasse. Corri para o estacionamento e depois para o conversível verde-limão.

Quando Guy Booker saiu e me viu encostada em seu carro, fez uma cara feia.

– Se você arranhar a pintura, fará serviço comunitário pelos próximos cinco anos – disse ele.

– Vou arriscar.

– O que é que você está fazendo aqui?

– Esperando você.

Ele franziu a testa.

– Como você sabia que meu carro era esse?

– Porque é dolorosamente sutil.

Booker deu um risinho falso.

– Você não deveria estar na escola?

– É uma longa história.

– Bem, então deixe pra lá. Hoje eu tive um longo dia – disse ele, destravando a porta do motorista. Ele a abriu, hesitante. – Vá para casa, Amelia. Sua mãe não precisa se preocupar com você neste momento. Ela já tem muito com que se preocupar.

– Sei – respondi, cruzando os braços. – É por isso que achei que você estaria interessado no que ouvi minha mãe dizer.

Marin

Eu tinha o endereço de Juliet Cooper, que pegara do processo de seleção do júri. Sabia que ela morava em Epping, uma cidadezinha a oeste de Bankton. Assim que o julgamento foi interrompido, programei a rua no meu GPS e comecei a dirigir.

Uma hora mais tarde, entrei numa rua sem saída, uma rua em "u" com casas reformadas. A casa de número 22 ficava bem à direita do semicírculo. Era cinza com janelas pretas e uma porta laqueada vermelha. Havia uma van na entrada da garagem. Quando apertei a campainha, um cachorro começou a latir.

Eu poderia ter vivido ali. Essa poderia ter sido minha casa. Em outra vida, eu talvez entrasse por aquela porta em vez de me aproximar como uma estranha; eu talvez tivesse um quarto no segundo andar cheio de medalhas de equitação, fotos da turma do colégio e outros objetos que os adultos deixam para trás na casa onde passaram a infância. Eu poderia dizer onde ficava a gaveta de talheres, onde o aspirador de pó estava guardado, como usar o controle remoto da televisão.

A porta se abriu e Juliet Cooper apareceu à minha frente.

Rodeando-a, havia um terrier.

– Mãe? – chamou uma voz de menina. – É para mim?

– Não – ela respondeu, os olhos nunca se desviando do meu rosto.

– Sei que você não quer me ver – eu disse rapidamente. – E prometo que vou embora e jamais falarei com você novamente. Mas primeiro você tem de me dizer por quê. O que há em mim que me torna tão... repulsiva?

Assim que eu disse aquilo, percebi que era um erro. Maisie, da Vara da Família, provavelmente mandaria me prender se soubesse que eu estava ali. Todos os sites sobre adoção aconselham com veemência que adotados *não* façam exatamente isto: embosquem a mãe biológica, obrigando-a a aceitá-los quando eles quiserem, e não quando, e se, ela quiser.

– A questão é a seguinte – eu disse. – Depois de trinta e cinco anos, acho que você me deve cinco minutos.

Juliet saiu da casa e fechou a porta. Ela não estava usando casaco, e do outro lado da porta ainda se podia ouvir o cachorro latindo. Mas ela não me disse nada.

O que todos queremos, na realidade, é ser amados. Essa necessidade é a responsável por todas as nossas piores atitudes: a crença insistente de Charlotte de que você um dia a perdoaria pelas coisas que ela disse no tribunal, por exemplo. Ou minha ida maluca a Epping. A verdade é que eu era gananciosa. Eu sabia que meus pais adotivos me queriam mais do que tudo na vida, mas isso não bastava. Eu precisava entender por que minha mãe biológica *não* me queria e, até que eu conseguisse isso, sempre haveria uma parte de mim que se sentiria fracassada.

– Você se parece muito com ele – disse ela finalmente.

Olhei para ela, apesar de ela não me encarar. Teria sido um caso de amor que acabou mal, com Juliet grávida e meu pai biológico se recusando a lhe dar apoio? Teria ela continuado a amá-lo, sabendo que o bebê deles estava em algum lugar do mundo, e isso a consumia mesmo depois de ter reconstruído sua vida com um novo marido e uma nova família?

– Eu tinha dezesseis anos – murmurou Juliet. – Estava voltando da escola para casa de bicicleta, pelo bosque, um atalho. Ele surgiu do nada e me derrubou. Enfiou uma meia na minha boca, levantou meu vestido e me estuprou. Depois me espancou tanto que o único modo de meus pais me reconhecerem foi pela minha roupa. Ele me deixou sangrando e inconsciente e dois caçadores me encontraram. – Ela ergueu o rosto, finalmente olhando diretamente para mim. Seus olhos brilhavam e sua voz era fraca. – Fiquei sem falar durante semanas. E então, justamente quando pensei que poderia recomeçar, descobri que estava grávida – disse ela. – Ele foi preso e a polícia queria que eu testemunhasse, mas não consegui. Achava que não conseguiria olhar para o rosto dele novamente. E então, quando você nasceu, uma enfermeira a ergueu e ele estava lá, em você: os cabelos pretos e os olhos azuis, aqueles punhos balançando. Fiquei feliz por ter uma família que a queria tanto, porque eu não a queria.

Ela respirou fundo, estremecendo.

– Desculpe se este não é o encontro pelo qual você esperava. Mas, ao vê-la, eu me lembro de tudo, mesmo depois de ter me esforçado tanto para esquecer. Então, por favor – sussurrou Juliet Cooper –, você pode me deixar em paz?

Cuidado com o que você deseja. Recuei em silêncio. Não é de admirar que ela não quisesse olhar para mim; não é de admirar que ela não tivesse aceitado bem a carta que lhe escrevi e que Maisie lhe encaminhara; não é de admirar que ela só quisesse que eu fosse embora. Eu desejaria a mesma coisa.

Pelo menos tínhamos isso em comum.

De cabeça baixa, fui até o carro, tentando enxergar alguma coisa entre as lágrimas. Ao fim do caminho, hesitei, mas me virei. Ela ainda estava de pé.

– Juliet – eu disse –, obrigada.

Acho que meu carro sabia para onde eu estava indo antes mesmo de eu saber. Mas, quando estacionei na velha casa branca em estilo colonial onde cresci, com o enorme arbusto de rosas e a treliça acinzentada que nunca conseguiu contê-las, senti algo explodir dentro de mim. Era neste lugar que minhas fotos estavam, em álbuns empilhados no armário da sala. Era neste lugar que eu sabia como funcionava o triturador de lixo. Era neste lugar, num quarto no andar de cima, que eu ainda guardava um pijama e uma escova de dentes e alguns casacos, caso eu precisasse.

Este era o meu lar e estes eram meus pais.

Já havia escurecido; eram quase nove da noite. Minha mãe devia estar usando um roupão felpudo e meias, comendo sua porção noturna de sorvete. Meu pai devia estar passando pelos canais de televisão, argumentando que *Antiques Roadshow* era muito mais reality show do que *The Amazing Race*. Entrei pela porta lateral, que nunca fora trancada desde a minha infância.

– Oi – eu disse, para que eles não se assustassem. – Sou eu.
Minha mãe se levantou e entrou na sala de estar.
– Marin! – disse ela, abraçando-me. – O que você está fazendo aqui?
– Estava aqui por perto.
Era mentira. Eu dirigira quase cem quilômetros para chegar ali.
– Achei que você estava envolvida naquele julgamento importante – disse meu pai. – Vimos você na CNN. A Nancy Grace a atacou feio...
Sorri um pouco.
– Eu só... fiquei com vontade de vê-los.
– Está com fome? – minha mãe perguntou. Demorou trinta segundos, com certeza um recorde.
– Não muito.
– Então vou lhe dar um pouco de sorvete – ela disse, como se não tivesse me ouvido. – Todo mundo gosta de um pouco de sorvete.
Meu pai bateu no lugar vago no sofá ao lado dele, eu tirei o casaco e me joguei nas almofadas. Não eram as almofadas com as quais eu crescera. Eu pulara tanto nelas que haviam ficado achatadas como panquecas; havia muitos anos minha mãe trocara os estofados da mobília. Essas almofadas eram mais macias e indulgentes.
– Você acha que vai ganhar? – perguntou meu pai.
– Não sei. Só acaba quando termina.
– Como ela é?
– Quem?
– A tal O'Keefe?
Pensei bastante antes de responder.
– Ela está fazendo o que acha certo – eu disse. – Acho que não posso culpá-la por isso.
Apesar de tê-la culpado, pensei. *Apesar de estar fazendo a mesma coisa.*
Talvez seja preciso ir embora para realmente sentir falta de um lugar; talvez seja preciso viajar para descobrir como seu ponto de partida é querido. Minha mãe se sentou ao meu lado no sofá e me passou uma taça de sorvete.
– Estou numa fase de menta com pedaços de chocolate – disse ela e, ao mesmo tempo, levantamos as colheres, numa sincronia tão grande que parecíamos gêmeas.

Os pais não são as pessoas das quais você nasce. São as pessoas que você quer se tornar quando crescer.

Sentei entre minha mãe e meu pai, assistindo a estranhos na televisão carregando cadeiras de balanço, pinturas empoeiradas, velhos barris de cerveja e taças de vidro; pessoas e seus tesouros ocultos, que precisavam ouvir de especialistas que estavam desprezando algo incrivelmente precioso.

Amelia

Tentei procurar na internet, mas não encontrei nada dizendo o que se deve usar no tribunal como testemunha. Mas decidi que realmente queria que o júri se lembrasse de mim. Quero dizer, até agora eles tinham presenciado um desfile de médicos chatos, na maior parte; comparada a eles, eu planejava me destacar.

Assim, arrepiei os cabelos, o que tornava meu visual ainda mais sombrio. Coloquei uma blusa vermelha, um tênis roxo de cano alto e minha calça jeans da sorte, aquela com os rasgos no joelho, porque não queria deixar escapar nenhum detalhe.

Era bastante irônico, mas na noite passada meus pais não dormiram na mesma cama. Mamãe passou a noite com você no hospital; papai e eu voltamos para casa. Apesar de Guy Booker dizer que me pegaria para me levar ao tribunal, achei melhor pegar uma carona com meu pai e ainda parecer infeliz sendo arrastada até lá. Guy e eu concordamos que era melhor manter o depoimento em segredo.

Meu pai, que já havia testemunhado, agora podia entrar na tribuna, deixando-me sozinha na recepção, o que foi perfeito. Tremendo, fiquei ao lado de um meirinho.

– Você está bem? – perguntou ele.

Fiz que sim.

– Ansiosa – eu disse, e foi quando ouvi a voz de Guy Booker.

– A defesa chama Amelia O'Keefe.

Fui levada para dentro, mas a confusão havia se instalado. Marin e Guy estavam conferenciando com o juiz; minha mãe chorava; meu pai estava de pé, esticando o pescoço para tentar me ver.

– Você não pode chamar Amelia – argumentou Marin.

Booker a desprezou.

– Por que não? Foi *você* quem a pôs na lista de testemunhas.

– Há algum motivo para chamar essa testemunha? – perguntou o juiz Gellar. – Além de simplesmente esfregar na cara da advogada da parte contrária o fato de que você *pode*?

– Sim, Meritíssimo – disse Booker. – A srta. O'Keefe tem informações que esta corte precisa ouvir, dadas as implicações de um processo por nascimento indevido.

– Certo – disse o juiz. – Mande-a entrar.

Ao entrar no tribunal, pude sentir os olhares de todos voltados para mim. Senti-me como se estivesse esburacada e toda minha confiança estivesse vazando. Ao passar por minha mãe, ouvi-a sussurrar para Marin.

– Você prometeu – ela disse. – Você me disse que era apenas por precaução...

– Eu não tinha a menor ideia de que ele faria isso – sussurrou Marin de volta. – Você tem alguma noção do que ela vai dizer?

De repente, eu estava numa jaulinha de madeira, como se fosse um espécime que o júri avaliaria pelo microscópio. Eles me trouxeram a Bíblia e me fizeram jurar. Guy Booker sorriu para mim.

– Pode nos dizer quem é você, só para constar?

– Amelia – respondi, e tive de umedecer os lábios, de tão secos que estavam. – Amelia O'Keefe.

– Amelia, onde você mora?

– Alameda Stryker, 46, em Bankton, New Hampshire – será que ele podia ouvir meu coração batendo? Porque, Deus, havia uma banda tocando bongô no meu peito.

– Quantos anos você tem?

– Treze.

– E quem são seus pais, Amelia?

– Charlotte e Sean O'Keefe – respondi. – A Willow é minha irmã.

– Amelia, em suas próprias palavras, pode explicar do que trata este processo?

Eu não conseguia olhar para minha mãe. Abaixei as mangas da camisa, porque minhas cicatrizes queimavam.

– Minha mãe acha que a Piper deveria ter sabido antecipadamente que havia um problema com a Willow e deveria ter lhe contado. Porque nesse caso ela teria feito um aborto.

– Você acha que sua mãe está dizendo a verdade?

– Protesto! – gritou Marin, tão rápido que levei um susto.

– Não, vou permitir – disse o juiz. – Pode responder, Amelia.
Balancei a cabeça.
– Sei que não.
– Como você sabe?
– Porque – eu disse, falando caprichosamente e baixinho – eu a ouvi dizer isso.

Eu não deveria ouvir a conversa alheia, mas, às vezes, esse é o único meio de saber a verdade. E – apesar de não admitir isso em voz alta – eu estava me sentindo sua protetora. Você parecia tão deprimida depois da última fratura e cirurgia que, quando me disse: "Mamãe quer se livrar de mim", eu senti minhas entranhas se liquefazendo. Todos nós protegíamos você, ao nosso modo. O papai gritava, brigando contra tudo que dificultava ainda mais sua vida. A mamãe, bem, ela aparentemente era idiota o bastante para apostar tudo a fim de ganhar mais para você no longo prazo. E eu acho que simplesmente me fechei numa concha para que, quando você se machucasse, fosse mais fácil fingir que eu também não sentia sua dor.

"Ninguém vai se livrar de ninguém", dissera minha mãe, mas você já estava chorando.

"Desculpe pela minha perna. Achei que, como não quebrava nada há muito tempo, eu era como qualquer outra criança..."

"Acidentes acontecem, Willow. Ninguém está culpando você."

"Você está. Você queria que eu nunca tivesse nascido. Eu ouvi você dizer isso."

Prendi a respiração. Minha mãe podia dizer a si mesma o que ela quisesse para conseguir dormir à noite, mas não estava enganando ninguém – principalmente você.

"Willow", respondera minha mãe, "me ouça. Todo mundo comete erros... inclusive eu. Dizemos e fazemos coisas que não queremos. Mas você... você nunca foi um erro. Jamais, nem em mil anos – um milhão de anos – eu deixaria de tê-la."

Senti-me pregada na parede. Se aquilo fosse verdade, então tudo que acontecera no último ano – o processo, a perda dos meus amigos, a separação dos meus pais – não servira para nada.

Se aquilo fosse verdade, então minha mãe estivera mentindo o tempo todo.

Charlotte

HÁ UM CUSTO PARA TODAS AS COISAS. VOCÊ PODE TER UMA BELA MEnininha, mas então descobre que ela é deficiente. Você move o céu e a terra para tornar sua filha feliz, mas abandona seu marido e a outra filha. Não existe uma balança cósmica na qual você possa pesar suas ações; você aprende tarde demais que escolhas estragam o frágil equilíbrio.

Assim que Amelia terminou de falar, o juiz se virou para Marin.

– Srta. Gates, a testemunha é sua.

– Não tenho nenhuma pergunta para essa testemunha – disse ela –, mas gostaria de chamar novamente Charlotte O'Keefe para testemunhar.

Eu a encarei. Ela não me sussurrara nada ou mandara um bilhetinho, por isso me levantei com cuidado, insegura. Amelia passou por mim acompanhada pelo meirinho. Ela estava chorando.

– Desculpe – ela disse.

Rigidamente, sentei-me na cadeira de madeira. "Atenha-se à mensagem", Marin havia dito várias vezes. Mas estava cada vez mais difícil lembrar qual era a mensagem.

– Você se lembra da conversa que sua filha acabou de citar? – perguntou Marin. Sua voz me atingiu como um tiro.

– Sim.

– Quais eram as circunstâncias?

– Havíamos acabado de trazer a Willow para casa do hospital, depois do primeiro dia de depoimentos aqui. Ela havia quebrado o fêmur e precisou fazer uma cirurgia.

– Você estava chateada?

– Sim – eu disse.

– E a Willow?
– Muito.
Ela se aproximou de mim, esperando que a encarasse. E vi nela a mesma preocupação velada que havia visto em Amelia quando ela desceu do banco das testemunhas; em Sean, pouco depois de a corte ser esvaziada ontem; em você, na noite em que tivemos esta mesma conversa – o medo oculto de não ser bom o bastante para alguém que você amava. Talvez eu também sentisse aquilo e talvez tenha sido por isso que dera início a este processo havia vários meses: para que, quando você olhasse para sua infância, não me culpasse por trazê-la a um mundo cheio de dor. Mas o amor não tinha a ver com sacrifício e não tinha a ver com não satisfazer as expectativas dos outros. Por definição, o amor o tornava melhor; ele redefinia o sentido de perfeição a fim de incluir suas características, em vez de excluí-las.

Tudo que queremos, na verdade, é saber que somos levados em conta. Que a vida de outra pessoa não teria sido tão boa sem a nossa presença.

– Quando você teve essa conversa com sua filha, Charlotte – começou ela –, quando você disse todas essas coisas bem no meio deste processo... você estava mentindo?

– Não.

– Então o que você estava fazendo?

– Meu melhor – sussurrei. – Estava apenas fazendo meu melhor.

Piper

– UMA COISA É CERTA – DISSE GUY BOOKER, APROXIMANDO-SE DE MIM. ELE SE LEvantou, abotoou o paletó e encarou o júri para dar início a seu discurso de encerramento. – A querelante é uma mentirosa. Ela diz que este processo não tem a ver com dinheiro, mas até mesmo seu marido disse que tem e que não pode apoiar esta ação. Ela diz que queria que sua filha jamais tivesse nascido, mas, para a filha, diz o contrário. Ela diz que queria ter a opção de interromper sua gestação e está culpando Piper Reece, uma médica que trabalha duro e cujo único pecado, senhoras e senhores, foi ter o azar de se tornar amiga de Charlotte O'Keefe.

Ele levantou as mãos espalmadas.

– Nascimento indevido. Nascimento indevido. Dá arrepios só de dizer isso, não é? Mesmo assim a querelante está dizendo para sua própria filha, sua bela, inteligente, curiosa e amada menininha, que ela nunca deveria ter nascido. Essa mãe ignora todas as características boas da filha e diz que elas não compensam o fato de Willow ter osteogênese imperfeita. Mas vocês ouviram os especialistas, que disseram que nada que Piper Reece fez como médica foi negligente. Na verdade, assim que Piper realmente viu uma complicação durante a gestação da querelante, fez exatamente o que deveria ter feito: entrou em contato com alguém capaz de cuidar do caso. E, por causa disso, senhoras e senhores, ela teve sua vida arruinada, viu seu consultório afundar, teve sua carreira e sua autoconfiança abaladas.

Ele parou diante do júri.

– Vocês ouviram o dr. Rosenblad dizer uma coisa que todos sabemos: interromper uma gestação desejada não é a primeira opção de ninguém. Mas, quando os pais se deparam com a realidade de um feto que se tornará uma criança gravemente debilitada, *todas* as alternativas são ruins. Se vocês decidirem em favor da querelante, cairão na lógica falha dela: a de que é possível amar tanto sua filha a ponto de processar uma médica, sua melhor amiga, porque você acredita que sua filha não deveria ter nascido. Vocês estarão concordando com um sistema que diz que obstetras devem determinar quais deficiências valem uma vida e quais não valem. E este, meus amigos, é um caminho perigoso. Que tipo de mensagem uma decisão como essa transmite às pessoas que convivem diariamente com deficiências? Que deficiências serão consideradas "graves demais" para valer uma vida? Hoje em dia, noventa por cento das pacientes cujos fetos são diagnosticados com síndrome de Down optam pelo aborto, apesar de haver milhares de pessoas com Down que vivem felizes e são produtivas. O que acontecerá quando a ciência se tornar mais avançada? As pacientes optarão por abortar fetos com potencial para futuras doenças cardíacas? Ou aqueles que talvez tirem notas nove, e não dez? Ou aqueles que não se parecem com supermodelos?

O advogado começou a voltar para sua mesa.

– Nascimento indevido, senhoras e senhores, presume que todos os bebês deveriam ser perfeitos, e Willow O'Keefe não é. Tampouco eu sou perfeito. Nem a srta. Gates. O juiz Gellar não é perfeito, apesar de eu admitir que ele chegue bem perto. Eu até arriscaria dizer que todos vocês têm algum defeito. Por isso lhes peço que pensem bastante enquanto consideram o veredicto – disse Booker. – Analisem esta ação de nascimento indevido e façam a escolha certa.

Quando ele se sentou, Marin se levantou.

– É irônico que o sr. Booker faça referência a escolhas, porque foi exatamente isso que não foi dado a Charlotte O'Keefe.

Ela se levantou ao lado de Charlotte, que estava de cabeça baixa.

– Este caso não tem a ver com religião. Não tem a ver com aborto. Não tem a ver com os direitos dos deficientes. Não tem a ver nem com o fato de Charlotte amar ou não sua filha. Não tem a ver com nenhum desses temas em que a defesa quer que voces acreditem. Este caso tem a ver com apenas uma coisa: se a dra. Piper Reece cuidou devidamente da gestação de Charlotte.

Depois de todo esse tempo e todas essas testemunhas, eu ainda não sabia a resposta para essa pergunta. Mesmo que eu tivesse visto o ultrassom da décima oitava semana e encontrasse algum motivo de preocupação, simplesmente recomendaria que se esperasse para ver o que aconteceria – e o resultado seria o mesmo. Assim, eu poupara Charlotte de vários meses de uma gestação cheia de ansiedade. Mas aquilo me tornava uma obstetra negligente ou boa? Talvez eu tivesse feito suposições sobre Charlotte simplesmente porque a conhecia bem demais, suposições que não teria feito com outra paciente. Talvez eu devesse ter procurado sinais com mais cuidado.

Talvez, se eu tivesse feito isso, o fato de minha melhor amiga ter me processado não me soaria tão surpreendente.

– Vocês viram as provas. Vocês ouviram que havia uma anomalia no ultrassom da décima oitava semana que sugeria um cuidado maior, que advertia para a possibilidade de anormalidades fetais. Mesmo se uma médica não soubesse o que aquela anormalidade significava, senhoras e senhores, cabia a ela analisar melhor e descobrir. Piper Reece não fez isso depois do ultrassom da décima oitava semana, pura e simplesmente. E isso, senhoras e senhores, é negligência.

Ela se aproximou de mim.

– Willow, a criança que nasceu como resultado disso, vai precisar de cuidados especiais por toda a vida. São cuidados caros, importantes e dolorosos. Contínuos, cumulativos e traumáticos. Avassaladores. E exacerbados pela própria idade da menina. O trabalho de vocês hoje é decidir se Willow será capaz de ter uma vida melhor e mais satisfatória, com todos os cuidados apropriados de que precisa. Ela conseguirá fazer as cirurgias necessárias? Ter os veículos adaptados? Os cuidados dos especialistas? Ela continuará tendo sessões de fisioterapia e ajuda para andar, despesas que os O'Keefe pagam com seus próprios recursos e que os tornaram profundamente endividados? Hoje, essas decisões estão nas suas mãos – disse Marin. – Hoje, vocês têm a oportunidade de fazer uma escolha... algo que Charlotte O'Keefe nunca teve.

O juiz disse umas poucas palavras para o júri e depois todos deixaram a sala de audiência. Rob foi até o parapeito que separava a tribuna da parte da frente da corte e pôs as mãos nos meus ombros.

– Você está bem? – ele perguntou.

Fiz que sim e tentei sorrir.

– Obrigada – eu disse para Guy Booker.

Ele colocou seu bloco de anotações dentro da pasta.

– Não me agradeça ainda – disse.

Charlotte

— Você está me deixando tonto — disse Sean quando entrei na sala de reuniões. Amelia andava de um lado para o outro, passando as mãos pelos cabelos espetados. Assim que me viu, ela se virou.

— Então, é o seguinte — disse, falando rapidamente. — Sei que você está prestes a me matar, mas este não é o melhor lugar para fazer isso. Quero dizer, há policiais por toda parte, sem contar que o papai está aqui e ele seria obrigado a prendê-la...

— Não vou matar você — eu disse.

Ela parou de andar.

— Não?

Como eu não notara antes que Amelia havia se tornado uma menina tão bonita? Seus olhos, sob a franja daquele cabelo ridículo, eram enormes e amendoados. Seu rosto era naturalmente rosado. Sua boca fazia um biquinho, o fecho de uma bolsa guardando firmemente suas opiniões. Percebi que ela não se parecia comigo nem com Sean. Acima de tudo, ela se parecia com você.

— O que você fez... o que você *disse* — comecei. — Eu sei por quê.

— Porque não quero ir para Boston! — explodiu Amelia. — Para aquele centro de reabilitação idiota. Vocês vão simplesmente me largar lá.

Olhei para Sean e depois para Amelia novamente.

— Talvez não devêssemos ter tomado essa decisão sem consultá-la.

Amelia estreitou os olhos, como se não acreditasse muito no que estava ouvindo.

— Você pode estar com raiva de nós, mas isso não explica por que disse a Guy Booker que testemunharia — continuei. — Acho que você fez isso porque estava tentando proteger sua irmã.

— Bem — disse Amelia. — É verdade.

– Como eu poderia ficar com raiva de você, então, por fazer a mesma coisa que eu estava tentando fazer?

Amelia se jogou nos meus braços com a força de um furacão.

– Se ganharmos, posso comprar um jet ski? – ela perguntou com a voz abafada contra meu peito.

– Não – Sean e eu respondemos ao mesmo tempo. Ele se levantou com as mãos nos bolsos.

– Se você ganhar – ele disse –, eu estava pensando em voltar para casa de uma vez por todas.

– E se eu perder?

– Bem – disse Sean –, ainda estava pensando em voltar para casa de uma vez por todas.

Olhei para ele sobre a cabeça de Amelia.

– Você está jogando pesado – eu disse, sorrindo.

A caminho da Disney World, durante a espera no aeroporto, comemos num restaurante mexicano. Você comeu quesadilla; Amelia, um burrito. Pedi tacos de peixe, e Sean, uma chimichanga. O molho era picante demais para nós. Sean me convenceu a beber uma margarita ("Você não vai pilotar o avião"). Conversamos sobre sorvete frito, que estava no cardápio de sobremesas e que nos parecia impossível: o sorvete não derreteria quando colocado na frigideira? Conversamos sobre em que brinquedos iríamos primeiro no Magic Kingdom.

Naquela época, as possibilidades se estendiam diante de nós como um tapete vermelho. Naquela época, estávamos concentrados no que poderia acontecer, e não no que deu errado. Ao sairmos do restaurante, a recepcionista – uma moça com marcas de catapora no rosto e cravos no nariz – deu a cada um de nós um balão de gás hélio.

– Qual o sentido disso? – perguntou Sean. – A gente não pode entrar com isso no avião.

– Nem tudo tem que ter um motivo – respondi, prendendo meu braço ao dele. – Divirta-se um pouco.

Amelia fez um buraco com os dentes na abertura do balão e sugou o ar. Respirou fundo e depois nos olhou com um sorriso alegre.

– Oi, papai e mamãe – disse ela, com a voz fina e ruidosa como a de um gatinho.

– Só Deus sabe o que tem dentro disso...

– Dã, mãe – disse Amelia, entusiasmada. – Gás hélio.

– Eu também quero – você disse, e Amelia pegou seu balão e lhe mostrou como fazer.

– Acho que elas não deveriam estar inalando hélio...

– Divirta-se um pouco – disse Sean, rindo, abrindo o balão e respirando fundo.

Todos começaram a conversar comigo, suas vozes, uma comédia, um coro de passarinhos, um arco-íris.

– Você também, mamãe – você disse. – Vamos!

Então eu os segui. O hélio queimou um pouco ao engoli-lo num grande gole. Eu podia sentir as cordas vocais zunindo.

– Talvez isso não seja tão ruim assim – falei com a voz fina.

Cantamos "Row, Row, Row Your Boat". Rezamos o pai-nosso. E, quando um homem de terno parou Sean para lhe perguntar aonde ia para pegar as bagagens, Sean respirou fundo o gás e disse:

– Siga a linha amarela.

Não me lembro de rir tanto quanto naquele dia, nem de me sentir tão livre. Talvez fosse o hélio, o que fez com que eu me sentisse mais leve, como se pudesse fechar os olhos e voar até Orlando sem um avião. Ou talvez porque, não importava o que dizíamos uns aos outros, não éramos nós mesmos.

Quatro horas mais tarde, o júri ainda estava reunido. Sean foi ao hospital para vê-la e acabara de ligar para dizer que estava voltando, alguma novidade? Amelia escrevia haicais no quadro branco da sala de conferências.

Socorro, estou presa
Atrás deste quadro branco.
Por favor, não me apague.

A regra para hoje
É que não há mais regras.
Acho que você está sem sorte.

Fui ao banheiro pela terceira vez desde que o julgamento terminara. Não precisava ir, mas abria a torneira da pia e jogava um pouco de água no rosto. Continuava dizendo a mim mesma que não era grande coisa, mas eu estava mentindo. Você não leva sua filha à beira da ruína por nada; passar por tudo isso sem nada para mostrar seria um desastre. Se eu tivesse começado este processo para saciar minha consciência, como poderia aceitar um resultado que me fizesse sentir mais culpa?

Sequei o rosto e bati as mãos no casaco, que ficou molhado. Joguei o papel-toalha no lixo e ao mesmo tempo ouvi uma descarga numa das cabines. A porta se abriu e eu me afastei da pia, sem querer esbarrando com a pessoa que tentava sair.

– Sinto muito – eu disse, e então percebi que a mulher diante de mim era Piper.

– Sabe de uma coisa, Charlotte – disse ela, tranquilamente –, eu também sinto muito.

Olhei para ela em silêncio. De todas as coisas que havia para notar, percebi que o perfume dela havia mudado. Ela trocara de perfume ou xampu.

– Então você admite que cometeu um erro – eu disse.

Piper balançou a cabeça.

– Não, não admito. Pelo menos não profissionalmente. Mas no nível pessoal, bem... Sinto muito que as coisas tenham acabado assim entre nós. E sinto muito que você não tenha conseguido o bebê saudável que queria.

– Você percebe que, em todos esses anos depois que a Willow nasceu, você nunca me disse isso? – perguntei.

– Você deveria ter me dito que esperava ouvir isso – disse Piper.

– Eu não deveria ter que dizer.

Tentei não me lembrar de como Piper e eu nos aconchegávamos nos limites do rinque de patinação, lendo os classificados e tentando combinar anúncios pessoais uns com os outros. Como caminhávamos, empurrando seu carrinho, pontuando o ar com tantas conversas que cinco quilômetros se passavam rapidamente. Tentei não lembrar que eu pensava nela como a irmã que nunca tive, que eu esperava que você e Amelia crescessem unidas como nós.

Tentei não lembrar, mas me lembrava.

De repente a porta do banheiro se abriu.

– Aí está você – disse Marin com um suspiro. – O júri voltou.

Ela se apressou em sair, e Piper lavou as mãos rapidamente. Eu podia senti-la meio passo atrás de mim enquanto caminhávamos em direção ao tribunal novamente, mas suas pernas eram mais longas e ela me alcançou.

Ao entrarmos na corte, lado a lado, dezenas de câmeras dispararam e eu não consegui ver para onde estava indo. Marin me puxou pelo braço. Pode ter sido apenas minha imaginação, mas pensei ter ouvido Piper dizer adeus.

O juiz entrou e todos nos sentamos.

– Senhora representante – disse ele, dirigindo-se ao júri –, vocês chegaram a um veredicto?

A mulher era pequena e magrinha, com óculos que faziam seus olhos parecerem imensos.

– Sim, Meritíssimo. No caso O'Keefe versus Reece, damos ganho de causa à querelante.

Marin havia me dito que setenta e cinco por cento dos processos por nascimento indevido eram decididos a favor do réu. Virei-me para ela, que segurou meu braço.

– É você, Charlotte.

– E – disse a representante do júri – estabelecemos a indenização em oito milhões de dólares.

Eu me lembro de cair na cadeira e da tribuna vibrar. Meus dedos adormeceram e eu tive de me esforçar para respirar. Lembro de Sean e Amelia pulando sobre o parapeito para me abraçar. Ouvi o barulho de um grupo de pais de crianças com necessidades especiais que se aglomerara no fundo da corte durante o julgamento e dos xingamentos que me diziam. Ouvi Marin dizer a um repórter que essa havia sido a maior indenização por nascimento indevido da história de New Hampshire e que hoje a justiça havia sido feita. No meio da multidão, tentei encontrar Piper, mas ela já havia ido embora.

Hoje, quando eu fosse buscá-la no hospital, lhe diria que tudo finalmente acabara. Diria que você teria tudo que precisasse para o resto da vida – e depois que a minha terminasse. Diria que eu havia ganhado, que o veredicto fora lido em alto e bom som... apesar de eu nem acreditar.

Afinal, se eu ganhei o processo, por que meu sorriso era vazio e por que eu sentia um aperto no peito?

Se eu ganhara o processo, por que me sentia como se tivesse perdido?

Gotejamento: LIBERAÇÃO DE UMIDADE.

Na culinária, como na vida, há lágrimas quando alguma coisa está errada. Suspiros são apenas claras batidas com açúcar; eles devem ser comidos imediatamente. Se você hesitar, a água vazará do recheio e do suspiro, e o gotejamento – gotinhas que formam pontinhas brancas – ocorrerá. Há várias teorias sobre como evitar isso – desde usar apenas claras de ovos frescos até usar açúcar de confeiteiro, de acrescentar amido de milho a pré-cozinhar o suspiro. Pergunte-me e eu lhe direi qual é o único método à prova de falhas:
Não cozinhe com o coração partido.

TORTA DE LIMÃO COM SUSPIRO

1 massa de torta pré-assada

RECHEIO
1½ xícara de açúcar
6 colheres (sopa) de amido de milho
1 pitada de sal
1⅓ xícara de água fria
2 colheres (sopa) de manteiga sem sal
5 gemas
½ xícara de suco de limão
1 colher (sopa) de raspas de casca de limão

Prepare a massa. Enquanto isso, junte o açúcar, o amido de milho, o sal e a água numa panela antiaderente. Misture tudo sem deixar empelotar e continue mexendo até ferver. Retire do fogo e acrescente a manteiga.

Num recipiente separado, bata as gemas. Acrescente um pouco da mistura líquida ainda quente e bata até ficar homogêneo. Acrescente a mistura de ovos à panela e ferva em fogo médio, continuando a mexer à medida que a mistura engrossa, por aproximadamente 2 minutos. Tire do fogo e acrescente o suco e as raspas de limão.

SUSPIRO

6 claras a temperatura ambiente
1 pitada de cremor tártaro
1 pitada de sal
¾ xícara de açúcar

Na velocidade baixa, bata as claras em neve com o cremor tártaro e o sal até ficar homogêneo. Aumente a velocidade e bata até formar picos firmes. Acrescente o açúcar, uma colher por vez.

Pré-aqueça o forno a 180° C. Acrescente o recheio à massa da torta e, por cima, coloque o suspiro. Certifique-se de espalhar bem o suspiro para que ele toque as bordas da massa. Asse por 10 a 15 minutos. Deixe a torta esfriar por umas 2 horas e depois coloque-a na geladeira para evitar o gotejamento.

Ou apenas tenha pensamentos felizes.

Willow
Março de 2009

Na escola, tivemos a celebração dos Cem Dias. Caiu no fim de novembro, e tivemos que levar cem itens de qualquer coisa. Quando Amelia estava na primeira série, ela levou cem gotas de chocolate, mas ao descer do ônibus só restavam cinquenta e três. Eu levei uma lista de setenta e cinco ossos que já havia quebrado e o nome de mais vinte e cinco que ainda não quebrara.

Um milhão é dez mil centenas. Não consigo nem imaginar dez mil. Talvez haja essa quantidade de árvores numa floresta, ou de moléculas de água num lago. Oito milhões é até mais que isso, e esse é o número de dólares escrito no grande cheque azul que está na porta da nossa geladeira já faz quase seis meses.

Meus pais conversam muito sobre o cheque. Eles dizem que logo a van vai oficialmente se desmanchar e teremos de usar o dinheiro para comprar uma nova, mas então encontram uma maneira de manter a velha rodando. Eles falam que a data final de matrícula no acampamento para crianças como eu está chegando e que eles têm que enviar o depósito. Tenho os folhetos ao lado da minha cama. Neles, há crianças de todas as cores com oi, como eu. Todas parecem felizes.

Talvez seja isso que acontece com crianças que viajam para algum lugar. Amelia foi e, ao voltar para casa, tinha os cabelos castanhos novamente e seu próprio cavalete de pintura. Ela pinta o tempo todo – retratos de mim enquanto durmo, naturezas-mortas de xícaras de café e peras, paisagens com cores improváveis. Tenho que olhar bem de perto em seus braços para ver as cicatrizes prateadas e, mesmo quando ela me pega olhando, raramente se incomoda a ponto de abaixar as mangas da camiseta.

Era um sábado. Meu pai estava parado diante da televisão, vendo um jogo do Boston Bruins. Amelia estava lá fora, desenhando. Minha mãe estava sentada à mesa da cozinha, jogando paciência com seus cartões de receitas. Ela tinha mais de cem (ah, se ela estivesse na primeira série...) e havia decidido reuni-las num livro de receitas. Era um compromisso, porque ela não tinha mais que cozinhar o tempo todo para o sr. DeVille. Ele ainda comprava suas tortas e bolos e pães quando ela se punha a cozinhar, mas agora o grande plano da minha mãe era publicar o livro e doar todo o dinheiro que ganhasse para a Fundação Osteogênese Imperfeita.

Não precisávamos de dinheiro, porque o nosso estava preso à geladeira.

– Ei – minha mãe disse, enquanto eu subia numa cadeira. – O que foi?

– Nada.

A correspondência, espalhada pela mesa como uma toalha, chamou minha atenção.

– Tem algo aí para você – ela disse.

Era um cartão – e dentro havia uma foto de Marin com um menino que tinha provavelmente a idade de Amelia. Ele era dentuço e tinha a pele cor de chocolate. O nome dele era Anton e ela o havia adotado fazia dois meses.

Não víamos Piper, e Amelia e Emma não eram mais amigas. A placa em frente ao prédio onde funcionava o consultório dela não tem mais seu nome. Em vez disso, lê-se "Gretel Handelman, quiroprática". Então, numa manhã de sábado, meu pai e eu saímos para comprar bagels e lá estava Piper na fila à nossa frente. Meu pai a cumprimentou e ela perguntou como eu estava, mas, mesmo que tentasse sorrir, ela parecia pouco à vontade, como um fio que fora torcido e jamais ficaria reto novamente. Ela contou ao meu pai que estava trabalhando durante meio período numa clínica feminina gratuita em Boston e que estava a caminho de lá naquele mesmo momento. Então ela derrubou um pote cheio de canudos no caixa e saiu com tanta pressa que se esqueceu de pagar, até que a moça que lhe trouxera o café disse que não era de graça.

Eu sentia falta de Piper, mas acho que minha mãe sentia mais. Ela não tinha mais nenhuma amiga. Não saía com mais ninguém além de mim, Amelia e o papai.

Na verdade, era meio triste.

– Quer cozinhar? – perguntei.

Minha mãe revirou os olhos.

– Você não pode estar mesmo com fome. Você acabou de almoçar.

Eu não estava com fome, mas estava entediada.

Ela me olhou.

– Vamos fazer o seguinte. Vá chamar a Amelia e vamos pensar em algo para fazer. Um filme, talvez.

– Mesmo?

– Claro – disse minha mãe.

Podíamos ir ao cinema agora. E saíamos para jantar fora. E eu ganharia uma cadeira de rodas esportiva para que pudesse jogar basquete no ginásio com a minha turma. Amelia disse que podíamos gastar tanto dinheiro assim de repente por causa do cheque que ainda estava na geladeira. Na escola, alguns babacas diziam que estávamos ricos, mas eu sabia que não era verdade. Quero dizer, meus pais nunca depositaram o cheque. Ainda tínhamos um carro enferrujado e nossa casinha e as mesmas roupas. Um monte de zeros não significava nada, exceto segurança – meus pais podiam gastar um pouco, porque, se o dinheiro acabasse, eles tinham a quem recorrer. Isso significava que eles não brigavam mais tanto, o que não era uma coisa que se podia comprar numa loja. Eu não sabia muito sobre contas bancárias, mas era inteligente o bastante para saber que cheques não prestam para nada se não forem depositados. Meus pais, porém, não pareciam ter pressa. Às vezes mamãe dizia: "Preciso levar isso para o banco", e meu pai resmungava alguma coisa concordando, mas de algum modo isso nunca foi feito, e o cheque permanecia preso à geladeira.

Fui pegar minhas botas e meu casaco e ouvi a voz da minha mãe:

– Tenha...

– Cuidado – concluí. – É, eu sei.

Era março, mas ainda estava frio o bastante para que minha respiração criasse formas estranhas através do cachecol: uma que parecia uma galinha e outra que parecia um hipopótamo. Comecei a descer o quintal dos fundos com cuidado. Não havia mais neve, mas o solo ainda estava escorregadio sob minhas botas. A cada passo, ele fazia o barulho de dentes rangendo.

Amelia estava provavelmente no bosque. Ela gostava de desenhar bétulas, porque dizia que eram trágicas, e que algo tão lindo não deveria morrer tão rápido. Enfiei as mãos nos bolsos e escondi o nariz embaixo do cachecol. A cada passo, eu pensava numa coisa que sabia:

Uma mulher consome, em média, três quilos de batom durante a vida.

A ilha das Três Milhas tem na verdade apenas duas milhas e meia de comprimento.

Baratas gostam de comer a cola do verso dos selos.

Hesitei ao me aproximar do laguinho. Os juncos estavam altos, e eu tinha que me esforçar para atravessá-los sem prender o braço ou a perna. Agora, pela primeira vez em meses, eu não tinha nenhuma fratura, e planejava me manter assim.

Certa vez, meu pai me contou que estava em seu carro de polícia quando percebeu que todos os carros diante dele estavam parados. Ele diminuiu a velocidade e parou, depois abriu a porta para ver o que estava acontecendo. Assim que pisou no asfalto, porém, ele caiu de costas. Gelo negro. Foi um milagre que ele tenha conseguido frear com segurança.

O gelo no lago era assim: tão claro que eu podia ver o mato e a areia através dele, como se fosse uma tela de vidro. Abaixei-me cuidadosamente, apoiando-me nas mãos e nos joelhos, e engatinhei para frente.

Nunca pude andar sobre o gelo e, como a maioria das coisas que são proibidas, era o que eu mais queria.

Eu não me machucaria assim – estava me movendo bem devagar e não estava de pé. Minhas costas estavam arqueadas como as de um gato, meus olhos encarando a superfície de gelo. Para onde os peixes iam no inverno? Era possível vê-los, se olhássemos com cuidado?

Movi o joelho direito e a mão direita. O joelho esquerdo e a mão esquerda. Estava respirando fundo, não porque fosse difícil, mas porque eu não podia acreditar que fosse tão fácil.

Houve um gemido que se espalhou pela superfície do lago, como se o céu estivesse chorando. E, de repente, o gelo se tornou uma teia de aranha ao meu redor e eu era o inseto preso no meio.

Gafanhotos têm sangue branco Borboletas têm o paladar nas patas Lagartas têm cerca de quatro mil músculos...

– Socorro – eu disse, mas não conseguia gritar e respirar ao mesmo tempo.

A água me sugou de uma vez só. Tentei me segurar no gelo, mas ele se quebrou em cacos finos; tentei nadar, mas não sabia nadar sem o colete salva-vidas. Meu casaco e calça e botas eram como esponjas, e estava tão frio, frio como uma dor de cabeça ao tomar sorvete.

O tatu sabe andar debaixo d'água.
O vairão tem dentes na garganta.
O camarão consegue nadar para trás.

Você deve achar que tive medo. Mas eu podia ouvir minha mãe me contando uma história antes de dormir, sobre um coiote que queria pegar o sol. Ele subiu na árvore mais alta, colocou o sol num pote e o levou para casa. O pote, porém, não era capaz de suportar algo tão poderoso e se rompeu. "Viu, Wills?", minha mãe disse. "Você está cheia de luz."

Havia vidro sobre mim, e o olhar chuvoso do sol no céu, e eu bati os punhos contra ele. Era como se o gelo tivesse se fechado sobre mim novamente, e eu não conseguia atravessá-lo. Eu estava tão fraca e havia parado de tremer.

Enquanto a água preenchia meu nariz e minha boca e o sol ficava cada vez mais fraco, fechei os olhos e me apeguei às coisas de que tinha certeza:

Que a vieira tem trinta e cinco olhos, todos azuis.
Que o atum morre se parar de nadar.
Que eu era amada.
Que, dessa vez, não fui eu quem se quebrou.

Receita: (1) conjunto de instruções para preparar uma refeição; (2) algo que provavelmente vai gerar certo resultado.

Siga estas instruções e você conseguirá o que quer: esta é a receita mais fácil do mundo. Mesmo assim, você pode seguir a receita à risca e não fará diferença alguma quando você tiver o produto diante de si e perceber que não era aquilo que você queria.

Durante muito tempo, só pude vê-la afundando. Eu a imaginava com a pele azulada e os cabelos espalhados como os de uma sereia. Acordava gritando, batendo no colchão com as mãos, como se pudesse quebrar o gelo e puxá-la para a segurança da superfície.

Mas aquela não era você, assim como o esqueleto que lhe deram também não era. Você era mais que isso, mais leve. Você era o vapor que embaçava o espelho pela manhã, quando Sean me tirava da cama e me obrigava a tomar banho. Você era os cristais de gelo que cobriam o vidro do meu carro depois de uma noite de geada. Você era o calor que subia do asfalto como um fantasma no meio do verão. Você nunca me deixou.

Não tenho mais o dinheiro. Afinal, ele era seu. Coloquei o cheque no forro de seda do caixão quando lhe dei um beijo de adeus pela última vez.

Eis as coisas que sei com certeza:

Quando você acha que tem razão, você provavelmente está errado.

Coisas que se partem – sejam ossos, corações ou promessas – podem cicatrizar, mas nunca mais serão as mesmas.

E, apesar do que eu disse, você pode sentir falta de uma pessoa que nunca conheceu.

Aprendo isso várias vezes, todos os dias que passo sem você.

ZABAIONE DA WILLOW COM NUVENS DE ALGODÃO-DOCE

ZABAIONE

6 gemas

1 xícara de açúcar

2 xícaras de creme de leite fresco, batido em chantilly

½ xícara de rum ou Grand Marnier

Misture os ovos e o açúcar numa panela em banho-maria. Depois que estiverem completamente homogêneos, acrescente o chantilly. Retire do fogo, passe por uma peneira e acrescente o rum.

NUVENS
5 claras
1 pitada de sal
⅓ xícara de açúcar
2 xícaras de leite ou água

Bata as claras e o sal na velocidade baixa da batedeira, até a mistura ficar homogênea. Aos poucos, aumente a velocidade e acrescente o açúcar. Bata até que as claras fiquem em neve – esse é o suspiro, a nuvem na qual eu a imagino descansando. Enquanto isso, ferva o leite ou a água. Pegue uma colher do suspiro e cuidadosamente o jogue no líquido fervente. Cozinhe o suspiro por 2 a 3 minutos e, com uma colher, vire-o e continue cozinhando por mais 2 ou 3 minutos. Transfira os suspiros cozidos para um papel-toalha. As nuvens são frágeis.

ALGODÃO-DOCE
Óleo para untar
2 xícaras de açúcar
1 colher (chá) de glucose de milho

Unte uma assadeira com o óleo, limpando o excesso com papel-toalha. Coloque o açúcar e a glucose de milho numa panela e cozinhe em fogo brando. Mexa às vezes, até que o açúcar se dissolva. Aumente o fogo ao máximo e ferva a mistura, até que o termômetro marque 150º C (estágio de rigidez). Tire do fogo e deixe esfriar um pouco para engrossar o xarope, por cerca de 1 minuto.

Afunde um garfo no xarope e o mova para frente e para trás sobre a assadeira, criando longos fios. O xarope começará a endurecer quase que imediatamente. Com prática, você pode criar formas de laços, espirais e as letras do seu nome.

Para servir, espalhe um pouco do zabaione numa tigela rasa ou num prato e acrescente dois suspiros cozidos. Com cuidado, passe alguns fios do algodão-doce ao redor do suspiro, não em cima, ou ele murchará.

O resultado desta receita é uma obra de arte, se você conseguir atravessar o complicado processo de preparação. Acima de tudo, prepare com cuidado. Esta sobremesa, como você, desaparecerá antes que se perceba. Esta sobremesa, como você, é absurdamente doce.

Esta sobremesa me preenche quando mais sinto sua falta.

NOTA DA AUTORA

As curiosidades de Willow foram retiradas, em parte, do livro *The Book of Useless Information*, editado por Noel Botham e pela Sociedade de Informações Inúteis (Nova York: Perigee, 2006).

Se você quiser saber mais sobre a osteogênese imperfeita ou fazer uma doação, visite <www.oif.org>.*

---

* Para informações em português, visite <www.aboi.org.br>. (N. do E.)

Impresso no Brasil pelo
Sistema Cameron da Divisão Gráfica da
DISTRIBUIDORA RECORD DE SERVIÇOS DE IMPRENSA S.A.
Rua Argentina 171 – Rio de Janeiro, RJ – 20921-380 – Tel.: 2585-2000